U0938341

夜航船

精校本

［明］張岱　編著
盛大林　校勘

中華書局

陶菴張長公小像

張岱像

校勘說明

《夜航船》是一部人文類的小型百科全書。作者承襲自宋代以來文人筆記傳統，雜揉筆記小說、文人曆書與地理掌故書等特徵化寫法，擷取文化事典中的最精華內容，上至天文下至地理，三教九流、諸子百家、朝政野賢、禮樂科舉、草木花卉、鬼神怪異……無所不包，共收 20 大類，125 小類，計 4200 多條的掌故，成為兼具日用類書和常識手冊功用的文化萬用錦囊，不僅有裨信史，填補了相關歷史記載的空白，更是如其小品文一般清新生動、精簡流利。

《夜航船》作者張岱（1597—1680），字宗子，又字石公，號陶庵，別號蝶庵居士，自號劍南陶庵老人，明末清初著名文學家。在他傳世的 31 種著作裏，尚有稿本珍藏至今的有 10 多種。不過，因為《夜航船》並未出現在張岱為自己所寫的墓誌銘中，所以一直塵封了 300 多年，直到觀術齋抄本重現世間，後來該抄本輾轉藏入寧波天一閣。

本版以寧波天一閣所藏清代觀術齋抄本為底本，以浙江某社 2012 年版（簡稱甲本）和北京某社 2015 年版（簡稱乙本）為參校本。由於本書係作者隨手輯錄，斷續積成，底本文字並不嚴謹，與來源文獻多有出入，我們在整理中主要對記錄傳抄顯然有誤而影響文意理解的地方進行訂正。

（1）序中有句「僧畏懾，衮足而睡」，句中的「衮」是「卷」的異體字。甲本（第 1 頁）和乙本（第 2 頁）均作「拳」，誤。句中「睡」，甲本（第 1 頁）和乙本（第 2 頁）均作「寢」，亦誤。

(2) 第 2 頁：卷一之「象緯」之「分野」條中有「女、牛：吳，揚州」，甲本（第 6 頁）和乙本（第 1 頁）均作「斗、牛、女：吳，揚州」。在中國古典文獻中，分野的方式及其區域既多且雜，沒有統一的說法。據《讀史方輿紀要》卷一百三十載，分野有以五星占分野的，比如「《星經》曰：歲星主泰山、徐、青、兗；熒惑主霍山、揚、荊、交；鎮星主嵩高、豫；太白主華陰、涼、雍、益；辰星主常山、冀、幽、並。其以五星分配五嶽、九州，蓋亦本於此。而唐一行山河兩戒之說，亦由此而推廣之。」亦有以二十八宿言分野的，比如「《晉志》則曰：北斗七星：一秦，二楚，三梁，四吳，五燕，六趙，七齊。角、亢、氐，兗州。房、心，豫州。尾、箕，幽州。斗，江湖。牽牛、婺女，揚州。虛、危，青州。營室至東壁，并州。奎、婁、胃，徐州。昴、畢，冀州。觜觿、參，益州。東井、輿鬼，雍州。柳、七星、張，三河。翼、軫，荊州。又曰：昴、畢間為天街，其陰、陰國，其陽、陽國。此以二十八宿言分野也。後班固、皇甫謐諸家之說，大都不出於此。」另有其他分野之法。張岱所引是以二十八宿分野，但與《晉志》所載有多處不同，不宜大改，不如不改。

(3) 第 5 頁：卷一之「日　月」之「至於悲谷，是謂晡時。至於女紀，是謂大遷」，底本作「至於悲谷，是謂晡回。至於女紀，是謂大遷」。甲本（第 14 頁）作「至於悲谷，是謂晡時。至於女紀，是謂大遷」，乙本（第 6 頁）作「至於悲谷，是謂晡時。回於女紀，是謂大遷」。《淮南子》之「天文訓」:「至於悲谷，是謂晡時。至於女紀，是謂大還。」句中「還」字，《初學記》《太平御鑒》等均作「遷」。

(4) 第 9 頁：卷一之「星」之「亦為天闕」中的「闕」，甲本和乙本均作「關」。《文獻通考》卷二百七十九：「中間為天衢之大道，亦謂之天闕，黃道之所經也。」《隋書》卷二十（志第十五）:「中間為天衢之大道，為天闕，黃道之所經也。」亦有作「天關」者，如《晉書》卷十一 :「中間為天衢、為天關，黃道之所經也。」「關」當為「闕」之形訛。

(5) 第 15 頁：卷一之「雨」之「儲言旦有天變」中的「旦」，甲本（第 40 頁）和乙本（第 21 頁）均作「且」，誤。「旦有天變」意為今天會變天，將有惡劣天氣。

(6) 第 17 頁：卷一之「雷」之「蟄蟲坏戸」中的「坏」，古同「培」，用泥土塗塞空隙。不是「壞」的簡體字。《康熙字典》：「坏，音裴。以土封罅隙也。《禮 · 月令》：仲秋，蟄蟲坏戸。孟冬，使有司坏城郭。」

(7) 第 18 頁：卷一之「雷」之「玉皇昨夜鸞輿出，萬里長空駕彩橋」句中的「鸞」，甲本（第 46 頁）和乙本（第 25 頁）均誤為「鑾」。鸞輿，天子的車駕。董仲舒《春秋繁露》：「鸞輿尊蓋，法天列象，垂四鸞。」

(8) 第 28 頁：卷一之「春」之「韓翃」中的「翃」，甲本（第 70 頁）和乙本（第 39 頁）均作「翊」。韓翃，唐代著名詩人，「大曆大才子」之一。在現存最早收錄韓詩即《寒食》的「唐人選唐詩」《才調集》宋刻本、最早記載韓氏事蹟的唐代文獻《本事詩》（現存最古版本為明刻）和《柳氏傳》（見於《太平廣記》，最古版本為明刻）中，《寒食》的作者均作「韓翃」。此字在本書中先後出版 5 次，均作「翃」，無誤。近現代文獻多作「韓翊」，實為以訛傳訛。

(9) 第 28 頁：卷一之「春」之「以供歡賞」中的「歡」，甲本（第 72 頁）和乙本（第 40 頁）作「觀」，誤。歡賞，歡樂地觀賞。唐杜審言詩《守歲侍宴應制》：「欲向正元歌萬壽，暫留歡賞寄春前。」李白《觀獵》：「不知白日暮，歡賞夜方歸。」

(10) 第 35 頁：卷一之「曆律」之「較數於分杪」中的「杪」，甲本（第 88 頁）和乙本（第 55 頁）作「秒」。《說文》：「杪，木標末也。」《廣雅 · 釋詁》：「杪，小也。」《說文》：「秒，禾芒也。」二字可以通用，但也有細微的分別。此句中的「杪」，強調的應是把時間精確到非常細小的程度；如果換成「秒」，則容易誤會為時間單位，內涵變得狹隘。故，沿用原「杪」為宜。

(11) 第 43 頁：卷二之「疆域」之「其利材漆絲枲」中的「枲」，

甲本（第 102 頁）和乙本（第 60 頁）作「枱」，誤。枲，一種麻類植物。枱，古同「耜」，耒端；鍬、臿一類的起土農具，後指犁上的鏵。也就是說，「枲」與「枱」並非異體字。漢字中有很多部首位移而產生的異體字，比如「概」與「槩」、「蹴」與「蹵」、「峨」與「峩」等，但「枲」與「枱」是例外。

(12) 第 58 頁：卷二之「山川」之「漢末隱士焦先」中的「先」，甲本（第 136 頁）和乙本（第 81 頁）作「光」。焦公之名諱，最早見於南朝宋裴松之注《三國志》「管寧傳」所錄文獻的記載，該書所錄《魏略》曰「先，字孝然」，所錄《高士傳》稱「世莫知焦先所出」，以及《魏氏春秋》亦謂「故梁州刺史耿黻以先為仙人也」。《太平廣記》所錄《神仙傳》亦云「焦先者，字孝然」。先，亦有作「光」者，如《嘉定鎮江志》卷六：「皇甫謐《逸士傳》曰：世莫知焦光所出，或言生漢末，無父母兄弟，見漢衰，乃不言，常結草為廬，冬夏袒露……」「先」與「光」形近，應是訛傳。

(13) 第 62 頁：卷二之「山川」之「白感其言，還，卒業」中的「還」，甲本（第 146 頁）和乙本（第 85 頁）均作「遂」，誤。還，返還、返回也。「還，卒業」的意思是，返回山中並完成了學業。

(14) 第 69 頁：卷二之「景致」之「峰巒奇崛」中的「崛」，底本只有左邊的「山」字旁，右邊空缺。甲本（第 164 頁）略掉此字，明顯不合句法。乙本（第 98 頁）作「巘」。《類篇》：「巘，山形似甑。」峰巒奇巘，也說得通。《玉篇》：「崛，山短高貌，又特起也。」奇崛，似更佳。

(15) 第 70 頁：卷二之「景致」之「湟川八景」中的「湟」，底本作「涅」，乙本（第 99 頁）從之，誤。「雙溪春漲」中的「雙」，甲本（第 168 頁）和乙本（第 99 頁）均作「雪」，誤。「雙」同「雙」。「中峰遠眺」中的「中」，底本作「巾」，甲本（第 168 頁）和乙本（第 99 頁）從之，誤。《方輿勝覽》卷三十七「連州」：「湟川八景：一、雙溪春漲，

二、龍潭飛雨，三、楞伽曉月，四、靜福寒林，五、中峰遠眺，六、秀巖滴翠，七、星峰晚靄，八、巖湖秋巘。」此中「星峰晚靄」、「秋巘」，本書作「圭峰暮靄」、「疊巘」，姑且存異。

(16) 第 74 頁：卷三之「帝王」之「數馳射」中的「馳」，甲本（第 174 頁）和乙本（第 102 頁）均作「騎」，誤。《新唐書》卷一百三（列傳第二十八）之「孫伏伽」云：「帝數出馳射，伏伽諫曰：『臣聞天子之居，禁衛九重，出也警，入也蹕，非直尊其居處，為社稷生人計也。比聞陛下走馬射帖，娛悅羣臣，殆非所以導養聖躬、垂憲後代，此直少年諸王務耳，安得既為天子尚行之乎？竊為陛下不取。』帝悅曰：『卿能言朕失，朕能改之，天下庶有瘳乎！』」《事類備要》續集卷七之「諫射帝悅」云：「太宗數馳射，孫伏伽諫曰：走馬射帖，非所以導養聖躬。帝悅，拜御史。時制未出，歸卧於家，無喜色。頃之，御史造門，子弟驚，白伏伽，徐起見之。時人稱其有量。」

(17) 第 76 頁：卷三之「帝王」之「孔明一窺而復盛」中的「一」，甲本（第 180 頁）和乙本（第 104 頁）均脱。《四川通志》卷四十二：「蜀臨邛縣有火井，漢室之盛則赫熾，桓靈之際火勢漸微，孔明一窺而更盛，至景耀元年，人以燭投而滅，其年併於魏。」

(18) 第 94 頁：卷三之「附奸佞大臣」之「敕中書門下參鞠之」中的「鞠」，甲本（第 218 頁）和乙本（第 82 頁）均作「鞫」，誤。鞠，告誡也。《韓非子》：「因天之道，反形之理，督參鞠之，終則有始。」

(19) 第 96 頁：卷三之「附奸佞大臣」之「互相擠援」中的「擠」，甲本（第 226 頁）和乙本（第 85 頁）均作「濟」，誤。《資治通鑒》卷二百四十五：「時德裕宗閔各有朋黨，互相擠援」，胡三省注曰：「非其黨則相擠，同黨則相援。」《十八史略》卷五：「德裕入相。宗閔亦罷。宗閔再相。德裕又罷。二黨互相擠援。文宗每歎曰：去河北賊易，去朝廷朋黨難。」

(20) 第 100 頁：卷三之「附奸佞大臣」之「唐坰奏二十疏」中的

「二十」，甲本（第 234 頁）和乙本（第 88 頁）均作「十二」，誤。《宋史》卷三百二十七（列傳第八十六）：「坰果怒安石易己，凡奏二十疏，論時事，皆留中不出。」

(21) 第 100 頁：卷三之「附奸佞大臣」之「凡六七十條」中的「凡」，甲本（第 234 頁）和乙本（第 88 頁）均作「几」（「幾」的簡體字），誤。底本寫作「卂」，此為「凡」的異體字。《宋史》卷三百二十七（列傳第八十六）：「安石悚然而進。坰大聲宣讀，凡六十條，大略以……」《續資治通鑒长編》卷二百三十七：「安石悚然，為進數步。坰大聲宣讀，凡六十餘條，大略以……」

(22) 第 115 頁：卷四之「析類」之「不知有剡縣之袁相、狼碩」中的「袁相、狼碩」，底本作「袁柏、狼碩」，甲本（第 266 頁）和乙本（第 99 頁）均作「袁相、根碩」。《太平御覽》卷四十一，明萬曆本作「袁相、根碩」、明抄本作「袁相、粮碩」、四庫本作「袁相、狼碩」。今改「袁柏」為「袁相」，「狼碩」保持不變。

(23) 第 121 頁：卷五之「君臣」之「漢鄭崇為尚書僕射，數諫諍」中的「諍」，甲本（第 282 頁）和乙本（第 164 頁）均脱。《汉書 · 鄭崇傳》:「哀帝擢為尚書仆射，數求见諫争，上初納用之。每见曳革履，上笑曰：『我識鄭尚書履声。』」後世即以此美稱為官清正、敢於諫争的人。

(24) 第 127 頁：卷五之「父子」之「倫文敍弘治乙未會狀」中的「會狀」，底本作「會元狀」，其中「元」字加點。甲本（第 296 頁）和乙本（第 173 頁）均取「元」而舍「狀」，誤。「元」字加點，表示作廢。會、狀，即會元和狀元。《廣東通志》卷六十四之「五里四會元父子四元」云：「倫文叙及子以訓、梁儲、霍韜皆舉會試第一，皆南海縣人，皆居縣治西三十里，有村曰黎涌、石（硝）、石頭，相去僅五里。倫居黎涌，梁居石（硝），霍居石頭，故世稱『五里四會元』。而文叙後中狀元，以訓榜眼，以諒解元進士，以詵進士，故世稱『父子四元』，科名之盛，殆極一時。」據此可知，倫文敘先中了會元，後又中狀元，故曰「會狀」。又，《池北偶談》卷一之「蘇州會元狀元」云：「順治以來，蘇州會元六人：乙未秦鉽，長洲人；丁未黃礽緒，崇明人；癸丑韓菼，丙辰彭定求，乙丑陸肯堂，丁丑汪士鋐，俱長洲人。狀元七人：戊戌孫承恩，常熟人；己亥徐元文，崑山人；丁未繆彤，吳縣人；癸丑即菼；丙辰即定求；己未歸允肅，常熟人；乙丑即肯堂。兼會狀者三人。」

(25) 第 129 頁：卷五之「父子」之「不肯入府」中的「府」，甲本（第 302 頁）和乙本（第 176 頁）均脫。《嚴延年傳》：「……母從東海來，欲從延年臘，到雒陽，適見報囚，母大驚，便止都亭，不肯入府……」

(26) 第 140 頁：卷五之「婿」之「求婿三年」中的「三」，甲本（第 197 頁）和乙本（第 332 頁）均作「二十」，誤。查《南史》，並不見此事。而《太平御覽》卷五百一十九之「子婿」引《三十國春秋》云：「前趙殷州刺史杜廣，初為劉景廄卒，以馬肥良引為直士，侍立通夜，未曾休倦。景因問之，廣流涕申款曲，有章條。景執其手曰：『吾罪人也，久負賢者。』謂妻曰：『為女求夫三年，不覺廄中有麒麟。』於是妻之。」按此說更合理，今據改。另：「廄中有騏驥」之「騏驥」，前引《三十國春秋》作「廄中有麒麟」，「騏驥」、「麒麟」均可喻賢者，但既在廄（馬舍）中，作「騏驥」更佳，甲本（第 197 頁）和乙本（第 332 頁）亦作「騏驥」。

(27) 第 142 頁：卷五之「婿」之「蓋異覯也」中的「覯」，甲本（第 336 頁）和乙本（第 199 頁）均作「觀」，誤。覯，罕見也。明李夢陽《汎彭蠡賦》：「瞬兮異覯，恍兮變索。」

(28) 第 171 頁：卷六之「濫爵」之「主府官屬皆濫」，甲本（第 404 頁）和乙本（第 247 頁）均作「主府官屬皆濫用」，即衍一「用」字。《錦繡萬花谷》後集卷二十：「斜封官：安樂與太平等七公主皆開府，而主府官屬尤濫，皆出屠販，納貲售官，降墨敕，斜封授之，故號斜封官。」

(29) 第 197 頁：卷六之「州縣」之「楊處」中的「處」，甲本（第 466 頁）作「虒」，乙本（第 287 頁）作「虔」，均誤。「有長成之風」之「長成」，底本作「長城」，甲本（第 466 頁）作「老成」，乙本（第 287 頁）仍作「長城」，均誤。《事類備要》後集卷八十之「昂駒」：「韋元將為郡主簿，楊處稱曰：韋主簿有長成之風，昂昂千里之駒。」《錦繡萬花谷》前集卷十四之「昂昂千里之駒」：「韋元將為郡主簿，楊處稱曰：韋主簿有長成之風，昂昂千里之駒。」長成，成熟之意也。

(30) 第 211 頁：卷七之「識斷」之「我必壞之」中的「必」，甲本（第 498 頁）和乙本（第 308 頁）均脫。《山堂肆考》卷六十三之「揚言壞麻」：「唐文宗太和中，時人皆言，鄭注朝夕且為相。侍御史李甘揚言於朝曰：白麻出，我必壞之於廷。」

(31) 第 212 頁：卷七之「識斷」之「下車，先問大姓名吏，數閭里豪強，以對」，甲本（第 500 頁）作「下車，先問大姓名，吏數閭里豪強以對」，斷句似誤；乙本（第 308 頁）作「下車，先問大姓主名，吏數閭里豪強以對」，句中添一「主」字，查之有據，但似應斷作「下車，先問大姓主名吏，數閭里豪強，以對」。《資治通鑒》卷四十六（漢紀三十八）：「下邳周紆為雒陽令，下車，先問大姓主名吏，數閭里豪強，以對。」《韻府群玉》卷一：「周紆拜洛陽令，下車先問大姓吏，數閭里豪强，以對。」

(32) 第 239 頁：卷八之「詩詞」之「皇甫（冉曾）之沖秀」中的「沖」，底本作「競」，甲本（第 564 頁）和乙本（第 353 頁）均從之，誤。《唐詩品彙》之總敍：「大歷、貞元中，則有韋蘇州之雅淡，劉隨州之閑曠，錢郎之清贍，皇甫之沖秀，秦公緒之山林，李從一之台閣，此中唐之再盛也。」《文章辨體彙選》卷二百九十七所錄《唐詩品彙序》，亦作「沖」。另：「秦公緒（系）之山林」之「系」，甲本（第 564 頁）和乙本（第

353 頁）均脱。秦系，字公緒。《唐詩品彙序》原文只有詩人字號而無詩人之名，張岱添加。

(33) 第 240 頁：卷八之「詩詞」之「宋朝蘇東坡如屈注天潢」中的「宋」，甲本（第 566 頁）和乙本（第 354 頁）均作「本」，誤。這段詩評出自敖陶孫《臞翁詩集》，原作「本朝」。敖為宋人，自當言「本朝」；而張岱非宋人，故改「本朝」為「宋朝」。明楊慎《升庵集》、明王世貞《弇州四部稿》引用此語，均改作「宋朝」。

(34) 第 244 頁：卷八之「歌賦」之「亦號『溫八乂』」中的「乂」，甲本（第 576 頁）和乙本（第 359 頁）均作「叉」，誤。《説文》：「乂，芟艸也。从丿从乀，相交。」割草時，左手握草，右手握刀，兩隻手相交，故云。「每入試作賦，八乂手而八韻成」，意思是溫庭筠參加科舉考試的時候，做八次（當然是虛指）雙手相交的動作，一首八韻的詩就成了。乂，又作义、刈、忞等。《東瀛識略》之「學校」云：「文如范蔚宗，詩如溫八义。」

(35) 第 257 頁：卷八之「文具」之「方為貴乎」中的「貴」，甲本（第 606 頁）和乙本（第 385 頁）均作「遺」，誤。貴，以之為貴，珍惜之意也。

(36) 第 281 頁：卷九「樂律」之「內懸鈴子」中的「懸」，底本作「縣」，甲本（第 668 頁）和乙本（第 424 頁）均從之，誤。此字應作「懸」。「縣」古通「懸」，或為魯魚之訛而積非成是。內懸鈴子，即裏面懸掛着鈴子。「懸」寫作「縣」，本書還有多處。如第 284 頁，「樂律」之「雕畫於樂懸之上」中的「懸」；第 326 頁，「金玉」之「梁有懸黎」中的「懸」，底本均作「縣」。

(37) 第 298 頁：卷十「兵刑」之「十惡不赦」中的「四曰惡逆」，甲本（第 706 頁）和乙本（第 449 頁）均作「四曰謀惡逆」，衍一「謀」字。

(38) 第 317 頁：卷十一「飲食」之「八珍」之「鶚炙」中的「鶚」，

甲本（第 750 頁）和乙本（第 478 頁）均作「鴞」。此處存在異文。古籍版本中，「鴞炙」和「鴞炙」都很常見，而「鴞炙」居多，如《玉芝堂談薈》卷二十九之「單籠金乳酥」云：「後世八珍：龍肝也，鳳髓也，兔胎也，鯉尾也，鴞炙也，猩唇也，熊掌也，酥酪蟬也。」《天中記》卷四十六云：「後世八珎則曰：龍肝，鳳髓，兔胎，鯉尾，鴞炙，猩脣，熊掌，酥酪蟬。」底本作「鴞炙」，當從之。

（39）第 323 頁：卷十一之「抹月披風　東坡詩：貧家無可娛客，但知抹月披風。」甲本（第 764 頁）和乙本（第 483 頁）均改題中之「披」為「批」，而東坡詩中之「披」未改，文不對題。「批」與「披」可通用，如對聯之「橫披」亦作「橫批」。考《東坡全集》等各種蘇集，「但知抹月批風」亦有作「但知抹月披風」者，如《蘇詩補注》。

（40）第 341 頁：卷十三「容貌」之「噬臍」之「若不早圖」中的「早」，底本作「蚤」，甲本（第 798 頁）和乙本（第 506 頁）均仍其舊。「蚤」古同「早」，本書多次出現。今人恐有閱讀障礙，宜改作「早」。

（41）第 362 頁：卷十四「九流」之「服石子」之「如餡餅餌」中的「餡」，甲本（第 850 頁）和乙本（第 536 頁）均作「啖」。餡，同「饕」。此處亦存異文。《眉山文集》卷四錄唐庚《贊道開》：「世人茹柔，剛則吐之。匙抄爛飯，口如牛呞。至人忘物，剛柔一致。其視食石，如啗餅餌。北平飲羽，出於無心。食石之理，於此可尋。我雖不能，而識其理。庶幾嗽之，以厲其齒。」此中「啗」即「啖」。《文章辨體彙選》卷四百六十四所錄《贊道開》，唯「啗」作「餡」，其餘的文字相同。

（42）第 365 頁：卷十四「九流」之「傳燈」之「杜詩曰：傳燈無白日」中的「傳燈」，甲本（第 856 頁）和乙本（第 543 頁）均作「燈傳」，誤。杜甫《望牛頭寺》：「牛頭見鶴林，梯逕繞幽林。春色浮山外，天河宿殿陰。傳燈無白日，布地有黃金。休作狂歌老，回看不住心。」

（43）第 383 頁：卷十四「九流」之「杭字」之「觀人書字」中的

「觀」，甲本（第900頁）和乙本（第571頁）均作「視」，誤。《睽車志》卷四：「建炎間，術者周生，觀人書字，分配筆畫，以知休咎。車駕自明駐杭時，敵騎驚擾之餘，人心危疑，執政戲呼周生，偶書杭字示之。周曰：『懼有驚報，敵騎將逼。』乃拆其字，以右邊一點配木為術，下即為兀。不旬日，果傳烏珠南侵。」

(44) 第421頁：卷之十七之「飛禽」之「見彈求鴞」之「鴞」，底本作「鶚」，誤；正文「見彈而求鴞炙」中的「鴞炙」，底本作「炙鶚」，亦誤。甲本（第962頁）和乙本（第609頁）改正文中的「炙鶚」為「炙鴞」，仍誤。《莊子集解》之「大宗師第六」：「時夜，即雞也。既化為雞，何又云因以求雞？惟雞出於卵，鴞出於彈，故因卵以求時夜，因彈以求鴞炙耳。齊物論云：『見卵而求時夜，見彈而求鴞炙。』」《御定駢字類編》卷二百九之「鴞炙」云：「莊子：且女亦太早計，見卵而求時夜，見彈而求鴞炙。」

(45) 第423頁：卷十七「走獸」之「藥獸」之「白民進藥獸」中的「白」，甲本（第976頁）和乙本（第617頁）均作「有」，誤。《説郛》卷三十一下之陳芬《芸窻私志》云：「神農時，白民進藥獸。人有疾病，則拊其獸，授之語。語如白民所傳，不知何語。語已，獸輒如野外，銜一草歸，搗汁服之，即癒。後黃帝命風后紀其何草，起何疾，久之，如方悉驗。古傳黃帝嚐百草，非也。故虞卿曰：黃帝師藥獸而知醫。」

(46) 第442頁：卷十七「四靈」之「螢丸郤矢」之「離數尺輒墜地」，底本作「離數輒墜地」，誤。甲木（第1024頁）相乙本（第644頁）均仍其舊。此句不通，當作「離數尺輒墜地」，即補一「尺」字。《本草綱目（金陵本）》第四十一卷「蟲部（三）」：「子南被圍，矢下如雨，未至子南馬數尺，矢輒墜地。虜以為神，乃解去。」

(47) 第446頁：卷十八「荒唐」之「墓中談易」之「問其土人」中的「土」，甲本（第1032頁）和乙本（第650頁）均作「主」，誤。土人，土著，當地人也。《太平廣記》卷三百一十八之「鬼（三）」：「陸機初入洛，次河南，入偃師，時陰晦，望道左，若有民居，因投宿，見一少年神姿端遠，置易投壺，與機言論，妙得玄微，機心伏其能，無以酬抗，既曉便去，脱驂逆旅。逆旅嫗曰：此東十數里無村落，有山陽王家冢耳。機往視之，空野霾雲，拱木蔽日，方知昨所遇者信王弼也。」

(48) 第 474 頁：卷十九之「器用」之「竹器舊，用醬水洗」中的「竹」，甲本（第 1082 頁）和乙本（第 678 頁）均脱。

盛大林

2024 年 7 月

序

天下學問，惟夜航船中最難對付。蓋村夫俗子，其學問皆預先備辦，如瀛洲十八學士、雲台二十八將之類，稍差其姓名，輒掩口笑之。彼蓋不知十八學士、二十八將，雖失記其姓名，實無害於學問文理，而反謂錯落一人則可耻孰甚。故道聽途説，只辦口頭數十個名氏，便為博學才子矣。余因想吾八越，惟餘姚風俗，後生小子無不讀書，及至二十無成，然後習為手藝。故凡百工賤業，其《性理》《綱鑒》，皆全部爛熟，偶問及一事，則人名、官爵、年號、地方枚舉之，未嘗少錯。學問之富，真是兩腳書厨，而其無益於文理考校，與彼目不識丁之人無以異也。或曰：「信如此言，則古人姓名總不必記憶矣。」余曰：「不然。姓名有不關於文理，不記不妨，如八元、八愷、厨、俊、顧、及之類是也。有關於文理者，不可不記，如四岳、三老、臧穀、徐夫人之類是也。」

昔有一僧人，與一士子同宿夜航船。士子高談闊論，僧畏懾，拳足而睡。僧人聽其語有破綻，乃曰：「請問相公，澹台滅明是一個人？兩個人？」士子曰：「是兩個人。」僧曰：「這等，堯舜是一個人？兩個人？」士子曰：「自然是一個人！」僧乃笑曰：「這等説起來，且待小僧伸伸腳。」余所記載，皆眼前極膚淺之事，吾輩聊且記取，但勿使僧人伸腳則可已矣。故即命其名曰《夜航船》。

古劍陶庵老人張岱書

目　錄

天文部

卷一

象緯

九天　東方蒼天，南方炎天，西方浩天，北方玄天，東北旻天，西北幽天，西南朱天，東南陽天，中央鈞天。

日、月、星謂之三光。日、月合金、木、水、火、土五星謂之七政，又謂之七曜。日月所止舍，一日更七次，謂之七襄。

二十八宿　東方七宿：角，木蛟；亢，金龍；氐，土貉；房，日兔；心，月狐；尾，火虎；箕，水豹。北方七宿；斗，木獬；牛，金牛；女，土蝠；虛，日鼠；危，月燕；室，火豬；壁，水㺄。西方七宿：奎，木狼；婁，金狗；胃，土雉；昴，日雞；畢，月烏；觜，火猴；參，水猿。南方七宿：井，木犴；鬼，金羊；柳，土獐；星，日馬；張，月鹿；翼，火蛇；軫，水蚓。

分野　角、亢、氐：鄭，兗州。房、心：宋，豫州。尾、箕：燕，幽州。女、牛：吳，揚州。虛、危：齊，青州。室、壁：衞，并州。奎、婁、胃：魯，徐州。昴、畢：趙，冀州。觜、參：晉，益州。井、鬼：秦，雍州。柳、星、張：周，三河。翼、軫：楚，荊州。

納音五行　甲子乙丑海中金，丙寅丁卯爐中火，戊辰己巳大林木，庚午辛未路旁土，壬申癸酉劍鋒金，甲戌乙亥山頭火，丙子丁丑澗下水，戊寅己卯城頭土，庚辰辛巳白蠟金，壬午癸未楊柳木，甲申乙酉泉中水，丙戌丁亥屋上土，戊子己丑霹靂火，庚寅辛卯松柏木，壬辰癸巳長流水，甲午乙未沙中金，丙申丁酉山下火，戊戌己亥平地木，庚子辛丑壁上土，壬寅癸卯金箔金，甲辰乙巳覆燈火，丙午丁未天河水，戊申己酉大驛土，庚戌辛亥釵釧金，壬子癸丑桑柘木，甲寅乙卯大溪水，丙辰丁巳沙中土，戊午己未天上火，庚申辛酉石榴木，壬戌癸亥大海水。

天裂陽不足，地動陰有餘。

梁太清二年六月，天裂於西北，長十尺，闊二丈，光出如電，聲若雷。

唐中和三年，浙西天鳴，聲如轉磨，無雲而雨。無形有聲，謂之妖鼓；無雲而雨，謂之天泣。

憂天墜　《列子》：杞國有人常憂天墜，身無所寄，至廢寢食。比人心多過慮，猶如杞人憂天。

三才　天、地、人謂之三才。混沌之氣，輕清為天，重濁為地。天為陽，地為陰。人稟陰陽之氣，生生不息，與天地參，故曰三才。

回天　天者，君象；回者，言挽回君心也。唐太宗欲修洛陽宮，張玄素諫，止之。魏徵曰：「張公有回天之力。」

戴天　《禮記》：君父之仇，不共戴天。兄弟之仇，不反兵革。交遊之仇，不與同國。

補天　女媧氏煉石補天。

如天　《通鑒》：帝堯其仁如天，其智如神，就之如日，望之如雲。

補天浴日之功　宋趙鼎疏曰：頃者陛下遣張浚出使川陝，國勢百倍於今，浚有補天浴日之功，陛下有礪河之誓，終致物議以被竄逐。臣無浚之功，而當此重任，去朝廷遠，恐好惡是非，行復紛紛於聰明之下矣。

二天　後漢蘇章為冀州刺史，行部。有故人清河守贓奸，章至，設酒敍歡。守曰：「人皆有一天，我獨有二天。」章曰：「今日與故人飲，私恩也；明日冀州按事，公法也。」遂正其罪。

焚香祝天　後唐明宗登極之年，每於宮中焚香祝天曰：「某，胡人，因亂為眾所推，願天早生聖人，為生民主。」

威侮五行　《通鑒》：帝啟立，有扈氏無道，威侮五行，怠棄三正，啟征之，大戰於甘，滅之。

五星會天　《通鑒》：顓頊作曆，以孟春之月為元。是歲正月朔旦立春，五星會於天，曆營室。

五星聚奎　宋太祖乾德五年，五星聚於奎。初，竇儼與盧多遜、楊徽之，周顯德中同為諫官。儼善推步星曆，嘗曰：「丁卯歲五星聚奎，自此天下始太平。二拾遺見之，儼不與也。」

五星鬥明　神宗萬曆四十七年，五星鬥於東方，杜松、劉綎全軍戰沒於渾河及馬家寨等處。

日　月

東隅，日出之地；桑榆，日入之地。日拂扶桑，謂之及時。日經細柳，謂之過時。

龍豲　《天文志》：日月會於龍豲尾。（豲音門。）

《廣雅》：日初出為旭，日昕曰晞，日溫曰煦；日在午曰亭午，在未曰昳，日晚曰旰，日將落曰晡。

《天官書》曰：日月薄蝕，日月之交。月行黃道，而日為掩，則日食，是曰陰勝陽，其變重。月行在望，與日衝，月入於暗之內，則月食，是曰陽勝陰，其變輕。聖人扶陽而尊君曰：「日，君道也。」於其食，謹書而備戒之，日食為失德，月食為失刑。

日落九烏　烏最難射。一日而落九烏，言羿之善射也。後以為羿射落九日，非是。

向日取火　陽燧以銅為之，形如鏡，向日則火生，以艾承之則得火。

夸父追日　《列子》：夸父不量力，欲追日影，逐之於暘谷之陽際，渴欲得飲。赴河飲不足，將北走大澤，中道渴而死。

魯戈返日　魯陽公與韓構戰，戰酣日暮，援戈揮之，日返三舍。又，虞公與夏戰，日欲落，以劍指日，日返不落。

白虹貫日　荊軻入秦刺秦王，燕太子丹送之易水上，精誠格天，白虹貫日。

田夫獻曝　《列子》：宋國有田夫曝日而背暖，顧謂其妻曰：「負日之暄，人莫知其美者，以獻吾君，必有重賞。」人皆笑之。

白駒過隙　《魏豹傳》：人生易老，如白駒過隙。（白駒，日影也。）

冬月之日，有「黃綿襖」之稱。

薄蝕朒朓　薄，無光也。蝕，虧缺也。朔見東方曰朒，晦見西方曰朓。（朒音肉，朓音挑。）

朏未成明，魄始成魄。月初三哉生明也，月十六哉生魄也。

翟天師乾祐間嘗於江岸玩月，或問：「此中何所有？」翟笑曰：「可隨吾指觀之。」俄見月規半天，瓊樓玉宇爛然，數息間，不復見矣。

尹思遣兒視月中有物，知兵亂。

《淮南子》：日出於暘谷，浴於咸池，拂於扶桑，是謂晨明。登於扶桑，爰始將行，是謂朏明。至於曲阿，是謂朝明。臨於曾泉，是謂早食。次於桑野，是謂晏食。臻於衡陽，是謂禺中。對於昆吾，是謂正中。靡於鳥次，是謂小遷。至於悲谷，是謂晡時。至於女紀，是謂大遷。經於虞淵，是謂高舂。頓於連石，是謂下舂。至於悲泉，爰止羲和，爰息六螭，是謂懸車。薄於虞泉，是謂黃昏。淪於蒙谷，是謂定昏。日入崦嵫，經細柳入虞泉之汜，曙於蒙谷之浦，垂景在樹端，謂之桑榆。

《漢書》：新垣平文帝時上言：「日當再中，臣以候知之。」居頃之，日果再中。

《釋名》：月，闕也。言滿則復闕也。晦，灰也。月死而灰，月光盡似之也。朔，甦也。月死後甦生也。弦，月半之名也。其形一旁曲，一旁直，若張弓弦也。望，月滿之名也。日在東，月在西，遙相望也。

蟾蜍，月中三足物也。王充《論衡》：羿請不死之藥於西王母，其妻嫦娥竊之奔月，是為蟾蜍。

月桂　《酉陽雜俎》：月桂高五百丈，有一人常伐之，樹創隨合。其人姓吳名剛，西河人，學仙有過，謫令伐桂。桂下有玉兔杵藥。

愛日　言子愛父母，當如愛日之誠。

日光摩盪　周主遣趙匡胤率兵禦遼北漢，癸卯發汴京。苗訓善觀天文，見日下復有一日，黑光摩盪者久之，指示楚昭輔曰：「此天命也。」是夕，次陳橋，遂有黃袍加身之變。

日為太陽之精　《廣雅》：陽精外發，故日以晝明。羲和，日御也。日中有金烏。《通鑒》：太昊有聖，象日月之明。

日出而作　堯時有老人，含哺鼓腹，擊壤而歌，曰：「日出而作，日入而息；鑿井而飲，耕田而食，帝力何有於我哉？」

日亡乃亡　桀嘗自言：「吾有天下，如天之有日；日亡，吾乃亡耳！」

如冬夏之日　夏日烈，冬日溫。趙盾為人嚴而可畏，故比如夏日。趙衰為人和而可愛，故比如冬日。

東隅桑榆　馮異大破赤眉，光武降書勞之曰：「始雖垂翅回溪，終能奮翼澠池，可謂失之東隅，收之桑榆。」

蜀犬吠日　柳文：庸、蜀之南，恆雨少日，日出則羣犬吠之。

日食在晦　漢建武七年三月晦，日食，詔上書不得言聖。鄭興上疏曰：「頃年日食，每多在晦。先時而合，皆月行疾也。日君象，月臣象。君亢急，則臣促迫，故月行疾。」時帝躬勤政事，頗傷嚴急，故興奏及之。

太陰　《史記》：「太陰之精上為月。」《淮南子》：「月御曰望舒，亦曰纖阿，中有玉免。」

瑤光貫月　《通鑒》：昌意娶蜀山氏之女曰女樞，感瑤光貫月之祥，生顓頊高陽氏於若水。

月食五星　崇禎十一年四月己酉夜，熒惑去月僅七八寸，至曉逆行，尾八度掩於月，丁卯退至尾，初度漸入心宿。楊嗣昌上疏言：「古今變異，月食五星，史不絕書，然亦觀其時。昔漢元帝建武二十三年，月食火星，明年呼韓于款五原塞。明帝永平二年，月食火星，皇后馬氏德冠後宮，明年圖畫功臣於雲台。唐憲宗元和七年，月食熒惑。明年興師，連年兵敗。今者月食火星，猶幸在尾，內則陰宮，外則陰國。皇上修德召和，必有災而不害者。」然實考嗣昌所引，年月俱謬。

論月　徐稺年九歲嘗月下戲，人語之曰：「若令月中無物，當極明耶？」稺曰：「不然。譬如人眼中有瞳子，無此必不明。」

如月之初　後漢黃琬，祖父瓊，為太尉，以日食狀聞。太后詔問所食多少，瓊對未知所況。琬年七歲，時在旁，曰：「何不言日食之餘，如月之初。」瓊大驚，即以其言對。

賦初一夜月　蘇福八歲時，賦《初一夜月》，詩云：「氣朔盈虛又一初，嫦娥底事半分無。卻於無處分明有，恰似先天太極圖。」

吳牛喘月　《風俗通》：吳牛苦於日，故見月而喘。

命詠新月　明太祖見太孫頂顱側，乃曰：「半邊月兒。」一夕，太子、太孫侍，太祖命詠新月。懿文云：「昨夜嚴灘失釣鈎，何人移上碧雲頭？雖然未得團圓相，也有清光遍九州。」太孫云：「誰將玉指甲，掐破碧天痕；影落江湖裏，蛟龍未敢吞。」太祖謂：「未得團圓、影落江湖，皆非吉兆。」

星

北斗七星　第一天樞，第二璇，第三璣，第四權，第五玉衡，第六開陽，第七瑤光。第一至第四為魁，第五至第七為杓，合之為斗。按《道藏經》：七星，一貪狼，二巨門，三祿存，四文曲，五廉貞，六武曲，七破軍，堪輿家用此。斗柄東，則天下皆春；斗柄南，則天下皆夏；斗柄西，則天下皆秋；斗柄北，則天下皆冬。

《史記》：中宮、文昌下六星，兩兩相比，名曰三能。台，三台。色齊，君臣和；不齊，為乖戾。

泰階六符　泰階，三台也。每台二星，凡六星。符，六星之符驗也。三台，乃天之三階。經曰：泰階者，天之三階也。上階為天子，中階為諸侯、公卿，下階為士、庶人。

景星　形如半月，王者政教無私，則景星見。

始影琯朗　女星旁一小星，名始影，婦女於夏至夜候而祭之，得好顏色。始影南，並肩一星，名琯朗，男子於冬至夜候而祭之，得好智慧。

參商　高辛氏二子，長閼伯，次實沉，自相爭鬥。帝乃遷長於商丘，主商，昏見；遷次於大夏，主參，曉見。二星永不相見。

長庚　即太白金星，朝見東方，曰啟明；夕見西方，曰長庚。太白經天，太白，陰星，晝當伏，晝見即為經天；若經天，則天下草昧，人更主，是謂亂紀，人民流亡。

應劭曰：「上階上星為男主，下星為女主；中階上星為三公，下星為卿大夫；下階上星為上士，下星為庶人。三階平則天下太平，三階不平則百姓不寧，故曰六符。」

《晉志》：角二星，為天闕，其間天門也，其內天庭也。故黃道經其中，七曜之所行。左角為理，主刑；右角為將，主兵。亢四星，天子內朝，天下之禮法也，亦為疏廟，主疾疫。氐四星，為天根，王者之宿宮，又為后妃之府，將有淫欲之事，氐先動。房四星為明堂，天子布政之堂室也，亦四輔也。又為四表，中間為天衢，亦為天闕，黃道之所經也。七曜繇乎天衢，則天下和平，亦天駟，為天馬，主車駕，亦曰天廄，又主開閉，為蓄藏之所繇。又北小星為鈎鈐，房之鈐鍵，天之管籥，明而近房，天下同心。心三星，天王正位也。中星曰明堂，天子位，為大辰，主天下之賞罰。前星為太子，後星為庶子。尾九星，後宮之長，亦為九子，色欲均明，大小相承，則後宮有敍。箕四星，為天津，後宮后妃之府，一曰天箕，主八風，凡日月宿在箕東壁翼者，風起北方，又主口舌。南斗六星，天廟也，為丞相太宰之位，酌量政事之宜，褒賢進良，禀受爵祿，又主兵。牽牛六星，天之關梁，主犧牲。其北二星，一曰即路，一曰聚火。又曰：上一星主道路，次二星主關梁，次三星主南越。須女四星，天之少府也，婦女之位，主布帛裁置、嫁娶。虛二星，冢宰之象也，主邑居廟堂祭祀之事，又主風雲死喪。危三星，主天府、天市架屋，動則土功起。營室二星，為太廟天子之宮也，主土功事。東壁二星，主文章，天下圖書之祕府。西方奎十六星，天之武庫也，主以兵禁暴。婁三星，亦為天獄，主苑牧犧牲供給郊祀。胃三星，天之厨藏，五穀之倉也，又名大梁，主倉廩。昴七星，天之耳目也，主西方，又為旄頭，胡星也，又主喪，主獄。昴、畢間二星，為天衢，三光之道也，主伺候關梁。畢八星，狀如掩兔之畢，主邊兵，主弋獵，又主刑罰。觜嶲三星，在參之右角，如鼎足形，主天之關，又為三軍之候。參十星，白獸之體。中三星橫列者，三將軍也。南方東井八星，天之南門，黃道所經，為天之亭侯，主水衡事。輿鬼五星，天之目也，主視明察奸謀。中央一星，曰積屍，搖動失色則病疾。柳八星，天之廚宰，主尚食，和滋味。昴七星，一曰天都，主衣裳文繡。張六星，主珍寶宗廟之用及衣服，天厨飲食賞賚之事。翼二十二星，為天子之樂府，又主夷狄遠賓負海之客，明則禮樂興，四夷來賓。軫四星，為冢宰輔臣也，主車騎足用，亦主風，有軍出入，皆占於軫。

熒惑守心　熒惑，火星也。守心，謂行經心度，住而不過也。宋景公時，熒惑守心。公問子韋，對曰：「禍當君，可移之相。」公曰：「相，吾輔也。不可！」曰：「移之民。」曰：「民死，吾誰與為君？」曰：「移之歲。」曰：「歲饑則民死。」子韋曰：「君有至德之言三，熒惑必三徙。」果徙三舍。

歲星　木星也。所居之國為福，所對之國為凶。福主豐稔，凶主饑荒。一曰：歲星所在之國，有稱兵伐之者必敗。

彗星　曰長星，亦曰欃槍。芒角四射者曰孛，芒角長如帚曰彗，極長者曰蚩尤旗。

金星一月移一宮，木星一歲移一宮，水星一月移一宮，火星兩月移一宮，土皇二十八月移一宮。

客星犯牛斗　有人居海上，每年八月見浮槎到岸，乃賚糧，乘之。至一處，見婦人織機，其夫牽牛飲水次。問：「此何處？」答曰：「歸問嚴君平。」君平曰：「是日客星犯牛斗，即爾至處。」

問使者何日發　漢和帝時，遣使者二人微行至蜀。李郃為郡侯吏，出酒共飲，問曰：「君來時，知二使者以何日發行？」二人怪問其故，郃曰：「見有二使星入益部耳。」自此名著。

五星奎聚　宋乾德五年三月，五星聚於奎。初，竇儼與盧多遜、楊徽之，周顯德中同為諫官，嚴善推步星曆，嘗曰：「丁卯歲五星聚奎，自此天下始太平。二拾遺見之，儼不與也。」呂氏中曰：「奎星固太平之象，而實重啟斯文之兆也。文治精華，已露於斯矣。」

德星　潁川陳實、荀淑俱率子弟宴集一堂。太史奏：德星聚潁分，百里內必有賢人會合。

客星犯御座　光武引嚴光入內，論道舊故，相對累日。因共偃臥，光以足加帝腹上。明日，太史奏：客星犯御座甚急。帝笑曰：「朕與故人嚴子陵共臥耳。」

晨星　劉禹錫曰：「落落如晨星之相望。」謂故人寥落如早晨之星，甚稀少也。

望星星降　何諷於書中得一髮卷，規四寸許，如環而無端，用力絕之，兩頭滴水。方士曰：「此名脈望，蠹魚三食神仙字，則化為此。夜持向天，規中望星，星立降，可救丹服食也。」

吞墜星　五代湯悅，自少穎悟。嘗見飛星墮水盤中，掬而吞之，文思日麗。仕南唐，拜相。凡書檄制誥，皆出其手。

上應列宿　館陶公主為子求郎，不許，賜錢十萬緡。漢明帝謂羣臣曰：「郎官上應列宿，出宰百里，苟非其人，則民受其殃。」

文曲犯帝座　明景清，建文中為御史大夫。文皇即位，清獨委蛇侍朝，文皇頗疑之。時星者奏文曲犯帝座甚急，色赤。是日，清衣緋入。遂收清，得所帶劍，不屈死，死後精靈猶見。

星長竟天　唐天祐二年，彗星長竟天。宋徽宗五年，有星孛於西方，長竟天。明成化七年，彗星見。正德元年，彗星見，參井侵太微垣。萬曆四十六年，東方有白氣，長竟天，其占為彗象，遼陽震報相踵。天啟元年，土星逆入井宿。

星飛星隕　宋徽宗元年正月朔，流星自西南入尾抵距星，其光燭地。是夕，有赤氣起東北，亘西方，中出白氣二，將散，復有黑氣在旁。任伯雨言：「時方孟春，而赤氣起於暮夜之幽，以天道人事推之，此宮禁陰謀下干上之證也。散而為白，而白主兵，此夷狄竊發之證也。」明成化二十三年，有飛星流，光芒燭地。正德元年，隕星如雨。崇禎十七年，星入月中。占曰：「國破君亡。」

風（風神名封十八姨，又名馮異） 雲（雲神名雲將）

八風 八節之風，立春條風（赦小過，出稽留）；春分明庶風（正封疆，修田疇）；立夏清明風（出幣帛，禮諸侯）；夏至景風（辯大將，封有功）；立秋涼風（報土功，祀四郊）；秋分閶闔風（解懸垂，瑟琴不張）；立冬不周風（修宮室，完邊城）；冬至廣漠風（誅有罪，斷大刑）。

四時風 郎仁寶曰：春之風，自下升上，紙鳶因之以起。夏之風，橫行空中，故樹杪多風聲。秋之風，自上而下，木葉因之以隕。冬之風，着土而行，是以吼地而生寒。

少女風 管輅過清河，倪太守以天旱為憂。輅曰：「樹上已有少女微風，樹間已有陽鳥和鳴。其雨至矣。」果如其言。

颶風 《嶺表錄》：颶風之作，多在初秋，作則海潮溢，俗謂之颶母風。

石尤風 石氏女為尤郎婦。尤為商遠出，妻阻之，不從。郎出不歸，石病且死，曰：「吾恨不能阻郎行。後有商賈遠行者，吾當作大風以阻之。」自後行旅遇逆風，曰：「此石尤風也。」

羊角風 《莊子》：「大鵬起於北溟，而徙南溟也，搏扶搖羊角而上者九萬里。」宋熙寧間，武城有旋風如羊角，拔木，官舍捲入雲中，人民墜地死。

《爾雅》：「南風謂之凱風，東風謂之谷風，北風謂之涼風，西風謂之泰風。焚輪謂之穨，扶搖謂之猋。風與火為庉。迴風為飄。日出而風謂之暴。風而雨土為霾。陰而風為曀。」猛風曰颲，涼風曰飉，微風曰飇，小風曰颼。

花信風 唐徐師川詩云：「一百五日寒食雨，二十四番花信風。」《歲時記》曰：「一月二氣六候，自小寒至穀雨。四月八氣二十四候，每候五日，以一花之風信應之。」

泰山雲 《公羊傳》：泰山之雲，觸石而起，膚寸而合，不崇朝而雨天下。

卿雲 若雲非雲，若煙非煙，郁郁紛紛，蕭索輪菌，謂之慶雲。王者德至於山陵，則卿雲出。《春秋繁露》：「人君修德，則矞雲見。」雲五色為卿，三色為矞。

沆瀣 夜半清氣從北方起者，謂之沆瀣。

神瀵 《列子》言：神瀵即《易》所謂山澤氣相蒸，雲興而為雨也。陳希夷詩：「倏爾火輪煎地脈，愕然神瀵湧山椒。」

白雲孤飛 狄仁傑嘗赴并州法掾，登太行山，見白雲孤飛，泣曰：「吾親舍其下。」

五色雲 宋韓琦弱冠及第，方傳臚，時太史奏：「五色雲現。」出入將相，為一代名臣。

風 天地之使也，大塊之噫氣，陰陽之怒而為風也。《洛神賦》：「屏翳收風。」屏翳，風師也，又名飛廉；飛廉，神禽，即箕主也。又曰：「箕主簸揚，能致風雨。」

風霾 明天啟間，魏閹肆毒，風霾旱魃，赤地千里，京師地震，火災焚燒，震壓死傷甚慘。崇禎十七年正月朔，大風霾。占曰：「風從乾起主暴。」兵破城。三月內申，大風霾，晝晦。

風木悲 《春秋》：皋魚宦遊列國，歸而母卒，泣曰：「樹欲靜而风不息，子欲養而親不在。」遂自刎死。

歌南風之詩 大舜彈五弦之琴，歌南風之詩，曰：「南風之薰兮，可以解吾民之慍兮；南風之時兮，可以阜吾民之財兮。」

占風知赦 漢河內張成善風角，推占當赦，教子殺人。司隸李膺督促收捕，既而逢宥獲免，膺愈憤疾，竟按殺之。

祭風破操　操連船艦於赤壁，周瑜用黃蓋火攻之策。時隆冬無東南風，諸葛孔明築壇而祭，應期風至，大破曹兵。

雲霞　雲，山川之氣也。日旁彩雲名霞，東西二方赤色亦曰霞。《易經》：「雲從龍，風從虎。」孔子曰：「於我如浮雲。」

雲出無心　陶詞：「雲無心而出岫。」

占雲　二至、二分，望雲色以卜歲之豐凶水旱。

行雲　楚襄王遊於高唐，夢一女曰：「妾在巫山之陽，高丘之上，朝為行雲，暮為行雨。」比旦視之，如其言。

落霞　王勃《滕王閣賦》：「落霞與孤鶩齊飛。」後一士子夜泊江中，聞水中吟，此士曰：「何不云『落霞孤鶩齊飛，秋水長天一色』。」鬼遂絕。

颶風　《嶺表錄》：颶風之作，多在初秋，作則海潮溢，俗謂之颶母風。明正德七年，流賊劉大等舟至通州狼山，遇颶風大作，舟覆，賊盡死。

雨（雨神名滂滉本郎，雨師名萍翳）

商羊舞　齊有一足鳥舞於殿前，齊侯問於孔子，孔子曰：「此鳥名商羊。兒童有謠曰：『天將大雨，商羊鼓舞。』是為大雨之兆。」後果然。

石燕飛　《湘州記》：零陵山有石燕，遇風雨則起飛舞，雨止還為石。

洗兵雨　武王伐紂，風霽而乘以大雨。散宜生諫曰：「非妖與？」武王曰：「非也，天洗兵也。」

雨工　唐柳毅過洞庭，見女子牧羊道畔，怪而問之。女曰：「非羊也。此雨工雷霆之類也。」遂為女致書龍宮，妻毅以女。今為洞庭君。

蜥蜴致雨　關中求雨，尋蜥蜴十數置甕中，童男女咒曰：「蜥蜴蜥蜴，興雲吐霧，致雨滂沱，放汝歸去。」宋咸平時用此法禱雨，屢驗。

於小春月內雨為液雨。時雨為澍雨。雨雪雜下為雨汁。

御史雨　唐平原有冤獄，天久不雨。顏真卿為御史，按行部邑，決獄而雨，號御史雨。

隨車雨　宋陳戩知處州，時大旱，公下車，雨遂霑足，人謂之隨車雨。

三年不雨　于公，東海郡決曹，決獄平恕。海州孝婦少寡，無子，姑欲嫁之，不肯。姑自經。姑女誣告孝婦，捕治，獄成。于公以為冤，太守竟殺之。郡中三年苦旱。後守聽于公言，徒步往祭，立雨。

侍郎雨　正統九年，浙江台寧等府久旱，民多疾疫。上遣禮部右侍郎王英賚香帛往祀南鎮。英至紹興，大雨，水深二尺。祭祀之夕，雨止見星。次日，又大雨，田野霑足。人皆曰：「此侍郎雨也。」

雨雹如斗　漢方儲官太常。永元中郊祀，儲言旦有天變，宜更擇日，上不從。已而風日晴暢。郊還，責其欺罔，因飲鴆死。須臾，而雹大如斗，死者千計。上使召儲，無及矣。

冒雨剪韭　郭林宗友人夜至，冒雨剪韭作炊餅。杜詩：「夜雨剪春韭。」

雨粟雨金錢　倉頡造字成，天雨粟，鬼夜哭。大禹時，天雨金三日。翁仲儒家極貧，天雨金十餅，稱巨富。熊衮至孝，父母死，不能葬，呼天號泣，天雨錢十萬以終其葬事。

雨　《大戴經》云：天地積陰，溫則為雨。雹，雨冰也，盛陽雨水溫暖，陰氣脅之不相入，則轉而為雹。

畢星好雨　月行西南入於畢，則多雨。《易》曰：「雲行雨施，品物流形。」俗云：「雨三日以往為霖。」小雨曰霢霂，大雨曰霶霈，久雨為霪雨，亦曰天漏。

禱雨　湯有七年之旱，太史占之曰：「當以人禱。」湯曰：「吾所為請雨者，民也。若以人禱，吾請自當。」遂齋戒，剪髮斷爪，素車白馬，身嬰白茅，以為犧牲，禱於桑林之野，以六事自責曰：「政不節歟？民失職歟？宮室崇歟？女謁盛歟？苞苴行歟？讒夫昌歟？」言未已，大雨，方數千里。

霖雨放宮人　宋開寶五年，大雨，河決。太祖謂宰相曰：「霖雨不止，得非時政所闕。朕恐掖庭幽閉者眾。」因告諭後宮：「有願歸其家者，具以情言。」得百名，悉厚賜遣之。

上圖得雨　宋神宗七年，大旱，歲饑，征斂苛急，流民扶攜塞道，羸疾無完衣，或茹木實草根，至身被鎖械，而負瓦揭木，賣以償官，纍纍不絕。監安上門鄭俠乃繪所見為圖，發馬遞上之言：「陛下親臣圖，以行臣之言，一日不雨，乞斬臣，以正欺君之罪。」帝見圖長漢，寢不能寐。翌旦，命罷新法十八事。民聞之，歡呼相賀。是日，大雨，遠近霑洽。

商霖　宋徽宗時，蔡京久盜國柄，中外怨疾。商英能立異同，更稱為賢，帝因人望而相之。時久旱，彗星中天，商英受命。是夕，彗不見。明日，雨。帝喜書「商霖」二字賜之。

兵道雨　明蔡懋德以參政備兵真定。天久旱，尺寸土皆焦。懋德禱雨輒應，屬邑民爭迎之。禱所至，即雨，民歡呼曰「兵道雨」。

大雹示警　周孝王命秦非子主馬於汧、渭之間，馬大蕃息，王封為附庸之君，邑於秦，使續伯益後。其日大雨雹，牛馬死，江漢俱凍。明天啟二年，大雨雹着屋，瓦磧俱碎，禾稼多傷。

雨血　元順帝二年正月朔，雨血於汴梁，着衣皆赤。

雷（雷神名豐隆） 電（電神名列缺）
虹霓（一名挈貳，一名天弓，一名蝃蝀）

雷候 仲春之月，雷乃發聲，始電。蟄蟲咸動，啟戶始出。仲秋之月，雷始收聲，蟄蟲坏戶。《傳》曰：雷八月入地百八十日。

聞雷造墓 三國王裒父儀，以直言忤司馬昭見殺。裒終身未嘗西向而坐，示不臣晉也。廬墓悲號，流涕着樹，樹為之枯。讀《詩》至「哀哀父母」則三復嗚咽，門人輒廢《蓼莪》。母存日，畏雷，歿後，每雷震即造墓，曰：「裒在此。」

霹靂破倚柱 《世說》：夏侯玄嘗倚柱讀書，時暴雨，霹靂破所倚柱，衣服焦然，神色無變，讀書如故。與《晉紀》諸葛誕事相同。

電光照郊 《世紀》：神農氏之末少昊氏娶附寶，見大電光繞北斗樞星照郊，感附寶孕，二十月生黃帝於壽丘。

雷電遽散 《南唐書》：陸昭符，金陵人，保大中為常州刺史。一日，坐廳事，雷雨猝至，電光如金蛇繞案，吏卒皆震仆，昭符神色自若，撫案叱之，雷電遽散。得鐵索重百斤，徐命舉索納庫中。

赤虹化玉 孔子作《春秋》，制《孝經》，書成，告備於天，天乃決郁，起白霧摩地，赤虹自上而下，化為黃玉，長者三尺，上有刻文，孔子拜而受之。

天投蜺 漢靈帝時，有黑氣墮溫德殿中，大如車蓋，隆起奮迅，五色，有頭，體長十餘丈，形貌如龍。上問蔡邕，對曰：「所謂天投蜺也，不見足尾，不得稱龍。」占曰：「天子內惑女色，外無忠臣，兵革將起。」

雷州雷 雷州英靈岡，相傳雷出於此。《國史補》：雷州春夏多雷，秋日則伏地中，其狀如彘，或取而食之。又夜城西南有雷公廟，每歲鄉人造雷鼓雷車送入廟中，或以魚彘同食者，立有霆震。

感雷精 《論衡》曰：「子路感雷精而生，故好事。」

雷神　曹州澤中有雷神，龍身而人頰，鼓其腹則鳴。《史記》:「舜漁於雷澤。」即此。

占虹霓詩　彭友信以貢至京師，遇上微行，占《虹霓》詩二句云:「誰把青紅線兩條，和雲和雨繫天腰。」命友信續之，應聲曰:「玉皇昨夜鑾輿出，萬里長空駕彩橋。」上大悅，問其籍，命翌晨候於竹橋同入朝。友信如言，候久不至，遂入朝。上召問故，以實對。上曰:「此秀才有學有行。」遂授北平布政使。

雷神名　雷，陰陽薄動，生物者也。又黔雷，天上造化神名。電，雷光也，陰陽激耀也。霹靂，雷之急激者。閃電曰雷鞭。唐詩:「雷車電作鞭。」又電神，名列缺。《思玄賦》:「列缺爗其照夜。」

律令　《資暇錄》:律令是雷邊捷鬼，善走，與雷相疾速，故符咒云:「急急如律令。」

阿香　《搜神記》:永和中，有人暮宿道旁女子家。夜半聞小兒呼:「阿香！官喚汝推雷車。」忽驟雷雨。明日視宿家，乃一新塚。

謝仙　《國史》:祥符中，岳州玉真觀為天火所焚，惟留一柱，有「謝仙火」三字，倒書而刻之。何仙姑云:「謝仙，雷部，司掌火。」

雷震而生　陳時，雷州民陳氏獲一卵，圍及尺餘，攜歸。忽一日，雷震而開。生子，有文在手，曰「雷州」。及長，名文玉，後拜本州刺史，多惠政。沒而靈異，立廟以祀。

霹靂鬥　齊神武道逢雷雨，前有浮圖一所，使薛孤延視之。未至三十步，震燒浮圖。薛大聲喝殺，繞浮圖走，火遂滅。及還，鬚髮皆焦。

雷同　《論語讖》:雷震百里，聲相附也。謂言語之符合，如聞雷聲之相同也。

冬月必雷　《隋史》:馬湖府西，萬歲征西南夷過此，鐫「雷番山」三字於石。山中草有毒，經過頭畜，必籠其口，行人亦必緘默，若或高聲，雖冬月必有雷震之應。

暴雷震死　商武乙無道，為偶人，謂之天神。與博不勝，而戮之。為革囊盛血，仰射之，謂之射天。獵於河渭之間，暴雷震死。

假雷擊人　《廣輿記》：鉛山人某常悦東鄰婦某氏，挑之不從。值其夫寢疾，天大雷雨，乃着花衣為兩翼，躍入鄰家，奮鐵椎殺之，仍躍而出。婦以其夫真遭雷擊也。服除，其人遣媒求娶。婦因改適，伉儷甚篤。一日，婦檢箱篋，得所謂花衣兩翼者，怪其異製。其人笑曰：「當年若非此衣，安得汝為妻！」因敍事始末。婦亦佯笑。俟其出，抱衣訴官，論絞。絞之日，雷大發，身首異處，若肢裂者。

虹霓　虹，蝃蝀也。陰氣起而陽氣不應則為虹。又音絳，亦螮蝀也。《詩經》：「蝃蝀在東。」霓，屈虹也。《説文》：陰氣也。通作「蜺」。《天文志》：「抱珥虹蜺。」一云雄曰虹，雌曰霓。沈約《郊居賦》：「雌霓連蜷。」《西京賦》：「直螮霓以高居。」又朝西暮東，東晴西雨。

虹繞虹臨　《通鑒》：太昊之母履巨人跡，意有動，虹且繞之，因娠而生帝於成紀。少昊，黃帝之子，母曰嫘祖，感大星如虹，下臨華渚之祥而生。

雪（雪神名滕六）　霜（霜神名青女）

滕六降雪　唐蕭至忠為晉州刺史，欲出獵，有樵者見羣獸哀請於九冥使者（山神）。使者曰：「若令滕六降雪，巽二起風，則使君不出矣。」天未明，風雪大作，蕭果不出。

《韓詩外傳》：「凡草木花多五出，雪花獨六出。」陰極之數，立春則五出矣。雪花曰霙。

柳絮因風　晉謝太傅大雪家宴，子女侍坐。公曰：「白雪紛紛何所似？」兄子朗曰：「撒鹽空中差可擬。」兄女道韞曰：「不若柳絮因風起。」公大稱賞。

雪水烹茶　宋陶穀得党家姬，遇雪，取雪水烹茶，謂姬曰：「党家亦知此味否？」姬曰：「彼武夫安有此？但知於錦帳中飲羊羔酒耳。」公為一笑。

欲仙去　越人王冕，當天大雪，赤腳登潛嶽峰，四顧大呼曰：「天地皆白玉合成，使人心膽澄澈，便欲仙去！」

剡溪雪　王子猷居山陰，於雪夜棹小舟往剡溪訪戴安道，未到門而返。僕問之，答曰：「乘興而來，興盡而返，何必見戴？」

卧雪　袁安遇大雪，閉門僵卧。洛陽令行部，見民家皆除雪出，至安門無行跡，疑安已死，急令人除雪入戶，見安僵卧。問安何以不出。安曰：「大雪人皆餓，不宜干人。」令賢之，為舉孝廉。

嚼梅咽雪　鐵腳道人嘗愛赤腳走雪中，興發則朗誦《南華．秋水篇》，嚼梅花滿口，和雪咽之，曰：「吾欲寒香沁入心骨。」

神仙中人　晉王恭嘗披鶴氅涉雪而行，孟昶見之，曰：「此真神仙中人也。」

大雪踐約　環州蕃部奴訛者，素倔強，未嘗出謁郡守。聞种世衡至，出迎。世衡約明日造其帳。是夕大雪，深三尺。左右曰：「地險不可往！」世衡曰：「吾方結諸羌以信，詎可失期？」遂緣險而入。奴訛訝曰：「公乃不疑我耶！」率部落羅拜聽命。

雪夜入蔡州　李愬乘雪夜入蔡州，攪亂鵝鴨池，及軍聲達於吳元濟卧榻，倉卒驚起，圍而擒之。

踏雪尋梅　孟浩然情懷曠達，常冒雪騎驢尋梅，曰：「吾詩思在灞橋風雪中驢背上。」

雪　《大戴經》云：「天地積陰，寒則為雪。」《氾勝之書》：「雪為五穀之精。」又云「冬雪兆豐年」。故冬雪為瑞雪。詩有「宜瑞不宜多」之句。

嚙雪咽氈　蘇武持節使匈奴，幽大窖中，嚙雪咽氈，數日不死，匈奴神之。

映雪讀書　孫康家貧，好學，嘗於冬夜映雪讀書。

雪夜幸普家　宋太祖數微行過功臣家。一日大雪，伺夜，普意太祖不出。久之，聞叩門聲，普亟出，太祖立風雪中。

霜　露之所結也。《大戴禮》云：「霜露，陰陽之氣，陰氣盛則凝而為霜。」《易》曰：「履霜堅冰至。」《詩》：「峻節貫秋霜。」

五月降霜　《白帖》：鄒衍事燕惠王盡忠，左右譖之，王繫之獄。衍仰天而哭，五月為之降霜。

露（露一名天乳，一名天酒）　霧　冰

花露　楊太真每宿酒初消，多苦肺熱。凌晨至後苑，傍花口吸花露以潤肺。

仙人掌露　漢武帝建柏梁台，高五十丈，以銅柱置仙人掌，擎玉盤，以承雲表之露，和玉屑服之，以求仙也。

露　夜氣著物為露。《玉篇》曰：「天之津液，下所潤萬物也。」

霧　地氣上天不應也。《元命苞》曰：「陰陽亂為霧，氣蒙冒覆地之物。」

冰　冬水所結。天寒地凍，則水凝結而堅也。

甘露　梁詔，貴縣人，以孝名，有甘露着松樹上。後為廣東提刑幹官。蘇軾詢知狀，為署其齋曰「甘露」，林曰「瑞松」，其讀書處曰「薰風」。

作十里霧　神農氏世衰，諸侯相侵伐，炎帝榆罔，弗能征。軒轅修德治兵，以征不享。與蚩尤戰於涿鹿，蚩尤作霧十里，以迷軒

轅，乃以指南車擒殺之。

伐冰之家　卿大夫以上喪祭用冰者也。

冰人冰泮　晉令狐策夢立冰上與冰下人語，索紞占之曰：「為陽語陰，媒介事也。當為人作媒，冰泮成婚。」後太守田豹，為子求張公徽女，使策為媒，果於仲春成婚。故今稱媒人亦曰「冰人」。《詩經》曰：「迨其冰泮。」

冰生於水　《荀子》：「冰生於水而寒於水。」比後進之過於先生也。

冰山　唐楊國忠為右相，或勸陝郡進士張彖謁國忠，曰：「見之，富貴立可圖。」彖曰：「君輩倚楊右相若泰山，吾以為冰山耳。若皎日既出，君輩得無失所恃乎？」遂隱居嵩山。

冰柱　明正德十年，文安縣一日河水忽僵立，風色甚寒，凍結為柱，高圍俱五丈，中空而旁穴。數日，流賊過縣，鄉民走入穴中避之，賴以保全者何啻百萬！

時令

律呂　六律屬陽，十一月黃鐘，正月太簇，三月姑洗，五月蕤賓，七月夷則，九月無射；六呂屬陰，十二月大呂，二月夾鐘，四月仲呂，六月林鐘，八月南呂，十月應鐘。

十干　甲曰閼逢，乙曰旃蒙，丙曰柔兆，丁曰強圉，戊曰著雍，己曰屠維，庚曰上章，辛曰重光，壬曰玄黓，癸曰昭陽。

十二支　子曰困敦，丑曰赤奮若，寅曰攝提格，卯曰單閼，辰曰執徐，巳曰大荒落，午曰敦牂，未曰協洽，申曰涒灘，酉曰作噩，戌曰閹茂，亥曰大淵獻。

十二肖　子鼠無膽，丑牛無上齒，寅虎無頸，卯兔無脣，辰龍無耳，巳蛇無足，午馬無下齒，未羊無瞳，申猴無脾，酉雞無外腎，戌狗無胃，亥豬無筋。鼠前四爪、後五爪，虎五爪，龍五爪，馬單蹄，猴五爪，狗五爪，故屬陽。牛兩爪，兔缺脣，蛇雙舌，羊分蹄、四爪，雞四爪，豬四爪，故屬陰。

三春曰陬月、如月、寎月。三夏曰余月、皋月、且月。三秋曰相月、壯月、玄月。三冬曰陽月、辜月、涂月。

節水　正月解凍水，二月白蘋水，三月桃花水，四月瓜蔓水，五月麥黃水，六月山礬水，七月豆花水，八月荻苗水，九月霜降水，十月復槽水，十一月走淩水，十二月慼淩水。

伏羲始立八節，周公始定二十四節以合二十四氣。

節氣　立春正月節，雨水正月中；驚蟄二月節，春分二月中；清明三月節，穀雨三月中；立夏四月節，小滿四月中；芒種五月節，夏至五月中；小暑六月節，大暑六月中；立秋七月節，處暑七月中；白露八月節，秋分八月中；寒露九月節，霜降九月中；立冬十月節，小雪十月中；大雪十一月節，冬至十一月中；小寒十二月節，大寒十二月中。

改歲　唐虞紀歲曰載，夏改載曰歲，商改歲曰祀，周改祀曰年，秦改年曰遂。

百六陽九　《曆律志》：凡四千六百一十七歲為一元。一元之中有上元、中元、下元。九厄，陽厄五、陰厄四。初入元，百六歲有陽厄，故曰百六陽九。

甲子　堯元年至萬曆元年癸酉，三千九百六十二年，六十七甲子。

上元　洪武十七年甲子為中元，正統九年甲子為下元。弘治十七年甲子為上元。嘉靖四十三年甲子為中元。天啟四年甲子為下元。

浹旬浹辰　十日則天干一周，故曰浹旬。十二月則地支一周，故曰浹辰。

三餘　謂冬者歲之餘，夜者日之餘，雨者月之餘。魏董遇以三餘讀書。

五夜　即五更，分甲乙丙丁戊也。故三更謂之丙夜。

月忌　俗以初五、十四、廿三為月忌，蓋三日乃《河圖》數之中宮五數也。五為君象，故庶民不敢用之。

閏月　冬至後餘一日，則閏正月；餘二日，則閏二月；餘十二日，則閏十二月；若十三日，則不閏矣。

四離四絕　春分、秋分、冬至、夏至前一日，謂之四離；立春、立夏、立秋、立冬前一日，謂之四絕。

大往亡　立春後六日，驚蟄後十三日，清明後二十日，立夏後七日，芒種後十五日，小暑後二十六日，立秋後八日，白露後十七日，寒露後二十三日，立冬後九日，大雪後十九日，小寒後二十九日，謂往亡。

百忌日　甲不開倉，乙不栽植，丙不修灶，丁不剃頭，戊不受田，己不破券，庚不經絡，辛不合醬，壬不決水，癸不詞訟。子不問卜，丑不冠帶，寅不祭祀，卯不穿井，辰不哭泣，巳不遠行，午不苫蓋，未不服藥，申不安牀，酉不會客，戌不吃狗，亥不嫁娶。

改火　燧人掌火，春取榆柳之火，夏取棗杏之火，秋取柞楢之火，冬取槐檀之火。

五行分旺　東方乘震而司春，其帝太皞，其神句芒，其日甲乙。甲乙屬木，木旺於春，其色青，故春曰青帝。南方居離而司夏，其帝炎帝，其神祝融，其日丙丁。丙丁屬火，火旺於夏，其色赤，故夏曰赤帝。西方當兑而司秋，其帝少皞，其神蓐收，其日庚辛。庚辛屬金，金旺於秋，其色白，故秋曰白帝。北方乘坎而司冬，其帝顓頊，其神玄冥，其日壬癸。壬癸屬水，水旺於冬，其色黑，故冬曰黑帝。中央屬土，黃帝乘權，其日為戊己。戊己屬土，土旺於四時，其色黃。

天時長短 每年小滿後，累日而進，積三十日為夏至而一陰生，天時漸短。小寒後累日而進，積三十日為冬至而一陽生，日晷初長。《周禮》注：冬至日在牽牛，景長一丈三尺，夏至日在東井，景長五寸。

玉燭 《爾雅》:「四氣和謂之玉燭。」謂言道光照也。

月分三浣 上旬曰上浣，中旬曰中浣，下旬曰下浣。浣，沐浴也。古制：朝臣十日一給假，一月三給，為浣沐之期。

朝三暮四 《莊子》：狙公養狙，曰：「與若茅栗也，朝三暮四。」眾狙皆怒。又曰：「朝四暮三。」眾狙皆喜。

寒歲燠年 東周懦弱，政失之舒，故衰周無寒歲。嬴氏兇殘，政失之急，故暴秦無燠年。

當惜分陰 《晉書》：陶侃曰：「大禹聖人，乃惜寸陰。至於凡人，當惜分陰，無使日月其除也。」

春

鄒律回春 劉向《別錄》：燕有寒谷，黍稷不生，鄒衍吹律，暖氣乃至，草木皆生。

端月 《索隱》曰：秦二世二年正月，以避秦始皇諱，改名端月，至漢始易。

楚俗立春日，門貼宜春字。唐人立春日作春餅生菜，號春盤。

元日 伏羲置元日。漢武置歲元、月元、時元。

賀正 漢高祖十月定秦，遂為歲首。七年，長樂宮成，制羣臣朝賀儀，改用夏正。建寅之月，則元日賀，始高祖。

東方朔占曰：正月元日至八日，一雞，二犬，三豕，四羊，五馬，六牛，七人，八穀。其日晴明，主所生之物繁衍，陰雨則夭折。

人日　宋富鄭公於正月七日朝見，真宗勞之曰：「今日卿至，可謂人日。」

宋真宗以正月三日為天慶節。

晉人日造華勝相遺，剪彩縷金插鬢。

懸羊磔雞　元旦縣官懸羊頭於門，又磔雞覆之。草木萌動，羊囓百草，雞啄五穀，殺之以助生氣也。

桃符　黃帝於元旦立桃板，門上畫神荼、鬱壘。堯時獻重明鳥如雞。國人利寶雞，戶上懸葦索插符。三代異尚：夏插茭葦，即今插芝麻秸；殷螺首以謹閉塞也，一名椒圖；周桃梗。

屠蘇酒　屠蘇，庵名。漢時有人居草庵造酒，除夕以藥囊浸酒中，辟除百病，故元日飲之。其飲法：先少者，後老者。以少者得歲，故先之；老者失歲，故後之。

椒觴　元日取椒置酒中飲之，謂之椒觴。以椒為玉衡星精，服之令人卻老。

周制迎春。唐中宗制迎春彩花。

五辛盤　元日取五木煎湯沐浴，令人至老髮黑。道家謂青木香為五香，亦云五木。庾詩：「聊開柏葉酒，試奠五辛盤。」

火城　元日曉漏前，宰州三司金吾以樺燭數百炬，擁馬前後如城，謂之火城。

元夕放燈　以正月十五天官生日放天燈，七月十五水官生日放河燈，十月十五地官生日放街燈。宋太宗淳化元年六月丙午詔，罷中元、下元兩夜燈。

買燈　上元張燈止三夜，其十七、十八始於錢鏐王入貢疏買兩夜燈。乾德五年正月有詔：「上元張燈，舊止三夜。朝廷無事，區宇又安，方當年穀之豐登，宜縱士民之行樂。其令開封府更放十七、十八兩夜燈。」

廣陵燈　唐玄宗元夕與天師葉靜能登虹橋往廣陵看燈；士女望見，以為神仙。帝敕伶人奏《霓裳曲》。數日後，廣陵果奏其事。

踏歌入雲　唐睿宗於安福門外作燈樹，高二十丈，宮女千數並長安少婦千餘人，衣錦繡於燈輪下踏歌三日，令朝士作歌以紀其勝。歌中有「踏歌聲調入雲中」之句。

金吾不禁　《西京雜記》：「西都京城街衢有執金吾曉夜傳呼，以禁止夜行，惟正月十五敕金吾弛禁，前後各一日，謂之放夜。」

剛卯　正月卯日，佩剛卯辟邪。唐制：正月下旬送窮，晦日湔裳。

卜紫姑　紫姑，人家侍妾，為大婦所殺，置之廁中。後人作其形於廁，元夕迎之，能占農事及桑葉貴賤。

青藜照讀　元夕人皆遊賞，獨劉向在天祿閣校書，太乙真人以青藜杖燃火照之。

耗磨日　正月十六日謂之耗磨日，人皆飲酒，官司不令開庫。

天穿日　正月二十日為天穿，以紅彩繫餅餌投屋上，謂之補天。

水湄度厄　元日至晦日，士女悉湔裳，酌酒於水湄，以為度厄。

雨水　前此為霜為雪，水氣凝結。立春後天氣下降，當為雨水。

中和節　唐李泌以二月朔為中和節，以青囊盛百穀瓜果種相問遺，釀宜春酒，祭句芒神，百官進農書。

磔雞　魏文帝制：春分磔雞祀厲殃。

花朝　二月十二日謂之花朝。俗傳是日為百花生日。徐文長考是十五日，謂的確不差。東京以是日為撲蝶會。

勾龍　《左傳》：共工氏有子曰勾龍，能平水土。故祀以為社神，於春仲祭之。

清明　清明萬物齊於巽。巽，潔也，齊也。清明取潔齊之義。穀雨，言滋五穀之雨也。

唐制：清明取火以賜近臣。韓翃詩：「日暮漢宮傳蜡燭，輕煙散入五侯家。」

探春　《天寶遺事》：都人士女，至春時，郊外為探春之宴。

飛英會　范蜀公居許，作「長嘯堂」，前有荼蘼，花時宴客，有花落酒杯中，飲以大白，舉座無遺，謂飛英會。

鬥花　長安春時盛於遊賞，士女鬥花，栽插以奇、多者為勝，皆用多金市名花以備春時之鬥。

花茵　開元時，學士許慎春日宴客花圃，不張幄設座，使童僕聚落花鋪坐下，曰：「吾自有花茵。」

移春檻　開元中，富家至春時以各花植木檻中，下設輪腳，挽以彩，所至牽引，以供歡賞，號移春檻。

護花鈴　寧王春時紉紅絲為繩，綴金鈴繫花梢。有鳥雀翔集，則令園吏掣鈴索以驚之，號護花鈴。

治聾酒　《石林詩話》：世言社日飲酒治耳聾。五代李濤有《春社從李昉求酒》詩：「社公今日沒心情，為乞治聾酒一瓶。」

罷社　漢王修年七歲，母以社日亡。來歲社，修哭之哀，鄰父老皆為之罷社。

禁火　《十六國春秋》：石勒下令寒食不許禁火，後有冰雹之異，徐光曰：「介子推，帝鄉之神也，歷代所尊，未宜替也。」勒從之，令并州復寒食如故。

寒食　冬至後一百六日謂之寒食，以介子推是日焚死，晉文公禁火而誌痛也。

雕卵　周制：季春雕卵鬥雞子，始為寒食戲。玄宗制：寒食鞦韆舞。後唐莊宗制：寒食出祭。

拜墓　唐制：清明拔河戲、踏青，士大夫拜墓。

上巳　洛陽上巳日，婦女以薺花蘸油，祝而灑之水上，若成龍鳳花卉之狀則吉，曰油花卜。

祓禊　起於漢成帝。三月上巳日，官民皆祓禊於東流水上。禊者，潔也，於水上盥潔之也。巳者，止也，邪疾已去，祈介祉也。

踏青　三月上巳賜宴曲江，都人於江頭禊飲，踐踏青草，曰踏青，侍臣於是日進踏青履。王通叟詩：「結伴踏青歸好，平頭鞋子小雙鸞。」

柳圈　唐制：上巳祓禊，賜侍臣細柳圈，云「帶之免蠆毒瘟疫」。今小兒清明戴柳圈，本此。

周公制：上巳女巫禊於水上。鄭制：上巳溱洧祓除，秉蘭招魂續魄。

流觴　蘭亭流觴曲水，不始於蘭亭。周公卜洛邑，因流水以泛酒，故詩曰：「羽觴隨波。」

觀燈賜鈔　永樂十年元宵，賜文武羣臣宴，聽臣民赴午門外觀鰲山三日，遂歲以為常。時尚書夏元吉侍母觀鰲山，上聞之，命中官賚鈔二百錠即其家賜之，曰：「以為賢母歡也。」

社無定期　一云春分後戊日為春社，秋分後戊日為秋社。春社燕來，秋社燕去。一云立春立秋後第五戊為社日。

梅花點額　劉宋壽陽公主人日卧含章殿檐下，梅花點額上，愈媚。因仿之而貼梅花鈿。

桑葉貴賤　三月十六晴則桑葉貴，陰雨則賤。諺曰：「三月十六暗黮黮，桑葉載去又載來。」

夏

天祺節　宋真宗以四月一日為天祺節。

麥秋　《月令》：麥秋至。蔡邕《章句》曰：百穀各以生為春、熟為秋，故麥以夏為秋。

浴佛　王欽若於四月八日作放生會。《荊楚歲時記》：四月八日建齋作龍華會，浴佛。

小滿　四月中小滿後陰，陰一日生一分，積三十分而成一晝，為夏至。四月乾之終，謂之滿者，言陰氣自此而生發也。又孟夏萬物生長稍得盈滿，故云小滿。

黴黰　一作霉黰。俗云：早間芒種晚間黴。又云：夏至落雨主重黴，小暑落雨主三黴。

蹯（音札）**柳**　五月五日，士人於郊野或演武場走馬較射，謂之蹯柳。

製百藥　午日午時，斗柄正掩五鬼，於此時製百藥，無不靈驗。

採艾　師曠制：五日採艾占病。齊景公制：五日百索懸臂及釵頭符。

續命縷　午日以五彩絲繫臂上，謂之續命縷，辟兵及鬼，令人不病。

角黍　屈原午日投汨羅，楚人以竹筒貯米投水祭之。有歐回者，見三閭大夫，曰：「君所祭物多為蛟龍所奪，須裹以楝樹葉，五彩絲縛之，可免龍患。」故後人製為角黍。一曰唐天寶中，宮中五日造粉團角食，以小角弓射之，中者方食，故曰角黍。

競渡　屈原以五日死，楚人以舟楫拯之，謂之競渡。又曰：五日投角黍以祭屈原，恐為蛟龍所奪，故為龍舟以逐之。

五瑞　端陽日以石榴、葵花、菖蒲、艾葉、黃梔花插瓶中，謂之五瑞，辟除不祥。

五毒 蛇、虎、蜈蚣、蝎、蟾蜍，謂之五毒。官家或繪之宮扇，或織之袍緞。午日服用之以辟瘟氣。

賜梟羹 《郊祀志》：漢令郡國進梟鳥，五日為羹賜百官，以惡鳥故，食之以辟諸惡也。

浴蘭湯 五月五日蓄蘭為湯以沐浴。《楚辭·九歌》：「浴蘭湯兮沐芳。」

天貺節 宋祥符四年，詔六月六日天書再降，為天貺節。

夏至數九 一九和二九，扇子不離手；三九二十七，飲水甜如蜜；四九三十六，拭汗如出浴；五九四十五，頭帶黃葉舞；六九五十四，乘涼入佛寺；七九六十三，牀頭尋被單；八九七十二，思量蓋夾被；九九八十一，家家打炭墼（音吉）。

賜肉 《漢書》：伏日詔賜諸郎肉，東方朔拔劍割肉，謂其同官曰：「伏日宜早歸，請受賜。」即懷肉而去。

三伏 立春、立夏、立冬皆以相生而代。至於立秋，以金代火。金畏火，故至庚日必伏。蓋庚者金也。夏至後第三庚為初伏，四庚為中伏，立秋後初庚為末伏。秦穆公於是日進辟惡餅。

天中節 《提要錄》：「端午為天中節。」又曰蒲節，以是日用菖蒲泛酒故耳。

竹醉日 五月十三日為竹醉日，是日移竹易活。又三伏內斫竹則不蛀。

秋

一葉知秋 《淮南子》：一葉落而天下知秋。古詩：「梧桐一葉落，天下盡知秋。」

鵲橋　《淮南子》：七月七夕，烏鵲填河成橋，以渡織女，謂與牛郎相會也。

得金梭　蔡州丁氏女精於女工，每七夕禱以酒果，忽見流星墜筵中。明日，瓜上得金梭，自是巧思益進。

曬衣　七月七日，諸阮庭中曬衣，無非錦繡。阮咸以長竿摽大布犢鼻褌於上曰：「未能免俗，聊復爾爾。」

曬書　郝隆七月七日見富家皆曬曝衣錦，乃出日中仰卧。人問其故，曰：「我曬腹中書耳。」

乞巧　唐玄宗以七夕牛女相會，命宮中作高台，陳瓜果於上。宮人暗中以七孔針引彩線穿之，以乞天巧，穿過者以為得巧。又以蜘蛛納小金盒中，至曉，開視蛛絲之稀密，又為得巧之多寡。

化生　七夕，以蠟作嬰兒，浮水中以為戲，為婦人生子之祥，謂之化生。

吉慶花　薛瑤英於七月七日剪輕彩，作連理花千餘朵，以陽起石染之，當午散於庭中，隨風而上，遍空中如五色雲霞，久之方散，謂之渡河吉慶花，藉以乞巧。

摩睺羅　泥孩兒也。有極巧飾以金珠者，七夕用以饋送，以作天仙送子之祥。

盂蘭會　目蓮尊者見其母落餓鬼道，以缽盛飯饗之，入口即成灰炭，目蓮白佛求救。佛於七月十五日設蘭盆大會，焰口咒食，其母乃得脱餓鬼之苦。

處暑　處，上聲，止也，息也。謂暑氣將於此時止息之也。白露，秋屬金；白，金色也。

天炙　八月一日以朱墨點小兒額，謂之天炙，以厭疫。

遊月宮　開元二年八月十五夜，明皇與天師申元之遊月宮，及至，見大府榜曰「廣寒清虛之府」，翠色冷光相射，極寒，不可少留。前見素娥十餘人，皆皓衣乘白鸞，笑舞於廣寒大桂樹之下，音樂清麗。明皇製《霓裳羽衣曲》以記之。一說葉靜能，一說羅公遠，事凡三見。

登峰玩月　趙知微有道術。中秋積陰不解，眾惜良辰。知微曰：「可借酒肴登天柱峰玩月。」既出門，天色開霽。及登峰，月色如晝，會飲至月落方歸。下山則淒風苦雨，陰晦如故。

中秋無月　俗云：「雲掩中秋月，雨打上元燈。」二者皆煞風景之事，故對舉言之，非連屬語，以卜上元之燈也。今人多誤。

重陽　九為陽數，其日與月並應，故曰重陽。漢宮人賈佩蘭九日食餌，飲菊花酒，長壽。

登高　費長房語桓景曰：「九月九日，汝家有大災，急作絳袋，盛茱萸繫臂上，登高山，飲菊花酒，此禍可消。」景如其言，舉家登山。至夕還，雞犬皆暴死。長房曰：「代之矣。」今人登高，本此。

落帽　孟嘉為桓溫參軍，重九日宴姑孰龍山，風吹落帽。溫敕左右勿言，良久取之還，令孫盛作文嘲之。

白衣送酒　陶潛九月九日無酒，宅邊有菊，採之盈把，坐其側。久而望見白衣人至，乃王弘送酒，就便酌酒，大醉而歸。

遊戲馬台　宋武帝為宋公時，在彭城，九月九日遊項羽戲馬台。今相仍為故事。

茱萸酒　漢武帝宮人，九月九日皆飲茱萸菊花酒，令人長壽。

觀濤　風俗：八月望日，廣陵曲江觀濤；浙江於十八日看戲潮。

九日開杜鵑　唐周寶鎮潤州，知鶴林寺杜鵑花奇絕，謂殷七七曰：「可使頃刻開花，副重九乎？」殷曰：「諾。」及九日，果爛熳如春，寶遊賞後，花忽不見。

九日飛昇　漢張陵在富川山修道，晉永和九年九月九日，登白霞山飛昇，惟遺丹灶藥臼於山下。

冬

十月朔　宋制：十月朔拜暮，有司進暖炭，民間作暖爐會。

亞歲　魏晉冬至日受萬國百僚稱賀，少殺其儀，亞於歲朝，故曰亞歲。

日長一線　魏晉宮中女工刺繡，以線揆日長短，冬至後比常添一線之功，故曰日長一線。

冬至數九　一九和二九，相喚不出手。三九二十七，笆頭吹觱篥。四九三十六，夜眠如露宿。五九四十五，太陽開門戶。六九五十四，笆頭抽嫩刺。七九六十三，破絮擔頭擔。八九七十二，黃狗相陽地。九九八十一，犁耙一齊出。

嘉平節　秦人以十二月為嘉平節，民間以酒果饋遺，謂之節禮。

臘八粥　宋制：十二月八日浴佛，送七寶五味粥，謂之臘八粥。

儺神逐疫　顓頊氏有三子亡而為疫鬼，一居江中為瘧鬼，一居山谷為魍魎，一匿人家室隅中驚小兒。於是除夕製為儺神，赤幘玄衣朱裳，蒙以熊皮，執戈持盾以逐之，其祟乃絕。

土牛　周公制土牛，以納音設色，出城外丑地送寒。今於立春日前迎春，設太歲土牛像以送寒氣。

神荼鬱壘　黃帝時，有兄弟二人，名神荼、鬱壘，能執鬼除疫。後世祀以為神。

爆竹　上古西方深山中有惡鬼，長丈餘，名山魈，人犯之即病寒熱，畏爆竹聲。除夕，人以竹燒火中，熚烞有聲，則驚走。今人代以火炮。

粈（音松）**盆**　除夕，各家於街心燒火，雜以爆竹，謂之粈盆。視其火色明暗，以卜來歲祲祥。

商陸火 裴度除夕圍爐守歲歎老，迨曉不寐，爐中商陸火凡數添之。

祭詩文 賈島常於歲除取一年所作詩文，以酒脯祭之，曰：「勞吾精神，以此補之。」

火炬照田 吳中村落除夕燃火炬，縛長竿杪以照田，爛然盈野，以祈來歲之熟。

賣癡呆 吳俗分歲罷，小兒繞街呼叫：「賣汝癡，賣汝呆，誰來買？」

火山 隋煬帝於除夜設火山數十座，用沉香木根，每一山焚沉香數車，火光暗則以甲煎沃之，焰起數丈，香聞十數里，嘗一夜用沉香二百餘乘，甲煎二百餘石。

曆律

定氣運 黃帝受《河圖》，始設靈台。羲和占日，常儀占月，車區占星氣，伶倫造律呂，大撓作甲子，隸首造算數。容成總六術以定氣運。

曆紀 少昊使玄鳥氏司分，伯趙氏司至，青鳥氏司起，丹鳥氏司閉，顓頊受之，以孟春建寅為元，始為曆宗。堯使羲仲叔主春夏，和仲叔主秋冬，以閏月正四時，始為曆紀。

曆元 黃帝始為曆元，起辛卯，高陽氏起乙卯。舜用戊午，夏用丙寅，殷用甲寅，周用丁巳，秦用乙卯。漢作《太初曆》元以丁丑。夏、商、周以三統改正朔。三代而下，造曆者各有增創，如《太初》起之以律，而候氣於黃鐘，《太衍》符之以《易》，而較數於分杪，《授時》準之以晷，而測驗於儀象。

造曆 黃帝迎日推筴，堯閏月成歲。舜在璇璣玉衡。三代曆無定法，周秦閏餘乖次。劉歆造《三統曆》，而是非始定。東漢李梵造《四分曆》，而儀式方備。劉洪造《乾象曆》，始悟月行遲速。魏黃初間始以日食課其疏密。楊偉造《景初曆》，始立交食起虧術。又何承天造《元嘉曆》，始悟朔望及弦皆定大小餘，及以晷影驗氣。又祖沖之造《大明曆》，始悟太陽歲次之數極，不動之處一度餘。又張子信始悟日月交道有表裏，五星有遲速留逆。又張冑玄造《大業曆》，始立五星入氣加減法，及日應食不食術。劉焯造《七曜曆》，始悟日行有盈縮，及立推黃道月道。又傅仁均造《戊寅元曆》，頗採舊曆，始用定制。又李淳風造《麟德曆》，始為總法，用進朔以避晦晨月見。又一行造《大衍曆》，始以朔有四大三小，定九服軌漏交食之異，及創立歲星差合術。又徐昂造《宣明曆》，始悟日食有氣刻時三差。又邊岡崇《玄曆》，始立相減相乘法，以求黃道月道。又王朴《欽天曆》，始變五星法，遲留逆行，舒亟有漸。又周琮造《明天曆》，始悟日法積年自然之數。又姚舜輔造《紀元曆》，始悟食甚泛餘差數。以上計千一百八十二年。創法有三家，漢洛下閎（洛姓，下閎名）始取法黃鐘律數創曆（律容一龠，積八十一寸，則一日之分也）。唐僧一行（姓張名遂）始改從大易蓍策數修曆（本易太大衍以四十九分為算）。晉虞喜始立歲次，以五十年退一度。何承天為太過進之。劉焯取二家中數折之。至元郭守敬始測景驗氣，積六十年奇退一度，始定差法。

改曆　按自黃帝訖秦末凡六改，漢高訖漢末凡五改，隋文訖隋末凡十三改，唐高訖周末凡十六改，宋太祖訖宋末凡十八改，金熙宗訖元末凡三改。而法，西漢莫善於《太初》，東漢莫善於《四分》，由魏至隋莫善於《皇極》，在唐則稱《大衍》，在五代則稱《欽天》，至元授時，郭守敬立儀測驗，較古精密。

儀象　黃帝命容成作蓋天，舜察璣衡（以璇為璣，用以轉動為璣，以玉為管，橫置其中為衡）。顓頊始為渾儀，堯復之，渾儀遭秦滅。洛下閎始復經營運儀，鮮於妄人又度之。耿壽昌始鑄為象。張衡儀始為內規外規。李淳風儀表裏三重。洛下閎為員儀，梁令瓚為游儀，郭守敬為簡儀、仰儀。後漢有銅儀，後魏有鐵儀，李淳風有木渾儀，唐明皇有水渾天。張衡始造候風地動儀（形似樽，外有八龍銜丸，震則機發，吐丸下，蟾蜍承之）。伏羲始作土圭測影，伊尹作水準，得日晷辨方向。黃帝始為刻漏，夏商宣其製為漏箭。宋燕肅作水秤，周公始分更點。宋太祖聞陳搏怕五更頭之言，始去前後二點。

地理部

卷二

疆域

九州　人皇氏兄弟九人，分天下為九州，梁、兗、青、徐、荊、雍、冀、豫、揚是也。至舜時，以冀、青地廣，分冀東恆山之地為并州，分東北之醫無閭之地為幽州，又分青之東北為營州，共成十二州。

歷代方輿　商九州，周亦九州。秦分天下為三十六郡，漢分天下為十三部。三國蜀制巴蜀，置二州；吳北據江、南盡海，置五州；魏據中原，置十二州。晉制十九州。唐分十道，玄宗分十五道。宋分二十三路。元置十二省，又分天下為二十二道。明分兩直隸、十三省。

吳越疆界　錢鏐王以蘇州平望為界，據浙閩，共一十四州。

古揚州所轄之地，南直隸、浙江、福建、廣東、廣西、江西，凡六省。

古會稽所轄之地，浙江除溫、台，九府：杭、嘉、湖、處、寧、紹、金、衢、嚴；福建除福州，七府：漳、泉、汀、興、建、延、邵；南直隸蘇、松、常、鎮四府，共二十府。會稽郡駐匝蘇州府。

二周　鎬京為西周，洛陽為東周。

兩都　前漢都長安，曰西都；東漢都洛陽，曰東都。

蜀三都　成都、新都、廣都。

魏五都　魏因漢祚都洛陽，以譙為先人本國，許昌為漢之所居，長安為西京之遺跡，鄴為王業之本基，故號五都。

三輔 長安以京兆、馮翊、扶風為三輔；宋都汴梁，以鄭州、滑州、汝州為三輔。

三亳 曹州考城縣曰北亳，西京穀熟縣曰南亳，西京偃師縣曰西亳。

三吳 蘇州曰東吳，潤州曰中吳，湖州曰西吳。

三楚 江陵曰南楚，徐州曰西楚，蘇州曰東楚。

三齊 臨淄曰東齊，博陽曰濟北，蓬州即墨曰膠東。

三蜀 成都為蜀都，漢高分置漢廣，漢武分置犍為。

三晉 趙都邯鄲，魏都大梁，韓都鄭，三家皆晉卿，故曰三晉。

三秦 章邯都廢丘，司馬欣都櫟陽，董翳都高奴，三人皆秦降將，項羽分關中地以王之，曰三秦。

三虢 太陽曰北虢，滎陽曰東虢，雍州曰西虢。

三越 吳越杭州、閩越福州，南越廣州。

三巴 渝州為巴中，綿州為巴西，歸夔、魚復、雲安為巴東。

三湘 曰湘鄉，曰湘潭，曰湘原，在湖南，屬潭州。

三河 周都曰河南，商都曰河內，堯都曰河東。

四京 開封曰東京，河內曰西京，應天曰南京，大名曰北京。

四輔 唐都長安，以同州、華州、岐州、蒲州為四輔。

四川 成都為西川，潼州為東川，利州為北川，夔州為南川。

五服 《禹貢》：五服，曰甸服、侯服、綏服、要服、荒服，每服五百里，計二千五百里。

九服 周九服，曰侯服、甸服、男服、采服、衛服、蠻服、夷服、鎮服、藩服。謂之服者，責以服事天子為職也。

百二山河 秦地險固，二萬人足當諸侯百萬人，故曰百二山河。

九邊　明朝設以限華夷。洪武初設重鎮六，曰宣府，曰大同，曰甘肅，曰遼東，曰延綏，曰寧夏；永樂初增設薊州；正統間又增榆林、固原，是為九邊。

六關　直隸三關，曰居庸，曰紫荊，曰倒馬。山西三關，曰雁門，曰寧武，曰偏頭。

陶唐九州　冀州，《禹貢》：帝都之地三面距河，時蓋黃河由冀入海也。《釋名》：冀州，其地有險有易，亂則冀治，弱則冀強，荒則冀豐也。《春秋元命苞》曰：昴、畢之間為天街，散為冀州，分為趙國，立為常山。〇兗州，《禹貢》：濟、河惟兗州。謂東南據濟，西北距河，蓋冀之東南也。《元命苞》曰：五星流為兗州。兗之言端也，言陽精端，其氣纖殺，分為鄭國。〇青州，《禹貢》：海岱惟青州。謂東北距海，西南距岱，又在兗之東也。《釋名》：青州在東，取生物而青也。《元命苞》曰：虛危之精，流為青州，分為齊國，立為萊山。〇徐州，《禹貢》：海岱及淮惟徐州。謂東至海，北至岱，南至淮，又在青州之南也。《元命苞》曰：天弓星司弓弩，流為徐州，別為魯國。徐之為舒也，言陰牧內，安詳也。〇揚州，《禹貢》，淮海惟揚州。謂北至淮，東南至海。又曰：江南之氣躁勁，厥性輕揚也。《元命苞》曰：牽牛流為揚州，分為越國，立為揚山。〇荊州，《禹貢》：荊及衡陽惟荊州。謂北距南條前山，南包衡山之陽，蓋在揚州之西，而豫州之西南也。《釋名》：荊，警也。南蠻數為寇逆，言當警備之也。《元命苞》曰：軫星散為荊州，分為楚國。〇豫州，《禹貢》：荊河惟豫州。謂西南至南條荊山，北距大河，蓋在冀州之南，荊州之北，徐、兗之西也。《元命苞》曰：鈎鈐星別為豫州。言地在九州之中，所在常安豫也。〇梁州，《禹貢》：華陽黑水惟梁州。謂東距華山之南，西距黑水，蓋在雍州之南，荊州之西也。以西方屬金，其氣強梁，故曰梁州。當夏殷，為蠻夷之國，至周始併入雍州。〇雍州，《禹貢》：黑水西河惟雍州。

謂西距黑水，東距西河，蓋在冀州之西，梁州之北。《太康地記》：雍州併得梁州之地，西北之位，陽所不及，陰氣雍閼，故取名焉。《元命苞》曰：東井鬼星，散為雍州，分為秦國。

虞十二州　九州之外，分設并州，則蓋冀之東北醫無閭之餘地也。《元命苞》曰：營室星流為并州，分為鄭國，立為明山。并之言誠也。精舍交并，其氣勇抗。誠，信也。◯幽州，即冀東恆山諸地，蓋在北幽昧之地也。《元命苞》曰：箕星散為幽州，分為燕國。◯營州，即青之東北、遼東等處。《釋名》：齊衞之地，於天文屬營室，故取其名。蓋舜為冀、青地廣而分之也。

周九州　東南曰揚州，其山鎮曰會稽，其藪澤曰具區，其川三江，其浸五湖（彭蠡、洞庭、青草、太湖、丹陽也），其利金錫竹箭，其民二男五女（蓋通以一州之民計之，二分為男，五分為女也），其畜鳥獸，其穀宜稻。◯正南曰荊州，其山鎮曰衡山，其藪澤曰雲夢，其川江漢，其浸潁湛，其利丹銀齒革，其民一男二女，其畜鳥獸，其穀宜稻。◯河南曰豫州，其山鎮曰華山，其藪澤曰圃田，其川滎雒，其浸波溠（音詐），其利材漆絲枲，其民二男二女，其畜宜六擾（雞、豚、犬、馬、牛、羊也），其穀宜五種（稻、黍、稷、麥、菽也）。正東曰青州，其山鎮曰沂山，其藪澤曰望諸，其川淮泗。其浸沂沭，其利蒲魚，其民二男二女，其畜雞狗，其穀宜稻麥。◯河東曰兗州，其山鎮曰泰山，其藪澤曰大野，其川河泲，其浸盧維，其利蒲魚，其民三男三女，其畜六擾，其穀宜四種。◯正西曰雍州，其山鎮曰岳山，其藪澤曰弦蒲（在汧陽），其川涇汭，其浸渭洛，其利玉石，其民三男二女，其畜宜牛馬，其穀宜黍稷。◯東北曰幽州，其山鎮曰醫無閭（遼東），其藪澤曰貕養（在萊陽），其川河泲，其浸菑時（萊蕪、般陽），其利魚鹽，其民一男三女，其畜牛馬羊豕，其穀宜黍麥稻。◯河內曰冀州，其山鎮曰霍山，其藪澤曰揚紆，其川漳，其浸汾潞（汾出汾陽，潞出歸德），其利松柏，其民五男三女，其畜牛百，其穀宜黍稷。〇正北曰并州，其山鎮曰恆山，其藪澤曰昭餘祁（在鄔），其川呼池嘔夷，其浸淶易，其利布帛，其民二男三女，其畜牛馬犬豕羊，其穀宜五種。

秦三十六郡 始皇初併天下，罷諸侯，置守尉，遂分天下為三十六郡，每郡置一守、一丞、兩尉以典之。郡名曰內史、三川、河東、南陽、南郡、九江、鄣郡、會稽、潁川、碭郡、泗水、薛郡、東郡、琅琊、齊郡、上谷、漁陽、北平、遼西、遼東、代郡、鉅鹿、邯鄲、上黨、太原、雲中、九原、雁門、上郡、隴西、北地、漢中、巴郡、蜀郡、黔中、長沙。後又置閩中、南海、桂林、象郡四郡。凡四十郡。

漢十三部 漢分天下為十三部，每部置刺史，領天下郡國一百三。司隸校尉（領京兆、扶風、馮翊、弘農、河東、河內、河南七郡）。豫州刺史（領潁川、汝南、沛郡、梁國、魯國五郡）。冀州刺史（領魏郡、鉅鹿、常山、清河、廣平、真定、中山、信都、河間、趙國十郡）。兗州刺史（領陳留、東郡、山陽、濟陰、泰山、城陽、東平七郡）。徐州刺史（領琅琊、東海、臨淮、泗水、楚國五郡）。青州刺史（領平原、千乘、濟南、齊郡、北海、東萊、膠東、高密、菑川九郡）。荊州刺史（領南陽、南郡、江夏、桂陽、武陵、零陵、廣陵、長沙八郡）。揚州刺史（領鎮江、九江、會稽、丹陽、豫章、六安六郡）。益州刺史（領漢中、廣漢、巴郡、蜀郡、犍為、越嶲、牂牁、益州八郡）。涼州刺史（領安定、北地、隴西、武威、金城、天水、武威、張掖、酒泉、敦煌十郡）。并州刺史（領太原、上黨、上郡、西河、朔方、五原、雲中、定襄、雁門九郡）。幽州刺史（領涿郡、渤海、代郡、上谷、漁陽、北平、遼西、遼東、廣陽、樂浪、玄菟十一郡）。交州刺史（領海南、鬱林、蒼梧、交趾、合蒲、九真、日南七郡）。

三國州郡 蜀漢全制巴蜀，置二郡，曰益州（成都）、曰梁州（漢中），有郡二十。先主初置九郡，曰巴東、曰巴西、曰梓潼、曰江陽、曰汶山、曰漢嘉、曰朱提、曰雲南、曰涪陵，併得舊漢，曰巴郡、曰廣漢、曰犍為、曰牂牁、曰越巂、曰益州、曰漢中、曰永昌、曰南安、曰武威。

孫吳北據江，南盡海，置州五，曰交州（安南）、曰廣州（南海）、曰荊州（江陵）、曰郢州（江夏）、曰揚州（丹陽）。孫權置臨賀、武昌、朱厓、新安、盧陵五郡。孫亮又置臨川、臨海、衡陽、湘東四郡。孫休又置天門、建平、合浦三郡。孫皓置始安、始興、邵陵、安成、新昌、武平、九德、吳興、平陽、桂林、滎陽十一郡。因立宜陽一都，併漢十八郡，共四十三郡。

魏據中原，有州十二，曰司隸（河南）、曰豫州（譙）、曰荊州（襄陽）、曰兗州（武威）、曰青州（臨淄）、曰徐州（彭城）、曰涼州（天水）、曰秦州（上邽）、曰冀州（代郡）、曰幽州（范陽）、曰并州（晉陽）、曰揚州（壽春）。

晉十九州　曰司州（河南）、曰兗州（濮陽）、曰豫州（項城）、曰冀州（趙郡）、曰并州（晉陽）、曰青州（臨淄）、曰徐州（彭城）、曰荊州（江陵）、曰揚州（初壽春，後建業）、曰雍州（京兆）、曰秦州（上邽）、曰益州（成都）、曰梁州（南鄭）、曰寧州（雲南）、曰幽州（范陽）、曰平州（昌黎）、曰廣州（番禺）、曰涼州（武威）、曰交州（龍編）。

唐十道　自晉藩陰敗，復南北分爭，州郡割裂，宋、齊、梁、陳狃於江左，隋氏雖能混一，而享祚不長。至唐太宗肇造區夏，並有州郡，始因山以形便，分天下為十道，曰關內、曰河南、曰河東、曰河北、曰山南、曰隴右、曰淮南、曰江南、曰劍南、曰嶺南。貞觀十五年大簿，凡州府三百五十八。玄宗開元初，又分為十五道，曰京畿（西京）、曰都畿（東都）、曰關內（京官遙領）、曰河南（陳留）、曰河北（魏郡）、曰隴右（西平）、曰山南東（襄陽）、曰山南西（漢中）、曰江南東（吳郡）、曰江南西（豫章）、曰劍南（蜀郡）、曰淮南（廣陵）、曰黔中（貴州）、曰嶺南（南海）。

宋二十三路　太宗分天下為十五路，至仁宗又分為二十三路，曰京東東路、京東西路，曰京西南路、京西北路，曰河北東路、河北西路，曰永興軍路，曰秦鳳路，曰河東路，曰淮南東路、淮南西路，曰兩浙路，曰江南東路、江南西路，曰荊湖南路、荊湖北路，曰成都路，曰梓州路，曰利州路，曰夔州路，曰福建路，曰廣南東路、廣南西路。

元十二省　元建中書省十二，轄天下州郡，曰都省（治腹裏路）、曰河南行省（汴梁）、曰湖廣行省（武昌）、曰江浙行省（杭州）、曰江西行省（龍興）、曰陝西行省（京兆）、曰四川行省（成都）、曰雲南行省（中慶）、曰遼陽行省（遼東）、曰征東行省（高麗）、曰甘肅行省（甘州）、曰嶺北行省（和寧）。又分天下為二十二道。

明兩直隸十三省　北直隸八府，十七州，一百一十六縣，賦六十萬一千（北京在順天）。南直隸十四府，十七州，九十六縣，賦五百九十九五萬千（南京在應天）。河南八府，十州，九十六縣，賦二百四十一萬四千（省城在開封）。陝西八府，二十二州，九十五縣，賦一百九十二萬九千（省城在西安）。山東六府，十五州，八十九縣，賦二百八十五萬一千（省城在濟南）。湖廣十五府，十六州，一百零七縣，賦二百十六萬七千（省城在武昌）。浙江十一府，一州，七十五縣，賦二百五十一萬（省城在杭州）。江西十三府，一州，七十七縣，賦二百五十二萬八千（省城在南昌）。福建八府，五十七縣，賦一百一十萬一千（省城在福州）。山西五府，二十州，七十八縣，賦二百二十七萬四千（省城在太原）。四川八府，二十州，一百零七縣，賦一百二十萬六千（省城在成都）。廣東十府，八州，七十五縣，賦一百一萬七千（省城在廣州）。廣西十一府，四十七州，五十三縣，賦四十三萬一千（省城在桂林）。雲南十四府，四十一州，三十縣，賦一十四萬（省城在雲南）。貴州八府，六州，六縣，賦四萬七千（省城在貴陽）。

建都

伏羲都陳（今河南陳州）。神農亦都陳，或曰曲阜（今山東曲阜縣）。黃帝都涿鹿（今順天府涿州），少昊都曲阜。顓頊都帝丘（今山東濮州）。帝嚳都亳（今河南偃師縣）。帝堯都平陽（今山西平陽縣）。虞舜都蒲阪（今平陽蒲州）。夏禹都安邑（今平陽夏縣）。商湯都亳。

周都豐鎬（今陝西長安縣，是謂關中）。周平王遷洛陽（今河南洛陽縣）。秦都咸陽（今西安府咸陽縣）。漢都洛陽，因婁敬說，西遷長安。東漢都洛陽。魏因漢祚，亦都洛陽。蜀漢都成都（今四川成都府）。吳初居鎮江，都武昌（今湖廣武昌府），後遷建業（今南直應天府）。西晉都洛陽。東晉都建業，元帝東渡，避愍帝諱，改名建康。宋、齊、梁、陳俱都建康。元魏初居雲中（今大同府懷仁縣），後遷洛陽。

北齊都鄴（今河南彰德府）。西魏都長安關中。後周都長安。隋都長安，煬帝以巡幸，徙都洛陽。唐都長安。梁都汴（今河南開封府）。後唐、石晉、漢、周、宋俱都汴。南宋都臨安（今杭州府）。元都大都（今順天府）。明都建康，永樂遷於北平，即元之大都也。

地名

萑苻（音完蒲，鄭地）。龍兑（兑音奪，趙地）。連穀（穀音斛，楚地）。方與（音防預，趙地）。番易（音婆陽，楚地）。曲逆（逆音遇，漢邑，陳平封曲逆侯）。虔亭（虔音逞，吳興有虔亭）。莜人（莜數瓦切，縣在上黨）。越巂（巂音髓，郡府，在蜀地）。閿鄉（閿音文，縣名，在虢）。盩厔（音周質，在西安，水曲曰盩，山曲曰厔）。鄜（音孚，在陝西延安府）。毌丘（毌音貫，地在濟陽南）。祋栩（音兔戶，在馮翊）。朐䏰（音瞿門，本蟲名，巴郡多此蟲，因為邑名）。酇筸（酇在南陽，筸在沛國，二地音不同，蕭何封酇侯）。緱氏（緱音溝，山名、邑名，本義劍頭纏絲）。牂牁（音臧柯，郡名）。允吾（音鉛牙，谷名，在隴西）。裴（音肥，邑名）。須句（須音渠，地在魯東平）。狋氏（音權精，又宜音，縣名）。令支（音零岐，縣名）。郫（音埤，一在晉，一在成都）。不其（其音箕）。祝其（其音基）。燉煌（音屯黃，郡名）。冤句（音冤勾，在曹州，今廢）。臨朐（朐音渠，縣名，在山東）。令居（令音連，邑名）。慮虒（音盧夷，縣名）。罕幵（音罕牽，羌地）。取慮（音趨閭，縣名，在臨淮）。黑尿（音眉擬）。禚（音灼，齊地）。句黽（冥上聲，魯邑）。枹罕（音央謙，縣名）。戠城（戠音資，齊地）。鄄城（鄄音絹，衛地）。射洪（音石紅，縣名）。崞（音郭，縣名）。先零（零音連）。沭陽（沭音術，縣名）。虒祈（音思奇，地名）。窡丘（窡音勝，魯地）。句繹（音勾，亦邾地）。盱眙（音虛宜，縣名）。都龐（龐音龍，邑名）。繁畤（畤音止，邑名）。澶淵（澶音禪，今開州）。檇李（檇音醉，在嘉興）。郎疃（疃音枕）。犍為（犍音乾，蜀郡名）。床穰（床音縻）。台猶（音仇由，邑名）。毋掇（音無拙，縣屬益州）。泊羅（泊音博，縣名）。虹縣（虹音降）。苴芊（音斜米）。徙（音斯，邑名）。岢嵐（音可婁，州名，近太原）。厝縣（厝音疾，縣名，在清河）。祊（音崩，鄭地）。澠池（澠音免，縣在河南）。袲（音侈，上聲，宋地）。趡（翠，上聲，魯地）。夫童（童音中）。儋州（儋音丹）。巂（尸圭切，邑在齊東）。菣（其寄切）。寧母（音寧某，魯地）。鄠杜（音戶古，漢陂令縣，屬鳳翔）。郪丘（郪音西，齊地）。虛朾（音區汀，宋地）。碭觓（觓音求，地名）。僰邛（僰音匐，地名，在犍為）。鄬（于軌切，鄭地）。狸脤（音利蜃）。邿（音詩，魯地）。皋（由去聲，鄭地）。櫜皋（臬，章夜切，在淮南）。涪（音浮，州名，在重慶府）。葉縣（葉音涉）。瀧水（瀧音商，縣名）。朱提（音殊時，邑名）。承陽（承音蒸）。餘汗（汗音干）。番禾（番音盤）。櫟陽（櫟音約，邑名）。平輿（輿音玉）。郯城（音談，縣名）。沙羨（羨音夷）。蓮勺（蓮音輦，邑名）。不羹（音郎，邑名）。堵陽（堵音者，邑名）。澠淄（音承脂，縣名）。沁（音倩，山西沁州）。新淦（淦音幹，縣名）。隆慮（音林閭，邑名）。霅川（霅音�，湖州）。陽夏（夏音賈）。睢州（睢音雖）。會稽（會音貴，邑名）。

山水異名　崑崙一名崑岑。君山一名媧宮。武當一名篸嶺。普陀一名梅岑。青城一名天谷。大復一名胎簪。衡山一名芝岡。齊雲一名白嶽。東海一名岱淵。

古跡

赤縣神州　《古今通論》：東南方五千里，名曰赤縣神州，中有和美鄉，方三千里，五嶽之城，帝王之宅，聖賢所居也。

枌榆社　漢高帝禱於榆社，帝之故鄉也。高帝以豐沛為其湯沐之邑，令世世無有所予。

新豐　太上皇居深宮，以生平所好皆販徒少年、酤酒賣餅、鬥雞蹴鞠之輩，今皆無此，故怏怏不樂。高祖乃作新豐，移舊鄉里。命匠人胡寬悉仿其衢巷門閭，士女老幼相攜路首，各認其門而入。放牛羊雞犬於通途，亦各識其家。上皇大悦。

洋川　戚夫人之所生處也，高祖得而寵之。夫人思慕本鄉，追求洋川。高帝為驛致長安，蠲復其鄉，更名曰縣。又故目其地為洋川，用表夫人誕載之休祥也。

桑梓地　祖父植桑梓以遺其子孫，子孫思其祖澤，不忍剪伐。故《詩》曰：「維桑維梓，必恭敬止。」

漢壽　在四川保寧府廣元縣。漢封關公為漢壽亭侯，即此地。後人稱壽亭侯者誤。

度索尋橦　度索，以繩索相引而度也。尋橦者，植兩木於兩岸，以繩貫其中，上有一木筒，所謂橦也。人縛橦上，以手緣索而進，以達彼岸，有人解之，所謂尋橦也。

井陘道　韓信與張耳將兵擊趙，李左軍說趙王曰：「井陘道險，車不得方軌，騎不能成列。願假臣三萬人，從間道絕其輜重，兩將之頭可致之麾下。」

九折坂　漢王陽為益州牧，至九折坂，歎曰：「奉先人遺體，奈何數乘此險！」後王尊至此，曰：「此非王陽所畏處耶？」乃叱其御歷險而上。後人以王陽不失為孝子，王尊不失為忠臣。

赤地青野　地空無物曰赤地，野無人民、無禾稻曰青野。

息壤　古地名，有二：一在荊州；一在永州，地中不可犯畚鍤，犯者立死。

解池鹽　不必煎煮，居人疏地為畦，決水灌其中，俟南風起，此鹽即成。故大舜歌曰：「南風之起兮，可以阜吾民之財兮。」

保俶塔　錢忠懿王名俶，入朝，恐其羈留，作塔以保之。稱名，尊天子也。今誤作「保叔」，不知者遂有「保叔緣何不保夫」之句。

溈汭（音規芮）　河東有二泉，南流曰溈，北流曰汭。《尚書》：「厘降二女於溈汭。」

孔林　自泰山發脈，石骨走二百里，至曲阜結穴，洙泗二水會於其前。孔林數百畝，築城圍之。城以外皆孔氏子孫，圍繞列葬，三千年來未嘗易處。南門正對嶧山，石羊石虎皆低小，埋土中。伯魚墓，孔子所葬，南面居中，前有享堂，堂右橫去數十武，為宣聖墓。墓坐一小阜，右有小屋三楹，上書「子貢廬墓處」。墓前近案對一小山，其前即葬子思父子孫三墓，所隔不遠，馬鬣之封不用石砌，土堆而已。林中樹以千數，惟一楷木老本，有石碑刻「子貢手植楷」，其下小楷生植甚繁。此外合抱之樹皆異種，魯人世世無能辨其名者，蓋孔子弟子異國人，皆持其國中樹來種者。林以內不生荊棘，並無刺人之草。

土著（音着）　言着土地而有常居者，非流寓遷徙之人也。今人誤讀為注。

雒邑　漢光武定居洛邑。漢以火德王，忌水，故去水而加隹，改洛為雒。後魏以土德王，以水得土，而流土得水而柔，故又除隹加水。

京觀　謂高丘如京；觀，闕形也。古人殺賊，戰捷陳屍，必築京觀以為藏屍之地。古之戰場所在有之。

玉門關　漢班超久在絕域，年老思歸，上書曰：「臣不願到酒泉郡，但願生入玉門關。」

雁門關　在大同府馬邑縣。北雁入塞，必銜蘆一根，擲之關門，然後飛入，如納稅然，蘆柴堆積如山。設有蘆政主事，歲進蘆銀以萬計。

魚米之地　唐田澄《蜀城》詩：「地富魚為米。」故稱沃土為魚米之地。

漏澤園　創始於宋元豐間，立為埋葬之所，取澤及枯骨、不使有遺漏之義也。明初，令民間立義塚。天順四年，令郡縣皆置漏澤園。

𠙶亭（音歐亭）　漢蔣澄封𠙶亭侯。今溧陽有𠙶山。

鬼門關　在交趾南。其地多瘴癘，去者罕得生還。諺曰：「鬼門關，十去九不還。」

鐵甕城　在鎮江，孫權所築。

邗溝　在揚州，大差所開。

女陽亭　在崇德縣。句踐入吳時，夫人產女於此亭。及吳滅後，乃名女陽，更就李為女兒鄉。

崖州為大　宋丁謂貶崖州司戶，常語客曰：「天下州郡孰為大？」客曰：「京師也。」謂曰：「朝廷宰相今為崖州司戶，則惟崖州為大也。」

戒石銘　宋高宗紹興二年六月，頒黃庭堅所書戒石銘於州縣，令刻石，文曰：「爾俸爾祿，民膏民脂。下民易虐，上天難欺。」

悲田院 《唐會要》曰：開元五年，宋璟、蘇頲請建「悲田院」，使乞兒養病，給以廩食。亦曰「貧子院」。

築城 周公築洛陽城，公孫鞅築咸陽城，伍員築蘇城。范蠡築越張，張儀築成都城，蕭何築長安城，孫權築建康城、泗州城，王審知築福州城，錢鏐築杭城。

長城 燕始城上谷至遼東。趙始城雁門至靈州。秦始皇補築，始名長城。北齊文宣帝復築長城。漢武帝復築遼東城。

開險 司馬錯開巴蜀，秦昭王開義渠，趙武靈王開代、樓煩、白羊，燕惠王開遼東，秦始皇開朔方，漢彭吳開穢貊，唐蒙開邛僰、夜郎、牂牁、越雋，莊助開東甌、西越，衞青開陰山。

勝國 滅人之國曰勝國，言為我所勝之國也。《左氏》曰：「勝國者，絕其社稷，有其土地。」

無支祁 大禹治水，至桐柏山，獲水獸，名無支祁，形似獮猴，力逾九象，人不可視。乃命庚辰鎖於龜山之下，淮水乃安。唐永泰初，有漁人入水，見大鐵索鎖一青猿，昏睡不醒，涎沫腥穢，不可近。

雷峰塔 在錢塘西湖淨寺前南屏之支麓也，昔有雷就者居之，故名。上有塔，遭回祿，今存其殘塔半株。

雪竇 在奉化縣。唐時雪竇禪師居之，鳥窠衣褶，寂然不動。

岳林寺 在奉化。布袋和尚道場，其鉢盂佛跡尚在。

虎丘 吳王闔閭死，治葬，穿土為川，積壤為丘，銅棺三重，以黃金珠玉為鳧雁。葬三月，金精上騰為白虎，蹲踞山頂，因名虎丘。

坑儒谷 在臨潼。秦始皇密令冬月種瓜於驪山谷中，溫處皆熟，詔博士諸生說之。前後七百人，言人人殊，則皆使往視，因伏機陷之，後人號「坑儒谷」。

鶴林寺　在潤州，有馬素塔。米元章愛其松石深秀，誓以來生為寺伽藍，呵護名勝。公沒時，鶴林伽藍無故自倒。里人知公欲踐夙願，遂塑其像於寺之左偏。

祖堂　在應天府治南。唐法融和尚得道於此，為南宗第一祖師。在山房禪定，有百鳥獻花，故又名獻花巖。

雨花台　梁武帝時，有雲光法師講經於此，天花亂墜，故名雨花。

飛來峰　在杭州虎林山之前。晉時西僧歎曰：「此是天竺國靈鷲山之小嶺，不知何日飛來？」因名之飛來峰。

躲婆弄　在紹興蕺山下，王右軍居此。有老嫗鬻扇，右軍為題其扇，嫗有慍色。及出，人競買之。他日，嫗又持扇乞書，右軍避去。故其下有題扇橋、躲婆弄。

筆飛樓　在蕺山之麓。王右軍於此寫《黃庭經》，筆從空中飛去。今其地有筆飛樓址。

樵風徑　在會稽平水。漢鄭弘少時採薪，得一遺箭。頃之，有老人覓箭，還之，問弘何欲。弘知其神人，答曰：「常患若耶溪載薪為難，願朝南風、暮北風。」後果如其言。

雷門　即紹興府城之五雲門。《會稽志》：雷門上有大鼓，聲聞洛陽。後鼓破，有二鸖從鼓中飛出，聲遂不遠。

蘭渚　在紹興府城南二十五里。晉永和九年上巳日，王右軍與謝安、孫綽、許詢輩四十一人會此修禊事。今傳有流觴曲水、蘭亭故址。

西陵　在蕭山。一名固陵。范蠡治兵於此，言可固守，因名。

簞醪河　在紹興府治南。句踐行師日，有獻壺漿者，跪而受之，取覆上流水中，命士卒乘流而飲。人百其勇，一戰遂有吳國，因以名之。

浴龍河　在紹興西門外。宋理宗與弟芮少時同浴於河，鄞人余天錫卧舟中，夢二龍負舟，起視之，則二小兒緣舟戲。問之，知是宗室，遂與史彌遠言其異，卒嗣帝位。

沉釀堰　在山陰柯山之前。鄭弘應舉赴洛，親友餞於此，以錢投水，依價量水飲之，各醉而去。

曹娥碑　在曹娥江滸。漢上虞令度尚所立，尚弟子邯鄲淳所撰，蔡邕題「黃絹幼婦外孫齏臼」，隱「絕妙好辭」四字。魏武問楊修曰：「解否？」修曰：「解。」魏武曰：「卿勿言。」行三十里始悟，乃歎曰：「吾不如卿三十里。」（按：魏武不曾過錢塘，所見碑應是拓本。）

錢塘　梁開平四年，錢武肅王始築捍海塘，在候潮門外，潮水晝夜沖擊，版築不就。王命強弩數百以射潮頭，潮水東擊西陵，海塘遂就。

桃源　晉時有漁人乘舟捕魚，緣溪行，忘路遠近，見洞口桃花，捨舟入。其中土地開朗，民居稠雜，雞犬桑麻，怡然自樂。漁人驚問，云是先世避秦來此，遂與外隔。問今是何世，不知有漢，無論魏晉。漁人出，乃屬曰：「不足為外人道也。」

牛渚磯　在姑孰。水深不可測。相傳其下多怪物，溫嶠燃犀角照之，須臾，見水族奇形怪狀，有乘車馬、着赤衣者。是夜，嶠夢一人謂曰：「與君幽明道隔，何事相窘？」嶠覺而惡之。未幾，以齒疾拔齒，中風而卒。

杜宇始鑿巫峽，漢武帝鑿曲江，張九齡鑿梅嶺。秦始皇厭天子氣掘淮流，西入江（《禹貢》：東入海），始名秦淮。隋煬帝東遊，穿河，自京口至餘杭。六朝自雲陽鑿運瀆，徑至建康，始復禹通渠故道，穿通齊渠，為後世通漕轉運。

泰山上有金篋玉策，能知人年壽修短。漢武帝探策得十八，倒讀曰八十。後壽果八十。

八詠樓　在金華府府治西南，即沈約玄暢樓也。宋守馮伉更今名。

古蜀國　今成都府。蜀之先，自黃帝子曰昌意，娶蜀山氏女，生帝嚳，乃封其支庶於蜀。歷夏商，始稱王，首名蠶叢，次曰柏灌，次曰魚鳧。

八陣圖　在新都牟彌鎮。孔明八陣圖凡三：在夔州者六十有四，方陣法也；在牟彌者一百二十有八，當頭陣法也；在棋盤市者二百五十有六，下營法也。（又：沔之定軍山下亦有之，夜常聞金鼓聲）。

神女廟　在巫山。楚襄王遊於高唐，夢一婦人曰：「妾在巫山之陽，高丘之上，朝為行雲，暮為行雨。」比旦視之，如其言，遂立廟。

華表柱　遼陽城內鼓樓東，昔丁令威家此，學道得仙，化鶴來歸，止華表柱，以咮畫表，云：「有鳥有鳥丁令威，去家千歲今始歸，城郭雖是人民非，何不學仙塚纍纍。」

麥飯亭　在滹沱河上，馮異進光武麥飯處。蕪蔞亭在饒陽，馮異進豆粥處。

柏人城　在唐山。漢高祖過此，欲宿，心動，問縣何名。曰：「柏人。」高祖曰：「柏人迫於人也。」不宿而去。

孟姜石　山海衛長城北，石上有婦人跡，相傳為秦時孟姜女尋夫之地。

九層台　《太平》按《說苑》：晉靈公築九層台，其臣荀息諫曰：「臣能累十二棋子加卵於上。」公曰：「危哉。」遂止其役。遺址尚存。

虒祁宮　在曲沃。《左傳》：晉作虒祁宮而諸侯畔，謂此。衞靈公之晉，晉平公置酒於虒祁，令師涓奏靡靡之樂。師曠曰：「此必得之濮上，乃亡國之聲也，不可聽！」

三岡四鎮　俱在大同應州。趙霸岡在城東，黃花岡在城西，護駕岡在城南；安邊鎮在城東，大羅鎮在城南，司馬鎮在城西，神武鎮在城北。元好問詩：「南北東西俱有名，三岡四鎮護金城。」

桑林 在陽城。湯有七年之旱，禱雨於此，至今多桑。

天繪亭 在平樂府治。一日，郡守欲易名，忽從土中得片石云：「予擇勝得此亭，名曰天繪。後某年月日，當有俗子易名清暉者。」遂已。

洛陽橋 在泉州府城東北，跨洛陽江，一名萬安橋。郡守蔡襄建，長三百六十丈，廣丈有五尺。先是海渡歲溺死者無算，襄欲壘石為梁，慮潮漫，不可以人力勝。乃遺檄海神，遣一吏往。吏酣飲，睡於海厓，半日潮落而醒，則文書已易封矣。歸呈襄，啟之，惟一「醋」字。襄悟曰：「神其令我廿一日酉時興工乎？」至期，潮果退舍。凡八日夕而功成，費金錢一千四百萬。

社倉 在崇安。宋乾道中，縣大饑，朱文公請於郡，得粟六百石賑給之，秋成，民償粟於官，因乞留里中立社倉，夏貸冬收，以為常規。文公自作記。後請頒其法於天下。

五羊城 即廣州府城。初有五仙人騎五色羊至此，故名。

梅花村 羅浮飛雲峰側。趙師雄，一日薄暮，於林間見美人淡妝素服，行且近。師雄與語，芳香襲人，因叩酒家共飲。少頃，一綠衣童來，且歌且舞。師雄醉而卧。久之，東方已白，視大梅樹下，翠羽啾啾，參橫月落，但惆悵而已。

滕王閣 南昌府城章江門上。唐高宗子元嬰封滕王時建。都督閻伯嶼重九宴賓僚於閣，欲誇其婿吳子章才，令宿構序。時王勃省父經此與宴。閻請眾賓序，至勃不辭。閻恚甚，密令吏得句即報，至落霞秋水句，歎曰：「此天才也！」其婿慚而退。

岳陽樓 岳州西門，滕子京建樓，范希文記，蘇子美書，邵竦篆，稱四絕。

巴丘山 岳州府城南。羿屠巴蛇於洞庭，積骨為丘，故名。

山川

九山　會稽山、衡山、華山、沂山、岱山、岳山、醫無閭山、霍山、恆山。

九澤　大陸澤、雷夏澤、大野澤、彭蠡澤、雲夢澤、震澤、菏澤、孟豬澤、滎澤。

五嶽　東嶽泰山，山東濟南府泰安州。南嶽衡山，湖廣衡州府衡山縣。中嶽嵩山，河南河南府登封縣。西嶽華山，陝西西安府華陰縣。北嶽恆山，山西大同府渾源縣。

九河　曰徒駭、曰太史、曰馬頰、曰覆釜、曰胡蘇、曰簡、曰潔、曰鉤盤、曰鬲津。

五鎮　東鎮沂山，東安公，在沂州。南鎮會稽山，永興公，在紹興。中鎮霍山，應聖公，在晉州。西鎮吳山，成德公，在隴州。北鎮醫無閭山，廣寧公，在營州。

五湖　一洞庭，二青草，三鄱陽，四丹陽，五太湖。一曰五湖者，太湖之別名也，一名震澤，一名笠澤。

四瀆　江、淮、河、濟是也。禹平水土，名曰四瀆。《禮記》：「天子祭天下名山大川：五嶽視三公；四瀆視諸侯。」

四海　天地四方皆海水相通，九戎、八蠻、九夷、八狄，形類不同，總而言之謂之四海。渤澥者，又東海之別支也。

三島　東海之盡謂之滄海，其中有蓬萊、方丈、瀛州三神山，金銀為宮闕，神仙所居。

五山　渤海之東有大壑，名歸墟，其中有岱輿、員嶠、方壺、瀛州、蓬萊五山。

三江　松江、婁江、東江也。其分流處曰三江口。

三泖　在松江府。俗傳近山涇者為上泖，近泖橋者為中泖，自泖橋而上縈繞百餘里曰長泖，是謂三泖。

崑崙山　在西番。山極高峻，積雪至夏不消，延亘五百余里，黃河經其南。

黃河　在西番。其水從地湧出，百餘泓，東北匯為大澤。又東流為赤賓河，合忽蘭諸河，始名黃河。從東北至陝西、蘭州，始入中國。元招討使都實始窮河源。

華山　韓昌黎夏日登華山之嶺，顧見其險絕，恐慄，度不可下，據崖大哭，擲遺書為訣。華陰令搭木架數層，給其醉，以氈裹縋下之。

匡廬山　在南康府。周時匡裕兄弟七人結廬隱此，故名。志中言有二勝，開元漱玉亭、栖賢三峽橋，內有白鹿洞，為朱晦庵讀書處。今另設學校以教習諸生。

武夷山　在崇安。高峰三十有六，道書第十六洞天，當有神人降此，自稱武夷君。又《列仙傳》：籛鏗二子，長曰武，次曰夷，故名。

龍虎山　在貴溪。兩石峙如龍昂虎踞，即上清宮也。世為張道陵所居，上有壁魯洞，即天師得異書處。

[王雚]務（音權旄）**山**　在柏人城之東北。《尚書》言：舜納於大麓，迅雷風烈，弗迷。即此。

華不注（不音夫，與跗同）　言此山孤秀，如花跗之注於水也。《九域志》云：大明湖望華不注山，如在水中。

白嶽山　在休寧縣。一名齊雲，巖上有石鐘樓、石鼓樓、香爐峰、燭台峰，皆奇景。上供玄帝像，云是百鳥銜泥所塑，靈應異常，人稱小武當。時時有王靈官響山鞭，聲如霹靂。

鎮江三山　一曰北固，一曰金山，一曰焦山。焦山者，漢末隱士焦先隱此，故名。上有《瘞鶴銘》，陶隱居所書，雷火斷之，今墜江岸。

八公山　在壽州。淮南王安與賓客八公修煉於此。謝玄陳兵淝水，苻堅望見八公山草木，風聲鶴唳，皆為晉兵。

天童山　在鄞縣。晉僧義興卓錫於此，有童子給役薪水，久之辭去，曰：「吾太白神也，上帝命侍左右。」言訖不見。遂名太白山，又名天童山。

招寶山　在定海。天氣晴朗，朝鮮、日本諸國一望可見。山中有棋子坪，以白飯撒之得白子，以黑豆撒之得黑子。

翁洲山　在定海。徐偃王所居。句踐欲封夫差於甬東，即此地也。唐開元中置翁洲縣。

雞鳴山　在應天府東，舊名雞籠山。雷次宗開館於此，齊高宗常就次宗受《左氏春秋》。

牛首山　在祖堂之北，上有二峰相對如牛角，故名。晉王導曰：「此天闕也。」又名天闕山。

攝山　在應天府治東北。產攝生草。上有千佛巖、栖霞寺，即明僧紹舍宅。

茅山　在句容，初名句曲山。茅君得道於此，更今名。上有三峰，三茅君各占其一，謂之三茅峰。三峰之北，曰玉晨觀，即所謂金陵地肺也。

莫愁湖　三山門外。昔有妓盧莫愁家此，故名。

天台山　上應台星高一萬八千丈，周八百里，從曇花亭麓視石梁瀑布如在天半。上有瓊台玉闕諸景，舊名金庭洞天。

天姥山　在浙之新昌縣。李太白夢遊天姥，即此。近產茶，名天姥茶。

文公山　在尤溪。朱晦庵父松為尤溪尉，任滿，假館於鄭氏。建炎庚戌九月朱子生，所對二山草木繁密，野燒焚之，山形露出「文公」二字。

雲谷山　在建陽。羣峰上蟠，中阜下踞，雖當晴晝，白雲坌入，則咫尺不可辨。朱文公作草堂其中，榜曰「晦庵」。

鐘山　在分宜。晉時，雨後有大鐘從山峽流出，驗其銘，乃秦時所造，故名鐘山。後有漁人山下得一鐸，搖之，聲如霹靂，山嶽動搖。漁人懼，沉之水。或曰：「此秦始皇驅山鐸也。」

寒石山　唐寒山、拾得二僧居此。豐干和尚謂閭丘太守曰：「寒山、拾得，是文殊、普賢後身。」太守往謁之，二人笑曰：「豐干饒舌。」遂隱入石中，不復出。

石鏡山　在臨安。有圓石如鏡，錢鏐少時照之，冠冕儼然王者。唐昭宗封為衣錦山。鏐常於此宴故老，木石皆披錦繡。

宛委山　在會稽禹穴之前。上有石匱，大禹發之，得赤珪如日、碧珪如月，長一尺二寸。又傳禹治水畢，藏金簡玉字之書於此。

寶山　一名攢宮。在會稽縣東南。宋高、孝、光、寧、理、度六陵在焉。元妖僧楊璉真伽發諸陵，唐玨潛收陵骨，瘞於蘭亭山之冬青樹下，陵骨得以無恙，獨理宗頭大如斗，不敢更換，元人取作溺器。我太祖得之沙漠，復歸本陵，有石碑記其事。

越城中八山　臥龍、蕺山、火珠、白馬、峨眉、鮑郎、彭山、怪山。更有黃琢山在華嚴寺後，人不及知。峨眉山在軒亭北首民居之內，今指土穀寺神桌下小石為峨眉山者，非是。怪山在府治東南，《水經注》云：是山自琅琊東武海中一夕飛來，居民怪之，故曰怪山。上有靈鰻井，鰻大如柱，能致風雨。越王築台其上以觀雲氣。

尾閭　台州寧海縣東，海中水湍急，陷為大渦者十餘處，凡百浮物，近之則溺。

瓠子河　漢武帝元光三年，河決頓丘，復決濮陽，瓠子泛郡十六，發卒數萬人塞瓠子河。天子自臨決河，沉白馬玉璧於河，築室其上，名宣防宮。

錢塘潮　朝夕兩至，初三日起水，二十日落水。每月十八潮大，八月十八潮尤大。有候潮歌曰：「午未未未申，寅卯卯辰辰，巳巳巳午午，朔望一般輪。」

磻溪　在鳳翔府寶雞縣。呂望釣此，得一魚，腹有璜玉，文曰：「周受命，呂氏佐。」今石上隱隱見兩膝痕。

灩澦堆　在瞿唐峽口。有孤石，冬出水二十餘丈，夏即沒入水。土人云：「灩澦大如象，瞿唐不可上；灩澦大如馬，瞿唐不可下。」以為水候。庾子輿奉父櫬還巴東，至瞿唐，水壯。子輿哀號，峽水驟退，舟得安行。人為之語曰：「灩澦如幞本不通，瞿唐水退為庾公。」

瞿唐峽與歸峽、巫山峽，世稱三峽，連亘七百里，重巖疊障，隱蔽天日，非亭午夜分，不見日月。《水經》云杜宇所鑿。

爛柯山　衢州府城南。一名石室。道書謂青霞第八洞天。晉樵者王質入山，見二童子弈，質置斧而觀。童子與質一物，如棗核，食之不飢。局終，示質曰：「汝斧柯爛矣。」質歸家，已百歲矣。

江郎山　在江山。世傳江氏兄弟三人登其巔，化為石，故名。山頂有池，產碧蓮、金鯽。

金華山　府城北。金星與婺女星爭華，故名。又名長山，周三百六十餘里，其最勝者曰金華洞，道書第三十六洞天。

四明山　在餘姚縣。高三萬八千丈，周二百一十里，由鄞小溪入，則稱東四明；由餘姚白水入，則稱西四明；由奉化雪竇入，則直謂之四明。道經第九洞天也。峰凡二百八十有二，中有峰曰芙蓉，有漢隸刻石上，曰「四明山心」。其右有石窗。

天水池　在重慶江津縣。邑人春月遊此，競於池中摸石祈嗣，得石者生男，得瓦者生女，頗驗。

大瀼水　在奉節縣。杜甫詩「瀼東瀼西一萬家」，即此。郡人龍澄嘗於瀼中見一石合，探取之，獲玉印五，文字非世間篆籀。忽有神人詫曰：「玉印乃上帝所寶，昔授禹治水，水治復藏名山大川。

今守護不謹耳！可亟投元處。」澄如其言。後登上第。

牛心山　龍安府城之東。梁李龍遷葬此。武后時鑿斷山脈。玄宗幸蜀，有老人蘇垣奏：「龍州牛山，國之祖墓，今日蒙塵，乃則天掘鑿所致也。」玄宗命刺史修築如舊。未幾，誅祿山。

峨眉山　眉州城南，來自岷山，連岡叠嶂，延袤三百餘里，至此突起三峰，其二峰對峙，宛若蛾眉。

磨針溪　彭山象耳山下，相傳李白讀書山中，學未成，棄去。過是溪，逢老媼方磨鐵杵，白問故，媼曰：「欲作針耳。」白感其言，還，卒業。

長白山　在開原東北千餘里。橫亘千里，其巔有潭，周八十里，深不可測，南流為鴨淥江，北流為混同江。

太行山　懷慶府城北。王烈入山，忽聞山北雷聲，往視之，裂開數百丈，石間一孔徑尺，中有青泥流出。烈取摶即堅凝，氣味如香粳飯。

神農澗　在溫縣。神農採藥至此，以杖畫地，遂成澗。

臥龍岡　南陽府城西南。即諸葛亮躬耕處，有三顧橋。

丹水　在內鄉縣。《抱樸子》云：水有丹魚，先夏至十日，夜伺之，魚皆浮水，赤光如火，取其血塗足，可步行水上。

天中山　汝寧府城北。在天地之中，故名。自古考日影測分數，莫正於此。

金龍池　在平陽府城西南。晉永嘉中，有韓媼偶拾一巨卵，歸育之，得嬰兒，字曰「橛」，方四歲。劉淵築平陽城不就，募能城者。橛因變為蛇，令媼舉灰誌後，曰：「憑灰築城，可立就。」果然，淵怪之，遂投入山穴間，露尾數寸，忽有泉湧出，成此池。

五台山　在五台縣。五峰高出雲漢，文殊師利所居。曰「清涼山」，即此。

尼山　曲阜接泗水鄒縣界。顏氏禱此而孔子生。記云：「顏氏升之谷，草木之葉皆上起；降之谷，草木之葉皆下垂。」

雷澤　在曹州。澤中有雷神，龍身而人頰，鼓其腹則鳴。《史記》:「舜漁於雷澤。」即此。

鳴犢河　在高唐。孔子將西見趙簡子，聞殺竇鳴犢，臨河而歎，因名。

濮水　濮州上有莊周釣台。昔師延為紂作靡靡之樂。武王伐紂，師延自投濮水而死。後衞靈公夜止濮上，聞鼓琴聲，召師涓聽之。師曠曰:「此亡國之音也。」

牛山　臨淄。齊景公登牛山，流涕曰:「美哉國乎！若何去此而死也？」艾孔、梁丘據皆從而泣，晏子獨笑。公問故，對曰:「使賢者不死，則太公、桓公常守之矣；勇者不死，則莊公、靈公常守之矣，吾君安得此位乎？至於君獨欲常守，是不仁也。二子從而泣，是諂諛也。見此二者，臣所以竊笑。」公舉觴自罰，罰二臣者。

愚公谷　臨淄，愚公山之北。齊桓公逐鹿至此，問一老父:「何以名愚公谷？」對曰:「臣畜牸牛生犢，賣犢而買駒，少年謂牛不能生馬，遂持駒去。鄰人以臣為愚，故名。」

九華山　青陽，舊名九子山。李白謂「九峰似蓮華」，乃更今名。劉夢得嘗愛終南、太華，以為此外無奇；愛女几、荊山，以為此外無秀。及見九華，深悔前言之失也。

禹祁山　姑蘇城西，相傳禹導吳江以泄具區，會諸侯於此。

洞庭山　姑蘇城西太湖中，一名包山，道書第九洞天。蘇子美記：有峰七十二，惟洞庭稱雄。

孔望山　海州。孔子問官於郯子，嘗登此望海。

夾谷山　在贛榆，即孔子會齊侯處。

碩項湖　在安東。秦時童謠云:「城門有血，當陷沒。」有老姆憂懼，每旦往視。門者知其故，以血塗門，姆見之即走。須臾，大水至，城果陷。高齊時，湖嘗涸，城址尚存。

龍穴山　六安上有張龍公祠，記云：張路斯潁上人，仕唐為宣城令，生九子，嘗語其妻曰：「吾龍也。蓼人鄭祥遠亦龍也，據吾池。屢與之戰，不勝，明日取決，令吾子射。繫鬣以青絹者，鄭也；絳絹者，吾也。」子遂射中青絹者，鄭怒，投合肥西山死。即今龍穴。

巢湖　合肥。世傳江水暴漲，溝有巨魚萬斤，三日而死，合郡食之。獨一姥不食。忽遇老臾，曰：「此吾子也。汝不食其肉。吾可亡報耶？東門石龜目赤，城當陷。」姥日往窺之。有稚子戲以朱傅龜目。姥見，急登山，而城陷，周四百餘里。

滇池　雲南府城南。一名昆明池，周五百餘里，產千葉蓮。《史記》：滇水源廣末狹，有似倒流，故曰滇。

金馬山　雲南府城東，世傳金馬隱現於上。往西則碧雞山，峰巒秀拔，為諸山長。俯瞰滇池，一碧萬頃。漢宣帝時，方士言益州有金馬碧雞可祭禱而致，乃遣王褒入蜀。

大庾嶺　南雄府城北。一名梅嶺。張九齡開鑿成路，行者便之。上有雲封寺、白猿洞。盧多遜南遷嶺上，憩一酒家，問其姓，嫗曰：「我中州仕族，有子為宰相盧多遜挾私竄以死。我且寓此嶺，候其來。」多遜倉皇避去。

羅浮山　在博羅。高三千六百丈，周三百餘里，嶺十五，峰四百三十二，洞八，大小石樓三，登之可望海。又有璇房瑤宮七十二所。《南越志》：羅浮第三十一嶺半是巨竹，皆七八圍，節長丈二，葉似芭蕉，謂之龍葱竹。

鱷溪　在潮州府城東。一名惡溪。溪有鱷魚，身黃色，四足，修尾，狀如鼉，舉止趫疾，口森鋸齒，往往為人害。鹿行崖上，羣鱷鳴吼，鹿怖墜崖，鱷即齧食。

石鐘山　在湖口。下臨深潭，微風鼓浪，水石相搏，響若洪鐘。蘇軾嘗泛舟醉此。

麻姑山　在建昌府城西。上有瀑布、龍巖、丹霞洞、碧蓮池，皆奇境也。周四百餘里，中多平地可耕。道書三十六洞天之一。麻姑修煉於此。

曲江池　西安府城東南。漢武帝鑿，每賜宴臣僚於此，池備彩舟，惟宰相學士登焉。宋子京嘗夜飲曲江，偶寒，命取半臂，十餘寵各送一枚，子京恐有去取，不敢服，冒寒而歸。

岐山　一名天柱山。《禹貢》：導汧及岐。太王邑於岐山之下，文王時鳳鳴岐山，皆此。

君子津　大同。古東勝州界上。漢桓帝時，有大賈齎金至，死此，津長埋之。賈子尋父喪至，悉還其金。帝聞之曰：「君子也。」遂以名津。

柳毅井　在君山。唐柳毅下第歸，至涇陽，道遇牧羊婦泣曰：「妾洞庭君小女，嫁涇川次郎，為婢所譖，見黜至此，敢寄尺牘。洞庭之陰有大橘樹，擊樹三，當有應者。」毅如其言。忽見一叟引至靈虛殿，取書以進。洞庭君泣曰：「老夫之罪。」頃之，有赤龍擁一紅妝至，即寄書女也。宴毅碧雲宮，洞庭君弟錢唐君曰：「涇陽嫠婦欲託高義為姻。」毅不敢當，辭去。後再娶盧氏，即龍女也。

泉石

八功德水　一清、二冷、三香、四柔、五甘、六淨、七不噎、八除病。北京西山、南京靈谷，皆取此義。

斟溪　在連州，一日十溢十竭。

潮泉　在安寧州，一日三溢三竭。

漏勺　在貴陽城外，一日百盈百涸，應銅壺漏刻。

中泠泉　在揚子江心。李德裕為相，有奉使者至金陵，命置中泠水一壺。其人忘卻。至石頭城及汲以獻李。飲之，曰：「此頗似石頭城下水。」其人謝過，不敢隱。

惠山泉　在無錫縣錫山。舊名九龍山，有泉出石穴。陸羽品之，謂天下第二泉。

趵突泉　在濟南。平地上水趵起數尺，看水者以水之高下卜其休咎。

范公泉　在青州府。范仲淹知青州，有惠政，溪側忽湧醴泉，遂以范公名之。今醫家汲水丸藥，號青州白丸子。

妒女泉　在并州。婦女不得靚妝彩服，至其地必致風雨。

阿井水　在東阿縣。以黑驢皮，取其水煎成膏，即名「阿膠」。

虎跑泉　在錢塘。唐元和十四年，性空大師栖禪其中，以無水欲去。有二虎跑山出泉甘冽，乃建虎跑寺。觀泉者，僧為舉梵唄，泉即觱沸而出。

六一泉　在孤山之南。宋元祐六年，東坡與惠勤上人同哭歐陽公處也。勤上人講堂初構，斸地得泉，東坡為作泉銘。以兩人皆列歐公門下，此泉方出，適哭公訃，名以六一，猶見公也。參寥泉在智果寺。東坡泉在昌化縣。醉翁亭側亦有六一泉。

夜合石　新昌東北洞山寺水口，有二石，高丈餘，土人言：二石夜間常合為一。

熱石　臨武有熱石，狀如常石，而氣如熾炭，置物其上立焦。

松化石　松樹至五百年，一夜風雷化為石質，其樹皮松節，毫忽不爽。唐道士馬自然指延真觀松當化為石，一夕果化。

望夫石　武昌山有石，狀如人。俗傳貞婦之夫從役遠征，婦攜子送至此，立望其夫而死，屍化為石。

醒酒石　唐李文饒於平泉莊聚天下珍木怪石，有醒酒石，尤所鍾愛。其屬子孫曰：「以平泉莊一木一石與人者，非吾子孫也。」後其孫延古守祖訓，與張全義爭此石，卒為所殺。

赤心石　武后時爭獻祥瑞。洛濱居民有得石而剖之中赤者，獻於后，曰：「是石有赤心。」李昭德曰：「此石有赤心，其餘豈皆謀反也？」

十九泉　在嚴灘釣台下。陸羽品天下泉味，謂此泉當居第十九。

一指石　在桐廬縣綴巖谷間，以指抵之則動，故名。

魚石　涪州江心有石，上刻雙魚，每魚三十六鱗，旁有石秤石斗，現則歲豐。

龍井　在湯陰。相傳孫登嘗寓此。歲旱，農夫禱於龍洞，得雨。登曰：「此病龍雨也，安能甦禾稼乎？」嗅之果腥穢。龍時背生疽，變一老翁，求登治，曰：「痊當有報。」不數日，大雨，見石中裂開一井，其水湛然，即龍穿此以報也。

溫泉　在汝州城西者。武后嘗幸此。其側又有冷泉。順天府湯山下有泉，四時常溫，浴之癒疾。遵化亦有湯泉。阜平有二泉，一溫一冷。雲南安寧溫泉，色如碧玉，可鑒毛髮。驪山西繡嶺下有溫泉。

玉泉　在玉泉山下。泉出石罅間，因鑿石為螭頭，泉從螭口出，鳴若雜佩，色若素練，味極甘美，瀦而為池，廣可三丈，流於西湖，遂為燕山八景之一。

神農井　在長子羊頭山，即神農得佳穀處。

杜康泉　舜祠東廡下。康汲此以釀酒。或以中泠水及惠山泉稱之，一升重二十四銖，是泉較輕一銖。

金雞石　建德草堂寺之北。羅隱嘗過此，戲題曰：「金雞不向五更啼。」石遂迸裂，有雞飛鳴而去。

玉乳泉　丹陽劉伯芻論此水為天下第四泉。

綠珠井　在博白雙角山下。梁氏女綠珠生此，汲飲者產女必麗色。◯容縣有楊妃井，因妃生此而名。◯鬱林有司命井，甘淡半之，可給闔境。

龍焙泉　建寧鳳凰山下。一名御泉，宋時取此水造茶入貢。

仁義石　建陽二石對立，左曰仁，右曰義。

一滴泉　在廣信南巖。泉自石竇中出，四時不竭。宋朱熹詩有：「一竅有靈通地脈，半空無雨滴天漿。」

谷簾泉　南康府城西。泉水如簾，布巖而下者三十餘派。陸羽品其味為天下第一。

玉女洞　盩厔。洞有飛泉，甘且冽。蘇軾過此，汲兩瓶去。恐後復取為從者所紿，乃破竹作券，使寺僧藏之以為往來之信，戲曰「調水符」。

畫山石　寧州石上有文，燦然若戰馬狀，無異畫圖。故名。

山雞石　寶雞陳倉山下有石，似山雞狀，晨鳴山巔，聲聞三十里。

石泉　井陘有石泉，隋妙陽公主久疾，浴此遂癒。

瀑布泉　瀘州開先寺。李白詩：「掛流三百丈，噴壑數十里。」

醴泉　在新喻。黃庭堅嘗飲此，歎曰：「惜陸鴻漸輩不及知也。」題曰「醴泉」。

卓錫泉　在大庾嶺。唐僧盧能被眾僧奪衣鉢，追至大庾嶺，渴甚，能以錫卓石，泉湧清甘，眾駭而退。

癒痞泉　鶴慶符城東南，有溫泉。每三月，郡人有痞疾者浴此即癒。

景致

泰山四觀　日觀，雞一鳴，見日始欲出，長三丈所。秦觀，望見長安。吳觀，望見會稽。周觀，望見齊西北。

燕山八景　薊門飛雨，瑤島春陰，太液秋風，盧溝曉月，居庸疊翠，玉泉垂虹，道陵夕照，西山晴雪。

關中八景 輞川煙雨，渭城朝雲，驪城晚照，灞橋風雪，杜曲春遊，咸陽晚渡，藍水飛瓊，終南疊翠。

桃源八景 桃川仙隱，白馬雪濤，綠蘿晴晝，梅溪煙雨，潯陽古寺，楚山春曉，沅江夜月，童坊曉渡。

姑孰十詠 姑孰溪，丹陽湖，謝公宅，淩歊台，桓公井，慈母竹，望夫石，牛渚磯，靈墟山，天門山。

瀟湘八景 煙寺晚鐘，滄江夜雨，平沙落雁，遠浦歸帆，洞庭秋月，漁村夕照，山市晴嵐，江天暮雪。

越州十景 秦望觀海，爐峰看雪，蘭亭修禊，禹穴探奇，土城習舞，鏡湖泛月，怪山瞻雲，吼山雲石，雲門竹筏，湯閘秋濤。

西湖十景 兩峰插雲，三潭印月，斷橋殘雪，南屏晚鐘，蘇堤春曉，麯院荷風，柳浪聞鶯，雷鋒夕照，平湖秋月，花港觀魚。

雁蕩山 頂有一湖，春雁歸時，嘗宿於此。內有七十七峰，在溫州樂清縣。謝康樂剔隱搜奇，足跡所不能到。至宋祥符造玉清宮，伐木至此，乃始知名。

大龍湫 雁蕩山西，有谷曰大龍湫，瀑布自絕壁瀉下，高五千丈，隨風旋轉，變態百出。更有峰曰小龍湫，從巖洞中飛流而下，高三千丈。

玉甑峰 在樂清。峰巒奇崛，巖洞棱層，瑩白如玉，世稱白玉洞天。

嵊浦 在嵊縣剡溪，近畫圖山。會稽三賦「嵊縣溪山入畫圖」，即此。

海市 登州海中，有雲氣如樓台殿閣、城郭人民、車馬往來之狀，謂之海市。蘇軾知登州，被召將去，以不見海市為恨，禱於海神，次日遂見。

甌江 在溫州府城北。東至磐石村，會於海洋，是曰甌江。常有蜃氣結為樓台城櫓，忽為旗幟甲馬錦幔。

山市　在淄州煥山。相傳嘉靖二十三年，縣令張其輝過之，天將明，忽見山上城堞翼然，樓閣巍煥，俄有人物往來，與海市無異。

神燈　餘姚龍泉山，當春夏煙雨晦冥，見神燈一二盞，忽然化為幾千萬盞，燃山熠谷，數時方滅。

火井　在阿速州。煙來火出，投以竹木則焚。◯邛有火井，以外火投之，生焰，光照數里。

山燈　四川蓬州。現凡五處。初不過三四點，漸至數十，在蓬山者尤異，土人呼為聖燈。彭山、北平山，亦夜見五色神燈。

商山　商州。即四皓隱處，一名商洛山。開元時，高太素避居山中，建六逍遙館，曰：晴夏晚雲，中秋午月，冬日初出，春雪未融，署簟清風，夜階急雨。

喚魚潭　青神中巖，即諾距羅尊者道場，上有喚魚潭，客至撫掌，魚輒羣出。

山莊　崇仁浮石巖，三巖鼎立，中貫一溪，可容舫。宋尚書何異辟為山莊，表其勝跡五十餘所，題曰「三山小隱」。理宗書「衮庵」二大字賜之，異揭於方壺室。洪邁有記。

八鏡台　在贛州府城上。東望七閩，南眺五嶺。蘇軾賦詩八章。

輞川別業　藍田。宋之問建，後為王維莊。輞水通竹洲花塢，日與裴秀才迪浮舟賦詩，齋中惟茶鐺、酒臼、經案、繩牀而已。為關中八景之一。

逍遙別業　驪山鸚鵡谷，韋嗣立建。中宗嘗幸此，封為逍遙公。上賦詩勒石，令從臣應制。張説序云：「丘壑夔龍，衣冠巢許。」

湟川八景　霅溪春漲，龍潭飛雨，楞伽曉月，靜福寒林，中峰遠眺，秀巖滴翠，圭峰暮靄，巖湖叠巘。

人物部

卷三

帝王（附后妃、太子、公主）

天皇始稱皇，伏羲始稱帝，夏、商、周始稱王。神農，母安登感天而生，始稱天子。文王始稱世子。秦始皇始尊父莊襄王為太上皇。周制稱王妃為王后。秦稱皇帝，遂稱皇后。漢武帝始尊祖母竇為太皇太后。魏稱諸王母為太妃。晉元帝始稱生母為皇太妃。

當寧　《禮記》：天子當寧而立。諸公東面，諸侯西面，曰朝。宁，門屏間。

皇帝　古或稱皇或稱帝。秦始皇自謂德過三王，功高五帝，乃更號曰皇帝，命曰制，令曰詔，自稱曰朕（古者稱朕，上下共之。咎繇與帝言稱朕；屈原曰「朕皇考」。至秦獨以為尊）。

山呼　漢武帝登嵩山，帝與左右吏卒咸聞呼萬歲者三。後人襲之，遂名「山呼」。

大寶　聖人之大寶曰位，何以守位？曰仁。

神器　天下者，神明之器也。《王命論》曰：「神器有命，不可以智力求。」

龍飛　新主登極曰龍飛，取《易經》「飛龍在天，利見大人」。蓋乾九五為君位，故云。《華林集》：「位以龍飛，文以虎變。」

虎拜　羣臣覲君曰虎拜。《詩經》：「虎拜稽首，天子萬壽。」謂召穆公虎既拜，受王命之辭，而祝天子以萬壽也。

如絲如綸　《禮記》：「王言如絲，其出如綸。」注：綸，綬也。言王言始出之，小如絲；群臣舉之，若綬之大。故皇帝之言謂之綸音。皇后之命又曰懿旨，懿，美也。

元首　《書經》:「元首明哉，股肱良哉。」言君乃臣之元首，臣乃君之股肱，君明則臣自良。

麟趾龍種　《詩經》:「麟之趾，振振公子。」唐詩:「元帥歸龍種。」俱譬宗藩也。

玉牒　帝冑之譜名玉牒。韓文:明德鏤白玉之牒。又宗人府曰玉牒所。

邦貞國貳　《禮記》:「一人元良，萬邦以貞。」太子之謂也。高允曰:「太子，國之儲貳。」

日重光　崔豹《古今注》:漢明帝為太子時，樂人歌《詩》四章以讚美之，其一日重光，其二月重輪，其三星重輝，其四海重潤。

逍遙晚歲　《唐書》:高祖謂裴寂曰:「公為宗臣，我為太上皇，逍遙晚歲，不亦善乎？」

女中堯舜　高瓊讚宋宣仁太后曰:「篤生聖后，女中堯舜。」

儀賓　漢制:皇女皆封縣公主，諸王女皆封鄉亭公主，承王女、宗女者封儀賓、封郡馬。

官家　李侍讀仲容侍真宗飲，命飲巨觥。仲容曰:「告官家免巨觥。」上問:「卿之稱朕何謂官家？」對曰:「五帝官天下，三王家天下，兼三五之德，故稱官家。」

縣官　《霍光傳》稱天子為縣官。

華祝　堯觀於華，華封人曰:「嘻！請祝聖人多富、多壽、多男子。」

陛下　陛，階也。天子必有近臣，執兵器陳於陛以戒不虞。謂之陛下者，羣臣與天子言，不敢指斥天子，故呼在陛下者而告之，因卑達尊之義也。上書亦如之。

乘籙握符　《東都賦》曰:「聖皇乃握乾符，闡坤珍，披皇圖，稽帝文。」乾符，赤伏符籙也；坤珍，洛書也；皇圖，圖讖也；帝文，天文也。

行在　蔡邕《獨斷》謂天子以天下為家，車輿所至之處，皆曰行在。謂行幸之所在也。

天潢　《曹固表》:「王孫公子，疏派天潢，宜親宗室，強幹弱枝。」

警蹕　唐太宗即位，數馳射。孫伏伽諫曰:「天子禁衞九重，出也警，入也蹕。」警，戒肅也；蹕，清道也。

璇宮椒房　帝少昊母星娥處於璇宮，以椒塗壁，取其溫和，以辟惡氣。一曰取椒實繁衍之義。

黄帝立四妃，夏增三三，為九嬪；殷增三九，為二十七世婦；周增九九，為八十一御妻。魏明帝置淑妃，宋武帝置貴妃，隋煬帝置德妃，唐置賢妃，漢武帝置婕妤，漢元帝置昭儀，漢光武置貴人，晉武帝置才人。

前星　《晉書 · 天文志》:「心三星，天王正位也。中星曰明堂，天子位。前星為太子，後星為庶子。」

少海　《山海經》:「無皋之山，南望幼海。」注：幼海，即少海也。天子比大海，太子比少海。

青宮　東明山有宮，青石為牆，門有銀榜，以青石碧鏤題曰「天地長男之宮」。故太子名青宮，又曰東宮。

公主　天子嫁女，不親主婚，命同姓諸侯主之，故稱公主；若諸侯則自主之，故稱翁主。娶公主者曰尚；娶翁主者曰承。周始稱公主，漢始稱姊妹長公主，武帝始稱姑大長公主，唐憲宗始稱王女縣主，睿宗始封女代國。秦以後始稱尚主，舅姑下於婦。王珪始制坐受婦禮。魏始拜尚主者駙馬都尉，本漢武帝置，掌御馬。

女官　周始制女史，佐內治。漢制女官十四等，數百人。唐設六局、二十四司，官九十人，女史五十餘人。

宗室　周公始置中士奠世系。唐玄宗始詔李衢、林寶撰玉牒百十卷。宋真宗始崇皇屬籍。周始建宗盟，選宗中之長為正。唐宗室始期親加皇屬，外任不着姓。宋神宗始換授，始外官加姓，始詔宗室應舉。

五行迭王　太昊配木，以木德王天下，色尚青。炎帝配火，以火德王天下，色尚赤。黃帝配土，以土德王天下，色尚黃。少昊配金，以金德王天下，色尚白。顓頊配水，以水德王天下，色尚黑。

建元　古者只有紀年，未有年號。漢武帝建元元年，後王年號蓋始於此。帝王改元亦未曾有。秦惠文十四年更為元年，是為改元之始。

黃帝始制國號加有字，漢加大字。漢文帝始制年號用一字，武帝始用二字。

國祚　五帝：伏羲一百一十五年。神農一百四十年，傳七世，共三百七十五年。黃帝一百年。少昊八十四年。顓頊七十八年，帝嚳七十年。帝摯九年。帝堯七十二年。帝舜六十一年。〇三王：夏禹十七世，共四百五十八年。商湯二十八世，共六百四十四年。周三十七世，共八百七十三年。〇秦三世，共三十九年。〇西漢十一世，共二百三十一年。東漢十四世，共一百九十六年。蜀漢二世，共四十四年。〇晉四世，共五十二年。東晉十一世，共一百五年。〇前五代共一百六十九年。〇唐二十世，共二百九十年。〇後五代共五十六年。〇北宋九世，共一百六十八年。南宋九世，共一百五十五年。〇元十世，共八十九年。

皇明國祚　洪武三十一年，建文四年，永樂二十二年，洪熙一年，宣德十年，正統十四年，景泰八年，天順八年，成化二十二年，弘治十八年，正德十六年，嘉靖四十五年，隆慶六年，萬曆四十八年，天啟七年，崇禎十七年，共二百八十二年。〇歷朝御諱：太祖（元璋），惠宗（允炆），成祖（棣），仁宗（高熾），宣宗（瞻基），英宗（祁鎮），景帝（祁鈺），憲宗（見深），孝宗（祐樘），武宗（厚照），世宗（厚熜），穆宗（載垕），神宗（翊鈞），光宗（常洛），愍宗（由校），思宗（由檢）。

前五代　南朝：宋劉裕八世，歷六十年。齊蕭道成七世，歷二十三年。梁蕭衍四世，歷五十七年。後梁蕭詧（昭明太子之子）三世，歷三十三年。隋楊堅四世，歷三十九年。〇北朝：元魏拓跋珪十二世，歷一百四十九年。西魏拓跋修四世，歷二十四年。東魏拓跋善見一世，歷十七年。北齊高洋（魏丞相高歡之子）五世，歷二十九年。後周宇文覺（魏冢宰宇文泰之子）五世，歷二十六年。

後五代　梁朱溫二世，歷十七年。後唐李存勖（本姓朱邪氏，沙陀人，先世事唐，賜姓李）四世，歷十四年。後晉石敬瑭二世，歷十一年。後漢劉暠（初名知遠）三世，歷四年。北漢劉崇（高祖之弟）四世，歷三十年。後周郭威（邢州人，傳內姪柴榮）三世，歷十年。

五胡亂華　漢劉淵，匈奴人也；後趙石勒，武鄉羯人也；後秦姚弋仲，赤亭羌人也；前秦苻洪，氐人也；後燕慕容垂，鮮卑人也。總曰「五胡亂華」。

蜀漢之繼東漢，非特名義而已，實炎祚之正統也。按《異苑》記：蜀有火井，漢室之盛則赫熾。桓靈之際火勢漸微，孔明一窺而復盛。至景曜元年，人以燭投之而滅，其年蜀併於魏，是亦一徵也。

年號　西漢：武帝（建元、元光、元朔、元狩、元鼎、大初、征和、後元）；昭帝（始元、元鳳、元平）；宣帝（本始、地節、元康、神爵、五鳳、甘露、黃龍）；元帝（初元、永光、建昭、竟寧）；成帝（建始、河平、陽朔、鴻嘉、永始、元延、綏和）；哀帝（建平、元壽）；平帝（元始）；孺子嬰（居攝、初始）；〇東漢：光武（建武、中元）；明帝（永平）章帝（建初、元和、章和）；和帝（永元、元興）；殤帝（延平）；安帝（永初、元初、永寧、建光、延光）；順帝（永建、陽嘉、永和、漢安、建康）；沖帝（永熹）；質帝（本初）；桓帝（建和、和平、元嘉、永興、永壽、延熹、永康）；靈帝（建寧、熹平、光和、中平）；獻帝（初平、興平、建安）；〇後漢：昭烈帝（章武）；后帝（建興、延熙、景曜、炎興）；

西晉：武帝（泰始、咸寧、太康）；惠帝（永熙、元康、永康、永寧、太安、永興、光熙）；懷帝（永嘉）；湣帝（建興）；〇東晉：元帝（建武、大興、永昌）；明帝（太甯）；成帝（咸和、咸康）；康帝（建元）；穆帝（永和、升平）；哀帝（隆和、興寧）；帝奕（太和）；簡文帝（咸安）；孝武帝（寧康、太元）；安帝（隆安、元興、義熙）；恭帝（元熙）；

南北朝　宋：武帝（永初）；少帝（景平）；文帝（元嘉）；孝武帝（孝建、大明）；廢帝（景和）；明帝（泰始、泰豫）；蒼梧王（元徽）；順帝（昇明）。南齊：高帝（建元）；武帝（永明）；明帝（建武）；東昏侯（中興）。南梁：武帝（天監、普通、大通、中大通、大同、中大同、太清）；簡文帝（大寶）；元帝（承聖）；敬帝（紹泰、太平）。南陳：武帝（永定）；文帝（天嘉、天康）；臨海王（光大）；宣帝（太建）；後主（至德、禎明）。

隋：文帝（開皇、仁壽）；煬帝（大業）；恭帝（義寧）。

唐：高祖（武德）；太宗（貞觀）；高宗（永徽、顯慶、龍朔、麟德、乾封、總章、咸亨、上元、儀鳳、調露、永隆、開曜、永淳、弘道）；中宗（嗣聖、神龍、景龍）；睿宗（景雲、太極）；玄宗（開元、天寶）；肅宗（至德、乾元、上元、寶應）；代宗（廣德、永泰、大曆）；德宗（建中、興元）；順宗（永貞）；憲宗（元和）；穆宗（長慶）；敬宗（寶曆）；文宗（太和、開成）；武宗（會昌）；宣宗（大中）；懿宗（咸通）；僖宗（乾符、廣明、中和、光啟、文德）；昭宗（龍紀、大順、景福、乾寧、光化、天復、天祐）；昭宣帝（天祐）。

後五代　後梁：太祖（開平、乾化）；均王（貞明、龍德）。後唐：莊宗（同光）；明宗（天成、長興）；閔帝（應順）；潞王（清泰）。後晉：高祖（天福）；齊王（開運）。後漢：高祖（乾祐）；隱帝（乾祐）。後周：太祖（廣順）；世宗（顯德）；恭帝（顯德）。

宋：太祖（乾德、開寶）；太宗（太平、興國、雍熙、端拱、淳化、至道）；真宗（咸平、景德、大中、祥符、天禧、乾興）；仁宗（天聖、明道、景祐、寶元、康定、慶曆）；英宗（治平）；神宗（熙寧）；哲宗（元祐、紹聖、元符）；徽宗（建中、靖國、崇寧、大觀、政和、重和、宣和）；欽宗（靖康）。南宋：高宗（建炎、紹興）；孝宗（隆興、乾道、淳熙）；光宗（紹熙）；寧宗（慶元、嘉泰、開熙、嘉定）；理宗（寶慶、紹定、端平、嘉熙、淳祐、開慶、景定）；度宗（咸淳）；恭宗（德祐）；端宗（景炎）；帝昺（祥興）。

元：世祖（至元）；成宗（元貞、大德）；武宗（至大）；仁宗（皇慶、延祐）；英宗（至治）；泰定帝（泰定、致和）；明宗（天曆）；文宗（天曆、至順）；順帝（元統、至元、至正）。

陵寢　盤古（青縣）。女媧（閿鄉）。伏羲（陳州）。神農（曲阜）。黃帝（中都）。少昊（曲阜）。顓頊（高陽）。帝嚳（滑縣）。高陽氏（東昌）。華胥氏（藍田）。帝堯（東平）。帝舜（永州）。大禹（會稽）。夏太康（太康）。成湯（偃師）。太甲（濟南）。殷中宗（內黃）。商高宗（西華）。周文武成康（咸陽）。威烈王（河南）。昭王（少室）。秦始皇（驪山）。漢高祖（長陵，咸陽）。文帝（西安）。武帝（興平）。景帝（咸陽）。宣帝（長安）。光武（原陵，孟津）。明帝（洛陽）。昭烈（成都）。隋文（武功）。晉元帝（江寧）。晉十一帝陵（上元）。吳大帝（鍾山）。吳景帝（太平）。齊高武明（丹陽）。梁武簡文（丹陽）。陳文帝（武功）。陳高祖（高要）。隋煬帝（揚州）。唐高祖（三原）。太宗（九嵕山）。憲宗（滿城）。宣宗（景陽）。中宗（偃師）。西魏武帝（富平）。石勒（順德）。宋太祖（昌陵）。太宗（熙陵）。真宗（定陵）。仁宗（照陵，俱鞏縣）。南宋高、孝、光、寧、理、度（會稽）。宋三陵（欽陵、慶陵、安陵，保定）。宋端宗（厓山）。徽宗（五國城）。遼太祖（寧遠衛）。明洪武皇帝（孝陵，江寧）。永樂（長陵）。洪熙（定陵）。宣德（景陵）。正統（裕陵）。成化（茂陵）。弘治（泰陵）。正德（康陵）。嘉靖（永陵）。隆慶（昭陵）。

萬曆（慶陵）。泰昌（慶陵）。天啟（德陵）。崇禎（思陵，俱順天天壽山）。建文君（自滇還，迎入南內，號老佛，卒葬西山，碑曰「天下大師之墓」）。

儀制

黃屋左纛　黃屋，黃蓋也。左纛，以牦牛尾為旗纛，列之左也。

羽葆　聚五彩羽為幢，建於車上，天子之儀衞也。

九旗　畫日月曰常，畫蛟龍曰旗。通帛曰旃，雜帛曰物。畫熊虎曰旗，畫鳥隼曰旟，畫龜龍曰旐。全羽曰旞，析羽曰旌。

鹵簿　車駕出行，羽儀導護，謂之鹵簿。鹵，大盾也，所以捍蔽，部位之次皆着之於簿。五兵盾在外，餘兵在內。以大盾領一部之人，故名鹵簿。

髦頭　武祖問髦頭之義，彭權對曰：「《秦紀》云：國有奇怪，觸山截水，無不崩潰，惟畏髦頭。故使武士服之，衞至尊也。」

傳國璽　秦始皇以卞和玉製傳國璽，命李斯篆文。其文曰：「受命於天，既壽永昌。」相傳卞和玉製為三印：一傳國璽，一天師印，一茅山道士印。

十二章　日、月、星、辰、山龍、華蟲六者繪之於衣，宗彝、藻、火、粉米、黼、黻繡之於裳，所謂十二章也。華蟲，雉也。宗彝，虎蜼。藻，水草。黼，若斧形，取其斷也。黻，為兩巳相背，取其辨也。

皇后六服　褘衣（褘音揮，色玄，刻繒為翬，從王祭先王之服，翬亦音輝）。揄狄（揄音遙，色青，刻繒為揄，從王祭先公之服）。闕狄（色赤，刻繒為翟，從王祭羣小祀之服）。鞠衣（色黃，告桑之服）。展衣（色白，以禮見王及賓客之服）。褖衣（色黑，進御見王之服）。

九門　天子一闕門，二遠郊門，三近郊門，四城門，五皋門，六庫門，七雉門，八應門，九路門。

丹墀　《西京賦》曰：「右平左墄，青瑣丹墀。」注：天子赤墀列為九級，中分左右，有齒介之，右則平之，令輦得上階也。

尺一　天子詔曰尺一。漢制：簡一尺一寸。中行説教匈奴以尺二簡報漢。

金根車　天子所乘之車曰金根，駕六馬。有五色安車，有五色立車，各一，皆駕四馬，是為五時副車。

鶴禁　太子所居之宮，白鶴守之，凡人不得輒入，故曰鶴禁。

九府圜法　圜法即錢法也。天子九府，曰泉府、大府、王府、內府、外府、天府、職內、職金、職幣，皆掌錢帛之府也。

五庫　天子五庫，曰車庫、兵庫、祭器庫、樂器庫、宴器庫。

黼扆　天子坐，則黼扆列在後，如背負之也。黼扆形如屏風，畫斧而無柄，設而不用，取金斧斷割之義。

象魏　宮門雙闕懸法象，其狀巍然高大，曰象魏。

列土分茅　天子大社，以五色土為壇，封諸侯，各以其色與之，幬以黃土（黃取王者覆被四方之義），苴以白茅（白茅取其潔也），歸而立社，謂之列土分茅。

楓宸　漢宮殿前多植楓樹，故曰楓宸。一名紫宸。

罘罳（音環思）　罘罳，伏思也。君退至內廷，思維機務，故曰罘罳。

金馬　漢武帝得大宛馬，以銅鑄其像立於署門，名金馬門。《揚雄傳》：「歷金馬，上玉堂。」翰林官稱玉堂金馬。

黃牛白腹　公孫述廢銅錢置鐵錢。蜀中童謠曰：「黃牛白腹，五銖當復。」言王莽稱黃，述自號白；五銖，漢錢也，言天下當復還劉氏。

兩觀　古者帝王每門樹兩觀於其前，所以標表宮門也。其上可居，登之可以觀遠，故謂之觀。

瓊林大盈　唐德宗起瓊林、大盈等庫以儲私錢。陸贄諫，不聽。後朱泚之亂，罄於兵火。

澤宮　天子習射之地。澤，取擇賢之義也。

水晶宮　大秦國中有五宮殿，皆以水晶為柱，故名水晶宮。

橋門　漢明帝幸辟雍，冠帶縉紳之人環橋門而觀者，以億萬計。

虎闈　晉武帝臨辟雍，立國子監以育士庶，名之曰虎闈，又名虎觀。

石渠　漢施讎甘露中拜博士，與五經諸儒論異同於石渠閣。

鳳詔　後趙石季龍置戲馬觀，觀上安詔書，用五色紙，銜於木鳳口而頒行之。鳳五色漆畫，咮腳皆用金。

紫泥　階州武都紫水有泥，其色紫而黏，貢之，用封璽書，故詔誥曰紫泥封。

黃麻　敕書舊用白紙，唐高宗以白紙多蠹，改用黃麻。拜除將相，其制書皆用黃麻。黃麻者，以黃蘗染紙，取其辟蠹也。

內官　成周始為寺人。秦始皇初立中車府，置令。魏文帝置殿中監。隋置內侍省，始以監為太監，加少監、監正。秦六尚，置尚衣、尚冠等官。

儀仗　神農始為儀仗，秦漢始為導護，五代始為宮中導從。黃帝制鉞，秦始皇改為鍠（即斧）。晉武帝制幹槍，元帝加儀刀、儀鍠、斑劍。黃帝制麾、制曲蓋。呂尚制華蓋。黃帝始警蹕。周制鳴鞭。黃帝制旗，天子出，大牙建於前。周制：樹旗表門。陶穀始備岳瀆、日星、龍象、大神諸旗。堯始制車駕，周改鸞駕。晉文公制左右虞侯掖駕。漢武帝佽飛駕前。周公始制屬車懸豹尾。唐始加豹尾於鹵簿。周公置記里鼓車。隋文帝制行漏車。秦始皇兼車服始飾器為金根車，上施華蓋相風烏，制辟惡車前導，更定大駕、法駕。周制：步輦以人組挽。秦始皇去其輪為輿，以人荷。漢制後宮羊車以人牽。宋制檐子以竿牽。漢制皇屋。宋制棕櫚屋，即逍遙車。漢武帝制十二障扇。唐玄宗制上殿索扇，闔則先奏以宦官升陛執扇。

戒不虞　《漢官儀》：屬車八十一乘，作三行。《尚書》：「御史乘之。」最後一乘懸豹尾於竿，豹尾過後，執金吾方罷屯解圍，所以戒不虞也。

名臣

伏羲六佐　金提主化俗，鳥朋主建福，視嘿主災惡，紀通主中職，仲起主海陸，陽侯主江海。

軒轅六相　風后、力牧、太山、稽、常先、大鴻。得六相而天下治。

八元（元，善也）　高辛氏有才子八人：伯奮、仲堪、叔獻、季仲、伯虎、仲熊、叔豹、季狸，天下謂之八元。

八愷（愷，和也）　高陽氏有才子八人：蒼舒、隤敳（音皚）、檮（音稠）戭（音演）、大臨、尨降、庭堅、仲容、叔達，天下謂之八愷。

四凶　帝鴻氏有不才子曰渾沌（即驩兜），少昊氏有不才子曰窮奇（即共工），顓頊氏有不才子曰檮杌（即鯀），縉雲氏有不才子曰饕餮（即三苗），謂之四凶。

五臣　舜有臣五人：禹、稷、契、皋陶、伯益。

九官　舜命九官：禹、契、稷、伯益、皋陶、夔、龍、垂、伯夷。

十亂　武王有亂臣十人：太公望、周公旦、召公奭、畢公高、閎夭、散宜生、南宮適、榮公、太顛、邑姜。

八士　周有八士：伯達、伯適、仲突、仲忽、叔夜、叔夏、季隨、季騧。

四皓　東園公，姓轅名秉字宣明；綺里季，姓朱名輝字文季；夏黃公，姓崔名廓字少通；甪里先生，姓周名述字元道。隱於商山，謂之商山四皓。

淮陽一老　漢應曜隱於淮陽，與四皓並徵，曜獨不至。時人語曰：「商山四皓，不如淮陽一老。」

三良　秦子車氏三子：奄息、仲行、針虎。秦穆公死，命以為殉，國人為賦《黃鳥》之詩以哀之。

十八元功　漢高祖封功臣十八人，蕭何為首，曹參次之，其下張敖、周勃、樊噲、酈商、奚涓、夏侯嬰、灌嬰、傅寬、靳歙、王陵、陳武、王吸、薛歐、周昌、丁復、蟲達。

麒麟閣十一人　漢宣帝以夷狄賓服，思股肱之美，乃圖畫其人於麒麟閣，共十一人，唯霍光不名，曰大司馬大將軍博陸侯姓霍氏。其次張安世、韓增、趙充國、魏相、丙吉、杜延年、劉德、梁丘賀、蕭望之、蘇武。

雲台二十八將　漢光武思中興功臣，乃畫二十八將於南宮雲台，其位次以鄧禹為首，次馬成、吳漢、王梁、賈復、陳俊、耿弇、杜茂、寇恂、傅俊、岑彭、堅鐔、馮異、王霸、朱祐、任光、祭遵、李忠、景丹、萬修、蓋延、邳彤、銚期、劉植、耿純、臧宮、馬武、劉隆，後又益以王常、李通、竇融、卓茂，共三十二人。馬援以椒房不與。

十八學士　唐高祖以秦王世民功高，令開府置屬。秦王乃開館於宮西，延四方文學之士杜如晦、房玄齡、虞世南、褚亮、姚思廉、李玄道、蔡允恭、薛元敬、顏相時、蘇勖、于志寧、蘇世長、薛收、李守素、陸德明、孔穎達、蓋文達、許敬宗，使庫直閻立本圖像。預其選者，時人謂之登瀛洲。

凌煙閣二十四人　唐太宗圖其功臣於凌煙閣，長孫無忌、趙郡王孝恭、杜如晦、魏徵、房玄齡、高士廉、尉遲敬德、李靖、蕭瑀、段志玄、劉弘基、屈突通、殷開山、柴紹、長孫順德、張亮、侯君集、張公謹、程知節、虞世南、劉政會、唐儉、李世績、秦叔寶，共二十四人。

三君（君者，言一世之所宗也）　竇武、陳蕃、劉淑為三君。

八俊（俊者，言一世之英也）　李膺、荀昱、杜密、王暢、劉祐、魏朗、趙典、朱寓，為八俊。

八顧（顧者，能以德行引人者也）　郭泰、范滂、尹勛、巴肅、宗慈、夏馥、蔡衍、羊陟為八顧。

八及（及者，言使人之所追從者也）　張儉、翟超、岑晊、范康、劉表、陳翔、孔昱、檀敷為八及。

八厨（厨者，能以財救人者也）　度尚、張邈、劉儒、胡毋班、秦周、蕃響、王章、王考為八厨。

八友　齊王之子開西邸延賓客，范雲、蕭琛、任昉、王融、蕭衍、謝朓、沈約、陸倕並以文學見稱，故曰八友。

潯陽三隱　周續之入廬山，事遠公；劉遺民遁跡匡山；陶淵明不應詔命。人稱「潯陽三隱」。

竹林七賢　嵇康、阮籍、山濤、向秀、劉伶、王戎、阮咸為竹林七賢，日以酣飲為事。顏延之作《五君詠》，獨述阮步兵、嵇中散、劉參軍、阮始平、向常侍，而山濤、王戎以貴顯被黜。

竹溪六逸　李白少有逸才，與魯中諸生孔巢父、韓准、裴政、張叔明、陶沔隱於徂徠山，終日沉飲，號「竹溪六逸」。

虎溪三笑　惠遠禪師隱廬山，送客至虎溪即止。一日，送陶淵明、陸修靜，與語道合，不覺過虎溪，因大笑。世傳《三笑圖》。

何氏三高　梁何胤二兄求、點，並栖遁世，謂何氏三高。或乘柴車，或躡草履，恣心所適，致醉而歸。時人謂之通隱。

飲中八仙　李白、賀知章、李適之、汝陽王璡、崔宗之、蘇晉、張旭、焦遂。杜甫有《飲中八仙歌》。

荀氏八龍　荀淑，潁川人，有八子，儉、緄（音魂）、靖、燾、汪、爽、肅、敷。縣令范康曰：昔高陽氏有才子八人，遂署其里為高陽里。時人號荀氏八龍。

河東三鳳　薛元敬與收及族兄德音齊名，世稱河東三鳳。收為長雛，德音為鸑鷟，元敬年少為鵷雛。

馬氏五常　馬良字季常，兄弟五人並有才名。時人語曰：「馬氏五常，白眉最良。」

香山九老　白樂天、胡杲、吉旼、鄭據、劉真、盧真、張渾，年俱七十以上，狄兼謨、盧貞未及七十，白香山重其品，亦拉入會，日飲於龍門寺。時人稱「香山九老」。

洛社耆英　文潞公慕香山九老，乃集洛中年德高者為耆英會，就資聖院建大廈，曰耆英堂，命閩人鄭奐畫像其中，共十二人：文彥博、富弼、席汝言、王尚恭、趙丙、劉几、馮行已、楚建中、王謹言、張問、張燾、王拱辰。獨司馬光年未七十，潞公用香山狄兼謨故事請溫公入社。

白蓮社　遠公與十八賢同修淨土，以書招淵明。答曰：「弟子嗜酒，許飲即赴矣。」遠公許之，遂造焉。勉令入社，淵明攢眉而去。謝靈運求入蓮社，遠公以靈運心雜，卻之。

建安七才子　徐幹、陳琳、阮瑀、應瑒、劉楨、孔融、王粲皆好文章，號「建安七才子」。

蘭亭禊社　王右軍蘭亭修禊，與孫綽、許詢輩四十二人大會於此。是日不成詩王大令輩一十六人，各罰酒三觥，如金谷酒數。

西園雅集十六人　蘇東坡、王晉卿、蔡天啟、李端叔、蘇子由、黃魯直、晁無咎、張文潛、鄭靖老、秦少游、陳碧虛、王仲至、圓通大師、劉巨濟，李伯時畫《西園雅集圖》，而米元章書記其上。

四傑　唐王勃、楊炯、盧照鄰、駱賓王皆以文章齊名天下，號為「四傑」。

鐺腳刺史　唐薛大鼎守滄州，鄭德本守瀛州，賈敦頤守冀州，皆有治名，故河北稱為鐺腳刺史。

易水三俠　燕丹送荊軻易水之上，高漸離擊筑而歌，宋如意和之。《國策》《史記》俱無如意名。陶靖節《詠荊軻》詩有「漸離擊悲筑，宋意唱高聲」，與《水經注》俱有之。

五馬　南齊柳元伯之子五人皆領五州，五馬參差於庭。殷文圭啟云：「荀家門內羅列八龍，柳氏庭前參差五馬。」

竇氏五龍　宋竇儀字可象，薊州漁陽人。父禹鈞在周為諫議大夫，五子曰儀、儼、侃、偁、僖，相繼登科。時人謂之「竇氏五龍」。又曰「燕山五桂」。

漢三傑　張良、韓信、蕭何。

程門四先生　謝良佐、游酢、呂大臨、楊時。

四賢一不肖　范仲淹、余靖、尹洙、歐陽修，謂之四賢。高若訥謂之一不肖。

睢陽五老　宋馮平與杜衍、王煥、畢世長、朱貫咸以耆德掛冠，優遊桑梓間，暇日宴集，賦詩云：「醉遊春圃煙霞暖，吟聽秋潭水石寒。」時人謂之「睢陽五老」。

昭勛閣二十四人　宋理宗寶慶二年，圖功臣神像於昭勛閣，趙普、曹彬、薛居正、石熙載、潘美、李沆、王旦、李繼隆、王曾、呂夷簡、曹瑋、韓琦、曾公亮、富弼、司馬光、韓忠彥、呂頤浩、趙鼎、韓世忠、張浚、陳康伯、史浩、葛邲、趙汝愚，凡二十四人。

二十四孝　大舜耕田，漢文嘗藥，曾參嚙指，閔損推車，子路負米，董永賣身，剡子鹿乳，江革行傭，陸績懷橘，山南乳姑，吳猛飽蚊，王祥卧冰，郭巨埋兒，楊香搤虎，壽昌尋母，黔婁嘗糞，老萊戲彩，蔡順拾椹，黃香扇枕，姜詩躍鯉，王裒泣墓，丁蘭刻母，孟宗泣竹，庭堅滌皿。

三珠樹　王勃六歲能文，與兄勔、勮競爽。杜易簡奇之曰：「此王氏三珠樹也。」勃凡命草，先磨墨數升，引被覆面而卧，忽起書之，不加點竄，人謂之腹稿。

北京三傑　唐富嘉謨與吳少微、魏谷倚者，並負文辭，時稱「北京三傑」。天下文章浮俚不競，獨少微、嘉謨本經術，雅厚雄邁，人爭慕之。號「吳富體」。

五子科第　方臘犯境，黃汝楫出財物二萬緡，贖被掠士女千人。夜夢神告曰：「上帝以汝活人多，賜五子科第。」其後子開、閣、閎、聞、闓皆登科。

四豪　列國趙平原君勝，齊孟嘗君田文，楚春申君黃歇，魏信陵君無忌，稱「四豪」。

張氏五龍　南北朝張鏡與嚴延之鄰居，延之每酣飲，喧呼不絕，而鏡寂無言聲。一日與客談，延之從籬落取胡牀坐，聽辭言清遠，心服之。謂客曰：「彼中有人」。自是不復酣叫。鏡兄弟五人俱名士，時號「五龍」。

河東三絕　唐徐洪，蒲州司兵參軍。時司戶韋暠善判，司士李亘善書，洪善屬辭，號「河東三絕」。

兗州八伯　羊曼，祜從孫，任達嗜酒，與阮放等八人友善，時稱阮放為宏伯，郗鑒為方伯，胡毋輔之為達伯，卞壺為裁伯，蔡謨為朗伯，阮孚為誕伯，劉綏為委伯，而曼為黵伯，號「兗州八伯」，又號為「八達」。

五忠　劉韐，崇安人，其先自京兆徙閩，子孫仕宋，得謚「忠」者五人，世號「五忠」。劉氏以學士使金，金人留之，自縊，謚忠顯。長子子羽官樞密，首薦吳玠、吳璘可大用。中興戰功居多，子羽之力也。

九牧林氏　唐林披，官太子詹事。子九人俱刺史，號「九牧林氏」，而藻、蘊尤知名。

八子並通籍　明許進仕至吏部尚書，謚襄毅。子誥南，戶部尚書，謚莊敏；讚，大學士，謚文簡；論，兵部尚書。其八子並通籍，海內莫京焉。

一門仕宦　宗資，南陽人，世居宛。一門仕宦，至卿相者三十四人，東漢時無與比者。

附奸佞大臣

歷代奸佞　夏帝啟元年，有扈氏無道，威侮五行，怠棄三正。啟征之，大戰於甘，滅之。

夏帝相權歸后羿，為羿所逐。羿臣寒浞殺羿自立，而弒帝相。相后緡，有仍國君之女，方娠，奔歸有仍，生少康。夏之舊臣靡舉兵殺浞而立少康焉。

周成王幼，周公攝政。管叔、蔡叔、霍叔流言曰：「公將不利於孺子。」既而與武庚同反，周公乃作《大誥》，奉王命以討平之。

吳太宰伯嚭受越賂，而許越行成，復讒殺伍員，以亡吳國。

晉大夫魏斯、趙籍、韓虔三分晉地，田氏代姜而有齊國，皆周天子壞禮，而寵命之也。

秦李斯請史官非秦記皆燒之，偶語《詩》《書》者棄市，以古非今者族，所不燒者醫藥、卜筮、種樹之書。若欲有學法令，以吏為師。制曰：「可。」遂坑儒四百六十餘人。始皇崩於沙丘，趙高與斯詐為遺詔，廢死太子扶蘇，立胡亥為太子，是為二世。高恃恩專恣，恐斯以為言，族誅斯，而自為丞相。及章邯軍敗，恐罪其身，乃與其婿咸陽令閻樂謀弒二世於望夷宮，立子嬰為秦王。子嬰與其子二人刺殺高，夷其三族。

楚項王將丁公逐窘漢王彭城西，短兵接，漢王急，顧謂丁公曰：「兩賢豈相厄哉！」丁公乃還。漢王即帝位，丁公謁見。帝以徇軍中曰：「丁公為項王臣不忠，使項王失天下。」遂斬之。

漢田蚡為丞相，驕侈極欲，金玉、婦女、狗馬、聲樂、玩好不可勝計。入奏事，所言皆聽。薦人或起家至二千石，權移人主。上曰：「君除吏盡未？吾亦欲除吏。」嘗請考工地為宅，武帝曰：「君何不遂取武庫？」是後乃稍退。

趙人江充初為趙敬肅王客，得罪亡，詣闕告趙太子陰事。太子坐廢，上召充與語，大悅，拜為直指繡衣使者，使督察貴戚。近臣與太子有隙，因言上疾，祟在巫蠱。於是上以充治巫蠱獄。充云：「於太子宮得木人尤多，又有帛書，所言不道。」持太子甚急。太子發長樂宮衛卒收捕充等，斬之。太子亦自經。後武帝感田千秋言，族滅充家。

漢昭帝初，左將軍上官桀亦受遺詔輔少主，其子安有女，即霍光外孫，安因光欲內之，光以其幼，不聽。安遂因帝姊蓋長公主內入宮為婕妤，月餘立為皇后，於是怨光而德蓋主。知燕王旦以帝兄不得立，亦怨望，乃令人詐為燕王上書，欲共執退光。書奏，光不敢入。上召光入，免冠頓首，上曰：「將軍冠！朕知是書詐也，將軍無罪。將軍調校尉未十日，燕王何以知之？」是時帝年十四，左右皆驚，而上書者果亡。後謀令長公主置酒請光，伏兵格殺之，因廢帝。會蓋主舍人知其謀以告，捕桀、安等族誅之。蓋主亦自殺。

漢元帝以史高領尚書事，弘恭、石顯典樞機。蕭望之等建白，以為宜罷中書宦官，應古不近刑人之義。由是大與高、恭、顯忤。恭、顯因奏望之與周堪、劉更生朋黨，請召致廷尉。上初不允，強而可其奏。望之飲鴆自殺。上聞之驚，拊手曰：「曩固疑其不就獄，果然殺吾賢相！」

漢成帝委政王鳳，悉封諸舅，王譚、王商、王立、王根、王逢時為列侯。谷永陰欲自託於鳳，乃曰：「骨肉大臣有申伯之忠，無重合安陽博陸之亂。」以推頌之。時上書言災異之應，多譏切王氏專政所致。上親問張禹，禹曰：「災變之意，深遠難見，新學小生亂道誤人。」戴永嘉斷曰：「王氏代漢，始於杜欽、谷永，成於張禹、孔光，終於劉歆。此數子皆號稱儒者，以賢良直諫為名，以通經學古為賢，假託經術，緣飾古義，以售奸邪，以濟諛佞，依憑寵祿，以苟富貴，相與誤國如此，曾鄙夫小人不若也！」

漢平帝五年五月，策命安漢公王莽以九錫。十二月，莽因臘日上椒酒，置毒酒中。帝有疾，莽作策請命於泰畤，願以身代，藏策金縢，置於前殿，敕諸公莫敢言。已而帝崩，羣臣紀逡、郇越、郇相、唐林、唐遵、揚雄、谷永、劉歆、孔光等奏太后，請安漢公攝皇帝位，詔曰：「可。」尋即真天子位。定號曰新，僭位十八年，漢兵殺之。

漢章帝寵任竇憲，憲以賤直請奪沁水公主田園，尋以爭權刺殺都鄉侯暢。竇太后使擊匈奴贖罪，以致兄弟專權。和帝與中常侍鄭眾密求故事，勒兵收捕，迫憲自殺。竇氏雖除，而寺人之權從茲盛矣。

漢安帝崩，閻太后臨朝，欲久專國政。與閻顯等定策，立幼年濟北惠王子懿，未幾，薨。中常侍孫程、王康等十九人，謀迎濟陰王即皇帝位，是為順帝。誅閻顯，遷太后，封孫程等皆為列侯，世稱十九侯。

漢順帝崩，太子炳立，才二歲，梁太后臨朝，在位一年。徵渤海孝王子纘即位，年八歲，生而聰慧，嘗因朝會，目梁冀曰：「此跋扈將軍。」冀聞惡之，置毒於煮餅而弒之，在位一年。冀迎蠡吾侯志即帝位，是為桓帝。梁冀一門，前後七侯、三皇后、六貴人、二大將軍，尚公主者三人，其餘卿、將、尹、校五十七人。冀專擅威柄，凶恣日積，威行內外，天子拱手，不得有所親與。桓帝不平，乃與中常侍單超、徐璜等議，誅殺之。封單超等五人為縣侯，世謂之五侯。是時梁氏雖除，五侯肆虐，賢人君子忠憤激烈，卒成黨錮之禍矣。

漢桓帝無子，竇太后立解瀆亭侯萇之子宏，是為靈帝。時中常侍曹節、王甫等共相朋結，諂事太后，太后信之。陳蕃、竇武疾焉。會有日食之變，武乃白太后誅曹節等，太后猶豫未忍。曹節召尚書，脅使作詔板，拜王甫為黃門，令持節捕收武等。武不受詔，執蕃送北寺獄殺之。王甫將虎賁、羽林等合千餘人圍武，武自殺。宦官愈橫流毒，縉紳、忠臣、義士駢首就戮。靈帝崩，皇子辯即位，何太后臨朝。中軍校尉袁紹勸太后兄何進悉誅宦官，進白太后，不聽。紹等又為畫策，召四方猛將，使並引兵向闕以脅太后。進然之。召董卓將兵詣京，卓未至，進為中常侍張讓等矯詔所殺。袁紹聞進被殺，乃勒兵捕諸宦者，無少長殺盡之。張讓勢迫，遂將帝與陳留王協出穀門。讓投河而死。董卓至，以王為賢，廢帝而立陳留王協，是為獻帝。董卓擅政，濁亂宮禁，關東州郡皆起兵以討卓。卓遂遷都以避，乃燒焚宮廟官府，劫遷天子入都長安。司徒王允、司隸校尉黃琬使呂布誅卓，百姓歌舞於道。

王允欲悉誅卓黨，卓部將李傕、郭汜等攻長安，殺王允。楊奉、韓暹奉車駕至雒陽。曹操劫遷於許，挾天子以令諸侯，杖殺伏后，久蓄無君之心，畏於名義，欲學周文王以欺後世。子丕始篡位，奉漢帝為山陽公，漢室遂亡。

蜀漢宦官黃皓便辟佞慧，後主愛之。初畏董允，不敢為非。允卒，而陳祗代允為侍中。祗與皓相表裏，皓始預政。魏司馬昭大舉入寇，姜維奏：遣左右車騎張翼、廖化督諸軍分護陽安關口，及陰平之橋頭，以防未然。黃皓信巫鬼，謂敵終不自致，啟帝寢其事，羣臣莫知。鄧艾果冒陰平險僻而入，漢兵不意魏兵卒至，百姓擾擾。譙周勸帝出降，國遂亡。

魏曹爽用何晏、鄧颺、丁謐之謀，太后於永寧宮專擅朝政。司馬懿稱疾，不與政事，陰與其子昭謀誅爽及晏、颺等，而自操國柄。懿卒，以其子師廢大將軍。師廢主芳，迎立高貴鄉公髦。師卒，封其弟昭為晉公，加九錫。魏主髦見威權日去，不勝其忿，曰：「司馬昭之心，路人所知也。吾不能坐受廢辱，今日當自出討之。」遂拔劍升輦，率殿中宿衞、蒼頭、官僮鼓譟而出，為昭黨賈充、成濟刺殞於車下。追廢髦為庶人，迎立常道鄉公璜為主。昭卒，子炎嗣晉王篡位，奉魏主為陳留王。自懿及炎，其弑逆不道，比操之處獻帝尤甚，人謂之「天報」。

孫吳孫綝廢主亮為會稽王，迎立琅琊王休。休殂，姪皓立。皓驕愎殘虐，深於桀紂，降於晉，封歸命侯。賈充謂皓曰：「聞君在南方鑿人目，剝人面皮，此何等刑也？」皓曰：「人臣有弑其君及奸回不忠者，則加此刑耳。」充默然深愧。

晉世祖后父楊駿交通請謁，勢傾內外。世祖崩，惠帝立。賈后兇悍，欲干預政事，而為駿所抑，遂構駿以謀反，殺之，廢太后。尋賈后毒殺太子。趙王倫、孫秀等起兵殺后，趙王篡位。齊王冏等起兵討倫，殺之，乘輿反正。齊王既得志，驕奢擅權，中外失望。河間王顒、成都王穎等，起兵討齊王冏，殺之，以穎為太弟。河間王將張方廢太弟穎，更立豫章王熾為皇太弟，是為懷帝，後為劉聰所執而遇害。

東晉王敦與劉隗、刁協構難，欲除君側之惡。上疏罪狀，舉兵據石頭：「吾不復得為盛德事矣。」元帝命刁協、劉隗、戴淵帥眾攻石頭，協、隗俱敗。帝令公卿百官詣石頭見敦，以敦為丞相，都督中外諸軍事。呂猗說敦收周顗、戴淵殺之，不朝天子，竟還武昌。明帝元年，敦疾甚，司徒導率子弟為敦發哀，眾以為信死，於是騰詔下敦府，列敦罪惡。敦見詔甚怒，而病轉篤，不能自將，以兄含帥眾五萬奄至江寧。明帝帥諸軍襲擊，大破之，敦尋卒。敦黨悉平。乃發敦瘞出屍，跽而斬之。

晉成帝二年，庾亮以蘇峻在歷陽終為禍亂，下詔徵之。峻不應命，知祖約怨望，與其連兵討亮。率眾至蔣陵，攻青溪，卞壼死之，因風縱火燒台省，亮奔走潯陽。峻兵入台城，府藏一空。溫嶠、陶侃、郗鑒等起兵討峻。峻聞四方兵起，逼遷帝於石頭。侃等攻峻，殺之，祖約奔後趙。

晉帝奕五年，大司馬桓溫陰蓄不臣之志，嘗撫枕歎曰：「男子不能流芳百世，亦當遺臭萬年。」及枋頭之敗，威名頓挫，郗超謂溫曰：「明公不為伊、霍之舉者，無以立大威權。」溫然之。遂詣建康，宣太后令，廢帝奕為東海王，立會稽王昱，是為簡文帝。溫卒，使弟沖領其眾。沖既代溫居任，盡忠王室。

晉烈宗時，南郡公桓玄負其才地，以雄豪自處。朝廷疑而不用。年二十三詔拜太子洗馬，後出補義興太守，鬱鬱不得志，歎曰：「父為九州伯，兒為五湖長。」遂棄官歸。後篡安帝位，登御坐，而牀忽陷，羣臣失色。殷仲文曰：「將由聖德深厚，地不能載。」玄大悅。後為劉裕破斬之。

劉宋徐羨之、檀道濟等廢宋王義符，尋弒之。太子劭弒君義隆。壽寂之弒君業。蕭道成弒蒼梧工昱，弒順帝準。

齊西昌侯鸞弒君昭業，迎立昭文，尋復廢為海陵王，而自即位，是為明帝。太子寶卷立，為蕭衍所弒。

梁武帝為侯景所餓死。簡文帝綱為侯景所弒。世祖繹降魏被弒。敬帝為陳霸先所弒。

隋楊廣殺兄謀為皇太子，後弒父堅而自立。後巡狩揚州，天下兵起。內史侍郎虞世基以帝惡聞賊盜，諸郡縣有告敗求救者，世基輒抑損不以聞。由是盜賊遍海內，陷沒郡縣，帝皆弗之知也。後為宇文化及所弒。

隋晉陽宮監裴寂與晉陽令劉文靜等謀，夜醉李淵，以晉陽宮人侍淵，劫淵起兵。

唐太宗嘗止樹下，愛之，宇文士及從而譽之不已。太宗正色曰：「魏徵嘗勸我遠佞人，我不知佞人為誰。意疑是汝，今果不謬！」

唐太宗太子承乾，喜聲色田獵，所為奢靡。魏王泰多藝能，有寵於上，潛有奪嫡之志。太子知之，陰養刺客紇干承基等，謀殺魏王泰。會承基坐事繫獄，上變，告太子謀反，敕中書門下參鞫之，反形已具，廢為庶人，侯君集等皆伏誅。乃立晉王治為皇太子。

唐高宗欲立太宗才人武氏為后，褚遂良固執不可。上問於李勣，勣曰：「陛下家事，何必更問外人？」許敬宗宣言於朝曰：「田舍翁多收十斛麥，尚欲易婦，況天子立一后，何預諸人事而妄生異議乎？」遂廢王皇后、蕭淑妃為庶人，命李勣賫璽綬冊皇后武氏。

唐武太后因宗室大臣怨望，欲誅戮威之，乃盛開告密之門。胡人索元禮因告密擢為游擊將軍，令按制獄。元禮性殘忍，推一人，必令引數十百人。又周興、來俊臣之徒效之，紛紛繼起，共撰《羅織經》數千言，教其徒網羅無辜。中外畏此數人甚於虎狼。後周興罪流嶺南，在道為仇家所殺。索元禮為太后殺之，以慰人望。

唐侍御史傅游藝上表請改國號曰周，太后可之。乃御則天樓，赦天下，以唐為周。以豫王旦為皇嗣，賜姓武氏。游藝期年之中，歷衣青綠朱紫，時人謂之四時仕宦。

唐楊再思為相，專以取媚。司禮少卿張同休，易之、昌宗之兄也，嘗召公卿宴樂，酒酣，戲再思曰：「楊內史面似高麗。」再思欣然起為高麗舞，舉座大笑。

唐中宗使韋后與武三思雙陸，而自居傍為之點籌，三思遂與后通。武氏之勢復振。

唐中宗宴近臣，國子祭酒祝欽明自請作八風舞，搖頭轉目，備諸醜態。欽明素以儒學著名，盧藏用語人曰：「祝公五經掃地矣。」

唐楊洄又譖太子瑛、鄂王瑤、光王琚潛構異謀，玄宗召宰相謀之。李林甫對曰：「此陛下家事，非臣等所宜預。」上意乃決，廢瑛、瑤、琚為庶人，賜死城東驛。大理卿徐嶠奏：「今歲天下斷死刑五十八人，大理獄院由來相傳殺氣太盛，鳥雀不栖，今有鵲巢其樹。」於是百官以幾致刑措，上表稱賀。上歸功宰輔，賜李林甫爵晉國公，牛仙客豳國公。范華陽曰：「明皇一日殺三子，而李林甫以刑措受賞，讒諛得志，天理滅矣！安得久而不亂乎？」

唐安祿山為虜所敗，張守珪奏請斬之。上惜其才，敕令免官。張九齡固爭曰：「祿山失律喪師，於法不可不誅。且臣觀其貌有反相，不殺必有後患。」上曰：「卿勿以王夷甫識石勒，枉害忠良。」竟以為節度使，出入禁中。因請為貴妃兒，頗有醜聲聞於外，上不之疑。時委政李林甫，林甫媚事左右，排抑勝己，口有蜜而腹有刀，養成天下之亂。祿山以林甫狡猾逾己，亦畏服之。及楊國忠為相，祿山視之蔑如也。由是有隙。然祿山雖蓄異，以上待之厚，欲俟上晏駕而後作亂。會國忠欲其速反以取信己，言於上，數以事激之，祿山遂反。

唐肅宗張后，初與李輔國相表裏，專權用事。晚年更有隙，欲殺輔國，廢太子。內射生使程元振與輔國謀，遷張后於別殿，尋殺之。丁卯，上崩，代宗即位，惡李輔國專橫，以其有殺張后之功，不欲顯誅之。夜遣盜入其第，竊輔國之首及一臂而去。

唐代宗寵任程元振。吐蕃入寇，元振不以聞，子儀請兵，元振不召見，致上倉卒幸陝州。吐蕃入長安，剽掠府庫市里，焚廬舍，京師中蕭然一空。上發使徵諸道兵，李光弼等皆忌元振居中，莫有至者。中外切齒莫敢言。太常博士柳伉疏其迷國誤朝，上以元振有保護功，但削其官爵，放歸田里而已。

觀軍容宣慰處置使魚朝恩專典禁兵，寵任無比，勢傾朝野。上令元載為方略。擒而縊殺之。元載自誅魚朝恩，上寵用以為中書侍郎，專橫無比。尋賜自盡。有司籍載家財，胡椒至八百石，他物稱是。

唐德宗悅盧杞，擢為門下侍郎。杞欲起勢立威，引裴延齡為集賢直學士，親任之。譖殺楊炎，獨擅國柄，濁亂朝政，以致有姚令言、朱泚之叛逆。出幸奉天，泚復攻圍奉天經月。李懷光倍道入援，敗泚於醴泉。泚引兵遁歸長安。懷光數與人言盧杞、趙贊、白志貞之奸佞，且曰：「吾見上，當請誅之。」杞聞而懼，奏上，詔懷光直引兵屯便橋，與李晟刻期進取長安。懷光自以數千里竭誠赴難，咫尺不得見天子，怏怏引兵去。後上從容與李泌論即位以來宰相，曰：「盧杞忠清強介，人言其奸邪，朕殊不覺。」泌曰：「此乃杞之所以為奸邪也。倘陛下覺之，豈有建中之亂乎？」

唐憲宗疑李絳、裴度俱朋黨，而於李吉甫、程異、皇甫鎛則不之疑。蓋絳、度數諫，吉甫、異、鎛順從阿諛，而不覺其欺也。范氏曰：「漢之黨錮始於甘陵二部相譏，而成於太學諸生相譽。唐之朋黨始於牛僧孺、李宗閔對策，而成於錢徽之貶。皆由主德不明，君子小人雜進於朝，不分邪正忠讒以黜陟之，而聽其自相傾軋，以養成也。」

唐穆宗時，李逢吉用事，所親厚者，張文新、李仲言、李續之、李虞、劉栖楚、姜治及張權輿、程昔範，又有從而附麗之者八人，時人目為八關、十六子。有所求請，先賂關子，後達逢吉，無不得所欲也。

唐文宗時，李德裕、李宗閔各有朋黨，互相擠援。上患之，每歎曰：「去河北賊易，去朝中朋黨難。」

唐文宗九年，初，宋申錫獲罪，宦官益橫，上內不能堪，與李訓、鄭注謀誅之。訓、注因王守澄以進，先除守澄，則宦官不疑。乃遣中使李好古就第賜鴆，殺之。守澄出葬滻水，鄭注請令內臣盡集滻水送葬，因閹門令親兵斧之，使其無遺。訓與其黨謀曰：「如此事成，則注專有其功，不若先期誅宦者，已而並注去之。」壬戌，上御紫宸殿。韓約奏：「左金吾廳事石榴樹夜有甘露。」先命宰相兩省視之。訓還奏非真。上顧仇士良帥諸宦者往視。至，左仗風吹幕起，見執兵者甚眾，詣上告變。訓遽呼金吾衞士上殿。宦者扶上升輿，決後殿罘罳，疾趨北出。衞士縱擊宦官，死傷者十餘人。訓知事不濟，脱走。士良等命禁兵出，殺金吾吏卒千六百餘人、諸司吏民千餘人，王涯、賈餗、舒元輿皆收繫，斬之。明日，訓、注皆被殺，族其家。自是天下事皆決於北司，宰相行文書而已。

唐僖宗專事遊戲，以宦官田令孜為中尉，政事一委之，呼為阿父。

唐昭宗以散騎常侍鄭綮為禮部侍郎同平章事。綮好詼諧，多為歇後詩譏嘲時事。上以為有所蘊，命以為相，聞者大驚，堂吏往告之。綮笑曰：「諸君大誤，使天下更無人，未至鄭綮。」吏曰：「特出聖意。」綮曰：「果如是，奈人笑何？」既而賀客至，綮搖首言曰：「歇後鄭五作宰相，時事可知矣！」累讓不獲，乃視事。未幾，致仕去。

唐昭宗二年，王行瑜、韓建將兵犯闕，稱韋昭度、李磎作相不合眾心，殺昭度、磎於都亭驛。李克用舉兵討行瑜，斬之。

唐昭宗以崔胤為相。胤與上謀誅宦官，宦官懼。中尉劉季述、王仲先等陰謀廢立，乃引兵突入宣化門。季述乃扶上適少陽院，以銀撾畫地，數上罪數十，鎖錮之，矯詔立太子裕。胤密遣人説神策指揮使孫德昭擒述等斬之，迎上復位。胤以宦官典兵終為肘腋之患，乃稱被密詔命朱全忠以兵入討。全忠遂發大梁。中尉韓全誨聞之，劫帝幸鳳翔。朱全忠進攻鳳翔，李茂貞出戰，屢敗。儲峙已竭，上鬻御衣及小皇子衣於市以充食。茂貞請誅韓全誨等，與全忠和，並殺宦官七十餘人，奉車駕還長安。復以崔胤同平章事。胤復奏剪宦官之根。朱全忠以兵驅第五可範以下數百人於內侍省，盡殺之。出使者詔所在收捕誅之，止黃衣幼弱三十人留備灑掃。尋全忠密表崔胤專權，誅之。遷上至洛陽，使蔣玄暉弒昭宗，而立昭宣帝以篡之。

周太師馮道卒。道少以孝謹知名，唐莊宗世始貴顯，自是累朝不離將相、三公、三師之位。為人清儉寬容，人莫測其喜慍，滑稽多智，浮沉取容。嘗著《長樂老敍》自述累朝榮遇之狀，人皆以德量推之。

周恭帝元年正月，陳橋兵變，擁趙匡胤還汴，自仁和門入。時早朝未罷，聞變，親軍指揮韓通謀率眾禦之，軍校王彥昇逐焉。通馳入其第，未及，闔門為彥昇所害，妻子俱死。將士擁范質、王溥等至，匡胤流涕而言六軍相迫之由，質等未及對，列校羅彥環挺劍厲聲曰：「我輩無主，今日必得天子。」質等相顧，不知所為。溥降階先拜，質不得已亦拜，遂奉匡胤入宮，召百官至。晡時班定，猶未有禪詔，翰林承旨陶穀出諸袖中，遂用之以登極。

宋太宗七年，貶秦王廷美為西京留守。初，昭憲太后遺命太祖傳位於太宗。太宗傳之廷美以及德昭。及德昭不得其死，德芳相繼夭歿，廷美始不自安。柴禹錫因上變以搖之，帝意不決，召趙普諭以太后遺旨。普對曰：「太祖已誤，陛下豈容再誤！」廷美遂得罪。

開寶皇后宋氏崩，羣臣不成服。翰林學士王禹偁對客言，后嘗母儀天下，當遵用舊禮。坐謗訕，責知滁州。

宋真宗之相呂氏曰：「景德以前多君子，祥符以後如王欽若之閉門修齋，丁謂之潛結內侍，雷允恭與錢惟演擅權於外，而馮拯、曹利用相與為黨，陳堯叟之附和天書，皆小人也。」

宋仁宗謂輔臣曰：「王欽若久在政府，觀其所為，真奸邪也。」

王曾對曰：「欽若與丁謂、林特、陳彭年、劉永珪同惡，時稱五鬼，奸邪憸偽，誠如聖諭。」

宋仁宗朝，國子監直講石介以韓琦、范仲淹等同時登用，而歐陽修、蔡襄等並為諫官，夏竦既罷，乃作《慶曆聖德》，詩有曰：「眾賢之進，如茅斯拔，大奸之去，如距斯脫。」大奸，指竦也。初，介曾奏記於富弼，責以行伊、周之事。夏竦怨介斥己，欲因是傾弼等。乃使女奴陰習介書，習成，遂改「伊、周」曰「伊、霍」，又偽作介為弼撰廢立詔草，飛語上聞。弼與仲淹懼。適聞契丹伐夏，遂請行邊。介亦不自安，乃請外，得濮州通判。

宋杜衍好薦引賢士，羣小咸怨，御史中丞王拱辰之黨尤嫉之。衍婿蘇舜欽時監進奏院，循前例祀神，以伎樂娛賓。拱辰聞之，欲因是傾衍，乃諷御史魚周詢舉劾其事，被斥者十餘人，皆知名之士。拱辰喜曰：「吾一網打盡矣。」

宋神宗立，制置三司條例司，議行新法，詔陳升之、王安石領其事，以蘇轍、呂惠卿檢詳文字，章惇為條例官，曾布檢正中書五房公事。呂誨疏安石十事，蘇轍諫青苗法。安石欲止。會京東轉運使王廣淵乞留本道錢帛貸民獲息事，與青苗法合，於是決意行焉。及秀州判官李定被召至京，即謁安石。安石立薦於上。帝問青苗法何如，定曰：「民甚便之。」於是諸言新法不便者，帝皆不聽。

宋神宗罷曾公亮。時人有「生老病死苦」之喻，謂安石為生，亮為老，唐介死，富弼議論不合稱病，趙抃無如安石何，惟稱「苦苦」而已。劉深源曰：「王安石之進始於曾公亮，呂惠卿之進亦始於公亮。蓋曾公亮始欲結黨以排韓琦，而不知小人易進而難退，變法之禍，公亮可逃其罪耶？」

宋鄧綰通判寧州，知王安石得君專政，乃條上時事，且言陛下得伊、周之佐，作青苗、免役等法，民莫不歌舞聖澤，成不世之良法。復貽書安石，極頌其美，由是安石力薦於帝，而遂集賢校理，尋為侍御史判司農寺。鄉人在都者皆笑且罵，綰曰：「笑罵從他笑罵，好官還我為之。」

宋王安石子雱，為人慓悍陰刻，無顧忌，性甚敏，未冠舉進士。與父謀曰：「執政子雖不預事，而經筵可處。」安石欲帝知自用，乃以雱所作策論天下事三十餘篇達於帝，鄧綰、曾布又力薦之，遂召拜為崇政殿說書。一日，安石與程顥語，雱囚首跣足，攜婦人冠以出，問：「父所言何事？」曰：「以新法為人所阻，故與程君議之。」雱大言曰：「梟韓琦、富弼之首於市，則法行矣。」安石遽曰：「兒誤矣！」

宋知諫院唐坰奏二十疏論時事，皆留中不出。坰於百官起居日扣陛請對曰：「臣所言皆大臣不法，請一一陳之。」遂大聲宣讀，凡六七十條治要，以安石專作威福，曾布等表裏擅權，天下但知憚安石威權，不復知有陛下；文彥博、馮京知而不敢言；王珪、王韶曲事安石，無異廝僕；元絳、薛向、陳繹，安石頤指氣使，無異家奴；張璪、李定為安石牙爪，張商英乃安石鷹犬；至詆安石為李林甫、盧杞。神宗屢止之，坰慷慨自若，讀已，下殿再拜而退。安石諷閤門糾其瀆亂朝儀，貶潮州別駕。

宋王安石罷相，知江寧，因薦韓絳、呂惠卿以自代，時號絳為傳法沙門，惠卿為護法善神。惠卿既得志，忌安石復用，遂逆閉其途，出安石私書，有「勿令上知」之語，凡可以害安石者無所不用其智。韓絳顓處中書，事多稽留不決，數與惠卿爭論，度不能制，密請帝復用安石。帝從之。安石承命，即倍道而進，七日至汴京，惠卿尋罷。

宋以蔡確參知政事。宰相吳充數為帝言新法不便，欲稍去甚者，確阻之，法遂不變。確善觀人主意，與時上下，以王安石薦，居大位，而士大夫交口笑罵，確自以為得計。

宋哲宗親政，楊畏上疏乞紹述先政。初，呂大防稱畏敢言，且先密約畏助己，竟超遷畏為禮部侍郎。畏首叛大防，上言神宗更法以垂萬世，乞早講求以成紹述之道。帝即詢以故臣孰可召用。畏即疏章惇、呂惠卿、鄧溫伯、李清臣等，帝深納而盡用之。惇遂引其黨蔡卞、林希、黃履、來之卲、張商英、周秩、翟思、上官均等居要地，協謀朋奸，報復仇怨，羅織貶謫元祐宰執及劉奉世以下三十人有差，請發司馬光、呂公著塚，斫棺暴屍。帝問許將，將對「非盛德事」，帝乃止。又恐元祐舊臣復起，結內侍郝隨為助，媒孽宣仁欲危帝之事，自作詔書請廢宣仁為庶人。皇太后號泣，為帝言曰：「吾日侍崇慶，天日在上，此語曷從出？且帝必如此，亦何有於我！」帝感悟，取惇、卞奏就燭焚之。明日，再具狀堅請，帝曰：「卿等不欲朕入英宗廟乎？」抵其奏於地。

宋徽宗復召蔡京為翰林學士。先是供奉官童貫順承得幸，詣三吳訪書畫，京諂附之。由是帝屬意用京。會韓忠彥與曾布交惡，布謀引京自助，故有是命。尋帝欲相京，鄧洵武獻《愛莫助圖》，言必欲繼志述事，非蔡京不可。帝以圖示溫益，益欣然請相京而籍異論者。於是善人皆不見容。復追貶元祐黨，籍司馬光等四十四人官，以京為尚書右僕射。京籍元祐及元符末執宰司馬光等、侍從蘇軾等、文臣程頤等、武臣王獻可等、宦者張士良等百二十人為奸黨，請帝書之，刻石於端禮門。又頒蔡京所書黨人碑，刻石於州縣。

宋徽宗垂意花石，以朱勔領應奉局花石綱。凡士庶之家，一石一木稍堪玩者，即領健卒直入其家，用黃帊覆之，加封識焉，指為御前之物。及發行，必撤屋抉牆以出。人不幸有一物小異，共指為不祥，惟恐芟夷之不早。又篙工柁師倚勢貪橫，淩轢州縣，道路以目。

宋中書侍郎林攄於集英殿臚唱貢士姓名，不識甄、盎字。帝笑曰：「卿誤耶。」攄不謝而詆同列，御史論黜之。

宋以王黼為少宰，加蔡京子攸開府儀同三司，二人有寵，進見無時，得預宮中祕戲。攸嘗勸帝以四海為家，遂數微行。因令苑囿皆仿浙江，為白屋及村居野店，多聚珍禽異獸。都下每秋風靜夜，禽獸之聲四徹，宛若山林陂澤之間，識者知其不祥之兆。蔡攸權勢既與父相軋，由是京、攸各立門戶，遂為仇敵。

宋徽宗用童貫為檢校司空。貫與黃經臣、盧航表裏為奸，進方士林靈素，大興道教，紛創殿宇，每設大齋，費緡錢數萬，謂之千道會。道籙院上章，冊帝為教主道君皇帝。貫又薦李良嗣於朝，約女真攻遼，遂至二帝北狩。

金人奉冊寶至，立張邦昌為楚帝，北向拜舞，受冊即位。閤門舍人吳革率內親事官數百人，皆先殺其妻子，焚所居，舉義金水門外。范瓊詐與合謀，令悉棄兵仗，乃從後襲之，殺百餘人，捕革並其子，皆殺之。是日風霾，日昏無光，百官慘沮，邦昌亦變色，唯吳幵、莫儔、范瓊等欣然，以為有佐命功。

宋高帝聞金粘沒喝入天長軍，即被甲乘騎馳至瓜州，得小舟渡江，惟護聖軍卒數人及王淵、張浚等從行。汪伯彥、黃潛善方率同列聽浮屠克勤說法，或有問邊耗者，猶以「不足畏」告之。堂吏大呼曰：「駕已行矣！」二人相顧，倉惶策馬南弛，居民爭門而出，死者相枕籍，無不怨憤。司農卿黃鍔至江上，軍士以為左相潛善，罵之曰：「誤國誤民，皆汝之罪！」鍔方辯其非是，而首已斷矣。

扈從統制苗傅、劉正彥作亂，奉皇子魏國公旉即位，請隆祐太后臨朝，尊高宗為睿聖仁孝皇帝，居顯寧，大赦，改元。張浚乃草檄聲傅、正彥之罪，與韓世忠、張俊、劉光世、呂頤浩合兵進討。傅等憂恐，不知所為，乃聽朱勝非言，率百官請復帝位。勤王師至北闕，苗、劉南走，擒誅之。

宋高宗以王德為淮西都統制，統劉光世軍，酈瓊副之。瓊、德不相下，列狀交訟於都督府及御史台，乃召德還建康。參謀呂祉密奏乞罷瓊兵柄，書吏漏語於瓊，怒以眾叛降劉豫。祉死之。

宋秦檜同宰執入見，獨留不出，言於帝曰：「臣僚畏首尾，多持兩端，不足與斷大事。若陛下決欲講和，乞專與臣議。」帝許之。三日，檜復留身奏事，復進前說，知帝意不移，遂排趙鼎、劉大中而一意議和，然猶以羣臣為患。中書舍人勾龍如淵為檜謀曰：「相公為天下大計，盍不擇人為台諫，使盡擊去，則事定矣。」檜大喜，即擢如淵，劾異議者。兀朮遺檜書曰：「汝朝夕以和請，而岳飛方為河北圖，必殺飛，使可和。」檜亦以飛不死，終梗和議，己必及禍，故力謀殺之。遂諷張俊、羅汝楫、万俟卨等矯詔殺飛於大理寺獄。檜居相位凡十九年，劫制君父，倡和誤國，一時忠臣良將誅鋤略盡。臨終猶興大獄，誣趙汾、張浚、胡寅、胡銓等五十三人謀逆。獄成，而繪病亟，不能書，獲釋。檜無子，取妻兄王煥孽子熺養之。南省擢熺為進士第一，檜以為嫌，以陳誠之為首，以其策專主和議云。後孫塤修撰實錄院，祖、父、孫三世同領史職，前此未之有也。

宋孝宗立，以辛次膺同知樞密院事。初，次膺力諫和議，為秦檜所怒，流落二十年。及帝召為中丞，若成閔之貪饕、湯思退之朋比、葉義問之奸罔皆為其一時論罷。思退終身比於和議，恐不成，諷右正言尹穡論浚跋扈。張浚請解督府去。朝廷遂決棄地求和之議。太學生張觀等七十二人上書論思退奸邪誤國，乞斬之以謝天下。詔貶永州，憂懼而死。

宋寧宗即位，韓侂冑恃定策功，欲竊國柄，謀於京鏜，引李沐為左右正言，奏趙汝愚以同姓居相位，將不利於社稷，乃出汝愚知福州，朝廷大權悉歸侂冑。御史胡紘乞禁偽學之黨，侂冑復命沈繼祖誣論朱熹十罪，落職罷祠，竄其徒蔡元定於道州。趙師羼、張釜、程松諂事侂冑，聞者莫不鄙之。侂冑專政十四年，宰執、侍從、台諫、藩閫皆其門廡之人，天子孤立於上，威行宮省，權震宇內。其嬖妾張、譚、王、陳皆封郡國夫人，號四夫人。每內宴則與妃嬪雜坐，恃勢驕倨，掖庭皆畏之。侂冑力主恢復，以金人欲罪首謀，銳意出師，中外憂懼。侍郎史彌遠入對，力陳危迫之勢，請誅侂冑以安邦。皇后楊氏素怨侂冑，亦使榮王具疏。帝乃命后兄楊次山與彌遠共圖之。翼日，侂冑入朝，令殿前司夏震以兵三百擁侂冑至玉津園側，殛殺之，梟其首，並蘇師旦之首畀金人，金乃罷兵。

宋史彌遠為相，權勢薰灼。皇子竑心不能平，嘗書於几上，曰：「彌遠當決配八千里。」彌遠聞之，大懼。寧宗有疾，無子，彌遠矯詔立沂王嗣子貴誠為皇太子，更名昀。帝崩，白后立昀，稱遺詔封竑濟陽郡王，出居湖州，尋殺之。彌遠用梁成大、莫澤、李知孝為鷹犬，凡忤彌遠意者，三人必相繼擊之。由是名人賢士排斥殆盡，人目為三凶。帝德彌遠立己，恩寵終其身焉。

宋理宗用史嵩之開督府，竭國用而無成功，論者甚眾。及以父喪去位，詔起復之。太學生黃愷伯等百四十人上書諫，不報。武學生劉耐知帝嚮意用嵩之，遂叛諸生而逢迎之。時范鍾領相事，諷京尹趙與籌逐遊士。諸生聞之，作捲堂文以辭先聖。嵩之自知不為公論所容，上疏乞終喪制。

宋度宗即位，以己為太子賈似道有功，加似道太師，封魏國公。每朝，帝必答拜，稱之曰「師臣」而不名，朝臣皆稱為周公。詔以十日一朝。時襄樊圍急，似道日坐葛嶺，起樓台亭榭作「半閒堂」，延羽流，塑像肖己於中，取宮人葉氏及娼尼有美色者為妾，窮奢極欲，日肆淫樂。嘗與羣妾踞地鬥蟋蟀，所狎客戲之曰：「此軍國重事耶？」又酷嗜寶玩，建多寶閣，一日一登玩，有言邊事者輒加貶斥。喪師失地殆無虛日，祕不上聞。及鄂州既破，詔似道都督諸路軍馬，大潰，貶似道於循州安置。監押官會稽尉鄭虎臣至建寧開元寺，侍妾尚數十人，虎臣悉屏去之；奪其寶玉，撤轎蓋，暴行秋日中，令舁轎夫唱杭州歌謔之，窘辱備至。至漳州木綿庵，虎臣諷令自殺，似道不從。虎臣曰：「吾為天下殺似道，雖死何憾！」遂拘似道之子於別室，即廁上拉似道胸殺之，殯於庵側。

元順帝性柔少斷，伯顏、哈麻相繼弄權，朝政日紊，遂至於亡。

明洪武朝：胡惟庸、藍玉；永樂朝：紀綱；正統朝：王振；天順朝：石亨、石彪、曹吉祥、門達；成化朝：汪直、王越、陳鉞、戴縉、李孜省；弘治朝：李廣、楊鵬；正德朝：劉瑾、陸完、江彬、許泰、劉暉、錢寧、張忠、朱泰；嘉靖朝：陶仲文、嚴嵩、嚴世蕃、丁汝夔、趙文華、鄢懋卿、羅龍文、仇鸞、陸炳；萬曆朝：龐保、劉成；天啟朝：魏忠賢、客氏、崔呈秀、田爾耕；崇禎朝：周延儒、袁崇煥、杜勛、馬士英。

考古部

卷四

姓氏

倉頡，姓侯剛氏（見《古篆文》注）。◯許由，字武仲（見《莊子》釋文）。◯堯，姓伊祁。少昊，名摯，字青陽。帝嚳，名夋。成湯，字高密（見《帝王世紀》）。◯皋陶，字庭堅。孤竹君，姓墨，名台（見《孔叢子》注）。◯伯夷，名允，一名元，字公信。叔齊，名智，字公達（見《論語》疏）。中子，名仲達（見周曇《詠史詩》）。◯彭祖，姓籛（音笺），名鏗（見《論語》疏）。箕子，胥餘（見《莊子》司馬彪注）。◯老子父，名乾，字元果（見《前涼錄》）。老子初生時，名玄祿（見《玄妙內品》）。◯管叔，名度（見《史記》注）。◯易牙，名巫（見孔穎達疏）。◯逢蒙之弟子，名鴻超。楊朱之弟，名布（見《列子》）。◯伯樂，姓孫，名陽。師曠，字子野（見《莊子》疏）。◯君陳，為周公之子、伯禽之弟。《周書》有《君陳篇》（見《坊記》注）。◯鬼谷子，姓王，名詡，河南府人（見《姓氏考》）。◯公孫弘，字次卿（見鄒長倩書）。◯杜康，字仲寧（見魏武《短歌行》注）。孟軻，字子輿（見《漢書》並《孔叢子》）。又字子居（見《聖證論》）。莊周，字休（見《列子》注）。◯孫叔敖，名饒（見《孫叔敖碑》）。◯計然，一名研，一名倪；又姓辛，字子文（見《史記》索隱）。◯文種，字子禽（見《吳越春秋》）。陳仲子，字子終（見皇甫謐《高士傳》）。◯漢高祖父太公，名煓（見《後漢書》注），又名煴，字執嘉（見《帝王世紀》）。◯昭靈后，名含。高祖兄仲，名喜。曹參，字敬伯。申公，名培（見《史記》注）。◯項伯名纏，字伯（見《漢書》注）。◯叔孫通，名何（見《楚漢春秋》）。

◯壺關三老，姓令狐，名茂（見荀悅《漢紀》）。◯楊王孫，名貴（見《西京雜記》）。◯佽非，亦名荊軻（見《續博物志》）。◯伏生，名勝，字子賤（見西漢碑）。◯文翁，名黨，字仲翁（見張崇文《歷代小志》）。◯張宗，字諸君。杜茂，字諸公（見《陳忠傳志》）。◯揚子雲所稱李士元者，名弘（見《蜀秦宓傳》）。◯鄭子真，名樸。嚴君平，名遵（見王貢《兩龔傳》注）。施延，字君子（見《後漢書》注）。◯田生，字子春（見《楚漢春秋》）。侯芭，字輔子（見《論衡》）。◯丁公，名固（見《楚漢春秋》）。◯衞夫人，名鑠，字茂漪（見《翰墨志》）。◯綠珠，姓梁，白州人（見《綠珠小傳》）。◯呂安，字仲悌。居苗，姓應，瑒從弟（俱見《文選》注）。◯花卿，名驚定（見《舊唐書》）。僧一行，姓張，名遂（見《續博物志》）。◯竇滔，字連波（見《武后紀》）。◯神和子，姓屈突，名無為，字無不為，張詠布衣時遇之（見《張詠傳》）。◯失馬塞翁，姓李（見《高允詩序》）。

辨疑

禹陵　大禹東巡，崩於會稽。現存陵寢，豈有差訛？且史載夏啟封其少子無餘於會稽，號曰「於越」，以奉禹祀，則又確確可據。今楊升庵爭禹穴在四川，則荒誕極矣。升庵言石泉縣之石紐村，石穴深杳，人跡不到，得石碑有「禹穴」二字，乃李白所書，取以為證。蓋大禹生於四川，所言禹穴者，生禹之穴，非葬禹之穴也。此言可辨千古之疑。

甘羅十二為丞相　古今大誤。《史記》云：甘羅事呂不韋。秦欲使張唐使燕，唐不肯行。羅說而行之，乃使羅於趙。趙王郊迎，割五城以事秦。羅還報秦，封為上卿，不曾為丞相。相秦者是甘羅之祖甘茂。封羅後，遂以茂之田宅賜之。

共和　幽王既亡，有共伯和者攝行天子事，非二相共和也。（見《姓氏考》）

子產字子美（見《左傳》注）　東坡放魚詩：「不怕校人欺子美。」注者疑是杜少陵，則誤矣。

蒙正住破窯　呂蒙正父龜圖與母不合，並蒙正逐之。貧甚，投跡龍門寺僧，鑿山巖為龕以居。今傳奇謂同妻住破窯，殊為可笑。

日落九烏　烏最難射。一日而落九烏，言羿之善射也。後以為羿射落九日，非是。

漢壽　在四川保寧府廣元縣。漢封關公為漢壽亭侯。漢壽，邑名。亭侯，爵名。後人稱壽亭侯者，誤。

五大夫松　秦始皇登泰山，風雨暴至，避於松樹之下，封其樹為「五大夫」。五大夫，秦官第九爵。今人有誤為五株松者，非也。

夏國　揚州漕河東岸有墓表，題曰「夏國公墓道」。夏音虔，與夏字相類，少一發筆，下作「又」。行人遂誤為夏國公。蓋明顧公玉之封號，賜地葬此也。

飯後鐘　王播，字明敭。少孤貧，客遊揚之木蘭院，寄食僧齋。僧頗厭薄，乃齋罷而後擊鐘。播怒題詩於壁。今以為呂蒙正事，則非也。

馬前覆水　太公望妻馬氏棄夫而去，後見太公富貴，求歸。命收覆水。今指為朱買臣，非。

女兒鄉　吳敗越，句踐與夫人入吳，至此產女而名。今誤傳范蠡進西施於吳，與之通而生女，殊為可笑。

析類

有同時同姓名者　兩曾參：一曾參殺人，而致曾子之母投杼。

兩毛遂：一毛遂墮井，而致平原君之痛哭。

異世則兩魯秋胡：列國一魯秋胡，因婦採桑，調其妻，投水死。漢一魯秋胡求聘翟氏女，翟公誤傳調妻事，以為薄行，而不許婚。俱可笑也。

其次如國師劉秀，以名應圖讖，為王莽所殺；而誅王莽者為光武，亦劉秀。莽遣太師安新公王匡，攻更始定國上公王匡，不勝，為所執殺。唐李尚書益與宗人益者，俱赴飲，據上坐。因笑曰：「今日兩副坐頭俱李益。」代宗用韓翊知制誥，宰相以平盧幕府員外及江淮刺史請，上書：「春城無處不飛花，用此韓翊。」而員外得之，事皆奇。

其他同時者　漢時兩韓信，俱高帝時，一封楚王，一封韓王。三邵平，一故秦東陵侯，一為齊王上柱國，一齊相。兩恢，俱武帝時，一浩侯；一大行，謀誘匈奴者也。兩王臧，武帝朝，一，二年以郎中令自殺；一，六年為太常。兩王商，俱成帝外戚，一為丞相、樂昌侯；一為大司馬、成都侯。兩王章，俱成帝時，一，河平三年以太僕為右將軍，六年復為太常；一，四年以京兆尹直言死。兩王崇，俱平帝時，一新甫侯，故丞相嘉子；一大司空、扶平侯。魏兩王烈，一字彥方，有隱德；一字長休，有道術。魯兩王渾，一為涼州刺史，係戎之父；一為司徒，係濟之父。兩王澄，一即濟之弟，封侯；一即戎從弟，荊州都督。兩孫秀，吳降將；趙工倫嬖臣。俱拜驃騎將軍，封公。兩周撫，一為王敦將；一為彭城內史誅。梁兩王琳，一散騎常侍，一德州刺史。唐兩李光進，俱代宗朝，一為光弼弟，一為光顏兄，俱蕃將，賜姓，為節度使，封公。唐兩李繼昭，俱昭宗時，一為孫德昭，一為符道昭，俱賜姓名，降朱梁，為使相。宋兩王著，俱太祖時，一以文學典制；一以書學待詔。金兩訛可，俱大將。

稍先後者　吳兩公子慶忌，一王僚子，一夫差末年將。楚兩莊蹻，一莊王時大盜；一莊王裔孫，將軍，平滇自王者。漢兩王莽，一右將軍；一大司馬，篡位者。兩王鳳，一大司馬、大將軍；一更始成國上公。兩王譚，一宜春侯，一平阿侯。兩徐幹，一都護班超司馬，一丞相曹操掾。晉兩劉毅，一光祿大夫，一衛將軍。兩張禹，一丞相，一太傅，俱封侯。兩解系，一見《陶璜傳》，一自有傳。兩王愷，一武帝舅，一安帝時丹陽尹。元兩伯顏，一太傅淮陽王，一大丞相秦王。兩蕭鈞，一蕭鸞子，梁武時中書郎；一蕭瑀從子，唐太宗時率更令。

異代而相類者　兩王肅，曹魏中領軍，為魏制禮；元魏尚書令，亦為魏制禮。兩王殷，朱梁時者以節度使叛誅；後周太祖亦以節度使叛誅。兩王彥章，梁大將，為晉擒；吳統軍，為楚擒。兩王珪，唐侍中；宋左僕射、門下侍郎。兩王溥，一唐懿宗時；一周世宗時，俱宰相。仙人有兩王喬，其一即子晉也；其一為柏人令，天墜玉棺以葬者。僧有兩智永，一梁書僧，一宋畫僧；兩辨才，一唐藏《蘭亭》真本者，一宋與蘇子瞻友者。光武時，固始侯李通；魏武時，都亭侯李通。衛大夫王孫賈，齊大夫王孫賈。魏徐邈，字景山，見重武帝，為侍中；晉徐邈，字仙民，見重武帝，為中書舍人。魏將軍張遼；漢兗州刺史張遼，字叔高。漢中郎將江革，梁御史中丞江革。梁李膺為蜀使至郡，武帝悅之，問曰：「今李膺何如昔李膺？」晉文公有咎犯，平公有咎犯，善隱任政。晉李密以祖母老辭官，後魏李密以母老習醫，又隋李密封蒲山公。則天時王方慶為相；又王方慶領尚藥奉御。高宗初張昌宗，為修文館學士；則天末張昌宗，為春官侍郎。

父子同名者二人　隋處士羅靖，父亦名靖；魏大將安同，父名屈，子亦名屈。〇王彪之、臨之、納之、淮之、輿之、進之，凡六世；王胡之、茂之、裕之、瓚之、秀之，凡五世；王羲之、獻之、靖之、悅之，凡四世；王晏之、昆之、陋之；徐逵之、湛之、聿之，凡三世；胡毋輔之、謙之；吳隱之、瞻之；顧悦之、愷之，凡兩世；俱仍「之」字。

古今事有絕相類者 聖主時投水，人知有卞隨、務光，而不知有北宮無擇。◯騎青牛，人知有老子，而不知有封達。◯生空桑，人知有伊尹，而不知有孔子。◯白魚入舟，人知有周武王，而不知有宋明帝。◯河澌冰合，人知有漢光武之滹沱，而不知有慕容德之黎陽。◯鳳雛，人知有龐統，而不知有顧邵。◯獻胙加毒，以譏賜死，人知有晉獻公子申生，而不知有秦孝文王子西蜀侯惲。◯思妾令方士致魂，人知漢武之於李夫人，而不知宋武之於殷淑儀。◯治阿譽聞而阿不治，人知齊宣王之大夫，而不知景公之晏子。◯夢寐求相，人知高宗之傅説，而不知文王之臧丈人。◯題壁作龍蛇歌，人知有晉文之介子推，而不知晉文之舟之僑。◯秦許楚地而背之，人知張儀之於楚懷王，而不知馮章之於楚王。◯先食不死之藥，而以巧言免死，人知方朔之於漢武帝，而不知中射之士之於楚王。◯倚柱讀書，雷震不輟，人知有夏侯玄，而不知有諸葛誕。◯一字直百金，人知《淮南子》，而不知《公孫子》。◯妻棄夫，人知朱買臣，而不知太公望。◯沉江負父，人知孝女曹娥，而不知趙祉女光絡。◯掘地得石椁，人知有滕公，而不知有衞靈飛廉。◯看竹不問主人，人知有王徽之，而不知有袁粲。◯獲偷侍兒人試文不殺，因以賜之，人知有楊素之於李靖，而不知有蔡興宗之於孫敬玉。◯侍兒環執飲饌，人知有王武子，而不知有楊國忠、孫晟。國忠、晟，又俱號肉台盤。◯羊羹不遍致敗，人知華元之於御斟，而不知中山王之於司馬子期。◯乳生湩，人知有元德秀，而不知有李善。◯彩衣娛親，人知有老萊，而不知有伯俞。◯智囊，人知有晁錯，而不知有樗里子、魯匡。◯讀《易》至損益而歎，人知有向平，而不知有孔子。◯佩六國印，人知有蘇秦，而不知有欒大。◯以石為虎，射之沒羽，人知有李廣、李遠，而不知有熊渠子。◯逐兔墮馬，折脅而殂，人知有齊主高演，而不知燕主慕容皝。◯倒用印，人知有段秀實之阻朱泚，而不知有李崧之安蜀。◯一日殺二烈，人知有袁紹之於臧洪、陳容，而不知有張敬兒之於邊榮、程邕之。◯能使人主前席，人知有賈誼，而不知有商鞅、蘇綽。◯飲千日酒，至期發塚而醒，人知有劉玄石，而不知有趙英。◯御屏隔座，人知有漢鄭弘第、王倫，而不知有吳紀亮、紀騭。◯杯中蛇影，人知有樂廣，而不知有南皮令應柳樂弓應弩。◯殺孝婦，大旱三年，人知有前漢之東海，而不知有後漢之上虞。◯萬石君，人知有石奮，而不知有秦襲、張文瓘。◯留犢事，人知有時苗，而不知有羊篇。◯食脱粟，人知有公孫弘，而不知有晏嬰。◯錢神論，人知有魯褒，而不知有胡毋民、成公綏。◯記半面人，人知有楊愔，而不知有應鳳。◯陳蕃下榻，人知有徐穉，而不知有周球。◯雪中高卧，人知有袁安，而不知有胡定。◯夢贈筆，人知有江淹，而不知有王彪之、王晌、紀少瑜、陸倕、李白、和凝、李嶠、馬裔孫。◯噀酒救火，人知有欒巴，而不知有樊英、邵信臣、郭憲、佛圖澄、武丁。◯入水戮蛟，人知有周處，而不知有澹台子羽、荊佽飛、丘訢。◯羊車遊後宮，以鹽水灑地，人知有晉武，而不知有宋文。◯御膳中有髮，自數三罪以免死，人知晉平公之庖人，而不知光武之陳正。◯因病嘗糞，人知句踐之於吳夫差，而不知郭弘霸之於魏元忠。◯以酒賜妒婦，飲之無恙，人知太宗之於房玄齡，而不知莊宗之於任圜。◯即席盡器飲酒，歸而尚醒，稱所得器，人知裴弘泰之於裴鈞，而不知潘岏之於朱梁太祖。◯下第獻燕詩，座主以明年登第，人知有章孝標，而不知有于化成。◯刻石高山深谷，人知有杜預，而不知有顏真卿。◯賜行酒人炙，人知有顧榮，而不知有何遜、陰鏗。◯一箭落雙雕，人知有斛律光，而不知有拓跋幹、高駢。◯錦纜事，人知有隋煬，而不知有甘寧。◯燃臍膏為燭，人知有董卓，而不知有滿奮。◯還帶陰德至相位，人知有裴中令，而不知白中令。

◯少孤門生廢《蓼莪》，人知有王裒，而不知有顧歡。◯發塚，類遠祖貌，人知有蕭穎士之於鄱陽王，而不知有吳綱之於長沙王。◯入山妻二仙女而歸，人知有天台之劉晨、阮肇，而不知有剡縣之袁相、狼碩。◯因食辨勞薪，人知有荀勖，而不知有師曠。◯強索妾，人知有孫秀、武承嗣，而不知有阮佃夫。◯聞鼓角聲加敬，人知有范雲之於梁武，而不知有到仲舉之於陳武。◯誓墓不仕，人知有王羲之，而不知有何偃。◯通它心觀，人知有國忠師之於大耳三藏，而不知有普寂之於柳中庸。◯祭賽忘書刀在廟，鯉魚為送，人知有馬當山之王昌齡，而不知有宮亭湖之祐客。◯弈棋覆局，人知有王粲，而不知有到溉。◯製千字文，人知有周興嗣，而不知有蕭子範。◯贈柳妾，人知有韓翃，而不知有李還古。◯即位御牀陷地，人知有桓玄，而不知有侯景。◯誤食澡豆，人知有王敦，而不知有陸暢。◯殯逆旅書生，人知有王忳，而不知有鮑子都、廖有方。◯橋神貌醜，以足潛畫之，人知有定州之張平子，而不知有忖留神之魯般。◯駱駝負水，養魚軍中，人知有宋孫仁祐，而不知有隋虞孝仁。◯殺負心僕，人知有張詠，而不知有柳開。◯金蓮歸院，人知有蘇軾，而不知有王珪。◯晉平公出言不當，師曠舉琴撞之，跌衽宮壁；魏文侯出言不當，師經舉琴撞之，中旒潰（一見《淮南子》，一見劉向《說苑》）。◯燕太后不肯以少子質齊，因陳翠愛子之說而許。趙太后不肯以少子質秦，因左師觸龍愛少子之說而許（一見《趙世家》，一見《戰國策》）。◯高齊神武不貞慕容紹宗，以留文襄；唐文皇暫出李績，以留高宗（俱見《本紀》）。◯申鳴援桴而進戰，為賊殺其父，功成而自殺；趙苞援桴而進戰，為賊殺其母，功成而嘔血死（一見《說苑》，一見《後漢書》）。◯醫診脈晉平公，而曰：「君之病在膏之下，肓之上。」秦武王示扁鵲病，而曰：「君之病在耳之前，目之上。」謂皆以色致也（一見《左傳》，一見《戰國策》）。◯東方朔知赤物為怪哉，飲酒十石；李章武知鐵斧為厭物，飲血三斗（一見《搜神記》，一見《酉陽雜俎》）。◯懷素習書數畝芭蕉，鄭虔習書數屋柿葉（俱見《法書錄》）。◯孫臏刖足於魏，而為齊師；司馬喜刖足於宋，而為中山相（一見本傳，一見《呂氏春秋》）。◯王濟以錢千萬與王愷賭射八百里牛，一勝而探牛心；爾朱文略以好婢與高歸彥賭射千里馬，一勝而截馬頭（一見《晉書》，一見《北齊書》）。◯鄂千秋明蕭何功高，立封侯；公孫戎明樊噲不反，立封二千戶（一見《蕭何傳》，一見《王莽傳》）。◯兗州刺史李恂，郡園小麥、胡麻，悉付從事；揚州刺史費遂，郡園小麥、胡麻，悉付從事（一見《東觀記》，一見謝承《後漢書》）。◯孫權得諸葛恪，而以老桑熟龜精；張華得雷煥，而以老桑辨狐精（一見《搜神記》，一見《集異志》）。◯漢郭林宗遇雨，巾折角，人遂為折角巾；周獨孤信馳馬，帽微側，人遂為側帽（一見《後漢書》，一見《北史》）。◯嚴畯為吳大帝誦《孝經．仲尼居》，張輔、吳昭以為鄙生，請誦《君子之事上章》；陸澄為齊武帝誦《孝經．仲尼居》，王衞軍儉以為博而寡要，請誦《君子之事上章》（一見《吳志》，一見《南齊書》）。◯吳大帝夢人以筆點額，熊循賀以當作主；齊文宣夢人以筆點額，王曇哲賀以為當作主，俱遂即位（一見吳祚《國統志》，一見《齊書》）。◯魏文帝為王時，夢日墮地，分為三分，已得一分，納諸懷中；陳文帝微時，夢亦然。後俱為三分之主（一見《談藪》，一見《陳本紀》）。◯張茂先白鸚鵡夢為鷙鳥搏，楊太真白鸚鵡亦夢為鷙鳥搏（一見《異苑》，一見《明皇雜錄》）。◯歐陽率更見索靖碑，初看曰：「浪得虛名。」次日看，曰：「名下定無虛士。」坐臥其下，十日不能去。閻立本見張僧繇畫，亦然（俱見《宣和書畫譜》）。◯楊司空素出見客，挾侍姬紅拂，因奔李靖；郭汾陽子儀出見客，亦挾侍姬紅綃，因奔崔千牛（一見《虬髯客傳》，一見《崑崙奴傳》）。◯飽蚊溫席，人知有吳猛，而不知漢時番禺之有羅威。

倫類部

卷五

君臣

在三之義　晉武公伐翼，殺哀侯，止欒子曰：「苟無死矣，吾令子為上卿。」辭曰：「成聞之：人生於三，事之如一。父生之，師教之，君食之。」

無忘射鉤　管仲將兵遮莒道，射桓公中帶鉤。後魯桎梏管仲送於齊，齊忘其仇以為相。謂桓公曰：「願君無忘射鉤，臣無忘檻車。」

前席　賈誼為長沙王傅，文帝徵之至。入見，上問鬼神之事，誼具道所以然；至夜半，文帝前席聽之。

溫樹　孔光領尚書事，典樞機十餘年，守法度，修政事，不苟合。或問：「溫室省中樹皆何木也？」光答以他語。其謹密如此。

下車過闕　衞靈公與夫人南子夜坐，聞車聲轔轔，至闕而止，過闕復有聲。公問為誰，夫人曰：「此必蘧伯玉也。妾聞禮下公門，式路馬。伯玉，賢大夫也，敬於事上，必不以暗昧廢禮。」視之果然。

枯桑八百　諸葛亮謂後主曰：「成都有枯桑八百株，薄田十五頃，子孫衣食自足。臣決不長尺寸，使庫有餘帛，廩有餘粟，以負陛下。」

醴酒不設　楚元王敬禮穆生，每食必設醴酒。一日不設，穆生曰：「醴酒不設，王意怠矣。」遂去。

一動天文　李泌謂肅宗曰：「臣絕粒無家，祿位與茅土皆非所欲，為陛下運籌帷幄，收復京城，但枕天子膝睡一覺，使有司奏客星犯帝座，一動天文足矣。」

封留　張良，其先五世相韓。秦滅韓，良即棄家，求刺客報韓仇，不果。乃佐高帝滅秦。定天下，大封功臣，令良自擇萬戶。良曰：「臣初從帝於留，封留足矣。」尋棄人間事，從赤松子辟穀。呂后強食之曰：「人生一世間，如白駒過隙，何至自苦如此？」

御手調羹　唐玄宗召李白至見金鑾殿，論當世事，奏頌一篇。帝賜食，親手為調羹。

御手燒梨　唐肅宗常夜召穎王等二弟，同於地爐罽毯上坐。時李泌絕粒，上自燒二梨，手擘之以賜泌。穎王恃恩固求，上不與曰：「汝飽食肉，先生絕粒，何乃爭耶？」

鹽酒同味　崔浩論事語至中夜，太宗大悅，賜浩縹醪酒十斛，水晶戎鹽一兩，曰：「朕味卿言，若此鹽酒，故與卿同此味也。」

學士歸院　唐令狐綯在翰林日，夜入對禁中，宣宗命以乘輿金蓮燭送還院。院吏望見，以為天子來，俄傳呼云：「學士歸院。」

撤金蓮炬　蘇軾任翰林，宣仁高太后召見便殿曰：「先帝每見卿奏疏，必曰：『奇才，奇才！』」因命坐賜茶，撤金蓮寶炬送院。

登七寶座　唐玄宗於勤政殿以七寶裝成大座，召諸學士講論古今，勝者升座。張九齡論辯風生，首登此座。

晝寢加袍　韋綬在翰林，德宗常至其院，韋妃從幸。會綬方寢，學士鄭絪欲馳告之，帝不許。時適大寒，帝以妃蜀錦襭袍覆之而去。

金箸表直　唐開元時，宋璟為相，朝野歸心。時侍御宴，帝以所用金箸賜之曰：「非賜汝箸，以表卿直也。」

藥石報之　唐太宗時，中書高季輔上封事，特賜鐘乳一劑曰：「卿進藥石之言，故以藥石報之。」

世執貞節　于忠遷散騎常侍，嘗因侍宴，宣武賜之劍杖，舉酒屬忠曰：「卿世執貞節，故恆以禁衞相委。昔以卿行忠，賜名曰忠。今以卿才堪禦侮，以所御劍杖相錫。」

一門孝友　崔鄲緦麻同爨，兄弟六人至三品。邠、鄲、鄾凡為禮部五、吏部再，唐興無有也。居光德里。宣宗曰：「鄲一門孝友，可為士族法。」因題曰「德星堂」、里為「德星里」以旌之。

親手和藥　曹彬疾革，真宗親問，手為和藥，仍賜白金萬兩。問以從事，答曰：「臣無事可言。臣二子璨與瑋材器可取，臣若內舉，皆堪為將。」真宗問以優劣，答曰：「璨不如瑋。」

相門有相　王訓年十六，召見文德殿，應對爽徹。梁武帝目送之曰：「可謂相門有相。」

有古人風　劉杳為東宮舍人，昭明太子以瓠食器賜之曰：「卿有古人風，故遺卿古人之器。」

賜靈壽杖　孔光字子夏，經學尤明，舉方正，為諫議大夫。兄弟妻子燕，語不及朝省政事。賜靈壽杖，歸老於第。

剪鬚和藥　李勣既忠力，帝謂可託大事。嘗暴病疾，醫曰：「用鬚灰可治。」帝乃自剪鬚以和藥。及瘉，入謝，頓首流血。帝曰：「吾為社稷計，何謝為？」

賜胡瓶漢紀　李大亮為金州司馬，有台使見名鷹，諷大亮獻之。大亮密表曰：「陛下絕畋獵久矣，使者猶求鷹，信陛下意邪？乃乖昔旨。如其擅求，是使非其才。」太宗報書曰：「有臣如此，朕何憂？古人以一言之重訂千金，今賜胡瓶一，雖亡千鎰，乃朕所自御。」又賜荀悦《漢紀》曰：「悦議論深博，極為政之體。公宜繹味之。」

賜二銘　馬燧，帝賜《宸扆》《台衡》二銘以言君臣相成之美，勒石起義堂，帝榜其顏以寵之。

詩奪錦袍　宋之問與楊炯分直習藝館。武后遊終南門，詔從臣賦詩。左史東方虬詩先成，后賜錦袍。之問俄頃獻，后覽之嗟賞，更奪袍以賜之。

賜玉堂字　淳化中，翰林蘇易簡獻《續翰志》二卷，太宗賜御詩二章，又飛白書「玉堂之署」四字賜之。

賜金龍扇　宋張詠為御史中丞，時真宗令進所著述，帝稱善，取所執銷金龍扇賜之，曰：「美卿今日獻文事。」

賜酴醾酒　唐李吉甫盛讚天子。李絳曰：「今日西戎內訌，烽燧相接，正陛下求治之時，何得僅以讚頌為言？」帝入謂左右曰：「絳言骨鯁，真宰相也。」遣使賜酴醾酒。

用讀書人　宋太祖建元，命毋襲舊號，遂命「乾德」。一日，宮中見古鏡有「乾德」字，怪問臣下，俱不能知。獨竇儀對曰：「昔蜀王有此年號，此必蜀中宮女帶來者。」問之果然。上歎曰：「宰相須用讀書人。」

朕之裴度　宋慶曆中，貝州兵亂，師久無功。參知政事文彥博請行。凱旋，上勞之曰：「卿，朕之裴度也。」

禁中頗牧　唐畢為翰林學士，羌人擾河西，宣宗召訪邊事，誠論破羌狀甚悉。上曰：「頗、牧近在禁中。」

朕之汲黯　宋田錫天性骨鯁，奏經史中治體之要三十篇。真宗手詔褒獎，每見錫，色必矜莊。帝自謂曰：「田錫是朕之汲黯。」

巾車之恩　馮異朝京師，光武詔曰：「倉卒蕪蔞亭豆粥、滹沱河麥飯，厚恩久不報。」異曰：「臣欲國家無忘河北之難，臣不敢忘巾車之恩。」

尚書履聲　漢鄭崇為尚書僕射，數諫諍，上納用之。每聞其革履聲，曰：「我識鄭尚書履聲。」

軟腳酒　唐郭子儀自同州歸，代宗詔大臣就宅作軟腳局，人出錢三千。

佐朕致太平　王旦，祐次子，器識遠大，真宗嘗目送之曰：「佐朕致太平者，必斯人也。」

儒與吏不及　明王興宗初為皂隸，洪武特命為金華知縣。李丞相言：「隸也，奈何為令？」上曰：「興宗勤而不貪，又善處事，儒與吏不及也，何有於縣？」後蘇乏守，上曰：「莫如興宗。」用之，有善政。

風度得如否　唐玄宗每訪士，必曰：「風度得如九齡否？」

文武魁天下　宋薛奕，興化人，中武舉第一。時同郡徐鐸亦冠文科，神宗賜以詩，有「一方文武魁天下，萬里英雄入彀中」之句。後於國變死難。

獎諭賜食　明王來巡按蘇松，奉敕同侍郎周忱考察官吏，制詞有請上裁語，來曰：「貪官污吏當去，宜即去之。奏請遲留，民益受弊矣。」三楊覽奏曰：「王來明達治體。」遂易與之。由是貪暴望風引去。有巨璫陳武，奉太后懿旨散經江南，要索百端，人人畏之。來收其榜，謂與詔書不合，擬劾之。璫哀祈得免。及還，訴於上。上問顧佐曰：「蘇州巡按為誰？」佐曰：「王來。」上曰：「記之。」及代還，佐引以奏，上加獎諭，賜食光祿。

賜金奉祀　漢朱邑官至大司農，卒。天子惜之，曰：「朱邑退食自公，無疆外之交，可謂淑人君子。」賜其子黃金百斤奉祀。

有唐忠孝　韓思復兒時，母為語父亡狀，嗚咽欲死。舉茂才高第，家益貧，杜瑾以百綾饗思復，方並日食，而百綾完封不發。累遷襄州刺史，治行名天下。及卒，上手題其碑，曰「有唐忠孝韓長山之墓」。

骨格必壽　明宋訥仕至祭酒，嚴立學規。學錄金文徵之嗾冢宰余熂移文，以老致仕。及陛辭，上訊知其故，誅熂及文徵，訥居職如故。上恆謂訥骨格必壽，命畫工繪其像。年八十餘終於官，上自製文祭之。後每思訥，舉為教國子者法。命仍官其子復祖為司業。

不避艱險　昭烈與關羽、張飛，寢則同牀，恩若兄弟；而稠人廣座，侍立終日，隨備周旋，不避艱險。

遂從不去　張良聚少年百人，道遇沛公。良數以《太公兵法》說沛公，沛公善之，嘗用其策。良為他人言，皆不省。良曰：「沛公殆天授。」故遂從不去。

魚之有水　劉備見諸葛亮於隆中，凡三往而始得，情好日密，關羽、張飛不說。備解之曰：「孤之有孔明，猶魚之有水也。」

安劉者必勃　漢高祖疾甚，呂后問曰：「陛下百歲後，蕭相國死，誰可代之？」曰：「曹參。」其次，曰：「王陵。然少戇、陳平可以助之。平知有餘，然難獨任。周勃重厚少文，然安劉氏者必勃也，可令為太尉。」

賜周公圖　漢武帝以子弗陵年稚，察羣臣，唯奉車都尉霍光忠厚可任大事，乃使黃門畫周公負成王朝諸侯以賜光。上病篤，霍光涕泣問曰：「如有不諱，誰當嗣者？」上曰：「君未諭前畫意耶？立少子，君行周公之事。」

去襜帷　漢刺史郭賀官有殊政，明帝賜以三公之服黼黻冕旒，敕行部去襜帷，使百姓見其容服，以章有德。

一見如舊友　苻堅自立為秦天王，尚書呂婆樓薦王猛於堅。堅召猛，一見如舊友，語及時事，大悅，自謂如劉玄德之遇孔明也。

父子

弄璋弄瓦　《詩經》：吉夢維何？維熊維羆。男子之祥，維虺維蛇。女子之祥，乃生男子，載衣之裳，載弄之璋。乃生女子，載衣之裼，載弄之瓦。

誕日彌月　《詩經》：載生載育，時維后稷，誕彌厥月。

嶽降　《詩經》：崧高維嶽，峻極於天。維嶽降神，生甫及申。

懸弧設帨　男子生，桑弧蓬矢，以射天地四方，欲其長而有事於四方也。《禮記》：男子生，設弧於門左；女子生，設帨於門右。

初度 《離騷》云：「皇覽揆余初度兮，肇錫余以嘉名。」

添丁 唐盧仝生子，名添丁。宋賈耘老，子亦名添丁。耘老生子之妾名雙荷葉。

湯餅會 生子三朝宴客，曰湯餅會。劉禹錫送張盥詩：「爾生始懸弧，我作座上賓。引箸舉湯餅，祝詞生麒麟。」

拿周 曹彬始生周歲，父母羅百玩之具，名曰晬盤，觀其所取以見志。彬左手提戈，右手取印，後果為大將封王。

太白後身 郭祥正母夢李太白而生祥正，有詩名。梅堯臣曰：「功夫天才如此，真太白後身也。」

玉燕投懷 張說夢生。一玉燕飛入懷中，有孕生說，後為宰相，封燕公。

九日山神 三衢陳主簿妻，夢一偉人來謁，怪問之，告曰：「吾九日山神也。」已而生子，有異徵。因合「九日」二字，名旭。後避廟諱，改升之。神宗朝拜相。

靈鳳集身 《南史》：王曇逸母夢靈鳳集身，有孕，又聞腹中啼聲。僧寶誌曰：「生子當如神仙宗伯。」

金鳳銜珠 南昌許遜，母夢金鳳銜珠墮掌而生。晉初為旌陽令，得異人術，周遊江湖，悉斬蛟蜃，除民害。精修山中，年一百三十六舉家飛昇。

授五色珠 宋樂史，母夢異人授五色珠而生。史力學能文，舉進士第一，立朝有聲，著《太平寰宇記》。

五日生 田文以五月五日生。其父嬰欲棄之，母竊舉。及長，謂嬰曰：「君相齊久矣，齊不加廣而私家貲累巨萬，門下不見一賢者。文竊怪之。」嬰乃禮文，使治家，通賓客。

夢鄧禹 宋范祖禹生，母夢一丈夫被金甲至寢所曰：「吾漢將鄧禹也。」祖禹生，遂以為名。

夢楓生腹　唐張志和母，夢楓生腹上而產志和。母亡，不復仕。自號煙波釣徒。

電光燭身　宋宗澤母劉，夢天大雷，電光燭其身，翌日舉澤。少有大志，累功拜副元帥，起兵勤王，大破金兵。

夢賢人至　謝靈運父不宜子，乃於杜明師舍寄養。是夕，夢有賢人至，及曉，乃靈運也。武林山有夢兒亭。

右脅生　老子姓李，名耳，字伯陽，謚聃。母懷之八十一歲，從右脅生，因號老子。

夢虎行月中　滕元發母，夢虎行月中，墮其室，而元發生。九歲能詩。舉進士，治邊，威行西夏。

真英物　桓溫生未朞，而溫嶠見之曰：「此兒有奇骨。」及聞其聲，曰：「真英物也。」父彝以嶠所賞，故名溫。豪爽有風概，累功進大司馬。

龜息　李嶠母以嶠問袁天綱，答曰：「神氣清秀，恐不永耳。」請伺嶠卧而候其鼻息，乃賀曰：「此龜息也，必貴而壽。」

夢長庚　李白母娠時，夢長庚星現，幼名長庚，後改曰白。

產有異光　虞允文產之日，戶外有異光，識者知其為大器。十歲賦詩，多驚人語。

將校有夢　楊价，璨子，未生時，將校有夢神自靖州來，號蜀威將軍者。暨价生，貌狀如之。襲職，著邊功。

鍾巫山之秀　揚雄之父寓巫山而生雄，論者為鍾十二峰之秀。

皆名將相　陳省華官諫議大夫，陳摶嘗謂省華曰：「君之子皆名將相也。」後省華謝政家居，三子並衣金紫扶杖。長堯叟，世稱賢相；次堯佐，官太子太師；季堯諮，官節度使，善射，世稱小由基。

孕靈此子　五代王承肇母崔氏，夢山神牽五色獸逼其衣，遂生承肇。有異僧見而撫之曰：「老僧所居周公山，佳氣減半，乃孕靈此子耶？」後節制洛州，以功名著。

父辱子死　彭修年十五，侍父出行，為盜所劫，修拔刀向盜曰：「父辱子死，汝不畏死耶？」盜驚曰：「童子義士，毋逼之。」遂遁去。

一子不可縱　劉摯兒時，父居正課以書，朝夕不少間。或謂：「君止一子，獨不加恤耶？」居正曰：「正以一子，不可縱也。」

事父猶事君　殷淵剛介多大節，從父宦遊，父行事未當，必辯論侃侃。嘗言事父猶事君，不以諛諾為恭。後死闖賊難。

娶長妻　馮勤祖父偃，長不滿七尺，自恥短陋，乃為子伉娶長妻，生勤，八尺三寸。

一門七業　劉殷有七子，五子各授一經，一子授太史公《史記》，一子授《漢書》，一門之內，七業俱興。北州之學，殷門為盛。

胎教　孟子少時，問：「東家殺豬何為？」母曰：「啖汝！」既而悔曰：「吾聞胎教，割不正不食，席不正不坐。今適有知而欺，是教之不信。」乃買豬肉啖之。

七子孝廉　趙宣妻杜泰姬生七男，教之曰：「中人性情可上下也，昔西門豹佩韋以自寬，宓子賤佩弦以自急，汝曹念哉！」後七子皆辟孝廉，而元珪、稚珪更以令德著。

各守一藝　鄧禹有子十三人，各守其藝，閨門雍睦。累世寵貴漢庭者，凡百餘人。

兒必貴　王珪母李氏嘗曰：「兒必貴，未知所與遊者何人？」適玄齡、如晦造訪，母大驚曰：「二客皆公輔器，汝貴不疑矣。」

蘇瓌有子　蘇頲父瓌同李嶠拜相。一日，召二子進見，帝曰：「蘇瓌有子，李嶠無兒。」

是父是子　呂昭知沁州，臨行，父老持金相贈。昭曰：「吾無劉寵之愛，敢為父老留一錢哉！」卻不納。子旦初第，昭誡之曰：「苟酌貪泉，死不歆祀。嚙冰茹蘗，是父是子。」

父子四元　倫文敍弘治乙未會狀，三子以諒、以訓、以詵皆成進士。以諒鄉試第一，以訓會試第一，以詵殿試第二。父子居四元，為科名盛事。

一如其父　范仲淹知耀、邠二州，皆有善政。趙元昊叛，知永興軍時，稱小范老子胸中有數萬甲兵。子純禮亦知永興，為政一如其父。

一褐寄父　鄺埜仕副使，嘗市一褐寄父。貽書問：「何處得此褐，毋以不義污我。」家教嚴，故野制行最清謹。

天上麟麟　杜詩：「徐卿二子生絕奇，感應吉夢相追隨。孔子釋氏親抱送，並是天上麒麟兒。」

厲人生子　昔有厲人夜半舉子，急持燈燭之，蓋恐肖己也。

三遷　孟子少時居近墓，乃好為墓間之事。孟母曰：「此非所以教吾子也。」乃去。居市廛，孟子又好為貿易之事。母曰：「此非所以教吾子也。」復去。居學宮之傍，孟子乃設俎豆，揖讓進退。孟母曰：「此可以教吾子矣。」遂居之。

和熊　柳公綽妻韓氏，常粉苦參、黃連和熊膽為丸，賜其子仲郢等夜學含之，以資勤苦。

畫荻　歐陽修四歲而孤，母鄭氏教之。家貧，乏紙筆，以荻畫地學字。後成大儒，官至觀文殿大學士。

截髮　陶侃孤貧，孝廉范逵嘗過，倉卒無以款待。母湛氏乃截髮以易酒，又撤所卧草薦，銼以餵馬。逵見廬江守張夔稱之，夔召侃領樅陽令。

跨灶　灶上有釜，故子過於父，謂之跨灶。蓋父與釜同音，藉以相喻也。

鳳毛　宋謝鳳子超宗善文詞，作《殷妃誄》。帝歎賞曰：「超宗殊有鳳毛。」杜詩：「欲知世掌絲綸美，池上於今有鳳毛。」

雙珠　後漢韋康、韋誕俱有時名。孔融語其父端曰：「不意雙珠近出老蚌。」

豚犬　曹操見孫權，歎曰：「生兒當如孫仲謀，如劉景升兒子豚犬耳！」

老牛舐犢　楊彪子修為曹操所殺。操後見彪，曰：「何瘦之甚！」曰：「愧無日磾先見之明，猶懷老牛舐犢之愛。」操為之改容。

伯道無兒　鄧攸字伯道，石勒之亂，挈妻子及弟子綏以逃，度不能兩全，乃棄子存姪，後卒絕嗣。時人語曰：「皇天無知，使伯道無兒。」

萱堂　萱草一名宜男，妊婦佩之即生男。故稱母為萱堂。《詩．伯兮》章：「焉得萱草，言樹之北。」

椿庭　《莊子》云：「上古有大椿，以八千歲為春，八千歲為秋。」今人稱父曰椿庭。

喬梓　喬木高而仰，父道也；梓木實而俯，子道也。故稱父子曰喬梓。

楂梨　張敷小字楂，父邵小字梨。宋文帝戲之曰：「楂何如梨？」敷曰：「梨是百果之宗，楂何敢比？」

菽水承歡　子路曰：「傷哉貧也！生無以為養，死無以為禮也。」孔子曰：「啜菽飲水，盡其歡，斯之謂孝。」

為母殺雞　後漢茅容，郭林宗訪之，留宿。旦日，容殺雞為饌，林宗以為己設。已而，供奉其母。林宗拜之曰：「卿賢乎哉！」因勸之學，以成其德。

自傷未遇　晉趙至年十二，與母道旁看令上任。母曰：「汝後能如此不？」至曰：「可爾耳。」早聞父耕叱牛聲，釋書而泣。師問之，曰：「自傷未遇，而使老父不免勤苦。」

風木之悲　春秋皋魚宦遊列國，歸而親故，泣曰：「樹欲靜而風不息，子欲養而親不在！」遂自刎死。

毛義捧檄　毛義以孝行稱。府檄至，以義為安陽令。義捧檄而喜動顏色，張奉薄之。後義母亡，遂不仕。奉歎曰：「往日之喜，蓋為母也。」

為母遺羹　穎考叔為封人，鄭莊公賜之食。食捨肉，曰：「小人有母，皆嘗小人之食矣，未嘗君之羹也，請以遺之。」

倚閭而望　王孫賈事齊閔王，王出走，賈不知其處。其母曰：「汝朝出而晚歸，則吾倚門而望；汝暮出不歸，則吾倚閭而望。汝今事王，王出走，汝不知其處，汝尚何歸？」

對使伏劍　王陵歸漢，項羽取陵母置軍中以招陵。陵母私送使者曰：「漢王長者，吾兒毋以老妾故持二心，妾以死送。」遂伏劍而死。

封還官物　陶侃少為縣吏，常監魚池，以魚鮓遺母。母封鮓責之曰：「爾以官物遺我，反增我憂耳！」拒卻之。

勿以母老懼　劉安世除諫官，白母曰：「朝廷使兒居言路，須以身任國，脫有禍譴，如老母何？」母曰：「諫官為天子諍臣，汝父欲為而弗得。汝幸居此，當捐身報主，勿以母老懼流放耳。」

對食悲泣　陸續繫洛陽。母往饋食，續對食悲泣。使者問故，曰：「母來不得見耳。」問：「何以知之？」曰：「吾母切肉未嘗不方，斷葱以寸為度，此必母所饗也。」使者以聞，特赦之。

暴得大名　陳嬰母，東陽少年殺其令，欲立嬰為王。母曰：「吾自為汝家婦，未聞汝先有貴者。今暴得大名，不祥。」嬰乃屬漢。

人不可獨殺　嚴延年為河南守，母從東海來，適見報囚，乃大驚，不肯入府。延年叩首謝。母曰：「天道神明，人不可獨殺。我不意垂老見壯子被刑戮也！」歲餘，果敗。

擊墮金魚　陳堯諮秩滿歸。母問有何異政，對曰：「荊南當孔道，過客以兒善射，莫不歎。」母曰：「忠孝輔國，爾父之訓也。爾不能以善化民，顧專卒伍一人之技。」因擊以杖，墮其金魚。

得與李杜齊驅　漢誅黨人，詔捕急。范滂白母曰：「仲博孝敬，足供養，滂從龍舒君九原，存亡得所。惟大人割不忍之恩。」母曰：「汝得與李杜齊驅，死亦何恨！令名、壽考可兼致乎？」

吾知善養　尹焞嘗應舉，發策有誅元祐諸臣議。不對而出，歸告其母。母曰：「吾知汝以善養，不知汝以祿養也。」

能為滂母　蘇軾生十歲，母程氏親授以書，聞古今成敗，輒能領其要。程讀《范滂傳》，慨然歎息。軾請曰：「軾若為滂，母能許之否？」程曰：「汝能為滂，我獨不能為滂母耶？」

口授古文　虞集母楊氏歸虞汲。宋末兵亂，汲挈家奔嶺外，無書可攜讀。母口授集《左傳》、歐蘇文。卒以文章名世，皆母訓也。

得父一絕　唐宋之問父名令文，富文詞，且工書，有力絕人，世謂之三絕。後之問以文章顯，之悌以驍勇聞，之遜精草隸，各得父一絕。

父子謚文　明倪謙與子同入史局，謙終南禮部尚書，岳終南吏部尚書。父謚文僖，子謚文毅。父子謚文，世以為榮。

父長號　何遵幼閱范滂母事，告母曰：「兒設為滂，大人能慨然為滂母乎？」母笑而許之。後為工部主事，諫武宗南巡，荷校暴午門外，五日杖死。廷杖日，父鐸在里，有烏悲鳴而前，心異之。比聞工部有以言獲罪者，父長號曰：「遵其死夫？」已而果然。

以屏隔座　三國紀亮與子騭俱仕吳，亮為尚書令，騭為中書令，每朝會，以雲母屏隔座，時論榮之。

教忠　周狐突，晉大夫。懷公時，突子毛及偃從重耳如秦。公執突曰：「子來則免。」對曰：「子之能仕，父教之忠，古之道也。今臣子從公子亡，若又召之，教之貳也。」卒就死。

當有五丈夫子　商瞿同年有梁鱣者，年三十未舉子，欲出其妻。瞿曰：「未也！吾齒三十八無子，吾母為吾更娶。夫子曰：『無憂也。瞿過四十當有五丈夫子。』果然。吾恐子自晚生，且未必妻過也。」居二年，而梁有子。

不如一經　韋玄成，賢之子，與蕭望之諸儒辯五經同異於石渠閣。漢元帝朝拜相，守正持重不及父，而文采過之。鄒、魯諺曰：「遺子黃金滿籯，不如一經。」

義繼母　齊二子之母，宣王時有死於道者，吏執其二子，兄曰：「我殺之。」弟曰：「非兄也，我殺之。」吏以告王，王召問其母，母泣對曰：「殺其少者。」王問故，母曰：「少者妾之子。長者前妻之子，其父臨終囑妾善視。今殺兄活弟，是以私廢公也。背言忘信，是欺死也。」王高其義，皆赦之。

他日救時宰相　于忠肅父與如蘭為方外交。忠肅彌月，如蘭赴湯餅之會，摩其頂曰：「此他日救時宰相也。」

墨莊　宋劉式沒，惟遺書數千卷，夫人陳氏指謂諸子曰：「此乃父墨莊也。」其後諸子及孫並起高第，為時名臣。

各授一經　宋田辟行高學博，遊成均二十年不遇，浩然歸隱。子九人，各授一經，俱登第。時稱義方者，必曰田氏。

箕裘　《禮記》：良冶之子，必學為裘；良弓之子，必學為箕。

親導母輿　唐崔邠為太常卿，親導母輿入太常署，公卿皆避道。

附各方稱謂

蜀人稱父曰郎罷。吳人呼父曰箸（音遮），呼祖曰阿爹，又有呼曰公爹。有呼父曰爺（音涯），有呼父曰爸（音霸）。有呼父曰爸（音播）。遼東人呼父曰阿嘛，母曰峨娘。湖南人呼母曰哎姐。有呼父曰阿叭，母曰阿宜。江淮人呼母曰社。李長吉呼母曰孁。吳人呼母曰嬭（音寐）。羌人呼母曰姐。江湖有呼母謂媞（音侍）。青、徐人呼兄曰阿荒。荒，大也。又曰兟（音選）。越人呼兄曰況。楚人呼姊曰嫛，呼妹曰媦（音位）。江淮人呼子曰崽（音宰），呼女曰娪（音悟）。又有呼子曰男，女曰媛（音嬛）。越人呼子曰婧。吳人呼子曰孲（音牙）。楚人呼妻母曰㚰（音氏）。東齊人呼婿曰倩。呼賤役曰倯。婦人呼夫之兄曰兄公，稱夫之姊曰女伀（音中）。呼姊妹之子曰出（音翠）。自稱曰姎（音盎），猶稱我也。稱舅母曰妗。齊人呼姊曰嫈（音稍）。

夫婦（附妾）

舉案齊眉　梁鴻至吳，依皋伯通廡下為人賃舂。妻孟光具食，舉案齊眉。伯通異之曰：「彼傭，能使其妻敬之如此，非凡人也。」以禮遇之。

歸遺細君　東方朔割肉懷歸，武帝問之，曰：「歸遺細君。」

糟糠　光武姊湖陽公主新寡，欲下嫁宋弘。帝語弘曰：「貴易交，富易妻，人情乎？」弘對曰：「貧賤之交不可忘，糟糠之妻不下堂。」帝顧主曰：「事不諧矣。」

斷機　樂羊子遊學，未三月而歸，其妻引刀斷機曰：「君子尋師，中道而歸，何異斷斯織乎？」羊子乃發憤卒業。

二喬　周瑜從孫策攻皖，得喬公兩女，皆有殊色。策自納大喬，瑜納小喬。策謂瑜曰：「喬公二女雖流離，得吾二人為婿，亦足為歡。」

有兄之風　劉先主初在荊州，孫權以妹妻之。妹才捷剛猛，有諸兄之風，侍婢百餘人皆執刀侍立。先主每入，心常凜凜。

婦有四德　許允婦貌醜，允曰：「婦有四德，卿有幾德？」婦曰：「妾之所不足者色耳。士有百行，卿有幾行？」允曰：「皆備。」婦曰：「君好德不如好色，何謂皆備？」允大慚，禮之終身。

執巾櫛　《左傳》：晉太子圉質於秦，秦妻之，將逃歸。嬴氏曰：「寡君使婢子執巾櫛以固子也。縱子私歸，棄君命也，不敢從。」

奉箕帚　單父人呂公好相人，見劉季狀貌，異之曰：「僕閱人多矣，無如季相！僕有弱息女，願為箕帚妾。」

吾知喪吾妻　劉庭式嘗聘鄉人女。及登第，女喪明，家且貧甚，鄉人不敢復言。或勸改聘，庭式歎曰：「心不可負！」卒娶之，生數子。死哭之慟。蘇軾時為州守，問曰：「哀生於愛，愛生於色。足下愛何從生？哀何從出乎？」庭式曰：「吾知喪吾妻而已。」軾深感其言。

畫眉　張敞為京兆尹，為婦畫眉。有司奏聞。上問之，對曰：「夫婦之私，有過於此者。」上弗責。

牛衣對泣　王章家貧無被，臥牛衣中與妻涕泣。妻怒曰：「京師貴人，誰逾仲卿者，不自激昂，乃反涕泣，何鄙也！」後果為京兆。

剔目　房玄齡布衣時，病且死，謂妻盧氏曰：「吾病不起，卿年少，不可寡居，善事後人。」盧泣入帷中，剔一目以示信。玄齡疾瘉，後入相，禮之終身。

織錦回文　竇滔妻蘇氏字若蘭，苻堅時滔拜安南將軍，鎮襄陽，攜寵姬趙陽台以行。蘇悔恨，因織錦為回文，題詩二百餘首，縱橫反覆皆為文章，名曰《璇璣圖》，以寄滔。

不從別娶　宋黃龜年為侍御史，劾秦檜，遂奪檜職。初，邑簿李朝旌許妻以女。既登第，而朝旌已死，家甚貧，或勸其別娶，不從。

小吏名港　漢廬江小吏焦仲卿妻，為姑所逐，自誓不嫁。其母屢逼之，遂投水死。仲卿聞之亦自縊。今府境有小吏港，以仲卿名。

相思樹　韓憑妻封丘息氏，康王奪之，憑自殺。息與王登台，遂投台下死，遺書於帶，願以屍骨賜憑。王弗聽，使人埋之，塚相望也。信宿，有交梓本生於二塚之旁，旬日而枝成連理，鴛鴦栖其上，交頸悲鳴。宋人哀之，號曰相思樹。

知禮　季敬姜，魯大夫公甫穆伯之妻也。子文伯相魯，退朝。敬姜方績，文伯曰：「以歜之家，而猶績乎？」敬姜歎曰：「夫民，勞則思，思則善心生；逸則淫，淫則忘善，忘善則惡心生。吾懼穆伯之絕祀也！」及文伯卒，敬姜朝哭穆伯，暮哭文伯。仲尼聞之，曰：「季氏之婦知禮矣！」

作誄　柳下惠卒，門人欲誄之。妻曰：「將誄夫子之德耶？則二三子不如妾知之也。」乃作誄。

謚康　黔婁先生卒，曾子往弔，見其屍覆布被，手足不盡斂。曾子曰：「邪引其被則斂矣。」妻曰：「邪而有餘，不若正而不足。死而邪之，非先生意也。」曾子曰：「何以為謚？」妻曰：「先生不慼慼於貧賤，不汲汲於富貴，其謚曰康，可乎？」曾子歎曰：「惟斯人也，而有斯婦。」

預結賢士　晉大夫伯宗好以直辨淩人，人惡之。妻曰：「危可立待也！何不預結賢士，以州犁託焉。」伯宗乃得畢羊而交之。未幾，伯宗以譖死。畢羊送州犁於荊，幸免。

柏舟　共姜，衞世子共伯妻。共伯蚤折，父母欲奪而嫁之，以死自誓，作《柏舟》詩。

共隱終身　王霸少與令狐子伯善，後子伯相楚。其子為郡功曹，嘗詣霸。霸子耕於野，投耒見客，顏色慚沮。客去，霸臥不起。妻問故，霸曰：「彼子容服都，兒曹有慚色。父子恩深，不覺自失耳。」妻曰：「子伯之貴孰與君之高？奈何忘夙志而慚兒女子乎？」霸起而笑曰：「有是哉！」遂共隱，終其身。

女宗　鮑蘇仕衞三年，而娶外妻。其妻養姑甚謹，其姒曰：「子可以去矣。」答曰：「婦人從一為貞，以順為正，豈有專夫室之愛為賢哉？」事姑愈謹。宋公表其閭曰「女宗」。

封髮　唐賈直言坐事貶嶺南。妻董氏名德貞，年甚少。訣曰：「死生未期，汝可亟嫁。」貞不答，引繩束髮，封以帛，使直言署曰：「非君手不可解！」直言貶二十年乃還，帛如故。

受羊埋之　羊舌子好直，不容於晉，去三室之邑。邑人攘羊而遺之，羊舌子不受。妻叔姬曰：「不如受而埋之。」羊舌子曰：「何不饗肸與鮒？」姬曰：「不可。南方有鳥為吉乾，食其子，不擇肉，子多不義。今肸與鮒童子也，隨大人而化，不可食以不義之肉。」乃盛以甕，埋壚陰。後攘羊事敗，吏發視之，羊尚存。曰：「君子哉！羊舌子不與攘羊矣。」

弓工妻　晉繁人之妻也。平公使繁為弓，三年乃成。公引射而不穿一札，將殺之。其妻請見曰：「妾夫造弓，勞矣！君不能射，反以殺人。妾聞射之道，左手如拒，右手如附；右手發之，左手不知。」公用其言，而射穿七札，立釋繁人。

迎叔隗　晉文公與趙衰子奔狄，狄人隗氏入二女，公納季隗，以叔隗妻衰，生盾。及反國，文公又以女趙姬妻之，生三子。趙姬請迎盾與其母，衰不敢從。姬曰：「得寵忘舊，安富室而棄賤交，不可。君其迎之。」衰乃迎叔隗與盾於狄。

提甕出汲　桓氏字少君，鮑宣就少君父學，父奇其清苦，以女妻之，裝送甚盛。宣不悅。少君悉屏去侍從，服飾更布素，與宣共挽鹿車歸里。拜姑，即提甕出汲，修婦道。

御妻　晏子出，其御之妻從門間窺其夫，意氣揚揚自得。既而歸，妻請去曰：「晏子身相齊國，名顯諸侯。觀其志常有以自下者。子為人御，自以為足，妾是以求去也。」御者乃重自抑。晏子怪而問之，以實對，薦為大夫。

效少君　馬融女適汝南袁隗，禮初成，隗曰：「婦奉箕帚而已，何乃珍麗？」對曰：「慈親愛重，不敢違命，君若慕鮑宣之高，妻亦效少君之事。」

破鏡　樂昌公主下嬪徐德言。陳亡，德言與主破鏡，各分其半。後主為楊素所得，德言寄詩云：「鏡與人俱去，鏡歸人未歸。」樂昌得詩，悲泣不已。素愴然，召德言還之。

造廬而弔　杞梁死國事，喪歸，齊莊公遇於途，欲弔。其妻曰：「君以吾夫之死為有罪，則不敢辱君之弔；如以為無罪，則先人有敝廬在，何弔於途？」公乃造其廬而弔焉。

琴心　司馬相如與臨邛令善。富人卓王孫聞令有貴客，為具召之。酒酣，令請相如撫琴。時卓王孫女新寡，竊聽。相如以琴心挑之，文君遂夜奔，相如與之歸成都。

白頭吟　司馬相如將聘茂陵女為妾，卓文君作《白頭吟》以自絕，相如感之，乃止。

妒婦津　劉伯玉妻段氏悍妒，聞其夫誦《洛神賦》，投洛水死。後人名其地為妒婦津，有婦人渡此者，必濕其衣妝。

四畏堂　王文穆作「三畏堂」。夫人悍妒。楊文公戲曰：「可改作四畏堂。」公問故，曰：「兼畏夫人。」

獅子吼　陳季常妻柳氏悍妒，客至或聞訴詈聲。坡公詩戲之曰：「誰似龍丘居士賢，談空說有夜不眠。忽聞河東獅子吼，柱杖落手心茫然。」

恐傷盛德　謝太傅劉夫人性妒，常帷諸妓作樂，太傅暫見，便下帷。太傅索更一開，夫人拒之曰：「恐傷盛德。」

鶬庚止妒　梁武帝平齊，獲侍兒千餘，郗后憤恚成疾。左右曰：「《山海經》云，食鶬庚止妒。」后食之，妒果減半。

炊扊扅　百里奚為秦相，堂上作樂，有浣婦自言知音，援琴歌曰：「百里奚，五羊皮，憶別時，烹伏雌，炊扊扅，今當富貴忘我為？」尋問之，乃其妻也。

周姥撰詩 謝太傅欲置伎妾，命兄子往勸夫人，因言《關雎》《螽斯》不妒之詩。夫人問誰為此詩？云是周公。夫人曰：「周公是男子，周姥撰詩，當無是語。」

何由得見 桓溫尚南康公主，經年不入其室。一日，溫與司馬謝奕飲，奕以酒逼溫，溫逃入主所。奕遂升廳事，引一直兵共飲，曰：「失一老兵，得一老兵，何怪也！」主謂溫曰：「君若無狂司馬，我何由得見！」

羞墓 朱買臣刈薪自給，妻求去，買臣笑曰：「我年五十當富貴。」妻恚曰：「如公等，終餓死溝中耳！」買臣不能留。無何，拜會稽太守，乘傳入吳，見故妻從夫治道，載之後車。妻愧死，葬於嘉興，呼為「羞墓」。方正學有詩云：「青草塘邊土一丘，千年埋骨不埋羞。丁寧囑咐人間婦，自古糟糠合到頭。」

秋胡挑妻 魯秋胡娶妻五日，官於陳。後歸，見採桑女子，下車挑之，曰：「力田不如逢年，力桑不如見郎。吾有黃金，願以與子。」婦不受，歸。及見其夫乃挑我者也，遂數胡罪，而沉於河。

難做家公 郭汾陽子曖與昇平公主詬詈，曖曰：「汝倚父為天子耶？我父薄天子而不為耳！」主入奏，子儀囚曖入待罪。代宗曰：「不啞不聾，難做家公。小兒女閨闥之言弗聽。」

妒不畏死 唐任瓌為兵部尚書，太宗賜宮女二人，妻柳氏妒之，欲爛其髮使禿。太宗賜酒曰：「飲之立死，不妒不須飲。」柳氏拜敕曰：「誠不如死！」舉卮飲盡。太宗謂瓌曰：「人不畏死，卿其奈何！」二女令別室安置。

鼓盆 莊子妻死，惠子弔之。莊子方箕踞，鼓盆而歌。惠子曰：「不太甚乎？」莊子曰：「人且偃然寢於巨室，而我且噭噭然隨而哭之，自以為不通乎正命，故止之也。」

牝雞司晨 周武王曰：「牝雞無晨。牝雞之晨，惟家之索。今商王受，惟婦言是用。」

加公九錫　王導懼內，乃以別館畜妾。夫人知之，持刀尋討。導飛轡出門，以左手扳車欄，右手提麈尾柄以打牛，狼狽而前。蔡司徒譏曰：「朝廷欲加公九錫。」王信以為實。蔡曰：「不聞餘物，惟聞短轅犢車、長柄麈尾。」王大羞愧。

何況老奴　桓溫平蜀，以李勢妹為妾，妻聞，拔刀襲之。李方梳頭，髮垂委地，姿貌端麗，乃徐結髮，斂手向妻曰：「國破家亡，無心至此。若能見殺，猶生之年！」神情閒正，辭氣淒惋。妻乃擲刀前抱之曰：「我見猶憐，何況老奴？」遂善視之。

如夫人　齊侯好內，多內寵，內嬖如夫人者六人。

解白水詩　管仲妾名婧。桓公出遊，甯戚扣牛角而高歌。公使管仲迎之，戚曰：「浩浩乎白水。」管仲不知所謂。婧曰：「古有《白水》之詩曰：『浩浩白水，儵儵之魚，君來召我，我將安居？』此戚之欲仕也。」管仲大悦，以報桓公，遂相齊。

居燕子樓　關盼盼，張建封侍姬也。建封歿，盼盼獨居燕子樓十餘年。一日，得白樂天和詩，泣曰：「自我公薨，妾非不能死，恐世以我公重色，有從死之妾，而玷公也。」遂怏怏不食而卒。但吟云：「兒童不識沖天物，漫託青泥污雪毫。」

何惜一女　周顗母姓李，字絡秀，顗父浚為安東將軍，出獵遇雨，過李氏。會其父兄他出，絡秀與一婢具數十人饌，甚精辦，而不聞人聲。浚怪，使人覘之，獨見一女子美甚。浚固求為侍妾。父兄初不許，絡秀曰：「門戶衰微，何惜一女！」遂許之，生顗及嵩。

抱骨赴水　趙淮妾，長沙人。元將使淮招李庭芝，淮至城下大呼曰：「庭芝，男子死耳，無降也！」將怒殺之，擄其妾。妾偽告將曰：「妾夙事趙運使，今死不葬，不忍忘情。願往埋之，即事公無憾。」乃聚薪焚淮骨，置缶中，自抱骨赴水死。

察妾憂色　袁昇五旬無子，往臨安置妾。既得妾，察其有憂色，問故。妾曰：「吾故趙太守女也，家四川，且貧，母賣妾為歸葬計耳。」昇即送還，並傾橐以贈。妻曰：「君施德如此，何患無子！」次年生韶，為浙西使。孫洪，官郡司馬。

不如降黃巢　王鐸鎮渚宮以拒黃巢，兵漸逼。先是赴任，多帶姬妾，夫人不知。忽報夫人離京在道。謂從事曰：「黃巢漸以南來，夫人又自北至，旦日情味，何以安處？」幕僚戲曰：「不如降了黃巢！」

諷使出妻　宋夏執中，姊為孝宗后，累官節度。初執中與其微時妻至京，后諷使出之，擇配貴族。執中誦宋弘語以對，后遂止。

六十未適　南北朝顧協少時，將聘舅女，未成婚，而母亡。免喪後，不復娶。至六十餘，此女猶未他適，協義而迎之，卒無嗣。

遣妾獻詩　陳陶操行高潔，累辟不起。嚴譔守南昌，欲試之，遣小妾蓮花往侍，陶竟夕不納。妾獻詩曰：「蓮花為號玉為腮，珍重尚書遣妾來。處士不生巫峽夢，空勞雲雨下陽台。」陶答云：「近來詩思清於水，老去風情薄似雲。已向昇天得門戶，錦衾深愧卓文君。」

計賺解役　沈襄父鍊，疏劾嚴嵩父子被謫。復誣入白蓮邪教，戮之原籍，逮襄部訊，並解其妾。抵山東，起早下於客店，妾密語襄曰：「君至京，必無生理，盍以計脫，以存宗祧。妾拚一死，與之圖賴，或得免落奸相之手。」於是紿之曰：「此地有吏部某為我父同年，在都時曾貸我父三百餘金，索來可作路費，亦可以餘者贈爾兩人為還鄉需，不識可行否？」二差以其有妾為質，去其手刑，易其衣巾。一差守妾於店，一差押之同往。行不一里，其差腹疼登廁，襄逸去。差至所謂吏部家，與襄所言迥異。奔回客店，云襄脫逃，嚇妾吐真。妾乃號叫曰：「我夫妻耐苦到此，京師已近，滿望事白生還。汝受嚴氏囑，潛殺我夫，汝必還我夫屍！我以身殉，決不甘孱弱女流又遭汝之污辱。」聞者酸鼻，告之。當道亦疑為嚴氏所謀，將妾寄養尼庵，日比二差還屍。拖延二載，嚴氏敗，襄出為父陳冤，恩蒙贈蔭。妾亦受封，與襄白首告終。

名分定矣　嘉靖己丑，瑞州孝廉劉文光、廖暹同上公車，皆下第，欲歸。廖倩媒買妾，拉劉同往選擇，相中一女，下定訂期。其女問曰：「二位相公何者聘妾？」廖暹戲指劉曰：「是這劉相公娶你。」劉亦大笑，女乃對劉肅拜而進。次日備禮往娶，女見儀狀大駭曰：「劉君娶我，何以帖出廖某？」媒告以實，女變色曰：「作妾雖然微賤，亦關夫妻父子之道，豈可輕指他人以為戲，我已拜劉，名分定矣！」父母婉轉再四，誓死不從。廖追悔無及，勸劉納之。劉力不繼，約以下科。後劉正室逝世，娶女為正。

各送半臂　宋子京夜飲曲江，偶寒，命取半臂，十餘寵各送一枚。子京恐有去取，不敢服，冒寒而歸。

臼中炊釜　江淮王生善卜，有賈客張瞻將歸，夢炊臼中；問王生，生曰：「君歸不見妻矣。臼中炊，無釜也。」瞻歸而妻已卒。

覆水難收　姜太公初娶馬氏，讀書不事產業，馬求去。太公封於齊，馬求再合。太公取水一盆傾於地，令婦收水，惟得其泥。太公曰：「若能離更合，覆水豈難收？」

婿

紅絲　唐郭元振美丰姿，宰相張嘉貞欲納為婿，曰：「吾五女，各持一絲於幔後，子牽之，得者為婦。」元振牽一紅絲，得第三女。

廄中騏驥　《南史》：杜廣初為劉景廄卒，及與景語，景大驚曰：「久負賢者！」告其妻曰：「吾為女求婿三年，不意廄中有騏驥。」遂以女妻之。

屏間孔雀　唐高祖皇后竇氏父毅曰：「此女有奇相，不可輕許人。」因畫二孔雀於屏，求婚者令射二矢，陰約中目。高祖最後至，各中一目，遂歸於帝。

玉鏡台 晉溫嶠姑有女，屬嶠覓婿。嶠自有婚意，曰:「但得如嶠何如？」姑曰:「何敢希汝比也？」復一日，嶠云:「已得婿矣。門第不減嶠。」因下玉鏡台一枚，姑喜。婚畢，姑女披紗扇，撫掌笑曰:「我固疑是老奴，果如所卜！」

再娶小姨 歐陽公與王拱辰同為蕭簡肅公婿，歐公先娶其長，拱辰娶其次。後歐公再娶其幼女，故歐公有「舊女婿為新女婿，大姨夫作小姨夫」之戲。

東牀坦腹 郗鑒使門生求婿婚於王導，東厢下遍觀子弟門生，歸謂郗曰:「王氏諸子弟咸自矜持。唯一人在東牀坦腹卧，食胡餅，獨若不聞。」鑒曰:「此正佳！」訪問，乃羲之，遂妻以女。

快婿 後魏劉延明，十四就博士郭瑀學。弟子五百餘人，瑀有女選婿，意在延明。設一座，曰:「吾有女，欲覓一快婿，誰坐此者？」延明奮衣坐，曰:「延明其人也。」瑀遂妻之。

乘龍 魏黃尚與李元禮俱為司徒，俱娶太尉桓叔元女。時人謂桓叔元女俱乘龍，言得婿如龍也。

岳丈 青城山為五岳之長，名丈人山，故稱婦翁曰岳丈。又云泰山有丈人峰，故稱泰山。

岳公泰水 歐陽永叔常云：今人呼妻父為丘公，以泰山有丈人峰。呼妻母為泰水，不知出何書也。

冰清玉潤 晉衞玠，妻父樂廣，皆有重名。議者以為婦翁冰清、女婿玉潤。

天緣 蒙氏有女，欲為擇配。女曰:「王擇配，非天婚也。我欲倒騎牛背，任牛所之，即嫁之。」王從其請。至一委巷，牛側其角而入，見一樵者，女曰:「此吾婿也。」王怒絕女。一日，婿問:「首飾是何物？」曰:「金也。」婿曰:「吾樵處甚多。」載歸，皆金磚。王難之曰：「汝能作金橋銀路，吾當來訪。」果作以迎王。王歎曰：「信天緣也。」後名其地曰轆角莊。

門多長者轍　張負女孫五嫁而夫輒死，平欲娶之。負曰：「平雖貧，門多長者轍。」卒與之，誡曰：「無以貧故，事人不謹。」

佳婿　唐楊於陵補句容主簿，時韓滉節制金陵，楊以屬吏謁，滉異之，謂其妻柳氏曰：「夫人欲擇佳婿，無有如楊主簿者！」遂以女妻之。

翁婿登相府　范文正一見富弼器之，曰：「王佐才也。」適晏元獻謂文正曰：「吾一女，煩君為擇婿。」文正曰：「必求國士，無如富弼者！」元獻妻之。後弼與元獻共登相府，蓋異覯也。

此必國夫人　宋馬亮知夔州。時呂蒙亨為屬吏，子夷簡在焉，亮一見，許妻以女。妻怒，亮曰：「此必國夫人也。」人服其鑒。

兄弟（附子姪）

田氏紫荊　田真、田廣、田慶兄弟同居，紫荊茂盛。後議分析，樹即枯槁。兄弟不復議分，樹乃茂盛如故。

昆玉　陸機、陸雲兄弟二人，生於華亭，人比之昆岡出玉，因名昆玉。

三間瓦屋　蔡司徒在洛，見陸機兄弟住參佐廨中，三間瓦屋，士龍住東頭，士衡住西頭。士龍為人文弱可愛，士衡長七尺餘，聲作鐘聲，言多慷慨。

難兄難弟　陳元方子羣，陳季方子忠，各論其父功德，爭之不能決，諮於太丘，太丘曰：「元方難為兄。季方難為弟。」

手足　袁紹二子譚、尚，父死爭立，治兵相攻。王修謂曰：「兄弟者，手足也。人將鬥而斷其右臂，曰我必勝，可乎？」二子不從，為曹操所滅。

折矢　吐谷渾阿柴有子二十人。疾革，令諸子各獻一箭，取一箭授其弟慕利延，使折之，利延折之。取十九箭使折之，利延不能折。乃歎曰：「孤則易折，眾則難摧。若曹識之！」

尺布斗粟　淮南厲王與漢文帝兄弟，徙蜀道死。民謠曰：「一尺布，尚可縫，一斗粟，尚可舂，兄弟二人不兼容。」

分痛　《宋史》：晉王有病，太祖親往視之，自為灼艾。晉王覺痛，太祖亦取艾自灼，以分其痛。

皆有文名　羅願兄顒、籲、頡、頌，弟頫，皆有文名，朱熹特稱之。

大小秦　唐秦景通與弟暐皆精《漢書》，號大秦、小秦。凡治《漢書》者，非出其門，謂無師法。

束帶未竟　劉璡，瓛弟。瓛嘗隔壁夜呼之，璡下牀着衣立，然後應。兄怪其久，曰：「頃束帶未竟。」其操立如此。

龍虎狗　諸葛瑾仕吳，弟亮仕蜀，弟誕仕魏。時謂蜀得龍，吳得虎，魏得狗。

棠棣碑　賈敦頤為洛州司馬，洛人為刻碑市旁；弟敦實又為長使，洛人亦為立碑其側，號「棠棣碑」。

三張　晉張載博學，能文章，嘗作《劍閣銘》，武帝命鐫之劍閣；弟協少有雋才，為河間內史；亢亦嫻詞賦。時號「三張」。

三魏　魏允中，南樂人，兵使王元美賞識之。丙子秋試，元美偕同官飲使院，戒閽吏曰：「小錄至，非魏允中元毋傳鼓。」夜半鼓發，相與歡叫，已，與其兄允貞、弟允孚皆舉進士。時人號曰「三魏」。

自縛請先季死　王琳年十餘歲，父母俱亡。遭亂，鄉鄰逃竄，惟琳兄弟獨守塚廬，號泣不去。弟季出，遇赤眉，將殺之。琳自縛，請先季死。賊矜而放之。

時稱四皓　徐伯珍少孤貧，以箬葉學書，杜門十九年，淹貫經史，累召不出。兄弟四人俱白首，時稱四皓。

人所難言　劉正夫官左司諫。徽宗方究蔡邸獄，正夫入對，引淮南「斗粟」、「尺布」之謠。上意遂解，謂正夫曰：「兄弟之間，人所難言。卿能及此，不覺感動。」

俱九歲貢　宋王應辰年九歲，以能誦九經，作《春秋》《語》《孟》義，兼通子史，貢於禮部。後數年，其弟應申亦九歲貢禮部。

一母所生　吳思逵兄弟六人，先以父命析居。及父卒，泣告其母曰：「吾兄弟別處十餘年，今多破產。一母所生，忍使苦樂不均耶？」復共居。

金友玉昆　辛攀父奭，尚書郎，兄鑒、曠，弟寶、迅，皆以才識知名。秦雍為之語曰：「五龍一門，金友玉昆。」

相煎太急　曹丕欲殺其弟植，植賦詩曰：「煮豆燃豆萁，豆在釜中泣。本是同根生，相煎何太急！」

火攻伯仲　周顗弟嵩，因醉詈其兄曰：「兄才不及弟，橫得重名！」然蜡燭投之。顗顏色無忤，徐曰：「阿奴火攻，誠出下策。」

姜被　後漢姜肱與弟仲海、季江各娶，兄弟相戀不忍別，作一大布被，寢則兄弟與共。人稱其友愛。

花萼集　李乂兄弟俱以文章著，同為一集，號《李氏花萼集》。

賈氏三虎　後漢賈彪兄弟三人並有高名，而彪最優，故天下稱之曰：「賈氏三虎，阿彪最優。」

二惠競爽　左昭公三年，齊公孫灶卒。晏子曰：「惜也！子旗不免，殆哉！二惠競爽猶可，又弱一個，姜其危哉！」

雙璧　陸暐與弟恭之並有時譽。洛陽令見之曰：「僕已年老，幸睹雙璧。」

佳子弟　王右軍少時為從伯敦、導所器，常謂右軍曰：「汝是吾家佳子弟，當不減阮主簿。」

吾家麒麟　晉顧和族叔榮，見其總角志氣不凡，曰：「此吾家麒麟，興吾宗者，必此子。」

我家龍文　《北史》：楊愔幼聰慧絕人，其叔奇之曰：「愔也，將相器。」常語人曰：「此兒駒齒未落，已是我家龍文；更十歲，當求之千里之外。」

猶子　盧邁進中書侍郎，再娶無子。或勸蓄姬媵，邁曰：「兄弟之子猶子也，可以主後。」

千里駒　苻朗，苻堅從兄之子，堅常稱之曰：「吾家千里駒也。」

烏衣子弟　晉王氏子弟多居烏衣巷，一時貴盛，人稱之曰烏衣子弟。

小阮　竹林七賢，阮咸為阮籍兄子，故稱小阮。

大小王東陽　王承出守東陽，多惠政。弟幼亦東陽守。時朱異用事，車馬填門。魏郡申英指異門曰：「此中輻輳，惟勢是趨。不能屈者，大小王東陽耳。」

臣叔不癡　王湛雅抱隱德，不知者以為癡。兄子濟往省，見牀頭有《周易》，因共談《易》，剖析精微，出濟意外，乃歎曰：「家有名士，三十年不知！」武帝嘗問濟：「卿家癡叔死未？」對曰：「臣叔不癡。」又問：「誰比？」曰：「山濤以下，魏舒以上。」

芝蘭玉樹　謝玄為叔父東山所器重。安常謂子姪曰：「子弟亦何豫人事？正欲使之佳。」玄曰：「譬如芝蘭玉樹，使其生於庭階耳。」

屐齒之折　謝太傅與客圍棋，俄而謝玄淮上信至，展書畢，攝放牀下，了無喜色，下棋如故。客問之，徐答云：「小兒輩遂已破賊。」既罷還內，過戶限，不覺屐齒之折。

三桂堂　宋王之道剛直，尚風節，與兄之義、之深同科名，顏其堂曰「三桂」。嘗夢帝命之曰：「以爾有功，堂錄其後。」子十人，仕者九人。

刻鵠類鶩　馬援戒其子姪曰：龍伯高敦厚周慎，吾願汝曹效之。杜季良豪俠好義，吾不願汝曹效之。效伯高不得，猶為謹敕之士，所謂刻鵠不成尚類鶩者也。效季良不得，陷為天下輕薄子，所謂畫虎不成反類狗者也。

析產取肥　漢許武以二弟晏、普未顯，欲使成名，乃析產為三，自取肥田廣宅，二弟無後言，人皆稱其克讓。晏、普並舉孝廉，武乃會宗人，泣言析產故，悉以田宅歸晏、普，一郡歎服之。

兄弟感泣　何文淵知溫州府。民有兄弟爭財而訟者，文淵判其狀曰：「只緣花底鶯聲巧，致使天邊雁影分。」兄弟感泣親睦。

兄弟爭牛　張萇年汝南守郡。有兄弟分一牛爭訟不能決者，萇年賜以己牛一頭，使均之。於是境中相戒，咸敦敬讓。

翕和堂　韓祥與弟補同登進士，俱以德行文章顯名。宋理宗書「翕和堂」以賜之。

弟請抵罪　唐陸南金官太子洗馬，嘗匿盧崇道，捕當重法。弟璧請抵罪，御史怪之。璧曰：「母未葬，妹未婦，兄能辦之。我生無益，不如死。」御史義之，並免。

兄惟一子　許荊兄子世嘗報仇殺人，怨者操刃攻之。荊跪曰：「世無狀，咎在荊。兄惟一子，死則絕嗣，荊願代之。」怨家曰：「許掾郡中賢者，吾何敢犯？」遂委去。

急即撲殺　李績疾，子弟固以藥進。績曰：「我山東田夫爾，位極三台，年將八秩，非過分耶？」命置酒奏樂，列子弟，謂弟弼曰：「我見房、杜諸公，苦作門戶為後人計，並遭癡兒破家。我有如許狆犬，將付汝；若不率教，急即撲殺。」

叔嫂

戛羹　漢高祖微時至丘嫂家，嫂方食羹，厭叔至，陽云羹盡轑釜。已而視釜有羹，由是怨嫂。後乃封其子為戛羹侯。

為叔解圍　謝道韞適王凝之。叔獻之與客議論，詞理屢屈。道韞遣婢白獻之：「為小郎解圍。」乃於帳後與客辯議，客愧服而去。

亦食糠核　陳平家負郭窮巷，以敝席為門。或謂平曰：「何食而肥？」嫂曰：「亦食糠核耳，有叔如此，不如無有。」伯聞而逐其婦。

嫂不為炊　蘇秦出遊，大困而歸，妻不下機，嫂不為炊。及為從約長，佩六國相印，秦之妻嫂俱側目不敢仰視，俯伏侍取食。秦乃笑謂嫂曰：「何前倨而後恭也？」嫂委蛇蒲伏，以面掩地而謝曰：「見季子位高而金多也。」

姊妹

聶政姊　聶政刺韓相俠累，因自皮面抉目，自屠出腸。韓人暴屍購其名。其姊往哭之曰：「是軹深井里聶政也。以妾在故，自刑以絕其跡。妾敢畏死以泯賢弟之名！」遂死於政屍之旁。

屈原姊　女嬃聞屈原放逐，來歸喻令自寬。鄉人冀其見從，因名曰姊歸。故《離騷》云：「女嬃之嬋媛兮，申申其詈予。」

李績姊　唐李績性友愛，其姊病，嘗自為粥而燎其鬚。姊戒止之。答曰：「姊且疾而績且老，雖欲進粥，尚幾何？」

班超妹　漢曹壽妻曹大家。聞超在絕域，妹為上書，乃徵超還。

宋太祖姊　趙匡胤將北征，聞軍中欲立點檢為天子，走告家人。太祖姊方在厨，引麵杖逐之曰：「丈夫臨大事，可否當自決。乃來恐嚇婦女耶？」太祖即趨出。

姚廣孝姊　姚廣孝以靖難功封榮國公，謁其姊姚媭。姚媭闔門麾出之曰：「做和尚不了，豈是好人？」終拒不見。

駱統姊　絡統值歲饑減食。姊問故，曰：「士大夫糟糠不足，我何心獨飽？」姊助粟若干，統一日散盡。

李燮姊　固女，聞父危，泣曰：「李氏滅矣！」密遣弟燮詣父門生王成而告之曰：「君執義先公，有古人之節。今以六尺委君，李氏存滅在此矣。」遂燮服入徐，而成賣卜於市，陰相往來。比燮赦還，姊相對而慟，因戒之曰：「先公正直，為漢忠臣，雖死之日，猶生之年。慎勿以一言加梁氏。」聞者悲感。

季宗妹　季兒者，季宗之妹，任延壽之妻也。延壽怨季宗而陰殺之。赦免，季兒振衣求去。延壽曰：「汝其殺我！」季兒曰：「殺夫不義，事兄之仇亦不義。與子同枕席，而殺吾兄，又縱兄之仇，何面目戴天履地乎？」乃告女曰：「吾義不可留，又無所往。汝善視兩弟！」遂自經。

師徒　先輩

北面　唐崔日用請武甄言《春秋》疑義，甄條舉無留語，日用曰：「吾請北面。」

函丈　《禮》：「若非飲食之客，則佈席，席間函丈。」

夏楚　夏與榎同，山楸木也。榎形圓，楚形方，以二物為樸，以警其惰慢，使之收斂威儀也。

解頤　漢匡衡深明經術，諸儒為之語曰：「無說《詩》，匡鼎來；匡說《詩》，解人頤。」

絳帳　漢馬融教授諸生，常有千數，坐高堂，施絳紗帳，前授生徒，後列女樂。

負笈　漢蘇章負笈尋師，不遠千里。

立雪　游酢、楊時為伊川先生弟子。一日，侍先生側，先生隱几而卧。二生不敢去，候其寤，則門外雪深尺餘矣。

坐春風中　朱公掞名光庭，見明道先生於汝州。歸語人曰：「光庭在春風中坐了一月。」

舌耕　漢賈逵通經，來學者不遠千里，廣有贈獻，積粟盈倉。或云：「逵非力耕，乃舌耕也。」

牧豕　後漢孫期少為諸生，通《京氏易》《古文尚書》。家甚貧，牧豕於澤中。學者皆執經壟畔，以追隨之。

白首北面　賈瓊曰：「文中子十五為人師。陳留王孝逸，先達之傲者矣。然而白首北面，豈以年乎？」

人師難遭　童子魏照求入事郭林宗供灑掃。林宗曰：「當精義講書，何來相近？」照曰：「經師易獲，人師難遭。欲以素絲之質，附近朱藍。」

青出於藍　《荀子》：學不可已。青出於藍，而青於藍；冰出於水，而寒於水。

師何常　《北史》：李謐初師事孔璠，後璠還就謐請業。同門生語曰：「青成藍，藍謝青。師何常？在明經。」

一字師　張詠詩云：「獨恨太平無一事，江南閒殺老尚書。」蕭楚才曰：「恨字未妥，應改幸字。」詠曰：「子，吾一字師也。」

東家丘　漢邴原就學於孫崧，崧曰：「子近舍鄭君（鄭玄），而躡屩至此，豈以鄭為東家丘耶？」原曰：「人各有志，所向不同。君謂僕以鄭為東家丘，則君以僕為西家之愚夫矣。」崧謝。（《家語》：孔子西家有愚夫，不識孔子為聖人，乃曰：「彼東家丘，吾知之矣。」）

吾道東　漢鄭玄事馬融，學有得。及辭歸，融喟然謂門人曰：

「吾道東矣！」

吾道南　宋楊龜山師明道先生。及歸，送之出門，謂坐客曰：「吾道南矣。」

《易》已東　漢丁寬學《易》於田何，學既有成，寬東歸。何喜謂弟子曰：「吾《易》已東矣！」

關西夫子　後漢楊震明經博覽，為諸儒所宗，號曰「關西夫子」。

南州闕里　兗州曲阜縣闕里，孔子所居之地。朱熹居建陽，有考亭，明經論道，諸士子號「南州闕里」。

教授河汾　晉王通教授於河汾之間，弟子自遠至者甚眾。累徵不起。趙郡李靖、清河房玄齡、鉅鹿魏徵，一時王佐之才，皆出其門。

師友淵源　古人學問必有淵源，楊惲一書迥出當時流輩，則司馬遷外孙也。

吾道之託　黃榦字直卿。朱熹曰：「直卿志堅思苦，與之處，甚有益。」遂以女妻之。熹病革，出所著書授榦曰：「吾道之託在此。」

此吾老友　蔡元定八歲能詩。及長，登泰山絕頂，日惟啖薺，於書無所不讀。朱熹扣其學，大驚曰：「此吾老友也，不當在弟子列。」

通家　孔融年十歲，聞李膺有重名，造之。膺問：「高明父祖常與僕周旋乎？」融曰：「然。先君孔子與君家老子，同德比義而相師友，則融與君累世通家也。」

父執　《曲禮》曰：「見父之執（執，父同志之友也），不謂之進不敢進，不謂之退不敢退，不問不敢對。」

識荊　李白與韓荊州書曰：「白聞天下談士言曰：生不用封萬戶侯，但願一識韓荊州。何令人之景慕至此哉！」

山斗　韓昌黎以六經之文為諸儒倡。自愈歿後，其學盛行，學者仰之如泰山北斗。

函關紫氣　老子將度函谷關，關吏尹喜望見紫氣，知有神人來。果見老子騎青牛薄板車過關，喜拜之。老子教喜煉氣，授以《道德》五千言。

倒屣　蔡邕聞王粲在門，倒屣迎之。粲至，年既幼弱，容貌短小，一座盡驚。邕曰：「此王公孫有異才，吾不如也，吾家書籍文章，盡當與之。」

下榻　徐穉字孺子，豫章人。陳蕃為豫章太守，罕所接見，惟設一榻以待孺子，去則懸之。穉屢薦不仕。郭林宗稱為南州高士。

御李　李膺性簡亢，無所交接。荀爽常謁膺，因為其御，既還，喜曰：「今日乃得御李君。」

李郭仙舟　郭泰遊洛陽，與河南尹李膺相友善。後歸鄉里，衣冠送至河上，車騎數千。泰與膺同舟而濟，眾賓望之，以為神仙。世稱「李郭仙舟」。

北海樽　孔北海性寬容好客，及退閒職，賓客日盈其門，常歎曰：「座上客常滿，樽中酒不空，吾無憂矣。」

千里命駕　晉呂安服嵇康高致，每一相思，輒千里命駕赴之。

高軒過　李賀七歲能文，韓愈、皇甫湜過之，賀作《高軒過》詩以謝之。

投轄　漢陳遵每大飲，賓客滿堂，輒閉門取客車轄投井中，雖有急，不得去。

附驥　《公孫述傳》：蒼蠅之飛不過數步，附託驥尾得以絕羣。

披雲　晉衞瓘見樂廣，奇之，命子弟造焉，曰：「此人，冰壺濯魄，見之瑩然，若披雲霧而睹青天。」

景星鳳凰　韓愈遺李渤書曰：「朝廷士引領東望，若景星鳳凰始見，爭先睹之為快。」

鄙吝復萌　漢黃憲。陳蕃嘗謂周舉曰：「旬日間不見黃叔度，鄙吝之私復萌於心矣。」

朋友

莫逆　子祀、子輿、子犁、子來四人相與語曰：「孰知死生存亡之一體，吾與之友矣。」四人相視而笑，莫逆於心，遂相與為友。

友道君逆　周宣王將殺其臣杜伯而非其罪，伯之友左儒爭之於王，九復之，而王不聽。王曰：「汝別君而異友也。」儒曰：「君道友逆，則順君以誅友；友道君逆，則順友以違君。」王殺杜伯，左儒死。

傾蓋　孔子之郯（音談，國名），遭程子於途，傾蓋而語，終日甚相浹洽，顧謂子路曰：「取束帛以贈先生。」

雷陳　後漢雷義與陳重為友，義舉茂才，讓於重，刺史不聽。遂佯狂被髮走，不應命。鄉里為之語曰：「膠漆雖謂堅，不如雷與陳。」

僑札之好　季札見鄭子產，如舊相識，與之縞帶，子產獻紵衣。後稱交契者，謂之僑札之好。

杵臼定交　後漢公沙穆遊太學，無資糧，乃變服客傭，為吳祐賃舂，祐與語，大驚，遂定交於杵臼之間。

刎頸交　陳餘年少，父事張耳，兩人相與為刎頸之交，後乃有隙。

如飲醇醪　程普嘗以氣淩周瑜，瑜未嘗有慍色，承奉愈謹。普自慚，投分於瑜曰：「與公瑾交，若飲醇醪，不覺自醉。」

廉慶　廉范與洛陽慶鴻為刎頸交。時人稱曰：「前有管鮑，後有廉慶。」

管鮑分金　管仲與鮑叔相友善。仲曰：「吾困時嘗與鮑叔賈，分財則吾多自與，鮑叔不以我為貪，知我貧也。生我者父母，知我者鮑叔也。」

停雲　陶元亮詩敍：「停雲，思親友也。」故稱知交謂之停雲。

舊雨　言舊交也。杜工部云：「卧病長安旅次，多雨，尋常車馬之客，舊雨來，新雨不來。」

題鳳　嵇康與呂安善。後安來，值康不在，嵇喜延之，不入，題鳳字而去。喜以告康，康曰：「鳳字，凡鳥也。」

指囷　魯肅以散財賑窮結交俊傑。周瑜過肅，並告資糧。肅家有兩囷米，各三千斛。肅乃指一囷與瑜，瑜驚異之，遂相與結親。

彈冠結綬　王吉與貢禹為友，蕭育與朱博為友，交相薦達。長安人語曰：「王貢彈冠，蕭朱結綬。」

更相為僕　宋韓億、李若谷未第時俱貧。赴試京師，僅有一氈一席，割分之。每出謁，更相為僕。李先登第，韓為負箱，至長社，分餞而別。後韓亦登第。

爾汝交　禰衡逸才飄舉，少與孔融作爾汝交。時衡未滿二十，而融已五十，敬衡才秀，共結殷勤。

忘年交　張鏗有重名，陸贄年十八，往見，語三日，奇之，稱為忘年之交。

金蘭簿　戴弘正每得一密友，則書於簡編，焚香以告祖考，號金蘭簿。

三友一龍　華歆與邴原、管寧相善，時號三友為一龍，謂歆為龍頭，原為龍腹，寧為龍尾。

雉壇　五代時，三人為朋，築壇，以丹雞、白犬歃血而盟，曰：「卿乘車，我戴笠，他日相逢下車揖。我步行，卿乘馬，他日相逢馬當下。」

總角之好　孫策曰：「公瑾與孤有總角之好，骨肉之分。」

耐久朋　唐魏玄同與裴炎締交，能保終始，時人號為耐久朋。

平生歡　後漢馬援與公孫述同里閈相善，以為當握手，歡如平生。

青雲交　江淹曰：「袁叔明與我有青雲交，非直銜杯酒而已。」

班荊　楚聲子與伍舉相善，遇之鄭郊，佈荊於地，共食而言也。

范張雞黍　范式、張劭為友，春時京師作別，式曰：「暮秋當拜尊堂。」至期，劭白母殺雞以俟。母曰：「巨卿相距千里，前言戲耳。」劭曰：「巨卿信士。」言未畢，果至。升堂拜母，盡歡而別。

繫劍塚樹　季札出使過徐，徐君好季札劍，口不敢言。季札知之，使上國，未獻。還至徐，徐君已死，乃解劍繫其塚樹而去。季札交情，不以生死易念。

生死肉骨　薳子馮曰：「吾見申叔夫子，所謂生死而肉骨者也，敢忘報哉！」

口頭交　孟郊詩：「古人形如獸，皆有大聖德。今人表似人，獸心安可測。雖笑未必和，雖哭未必戚。面結口頭交，肚裏生荊棘。」

交若醴　《莊子》：君子之交淡如水，小人之交甘若醴，君子淡以親，小人甘以絕。

貧交行　杜詩：「翻手作雲覆手雨，紛紛輕薄何須數？君不見管鮑貧時交，此道今人棄如土。」

面朋面友　顏蕘誌：「面交如攜手，見利即解攜而去也。」楊子曰：「朋而不心，面朋也；友而不心，面友也。」同類曰朋，同志曰友。

絕交惡聲　燕樂毅書：「古之君子，交絕不出惡聲；忠臣去國，不潔其名。」

五交　劉孝標《廣絕交論》，謂勢交、談交、窮交、量交、賄交，此五交皆不能恤貧，故絕之也。

識半面　漢應奉嘗詣袁賀，賀閉半戶，出半面視奉，奉即去。故與人曾相見者，曰「識半面」。

無逢故人　公孫弘食故人高賀脫粟飯，覆以布被。賀怨曰：「何用故人富貴為？脫粟布被。弘內厨五鼎，外膳一肴，詐也。」弘歎曰：「寧逢惡賓，無逢故人。」

懷刺漫滅　禰衡尚氣剛傲，自荊州北遊許都，書一刺懷之，字滅而無所遇。或曰：「何不從陳長文、司馬伯達乎？」衡曰：「君使我從屠沽兒輩耶！」

負荊請罪　藺相如為趙上卿，位在廉頗右。頗曰：「我見相如，必辱之。」相如望見頗，引車避之。左右以為恥。曰：「強秦不敢加兵於趙者，以吾兩人耳。今兩虎相鬥，勢不俱生。吾先國家之急而後私仇。」頗聞之，肉袒負荊，至門謝罪。

翟公書門　《鄭當時傳》：翟公為延尉，賓客填門。及廢，門外可設雀羅。後復為廷尉，客欲往，翟公大書其門曰：「一死一生，乃見交情。一貧一富，乃知交態。一貴一賤，交情乃見。」

布衣交　李孔修自號抱真子，混跡闤闠，人莫之識。陳獻章見之曰：「此非俯首當世人也。」平居冠管寧帽，衣朱子深衣，惟攻《周易》。一日，輸糧至縣，令異其容止，問姓名，不答，第拱手。令叱曰：「何物小民，乃拱手耶！」再拱手。令怒，笞之五，竟無言而出。令疑焉，徐得其情，乃大敬禮之。吳延舉藩臬於粵，引為布衣交。卒無子，尚書霍韜葬之西樵山。

呼字定交　服虔字子慎，善《春秋》。聞崔烈集門人都講，乃匿姓名，賃諸生作食，每當講時竊聽。稍共諸生敘其短長，烈疑是虔。早往，及未寤，便呼：「子慎！子慎！」虔不覺驚應，遂定交。

死友　半角哀、左伯桃往楚，道遇雪，度不能俱生，乃併衣糧與角哀，伯桃入樹死。角哀至楚為大夫，王備禮葬伯桃。角哀自殺以殉。

奴婢

紀綱之僕　《左傳》：晉侯迎夫人嬴氏以歸，秦伯送衛於晉三千人，實紀綱之僕。

漁童樵青　唐肅宗贈高士張志和奴婢二人，志和配為夫婦，名曰漁童、樵青。人問其故，曰：「漁童使捧釣收綸，蘆中鼓枻；樵青使刈蘭薪桂，竹裏煎茶。」

海山使者　晉陶侃家僮百餘人，惟一奴不喜言語，嘗默坐。侃一日出郊外，奴執鞭隨，胡僧見而驚，禮之曰：「海山使者也。」侃異之。至夜，失其所在。

讀書婢　鄭玄家奴婢皆讀書，一婢不稱指，玄使人曳跪泥中。須臾，一婢問曰：「胡為乎泥中？」曰：「薄言往愬，逢彼之怒。」

慕其博奧　蕭穎士性褊無比，畜一傭僕杜亮，每一決責，便至力殫。亮養創平復，為其指使如故。或勸之去，答曰：「豈不知？但慕其博奧，以此戀戀不能去耳。」

溫公二僕　司馬溫公家一僕，三十年止稱「君實秀才」。蘇學士來謁，聞而教之，明日改稱「大參相公」。溫公驚問，僕實告。公曰：「好一僕被蘇東坡教壞了。」溫公一日過獨樂園，見創一廁屋，問守園者從何得錢。對曰：「積遊賞者所得。」公曰：「何不留以自用？」對曰：「只相公不要錢。」

臧獲　海岱之間罵奴曰臧，罵婢曰獲。蓋古無奴婢，犯事者被臧，沒入官為奴；婦女逃亡，獲得者為婢。

措大　奴婢之稱，有曰厮養，有曰蒼頭，有曰盧兒，有曰奚童，有曰鉗奴，有曰措大。措大者，以其能舉措大事也。

開閤驅婢　王處仲嘗荒恣於色，體為之疲。左右諫之，曰：「吾乃不覺耳。如此甚易。」乃開後閤，悉驅諸婢出，任其所之。

追婢　阮咸先幸姑家鮮卑婢。及居母喪，姑當遠徙，竟將婢去。咸借客驢，着重服自追之，累騎而返，曰：「人種不可失！」（婢即阮孚之母。）

銀鹿　唐顏真卿家僮名曰銀鹿。歐陽公云：「銀鹿鼎來。」

便了　漢王子淵名褒，從成都楊惠買夫，時戶下有一髯奴名便了，決賣萬五千。與立券，約從百使役。

長鬚赤腳　韓愈《寄盧仝》詩云：「玉川先生洛城裏，破屋數間而已矣。一奴長鬚不裹頭，一婢赤腳老無齒。」又東坡云：「常呼赤腳婢，雨中擷園蔬。」

掌箋婢　唐潞州節度使薛嵩有侍婢紅線，嵩使掌箋表，號「內記室」。

吹篪婢　後魏河間王有婢曰朝雲，善吹篪。諸羌叛，王使朝雲假為嫗吹篪，羌皆流淚，思鄉而去。

桃葉　晉王獻之愛妾名桃葉，嘗渡秦淮口，獻之作歌送之。今名曰桃葉渡（獻之有歌曰：「桃葉復桃葉，渡江不用楫。但渡無所苦，我自來迎接。」）

雪兒歌　唐李密寵姬名雪兒，每賓客有辭章奇麗者，付雪兒協律歌之。故號雪兒歌。

絳桃柳枝　韓退之二侍姬，名絳桃、柳枝。退之初出使未歸，柳枝竄去，家人追獲。及鎮州，有云：「別來楊柳街頭樹，擺亂春風只欲歸，惟有小桃園裏在，柳花不發待郎回。」自是專屬意絳桃。

樊素小蠻　白樂天兩婢，一名樊素，一名小蠻。有云：「櫻桃樊素口，楊柳小蠻腰。」

瓦剌輝　明太祖駙馬梅殷僕也。譚深、趙曦謀殺駙馬，文皇帝殺此二臣，瓦剌輝取心肝以祭駙馬，痛哭而殉。

仆地潑毒酒　衞國主父為周大夫，不歸者三年。其妻巫氏與人通。一日，主父回。其妻慮事敗，以毒酒飲之，命婢葵枝行酒。葵枝知其謀而忖曰：「從主母而殺主人，不可謂義；受主母託而破其狀，則害主母，不可謂忠。」乃故仆於地，而潑其酒。主父反以婢為不敬，而重責之，葵枝受而不怨。

李元蒼頭　李善，漢李元之蒼頭也。元盡室疫死，惟孤兒續始生數旬，而資財巨萬，諸奴欲謀續分其財。善潛以續出亡，隱瑕丘界中，親自乳哺。及長，訴叛奴於官，悉殺之。時鍾離意為瑕丘令，上書以聞，光武拜善及續並太子舍人。善還舊里，脱冠解帶，掃元墓門修祭，泣數日乃去。

定國侍兒　王鞏字定國，坐蘇軾黨貶賓州。軾臨北歸，別鞏。出侍兒柔奴進酒，軾問柔奴：「嶺南應是不好？」柔奴曰：「此心安處，便是吾鄉。」軾因作《定風波》一詞以贈。

選舉部

卷六

制科

賓興　《周禮．地官．大司徒》：以鄉三物教萬民而賓興之。一曰六德：智、仁、聖、義、忠、和；二曰六行：孝、友、睦、姻、任、恤；三曰六藝：禮、樂、射、御、書、數。

槐花黃　科舉年，舉子至八月皆赴科場。時人語曰：「槐花黃，舉子忙。」

棘圍　《通典》：禮部閱試之日，嚴設兵衞，棘圍之，以防假濫。五代和凝知貢舉時，進士喜為喧嘩以動主司。主司每放榜，則圍之以棘，閉省門絕人出入。凝撤棘圍，開省門而士皆肅然無嘩。所取皆一時英彥，稱為得人。

鄉貢進士　《唐．選舉志》：唐制取士之科，多因隋舊。其大略有二：由學校曰生徒，由州縣曰鄉貢，皆陞於有司而進退之。其科目，有秀才，有明經，有進士。

觀國之光　《易經．觀卦》：六四爻，觀國之光，利用賓於王《象》曰：觀國之光，尚賓也。

試士沿革　漢文帝始取士以策，武帝加問經疑，左雄加章奏。武帝始取士以詞賦，唐太宗加律判及射。玄宗取士以詩賦，德宗加論及詔誥。宋仁宗始加試經義，時王安石始去聲律對偶。哲宗始詔專習經義，始廢詩賦。〇唐太宗始制鄉試會試。宋始定秋鄉試，春禮部會試。唐玄宗始移貢舉禮部典試。唐初郎官試。宋真宗始詔禮部三年一貢試。〇唐中宗始設三場。〇漢文帝始親策士。唐武后策問貢士於洛城殿，始殿試。宋太祖始御殿覆試。先是武后覆試，崔沔後間行之。宋太宗始臨軒，宰臣讀卷。仁宗始殿試貢士，不黜落。◯宋孝宗始進士引射，有陞甲。◯唐武后始制武舉。◯宋始印給試題。◯唐高祖始貢院設兵衞，搜衣服，稽察出入棘圍。武后始彌封，始糊名。宋真宗始席舍。後唐始禁懷挾。唐玄宗始嚴鄉貫，禁舉人冒籍。◯蕭何試學童，誦九千字以上為史。左雄奏年十二通經為童子科，始制童科。◯漢文帝始納粟。宋仁宗始置太學三舍。◯漢武帝始制補博士弟子，稱秀才。元魏始制生員。唐高祖始制秀才州縣類考。◯後魏令公卿子弟入學。唐睿宗令舉人下第聽入學。◯宋開寶六年，因徐士廉訴知舉不公，帝御講武殿覆試，親試自此始。及第人賜綠袍、靴、笏，賜宴賜詩，自興國二年呂蒙正榜始。分甲次，賜同進士出身，自興國八年宋白、王世則榜始。唱名自雍熙二年梁灝榜始。封印試卷，自咸平三年始。置謄錄、彌封、覆考、編排，皆自祥符八年始。◯唐制：禮部試舉人，夜以三鼓為限。宋率由白晝，不復繼燭。

關節　士子行賄請求試官，曰關節。明朝楊士奇主試，有柱聯曰：「場列東西，兩道文光齊射斗；簾分內外，一毫關節不通風。」

甲乙科　漢平帝時，歲課甲科四十人為郎中，乙科二十人為太子舍人，丙科四十人補文學掌故。

通籍　舉子登科後，禁門中皆有名籍，可恣意出入也。

正奏特奏　科甲為正奏，恩貢為特奏。

金榜題名　崔紹暴卒復生，見冥司列榜，將相金榜，其次銀榜，州縣小官並是鐵榜。今人得第，謂之金榜題名。

銀袍鵠立　隋唐間試舉人，皆以白衣卿相稱之，又曰白袍子。試日引於院中，謂銀袍鵠立。

鄉試

天府賢書 《周禮．地官．鄉大夫》：三年則大比德行道藝，而興賢者、能者，鄉老及鄉大夫以禮禮賓。厥明，鄉老、鄉大夫羣吏獻賢能之書於王，王再拜受之，登於天府。

鹿鳴宴 《詩．鹿鳴》篇，燕羣臣嘉賓之詩也。貢院內編定席舍，試已，長吏以鄉飲酒禮，設賓主，陳俎豆，歌《鹿鳴》之詩。

孝廉 漢制：舉人皆名孝廉，不由科目始也。曹操亦舉孝廉。

破天荒 荊州應試舉人多不成名，為「天荒解」。劉蛻以荊州解及第，時號為「破天荒」。

鬱輪袍 王維善琵琶，岐王使為伶人，引至公主第，獨奏新曲，號《鬱輪袍》。因獻懷中詩，主驚曰：「皆我素所誦習，嘗謂是古人佳作，乃子為之耶！」因命更衣，引之客座。召試官至第，遣宮婢傳教，作解頭及第。

會試

南宮 唐開元中，謂尚書省為南省，門下、中書為北省。南宮，禮部也。舊以禮部郎中掌省中文翰，謂之南宮舍人。後之赴春榜，曰赴南宮。

知貢舉 《唐．選舉志》：玄宗開元二十四年，考功員外郎李昂與貢舉，詆訶進士李權文章，大為權所陵詬。帝以員外郎望輕，遂移貢舉於禮部，以侍郎主之，永為例。禮部進士自此始。

玉筍班 唐李宗閔知貢舉所取多知名士，世謂之玉筍班。

朱衣點頭 歐陽修知貢舉，考試閱卷，常覺一朱衣人在座後點頭，然後文章入格。始疑傳吏，及回視，一無所見，因語同列而三歎。常有句云：「文章自古無憑據，惟願朱衣暗點頭。」

文無定價　韓昌黎應試《不遷怒不貳過》題，見黜於陸宣公。翌歲，公復主試，仍命此題；韓復書舊作，一字不易，公大加稱賞，擢為第一。

奏改試期　宋朝科試在八月中，子由忽感寒疾，自料不能及矣。韓魏公知而奏曰：「今歲制科之士，惟蘇軾、蘇轍最有聲望。聞其弟轍偶疾，如此人不得就試，甚非眾望，須展限以待之。」上許之。直待子由病痊，方引就試，比常例遲至二十日。自後科試並在九月。相國呂微仲不知其故，東坡乃為呂言之，呂曰：「韓忠獻之賢如此哉！」

同試走避　二蘇初赴制科之召，同就試者甚多。相國韓公偶與客言曰：「二蘇在此，而諸人亦敢與之較試，何也？」於是不試而去者十八九。

屈居第二　嘉祐二年，歐陽修知貢舉，梅堯臣得蘇軾《刑賞論》以示修，修驚喜，欲以冠多士，疑門生曾鞏所作，乃置第二。

龍虎榜　唐貞元八年，陸贄主試，歐陽詹舉進士，與韓愈、李絳、崔羣、王涯、馮宿、庾承宣聯第，皆天下名士，時稱「龍虎榜」。

殿試

狀元　唐武后天授元年二月，策問貢士於洛陽殿前。狀元之名，蓋自此始。

淡墨書名　唐人進士榜必以夜書，書必以淡墨。或曰名第者陰注陽受，以淡墨書，若鬼神之跡也。

臚傳　集英殿唱第日，皇帝臨軒，宰臣進三名卷子，讀於御案前，用牙棍點讀。宰臣拆視姓名，則曰某人。鴻臚寺承之，以傳於階下，衞士六七人齊聲傳其名而呼之，謂之傳臚。

糊名　唐初擇人以身、言、書、判，六品以下集試，選人皆糊名，令學士考判。

臨軒策士　宋熙寧三年，呂公著知貢舉，密奏曰：「天子臨軒策士，用詩賦非舉賢求治之意。令廷試乞以詔策，諮訪治道。」自是上御集英殿親試，乃用策問。

天門放榜　范仲淹判陳州時，郡守母病，召道士伏壇，奏章終夜不動。至五更，謂守曰：「夫人壽有六年。」守問奏章何久，曰：「天門放明年春榜，觀者駢道，以故稽留。」問狀元，曰：「姓王，二字名，下一字塗墨，旁注一字，遠不可辨。」明春，狀元王拱壽，御筆改為拱辰。

湘靈鼓瑟　錢起宿驛舍，外有人語曰：「曲終人不見，江上數峰青。」起識之。及殿試《湘靈鼓瑟》詩，遂賦曰：「善鼓雲和瑟，常聞帝子靈。馮夷徒自舞，楚客不堪聽，雅調淒金石，清音發杳冥。蒼梧來暮怨，白芷動芳馨。流水傳湘曲，悲風過洞庭。」末聯久不屬。忽記此二語，足之。試官曰：「神句也。」遂中首選。

志不在溫飽　王曾初舉進士，省試、禮部、廷對皆第一。人或曰：「狀元中三場，一生吃着不盡。」曾曰：「某生平志不在溫飽。」

瓊林宴　宋太平興國八年，宋白等及第，賜宴瓊林苑，後遂為定制。又曰自呂蒙正始。

泥金報喜　《天寶遺事》：新及第，以泥金帖子附家書報捷，謂之泥金報喜。

雁塔題名　唐韋肇及第，偶於慈恩寺雁塔上題名，後人效之，遂為故事。自神龍以來，杏林宴後於雁塔題名，同年中推善書者記之。他時有將相，則易朱書。

曲江宴　曲江在西安府，唐朝秀士登科第者賜宴曲江。每年三月三日，遊人最盛。

蕊榜　世傳：大羅天放榜於蕊珠宮，故稱蕊榜。

一榜京官　宋太祖幸西都。張齊賢以布衣獻《十策》，語太宗曰：「我到西都得張齊賢，異時可作宰相。」太宗即位，放進士榜，欲置齊賢高等，而有司落名三甲榜末，上不悅。及注官，一榜盡除京官。

奪錦標　唐盧肇、黃頗皆宜春人，同舉鄉試，郡守獨厚餞頗。明年，肇狀元及第歸，郡守延肇觀競渡，有詩：「向道是龍君不信，果然奪得錦標歸。」守大慚。

釋褐　宋興國二年，始賜呂蒙正等釋褐加袍帶。後遂為例。

燒尾宴　唐士人得第必展歡宴，謂之燒尾宴。謂魚化為龍，必燒其尾。

賜花　唐懿宗開新第，宴於同江，乃命折花於金盒，令中使馳之宴所，宣口敕曰：「便令簪花飲宴。」無不為榮。

紅綾餅餤　唐僖宗幸南內興慶池，泛舟，方食餅餤。進士在曲江，有聞喜宴，上命御府依人數各賜紅綾餅餤。所司以金盒進，上命中官馳以賜。故徐寅詩云：「莫欺老缺殘牙齒，曾吃紅綾餅餤來。」

柳汁染衣　李固言行古柳下，聞彈指聲曰：「吾柳神也，用柳汁染子衣矣。得藍袍，當以棗糕祀我。」未幾，及第。

英雄入彀　唐太宗貞觀中私幸端門，見進士綴行而出，喜曰：「天下英雄入吾彀中矣！」時人語曰：「太宗皇帝真長策，賺得英雄盡白頭。」

取青紫　漢夏侯勝曰：「士患不明經術耳，經術一明，取青紫如俯拾地芥耳。」

席帽離身　宋初士子猶襲唐俗，皆曳袍垂帶，出則席帽自隨。李巽累舉不第，鄉人曰：「李秀才不知恁時席帽離身？」及第後，乃遺鄉人詩曰：「為報鄉閭親戚道，如今席帽已離身。」

一日看遍長安花　孟郊登第，得意之甚，有「一日看遍長安花」之句。

踏李三　王十朋正榜第一，李三錫副榜第一。時有戲正榜尾者曰：「舉頭雖不見王十，伸腳猶能踏李三。」

五色雲見　韓忠獻弱冠舉進士，名在第二。方唱名，太史奏曰：「下五色雲見。」遂拜右司諫，權知制誥。

青錢學士　唐張鷟舉制科甲第，員半千稱：「鷟文辭猶青銅錢，萬選萬中。」時號「青錢學士」。

天子門生　王奇幼有聲場屋間，為李文定客。文定薨於位，章聖臨奠，見屏間有詩云：「雁聲不到歌樓上，秋色偏欺客路中。」愛之，召見。占對稱旨，特許赴殿試。既登科，有謝詩云：「不拜春官為座主，親逢天子作門生。」

讀卷賀得士　開慶間，王應麟充讀卷官。至第七卷，頓首曰：「是卷古誼若龜鑒，忠肝如鐵石，臣敢以得士賀。」遂擢第一，乃文天祥也。

門生

春官桃李　唐劉禹錫寄王侍郎放榜詩：「禮闈新榜動長安，九陌人人走馬看。一日聲名遍天下，滿園桃李屬春官。」

謝衣缽　《摭言》：狀元以下，到主司宅，綴行而立，斂名紙通呈，與主司對拜。執事云：「請狀元請名第。第幾人，謝衣缽。」衣缽，謂與主司名第同者，或與主司先人名第同者，謂之謝衣缽。

傳衣缽　范質舉進士，主司和凝愛其才，以第十三登第，謂質曰：「君文宜冠多士，屈居第十三者，欲君傳老夫衣缽耳。」後和入相，質亦拜相。

沆瀣一氣　杜審權知貢舉，收盧處權。有戲之者曰：「座主審權，門生處權。」乾符二年，崔沆收崔瀣，說者謂：「座主門生，沆瀣一氣。」

頭腦冬烘　鄭侍郎薰主試，疑顏標為魯公之後，擢為狀元。及謝主司，知其非是，乃悔誤取。時人嘲之曰：「主司頭腦太冬烘，錯認顏標是魯公。」

好腳跡門生　唐李逢吉知貢舉，榜未發而拜相，及第士子皆就中書省見座主。時人謂好腳跡門生。

陸氏荒莊　唐崔羣知貢舉歸，其妻勸令置田。羣曰：「予有美莊三十所。」妻曰：「君非陸贄門人乎？君主文柄，約其子不令就試，贄如以君為良田，則陸氏一莊荒矣。」

門生門下見門生　唐裴皥官僕射，宰相馬胤孫、桑維翰皆其所取士。胤孫知貢舉，引新進詣皥，皥作詩曰：「門生門下見門生。」世以為榮。維翰嘗過皥，皥不迎不送。或問之，曰：「我見桑公於中書，庶僚也；桑公見我於私第，門生也。何送迎之有？」

天子門生　宋趙逵，紹興中對策當旨，擢第一，獨忤秦檜意，外除。帝問逵安在，授校書郎，單車赴闕。關吏迎合檜，搜逵，橐中僅書籍耳。比檜卒，遷起居郎。帝曰：「卿知之乎？始終皆朕自擢。檜[illegible]語不及卿，以此信卿不附權貴，真天子門生也。」

下第

點額　《三秦記》：龍門跳過者，魚化為龍；跳不過者，暴腮點額。

康了　柳冕應舉，多忌，謂「安樂」為「安康」。榜出，令僕探名，報曰：「秀才康了！」

曳白　天寶二年，以御史中丞張倚之子奭為第一，議者蜂起。玄宗覆試，奭終日不成一字，謂之曳白。

孫山外　孫山應舉，綴名榜末。朋儕以書問山得失，答曰：「解名盡處是孫山，餘人更在孫山外。」

我輩顏厚　劉蕡對策，極得罪宦官。考官馮宿等見蕡策歎服，而畏宦官不敢收取。榜出，物論囂然。李郃曰：「劉蕡下第，吾輩登科，能無顏厚？」

紅勒帛　劉幾屢試第一，驟為險怪之語，歐公惡之。場卷有曰：「天地軋，萬物茁，聖人發。」歐公曰：「此必劉幾。」批曰：「秀才辣，試官刷。」一大朱筆橫抹之，謂紅勒帛。後數年，又為御試。考官試「堯舜性仁賦」，曰：「靜以延年，獨高五帝之壽；動而有勇，形為四凶之誅！」公大稱賞，及唱名第一，乃劉幾易名劉輝。公愕然久之。

花樣不同　盧仝下第出都，逆旅有人嘲之曰：「如今花樣不同，且自收拾回去。」

倒綳孩兒　苗振第四人及第，召試館職。晏相曰：「宜稍溫習熟。」振曰：「豈有三十年老娘而倒綳孩兒者乎？」既試，果不中。公曰：「苗君果倒綳孩兒矣！」

大器晚成　《老子》云：「大器晚成。」漢馬援失意，其兄馬況謂援曰：「汝大器晚成。」

眼迷日五色　唐李程試《日五色》題，呈卷楊於陵。楊稱許當作狀元，而榜發無名。楊持卷示主司，主司懊恨，因謀之於陵，擢狀元。後李廌為東坡客，坡知貢舉，廌下第，東坡送之詩曰：「平生漫說古戰場，過眼終迷日五色。」

舉子過夏　《遁齋閒覽》：長安舉子，六月後落第者不出京，謂之過夏，多借靜坊廟院作文，曰夏課。

文星暗　唐大中間，天官奏云：「文星暗，科場當有事。」後經三科皆覆試，復多落第。考官皆罰俸。

操眊矂　《國史補》：進士籍而入選，謂之春關。不捷而醉飽，謂之操眊矂。匿名造謗，曰無名子。

傍門戶飛　唐元和中，士人下第，多為詩刺試官。獨章孝標作《歸燕詩》以上庾侍郎，曰：「舊壘危巢泥已落，今年故向社前歸。連雲大廈無栖處，更傍誰家門戶飛？」

薦舉

徵辟　凡訪求遺佚，有詔召之曰徵，郡國舉擢曰辟。三代官由訪舉。漢始詔刺史、守相得專辟。隋煬帝始州縣僚屬選舉，一由吏部。唐玄宗始文武選，分屬吏、兵兩部。

勸駕　漢高帝詔曰：「賢士大夫有肯從我遊者，吾能尊顯之。其有稱明德者，長吏必身勸，為之駕。」

計偕　漢武帝元光五年，詔徵吏民有明當世之務、習先聖之術者，縣次續食，令與計偕。

鶚薦　後漢禰衡始冠，孔融愛其才，與為友，上表薦之曰：「鷙鳥累百，不如一鶚；使衡立朝，必有可觀。」

先容　《鄒陽傳》：「蟠木根柢，輪囷離奇。為萬乘器者，以左右為之先容也。」

公門桃李　唐狄仁傑薦張柬之為宰相，又薦夏官侍郎姚崇、監察御史桓彥範、太平州刺史敬暉數人，皆為名臣。或謂仁傑曰：「天下桃李盡屬公門。」仁傑曰：「薦賢為國，非為私也。」

藥籠中物　元行沖謂狄仁傑曰：「下之事上，譬之富家積貯以自資也。脯脂腶胰，以供滋膳；參術芝苓，以防疾病。門下充為味者多矣，願以小人充備一藥石。」仁傑歎曰：「君正吾藥籠中物，不可一日無也。」

道側奇寶　韓愈薦樊宗師於袁滋相公書曰：「誠不忍奇寶橫棄道側。」

向陽花木　范文正公知杭州，蘇麟為屬縣巡簡。城中官弁往往皆獲薦，獨麟在外邑未見收錄，因公事入府，獻詩曰：「近水樓台先得月，向陽花木早為春。」文正見而薦之。

夾袋　呂蒙正夾袋中有摺子，每四方人謁見，必問有何人才。客去，即識之。朝廷求賢，取諸夾袋以應。

明珠暗投　《鄒陽傳》：明月之珠，夜光之璧，以投於道，莫不按劍相顧盼，無因而至前也。

相見之晚　主父偃上書闕下，朝奏暮召。時徐樂、嚴安上書言世務，上召三人曰：「公等安在？何相見之晚也！」

齒牙餘論　《南史》：謝朓好獎予人才。會稽孔闓有才華，未貴時，孔珪嘗令草讓表以示朓，朓嗟吟良久，手自折簡薦之，謂珪曰：「士子聲名未立，應共獎成，無惜齒牙餘論。」

鉛刀一割　晉以譙王承為湘州刺史，行至武昌，敦與之宴，謂承曰：「足下雅素佳士，恐非將相才也。」承曰：「公未見知耳，鉛刀豈無一割之用？」

四輩督趨　《唐．馬周傳》：中郎將常何言：「臣客馬周，忠孝人也。」帝即召之。未至，又遣四輩督趨之。

舉賢良　漢武帝建元初，始詔天下舉賢良方正、直言敢諫之士。又用董仲舒議，令郡縣歲舉孝廉各一人，限以四科：一曰德行高潔，志節清白；二曰學通行修，經中博士；三曰明習法令，足以決疑，按章覆問，文中御史；四曰剛毅多略，遭事不惑，明足決斷，材任三輔。縣令四科取士，終漢世不變。

舉茂才　後漢安帝元嘉初，尚書令左雄上言：「郡國強仕，自今孝廉年不滿四十不得察舉，皆請詣公府，諸生試經學、文吏課箋奏。若有茂才異行，自可不拘年齒。」帝從之。

濫爵

麒麟楦 唐楊炯每呼朝士為麒麟楦，或問之，炯曰：「今之扮麒麟者，必修飾其形，覆之驢上，象貌宛然；及去其皮，還是驢耳。無德而朱紫，何以異是？」

白版侯 唐武后時封侯者眾，鑄印不給，遂有以白版封侯者。

斜封官 唐太平公主與安樂等七公主皆開府，而主府官屬皆濫，悉出屠販，納資求官，降墨敕，斜封授之，故號斜封官。

銅臭 漢靈帝鬻官爵。崔烈進錢五百萬為司徒。常問其子鈞曰：「吾居三公，外議若何？」鈞曰：「大人少有英稱，歷位卿守，論者但嫌其銅臭耳。」

斗酒博涼州 漢孟佗以一斗葡萄酒遺張讓，得涼州刺史。東坡詩云：「伯一斗酒博涼州。」

爛羊頭關內侯 更始劉聖公納趙萌女為后，委政於萌，日夜飲宴後庭，羣小膳夫，濫受美爵。長安人語曰：「灶下養，中郎將。爛羊胃，騎都尉。爛羊頭，關內侯。」

貂不足狗尾續 晉趙王倫篡位，同謀者越階次，奴隸廝奴亦加爵位。每會貂蟬盈座，時人語曰：「貂不足，狗尾續。」

彌天太保 更始時官爵太濫，有彌天太保、遍地司空之稱。

欋椎碗脫 武后時濫用人，時人為之語曰：「欋椎侍御史，碗脫校書郎。」四齒耙為欋椎，言用官之濫，如用耙齒椎聚之多。碗，小盂也。碗脫之形模，言個個相似也。

官制

三公三孤　三公：太師、太傅、太保。三孤：少師、少傅、少保。師，天子所師；傅，傅相天子；保，保護天子。

六卿　吏部曰太宰、冢宰，戶部曰大司徒，禮部曰大宗伯，工部曰大司空，兵部曰大司馬，刑部曰大司寇。

六官　吏部曰天官，戶部曰地官，禮部曰春官，兵部曰夏官，刑部曰秋官，工部曰冬官。

以龍紀官　伏羲以龍紀官：春官曰蒼龍，夏官曰赤龍，秋官曰白龍，冬官曰黑龍，中官曰黃龍。

以火紀官　神農以火紀官：春官為大火，夏官為鶉火，秋官為西火，冬官為北火，中官為中火。

以雲紀官　黃帝始以雲紀官：春官曰青雲，夏官曰縉雲，秋官曰白雲，冬官曰黑雲，中官曰黃雲。

以鳥紀官　黃帝后以鳥紀官：祝鳩氏為司徒，雎鳩氏為司馬，鳲鳩氏為司空，爽鳩氏為司寇，鶻鳩氏為司事。

以民事紀官　顓頊氏以民事紀官：以少昊之子重為木正，曰勾芒；該為金正，曰蓐收；修熙相代為水正，曰玄冥；炎帝之子為土正，曰勾龍；顓頊之子為火正，曰祝融。勾龍能平水土，後世祀以配社。

太尉僕射　太尉，秦官也，等於三公，掌兵。左右僕射，亦秦官也，等於六卿。

九錫　一大輅，玄牡。二駟馬，袞冕之服，赤舄副之。三軒，縣之樂，六佾之舞。四朱戶以居。五納陛以登。六虎賁之士三百人。七斧鉞各一。八彤弓。一彤，矢百。旅弓十，旅矢千。九秬鬯。一卣，珪瓚副之。

勒名鐘鼎　《周禮．司勛職》：「鑄鼎銘勛。」言有功勛者，鑄器以銘之也。

紀績旗常　《周書》：王命君牙曰：「惟乃祖乃父，服勞王家，厥有成績，紀於太常。」太常者，王之旌旗也。有功者書焉，以表顯也。

礪山帶河　漢高帝定天下，剖符封功臣，刳白馬而盟之，封爵之誓曰：「使黃河如帶，泰山若礪。國以永存，爰及苗裔。」

丹書鐵券　漢高與功臣剖符作誓，丹書鐵券，金匱石室，藏之宗廟。

尚寶　天子玉璽龍章，王后玉璽鳳章，親王金寶龜鈕，勛爵金印麟鈕，總兵銀印虎鈕，布政銀印，府州縣銅印，御史鐵印。

六部稱號　禮部曰祠部、儀部、膳部。戶部曰民部、版部、金部、倉部。兵部曰駕部。刑部曰比部。工部曰水部、虞部。此稱自唐朝始。

都御史　左都御史，以其為御史之率，故曰御史大夫。巡撫都御史，以其為憲台之長，故曰御史中丞。

大九卿　六部尚書、都察院、通政、大理寺卿，謂之大九卿。

小九卿　太常、太僕、光祿、鴻臚、上林苑等卿，翰林院、國子監祭酒、順天府尹，謂之小九卿。

執金吾　漢武帝改秦中尉，更名曰執金吾。蓋吾者，禦也。執金刀以禦非常者也。又曰：金吾，鳥名，取以辟除惡鳥。

率更令　師古曰：「掌知漏刻，故曰率更。」率，音律。

三獨坐　光武詔御史中丞與司隸校尉、尚書令會同，並專席而坐，京師號曰「三獨坐」。

三老五更　後漢永平二年，三雍成，拜桓榮為五更。晉某年，天子幸太學，命王祥為三老。三老、五更總是一人，與《尚書》四岳一例。

四姓小侯　漢外戚樊、郭、陰、馬四姓非列侯，故曰小侯。

附官制後

誥敕　人臣五品以下，其父母與妻封贈之命曰敕命，其寶用敕命之寶，受封者曰敕封。五品以上，其祖父母、父母與妻封贈之命曰誥命，其寶用誥命之寶，受封者曰誥封。

封贈　人臣父母與妻生前受封者曰敕封、誥封，人稱之曰封君；死後受封者曰敕贈，人稱之曰贈君。

母妻封號　凡品級官員封及其母妻者，正從一品，母妻封一品夫人；正從二品，母妻封夫人；正從三品，母妻封淑人；正從四品，母妻封恭人；正從五品，母妻封宜人；正從六品，母妻封安人；正從七品，母妻封孺人。

文官補服　一二仙鶴與錦雞，三四孔雀雲雁飛，五品白鷴惟一樣，六七鷺鷥鸂鶒宜，八九品官並雜職，鵪鶉練雀與黃鸝。風憲衙門專執法，特加獬豸邁倫夷。

武官補服　公侯駙馬伯，麒麟白澤裘，一二繡獅子，三四虎豹優，五品熊羆俊，六七定為彪，八九是海馬，花樣有犀牛。

文勛階　文正一品，初授特進榮祿大夫，陞授、加授俱特進光祿大夫、左右柱國，月俸八十七石。〇從一品，初授榮祿大夫，陞授加授俱光祿大夫、柱國，月俸七十二石。〇正二品，初授資善大夫，陞授資政大夫，加授資德大夫、正治上卿，月俸六十一石。〇從二品，初授中奉大夫，陞授通奉大夫，加授正奉大夫、正治卿，月俸四十八石。〇正三品，初授嘉議大夫，陞授通議大夫，加授正議大夫、資治尹，月俸三十五石。〇從三品，初授亞中大夫，陞授正中大夫，加授大中大夫、資治少尹，月俸二十六石。〇正四品，初授中順大夫，陞授中憲大夫，加授中議大夫、贊治尹，月俸二十四石。〇從四品，初授朝列大夫，陞授、加授俱朝議大夫、讚治少尹，月俸二十石。〇正五品，初授奉議大夫，陞授、加授俱奉政大夫、修正庶尹，月俸十六石。◯從五品，初授奉訓大夫，陞授、加授俱奉直大夫、協正庶尹，月俸十四石。◯正六品，初授承直郎，陞授承德郎，月俸十石。◯從六品，初授承務郎，陞授儒林郎（儒士出身）、宣德郎（吏員才幹出身），月俸八石。◯正七品，初授承仕郎，陞授文林郎（儒士出身）、宣議郎（吏員才幹出身），月俸七石五斗。◯從七品，初授從仕郎，陞授徵仕郎，月俸七石。◯正八品，初授迪功郎，陞授修職郎，月俸六石六斗。◯從八品，初授迪功佐郎，陞授修職佐郎，月俸六石。◯正九品，初授將仕郎，陞授登仕郎，月俸五石五斗。◯從九品，初授將仕佐郎，陞授登仕佐郎，月俸五石。◯未入流，月俸三石。

武勛階　正一品，初授特進榮祿大夫，陞授、加授俱特進光祿大夫、右柱國。◯從一品，初授榮祿大夫，陞授、加授俱光祿大夫、柱國。◯正二品，初授驃騎將軍，陞授金吾將軍，加授龍虎將軍、上護軍。◯從二品，初授鎮國將軍，陞授定國將軍，加授奉國將軍、護軍。◯正三品，初授昭勇將軍，陞授昭毅將軍，加授昭武將軍、上輕車都尉。◯從三品，初授懷遠將軍，陞授定遠將軍，加授安遠將軍、輕車都尉。◯正四品，初授明威將軍，陞授宣威將軍，加授廣威將軍、上騎都尉。◯從四品，初授宣武將軍，陞授顯武將軍，加授信武將軍、中騎都尉。◯正五品，初授武德將軍，陞授武節將軍，加驍騎尉。◯從五品，初授武備將軍，陞授武毅將軍，加飛騎尉。◯正六品，初授昭信校尉，陞授承信校尉，加雲騎尉。◯從六品，初授忠顯校尉，陞授忠武校尉，加武騎尉。◯正七品，初授忠翊校尉，陞授忠勇校尉。◯從七品，初授毅武校尉，陞授修武校尉。◯正八品，初授進義校尉，陞授保義校尉。凡月俸俱與文官同。

品級正從一品　正一品：太師，太傅，太保，宗人令，左右宗正，左右宗人，左右都督。◯從一品：少師，少傅，少保，太子太師，太子太傅，太子太保，都督同知。

正從二品 正二品：太子少師，太子少傅，太子少保，尚書，都御史，都督僉事，正留守，都指揮使，襲封衍聖公。〇從二品：布政使，都指揮同知。

正從三品 正三品：太子賓客，侍郎，副都御史，通政使，大理寺卿，太常寺卿，詹事，府尹，按察使，副留守，都指揮僉事，指揮使。〇從三品：光祿寺卿，太僕寺卿、行太僕寺卿，苑馬寺卿，參政，都轉運鹽使，留守司指揮同知，宣慰使。

正從四品 正四品：僉都御史，通政，大理寺少卿，太常寺少卿，太僕寺少卿，少詹事，鴻臚寺卿，京府丞，按察司副使，行太僕寺少卿，苑馬寺少卿，知府，衛指揮僉事，宣慰司同知。〇從四品：國子監祭酒，布政司參議，鹽運司同知，宣慰司副使，宣撫司宣撫。

正從五品 正五品：華蓋、謹身、武英殿大學士，文淵、東閣、春坊大學士，翰林院學士，庶子，通政司參議，大理寺丞，尚寶司卿，光祿寺少卿，六部郎中，欽天監正，太醫院使，京府治中，宗人府經歷，上林苑監正，按察司僉事，府同知，王府長史，儀衛，正千戶，宣撫司同知。〇從五品：侍讀侍講學士，諭德，洗馬，尚寶、鴻臚少卿，部員外郎，五府經歷，知州鹽運司副使，鹽課提舉，衛鎮撫，副千戶，儀衛，副招討，宣撫司副使，安撫司安撫。

正六品 大理寺正，詹事，丞，中允，侍讀，侍講，司業，太常寺丞，尚寶司丞，太僕寺，行太僕寺丞，主事，太醫院判，都察院經歷，京縣知縣，府通判，上林苑監副，欽天監副，五官正，兵馬指揮，留守司、都司經歷，斷事，百戶，典仗，審理正，神樂觀提點，長官司副招討，宣撫僉事，安撫同知，善世正。〇從六品：贊善，司直郎，修撰，光祿寺丞、署正，鴻臚寺丞，大理寺副，京府推官，布政司經歷、理問，鹽運司判官，州同知，鹽課司提舉，市舶司、河渠副提舉，安撫司副使。

正七品 都給事中，監察御史，編修，大理寺評事，行人司正，五府、都察院都事，通政司經歷，太常寺博士、典簿，兵馬副指揮，營膳司所正，京縣丞，府推官，知縣，按察司經歷，留守司、都司都事、副斷事，審理，安撫司僉事，蠻夷長官。〇從七品：翰林院檢討，左右給事中，中書舍人，行人司副，光祿寺典簿、署丞，詹事府、太僕寺主簿，京府經歷，靈台郎，祠祭署奉祀，州判官，鹽課司副提舉，布政司都事，副理問，鹽運司、衛、宣慰、招討司經歷，蠻夷副長官。

正八品 國子監丞，五經博士，行人，部照磨，通政司知事，京主簿，保章正，御醫，協律郎，典牧所提領，營繕所副，大通關寶鈔、龍江司提舉，衛知事，府經歷，縣丞，煎鹽司提舉，按察司知事，宣慰都事，王府典寶、典簿、奉祀、良醫、典膳正、紀善，講經，至靈元符崇真宮靈官。〇從八品：清紀郎翰林院典籍，國子監助教、典簿、博士，光祿錄事、監事，鴻臚寺主簿，京府、運司知事，挈壺正，祠祭署祀丞，布政司照磨，王府典膳、奉祀、典寶、良醫副，宣慰司經歷，神樂觀知觀，崇真宮副靈官，左右覺義、玄義。

正九品 校書，侍書，國子監學正，部檢校，鴻臚寺署丞，五官監候、司曆，營繕所丞，典牧所、會同館、文思院、承運、寶鈔廣運、廣積、贓罰、十字庫，顏料、皮作、鞍轡、寶源局、織染所、京府織染局大使，龍江寶鈔副提舉，府知事，縣主簿，長史司主簿、典儀正、典樂，牧監正，茶馬大使，讚禮郎，奉鑾、宣撫、安撫知事。〇從九品：侍詔，司諫，通事舍人，正字，詹事府錄事，司務，學錄，典籍，鳴讚，序班，司晨，漏刻博士，司牧大使，牧監副，圉長，太醫院、提舉司、鹽課司、州所吏目，軍儲、御馬、都督府、門倉、軍器局大使，承運、寶鈔廣運、廣積、贓罰、十字庫副使，典牧所、會同館、文思院副使，廣盈、太倉銀庫、太僕寺、京府庫、都稅、宣課、柴炭司大使，顏料、皮作、鞍轡、寶源局、織染局、京府織染局副使，草場大使，孔、顏、孟子孫教授，按察司檢校，府、宣撫司照磨，典儀，副教授，伴讀，都司、運司、府、京衛，宣撫、宣慰司學教授，司庫司、府倉、雜造、織染司、稅課司大使，司獄，巡檢，茶馬副使，正術，正科，都綱，都紀，太常司樂，教坊司韶舞，司樂。

未入流　孔目，國子監掌饌，學正，教諭，訓導，兵馬、斷事、長官司吏目，司牲、司牧副使，府檢校，縣典史，軍器局、柴炭司副使，遞運所大使，驛丞，河泊所閘壩官，關大使，牧監，錄事，郡長，提控，案牘，都督府、御馬、軍儲、門倉副使，廣盈庫、都課、都稅、稅課司副使，茶鹽課司使，府州縣衛所倉場大使、副使，鹽運司、府衛提舉，司所州縣庫大使、副使，司府州軍器、織染、雜造局副使，宣德倉、司竹、鐵冶、河州、遼陽、青州府、樂安稅課司大使，茶運批驗所、巾帽針工局、慶遠裕民司大、副使，司庫副使，鹽倉、稅課、鈔紙、印鈔、鑄印、抽分竹木、惠民金銀場、惠民局、水銀硃砂場局、生藥庫、長史司倉庫大、副使，縣雜造局副使，典術，典科，訓術，訓科，副都綱，都紀，僧正，道正，僧會，道會。

仕途　隋煬帝始置進士科取士。唐始縉紳必由科目，始重資格。〇漢二千石滿三載，任同產子一人為郎。〇秦始試吏入仕，漢丙吉、龔勝是也。始納粟拜爵，始皇因旱蝗，漢武沿之。至靈帝時，富者先入錢，貧者赴官倍輸。〇堯始考功。魏崔亮始限年。漢制久任如古。晉宋始制守宰六期為滿。〇漢左雄始孝廉核年滿四十察舉。宋敍官閥，有官年、實年。〇後周始制舉主連坐。〇漢順帝制，選用不得互官，謂姻家鄉里人不交互為官，今隔選。唐太宗制，大功不得連職，今迴避。◯唐高宗始給告身，即給札。唐武后始設門籍。籍，朝參奏事，待詔官出入，每月一易之。◯伊尹始致仕。漢制，二千石吏予告、賜告。唐制：致仕五品以上表，六品以下轉奏。◯唐太宗許子弟十九以下父兄隨任。宋太祖詔羣臣父母迎養。

宰相　參政（下丞相一等）

歷代置相　顓頊置樂正。黃帝七輔。湯六傅。伏羲置二相。秦獻公置左右二卿，稱丞相。莊襄王改相國。唐莊宗置丞相兼樞密。唐中宗始置大學士。五代置文明殿大學士，始為宰相兼職。宋真宗置資政殿學士，班翰林上。漢武帝置祕書令，置太史令。漢桓帝置祕書監。唐太宗始置宰相，監修國史。唐德宗始宰相政事，詔迭秉筆。

通明相　漢翟方進為丞相，智能有餘，兼通文法吏事，以儒術緣飾法律，人號通明相。

救時宰相　唐姚崇拜相，問齊澣曰：「予為相何如管晏？」澣曰「管晏之法，雖不能施於後世，猶可以終其身。公所為法，隨復更之，只可為救時宰相。」

知大體　漢丙吉不問橫道死人，而問牛喘。史謂失問。吉曰：「宰相不親細事，民鬥傷命，則有司存。方今春月牛喘，恐陰陽失調，宰相職司燮理陰陽，是以問之。」人稱其知大體。

伴食相　唐盧懷慎為相，自以才能不及姚崇，政事皆推委不與，人譏其為伴食宰相。

紗籠中人　唐卜者胡蘆生卜筮甚驗，李藩常問之，生曰：「公乃紗籠中人。」藩不解所以。後有異僧言：「凡宰相，冥司必潛以紗籠護之，恐為異物所擾。」藩默喜卜者言，果拜相。

琉璃瓶覆名　五代唐廢帝擇相，問左右，皆言盧文紀、姚顗有聲望。帝因悉書清望官名，納琉璃瓶中，夜焚香祝天，以箸挾之，得盧文紀，欣然相之。

金甌覆名　唐玄宗卜相，皆書其名，納之金甌，名曰甌卜。一曰，書崔琳等名，問太子曰：「此宰相名，若謂誰？」太子曰：「非崔琳、盧從願乎？」上曰：「然。」

枚卜　古天子卜相，必書清望官名納金甌或琉璃瓶中，焚香祝天，以箸挾之，得其名即拜相，故曰枚卜，又曰甌卜。

魚頭參政　宋魯宗道為參政，時樞密使曹利用恃權驕橫，公屢折之帝前。時貴戚用事者莫不憚之，稱為魚頭參政。

骰子選　宋丁謂作參政，或率楊文公賀之，謂曰：「骰子選耳，何足道哉？」

尚書　部曹　卿寺

古納言　唐玄宗用牛仙客為尚書，張九齡諫曰：「尚書，古之納言，多用舊相居之。仙客，本河、湟一使典耳，拔陞清流，齒班常伯，此官邪也。」

天之北斗　李固疏：「陛下有尚書，猶天之有北斗。北斗為天之喉舌，尚書為陛下之喉舌。」

六卿　隋文帝始定六部，本漢光武分署六曹。吏曹職起伏羲，漢光武為選部，魏始名吏部，始居諸曹右；戶曹職起黃帝，吳始為戶部，唐武后始以戶部居禮部右；禮曹職起顓頊之秩宗，隋始為禮部；兵刑曹職起黃帝，隋始為兵部、刑部；工曹職起少昊，晉起部，隋始為工部；宋神宗復唐故事，以吏、戶、禮、兵、刑、工為次序。

尚書　秦遣吏至殿中文書，始號尚書。後漢始專席。魏三品，陳加至一品。

侍郎　隋煬帝置六曹侍郎。副尚書名始秦。

郎中　漢置尚書郎，分掌尚書事，名始秦。

員外　隋文帝命尚書六曹增置員外郎，名始漢。

主事　隋煬帝置主事副員外郎，名始漢武帝。

司務　宋置六部司務。

九卿　夏后氏始置九卿。漢設九卿，不以官名，但稱九寺。梁武帝始加卿字。後魏始置少卿，以卿為正卿。

大理寺　黃帝立士師，有虞為士師。夏始稱大理。秦置大理正，今卿；置廷尉正，今寺正。魏置少卿。晉武帝置丞。隋煬帝置評事。

太常寺　本《周官·春官》之職；秦稱奉常；漢改太常，名始有虞；後漢置卿；秦置丞；魏文帝置博士；漢武帝置郎，置司樂，置協律；隋置郊社署，今天地壇祠祭署；唐置簿。

太僕寺、苑馬寺，職始周官，梁置簿，漢置監。

光祿寺　本秦置，郎中令掌宮掖。漢為光祿勛。梁始改光祿卿。北齊兼膳羞。隋始專掌。唐始署珍羞官，因隋。隋始署大官名，因秦始署良醞，即漢湯官，掌醞，本周官酒正醢人置。

鴻臚寺　漢武帝置大鴻臚，梁武帝除「大」字，本秦典客、周大行人。

國子監　周以師氏、保氏教養國子，始名國子；晉武帝始立國子學；隋煬帝始改國子監。漢始定祭酒，銜名本周；隋煬帝置司業並周職；漢武帝置博士，名始秦；晉武帝置教；隋煬帝置丞；北齊高洋置簿；宋神宗置錄。

宮詹　學士　翰苑

東宮官　秦始皇置詹事，漢因掌太子家；唐玄宗置少詹事，並輔導東宮；周公置左右庶子；唐高宗置左右諭德、贊善。隋文帝置內允，即中允；北劉置門下、典書二坊；秦始皇置洗馬，先導太子；晉始為詹事屬官，掌圖籍；漢蘭台置校書。北齊置正字。

翰林　伏羲始立史官。唐玄宗置修撰、編修、檢討。宋文帝置學士；後魏置太子侍講；唐玄宗置侍講學士、侍讀學士、侍講、侍讀、待詔。漢武帝置博士。宋置孔目。

玉堂　宋蘇易簡充承旨，多振舉翰林故事。太宗為飛白書院額曰「玉堂」，及以詩賜之。太宗曰：「此永為翰林中一美事。」易簡曰：「自有翰林，未有如今日之榮也！」

木天　《類苑》：祕書閣下穹隆高敞，謂之木天。

鰲禁　宋公白、賈公黃中皆先達巨儒，同在鰲禁。

內相　唐陸贄博學弘詞，入翰林。德宗重其才，呼先生而不名。雖外有宰相主大議，贄常居中參議，號曰「內相」。

摛文堂　宋徽宗政和五年，御書摛文堂榜，賜學士院。

五鳳齊飛　宋太宗時，賈黃中、宋白、李至、呂蒙正、蘇易簡同時拜翰林學士，扈蒙云：「五鳳齊飛入翰林。」

北門學士　唐劉禕之少以文詞稱，遷右弘文館直學士，上元中與元萬頃等召入禁中參決政事，時稱「北門學士」。

八磚學士　唐李程為學士。常規：學士入院，以階前日影為候。程性懶，日過八磚乃至，時號「八磚學士」。

諫官

忠言逆耳　沛公見秦宮室之富，欲留居之。樊噲諫曰：「凡此奢麗之物，皆秦所以亡也，公何用焉？願還灞上。」不聽。張良曰：「忠言逆耳利於行。」乃還。

真諫議　蕭鈞為諫議大夫，永徽中爭盜庫財死罪曰：「囚罪當死，但恐天下謂陛下重貨輕法，任喜怒殺人。」帝曰：「真諫議也。」

六科給事中，名始秦，漢置給事黃門，職始秦，置諫大夫，唐分為左右。

真諫官　唐李景伯為諫議。中宗侍宴，命諸臣為回波詩，眾皆以諂言媚上，景伯獨為箴規語以諷，帝不懌。中書令蕭至忠曰：「景伯樂不忘規，真諫官也。」

碎首金階　唐敬宗好遊畋，劉栖楚為拾遺，出班苦諫，以額叩龍墀，血流被面。

鐵補闕　唐乾寧中楊貽德為諫議，正直敢言，不避權幸，人目為「鐵補闕」。

殿上虎　宋劉安世正色立朝，面折廷諍。每犯雷霆之怒，則執簡卻立，俟天威少霽，復前極論，必得請乃已，人稱之曰「殿上虎」。

戇章　宋任伯雨性剛鯁，持論勁直，為諫官僅半載，所上一百疏皆係天下治體，號「戇章」。

魯直　魯宗道為右正言，風聞彈疏，真宗厭之，自訟罷去。他日上追念其言，御筆題曰「魯直」。

朝陽鳴鳳　唐高宗時，自韓瑗、褚遂良死，內外以言為諱。高宗造奉天宮，李善感始上書極言之，時人謂之朝陽鳴鳳。

立仗馬　李林甫專權，恐諫官言事，謂之曰：「諸君見立仗馬乎？終日無聲而食三品料，及其一鳴輒斥，雖欲勿鳴，其可得乎？」

拾齒　宋張靄，太祖方彈雀後苑，靄亟請入奏事。及見所奏乃常事耳，上怒，靄曰：「竊謂急於彈雀。」上以斧柄撞其齒，齒墮，徐拾之。上曰：「欲訟朕耶？」靄曰：「臣何敢訟陛下？但有史官在耳。」

古忠臣　宋鄒浩官右正言，極論章惇誤國，未報而劉后立。復反，復廷諍，被竄。史謂之古忠臣。浩與陽翟、田晝善，初，劉后立，謂人曰：「鄒志完不言，可以絕交矣。」浩既得罪，晝迎諸途，正色曰：「使志完隱默居京師，遇寒疾不汗，五日死矣，豈獨嶺海之外能死人哉？」

抵家復逮　楊爵言朝廷政事有失人心而致危亂者五，繫獄數年始得釋。會復有諫者，上曰：「吾固知釋爵，妄言者立至矣！」復就逮。時爵抵家方一日，忽錦衣校至，校佯曰：「吾便道省公耳。」爵笑曰：「吾固知之。」與校同飯，飯已曰：「行乎？」校曰：「盍一入為別？」爵立屏間曰：「朝廷有旨見逮，吾行矣。」再繫獄，逾年乃出。

為朕家事受楚毒　章綸疏陳修德弭災十四事，又請復汪后於中宮以正壺儀，復沂王於東宮以正國本，詔逮獄，廷杖不死。英宗復辟，歎曰：「綸，好臣子，為朕家事受楚毒。」拜禮部侍郎。

碎朕衣矣　陳禾劾童貫弄權，反覆不置，徽宗欲起，禾引帝衣，請畢其奏，衣裾落。帝曰：「正言碎朕衣矣！」禾曰：「陛下不惜碎衣，臣豈惜碎首以報！」內侍請易衣，帝卻之曰：「留以旌直臣。」

憚黯威棱　武帝嘗曰：「甚矣，黯之戇也！」「古有社稷臣，黯近之矣。」黯前奏事，帝不冠，不敢見。淮南王謀逆，憚黯威棱，遂寢。

賁育不能過　唐魏徵，太宗朝諫議大夫，狀貌不揚，有膽氣，犯顏敢諫，雖上怒甚，而徵神色自若，議者謂賁育不能過。

瓦為油衣　谷那律博洽羣書，褚遂良稱曰「九經庫」。從太宗出獵，遇雨，因問：「油衣若何而不漏耶？」那律曰：「以瓦為之，當不漏。」上嘉其直。

謫死　陳剛中性慷慨，敢論事。故銓以劾檜貶，剛中啟曰：「知無不言，願借尚方之劍！不遇故去，卿乘下澤之車。」檜怒，遂與張九成同謫。客死，貧不能葬。士論惜之。

小官論大事　曹輔為祕書正字。徽宗多微行，輔上疏極諫。太宰余深曰：「輔小官，何敢言大事？」輔對以「大官不言，故小官言之。官有大小，愛君之心則一」。遂編管郴州。

忠良鯁直　陳諤負抗直聲，舉劾權貴無所避。上呼為「大聲秀才」。嘗忤旨，命坎瘞奉天門外，七日不死，赦還，搏擊愈甚。歷任中外，所至能其官，終為忌者致貶。上一日問「大聲官兒」何在，直署輔導使人得聞過。乃召還，上書「忠良鯁直」四字賜之，示寵異焉。

直聲震天下　海瑞為南平教諭，謁上官，止長揖，曰：「參師席，不可屈膝也。」主戶部政，疏諫下獄，直聲震天下。

劾嚴嵩得慘禍　沈鍊疏劾嚴嵩父子為奸，竄名白蓮教中，戮於邊；楊繼盛論嵩專權誤國五奸十大罪，棄東市。

劾逆而受酷刑死者：萬璟廷杖死；高攀龍投水死；楊漣、左光斗、周順昌、繆昌期、周宗建、黃尊素、魏人中被逮，詔獄拷掠死；鄒維璉謫戍死。俱江浙人。

御史

白簡　晉傅玄為御史，每有奏劾，或值日暮，捧白簡，整簪帶，竦誦不休，坐以待旦。貴遊懾服，台閣風生。

烏台　漢成帝時，御史府列柏樹，有野烏數千栖其上，故稱烏台，亦稱「柏台」。

法冠繡衣　《漢書》：法冠，御史冠也，本楚王冠也。秦滅楚，以其君冠賜御史也。繡衣御史，漢武帝所置。法冠一名「獬豸冠」。

獨擊鶚　宋王素既升台憲，風力愈勁。嘗與同列奏事，上有不懌，眾皆引去，素方論列是非，俟得旨乃退。帝歎曰：「真御史也。」人皆目為「獨擊鶚」。

石御史　唐劉思立舉進士，高宗擢為御史，執法不阿，彈劾權貴，人號「石御史」。

驄馬御史　後漢桓典為侍御史，直言無所忌諱，常乘白馬，京師憚之，為語曰：「行行且止，避驄馬御史。」

鐵面御史　宋趙忭少孤貧，舉進士，及為殿中侍御，彈劾不避權貴，號為「鐵面御史」。

豹直　《漢．輿服志》：大駕屬車八十一乘，皆尚書台省官所載，最後一乘，侍御史所乘，獨懸豹尾，故名「豹直」。

節度膽落　唐敬宗朝，夏州節度使李祐入朝，違詔進奉，御史溫造彈之。祐趨出待罪，股栗流汗，謂人曰：「吾夜逾蔡州擒吳元濟未嘗心動，今日膽落於溫御史矣。」

埋輪當道　後漢張綱為御史。安帝時，遣八使按行風俗，綱獨埋其車輪於洛陽都亭曰：「豺狼當道，安問狐狸？」遂劾大將軍梁冀兄弟。

頭軔乘輿　申屠剛，建武初拜侍御史，延臣畏其鯁直。時隴蜀未平，上欲出遊，剛力諫，不聽。以頭軔乘輿，馬不得前。

貴戚泥樓　唐李景讓為御史大夫，剛直自持，不畏權幸。內臣貴戚有看街樓閣，皆泥之，畏其彈劾。

劾燈籠錦　宋唐介為御史，劾文彥博知益州日以燈籠錦媚貴妃致位宰相，請逐彥博。仁宗怒，謫介英州別駕。

炎暑為君寒　唐岑參《送侍御韋思謙》詩曰：「聞欲朝龍闕，應須拂豸冠。風霜隨馬去，炎暑為君寒。」

天變得末減　楊瑄，天順初為御史，劾曹吉祥、石亨怙寵擅權，後為曹、石文致坐死。將刑，會大風拔木，吹正陽門下馬牌於郊外，得末減。子源為五官監候，以占候上言指斥劉瑾。瑾怒曰：「爾何官，亦學為忠臣乎？」杖而戍之。劉瑾之亂，大臣科道同日勒令致仕四十八人，以其名榜示天下。源之同鄉御史熊卓與焉。

使臣

一介行李　《左傳》：子員曰：「君有楚命，亦不使一介行李，告於寡君。」

一乘之使　韓信破趙，欲移兵擊燕，武涉說信曰：「不如發一乘之使，奉咫尺之書以使燕，燕必從風而靡。」

堂堂漢使　蘇武使匈奴，匈奴脅武令拜，武不從。以刀臨之，武曰：「堂堂漢使，安能屈膝於四夷哉？」

埋金還虜　唐杜暹使虜，以金遺暹，固辭。左右曰：「公使絕域，不可失戎心！」乃受焉，陰埋幕下。已出境，乃移文，俾取之，突厥大驚。

口伐可汗　唐突厥攻太原，鄭元璹持節往勞。既至，虜以不信咎中國。璹隨語折讓無所屈，徐乃數其背約，突厥愧赧，引兵還。太宗賜書曰：「知卿口伐可汗，邊火息燧，朕何惜金石賜於卿哉？」

斬樓蘭　龜茲、樓蘭二國常殺漢使，傅介子謂霍光曰：「樓蘭、龜茲反覆，不誅無所懲。」霍光使介子行。介子齎金幣，以賜外國為名。樓蘭王貪漢寶物，求見。介子與飲，陳物示之。王飲醉，介子使壯士刺殺之，諭以「王負漢罪」，遂將王首還詣闕。上嘉其功，封義陽侯。

少年狀元　宋王拱辰，至和二年聘契丹，見其主於混同江。設宴垂釣，每得魚，必酌酒飲客，親鼓琵琶侑觴，謂其相曰：「此南朝少年狀元也。」

臣不生還　曹利用契丹議和，假崇儀副使奉書以行。真宗曰：「契丹如貪歲幣，非國家細事，或求不厭，當以理絕之。」利用答曰：「虜若妄有所求，臣不敢生還。」

執節不屈　張騫以使通大夏，還為校尉，封博望侯。後為將軍，使大夏，窮河源。《楊子．淵騫篇》：「張騫、蘇武之奉使也，執節沒身，不屈王命，雖古之名使，其猶劣諸！」

郡守

京府　使君陳尹東郊。漢武帝因更名內史為京兆尹，置丞，置治中。宋太祖置通判、推官，本唐節度使，屬有推官、判官。

五馬　《遁齋閒覽》：漢時朝臣出使以駟馬，為太守增一馬，故稱「五馬」。

刺史　《唐志》：武德中改太守曰刺史，天寶中又改刺史曰太守。

郡守　魏文侯始置郡守；秦始皇置郡丞，即今同知；漢置州牧，景帝更太守；宋高宗始稱知府，始改唐郡稱府。

黃堂　《吳郡志》：吳郡太守所居之堂乃春申君所居之殿也，數火，塗以雌黃，故曰「黃堂」。

驅蚊扇　唐袁光庭典守名郡有異政，明皇謂宰輔曰：「光庭性逐惡，如扇驅蚊。」

五袴　漢廉范為蜀郡太守，除火禁，百姓便之，歌曰：「廉叔度，來何暮？不禁火，民安作。昔無襦，今五袴。」

麥兩岐　漢張堪為漁陽太守，擊匈奴，開稻田千萬頃，勸農，致殷富。百姓歌曰：「桑無附枝，麥秀兩岐。張君為政，樂不可支。」

禾同穎　梁柳惲為吳興太守，嘉禾同穎，一莖兩穗。

水晶燈籠　趙宋張中庸為詳州刺史，洞察民偽，民號為「水晶燈籠」。

照天蜡燭　田元均治成都有聲，民有隱惡輒摘發之，蜀人謂之「照天蜡燭」。

賣刀買犢　漢龔遂為勃海太守，民有帶刀劍者，遂令賣劍買牛，賣刀買犢。

獨立使君　五代裴俠守河北，入朝，周太祖命獨立曰：「裴俠清慎奉公，為天下最，有如俠者，與之俱立。」眾默然。朝野歎服，號「獨立使君」。

天下長者　漢文帝謂田叔曰：「公知天下長者乎？」田叔請其人，帝曰：「雲中太守孟舒是也。」

召父杜母　漢召信臣為南陽太守，興利除害，吏民信愛，號為「召父」；杜詩亦為南陽守，性節儉，而政治清平，南陽人為之語曰：「前有召父，後有杜母。」

願得耿君　漢耿純為東郡太守，多善政，盜賊清寧。內召去任，百姓思慕不已。光武駕過東郡，百姓數千隨車駕云：「願復得耿君。」

借寇　漢寇恂為穎川太守，光武召為執金吾。後光武幸穎川，百姓遮道曰：「願復借寂君一年。」乃留鎮之。

魏郡岑君　後漢岑熙為魏郡太守，視事三年，人歌之曰：「我有枳棘，岑君伐之。我有蟊賊，岑君遏之。犬不吠夜，足下生氂。」

平州田君　唐田仁會為平州太守，歲旱，自暴以祈雨，時雨大至，年遂豐登。人歌曰：「父母育我兮田使君，挺精神兮上天聞。」

大小馮君　漢馮立徙西河上郡太守，與兄馮野王相代。民歌之曰：「大馮君，小馮君，兄弟繼踵相因循。聰明賢知恩惠民，政如魯衞德化均，周公康叔猶二君。」

二邦爭守　宋杜衍知乾州未期，安撫使察其治行，以公權鳳翔。二邦之民爭於界上，一曰：「此我公也，汝奪之！」一曰：「今我公也，汝何有焉？」

一龜一鶴　宋趙忭任成都，攜一龜一鶴以行。其再任也，屏去龜鶴，止一蒼頭。執事張公裕贈以詩云：「馬諳舊路行來滑，龜放長河不共來。」

卧治淮陽　漢武帝拜汲黯為淮陽太守，黯伏謝不受印。帝曰：「君薄淮陽耶？吾以淮陽軍民不相得，欲借卿之郡，卧而治之耳。」乃進黯以諸侯相秩，居淮陽。

良二千石　漢宣帝曰：「庶民所以安其田里，而無歎息愁恨之心者，政平訟理也；與我共此者，其良二千石乎！」

承流宣化　董仲舒曰：「今之郡守縣令，民之師帥，所以承流宣化。」

褰帷　賈琮為冀州刺史，行部，升車言曰：「刺史當遠聽廣視，糾察美惡，何可反垂帷幄以自蔽乎？」乃命御者褰帷。

露冕　郭賀為荊州刺史，治有殊政。明帝巡狩，賜以三公之服，敕行部去襜露冕，使百姓見之，以彰有德。

兒童竹馬　郭伋，字細侯，拜并州牧。行部西河，有數百小兒騎竹馬迎於路次。問曰：「兒曹何來？」對曰：「聞使君到，喜，故來迎耳。」

河潤九里　郭伋為潁川太守，召見，帝勞之曰：「郡得賢能太守，去帝城不遠，河潤九里，冀京師並受其福也。」

虎北渡河　後漢劉昆初為江陵令，縣有火災，昆叩頭反風，火隨滅。守弘農，虎負子渡河而去。帝嘉之，徵為光祿勳，召問：「反風滅火及虎北渡河，行何德政而致此？」昆對曰：「偶然耳。」帝歎曰：「長者之言！」

別利器　虞詡為朝歌長時，賊數千人攻殺長吏，故舊皆弔。詡曰：「不遇盤根錯節，何以別利器乎？」

二天　後漢蘇章為冀州刺史，有故人為清河令，以贓敗，章乃設酒款之。故人喜曰：「人有一天，我獨有二天。」章曰：「今夕蘇孺文與故人飲酒，私情也。明日冀州刺史白奏事，公法也。」遂舉正其罪，郡界肅清。

治行第一　漢黃霸為潁川太守，戶口歲增，治行為天下第一。是時鳳凰神雀數集郡國，潁川尤多。賜爵關內侯，黃金百斤。

開鑒湖　漢馬臻為會稽太守，開鑒湖得田九千餘頃。豪右惡之，告臻開河發掘古塚無數。徵下獄，遣官覆按，詭稱並不見人，云是鬼訟。臻竟被戮。其後越民承湖之利，立祠祀之。

一錢清　後漢劉寵為會稽太守，多善政。將去，父老賫錢送之曰：「明府下車以來，狗不夜吠，民不識吏。今當遷去，聊為贐送。」寵為選一大錢受之。今號其地曰「錢清」。

魚弘四盡　梁魚弘嘗語人曰：「我為郡守有四盡：水中魚鱉盡，山中麋鹿盡，田中米穀盡，村中人庶盡。」

清恐人知　《魏志》：胡質為常山太守，在郡九年，吏民便安，將士用命。子威厲操清白，嘗省其父，告歸，賜其絹一匹。威跪曰：「大人清白，不審於何得此絹？」質曰：「是吾俸祿之餘。」威乃受之。官至前將軍、青州刺史，對武帝曰：「臣父清，恐人知；臣清，恐人不知。」

酌泉賦詩　吳隱之有清操，由晉陵太守轉廣州刺史。至石門，酌貪泉，賦詩曰：「古人云此水，一歃懷千金。試使夷齊飲，終當不易心。」清操不渝，屢被褒飾。子延之為太守，延之弟及子為郡縣者，皆以廉慎為門法。

常懸蒲鞭　崔祖思仕齊為青、冀二州刺史，在政清勤，而謙卑下士，常懸一蒲鞭，而未嘗用。去任之日，士人思之，為立祠。

清風遠著　崔光伯為北海太守，明帝詔曰：「光伯自莅海沂，清風遠著，可更申三年，以廣風化。」

清廉石見　虞願，會稽人，為晉安太守。海邊有越王石，常隱雲霧，相傳云清廉太守乃得見，願往觀之，清徹無所隱蔽。

萬石秦氏　後漢秦彭與羣從同時為二千石者五人，三輔號曰萬石秦氏。遷山陽太守，百姓懷愛，莫有欺犯；轉潁守，有鳳凰麒麟、嘉禾甘露之瑞，集其郡境。

得如馬使君　馬默為登州知府，士民愛戴。其後蘇軾起知是郡，父老迎於路曰：「公為政愛民得如馬使君乎？」軾異之。

鄧侯挽不留　鄧攸清和平簡，貞正寡欲。授吳郡太守，載米之郡，俸祿無所受，惟飲吳水而已。後去郡，百姓數千人留牽攸船，不得進。吳人歌曰：「恍如打五鼓，雞鳴天欲曙。鄧侯挽不留，謝令推不去。」

六駁食獸　張華原兗州刺史，折獄明恕，囹圄一空。先是境內有猛獸為民患，華原下車，甑山中忽有六駁食獸，民害頓除。

虎去蝗散　宋均為九江守。郡多虎暴，民患之。均至，下令曰：「勤勞張捕，非憂恤之本也。其務退奸貪，進良善，除一切檻阱！」虎皆渡江而東。時楚沛飛蝗蔽天，入九江界者輒散去。

冰上鏡中　王覿知蘇州，民歌之曰：「吏行冰上，人在鏡中。」

民頌守德　陶安為饒州知府，民謠曰：「千里榛蕪，侯來之初。萬姓耕辟，侯去之日。」又曰：「湖水悠悠，侯澤之流。湖水有塞，我侯之德。」

合浦還珠　孟嘗為合浦太守。合浦產珠，居人採珠易米。時二千石貪污，珠徙去；及嘗至，廉潔化行，一年，去珠復還。

州縣（附幕、判、丞、簿、尉、吏）

知州　宋置知州，名因唐始。舜有州牧；宋太祖置州通判。

知縣　周置縣正；秦孝公置縣令、丞；唐宣宗始置知縣；宋仁宗置縣丞；隋煬帝置主簿。

上應列宿　後漢館陶公主為子求郎，不許，賜錢十萬緡。明帝謂羣臣曰：「郎官上應列宿，出宰百里，苟非其人，則民受其殃矣！」

鳧舃　漢顯宗時，王喬為葉縣令，有神術。每朔望朝，帝怪其來速，不見車騎，密令太史伺之。言其臨至，有雙鳧從南飛來，舉羅張之，但得雙舃。詔尚方視之，則向年所賜尚書履也。

良令　《韓子》：晉公問趙武曰：「中牟，三國之股肱，邯鄲之肩髀也。寡人欲得一良令，其誰可？」武曰：「邢伯子可。」

中牟三異　後漢魯恭為中牟令，蝗不入境，司徒袁安遣使往察之。值恭息桑陰下，有雉在旁，使者謂小兒曰：「何不捕之？」曰：「雉將雛。」乃語恭曰：「公為政有三異：積德禳災，一異；仁及禽獸，二異；童子有仁心，三異。」

琴堂　宓子賤治單父，喜彈琴，身不下堂而單父治。唐詩云：「百里春風回草野，一輪明月照琴堂。」

花滿河陽　潘岳為河陽令，公餘植桃李花，人稱曰「花滿河陽」。

神君　晉喬智明為隆慮令，縣民愛之，號為「神君」。黃浮為童陽令，亦號「神君」。

聖君　晉曹攄補臨淄令，縱死囚歸家，克日而還，一縣歎服，號曰「聖君」。

慈父　隋房彥謙為長葛令，治為天下第一。百姓號為慈父。擢司馬，縣民泣曰：「房明府今去，吾屬何以生為？」乃立碑頌德。

陳太丘　漢袁紹問陳元方曰：「卿家君在太丘，遠近稱之，何所履行？」元方曰：「強者綏之以德，弱者撫之以仁。」杜詩云：「姚公美政誰與儔，不減當年陳太丘。」

元魯山　唐元德秀為魯山令，誠信化人，士夫高其行，稱之元魯山。

治縣譜　齊傅僧祐、子琰並為山陰令，父子並著奇績。世謂傅氏有治縣譜，子孫相傳，不以示人。

萊公柏　宋寇準知巴東縣，手植雙柏於縣庭，民以比甘棠，謂之萊公柏。

魯公浦　宋真宗朝，魯宗道為海鹽令，疏治東南舊港口，導海水至邑下，人以為利，號「魯公浦」。

晉陽保障　晉趙簡子使尹鐸為晉陽，將行，請曰：「以為繭絲乎？為保障乎？」簡子曰：「保障哉。」

花迎墨綬　唐岑參《送宇文舍人出宰元城》詩：「縣花迎墨綬，關柳拂銅章。別後能為政，相思淇水長。」

第一策　劉玄明歷建康、山陰令，治每為天下第一。傅翽代之，問玄明曰：「願聞舊政。」對曰：「作令無他術，惟日食一升米飯而莫飲酒，此第一策也。」

公田種秫　陶潛為彭澤令，縣有公田，悉令種秫曰：「令吾常醉於酒足矣。」

民之父母　王士弘為寧海知縣，有惠政，禱甘霖，除虎害。邑人歌曰：「打虎得虎，祈雨得雨。豈弟君子，民之父母。」

辟荒 溫縣知縣沃墅，令民墾闢荒蕪，樹藝桑棗。百姓歌曰：「田野辟，沃公力。衣食足，沃公育。」

思我劉君 劉陶，順陽長，多惠政，以疾免。民思而歌之曰：「悒然不樂，思我劉君。何得復來，安我下民？」

進秩還治 周健知全州，任滿，民詣闕請留，進秩還治。楊士奇贈以詩，有云：「歸到清湘三月暮，郊南騎馬勸春耕。」

三善名堂 沈度為餘干令，父老以三善名其堂：一曰田無廢土，二曰市無遊民，三曰獄無宿繫。

雀鹿之瑞 吳在木知餘干，有白雀青鹿之瑞。民歌曰：「吳在木，政嚴肅，惡者憂羈囚，善者樂化育。鳥有白翎雀，獸有青毛鹿，不見大聲急走人，昔之屢空今皆足。」

張侯 張讜為德興令，民頌之曰：「張侯張侯，敷政優游。農樂其業，禾麥有秋。」

侯禦侯食 何正為萍鄉令，民歌之曰：「寇至侯禦之，民飢侯食之。」

入幕之賓 晉郗超為桓溫參謀，謝安、王坦之詣新亭論事，溫令超卧帳中聽之，風動帳開。安笑曰：「郗生可謂入幕之賓矣。」

蓮花幕 《南史》：王儉用庾杲之為衞將軍長史，蕭緬與儉書曰：「盛府元僚，實難其選；庾景行泛綠水依芙蓉，何其麗也！」時人以入儉府為蓮花幕。

解事舍人 唐齊澣，開元初姚崇擢為中書舍人，論駁詔誥皆援證古誼，朝廷大政必資之。時號「解事舍人」。

判決無壅 《南史》：孔覬除長史，醉日居多，而明曉政事，醒時判決未嘗有壅。人曰：「孔公一月二十九日醉，勝世人二十九日醒也。」

髯參短簿 晉桓溫辟王珣為主簿，郗超為參軍。超多鬚髯，珣體短小，人語曰：「髯參軍，短主簿，能令公喜，能令公怒。」

滄海遺珠　狄仁傑為汴州參軍，以吏誣訴，即訊。黜陟使閻立本異其才，謝曰：「仲尼稱觀過知人。君可謂滄海遺珠矣。」薦授并州法曹參軍。高宗幸汾陽宮，道出妒女祠。俗言盛服過者致風雷之變，更發卒數萬改馳道。仁傑曰：「天子之行，風伯清塵，雨師灑道，何妒女避耶？」止其役，帝壯之。出為寧州刺史。

親耕勸農　裘賢通判潮州，為政勤，愛民篤。嘗出勸農，釋冠帶執農具以耕，其妻饁之。其年大熟，人皆以為勸農所致。

不寬不猛　楊璵為高郵判，民頌曰：「為政不寬還不猛，處心無黨更無偏。」

好官人　楊瑾知華亭秩滿，父老為二旗以餞，題其上曰：「農人不為題詩句，但稱一味好官人。」

老吏明　何滯為松江司李，知府王衡贈詩云：「關門共惜寒氈苦，斷獄爭誇老吏明。」

第一家　陶安字主敬，明太祖留參幕府，嘗榜其門曰：「國朝謀略無雙士，翰苑文章第一家。」

築圍堤　王斌，龍陽丞，為民築堤，無旱潦災。民歌之曰：「王父母，築圍堤。民樂業。我無飢。」

禱神斃虎　王昇，桐城縣丞。時黃蘗山虎白晝噬人，昇禱於神，虎忽自斃。

余不負丞　唐崔斯立為藍田丞。始至，喟然曰：「丞哉，丞哉！余不負丞，而丞負余。」庭有老槐四行，南牆巨竹千挺，斯立痛掃溉，對樹二松，日吟哦其間，有問者，輒對曰：「余方有公事，子姑去。」

替府　裴子羽為下邳令，張晴為縣丞，二人俱有聲氣，而善言語，論事移時。吏人相謂曰：「縣官甚不和，長官道雨，替府稱晴，以此終不得合也。」

廉吏重聽　漢黃霸為令，許丞年老，病聾，吏白欲逐之，霸曰：「許丞廉吏，雖老，尚能拜起，重聽何妨！」

清靜無欲　後漢張玄遷陳倉縣丞，清靜無欲，專心經史。

仇香　後漢仇覽，陳留人。考城令王渙聞覽以德化人，署為主簿。渙謂曰：「主簿得無少鷹鸇之志耶？」覽曰：「以為鷹鸇不如鸞鳳。」渙曰：「枳棘非鸞鳳所栖，百里豈大賢之路！」

鴻漸之賓　《白氏六帖》：鳳栖之位，鴻漸之賓。

千里駒　韋元將為郡主簿，楊處稱曰：「韋主簿有長成風，昂昂然千里駒也。」

關中三傑　朱光庭調萬年主簿，邑人謂之明鏡。時程伯淳鄠縣簿，張山甫武功簿，與光庭均有才名，故關中號為「三傑」。

才拍翰林肩　黃山谷《送謝主簿》詩云：「官栖仇覽棘，才拍翰林肩。」

米易蝗　孫覺為合肥簿，值歲旱，課民捕蝗。覺言民方艱食，捕得蝗若干，官以米易之，捕必盡力。守悅，推其法行之，竟不損禾。

少府　李白《贈瑕丘王少府》，杜甫《贈華陽李少府》。唐朝縣尉多稱「少府」。

黃綬　唐朝縣尉之綬黃色。陳子昂《送齊少府序》：「黃綬位輕，而青雲望重。」

梅仙　西溪梅福為南昌縣尉，上疏言事不用，遂棄官，一朝攜妻子去九江，不知所終。後為吳門市卒。

聰明尉　唐魏奉古為雍丘尉。嘗公宴，有客草序五百言，奉古曰：「此舊作也。」朗背誦之，草序者默然。奉古徐笑曰：「適覽記之，非舊習也。」由是知名。人號「聰明尉」。

鐵面少府　宋楊王休調台州黃巖尉。邑有豪民武斷一方，具得其奸狀白於郡，黥隸他州。閭里歡稱為「鐵面少府」。

五色絲棒　曹操年二十，舉孝廉為郎，除洛陽比部尉。入尉廨，繕治四門，造五色棒懸門左右。犯罪者，不避豪強皆棒殺之，京師斂跡。

金灘鸂鶒　唐河南伊闕縣前水中，每僚佐有入台省者，先有灘出石礫金砂。牛僧孺為尉，一日報灘出，有老吏觀之曰：「此必分司御史。若是西台，當有雙鸂鶒至。」僧孺祝曰：「既有灘，何惜鸂鶒？」語未竟，一雙飛下。不旬日，召拜西台御史。

鄭尉除奸　鄭虎臣，會稽尉也，解賈似道安置循州，侍妾尚數十人，虎臣悉屏去，奪其寶玉，撤轎蓋，暴烈日中，令舁轎夫唱杭州歌謔之，窘辱備至。至漳州木綿庵，虎臣諷令自殺，似道不從。虎臣曰：「吾為天下殺此賊，雖死何憾！」遂囚似道子於別室，即廁上拉似道椎殺之。

霹靂手　唐裴琰之為同州司戶，年少，刺史李崇義輕之。州中積年舊案數百，崇義促之判決。琰之命書吏數人遞紙筆，須臾，剖斷畢。崇義驚曰：「公何忍藏鋒，以成鄙人之過？」由是大知名。人稱霹靂手。

廉自高　劉子敏由御史左遷侯官典史，自署曰：「祿薄儉常足，官卑廉自高。」

刀筆　蕭曹出身刀筆。古者用版牘，吏書以刀削書之，故吏稱刀筆功名。

學官

學校　有虞氏始立國學。漢文翁守蜀，起學宮，始天下皆立學；後魏文帝始立郡縣學。唐高祖始詔國學立周孔廟；高宗始敕天下皆立廟，特祀孔子，初並祀周公。舜始制釋奠、釋菜；魏正始七年，始祀孔子於太學，前此皆祀於闕里釋奠；晉武帝始皇太子釋奠；隋始四仲月上丁釋奠。魏曹芳始以顏子配饗；唐太宗加左丘明等配享；宋神宗加孟子配享。

儒學　宋神宗各府置教授，掌教諸生，始戰國博士祭酒；漢武帝置博士於京師，文學於郡國；及唐太宗詔天下惇師為學官。

取法為則　胡瑗嘗為湖州學官，言行而身化之，使誠明者達、昏愚者厲而頑傲者革，其為法嚴而信，為道久而尊。自景祐、明道以來，學者有師，惟瑗與孫復、石介三人。慶曆四年，建太學於京師，有司請下湖州取瑗教學之法以為則，召為諸生官教授。

政事部

卷七

經濟

平米價　趙清獻公，熙寧中知越州。兩浙旱蝗，米價湧貴，飢死者相望。諸州皆榜衢路，立告賞，禁人增米價。公獨榜通衢，令有米者增價糶之，於是米商輳集，米價頓賤。

禁閉糴　撫州饑，黃震奉命往救荒，但期會富民耆老以某日至，至則大書「閉糴者籍，強糴者斬」八字揭於市，米價遂平。

但笑佳禾　張全義見田疇美者，輒下馬與僚佐共觀之，召田主勞以酒食，有蠶麥善收者，或親至其家，呼出老幼，賜以茶彩衣物。民間言張公不喜聲伎，獨見佳麥良蠶乃笑耳。由是民競耕蠶，遂成富庶。

擊鼓剿賊　魏李崇為兗州刺史。兗舊多劫盜，崇令村置一樓，樓懸鼓，盜發之處，亂擊之。旁村始聞者，以一擊為節，次二，次三，俄頃之間聲聞百里，皆發人守險，由是賊無不獲。

斷絕扳累　薛簡肅公帥蜀，一日置酒大東門外。中有戍卒作亂，既而就擒，都監走白諸公，命只於擒獲處斬決。民間以為神斷，不然，妄相扳引，受累必多矣。

擢用樞密　都指揮使張旻被旨選兵，下令太峻，兵懼，謀為變。上召二府議之。王旦曰：「若罪旻，則自今帥臣何以御眾？急捕謀者，則震驚都邑。陛下數欲任旻樞密，今若擢用，使解兵柄，反側者自安矣。」上曰：「王旦善處大事，真宰相也。」

分封大國　漢患諸侯強，主父偃謀令諸侯以私恩自裂地封其子弟，而漢為定其封號。漢有厚恩，而諸侯自分析弱小云。

征虜封禪　張說以大駕東巡，恐突厥乘間入寇，議加兵備邊。召兵部郎中裴光庭謀之。光庭曰：「四夷之中，突厥最大，比屢求和親，而朝廷勿許。今遣一使，徵其大臣從封泰山，彼必欣然承命。突厥來，則戎狄君長無不皆來，可以偃旗息鼓，高枕而卧矣。」說曰：「善，吾所不及。」即奏行之。

預給歲幣　契丹奏請歲給外別假錢幣。真宗以示王旦。公曰：「夷狄貪婪，漸不可長。可於歲給三十萬內各借三萬，仍諭次年額內除之。」契丹得之大慚。次年，復下有司：「契丹所借金帛六萬，事微末，仰依常數與之，以後永不為例。」

責具領狀　王陽明既擒宸濠，囚於浙省。時武廟南幸，駐蹕留都。中官誘令陽明釋濠還江西，俟聖駕親往擒獲，差中貴至浙省諭旨。陽明責中貴具領狀，中貴懼，事遂寢。

競渡救荒　皇祐二年，吳中大饑。范仲淹領浙西，發粟及募民存餉，為術甚備。吳人喜競渡，好為佛事。淹乃縱民競渡，太守日出宴於湖上，自春至夏，居民空巷出遊。又召諸佛寺主僧諭之曰：「饑歲工價至賤，可以大興土木。」於是諸寺工作並興。又新倉廒吏舍，日役千夫。兩浙大饑，唯杭宴然。

比折除過　韓琦知鄆州，京中素多盜，捕法以百日為限，限中不獲，抵罪。琦請獲他盜者聽，比折除過，故盜多獲。

中官毀券　梅國楨知固安，有中官操豚蹄為饗，請徵債於民。國楨曰：「今日為君了此。」急牒民至，趨令鬻妻償貴人債，偽遣人持金買其妻，追與偕入，民夫婦不知也。楨大聲語民曰：「非爾父母官立刻拆爾夫妻，奈貴人債義不容緩；但從此分離，終身不復見矣！容爾盡言訣別。」陽為墮淚。民夫婦哀慟難離。中官為之酸楚，竟毀券而去。

宣敕斃奸　況鍾知蘇州，初視事，陽為木訥，胥有弊蠹，輒默識之。通判趙忱肆慢侮鍾，亦不之校。既期月，一旦，宣敕召府中胥悉前，大聲言：「某日某事竊賄若干，然乎？某日，某如之！」羣胥駭服，不敢辯，立擲殺六人，肆諸市。復出屬官貪者五人，庸懦者十餘人。由是吏民震悚，革心奉命。民稱之曰況青天。

積弊頓革　劉大夏為戶部侍郎，理北邊糧草。尚書周經謂曰：「倉場告乏，糧草半屬京中貴人子弟經營。公素不與此輩合，此行恐不免剛以取禍。」大夏曰：「處天下事以理不以勢，定天下事在近不在遠，俟至彼圖之。」既至，召邊上父老日夕講究，遂得其要領。一日，揭榜通衢曰：「某倉缺幾千石，每石給官價若干，封圻內外官民客商之家，但願告報者，糧自十石以上，草自百束以上，俱准告，雖中貴子弟不禁也。」不兩月，公有餘積，民有餘財。蓋往時來告者，糧必限以千百石，草必限以十萬束方准，以至中貴子弟為市包買，以圖利息。自大夏此法立，有糧草之家皆自往告報，不必中貴包買足數然後整告也，幾十年積弊，一朝頓革。

築牆屋外　許逵為樂陵令，時流寇勢熾，逵預築牆城浚隍，使民各築牆屋外，高過其檐，仍開牆竇如圭，僅可容人。家令二壯者執刀俟於竇內，其餘人各入隊伍，設伏巷中，洞開城門。賊至，旗舉伏發，賊火無所施，兵無所加，盡擒斬之。自是賊不敢近樂陵境。

承命草制　梁儲在內閣時，秦王疏請陝之邊地益其封疆。朱寧、江彬等受其賄，助之請，上許之。兵部及科道執奏不聽，大學士楊廷和當草制，引疾不出。上震怒，內臣至閣督促儲曰：「如皆引疾，孰與事君？」遂承命草上制曰：「昔太祖皇帝着令曰：『此土不畀藩封，非吝也！念此土廣且饒，藩封得之，多蓄士馬，饒富而驕，奸人誘為不軌，不利宗社。』今王請祈懇篤，朕念親親，畀地不吝。務得地宜益謹，毋收聚奸人，毋多養士馬，毋聽奸人勸為不軌，震及邊方，危我社稷，是時雖欲保全親親，不可得已。王慎之，毋忽！」上覽制，駭曰：「若是，其可虞，其弗與！」事遂寢。

平定二亂　張佳胤因浙兵減糧辱巡撫為亂，受命視師兩浙。將抵杭，復聞市民因受役不均，聚眾焚劫鄉紳，有亡賴丁仕卿者為首倡。佳胤促駕曰：「速驅之，尚可離而二也。」到台，召營兵為亂者撫之曰：「汝曹終歲有守衞功，前撫減糧誠誤。今市井亡賴亦為亂，彼無他勞，不可以汝曹為例，可為我捕之，功成不獨論贖，且有賞也。」眾踴躍聽命，遂薄亂民，敗之，擒捕丁仕卿等，立會諸司訊之，得其挾刃而要金帛者五十餘人，皆梟之，餘悉放歸，於是諸亡賴皆帖然解散。佳胤乃復營兵餉，密廉其倡亂者名，因捕數人曰：「汝為亂首，吾故欲貸汝，天子三尺不貸汝！」遂斬之，因馳使遍赦七營，曰：「亂者已服辜。今以爾有功天子，不欲盡誅，汝當盡力報國！」不五日，二亂平定。

轉賜將士　李正己為平盧節度使，畏德宗威名，表獻錢三十萬緡，上欲受之，恐見欺，卻之則無辭。崔祐甫請遣使慰勞淄、青將士，因以正己所獻錢賜之，使將士人人感上恩；又諸道聞之，知朝廷不重貨財。上悅從之，正己大慚服。

一軍皆甲　段秀實為邠州都虞候。行營節度郭晞縱士卒為暴，秀實列卒取十七人，斷首注槊上，植市門外，一軍皆甲。秀實詣軍門曰：「殺一老卒，何甲也？吾戴吾頭來矣。」因讓晞，晞謝過。邠州由是無禍。

各自言姓名　大將田希鑒附朱泚，泚敗，李晟以節度使巡涇州，希鑒郊迎，晟與之並轡而入，道舊甚歡也，希鑒不復疑。晟伏甲而宴，宴畢，引諸將下堂曰：「我與汝曹久別，可各自言姓名。」於是得為亂者三十餘人，數其罪，殺之。顧希鑒曰：「田郎不得無過。」並立斬。

為三難　鮮于侁，字子駿。方新法行，諸路騷動，侁奉使九載，獨公心處之。蘇軾稱上不害法、中不傷民、下不廢親為「三難」。司馬光當國，除京東轉運，曰：「子駿，福星也。」

平原自無　史弼為平原相時，舉鈎黨，惟平原獨無。詔書前後迫切，從事坐傳舍責曰：「青州六郡，其五有黨，平原何治而得獨無？」弼曰：「先王疆理天下，畫界分境，水土異齊，風俗不同。五郡自有，平原自無，胡可相比？若承望上司，誣陷良善，則平原之人，戶可為黨。相有死而已，所不能也！」

燭奸

責具原狀　李靖為岐州刺史，或告其謀反，高祖命一御史案之。御史知其誣罔，請與告事者偕行數驛，詐稱失原狀，驚懼異常，鞭撻行典，乃祈求告事者別疏一狀。比驗與原不同，即日還以聞，高祖大驚，告事者伏誅。

驗火燒屍　張舉為句章令，有妻殺其夫，因放火燒舍，詐稱夫死於火，其弟訟之。舉乃取豬二口，一殺一活，積薪焚之，察死者口中無灰，活者口中有灰。因驗夫口，果無灰，以此鞫之，妻乃服罪。

市布得盜　周新按察浙江，將到時，道上蠅蚋近馬首而聚，使人尾之，得一暴屍，惟小木布記在，取之。及至任，令人市布，屢嫌不佳，別市之，得印誌者，鞫之，布主即劫布商賊也。

旋風吹葉　周新坐堂問事，忽旋風吹異葉至前，左右言城中無此木，獨一古寺有之，去城差遠。新曰：「此必寺僧殺人埋其下也，冤魂告我矣！」發之，得婦屍，僧即款服。

帷鐘辨盜　陳述古令浦城。有失物，莫知為盜者，乃紿曰：「某所有鐘能辨盜，盜摸則鐘自鳴。」陰使人以煤塗而帷之。令囚入摸帷，一囚手無煤，訊之果服。

折蘆辨盜　劉宰為泰興令。民有亡金釵者，唯二僕婦在，訊之，莫肯承。宰命各持蘆去，曰：「不盜者，明日蘆自若；果盜，明旦則蘆長二寸。」明旦視之，則一自若，一去蘆二寸矣。詰之，盜遂服。

遣婦縛奸　陸雲為浚儀令，有殺人不得其主者。雲囚其妻十許日，密令人尾其後，屬曰：「其去不遠十里，當有男子候之與語，便縛至。」既而果然。問之，乃與婦私通，共殺其夫，聞出獄探消息，憚近縣，故遠相候耳。一縣稱為神明。

捕僧釋冤　元絳攝上元令。有甲與乙被酒相毆，甲歸卧，夜為盜斷足，妻執乙詣縣，而甲已死。絳遣其妻曰：「歸治而夫喪，乙已服矣。」陰使跡其後，見一僧迎之私語。即捕僧，乃乘機與其妻共殺甲者。

井中死人　張昇知潤州，有報井中死人者，一婦人往視曰：「吾夫也。」昇令其親鄰驗之，井深莫可辨。昇曰：「眾不能辨，婦人何遂知其為夫？」即付所司鞫之，果其婦與姦夫所謀者。

食用左手　王惟熙鹽城尉，有羣飲而斃者，俱不伏罪。脱其械而與飲食，問一人曰：「汝用左手，而死者傷右，尚何拒？」囚無辯，而擬抵。

盜首私宰　葉賓知南安，有盜截牛舌，其主以聞。賓陽叱去，陰令屠之。即有首私宰耕牛者，賓曰：「截牛舌者汝也。」果服。

留刀獲盜　劉崇龜為廣州刺史。有少年泊舟江濱，見一妙姬倚閭，殊不避，少年挑之，曰：「黃昏到宅。」是夕，果啟扉待之。少年未至，一盜入扉，姬不知，即身就之。盜疑見執，遂刺姬死，遺刀而逃。少年後至，踐其血僕地，捫之，見死者，急出。明日，其家隨血跡至江岸，岸上人云：「夜有某客船去矣。」捕者追獲，具實吐之，觀其刀乃屠家物。崇龜下令曰：「某日演武，大饗士，集合境庖丁。」既集，復曰：「已晚，留刀於廚。」陰以殺人刀換下。比明，各來請刀，獨一屠不認。因詰之，曰：「此非某刀，乃某人刀耳。」命擒之，則已竄矣。崇龜以合死之囚代少年，侵夜斃於市。竄者知囚已斃，不一二夕歸家，遂就擒服罪。

命取佛首　程顥為鄠主簿，僧寺有石佛，歲傳佛首放光，士民競往。顥戒曰：「俟後現，當取其首。」就觀之，光遂止。

識猴為盜　楊繪知興元。有盜庫縑者，繪跡蹤之，不類人所出入。乃呼戲沐猴者，一訊而服。

聞哭知奸　國僑，字子產，嘗晨出聞婦人哭，使吏執而訊之，則手絞其夫者也。吏問故，子產曰：「凡人於所親愛也，始病而憂，臨危而懼，已死而哀。今哭夫已死，不哀而懼，是以知其有奸也。」

河伯娶婦　西門豹為鄴令，俗故信巫，歲月河伯娶婦以攫利，選室女以投於河，豹及期往，視其女曰：「醜！煩大巫先報河伯，如其不欲，還當另選美者。」呼吏投巫於河。少頃曰：「何久不覆我？」又投一人往速。羣奸驚懼乞命，從此弊絕。

哭夫不哀　嚴遵為揚州行部，聞道旁女子哭而聲不哀，問之，云：「夫遭火死。」遵使輿屍到，令人守之曰：「當有物往。」更日，有蠅聚頭所。遵令披視，鐵錐貫頂，乃以淫殺其夫者。

命七給子　張詠知杭州。有子與婿訟家產者，婿言：「舅終，子才三歲，遺書令異日三分付子，婿得其七。」詠曰：「汝婦翁，智人也，以七與子，子死矣。」命三給婿，七給子。

怒逮婦人　王克敬為兩浙運使，有逮犯私鹽者，以一少婦至。克敬怒曰：「豈有逮婦人於百里外與吏卒雜處者，污教甚矣！」自後不許，着為令。

斷絲及雞　傅琰山陰令，有賣針、賣糖老嫗爭團絲訴琰，琰令掛絲於柱，鞭之，微視有鐵屑，乃罰賣糖者。又二野父爭雞，問何以飼雞，一云豆，一云粟。破雞得粟，罪言豆者。民稱傅聖。

老翁兒無影　丙吉知陳留，富翁九十無男，娶鄰女，一宿而死，後產一男，其女曰：「吾父娶，一宿身亡，此子非吾父之子。」爭財久而不決。丙吉云：「嘗聞老翁兒無影，不耐寒。」其時秋暮，取同歲兒解衣試之，老翁兒獨呼寒，日中果無影，遂直其事。

石璞，江西副使。時有民娶婦三日，婿與婦往拜岳家。婿先歸，婦後，失之，遍索不獲。婦翁訟婿殺女，婿不勝榜掠，自誣服。璞猶疑殺人而棄屍，必深怨者為之。彼新婚燕好，胡乃爾爾。夜齋沐焚香祝曰：「此獄關綱常，萬一婦與人私，而夫枉死，且受污名，於理安乎？神其以夢示我！」果夢神授一「麥」字。璞曰：「此兩人夾一人也，獄有歸矣！」比明，令械囚待時行刑。囚未出，璞見一童子窺門內，乃令人牽入曰：「爾羽客，胡為至此，得非爾師令偵某囚事耶？」童子大驚，吐實，乃二道士素與婦通，見匿之麥叢中。人因號曰「斷鬼石」。

視首皮肉　民有利姪之富者，醉而拉殺之於家。其長男與妻相惡，欲借姦名並除之，乃斬妻首，並拉殺之，首以報宮。時知懸尹見心迎上司於二十里外，聞報時已三鼓，見心從燈下視其首，一首皮肉上縮，一首不然。即詰之曰：「兩人是一時殺否？」答曰：「然。」曰：「婦有子女乎？」曰：「有一女，方數歲。」見心曰：「汝且寄獄，俟旦鞫之。」別發一票，速取某女來。女至，則攜入衙，以果食之，好言細問，竟得其情，父子服罪。

法驗女眉及喉　劉鳴謙守杭州，有劉氏女所居淺陋，鄰少年張窺其艾，夜躍上樓，穴窗入。女大呼賊，父驚起，鄰少年不能脫，執而髡之。少年昆弟號於眾曰：「伊父實以女悵而又阱之。」女聞之拊膺曰：「天乎！辱人至於此。」遂自縊。張乃賄其父金，當讞訴女已承污，特羞姦露耳。鳴謙得女貞烈、父受金狀，乃令以法驗女眉及喉，實處子。與從事劉公訊治之，張伏法。百姓謠曰：「兩劉哲，一劉烈，江河海流合。」

花瓶水殺人　汪待舉守郡部。民有飲客者，客醉卧空室中。客夜醉渴，索漿不得，乃取花瓶水飲之。次早啟戶，客死矣。其家訟之，待舉究中所有物，惟瓶中浸旱蓮花而已。試以飲死囚，立死，訟乃白。

識斷

斬亂絲　高洋內明而外晦，眾莫能知，獨歡異之曰：「此兒識慮過吾。」時歡欲觀諸子意識，使各治亂絲，洋獨持刀斬之曰：「亂者必斬。」

立破枉獄　陸光祖為濬令。濬才士盧柟被前令枉坐重辟，數十年相沿，以其富不敢為之白。陸至，訪實，即日破械出之，然後聞於台使者。使者曰：「此人富有聲。」陸曰：「但當問其枉不枉，不當問其富不富。不枉，夷、齊無生理；果枉，陶朱無死法。」使者甚器之。後行取為吏部，黜陟自由，絕不關白台省。

即斬叛使　胡興為趙府長史。漢庶人將反，密使至，趙王大驚，將執奏之。興曰：「彼舉事有日矣！何暇奏乎？萬一事泄，是趣之叛。」一日盡殲之。漢平，宣廟聞斬使事曰：「吾叔非二心者！」趙遂得免。

監國解紛　張說有辨才，能斷大議。景雲初，帝謂侍臣曰：「術家言五日內有急兵入宮，奈何？」左右莫對。說進曰：「此讒謀動東宮耳！陛下若以太子監國，則名分定、奸膽破、蜚語塞矣。」帝如其言，議遂息。

斷殺不孝　張晉為刑部，時有與父異居而富者，父夜穿垣，子以為盜也，瞯其入，撲殺之，取燈視之，父也。吏議：「子殺父，不宜縱；而實拒盜，不知其為父，又不宜誅。」獄久不決。晉判曰：

「殺賊可恕，不孝當誅。子有餘財，而使父貧為盜，不孝明矣！」竟殺之。

刺酋試藥　曹克明有智略，真宗朝累官十州都巡檢。酋蠻來獻藥一器曰：「此藥凡中箭者傅之，創立癒。」克明曰：「何以驗之？」曰：「請試雞犬。」克明曰：「當試以人。」取箭刺酋股而傅以藥，酋立死。羣酋慚懼而去。

杖逐桎梏　黃震為廣德通判。廣德俗有自帶枷鎖求赦於神者，震見一人，召問之，乃兵也。即令自招其罪，卒曰：「無有。」震曰：「爾罪必多，但不可對人言，故告神求赦耳。」杖而逐之。此風遂絕。

一錢斬吏　張詠在崇陽，一吏自庫中出，鬢邊有一錢，詰之乃庫中錢也。詠命杖之，吏勃然曰：「一錢何足道！乃杖我耶？」強項不屈。詠固命杖之，吏曰：「爾能杖我，不能殺我。」詠判云：「一日一錢，千日千錢，繩鋸木斷，水滴石穿。」自仗劍下階斬其首，申府自劾。崇陽人至今傳之。

強項令　董宣為洛陽令，湖陽公主家奴殺人，宣就主車前取殺之。主訴於帝，帝令宣謝主，宣不拜。帝令捺伏，宣以手據地不俯，帝敕曰：「強項令去！」

南山判　武后時，李元紘遷雍州司戶。太平公主與僧爭碾磑，元紘判與僧。長史竇懷貞大懼，促紘改判，紘大署判尾曰：「南山可移，此判終無搖動也。」

腕可斷　唐韓偓，宰相韋貽範母喪，詔還位，偓當草制，言貽範居喪不數月使治事傷孝子心。學士使馬從皓逼偓草之，偓曰：「腕可斷，制不可草！」

麻出必壞　唐德宗欲相裴延齡，陽城為諫議，曰：「白麻出，我必壞之！」慟哭於廷，齡遂不得相。

判誅舞文　柳公綽為節度使，行部至鄉縣，有奸吏舞文誣其縣令貪者。縣令以公素持法，必殺貪官。公綽判曰：「贓吏犯法法在，奸吏犯法法亡。」竟誅舞文者。

鐵船渡海　賈郁性峭直，不能容過。為仙游令，及受代，一吏酗酒，郁怒曰：「吾再典此邑，必懲此輩。」吏揚言曰：「造鐵船渡海也。」郁後復典是邑，吏盜庫錢數萬，郁判曰：「竊銅鏹以肥家，非因鼓鑄；造鐵船而渡海，不假爐鎚。」因決杖徙之。

其情可原　孫唐卿判陜州。民有母再嫁而死，乃葬父，遂盜母之喪而祔葬之。有司論以法，唐卿曰：「是知有孝，不知有法，其情可原。」乃判釋之。

問大姓主名　周紆為洛陽令。下車，先問大姓名吏，數閭里豪強，以對。紆厲聲怒曰：「本問貴戚若馬、竇等輩，豈能知此賣菜傭乎？」於是京師肅然。

引燭焚詔　李沆為平章。一夕，真宗遣使持手詔欲以劉美人為貴妃，沆對使者引燭焚詔，附奏曰：「但道臣沆以為不可。」其議遂寢。

天何言哉　真宗恥澶淵之盟，聽王欽若天書之計，而行封禪。待制孫奭言於帝曰：「以臣愚所聞，天何言哉？豈有書也？」帝默然。

禮宜從厚　李宸妃薨，太后欲以宮人禮治喪於外，呂夷簡為首相，奏禮宜從厚。后怒曰：「相公欲離間吾母子耶！」夷簡曰：「他日太后不欲全劉氏乎？」時有詔，欲鑿宮城垣以出喪。夷簡乃謂內侍羅崇勛曰：「宸妃誕育聖躬，而喪不成禮，異日必有受其罪者，莫謂夷簡今日不言也。當以后服殮，用水銀。」崇勛馳告太后，乃許之。後荊王元儼為帝言：「陛下乃李宸妃所生，妃死以非命。」帝因慟號累日，下詔自責，幸洪福寺祭告，易梓宮，親啟視之。妃以水銀，故玉色如生，冠服如皇后。帝歎曰：「人言其可信哉？」待劉氏加厚。

奏留祠廟　張方平判應天府，時司農遵王安石鬻祠廟於民法，方平託劉摯為奏曰：「閼伯遷商丘，主祀香火，為國家盛德，所乘歷世尊為大祀。微子宋始封之君，開國此地，是本朝受命建業所因。又有雙廟，乃唐張巡、許遠孤城死賊，能捍大患。今若令承買小人規利，冗褻瀆慢，何所不為？歲取微細，實傷國體。欲望留此三廟，以慰邦人崇奉之意。」疏上，帝震怒，批牘尾曰：「慢神辱國，無甚於斯！」於是天下祠廟皆得罷賣。

收縛誣罔　雋不疑為京兆尹，有男子乘犢車詣北闕，自謂衞太子。詔列侯公卿以下雜職視，至者莫敢言。不疑後至，叱從吏收縛曰：「昔蒯聵出奔，輒拒而不納，《春秋》是之。衞太子得罪先帝，亡不即死，今來自請，此罪人也。」遂送詔獄。上與霍光嘉之曰：「公卿大臣當用有經術明於大誼者。」驗治，得奸詐，坐誣罔不道，腰斬。

捕脯小龍　程顥為上元主簿，有善政。茅山池有小龍，得見者奉以神，民走若狂。顥捕而脯之。

汰僧為兵　宋胡旦通判昇州。時江南初平，汰李氏所度僧，十減六七。旦曰：「彼無田廬可歸，將聚而為盜。」乃悉黥為兵，以同時所汰尼僧配之。

俟面奏　寇天敍以應天府丞攝尹事，時武宗南巡，權嬖鴟張索賄，拂其意禍且立至。天敍曰：「與其行賄改節，不若得罪去官。」凡有所需，直阻之曰：「俟面奏，旨與則與，皆莫誰何！」駐蹕九閱月，費且不資，而民不病。

破柱戮奸　李膺拜司隸校尉，時小黃門張讓弟朔為野王令，貪殘無道，畏膺威嚴，逃還京師，匿於兄家合柱中。膺知其狀，率吏卒破柱取朔，付洛陽獄，受辭畢，即殺之。自此諸黃門常侍皆鞠躬屏氣。時朝廷日亂，綱紀頹弛，而膺獨持風裁，以聲名自高，士有景仰之者。

清廉

冰壺　杜詩：「冰壺玉衡懸清秋。」姚元崇所作《冰壺》，言其洞徹無瑕，澄空見底。杜詩清廉有類於是。

齋馬　唐馮元淑歷浚儀、始平尹，單騎赴任，未嘗以妻子之官，所乘馬不食民間芻豆，人謂之齋馬。

廉能　《周禮．天官》：以聽官府之六計弊羣吏之治，一廉善，二廉能，三廉敬，四廉正，五廉法，六廉辨。

冰清衡平　華康直知光化，豐稷知穀城，廉而且平。時人歌之曰：「華光化，豐穀城，清如冰，平如衡。」

釜中生魚　漢范丹字史雲，桓帝時為萊蕪長，人歌之曰：「甑中生塵范史雲，釜中生魚范萊蕪。」

留犢　魏時苗為壽春令，始至官，乘簿夆車、黃牸牛、布被囊。歲餘，牛生一犢。及去，留其犢，謂主簿曰：「令來時，本無此犢，犢是淮南所生，故留之。」明交河令葉好文，亦留三犢與貧民為耕。

酬酒還獻　後漢張奐為安定屬國都尉，有羌人獻金、馬者，奐召主簿張祁入，於羌前以酒酹地曰：「使馬如羊，不以入廐；使金如粟，不以入懷。」悉以還之，威化大行。

食饌一口　北方彭城王溆自滄州召還，父老相率具饌曰：「殿下惟飲此鄉水，未嚐百姓饌，聊獻疏薄。」溆食一口。

臣心如水　前漢成帝時，鄭崇為尚書，好直諫，貴戚多譖之。上責崇曰：「君門如市，何以欲禁絕貴戚？」崇對曰：「臣門如市，臣心如水。」

清乎尚書之言　後漢鍾離意為尚書令，交趾太守張恢坐贓伏法，以資物陳於帝前，詔頒賜羣臣。意得珠璣，悉以委地。帝怪之，答曰：「孔子忍渴於貪泉，曾參回車於勝母，惡其名也。贓穢之資，誠不敢拜受。」上歎曰：「清乎尚書之言！」

乘止一馬　朱敬則為盧州刺史，代還，無淮南一物，所乘止一馬。

酌水奉餞　隋趙軌為齊州別駕。入朝，父老送之曰：「公清如水，請酌一杯水以奉餞。」

鬱林石　吳陸績為鬱林太守，罷歸無裝，舟輕不能道海，乃取一大石置舟中以歸。人號鬱林石。

只談風月　徐勉遷吏部尚書，常與門人夜集，有為人求官者，勉曰：「今夕只可談風月，不宜及公事。」

市肉三斤　海瑞為淳安令，一日，胡總制語三司諸道曰：「昨聞海令市肉三斤矣，可往察之。」乃知為母上壽所需也。

一文不直　薛大楹主南昌簿，嘗標其門曰：「要一文，不直一文。」

原封回贈　吳讓知臨桂縣，不三年，超陞慶遠知府，南丹諸土官各饋金為贄，讓卻不受，口占絕句遺之曰：「貪泉爽酌吾何敢，暮夜懷金豈不知？寄語丹州賢太守，原封回贈莫相疑。」

書堂自勵　陳幼學知湖州，書於堂曰：「受一文枉法錢，幽有鬼神明有禁；行半點虧心事，遠在兒孫近在身。」

畫菜於堂　徐九經令句容，及滿去，父老兒稚挽衣泣曰：「公幸訓我！」公曰：「惟儉與勤及忍耳。」嘗圖一菜於堂，題曰：「民不可有此色，士不可無此味。」至是，父老刻所畫菜，而書「勤儉忍」三字於上曰：「徐公三字經。」

御書褒清　程元鳳官拜右丞相兼樞密，御書「清忠儒碩昭光」六字褒之。

清白太守子　王應麟守徽州，其父撝嘗守是郡，父老曰：「此清白太守子也。」

劉窮　劉璽，龍驤衛人。少業儒，長襲世職，居官廉潔，人呼為「青菜劉」，或呼為「劉窮」。繼推總漕運，上識其名，喜曰：「是劉窮耶？可其奏。」

清化著名　韋諛少好文學，羣言祕要之義無不綜覽，後仕石季龍，歷守七郡，咸以清化著名。

廉讓之間　范柏年初見宋明帝，言及廣州貪泉，因問：「卿州復有此水不？」答曰：「梁州惟有文川武鄉、廉泉讓水。」又問：「卿宅何處？」曰：「臣所居廉讓之間。」帝嗟其善答。

清白遺子孫　鄭述祖仕齊為兗州刺史，其父亦嘗為此州，百姓歌之曰：「大鄭公，小鄭公，相去五十載，風教尚有同。」及病，曰：「一生富貴足矣！以清白之名遺子孫，死無所恨。」

清有父風　柳玭，仲郢子，為嶺南節度副使。廨中桔熟，既食，乃納直於官。拜御史大夫，清直有父風。

懸魚　羊續，南陽守。入境即微服間行，凡令長貪潔，吏民良猾者，皆廉知其狀，一郡震竦。府丞以生魚獻，受而懸之庭，杜其後進，妻率子祕入郡舍，不納，妻怒檢室中，惟布衾鹽菜而已。

自控妻驢　宋李若谷赴長社主簿，自控妻驢，故人韓億為負行李。將入境，謂韓曰：「恐縣吏迎至。」篋中止有錢六百，以其半遺韓，相持大哭而別。

埋羹　王璡，寧波守。操行廉潔，自奉尤儉約。一日，見饌兼魚肉，大怒，令輟而瘞之，號「埋羹太守」。

進餅不受　明戴鵬，會稽知縣，清慎自守。時軍駐四明，鵬往供饋餉。期限嚴急，率民步行，日晡飢甚，從者進餅，卻不受，掬道旁水飲之。

僅二竹籠　明軒輗由御史出為按察使，清約自持，四時一布袍，常蔬食。約諸僚友，三日出俸市肉一斤，多不能堪。待故舊，惟一肉，或殺雞，輒驚曰：「軒廉使殺雞待客矣。」後以都御史致仕，上問曰：「昔浙江廉使考滿歸家，僅二竹籠，是汝乎？」輗頓首謝。

符青菜　明符驗守常州，不攜家，持二敝簏，一童僕，日供惟蔬，人目為「符青菜」。鋭意鋤強，凡橫於鄉者，雖竄匿，期必得之，苟奉法而至，亦不深求。歲大旱蝗，日循行督捕，每出以筐盛米數升、柴數束自給，不勞民供億。

清乃獲罪　南北朝沈巑之丹徒令，以清介不通左右被譖，逮繫尚方。帝召問，對曰：「臣清乃獲罪。」帝曰：「清何以獲罪？」曰：「無以奉要人耳。」帝問要人為誰，指曰：「此赤衣諸郎皆是。」復任丹徒。

橐無可贈　南北朝到溉，建安太守。故人任昉以詩寄溉，求一衫。溉檢橐中無可贈者，答詩曰：「予衣本百結，閩鄉徒八蠶。」

不持一硯　包拯知端州。州歲貢硯，必進數倍以遺要人，拯命僅足貢數即已。秩滿歸，不持一硯。

日唯啖菜　宋姚希得知靜江。官署舊以錦為幕，希得曰：「吾起家書生，安用此！」命以布易之。日惟啖菜，一介不妄取也。

命還砧石　宋淩沖令含山，律己甚嚴，一介不妄取。見歸裝有一砧石，詫曰：「非吾來時物也。」命還之。

毋撓其清　唐蔣沇歷長安、咸陽、高陵諸邑令，多卓異聲。郭子儀過高陵，戒麾下曰：「蔣賢令供億，得蔬食足矣。毋撓其清也！」

杯水餞公　隋趙軌，齊川別駕。東鄰有桑椹落其庭，軌遣拾還之。及被召，父老揮泣送曰：「公清如水，不敢以壺漿相溷，敬持杯水餞公。」軌受而飲之。

掛牀去任　三國裴潛，兗州刺史。嘗作一胡牀，及去任，掛之梁間。人服其介。

置瓜不剖　蘇瓊守清河，先達趙穎獻園瓜，瓊勉留置梁上，不剖食。人聞受穎瓜，競獻新果，至門知瓜猶在，相顧而去。

受職

筮仕　《左傳》：畢萬筮仕於晉，遇屯之比。辛廖占之曰：「吉。」

下車　李白為武昌宰去思碑云：「未下車，人懼之；既下車，人悅之！」

瓜期　《左傳》：齊侯使連稱、管至父戍葵丘，瓜時而往，曰：「及瓜而代。」

書考　《書經》：三載考績，三考黜陟幽明。

增秩　前漢宣帝曰：「太守吏民之本，數變易則下不安；民知其將久，不可欺罔，乃服從其教化。」故二千石有治績，輒以璽書勉勵，增秩賜金。

報政　《史記》：伯禽受封之魯，三年然後報政。周公曰：「何遲也？」伯禽曰：「變其俗，革其祀喪，三年而後除之，故遲。」太公封於齊，五月而報政。周公曰：「何速也？」曰：「吾簡其君臣禮，從其俗也，故速。」

一行作吏　晉嵇叔夜《與山巨源書》云：「遊山澤，觀魚鳥，心甚樂之。一行作吏，此事便廢。」

窮猿奔林　李充字弘度，嘗歎不被遇。殷浩問：「君能屈志百里否？」李答曰：「北門之歎，久已上聞。窮猿奔林，豈暇擇木？」遂授剡縣。

有蟹無監州　宋初通判與知州爭權，每云：「我是州監！」有錢昆者，浙人，嗜蟹，嘗求補外曰：「但得有蟹無監州則可。」東坡詩云：「欲向君王乞符竹，但憂無蟹有監州。」

致仕　遺愛

蜘蛛隱　龔舍仕楚，見飛蟲觸蜘蛛網而死，歎曰：「仕宦亦人之羅網也。」遂掛冠而去。時號為「蜘蛛隱」。

從赤松子遊　張良辭高祖曰：「臣以三寸舌為帝者師，封萬戶侯，此布衣之極，於願足矣。願棄人間事，從赤松子遊。」

鴟夷子皮　范蠡滅吳，以大名之下難以久居，且句踐可與同患難，不可與同安樂，遂乘輕舟泛湖而去，自號「鴟夷子皮」。

東門掛冠　漢逢萌見王莽殺其子，告友人曰：「三綱絕矣！不去，禍將及。」遂掛冠東門而去。

思蒓鱸　晉張翰，齊王冏辟為大司馬功曹。翰見秋風起，思吳江蒓羹鱸膾，歎曰：「人生貴適意，安能羈官數千里！」遂命駕而歸。

二疏歸老　漢疏廣為太傅，兄子受為少傅。廣謂受曰：「吾聞知足不辱，知止不殆，豈若告老以歸骸骨。」即日辭官，上許之。故人設餞東門，觀者皆曰：「賢者二大夫！」

襆被而出　晉魏舒為尚書郎。時欲沙汰郎官，非其才者罷之。舒曰：「我即其人也。」襆被而出。同僚素無清論者，咸有愧色。

棄荏席黴　晉文公棄荏席，黴黑。舅犯辭歸，言文公棄其臥席之黴黑。舅犯以其棄舊戀新，故辭歸。

乞骸骨　漢宣帝朝，丞相韋賢以老病乞骸骨，賜黃金百斤，安車駟馬，罷就第。丞相致仕自賢始。

甘棠　《詩經》：「蔽芾甘棠，勿剪勿伐，召伯所茇。」召伯巡行南陽，聽政於甘棠。後人思其恩澤，故戒勿剪伐。

生祠　漢于公決獄，平民立祠生祀之。生祀始此。

脫靴　唐崔戎自刺史遷官，民擁留抱持，取其靴。今之脫靴始此。

桐鄉　前漢朱邑為桐鄉令，病且死，屬其子曰：「我故後，吏民必葬我於桐鄉。後世子孫奉我，或不如桐鄉百姓。」

野哭　子產相鄭，及卒，國人哭於巷，農夫哭於野，商人罷市而哀，流涕三月，不聞琴瑟之聲。

墮淚碑　晉羊祜以清德聞。及死，南州為之罷市，巷哭者聲相接，葬於峴山。百姓望其碑者，輒流淚，謂之墮淚碑。

童不歌謠　秦五羖大夫百里奚卒，秦人巷哭，童子不歌謠，舂者不相杵。

下馬陵　董仲舒墓在長安，人思其德，過者下馬，人謂之下馬陵。後世誤稱蝦蟆陵。

扳轅卧轍　漢侯霸為臨淮太守，被召，百姓扳轅卧轍，願留期年，奔送百里。

截鐙留鞭　唐姚崇受代日，民吏泣擁馬首，截鐙留鞭，止其不去。

眾庶從居　魏德深遷貴鄉長，為政清靜，不嚴而肅。轉館陶長，既至，老幼如見父母。二縣父老爭請留之，郡不能決。會使者至，乃斷從貴鄉。館陶眾庶從而居者數百家。

與侯同久　柳不華，武岡路總管，守境衞民幾二十年，民歌之曰：「前有公綽，武岡父母。今之郡侯，無乃其後。足我衣食，安我田畝。我子我孫，與侯同久。」

不犯遺錢　鄭綮，瀘州刺史。黃巢掠淮南，綮移檄請無犯州境，巢為斂兵，州獨完。秩滿去，遺錢千緡藏州庫，後他盜至曰：「鄭使君錢。」不敢犯。

天賜策　何比干，字少卿，汝陰人，漢武帝朝廷尉。時張湯持法嚴，而比干務平恕，所全活者數千人，淮南號曰「何公」。忽有老嫗造門曰：「先世有陰德及公之身，又治獄多平反，今天賜策以廣公後。」因出懷中策九百九十枚，曰：「子孫佩印符者如此算。」

再任　陶侃再為荊州，黃霸再為潁州，郭伋再為并州，陳蕃再為樂安，寇恂再為河南，耿純再為東郡。

降黜　貪鄙

咄咄書空　晉殷浩被黜，談詠不輟；雖家人不見其有流放之感，但終日書空，作「咄咄怪事」四字而已。

胡椒八百　唐元載受賄，後事敗，有司籍其家，鍾乳五百輛，胡椒八百斛，他物不可勝計。

簠簋不飾　賈誼策：「古者大臣有坐不廉而廢者，不謂不廉，則曰『簠簋不飾』。」

圍棋獻賂　蜀刺史安重霸性貪賄，州民有油客鄧姓者，資財巨萬，重霸召與圍棋，令侍立。下子過於籌算，終日不下數十子。鄧倦立，且飢餒不堪。次日，又召，或曰：「本不為棋，何不獻賄？」鄧獻金三錠，獲免。

拔釘錢　五代趙在禮令宋州，貪暴逾制，百姓苦之。後移鎮永興，百姓欣賀曰：「拔卻眼中釘矣！」在禮聞之，仍求復任宋州，每歲戶口，不論主客俱徵錢一千，名曰「拔釘錢」。

捋鬚錢　南唐張崇帥瀘州，所為不法，嘗入覲，廬人曰：「渠伊想不復來矣！」崇歸，計日索「渠伊錢」。明年又入覲，盛有罷府之議，人不敢實指，道路相視，皆捋鬚相慶。崇歸，又徵「捋鬚錢」。

破賊露布　李義府為相，楊行穎白其贓私，詔司刑劉祥道與三司雜訊，除名，流雟州，或作《河間道元帥劉祥道破銅山大賊李義府露布》榜於衢。

京師白劫　後魏元修義為吏部尚書，惟事賄賂，官之大小皆有定價，中散大夫高居呼為「京師白劫」。

文學部

卷八

經史

十三經　《易經》《書經》《詩經》《春秋》《禮記》《論語》《孝經》《爾雅》《左傳》《公羊》《穀梁》《周禮》《儀禮》。

伏羲始則龍馬作易，神農始即其方列為八卦，帝王為傳國之寶。

三易　夏易《連山》，其卦首艮；商易《歸藏》，其卦首坤；《周易》首乾。伏羲定卦名，文王為彖辭，周公為爻辭，孔子為《十翼》，而易道始備。

十翼　孔子作《十翼》:《上彖傳》一，《下彖傳》二，《上爻傳》三，《下爻傳》四，《文言》五，《上繫辭》六，《下繫辭》七，《說卦》八，《序卦》九，《雜卦》十。

伏羲始則元龜為「洛書」，神農因之始制筮，黃帝因之始制卜。

昔武庫火，古「河圖」始無傳。今誤以「洛書」為「河圖」，以莽時龜文為「洛書」。

商瞿子木始受《易》於孔子。秦失《說卦》三篇，河內女子始得之。

洪範九疇　天錫禹《洪範》九疇。初一曰五行，次二曰敬用五事，次三曰農用八政，次四曰協用五紀，次五曰建用皇極，次六曰又用三德，次七曰明用稽疑，次八曰念用庶徵，次九曰嚮用五福、威用六極。

五行　一曰水，二曰火，三曰木，四曰金，五曰土。水曰潤下，火曰炎上，木曰曲直，金曰從革，土曰稼穡。潤下作鹹，炎上作苦，曲直作酸，從革作辛，稼穡作甘。

五事　一曰貌，二曰言，三曰視，四曰聽，五曰思。貌曰恭，言曰從，視曰明，聽曰聰，思曰睿。恭作肅，從作乂，明作哲，聰作謀，睿作聖。

八政　一曰食，二曰貨，三曰祀，四曰司空，五曰司徒，六曰司寇，七曰賓，八曰師。

五紀　一曰歲，二曰月，三曰日，四曰星辰，五曰曆數。

三德　一曰正直，二曰剛克，三曰柔克。平康正直，彊弗友剛克，燮友柔克；沉潛剛克，高明柔克。

稽疑　稽疑建擇立卜筮人，乃命卜筮。曰雨（其兆為水），曰霽（其兆為火），曰蒙（其兆為木），曰驛（其兆為金），曰克（其兆為土），曰貞（內卦為貞），曰悔（外卦為悔）。

庶徵　曰雨、曰暘、曰燠、曰寒、曰風、曰時。五者來備，各以其敍，庶草蕃蕪。一、極備凶，一、極無凶。曰休徵，曰肅，時雨若；曰乂，時暘若；曰哲，時燠若；曰謀，時寒若；曰聖，時風若。曰咎徵，曰狂，恆雨若；曰僭，恆暘若；曰豫，恆燠若；曰急，恆寒若；曰蒙，恆風若。

五福　一曰壽，二曰富，三曰康寧，四曰攸好德，五曰考終命。

六極　一曰凶短折，二曰疾，三曰憂，四曰貧，五曰惡，六曰弱。

三墳五典　三皇之書曰《三墳》，五帝之書曰《五典》。《抱朴子》云：《五典》為笙簧，《三墳》為金玉。少昊、顓頊、高辛、唐、虞之書謂之《五典》。墳，大也。三墳者，山墳、氣墳、形墳也。山墳，言君臣、民物、陰陽、兵象；氣墳，言歸藏、發動、長育、生殺；形墳，言天地，日月、山川、雲氣，即伏羲、神農、黃帝之書。

九丘八索　九州之志曰《九丘》，八卦之說曰《八索》。

金簡玉字　大禹登宛委山，發石匱，得金簡玉字之書，言治水之要，周行天下。伯益記之為《山海經》。

六義　《詩經》有六義，一曰風，二曰賦，三曰比，四曰興，五曰雅，六曰頌。

卜商始序《詩》。轅固作傳為齊詩。申公作訓詁為魯詩，浮丘伯授。毛萇作古訓為毛詩，毛亨授。

五始　《春秋》義有五始：元者氣之始，春者時之始，王者受命之始，正月者政教之始，公即位者有國之始。

三傳　《左傳》艷而富，其失也誣；《公羊》辨而裁，其失也俗；《穀梁》清而婉，其失也短。

二戴　漢宣帝時，東海后倉善說《禮》於曲台殿，撰《禮》一百八十篇，曰《后氏曲台記》。后倉傳於梁國。戴德及德從子聖乃刪后氏記為八十五篇，名《大戴禮》；聖又刪《大戴禮》為四十六篇，為《小戴禮》。其後諸儒又加《月令》《明堂位》《樂記》三篇，為四十九篇，則今之《禮記》也。

毛詩　荀卿授漢人魯國毛亨，作《訓詁傳》以授趙國毛萇。時人以亨為大毛公，萇為小毛公，以二公所傳，故名《毛詩》。

汲塚周書　《束晳傳》：晉太康二年，汲郡人盜發安釐王塚，得竹書數十車，蝌蚪文字雜寫經書，晳為著作，隨宜分析，皆有考證，曰「汲塚周書」。

樂記　漢文帝始得竇公所獻周公大司樂章，河間獻王與毛生採作《樂記》。

漆書　杜林於西州得漆書古文《尚書》一卷，衞宏、徐巡來學，林授於二子，後遂得傳。

壁經　魯恭王壞孔子故宅，欲以為宮，聞壁中琴瑟絲竹之聲，得古文《尚書》。武帝乃詔孔安國較定其書。

斷書　孔子斷《書》百篇，魯恭王始得孔騰所藏於壁，定五十九篇，伏生稱為《尚書》。

石經　漢靈帝熹平四年，蔡邕與太史令單颺等正定五經，刊石，謂之石本五經。衡陽王鈞始細書，為巾箱五經。

集注　《易經》程注、朱注。《詩經》朱注。《書經》朱熹婿蔡沉注。《春秋》今從胡傳。《禮記》陳澔注。澔字青蓮，以其娶再醮，故不入孔廟。

武經七書　《孫子》《吳子》《尉繚子》《司馬兵法》《李靖》《三略》《六韜》。

佶屈聱牙　韓愈《進學解》曰：「周《誥》殷《盤》，佶屈聱牙；《春秋》謹嚴，《左氏》浮誇；《易》奇而法；《詩》正而葩。」

入室操戈　《鄭玄傳》：任城何休好《公羊》學，著《公羊墨守》《左氏膏肓》《穀梁廢疾》。鄭玄乃《發墨守》《針膏肓》《起廢疾》。休見而歎曰：「康成入吾室，操吾戈，而伐吾乎？」

二十一史　司馬遷《史記》，班固《前漢書》，范曄《後漢書》陳壽《三國志》，唐太宗《晉書》，沈約《宋書》，蕭子顯《南齊書》，姚思廉《梁書》《陳書》，魏收《北魏書》，李百藥《北齊書》，令狐德棻《後周書》，李延壽《南史》（宋、齊、梁、陳），《北史》（魏、齊、周、隋），魏徵《隋書》，宋祁、歐陽修《唐書》，歐陽修《五代史》，脫脫《宋史》《遼史》《金史》，宋濂《元史》。

亥豕　子夏見讀史者曰：「晉師伐秦，三豕渡河。」子夏曰：「非也，己亥渡河耳。」問之魯史，果然。

無一字潦草　司馬溫公作《資治通鑒》，草稿數千餘卷，顛倒塗抹，無一字潦草，其行己之度蓋如此。

瓠史　梁有僧南渡，賫一葫蘆，有漢班孟堅《漢書》草稿，宣城太守蕭琛得之，謂之瓠史。

即壞己作　陳壽好學，善著述。少仕蜀，除著作郎，撰《三國志》，當時夏侯湛等多欲作《魏書》，見壽所著，即壞己作。

探奇禹穴　太史公曰：遷二十而南遊江、淮，上會稽，探禹穴，窺九疑，浮於沅、湘；涉汶、泗，講業齊、魯之都，觀孔子之遺風，過梁、楚以歸，乃紬石室之書作《史記》。

諸子有一百八十九家，故曰百家。

石勒讀史　石勒目不知書，使人讀史，聞酈食其請立六國後，曰：「此法當失，何以有天下！」及聞留侯諫，乃曰：「賴有此耳！」

修唐書　宋祁修《唐書》，大雪，添幃幕，燃椽燭，擁爐火，諸妾環侍。方草一傳未完，顧侍姬曰：「若輩向見主人有如是否？」一人來自宗室，曰：「我太尉遇此天氣，只是擁爐，下幕命歌舞，間以雜劇，引滿大醉而已。」祁曰：「自不惡。」乃閣筆掩卷起，遂飲酒達旦。

下酒物　蘇子美豪放好飲，在外舅杜祁公家，每夕讀書，以一斗酒為率。公密覘之，蘇讀《漢書·張良傳》「與客狙擊秦皇帝」，撫案曰：「惜乎擊之不中！」遂滿飲一大白。又讀至「良曰：始臣起下邳，與上會於留，此天以臣賜陛下」，又撫案曰：「君臣相得，難遇如此！」復舉一大白。公笑曰：「有如此下酒物，一斗不足多也！」

修史人　李至剛修國史，只服士人衣巾，自稱「修史人李至剛」。館中諸公聞之大笑，呼為「羞死人李至剛」。

孔安國撰孔子弟子，七十二人。劉向撰《列仙傳》，七十二人。皇甫士安撰《高士傳》，亦七十二人。陳長文撰《耆舊》，亦七十二人。

索米作傳　陳壽嘗為諸葛武侯書佐，受撻百下；其父亦為武侯所髡，故《蜀志》多誣罔。又丁廙、丁儀有盛名於魏，壽謂其子曰：「可覓千斛米見與，當為尊公作一佳傳。」丁不與，竟不為立傳。

雷震几　陳桱作《通鑒續編》，書宋太祖廢周主為鄭王，雷忽震其几，陳厲聲曰：「老天便打折陳桱之臂，亦不換矣！」

直書枋頭　孫盛作《晉春秋》，直書時事。桓溫見之，怒謂盛子曰：「枋頭誠為失利，何至乃如尊公所言！若此史遂行，自是關君門戶事。」其子遽拜謝，請改之。時盛年老家居，性愈卞急，諸子乃共號泣稽顙，請為百口計。盛大怒，不許，諸子遂私改之。

為妓詈祖　歐陽永叔為推官時昵一妓，為錢惟演所持，永叔恨之，後作《五代史》，乃誣其祖武肅王重斂民怨。睚眦之隙，累及先人，賢者尚亦不免。

心史　鄭所南作《心史》，醜元思宋，以鐵函重匱沉之古吳智井。至明朝崇禎戊寅凡三百五十六年，而此書始出。

明不顧刑辟　孫可之曰：「為史官者，明不顧刑辟，幽不見鬼怪，若梗避於其間，其書可燒也。」

五代史韓通無傳　蘇子瞻問歐陽修曰：「《五代史》可傳後也乎？」公曰：「修竊於此有善善惡惡之志。」子瞻曰：「韓通無傳，烏得為善善惡惡乎？」公默然。

趙盾弒君　趙穿弒靈公，宣子未出境而復。太史書曰：「趙盾弒其君。」宣子：「不然。」對曰：「子為正卿，亡不越境，反不討賊，非子而誰？」孔子曰：「董狐，古之良史也，書法不隱。」

史評　《晉書》《南北史》《舊唐書》，稗官小說也；《新唐書》，贋古書也；《五代史》，學究史論也；《宋》《元史》，爛朝報也。與其為新書之簡，不若為《南北史》之繁；與其為《宋史》之繁，不若為《遼史》之簡。

書籍

二酉藏書　大酉山、小酉山為軒轅黃帝藏書之所。

蘭台祕典　漢朝圖籍所在，有石渠、石室、延閣、廣內，貯之於外府。又有御史中丞居殿中，掌蘭台祕典。及麒麟、天祿二閣，藏之於內禁。

石室紬書　司馬遷為太史，紬金匱石室之書。紬，謂綴集之也，以金為匱，以石為室，重緘封之，慎重之至也。

家有賜書　班彪家有賜書，好名之士自遠方至，父黨揚子雲以下莫不造門。

南面百城　李謐杜門卻掃，絕跡下帷，棄產營書，手自刪削，每歎曰:「丈夫擁書萬卷，何假南面百城！」

三十乘　晉張華好書，嘗徙居，載書三十乘，凡天下奇祕，世所未有者悉在華所，有《博物志》行世。

曹氏書倉　曹曾積書萬餘卷。及世亂，曾慮書籍散失，乃積石為倉，以藏書籍，世名「曹氏書倉」。

五車書　《莊子》:惠施多方，其書五車。

八萬卷　齊金樓子聚書四十年，得書八萬卷，雖祕書之省，自謂過之。

三萬軸　唐李泌家積書三萬軸。韓詩云:「鄴侯家多書，架插三萬軸。一一懸牙籤，新若手未觸。」

黃卷　古人寫書，皆用黃紙，以黃蘗染之，驅逐蠹魚，故曰黃卷。有錯字以雌黃塗之。

殺青　古人寫書，以竹為簡。新竹有汗，善朽蠹，凡作簡者，先於火上炙去其汗，殺其竹青，故又名汗簡。

鉛槧　上古結繩而治。二帝以來始有簡冊，以竹為之，而書以漆，或用板以鉛畫之，故有刀筆鉛槧之說。

湘帙　古人書卷外必有帙藏之，如今裹袱之類。白樂天嘗以文集留廬山草堂，屢亡逸，宋真宗令崇文院寫校，包以斑竹帙送寺。

四部　《唐．經籍志》：玄宗兩都各聚書四部，以甲、乙、丙、丁為號：甲，經部，赤牙籤；乙，史部，綠牙籤；丙，子部，碧牙籤；丁，集部，白牙籤。

芸編　芸香草能辟蠹，藏書者用以薰之，故書曰芸編。古詩：「芸葉薰香走蠹魚。」

書樓孫氏　孫抃六世祖長孺喜藏書，數萬餘卷置之樓上，人謂之書樓孫氏。

汗牛充棟　陸文通之書，居則充棟，出則汗牛。

懸國門　呂不韋集《呂氏春秋》成，暴之咸陽市，懸千金其上，能增損一字者予千金，人莫能增損。

市肆閱書　王充好博覽，家貧無書，常遊洛陽市肆，閱所鬻書，一見輒能誦憶，遂博通眾流百家之言，著《論衡》八十五篇。

帳中祕書　王充作《論衡》，中土未有傳者，蔡邕入吳始得之，祕之帳中以為談助。後王朗得其書，及還洛下，時人稱其才進，曰：「不見異人，當得異書。」

藏書法　趙子昂書跋云：「聚書藏書，良非易事！善觀書者，澄神端慮，淨几焚香，勿捲腦，勿折角，勿以爪侵字，勿以唾揭幅，勿以作枕，勿以作夾刺，隨損隨修，隨開隨掩。後之得吾書者，並奉贈此法。」

等身書　宋賈黃中幼日聰悟過人，父師取書與其身等，令讀之，謂之等身書。

蔡邕遺書　蔡琰歸自沙漠，曹操問邕遺書，琰曰：「父亡，遺書四千餘篇，流離塗炭，罔有存者。今所誦憶，裁四百餘篇。」因乞給紙筆，真草惟命，於是繕寫送入，文無遺誤。

嘉則殿　隋煬帝嘉則殿書分三品，有紅琉璃、紺琉璃、漆軸之異。殿垂錦幔，繞刻飛仙。帝幸書室，踐暗機，則飛仙收幔而上，廚扉自啟；帝出，扉閉如初。隋之藏書計三十七萬卷。

補亡書三篋　漢張安世博學。武帝幸河東，亡書三篋，詔問羣臣，俱莫能知，惟安世識之，為寫原本補入。後帝購求得書，以相較對，並無遺誤。

博洽

舌耕　漢賈逵通經術，門徒來學，不遠千里，獻粟盈倉。或云，逵非力耕，乃舌耕也。

書厨　陸澄博覽，無所不知，王儉自謂過之。及與語，澄談及所遺編數百條，皆儉所未睹，乃歎服曰：「陸公，書厨。」

學府　《南史》：梁傅昭博極古今，人稱為學府。

人物志　唐李守素通曉天下人物臧否，世號肉譜。虞世南曰：「昔任彥升通曉經術，世號五經笥。今以守素為人物志，可乎！」

九經庫　唐谷那律博通經術，為世所重，號「《九經》庫」。又房暉遠博聞洽記，學者稱為「《五經》庫」。

稽古力　漢桓榮性嗜學，光武帝時拜太子少傅，以所賜車馬陳於庭，謂諸生曰：「此稽古力也。」

柳篋子　唐柳燦遷左拾遺，公卿競託為箋奏，時譽日富，以其博學，號「柳篋子」。

五總龜　唐殷踐猷博通經典，賀知章稱之曰「五總龜」（龜千歲一總，問無不知），為祕書省學士。

行祕書　唐太宗嘗出行，有司請載副書以從。上曰：「不須。虞世南在此，即祕書也。」

八斗才　謝靈運曰：「天下才共一石，曹子建獨得八斗，我得一斗，自古及今共用一斗。」奇才博識，安足繼之。

捫腹藏書　楊玠娶崔季讓女，崔富圖籍，玠遊其精舍，輒覽記，既而曰：「崔氏書被人盜盡。」崔遽令檢之，玠捫其腹曰：「已藏之腹笥矣！」

三萬卷書　吳萊好遊，嘗東出齊魯，北抵燕趙，每遇勝跡名山必盤桓許久。嘗語人曰：「胸中無三萬卷書，眼中無天下奇山水，未必能文章；縱能，亦兒女語耳。」

了卻殘書　朱晦翁答陳同父書：「奉告老兄，且莫相攛留取閒，漢在山裏咬菜根，了卻幾卷殘書。」

書淫　劉峻家貧好學，常燎麻炬，從夕達旦，時或昏睡，爇其鬚髮，及覺復讀，常恐所見不博，聞有異書，必往祈借，崔慰祖謂之「書淫」。

勤學

帳中燈焰　范仲淹夜讀書帳中，帳頂如墨。及貴，夫人以示諸子曰：「爾父少時勤學，燈焰之跡也。」

傭作讀書　匡衡好學，邑有富民家多書，與之傭作而不取值，曰：「願借主人書讀耳。」遂博覽羣書。

帶經而鋤　倪寬受業於孔安國，時行賃作，帶經而鋤，力倦，少休息即起誦讀。

燃葉　柳璨少孤貧，好學，晝採薪給費，夜燃葉讀書。

圓木警枕　司馬光常以圓木為警枕，少睡則枕轉而覺，即起讀書，學無不通。

穿膝　管寧家貧好學，坐藜牀五十餘年未嘗箕股，當膝處皆穿。

燃糠自照　顧歡家貧，鄉中有學舍，歡壁後倚聽，無遺忘者。夕則燃松節讀書，或燃糠自照。

邢邵，任丘人。少遊洛陽，遇雨，乃杜門五日讀《漢書》，悉強記無遺。文章典麗，既贍且速，與溫子昇齊名。官太常卿，兼中書監、國子監祭酒，朝士榮之。雅性脱略，不以位望自尊，止卧一小室，未嘗內宿，自云：「嘗晝入內閣，為犬所吠。」

著作

字挾風霜　淮南王劉安撰《鴻烈》二十一篇，字字皆挾風霜之氣，揚子雲以為一出一入，字直百金。

月露風雲　隋李諤書云：「連篇累牘，不出月露之形；積案盈箱，盡是風雲之狀。」

文陣雄師　唐蘇頲文章思若湧泉，張九齡謂同列曰：「蘇生之文俊贍無敵，真文陣雄師也。」

詞人之冠　唐張九齡七歲能文，玄宗時為中書舍人，時號為詞人之冠。

文章宿老　唐李嶠為鳳閣舍人，富才思，文冊號令多屬為之，前與王、楊接跡，中與崔、蘇齊名，學者稱為文章宿老。

口吐白鳳　漢揚雄作《甘泉賦》，才思豪邁，賦成，夢口吐白鳳。

咽丹篆　唐韓愈少時，夢人與丹篆一卷強吞之，傍有一人拊掌而笑。覺後胸中如物咽，自是文章日麗。後見孟郊，乃夢中傍笑者。

錦心繡口　唐李白送弟序曰：「弟心肝五臟皆繡口耶？不然，何開口成文，揮毫霧散也？」

宮體輕麗　《梁高祖紀》：東海徐摛文體輕麗，時人謂之宮體。

自出機杼　祖瑩以文學見重，常語人云：「文章須自出機杼，成一家筋骨，何能共人作生活也？」

倚馬奇才　桓溫北征鮮卑，召袁宏倚馬前作露布，手不停筆，俄得七紙，殊可觀。

文不加點　江夏太守黃祖大會賓客，有獻鸚鵡者，命禰衡曰：「願先生賦之。」衡攬筆而作，文不加點，辭采甚麗。

干將鏌鋣　李邕文名天下，盧藏用曰：「邕之文如干將鏌鋣，難與爭鋒，但虞其傷缺耳。」

洛陽紙貴　左思作《三都賦》，豪貴之家競相傳寫，洛陽為之紙貴。○邢邵文章典麗，每文一出，京師傳寫，為之紙貴。

此癒我疾　陳琳少有辯才，草檄成以呈曹公。公先苦頭瘋，是日卧讀琳檄，翕然而起曰：「此癒我疾！」

台閣文章　歐陽文忠曰：「文章有兩等，有山林草野之文，有朝廷台閣之文。」王安國曰：「文章須官樣，豈亦謂有台閣氣耶？」

捕龍搏虎　柳宗元曰：「人見韓昌黎《毛穎傳》，大歎以為奇怪。余讀其文，若捕龍蛇，搏虎豹，急與之角，而力不敢暇。」

捕長蛇騎生馬　唐孫樵書玉川子《月蝕歌》、韓吏部《進學解》，莫不拔地倚天，句句欲活，讀之如赤手捕長蛇，不施鞅勒騎生馬。

驅屈宋鞭揚馬　《李翰林集序》：馳驅屈宋，鞭撻揚馬，千載獨步，惟公一人。

點鬼簿　算博士　唐王勃、楊炯、盧照鄰、駱賓王，皆有文名，人議其疵曰：楊好用古人名，謂之「點鬼簿」。駱好用數目作對，謂之「算博士」。

玄圃積玉　時人目陸機之文猶玄圃積玉，無非夜光。

造五鳳樓　韓浦與弟洎皆有文名，洎嘗曰：「予兄文如繩樞草舍，聊庇風雨。予文是造五鳳樓手。」浦因寄蜀箋與洎曰：「十樣蠻箋出益州，寄來新自浣溪頭。老兄得此全無用，助汝添修五鳳樓。」

夢滌腸胃　王仁裕少時，嘗夢人剖其腸胃以西江水滌之，見江中沙石皆為篆籀之文，由是文思並進，有詩百卷，號《西江集》。

鼠坻牛場　揚雄曰：雄為《太玄經》，猶鼠坻之與牛場也，如其用，則實五穀飽邦民；否則，為坻糞棄之於道已矣。

帖括　帖者簿籍之義，以帖籍賅括義理而誦之。

詅癡符　和凝為文，以多為富，有集百卷，自鏤板以行，識者非之曰：「此顏之推所謂詅癡符也。」

焚棄筆硯　陸機天才秀逸，辭藻宏麗，張茂先嘗謂之曰：「人之為文章，常患才少，而子患才多。」機弟雲曰：「茂先見兄文，輒欲焚棄筆硯。」

齊丘竊譚峭　五代時，宋齊丘欲竊譚景升《化書》以為己作，乃投景升於江。後漁人撒網，獲景升屍，手中持《化書》三卷，遂改《齊丘子》為《譚子化書》。

郢削　《莊子》：郢人堊（音惡）漫其鼻端，若蠅翼，使匠石斫之。匠石運斤成風，斫之盡堊而鼻不傷。故求人筆削其詩文，曰郢削。

藏拙　梁徐陵使於齊，時魏收有文學，北朝之秀，錄其文集以遺陵，命傳之江左。陵還，渡江而沉之，從者問故，曰：「吾與魏公藏拙。」

韓山一片石　庾信自南朝至北方，惟愛溫子昇所作《韓山碑》。或問北方何如，信曰：「惟韓山一片石堪與語，餘若驢鳴犬吠耳。」

福先寺碑　裴度修福先寺，將求碑文於白居易。判官皇甫湜怒曰：「近舍湜而遠取居易，請從此辭。」度亟謝，隨以文屬湜。湜飲酒，揮毫立就。度酬以車馬玩器約千緡，湜怒曰：「碑三千字，每字不直絹三匹乎？」度又依數酬之。湜又索文改竄，度笑曰：「文已妙絕，增一字不得矣！」

聰明過人　韓文公嘗語李程曰：「愈與崔丞相羣同年往還，直是聰明過人。」李曰：「何處過人？」韓曰：「共愈往還二十餘年，不曾說著文章。」

金銀管　湘東王錄忠臣義士文章，筆有三品：忠孝全者，金管書之；德行精粹者，銀管書之；文章華麗者，斑竹管書之。

杜撰　五代廣成先生杜光庭多著神仙家書，悉出誣罔，如《感遇傳》之類，故人以妄言謂之杜撰。或云杜默，非也。杜默以前遂有斯語。

千字文　梁散騎員外周興嗣犯事在獄，梁王命以千字成文，即釋之。一夕文成，鬚鬢皆白。

兔園冊　漢梁孝王有圃名兔園，孝王卒，太后哀慕之。景帝以其園令民耕種，乃置官守，籍其租稅以供祭祀，其簿籍皆俚語之字，故鄉俗所誦曰《兔園冊》。

書肆說鈴　揚雄曰：「好學而不要諸仲尼，書肆也；好說而不要諸仲尼，說鈴也。」

昭明文選六臣注　六臣：李善、呂延濟、劉良、張銑、李周翰、呂向，並唐人；銑、向、周翰皆處士。

艾子　東坡有《艾子》一編，並是笑話。初不解其書，後見《雜記》云：「宋仁宗灼艾，令優人競說笑話，以忘其痛。」艾子命書，亦此意也。或云子由灼艾，東坡作此，以分其痛。

四本論　鍾會撰《四本論》始畢，甚欲使嵇公一見，置懷中，既定，畏其難，懷不敢出，於戶外遙擲，便回急走。

莊子郭注　晉向秀注莊子《南華經》，剖析玄理，郭象竊之以己名行世。

敍字　東坡祖名序，故為人作序，皆用「敍」字。

顏魯公書　顏魯公所著書有《大言》《小言》《樂語》《滑語》《讒語》《醉語》，皆不傳。

无字　《周易》「無」作「无」。晉王育曰：「天屈西北為无。」今於「无」上加一點，是古「既」字。

三都賦序　徐文長曰：皇甫謐序《三都》，足以重左太沖，而陳師錫之序《五代史》，不足以當歐陽永叔。則予雖無序，可也。

詩詞

伏羲始為長短句詩，漢武帝始為聯句詩，曹植始為絕句詩，沈佺期始為律詩。

舜始為四言。漢唐山夫人始為三言詩。枚乘十九首始為五言詩。唐始為排句，宋始為集句。

顏延年、謝玄暉始唱和，元微之、劉、白始唱和次韻，顏魯公始押韻。

宋周顒始為四聲切韻（又沈約《四聲譜》、夏侯詠《四聲韻略》），唐孫愐始集為《唐韻》。

魏孫炎始為反切字（本西域二合音，如「不可」為「叵」，「而已」為「耳」之類）。僧守溫始為三十二字母。

樂府　漢武帝始郊廟燕射，咸著為篇章，兼總眾體。制樂府，本《騷》《九歌》《招魂》。

李延年始造樂府新聲二十八解（本胡曲造），古為章，魏晉以來皆為解。

唐始變樂府為詞調，宋始變詞調為長短篇。

晉荀勖始為清商三調，本周房中為平調、清調、瑟調。漢房中為楚調。又側調生於楚調，總謂相和調。

清商傳江左，為梁宋新聲，始尚辭（謂歌辭漢時但有其音耳，夷、伊、那、何之類則聲也）。大曲有艷（在曲前），有趨，有亂（在曲後）。隋煬帝始倚聲命辭（或云起於唐之季世），王涯始曲中填辭（一云張泌，然六朝已有之）。李白始為小辭。

詩體　嚴滄浪云：詩體始於《國風》、三《頌》、二《雅》，流為《離騷》，古樂古選（十九首）。後有建安體（漢末年號，曹氏父子及鄴中七才子之詩）；黃初體（魏年號，與建安相接，其體一也）；正始體（魏年號，嵇、阮諸公之詩）；太康體（晉年號，左思、潘岳、二張、二陸之詩）；元嘉體（宋年號，顏、鮑、謝諸公之詩）；永明體（齊年號，齊諸公之詩）；齊梁體（通兩朝而言之，杜云：「恐與齊梁作後塵」）；南北朝體（通魏周而言之，與齊梁一體也）；初唐體（謂襲陳隋之體）；盛唐體（開元、天寶之詩）；中唐體、晚唐體，宋元祐體（黃山谷、蘇東坡、陳后山、劉後村、戴石屏之詩）。

《唐詩品彙》總論曰：略而言之，則有初唐盛中晚之不同。詳而言之，貞觀、永徽之時，虞（世南）、魏（徵）諸公稍離舊習，王（勃）、楊（炯）、盧（照鄰）、駱（賓王）因加美麗，劉希夷（庭芝）有閨帷之作，上官（昭容）有婉媚之姿，此初唐之制也。神龍以還，洎開元初，陳子昂古風雅正，李巨山（嶠）文章宿老，沈（佺期）、宋（之問）之新聲，蘇（頲）、張（說）之大筆，此初唐之漸盛也。開元、天寶間，則有李翰林（白）之飄逸，杜工部（甫）之沉鬱，孟襄陽（浩然）之清雅，王右丞（維）之精爽，儲光羲之真率，王昌齡之雋拔，高適、岑參之悲壯，李頎、常建之雄快，此盛唐之盛者也。大曆、貞元間，則有韋蘇州（應物）之澹雅，劉隨州（長卿）之閒曠，錢（起）、郎（士元）之清贍，皇甫（冉曾）之沖秀，秦公緒（系）之山林，李從一（嘉祐）之台閣，此中唐之再盛也。下暨元和之際，則有柳愚溪（宗元）之超然復古，韓昌黎（愈）之博大沉雄。張籍、王建樂府得其故實，元、白敘事務得分明，與夫李賀、盧仝之鬼怪，孟郊、賈島之瘦寒，此晚唐之變也。降而開成以後，則有杜牧之（牧）之豪縱，溫飛卿（庭筠）之綺靡，李義山（商隱）之隱僻，許用晦（渾）之對偶，他若劉滄、馬戴、李頻、李羣玉，此晚唐變態之極矣。

詩評　敖陶孫評：「魏武帝如幽燕老將，氣韻沉雄。曹子建如三河少年，風流自賞。鮑明遠如飢鷹獨出，奇矯無前。謝康樂如東海揚帆，風日流麗。陶彭澤如絳雲在霄，舒卷自如。王右丞如秋水芙蕖，倚風自笑。韋蘇州如園客獨繭，暗合音徽。孟浩然如洞庭始波，木葉微落。杜牧之如銅丸走坂，駿馬注坡。白樂天如山東父老課農桑，言言着實。元微之如龜年說天寶遺事，貌悴而神不傷。劉夢得如鏤冰雕瓊，流光自照。李太白如劉安雞犬，遺響白雲，核其歸存，恍無定處。韓退之如囊沙背水，惟韓信獨能。李長吉如武帝食露盤，無補多欲。孟東野如埋泉斷劍，卧壑寒松。張籍如優工行鄉，飲酬獻秩，時有詼氣。柳子厚如高秋獨眺，霽晚孤吹。李義山如百寶流蘇，千絲鐵網，綺密瑰妍，要非適用。宋朝蘇東坡如屈注天潢，倒連滄海，變眩百怪，終歸渾雄。歐陽文忠如四瑚八璉，正可施之宗廟。王荊公如鄧艾縋兵入蜀，要以險絕為功。黃山谷如陶弘景入宮，析理談玄，而松風之夢故在。梅聖俞如關河放溜，瞬息無聲。秦少游如時女步春，終傷婉弱。陳后山如九皋獨唳，深林孤芳，沖寂自妍，不求識賞。韓子蒼如梨園按樂，排比得倫。呂居仁如散聖安禪，自能奇逸。其他作者，未易殫述。獨唐杜工部如周公制作，後世莫能擬議。」語覺爽俊，而評似穩妥，惟少為宋人曲筆耳，故全錄之。

苦吟　孟浩然眉毛盡落，裴祐至袖手皆穿，王維則走入醋甕，皆苦於吟者。

警句　楊徽之能詩，太宗寫其警句於御屏，僧文瑩謂以天地浩露滌筆於金甌雪盤，方與此詩神骨相投。

推敲　賈島於京師驢背得句：「鳥宿池邊樹，僧敲月下門。」

既下「敲」字，又欲下「推」字，揀之未安，引手作推、敲勢。時韓愈權京兆尹，島不覺衝其前導。擁至尹前，具道所以。愈曰：「敲字佳矣。」與並轡歸，為布衣交。

柏梁體　七言詩始於漢柏梁體。武旁作《柏梁台》，詔羣臣能詩者得上座，凡七言，每句用韻，各述其事。

古錦囊　李賀工詩，每旦出，騎款段馬，從小奴輩，背古錦囊，遇所得即內之囊中。母見之曰：「是兒嘔出心肝乃已！」

壓倒元白　唐寶曆中，楊嗣復大宴，元稹、白居易亦與賦詩，惟楊汝士最佳，元、白歎服。汝士醉歸，語其子弟曰：「我今日壓倒元白！」

詩中有畫　王維工於詩畫。東坡曰：「摩詰之詩，詩中有畫；摩詰之畫，畫中有詩。」

楓落吳江冷　崔信明、鄭世翼遇諸江中，世翼謂曰：「聞君有『楓落吳江冷』之句，願見其餘。」信明欣樂，出眾篇，翼覽未終，曰：「所見不逮所聞！」投諸水，引舟遽去。

依樣葫蘆　宋陶穀久在詞林，太祖曰：「頗聞翰林皆簡舊本換詞語，此俗謂之依樣葫蘆。」後陶穀作詩，書玉堂壁曰：「官職須由生處有，才能不管用時無。堪笑翰林陶學士，年年依樣畫葫蘆。」

賣平天冠　宋廖融精於詩學，多有生徒。太宗曰：「詞賦策論取士，融生徒多引去。」融曰：「豈知今日之詩道，一似大市賣平天冠，並無人問。」

技癢　《懶真子》云：老杜哀鄭虔詩，有「薈蕞何技癢」之句，謂人有技藝不能自忍，如人之搔癢也。

投溷　李賀有表兄與賀有筆硯之仇，恨賀傲。忽賀死，復紿取其稿盡投溷中。

點金成鐵　梁王籍詩云：「蟬噪林逾靜，鳥鳴山更幽。」王荊公改用其句曰：「一鳥不鳴山更幽。」山谷笑曰：「此點金成鐵手也。」

易吾肝腸　張籍愛杜甫詩，取其集，焚取灰燼，副以膏蜜，頓飲之曰：「令吾肝腸從此改易。」

賈島佛　李洞慕賈浪仙詩，鑄銅像事之如神，嘗念賈島佛。

偷詩　楊衡初隱廬山，有竊其詩以登第者。衡後亦登第，見其人問曰：「『一一鶴聲飛上天』在否？」答曰：「此句知兄最惜，不敢偷。」衡曰：「猶可恕也。」

詆詩　張率年十六，作頌賦二千餘首，虞訥見而詆之。率乃一旦焚毀，更為詩示之，託云沈約，訥更句句嗟稱無字不妙。率曰：「此率作也。」訥慚而退。

愛殺詩人　唐宋之問愛劉希夷詩，有「年年歲歲花相似，歲歲年年人不同」之句，懇乞不與，之問怒以土囊壓殺之。

出詩示人　殷浩少與桓溫齊名，常有競心。桓問殷：「卿何如我？」殷曰：「我與我周旋久，寧作我。」殷嘗作詩示桓，桓玩侮之曰：「卿慎弗犯我，犯我，當出汝詩示人也！」

歌賦

古歌謠　伏羲氏有《網罟》之歌，始為歌；葛天氏操牛尾，投足，歌八闋，始分闋；孔甲作《破斧》之歌，始為東音；塗山氏（禹妃）歌侯人，始為周南、召南；有娀氏感飛燕，始為北音；周昭王時，西翟徙宅西河，始為西音。（今歌曲統謂南北音，《涼州》《伊州》《甘州》《渭州》皆西音，並為北歌曲。）

黃帝命岐伯為鼓吹。凱歌，漢為鐃歌，本鼓吹。

漢始有雜歌、艷歌、倚歌、踏歌，始為相和歌，本謳謠絲竹相和，執節而歌。

漢武帝立樂府採詩夜誦，則有趙代秦楚之謳，始以聲為主尚歌。

梁武帝本吳歌《白紵》，始改《子夜吳聲四時歌》。

田橫從者始為《薤露》《蒿里》歌。魏繆襲始以輓歌為辭。

郊祀歌　三言四言。謝莊歌五帝，三言九言，依五行數；漢歌篇八句轉韻；張華、夏侯湛兩三韻轉；傅玄改韻頗數；王韶之、顏延之始四句轉韻，賒促得中。

鐃吹　唐柳子厚作《鐃歌鼓吹曲》十二篇，歌唐戰功。

檀來歌　周世宗南征軍士作《檀來歌》，聲聞數十里。

陽春白雪　《文選》：客有歌於郢中者，始為《下里》《巴人》，國中和者數千人；為《陽阿》《薤露》，和者數百人；為《陽春》《白雪》，和者數十人；引商刻羽，雜以流徵，和者不過數人。其曲彌高，其和彌寡。

柳耆卿為屯田員外郎，初名三變，自作詞云：「才子詞人，自是白衣卿相。」後有薦於朝者，仁宗曰：「此人風前月下，且去填詞。」由是不得志，自稱奉聖旨填詞柳三變。

纂組成文　司馬相如曰：合纂組以成文，列錦繡而為質，一經一緯，一宮一商，此賦之跡也。賦家之心，包括宇宙，總攬人物，斯乃得之於內，不可得而傳也。

登高作賦　古者登高能賦，山川能祭，師旅能禦，喪紀能誄，作器能銘，則可以為大夫矣。

五經鼓吹　孫綽博學，善屬文，絕重張衡、左思賦，每云：「《三都》《二京》，五經鼓吹。」

雕蟲小技　或問揚子雲曰：「吾子少而好賦？」曰：「然。童子雕蟲篆刻。」既而曰：「壯夫不為也。」

風送滕王閣　都督閻伯嶼修滕王閣，落成設宴，屬婿吳子章預作《滕王閣賦》，出以誇客。王勃自馬當順風行七百餘里，至南昌與宴。及遜作賦，受筆札而不辭。都督大怒，命吏伺其落句即報，至「落霞秋水」句，都督曰：「天才也！」命其婿輟筆。

海賦 張融為《海賦》，顧愷之曰：「卿此賦實超玄虛，但不道鹽耳。」融即援筆增曰：「漉沙構白，熬波出素。積雪中春，飛霜暑路。」

木華海賦 木華作《海賦》，思路偶澀，或告之曰：「何不於海之上下四旁言之？」華因其言，《海賦》遂成。

八叉手 溫庭筠工賦，每入試作賦，八叉手而八韻成。又言庭筠作賦，未嘗起草，一吟一韻，場中號「溫八吟」，亦號「溫八乂」。

書簡

伏羲始制契，以木刻書；黃帝始以刀書；舜始以漆書；中古磨石汁書。

黃帝始鑄文於鼎彝；周宣王始刻文於石；五代和凝始刻書於梨板。

隋文帝為印板；馮道請唐明宗行印板，始印五經，始依石經文字，刊九經板；宋真宗始摹印司馬、班史諸史板。

鯉素 《古樂府》：「客從遠方來，遺我雙鯉魚；呼童烹鯉魚，中有尺素書。長跪讀素書，書中意何如？上有加餐飯，下有長相思。」

雲錦書 李白詩：「青鳥海上來，今朝發何處？口銜雲錦書，為我忽飛去。鳥去凌紫煙，書留綺窗前。開緘方一笑，乃是故人傳。」

青泥書 後漢鄧訓為上谷守，故吏知訓好青泥封書，遂從黎陽步推鹿車，載青泥至上谷以遺訓。

飛奴 張九齡家養羣鴿，每與親知書，繫鴿足上投之，呼為「飛奴」。

代兼金 陸機詩：「愧無雜佩贈，良訊代兼金。」

寄飛燕　江淹詩：「袖中有短札，欲寄雙飛燕。」孟郊詩：「欲寫加餐字，寄之西飛翼。」

白絹斜封　盧仝《謝孟簡惠茶》歌：「日高丈五睡正濃，將軍扣門驚周公，口傳諫議送書信，白絹斜封三道印。」

十部從事　晉劉弘為荊州刺史，每發手書郡國，丁寧款密，莫不感悅，咸曰：「得劉公一紙書，賢於十部從事！」

家書萬金　王筠久住沙場，一日，得家書，曰：「抵得萬金也。」杜詩：「烽火連三月，家書抵萬金。」

風月相思　周弘讓答王褒書：「蒼雁赬鱗，時留尺素。清風明月，俱寄相思。」

千里對面　唐高祖曰：「房玄齡每為吾兒陳事，千里外猶如面談。」

不為置書郵　晉殷浩遷豫章太守，都下人士因其致書者百餘，行次石頭，皆投之水中曰：「沉者自沉，浮者自浮，殷洪喬不能為致書郵。」

字學（彙入羣書文章）

神農始為曆日。◯文王始為經書。周公始為政書。◯黃帝受玄女始為《兵符》。呂望始為《韜略》。◯周公始為《四方志》。李悝次諸國律，始為《法經》。◯周公始為稗官。戰國時始為小說。宋高宗始為詞話。◯神農嘗百藥，始著方書。黃帝與岐伯問答。雷公受業，著《內外經》。巫妨占六歲以下小兒壽殀，著《顱顖經》。◯漢甘公始為命書，唐舉始為相書，郭璞始為風水書。◯景盧始口授大月氏王使尹存《浮屠經》。蔡愔、秦景始奉使得天竺佛書，梁武帝合五千四百卷為三藏。◯黃帝使史甲作戒，始著書。成湯始撰書名（凡書各有名）。黃帝始為銘、為箴。帝嚳始為頌。◯伏羲始為記事。司馬遷始為紀。沈約始為類事。◯子夏始為序。公羊高始為注。鄭玄始為箋釋。趙岐始為題跋。◯莊周始為說。田駢始為辨。荀卿始為論解。◯夏啟始為檄。伊尹始為訓。◯黃帝始為傳。周公始為誄。◯鬻熊始為子。庾仲容始為鈔。劉歆始為集。◯南朝始為文、為筆（今詩文通稱文筆）。晉宋始為文受禮。隋始受錢，唐始盛。◯漢始稱賈逵為舌耕。唐始稱王勃為筆耕（以為文取豐金也）。◯高穎始索潤筆（時為鄭譯草《封沛國制》）。王隱君始歌賣文（段湛賣文）。

任昉《文章緣起》：三言詩，晉散騎常侍夏侯湛作。四言詩，前漢楚王傅韋孟《諫楚王戊詩》。五言詩，漢騎都尉李陵《與蘇武詩》。六言詩，漢大司農谷永作。七言詩，漢武帝《柏梁台》連句。九言詩，魏高貴鄉公作。賦，楚大夫宋玉作。歌，荊軻作《易水歌》。《離騷》，楚屈原作。詔，起秦時璽文。秦始皇傳國璽。冊文，漢武帝《封三王冊文》，表，淮南王安《諫伐閩表》。讓表，漢東平王蒼《上表讓驃騎將軍》。上書，秦丞相李斯《上始皇書》。書，漢太史令司馬遷《報任少卿書》。對賢良策，漢太子家令晁錯。上疏，漢太中大夫東方朔。啟，晉吏部郎山濤作《選啟》。作奏記，漢江都相《詣公孫弘奏記》。箋，漢護軍班固《說東平王箋》。謝恩，漢丞相魏相《詣公車謝恩》。令，漢淮南王《謝羣公令》。奏，漢牧乘《奏書諫吳王濞》。駁，漢吾丘壽王《駁公孫弘禁民不得挾弓議》。論，王褒《四子講德論》。議，漢韋玄成《奏罷郡國廟議》。彈文，晉冀州刺史王深《集雜彈文》。騷，漢揚雄作。薦，後漢雲陽令朱雲《薦伏湛》。教，京兆尹王尊《出教告屬縣》。封事，漢魏相《奏霍氏專權封事》。白事，漢孔融主薄作《白事書》。移書，漢劉歆《移書讓太常博士》論《左氏春秋》。銘，秦始皇會稽山刻石銘。箴，揚雄《九州百官箴》。《封禪書》，漢文園令司馬相如。贊，司馬相如作《荊軻贊》。頌，漢王褒《聖主得賢臣頌》。序，漢沛郡太守作《鄧后序》。引，琴操有《箜篌引》。《志錄》，揚雄作。記，揚雄作《蜀記》。碑，漢惠帝《四皓碑》。碣，晉潘尼作《潘黃門碣》。誥，漢司隸從事馮衍作。誓，漢蔡邕作《艱誓》。露布，漢賈弘為馬超伐曹操作。檄，漢丞相祭酒陳琳作《檄曹操文》。明文，漢泰山太守應劭作。對問，宋玉《對楚王問》。傳，漢東方朔作《非有先生傳》。上章，孔融《上章謝大中大夫》。《解嘲》，揚雄作。訓，漢丞相主簿繁欽《祠其先生訓》。樂府，即古詩各體。詞，漢武帝《秋風詞》。旨，後漢崔駰作《達旨》。勸進，魏尚書令荀攸《勸魏王進文》。喻難，漢司馬相如《喻巴蜀》，並《難蜀父老文》。誡，後漢杜篤作《女誡》。弔文，賈誼《弔屈原文》。告，魏阮瑀為文帝作《舒告》。傳贊，劉歆作《列女傳贊》。謁文，後漢別部司馬張超謁孔子文。祈文，後漢傅毅作《高闕祈文》。祝文，董仲舒《祝日蝕文》。行狀，漢丞相倉曹傅朝幹作《楊元相行狀》。哀策，漢樂安相李尤作《和帝哀策》。哀頌，漢會稽東郡尉張紘作《陶侯哀頌》。墓誌，晉東陽太守殷仲文作《從弟墓誌》。誄，漢武帝《公孫弘誄》。悲文，蔡邕作《悲溫舒文》。祭文，後漢車騎郎杜篤作《祭延鍾文》。哀詞，漢班固《梁氏哀詞》。輓詞，魏光祿勛繆襲作。發，漢枚乘作《七發》。離合詩，孔融作《四言離合詩》。《連珠》，揚雄作。篇，漢司馬相如作《凡將篇》。歌詩，枚乘作《麗人歌詩》。遺命，晉散騎常侍江統作。圖，漢河間相張衡作《玄圖》。勢，漢濟北相崔瑗作《草書勢》。約，王褒作《僮約》。

伏羲命倉頡、沮誦始造字。倉頡造字，天雨粟，鬼夜哭，龍乃潛藏。

六書　蒼頡造字，有六書：一曰象形（謂日月之類，象日月之形體也），二曰假借（謂令長之類，一字兩用也），三曰指事（謂上下之類，人在一上為上，人在一下為下，各指其事，以為言也），四曰會意（謂武信之類，止戈為武，人言為信，會合人意也），五曰轉注（謂考老之類，左右相轉，以為言也），六曰諧聲（謂江河之類，以水為形，以工可為聲也）。

字祖　蝌蚪書乃字之祖。庖犧氏有龍瑞，作龍書。神農有嘉穗，作穗書。黃帝因卿雲作雲書。堯因靈龜作龜書。夏后氏作鐘鼎，有鐘鼎書。朱宣氏有鳳瑞，作鳳書。周文王因赤雁銜書，武王因丹鳥入室作鳥書，因白魚入舟作魚書。

周宣王史籀始為大篆，名籀篆。李斯始為小篆，名玉箸篆。

歷朝斷書　倉頡而降，凡五變：古文、蝌蚪、籀篆、隸、草。

秦書八體　大篆、小篆、刻符書（鳥首雲腳，印符用）、蟲書、摹印（曲體印用，亦名繆篆）、署書（即蕭何題筆未央）、殳書（隨勢書）、隸書。

漢六體　試吏古文、奇字、篆、隸、繆篆、蟲書。

唐定五體　古文、大篆、小篆、蟲書、隸。

張懷瓘十體斷書　古文、大篆、籀文、小篆、八分、隸、章、草、行書、飛白。

唐玄度十體　古文、大篆、小篆、八分、飛白、薤葉（本務光）、懸針、垂露（表章用，三曹喜作）、鳥書、連珠。

宋十二體　殳書、傳信、鳥書、刻符、蕭籀、署書、芝英書（漢武帝植芝作）、氣候直時書（相如採日辰蟲形作）、鶴頭書（漢詔板用）、偃波書（鶴頭纖亂者）、轉宿篆（司馬子韋以熒惑退舍作）、蠶書（秋胡妻作）。

小篆體八鼎　小篆、薤葉、垂露、懸針、纓絡（劉德昇觀星作）、柳葉（衞瓘作）、剪刀（韋誕作）、外國胡書（阿馬鬼魅王授）。

字數　沈約韻一萬一千五百二十字，《廣韻》二萬六千一百九十四字。

八分書　蔡文姬言，割程隸字八分，取二分；割李篆字二分，取八分，故名八分書。

章草　漢元帝時黃門令史游作《急就章》，解散隸體，謂之章草。

書畫

蘭亭真本　王右軍寫《蘭亭記》，韶媚遒勁，謂有神助。後再書數十餘幀，俱不及初本。右軍傳於徽之，徽之傳七世孫智永，智永傳弟子辨才，辨才被御史蕭翼賺入庫內，殉葬昭陵。

草聖草賢　唐張旭善草書，飲酒大醉，呼叫狂走，或以髮濡墨而書，人稱之草聖。崔瑗善章草，人稱之草賢。

怒猊渴驥　唐徐浩書《張九齡告身》，多渴筆，謂枯無墨也，在書家為難。世狀其法如怒猊決石，渴驥奔泉。

家雞野鶩　晉庾翼少時，書與右軍齊名，學者多宗右軍。庾不忿，與都人書云：「小兒輩乃厭家雞，反愛野鶩，皆學逸少書。」

伯英筋肉　晉衞瓘、索靖俱善書，時謂瓘得伯英之筋，靖得伯英之肉。

池水盡黑　張奐長子芝，字伯英，好草書，學崔、杜法，家之布帛，必書而後練。臨池學書，池水為之盡黑。

游雲驚鴻　晉王羲之善草書，論者稱其筆勢飄若游雲，矯若驚鴻。

龍跳虎卧　晉王右軍善書，人謂右軍之書如龍跳天門，虎卧鳳闕。

風檣陣馬　宋米芾善書。東坡云：「元章平生篆隸真行草書分為十卷，風檣陣馬，當與鍾、王並行，非但不愧而已。」

柿葉學書　鄭虔好書，常苦無紙，遂於慈恩寺貯柿葉數屋，逐日取以學書，歲久乃盡。

綠天庵　懷素喜學書，種芭蕉數萬株，取其葉以代紙，號其所曰「綠天庵」。

駐馬觀碑　歐陽率更行，見古碑是索靖所書，駐馬觀之，良久而去，數百步復還，下馬佇立，疲倦則席地坐觀，因宿其下，三日乃去。

鐵戶限　智永，右軍七世孫，精於書法。人來覓書並請題額者如市，所居戶限為穿，乃用鐵葉裹之，人號「鐵戶限」。

溺水持帖　趙子固嘗得姜白石所藏定武不損本《褉帖》，乘舟夜泛而歸，行至霅之昇山，風起舟覆，行李襆被皆淹溺無餘。子固方披濕衣立淺水中，手持《褉帖》，語人曰：「《蘭亭》在此，餘不足問也。」

鍾繇掘墓　魏鍾繇問蔡伯喈筆法於韋誕，誕吝不與，繇乃自搥胸嘔血，魏祖以五靈丹救活之。及誕死，繇使盜掘其墓，得之。由是書法更進，日夜精思。臥畫被穿過表，如廁終日忘歸。每見萬類皆畫。繇之子會，字士季，書有父風。

字以人重　書法擅絕技者，每因品重，非其人只貽玷耳。故曹操書法雖美不傳，褚僕射、顏魯公、柳少師則家藏寸紙，珍若尺璧，不專以字重也。

換羊書　黃魯直謂東坡曰：「昔王右軍書為換鵝書。韓宗儒每得公一帖，即干殿帥姚麟許換羊肉十數斤。可名公書為『換羊書』矣。」一日，坡在翰苑，以聖節撰著紛冗，宗儒日作數簡以圖報書，使人立庭下督索甚急。公笑語之曰：「傳語：本官今日斷屠。」

見書流涕　王羲之十歲善書，十二見前代《筆説》於其父枕中，竊而讀之。父曰：「爾何來竊吾所祕？」不盈期月，書便大進。衛夫人見之，語太常王策曰：「此兒必見用筆訣，近見其書，便有老成之法。」因流涕曰：「此子必蔽吾名。」

書不擇筆　唐裴行儉工草隸，每曰：「褚遂良非精紙佳筆未嘗肯書，不擇筆墨而妍捷者，惟予與虞世南耳。」

五雲佳體　唐韋陟封郇公，善草書，使侍妾掌五彩箋，裁答授意，陟惟署名。人謂所書「陟」字若五朵雲，號「郇公五雲體」。

登梯安榜　韋誕能書。魏明帝起殿，欲安榜，使誕登梯書之。

既下，頭鬢皓然，因敕兒孫勿復學書。

換鵝書　山陰一道士養好鵝，右軍往觀，意甚喜，因求市之。道士云：「為我寫《道德經》，當舉鵝相贈耳。」右軍欣然寫畢，籠鵝以歸。或問曰：「鵝非佳品，而公愛之，何也？」右軍曰：「吾愛其鳴喚清長。」

寢食其下　閻立本觀張僧繇江陵畫壁，曰：「虛得名耳。」再往，曰：「猶近代名手也。」三往，於是寢食其下數日而後去。

畫龍點睛　張僧繇避侯景來奔湘東，嘗於天皇寺畫龍，不時點睛，道俗請之，捨錢數萬，落筆之後，雷雨晦冥，忽失龍所在。

畫魚　唐李思訓畫一魚甫完，方欲點染藻荇，有客叩門，出看，尋失去畫魚。使人覓之，乃風吹入池，拾起視之，魚竟失去，止剩空紙。後思訓畫大同殿壁，明皇諭之曰：「卿所畫壁，常夜聞水聲，真入神之手。」（思訓開元中除衛將軍，與其子道昭俱得山水之妙，時號大李、小李。）

畫牛隱見　宋太宗時，李煜獻畫牛，晝則嚙草欄外，夜則歸臥欄中，莫曉其故。僧贊寧曰：「此幻藥所畫。倭國有蚌淚，和色着物，晝見夜隱；沃焦山有石，磨色染物，晝隱夜見。」

滾塵圖　唐寧王善畫馬，花萼樓壁上畫《六馬滾塵圖》，明皇最愛玉面花驄，後失之，止存五馬。

畫龍禱雨　曹不興嘗於溪中見赤龍夭矯波間，因寫以獻孫皓。至宋文帝時，累月旱暵，祈禱無應。帝取不興畫龍，置之水傍，應時雨足。

畫鷹逐鴿　潤州興國寺，苦鳩鴿栖梁上污穢佛像。張僧繇乃就東壁上畫一鷹，西壁上一鷂，皆側首向檐外，自是鳩鴿不敢復來。

李營丘　李成，營丘人，善畫山水林木，當時稱為第一，遇目矜貴。生平所畫，只用自娛，勢不可逼，利不可取，傳世者不多。（郭熙是其弟子。）

范蓬頭　范寬居山林，常危坐終日，縱目四顧，以求其趣。北宋時，天下畫山水者，惟寬與李成，議者謂李成之筆，近視如千里之遙；范寬之筆，遠望不離坐外，皆造神奇。

董北苑　沈存中云：「江南中主時有北苑董源善畫，尤工秋嵐遠景，為寫江南山水，可為奇峭。其後建康僧巨然祖述源法，皆臻妙理。」

王摩詰　唐王維字摩詰，別墅在輞川，常畫《輞州圖》，山谷盤鬱，雲水飛連，意在塵外，怪生筆端。秦太虛云：「予病，高符仲攜《輞川圖》示予曰：『閱此可癒病。』予喜甚，恍然若與摩詰同入輞川，數日病癒。」

李龍眠　舒城李公麟號龍眠，工白描，人物遠師陸、吳，牛馬斟酌韓、戴，山水出入王、李。作畫多不設色，純用澄心堂紙為之。唯臨摹古畫用絹素，着色筆法如行雲流水，當為宋畫中第一。

畫仕女　仕女之工，在於得其閨閤之態。唐周昉、張萱，五代杜霄、周文矩，下及蘇漢臣輩，皆得其妙，不在施朱傅粉、鏤金佩玉以為工。

畫人物　人物於畫，最為難工，顧、陸世不多見。吳道子畫家之聖。至宋李龍眠一出，與古爭先，得龍眠畫三紙，可敵道子畫二紙，可敵虎頭畫一紙，其輕重相懸類若此。

《南史》：蕭賁，竟陵王子良之孫。善書畫，常於扇上為圖山水，咫尺之內，便覺萬里為遙。矜慎不傳，自娛而已。

畫聖　北齊楊子華畫馬於壁，每夜必踶嚙長鳴，如索水草。人謂之「畫聖」。

頰上三毛　顧長康畫裴叔則，頰上三毛，神采愈俊。畫殷荊州像，荊州目眇，顧乃明點瞳子，飛白拂其上，如輕雲之蔽日，殷貴其妙。

周昉傳真　周昉善傳真。郭令公為其婿趙縱寫照，令韓幹寫，復令昉寫，莫辨其優劣。趙國夫人曰：「二畫俱似。前畫空得趙郎形貌，後畫兼得其神氣、性情、笑語之姿。」

一丘一壑　顧長康畫謝幼輿在巖石裏，人問其所以，顧曰：「謝云：『一丘一壑，自謂過之。』此子宜置丘壑中。」

鄭虔三絕　唐鄭虔善畫山水，嘗自寫其詩並畫以獻帝，大署其尾曰：「鄭虔三絕。」

傳神阿堵　顧長康畫人，或數年不點目睛。人問其故，顧曰：「四體妍蚩，本無關於妙處，傳神寫照，正在阿堵中。」

畫風鳶　郭恕先寓岐山下，有富人子喜畫，日給醇酒，待之甚厚，久乃以情言，且致匹素。郭為畫小童，持線車放風鳶，引線數丈，滿之。富人子大怒，遂與郭絕。

維摩像　顧愷之於瓦棺寺畫一維摩相，閉戶揣摩百餘日。畫畢將欲點睛，謂僧曰：「第一日開者，令施十萬，第二日五萬，第三日開，如例。」及開，光明照寺，施者填門。

畫花鳥　五代時，黃荃與子居寀，並畫花卉，謂之寫生。妙在傅色不用筆墨，俱以輕色染成，謂之「沒骨圖」。

江南徐熙，先落筆以寫其枝葉蕊萼，然後着色，故骨氣手神，為古今絕筆。

韓幹馬　唐明皇令韓幹睹御府所藏畫馬，幹曰：「不必觀也，陛下廄馬萬匹，皆是臣師。」

戴嵩牛　戴嵩善畫牛，畫牛之飲水，則水中見影；畫牧童牽牛，則牛瞳中有牧童影。

《東坡志林》：蜀中杜處士好書畫，所寶以百數。有戴嵩《牛》一軸，尤所愛，錦囊玉軸，常以自隨。一日曝書畫，有牧童見之，撫掌笑曰：「此畫鬥牛也，鬥力在角，尾夾入兩股間，今乃掉尾而鬥，謬矣！」處士笑而然之。古語云「耕當問奴，織當問婢」，不可改也。

包鼎虎　宣城包鼎每畫虎，掃室屏人聲，塞門牖，穴屋取明，一飲斗酒，脱衣據地，卧起行顧，自視真虎也。

畫竹　文與可畫竹，是竹之左氏也，子瞻卻類莊子。又有息齋李衎者，亦以竹名。所謂東坡之竹，妙而不真；息齋之竹，真而不妙者是也。梅道人始究極其變，流傳既久，真贋錯雜。

畫梅花　衡州花光長老善畫梅花，黃魯直觀之曰：「如嫩寒春曉，行孤山水邊，籬落間但欠香耳。」又楊補之墨梅清絕。

花竹翎毛　宋崔白、艾宣工花竹翎毛。唐人花鳥，邊鸞畫如生。

吳僧善畫草蟲，以扇送司馬君實，因謝云：「吳僧畫團扇，點染成微蟲，秋毫皆不爽，真竊天地功。」

米南宮　米芾字元章，天姿高邁。初見徽宗，進所畫《楚山清曉圖》，大稱旨。枯木松石，時出新意，然傳世不多。其子友仁，字元暉，能傳家學，作山水清致可掬，成一家法。

名畫　宋四大家：南宋以後，李唐、劉松年、馬遠、夏珪四家俱登祗奉，名著藝苑。

元四大家　趙子昂字孟頫，號松雪；吳鎮字仲圭，號梅花道人；黃公望字可久，號大癡，又號一峰老人；王蒙字叔明，一號黃鶴山樵；俱勝國時人，以畫名世。

不學

沒字碑　五代任圜曰：「崔協不識文字，虛有其表，號沒字碑。」

腹負將軍　宋党進官太尉，目不知書。一日，捫腹語曰：「吾不負汝！」一家妓應曰：「將軍不負此腹，但此腹負將軍耳。」

視肉撮囊　莊子曰：「人而不學，謂之視肉；學而不行，謂之撮囊。」

馬牛襟裾　人不通古今，馬牛而襟裾。

書簏　晉傅迪廣讀書而不解其義，唐李善淹貫古今，而不能屬辭，皆謂之書簏。

杕杜　李林甫不識杕杜字，謂韋陟曰：「此云杕杜，何也？」陟俯首不敢應。

金根車　韓愈子昶，性暗劣，為集賢校理。史傳有「金根車」，昶以為誤，改「根」為「銀」，愈責之。

弄獐　唐姜度生子，李林甫手書賀之曰：「聞有弄獐之喜。」客視之，掩口笑。東坡詩：「甚欲去為湯餅客，卻愁錯寫弄獐書。」

蹲鴟　張九齡一日送芋於蕭炅，書稱「蹲鴟」。蕭答云：「惠芋拜嘉，惟蹲鴟未至。然寒家多怪，亦不願見此惡鳥也。」九齡以視座客，無不大笑。

紇字　魯臧武仲名紇，孔子父叔梁紇（紇音恨發切，恨與軒轄），而世多呼為「核」。蕭穎士聞人誤呼武仲名，因曰：「汝紇字也不識！」

伏獵　蕭炅為侍郎，不知書，常與嚴挺之書，稱「伏臘」為「伏獵」。挺之笑曰：「省中豈容伏獵侍郎乎？」乃出之。

春菟　桓溫篡位，尚書誤寫「春蒐」為「春菟」，自丞相以下皆被黜。

目不識丁　唐張弘靖曰：「天下無事，爾輩挽兩石弓，不如識一个字！」「个」字誤書「丁」字，以其筆劃相近也。

行屍走肉　《拾遺記》：「任末曰：人而不學，乃行屍走肉耳！」

心聾　《列子》：人不涉學，猶心之聾。

白面書生　宋太祖欲北征，沈慶之諫不可。江湛之曰：「耕當問奴，織當問婢。今欲伐國，而與白成書生謀之，曷克有濟？」

口耳之學　《荀子》:「小人之學也，入乎耳，出乎口；口耳之間，則四寸耳，曷足以美七尺之軀哉！」

文具

舜始造羊毛筆，鹿毛為柱。蒙恬始造兔毫筆，狐狸毛為柱。

毛穎　《毛穎傳》: 毛穎，中山人，蒙恬載以歸，始皇封諸管城，號「管城子」，累拜中書令，呼為「中書君」。

蒙恬造筆　蒙恬取中山兔毫造筆。右軍《筆經》: 諸郡毫，惟趙國中山山兔肥而毫長可用，須在仲秋月收之，先用人髮杪數莖，雜青羊毛並兔毛，裁令齊平，以麻紙裹至根令治；次取上毫薄薄布柱上，令柱不見。恬始造筆，以枯木為管，鹿毛為柱，羊皮為被，所謂蒼毫。

毛錐　五代史弘肇曰:「安朝廷，定禍亂，直須長槍大戟，若毛錐子安足用哉？」三司使王章曰:「無毛錐子，軍賦何從集乎？」肇默然。

椽筆　晉王珣夢人以大筆如椽與之，既覺曰:「此當有大手筆事。」俄，武帝崩，哀策謚議皆珣所草。

鼠鬚筆　王羲之得用筆法於白雲先生，先生遺之鼠鬚筆。張芝、鍾繇亦皆用鼠鬚筆，筆鋒強勁，有鋒芒。

雞毛筆　嶺外少兔，以雞雉毛作筆亦妙，即東坡所謂三錢雞毛筆。東坡書《歸去來辭》，頗似李北海，流便縱逸而少乏遒勁，當是三錢雞毛筆所書者。

呵筆　李白召對便殿，撰詔誥。時十月大寒，筆凍。帝敕宮嬪十人侍白左右，令各執牙筆呵之。

筆塚　長沙僧懷素得草聖三昧，棄筆堆積，埋於山下，曰

「筆塚」。

右軍筆經　昔人用琉璃象牙為管，麗飾則有之，然筆須輕便，重則躓矣。近有人以綠沈漆竹管及鏤管見遺，用之多年，頗可愛玩，詎必金寶雕飾，方為貴乎。

夢筆生花　李白少時，夢筆頭上生花，後天才贍逸，名聞天下。

五色筆　江淹夢人授以五色筆，由是文藻日麗。後宿野亭，夢一人自稱郭璞，謂淹曰：「吾有筆在君處多年，可見還。」淹乃探懷中，得五色筆以授之。嗣後為詩絕無佳句，時人謂之才盡。

筆匣　漢始飾雜寶為筆匣，犀象琉璃為管。王羲之始尚竹管。

梁簡文帝始為筆牀，筆四矢為一牀。

大手筆　唐蘇頲封許國公，張說封燕國公，皆以文章顯，稱望略等，時號燕許大手筆。

研　黃帝得玉，始治為墨海，文曰：「帝鴻氏研」。孔子為石研，仲由為瓦研，漢漆研，晉鐵研，魏銀研。

溪研　唐玄宗時，葉氏始取龍尾溪石為研，深溪為上。南唐時始開端溪坑石作研，北巖為上，有辟雍樣、郎官樣。宋仁宗時，端溪石、龍尾溪石並竭。

研譜　端溪三種巖石，上中下三巖。西坑、後歷、下巖無新，上中巖有新舊。舊坑則龍巖，汲綆，黃圃三石；新坑則後歷、小湘、唐窨、黃坑、蚌坑、鐵坑六處，俱山東。其最佳子石出水中者，次鴝鵒眼，赤白黃色點，綠絲、環金線紋，脈理黃。白絲、青絲、青紋，眼筋短紋，火黯微斑。赤裂、黃霞、鐵線、白鑽、壓矢，色斑，龍尾佳者金星，次羅紋眉子，水舷，棗心，松紋，豆斑，角浪，刷絲，驢坑。又《研譜》稱：最佳者紅絲，出土中者，次黑角、褐金、紫金、鵲金、黑玉。

蘇易簡研譜　端溪研，水中者石色青，山半者石色紫，山頂者石尤潤，色如豬肝者佳。若匠者識山之脈理，鑿一窟自然有圓石，琢而為研，其值千金，謂之紫石研。東坡銘曰：「孰形無情，石亦卵生。黃胞白絡，以孕黝頳。」

即墨侯 文嵩《石虛中傳》：南越人，姓石，名虛中，字居默，拜即墨侯。薛稷為研，封石鄉侯。

馬肝 漢元鼎五年，郅支國貢馬肝石，和丹砂為丸，食之則彌年不飢；以拭白髮，盡黑；用以作研，有光起。

鳳咮 東坡詩：「蘇子一研名鳳咮，坐令龍尾羞牛後。」（龍尾，溪名，出石可為研。）

龍尾研 李後主留意翰墨，所用澄心堂紙，李廷珪墨、龍尾研，三者為天下冠，當時貴之。龍尾石多產於水中，故極溫潤，性本堅密，扣之其聲清越，宛若玉振，與他石不同，色多蒼墨。亦青碧者，石理微粗，以手擘之索索有鋒芒者，尤發墨。

鴝鵒眼 《東坡筆錄》：黃墨相間，墨睛在內，晶瑩可愛者活眼；四傍漫漬，不甚精明者為淚眼；形體略具，內外皆白，殊無光彩者為死眼。活勝淚，淚勝死。

澄泥研 米元章云：絳縣人善製澄泥研，以細絹二重淘洗，澄之，取極細者礶為研，有色綠如春波者細滑，着墨不費筆。

鐵研 《藝文》：青州以熟鐵為研，甚發墨。五代桑維翰初舉進士，主司惡其姓與喪同音，故斥之。維翰鑄一鐵研示人曰：「研敝則改業。」卒舉進士及第。

銅雀研 魏銅雀台遺址，人多發其古瓦，琢研甚工，貯水數日不燥。世傳云，其瓦俾陶澄泥以絺綌濾過，加胡桃油埏埴之，故與他瓦異。

結鄰 李衛公收研極多，其最妙者名結鄰，言相與結為鄰也。按：結鄰乃月神名，其研圓而光，故取以為喻。

紙 古帛書，漢幡紙。蔡倫為麻紙，又搗故魚網為網紙，木皮為穀紙。王羲之為穀藤皮紙。王璵始以竹草造紙。晉桓玄始造青赤縹綠桃花紙。石季龍造五色紙。薛濤始為短箋。

箋紙　蔡倫玉版、貢餘，俱雜零布、破履、亂麻為之。經屑表光紙。晉密香紙。大秦國出唐硬黃紙，黃柏染。段成式雲藍紙。南唐後主澄心堂紙。齊高帝凝光紙。蕭誠斑文紙（採野麻、土穀）。蜀王衍霞光紙。宋黃白經箋，碧雲春樹箋，龍鳳箋，團花箋，金花箋，烏絲欄。顏方叔宋人杏紅箋，露桃紅箋，天水碧，俱砑花竹翎鱗及山水人物，元春膏箋，冰玉箋，兩面光蠟色繭紙，越剡藤苔箋，即漢時側理紙，南越海苔為之。蜀麻面、薛骨、金花、玉屑、魚子十色箋，即薛濤深紅、粉紅、杏紅、銅綠、明黃、深青、淺綠雲箋。

密香紙　以密香樹皮為之，微褐色，有紋如魚子，極香而堅韌，水漬之不潰。

玉版　成都浣花溪造紙，光滑，以玉版為名。東坡詩：「溪石作馬肝，剡藤開玉版。

剡藤　剡溪古藤極多，造紙極美。唐舒元輿作《弔剡溪藤文》，言今之錯為文者皆大污剡藤也。

蠶繭紙　王右軍書《蘭亭記》用蠶繭紙，紙似繭而澤也。

赫蹏　赫蹏，薄小紙也。《西京雜記》稱薄蹏。

蔡倫紙　漢和帝時，中常侍蔡倫典作上方，乃造意用樹膚、麻頭及敝布，魚網以為紙。奏上之。故天下咸稱「蔡侯紙」。

側理紙　張華著《博物志》成，晉武賜于闐青鐵研，遼西麟角筆，南越側理紙，一名水苔紙，南人以海苔為之，其理縱橫邪側，故以為名。

澄心堂紙　李後主造澄心堂紙，細薄尤潤，為一時之甲。相傳淳化帖皆此紙所拓。宋諸名公寫字，及李龍眠畫，多用此紙。

薛濤箋　元和初，元稹使蜀，營妓薛濤以十色彩箋遺稹，稹於松花紙上寫詩贈濤。蜀中有松花紙、金沙紙、雜色流沙紙、彩霞金粉龍鳳紙，近年皆廢，惟綾紋紙尚存。（薛濤箋狹小便用，只可寫四韻小詩。）

左伯紙　左伯與蔡倫同時，亦能為紙，比蔡更精。上召韋誕草詔，對曰：「若用張芝筆、左伯紙及臣墨，兼此三具，又得臣手，然後可以成徑丈之勢。」

《墨譜》　上古無墨，竹板點漆而書。中古以石磨汁，或云是延安石液。至魏齊始有墨丸，乃漆煙松煤夾和為之。所以晉人多用凹心研，欲磨墨儲沉耳。

麥光　蘇詩：「麥光鋪几淨無瑕。」東坡詩：「香雲藹麥光。」（麥光，紙名；香雲，墨也。）

李廷珪墨　唐李超，易水人，與子廷珪亡至歙州。其地多松，因留居，以墨名家，其堅如玉，其紋如犀。其製：每松煙一斤、真珠三兩、玉屑一兩、龍腦一兩，和以生漆，擣十萬杵，故堅如玉，能置水中三年不壞。

小道士墨　唐玄宗御案上墨曰「龍香劑」。一日，見墨上有小道士似蠅而行。上叱之，即呼萬歲，曰：「小臣墨精，黑松使者是也。世人有文章者，皆有龍賓十二隨之。」上異之。乃以墨分賜掌文官。

陳玄　《毛穎傳》：穎與絳人陳玄、弘農陶泓、會稽褚先生友善，其出處必偕。

客卿　《長楊賦》借子墨客卿以為諷。又燕人易玄光，字處晦，封為松滋侯。

隃麋　隃麋，墨也。唐高麗貢松煙墨，和麋鹿膠造墨，名隃麋。

禮樂部

卷九

禮制（婚姻一）

冠禮　古者冠禮，筮日筮賓，所以敬冠事也。冠乎阼，以著代也。醮於客位，三加彌尊（始加緇布冠，再加皮冠，三加爵弁），加有成也。已冠而字之，成人之道也。見於母，母拜之；見於兄弟，兄弟拜之，成人而與為禮也。玄冠玄端，奠摯於君，遂以摯見於卿大夫、鄉先生，以成人見也。

魯兩生　漢叔孫通制禮，徵魯諸生三十餘人。有兩生不肯行曰：「禮樂必積德百年而後興，今天下初定，何暇為此？」通笑曰：「鄙儒，不知時變者也。」

應時而變　《莊子》：三皇五帝之禮義法度，不矜於同，而矜於治，譬猶楂梨橘柚，其味相反，而皆可於口。或禮義法度，應時而變也。

晉侯受玉　《左傳》：天王使召武公、內史過賜晉侯命，受玉惰。過歸，告王曰：「晉侯其無後乎！王賜之命，而惰於受瑞，先自棄也已，其何繼之有？禮，國之幹也；敬，禮之輿也。不敬，則禮不行；禮不行，則上下婚，何以長世？」

綿蕞　叔孫通與其徒百餘人為綿蕞野外，習之月餘，禮成。高帝令羣臣習肄。長樂宮成，羣臣朝賀，莫不振恐肅敬。帝曰：「吾今日知為皇帝之貴也！」

婚禮　人皇氏始有夫婦之道，伏羲始制嫁娶。女媧氏與伏羲共母，佐伏羲正婚姻，始為神媒。夏后氏始制親迎禮。秦始皇始娶婦納絲麻鞋一緉（取和諧也）。後漢始聘禮用墨。漢重墨，今答聘用之。始婚禮用羊（取羊者，祥也）。巫咸制撒帳厭勝。京房嫁女，翼奉子撒豆穀穰煞。張嘉貞嫁女，制繡幕牽紅。唐新婦輿至大門，傳席勿履地。晚唐制：新婦上車，以蔽膝蓋面。五代始新婦入門跨馬鞍。北朝迎婚，十數人大呼，催新婦上輿，婦家賓親婦女打新郎，喜拳手交下。

昏禮　昏禮者，將合二姓之好，上以祀宗廟，而下以繼後世也，故君子重之。是以昏禮納采、問名、納吉、納徵、請期，主人筵几於廟，而拜迎於門外。入，揖讓而升，聽命於廟，所以敬慎重、正昏禮也。（納采者，納雁以為采，擇之禮也。問名者，問女生之母名氏也。納吉者，得吉卜而納之也。納徵者，納幣以為婚姻之證也。請期者，請婚姻之日期也。五者合親迎，謂之六禮。）

禮親迎　父親醮子而命之迎，男先於女也。子承命以迎，主人筵几於廟，而拜迎於門外。婿執雁入，揖讓升堂，再拜奠雁，蓋親愛之於父母也。降，出御婦車，而婿受綏，御輪三周，先俟於門外。婦至，婿揖婦以入，共牢而食，合巹而酳，所以合體同尊卑以親之也。

見舅姑　夙興，婦沐浴以俟見。質明，贊見婦於舅姑，婦執笲棗栗、段脩以見，贊醴婦。婦祭脯、祭醴，成婦禮也。舅婦入室，婦以特豚饋，明婦順也。（質明，婚禮之次日。贊，相禮之人也。笲，竹器，以盛棗栗、段脩之贄。脩，脯也，加薑桂治之曰「段脩」。）

饗以一獻　厥明，舅姑共饗婦，以一獻之禮奠酬。舅姑先降自西階，婦降自阼階，以著代也。（厥明，婚禮之二朝也。舅獻姑酬，共成一獻。阼者主人之階，婦之代姑將以為主於內也。）

結縭三命　女嫁，父戒之曰：「謹慎，從舅之言！」母戒之曰：「謹慎，從爾姑之言！」諸母施鞶紳，戒之曰：「謹慎，從爾父母之言。」

四德三從　是以古者婦人先嫁三月，祖廟未毀，教於公宮；祖廟既毀，教於宗室，教以婦德、婦言、婦容、婦功。教成祭之，牲用魚，芼之以蘋藻，所以成婦順也。三從，謂婦人在家從父，出嫁從夫，夫死從子。

伉儷　《左傳》：齊侯請繼室於晉，韓宣子使叔向對曰：「寡君未有伉儷，君有辱命，惠莫大焉。」

朱陳　白樂天詩：「徐州古豐縣，有村曰朱陳。去縣百餘里，桑麻青氛氳。一村惟兩姓，世世為婚姻。」

撒帳果　漢武帝李夫人初入宮，坐七寶流蘇輦，障鳳羽長生扇，帝迎入帳中，共坐巹飲。預戒宮人遙撒五色同心花果，帝與夫人以衣裾盛之，云「得多」，得子多也。故後世有撒帳之遺。

月老檢書　唐韋固旅次宋城，遇老人向月檢書，謂固曰：「此天下婚姻簿也。」因問韋妻何氏，答曰：「爾妻乃店後賣菜陳嫗女耳。」翌日往視，見嫗抱二歲女，甚陋，遂使人刺之中眉。後十四年，相州刺史王泰妻以女，姿容甚麗，眉間常貼花鈿。細問之，曰：「妾郡守姪女也。父卒於宋城。襁褓時為賊所刺，痕尚在眉。」宋城宰聞之，名其店曰「定婚店」。

金屋貯之　漢武帝幼時，景帝問：「兒欲得婦否？」長公主指其女曰：「阿嬌好否？」武帝曰：「若得阿嬌，當以金屋貯之。」

丹桂近嫦娥　袁筠娶蕭安女，言定，未幾擢進士第。羅隱以詩贈之曰：「細看月輪還有意，定知丹桂近嫦娥。」

女蘿附松柏　李靖謁楊素，一伎執紅拂侍側，目靖久之。靖歸逆旅，夜半有紫衣人扣門，延入，脱衣帽，乃美人也。靖驚詰之，告曰：「妾楊家紅拂妓也。女蘿願附松柏。」遂與之俱適太原。

續斷弦　《十洲記》：鳳麟州以鳳喙麟角作膠，能續斷弦。

門楣　唐玄宗寵禮楊氏，其從兄國忠加御史大夫，銛鴻臚卿，女兄弟韓國、虢國、秦國三夫人。時謠曰：「男不封侯女作妃，君看女卻為門楣。」

冰人　令狐策夢立冰上與冰下人語，占者曰：「在冰上與冰下人語，為陽語陰，當為人作媒，期在冰判。」太守田豹為子求張公徵女，使策為媒，仲春成婚。故稱媒人為冰人。

賣犬嫁女　晉吳隱之將嫁女，謝石知其貧，遣女必率薄，乃令移厨帳助其經營。使人至，見婢牽一犬賣之，此外蕭然無辦。

練裳遣嫁　漢逸民戴良有五女，練裳竹笥木履而遣之。東坡詩：「竹笥與練裳，願得畢婚嫁。」

葭莩（竹上薄衣）　漢中山靖王封羣臣，非有葭莩之親。

潘楊　晉楊經，潘岳作誄文云：「藉三葉世親之恩，而子之姑，予之伉儷焉。潘楊之睦，有自來矣。」

鳳占　《左傳》：陳公子完奔齊，齊侯使為卿。齊大夫懿氏欲妻以女，卜之曰：「鳳凰於飛，和鳴鏘鏘。有嬀之後，將育於姜，五世其昌。」

結縭　《詩》：「之子于歸，皇駁其馬。親結其縭，九十其儀。」（縭，婦人之褘也。）

示之以禮　馬超奔蜀，輕視先主，常呼先主字。關羽怒，請殺之。先主曰：「人窮來歸，以其呼字而殺之，何以示天下？」張飛曰：「如是當示之以禮。」次日，大會諸將，請超入，羽、飛並伏刀立直。超顧坐席，不見羽、飛，見其直也，乃大驚，遂尊事先主，不敢呼字。

議禮聚訟　漢章帝欲定禮樂，班固曰：「諸賢多能説禮，宜廣招集。」帝曰：「諺云『築舍道旁，三年不成』。會禮之家，名為聚訟。」

禮制（喪事二）

喪禮　黃帝始制棺椁。周公制翣。周制俑。虞卿制桐人。左伯桃制明衣（新衣襲屍）。史佚制下殤棺衣。夫差為冥帽，而始制面帛。夏制明器。五代制靈座前看果。◯舜制弔禮。晉制：弔客至喪家鳴鼓為號。◯巫咸制紙錢（名寓錢）。漢鑄神瘞錢。王璵始喪祭焚紙錢。◯周制：方相先驅。漢制：魌頭，俗開路顯道神。始嫘祖道死，嫫姆監護因制。◯商始制銘旌以書姓名。魏始書號。後漢始制墓碑，為文字辨識。◯黃帝封京觀，始制墓。周公始合葬。周桓王始改葬。秦武公始人殉葬。宋文公始殉葬用重器。◯秦稱天子墓為山。漢始為陵。漢文帝始預造壽陵。少康封其子杞。禹始設守陵人。◯秦始皇制皇寢石麟、辟邪、兕馬，臣下石人、羊虎柱，罔象好食亡者肝，因制。◯宋真宗始給民義塚，制漏澤園。

服制　黃帝始制喪禮。禹始制五服。堯始定三年喪，父斬衰，母齊衰。唐武后制：父在為母三年，同父喪。宋太祖制：舅姑三年喪。◯周公制：生母齊衰三月。魯昭公制慈母服（他妾養己）。唐玄宗加母黨服。◯魏徵制：叔嫂小功服。戴德制：朋友緦麻服。晉襄公制起復，始伯禽征徐戎卒哭，漢唐沿之。始大臣奪情。◯漢元帝始令博士丁憂。◯漢文帝始易月。景帝為三十六日釋服。唐肅宗始定二十七日之服。

喪禮五服　斬衰三年，子為父母。女在室，並已許嫁者，及已嫁被出而反在家者，與子之妻同。◯子為繼母，為慈母，為養母，子之妻同。◯庶子為所生母，為嫡母，庶子之妻同。◯為人後者與妻同，嫡孫為祖父母、高曾祖父母，承重同。◯妻為夫，妾為家長同。

齊衰杖期　嫡子眾子為庶母，其妻亦如之。◯子為嫁母，為出母；夫為妻；嫡孫，祖在，為祖母承重。

齊衰不杖期　祖為嫡孫，父母為嫡長子及嫡長子婦，及眾子，及女在室，及子為人後者。〇繼母為長子，眾子姪為伯叔父母，為親兄弟，及親兄弟之子女在室者。〇孫為祖父母，孫女在室，與出嫁同。為人後者，為其本生父母。女出嫁，為其本生父母。妾為家長之正妻，妾為家長父母，妾為家長之子與其所生子。

齊衰五月，曾孫為曾祖父母，曾孫女同。齊衰三月，玄孫為高祖父母，玄孫女同。

大功九月　祖父母為眾孫、孫女在室者。父母為眾子婦，及女已出嫁者。伯叔父母為姪婦，及姪女已出嫁者。妻為夫之祖父母，妻為夫之伯叔父母。夫為人後，其妻為夫之本生父母。

小功五月　為伯叔祖父母，為堂伯叔父母，為再從兄弟，為兄弟之妻，祖為嫡孫婦，為外祖父母，為母之兄弟姊妹。

緦麻三月　祖為眾孫婦，曾祖父母為曾孫，祖母為嫡孫，眾孫婦為乳母，為妻之父母，為婿，為外孫，為同堂兄弟之妻。

三父　同居繼父，不同居繼父，從繼母嫁繼父。諸繼父，謂父死母再嫁他人隨去者，同居有期年服，不同居者無服。隨繼母嫁繼父，有齊衰杖期。

八母　嫡母、繼母、養母（謂自幼過房與人）、慈母（謂生母死，父令別妾撫育者）、嫁母（謂親母因父死再嫁他人者）、出母（謂親母被父所出）、庶母（父妾之生子女者）、乳母（即奶母，小服緦麻）。

七出　無子，淫佚，不孝，多言，盜竊，妒忌，惡疾。三不去：與更三年喪；前貧賤後富貴；有所娶，無所歸。

讀禮　《曲禮》曰：居喪未葬讀葬禮，既葬讀祭禮。

彌留　疾革之時，氣尚未絕，目不即瞑，謂之彌留。

屬纊　屬，付也；纊，綿也。以綿輕而易動，故付置於口鼻上，以驗氣之有無也。

易簀　曾子疾病，曾元、曾申坐於足，童子隅坐而執燭。童子曰：「華而睆，大夫之簀與？」曾子曰：「然。季孫之賜也，我未之能易也。元，起易簀！」舉扶而易之，反席未安而歿。

捐館　《蘇秦傳》：奉陽君死，捐館舍而去。

鬼錄　魏文帝《與吳質書》：昔年疾病，親故多罹其災，觀其姓名，已登鬼錄。

就木　晉文公奔狄，娶季隗，將適齊，謂隗曰：「待我二十五年，不來而後嫁。」對曰：「我又如是而後嫁，則就木矣。」

蓋棺論定　晉劉毅云：「丈夫蓋棺論方定。」

修文郎　春秋時，蘇韶卒，後從弟節晝見韶，因問幽冥事。韶曰：「顏回、卜商死，俱為地下修文郎。」

白玉樓　李賀將死，有緋衣人駕赤虬奉雷版召賀曰：「帝成白玉樓，立召為記。天上差樂，不苦也。」

一鑒亡　魏徵卒，帝臨朝歎曰：「以銅為鑒，可照妍媸；以人為鑒，可明得失。今魏徵逝，一鑒亡矣。」

月犯少微　謝敷隱居剡中。時月犯少微，占云「處士當之」。譙國戴逵名重於敷，甚以為憂。俄而敷死，時人語曰：「吳中高士，求死不得。」

歲在龍蛇　鄭玄夢孔子告之曰：「起，起，今年歲在辰，明年歲在巳。」既寤，以讖合歲，知命當終。讖云：「歲在龍蛇賢人嗟。」

夢書白駒　杜牧之夢書「白駒」字，或曰：「過隙也。」俄而悉燬其所為文章詩籍，果卒。

一朝千古　唐薛收卒，秦王曰：「吾與伯褒共軍旅，豈期一朝成千古也！」

脱驂　孔子遇舊館人之喪，入而哭之哀，出，使子貢脱驂而賻之。

麥舟　范堯夫舟有麥五百斛，悉與故人石曼卿以助其葬。

生芻一束　郭林宗有母憂，徐穉往弔之，置生芻一束於閭前而去之。眾怪，不知其故。林宗曰：「此必南州高士徐孺子也。詩不云乎：『生芻一束，其人如玉。』吾有何德，足以當之？」

素車白馬 范式巨卿、張劭元伯相與為友。元伯卒，式夢劭呼曰：「巨卿，吾已某日死，某日葬。」式馳往赴之。未及到而劭已發引。將至壙，而柩不前。其母曰：「元伯，豈有望耶？」停柩。移時，乃見素車白馬，號哭而來。母曰：「是必范巨卿也。」式因執紼而引，其柩乃前。

歸見父母 陳堯佐臨終，自誌其墓曰：「有宋穎川生堯佐，字希元，年八十二不為夭，官一品不為賤，卿相納錄不為辱祖，可歸見父母栖神之域矣。」

翁仲 《水經注》：鄗南千秋亭壇廟東枕道，有兩石翁仲。山谷詩：「往者不可言，古柏守翁仲。」

九京 文子曰：「是全要領以從先大夫於九京也。」

佳城 漢滕公駕至東都門，馬悲鳴不進。命掘之，得石槨，有蝌蚪書云：「佳城鬱鬱，三千年見白日，吁嗟滕公居此室。」公歎曰：「天乎！吾死，其安此乎？」後葬其處。

牛眠 晉陶侃，初，家將葬，忽失一牛，不知所在。遇一老父謂曰：「前岡見一牛，眠處，其地若葬，位極人臣。」侃尋牛得之，因葬焉。

壽藏 唐姚崇孫勗自立壽藏於萬安山，兆曰「寂居穴」，以土為牀曰「化台」。

輓歌 漢高帝時，田橫死，從者不敢哭，隨柩敍哀，故承以為輓歌。漢武時，李延年分為二：《薤露》送王公貴客；《蒿里》送士大夫庶人。

弔柳七 柳永死日，家無餘財，羣妓合金葬之郊外，每春月上塚，謂之「弔柳七」。

漆燈 唐沈彬居有一大樹，嘗曰：「吾死可葬於此。」既葬穴之，乃一古塚，其間一古燈，台上有漆篆文曰：「佳城今已開，雖開不葬埋。漆燈猶未滅，留待沈彬來。」

金粟岡　唐玄宗幸橋陵，見金粟岡有龍盤鳳翥之勢，謂侍臣曰：「吾千秋萬歲後宜葬於此。」及升遐，羣臣依旨葬焉。

馬鬣封　《禮記》子夏曰：「昔夫子言之曰，吾見封之若堂者矣，見若坊者矣，見若覆夏屋者矣，見若釜者矣，馬鬣封之謂也。」

長夜室　東坡《贈章默》詩：「章子親未葬，餘生抱羸疾。朝吟噎鄰里，夜淚腐茵席。願求不毛田，親築長夜室。」

土饅頭　范石湖《重九日行營壽藏之地》詩：「家山隨地可松楸，荷鍤攜壺似醉劉。縱有千年鐵門限，終須一個土饅頭。」

要離塚　梁鴻卒，皋伯通等為求葬地，乃葬之要離塚傍。曰：「梁鴻高賢，要離烈士，政相類也。」後人遂以其所居名梁溪，今無錫是也。

玉鈎斜　在吳公台下，隋煬帝葬宮人處也。唐竇鞏《宮人斜》詩：「離宮路遠北原斜，生死恩深不到家。雲雨今歸何處去？黃鸝飛上野棠花。」

葬龍耳　晉元帝聞郭璞為人葬墳地，微服往觀，謂主人曰：「此葬龍角，必滅族。」主人曰：「璞云此是龍耳，三年當有天子至。」帝曰：「出天子耶？」曰：「非也，能致天子問耳。」

方相　《周禮》：方相氏毆罔象，好食亡者肝，而畏虎與柏，故墓上列柏樹，路口置石虎，本此。

不憖遺一老　孔子卒，哀公誄之曰：「旻天不弔，不憖遺一老，俾屏余一人以在位，煢煢余在疚。嗚呼哀哉尼父！無自律。」子貢曰：「君其不沒於魯乎！」

五穀瓶　《喪服要記》：魯哀公曰：「五穀囊起伯夷、叔齊，不食粟而死，故作五穀囊。吾父食味含哺而死，何用此為？」今人遂為五穀瓶。

青蠅為弔客　虞翻字仲翔，放棄海南。「自恨疏節，骨體不媚，犯上獲罪，當長歿海隅。生無可與語，死以青蠅為弔客，使天下一人知己者，足以不恨。」

墓木拱　《左傳》秦伯使謂蹇叔曰：「爾何知？中壽，爾墓之木拱矣。」

瓜奠　唐萊國公杜如晦薨，太宗詔虞世南製碑文。後因食瓜美，愴然悼之，遂輟食，遣使奠於靈座。

哀些　宋玉《招魂》曰：「光風轉蕙，氾崇蘭些。」些，語詞。宋玉《招魂》語末皆云「些」，故輓歌亦曰「哀些」。

長眠　《廣記》：鄭郊路逢一塚，有二竹。鄭為詩曰：「塚上兩竿竹，風吹常裊裊。」塚中人續曰：「下有百年人，長眠不知曉。」

賻賵　賻，助也；賵，報也。所以助生送死，副至意也。貨財曰賻，車馬曰賵。玩好曰贈，衣服曰襚。

銘旌　銘，明也，以死者為不可別已，故以其旌識之。杜牧之詩云：「黃壤不知新雨露，粉書空換舊銘旌。」

謚　太公、周公相嗣王，始作謚法。人主謚始黃帝。加謚至十數字，始唐玄宗。太子謚始申生。卿大夫謚始周。處士謚始陶弘景。公卿無爵而謚始王導。宦者謚、方伎謚，始北魏公卿大夫。祖父謚始元。婦人謚始穆天子謚盛妃。哀后謚始漢高祖尊母昭靈。公主謚始唐高祖謚女平陽公主昭。生而賜謚始衞侯賜北宮喜貞，析朱鉏成。私謚始黔婁。婦人私謚其夫始柳下惠。

窀穸　《左傳》：獲保首領以歿於地，惟是春秋窀穸之事。

襄事　《左傳》：葬定公，雨，不克襄事，禮也。

葛茀　《左傳》：葬敬嬴，旱，無麻，用葛茀。

祖載　《白虎通》：祖載者，始載柩於庭，乘軸車而辭祖禰，故曰祖載。

天子死曰崩，諸侯曰薨，大夫曰卒，士曰不祿，庶人曰死。在牀曰屍，在棺曰柩。羽鳥曰降，四足曰漬。死寇曰兵。

執紼 《禮記》：弔於葬者必執引，若從柩及壙皆執紼。

禮制（祭祀三）

祭法 有虞氏禘黃帝而郊嚳，祖顓頊而宗堯。夏后氏亦禘黃帝而郊鯀，祖顓頊而宗禹。殷人禘嚳而郊冥，祖契而宗湯。周人禘嚳而郊稷，祖文王而宗武王。

少昊始制宗廟，周公始為七廟，舜始制廟號。◯舜受終文祖，始大事告廟。伏羲始制祀先，少昊始制四時廟祭。◯舜始制禘祭，帝槐始制不遷宗祭。殷制五年祫祭。周三年文王祭忌日。◯北齊始制別室，加薦爇味。◯殷太甲始制功臣配享。◯禹作世室，始立尸。伊尹制祐（宅也，即今木主，古用石函，故名）。宋真宗制板位（貯以漆匣舁牀覆縑）。左徹刻黃帝，制木像。◯秦始皇始制寢墓側，漢因之，為起居、衣冠象生之備，上飯。天子正月上陵，始祭掃。◯王導拜元帝陵，始人臣謁陵。◯祭神，伏羲始於冬夏至郊社，祭皇天后土。殷湯始制祭感生帝。周公始制祭神州地祇。◯舜始制禘郊配食。秦始皇制三歲一郊。漢平帝始南郊，合祀天地，位皆南向，地位差東（時王莽宰衡主之）。◯神農始制大享五天帝於明堂。堯制五人帝、五人神配五天帝。舜制五郊，祭五方天帝迎氣。◯黃帝始制壇畤。秦獻公制畦畤（如韭畦於畤中，名為一土封也）。秦始皇始制四畤，本襄公西畤，文公鄜畤（俱白帝），宣公密畤（青帝），靈公上下畤（上黃帝，下炎帝）。漢高帝始增制五畤。漢武帝始祀太乙（五帝之主）。自昏至明，始立泰畤。

漢文帝始制五帝廟同宇（一屋之下為五廟各門）。晉武帝始詔五帝同稱昊天，除五帝座（從王肅議）。◯秦始皇始制郊祀爟火（爟，舉也，不同祠所舉火為節而遙拜也）。◯帝嚳始制六宗，祭日月星辰寒暑四時風雨雷雲。無懷氏始封禪。黃帝制四坎祭川谷水泉，四壇祭山林丘陵。舜制秩，祭四嶽四瀆。◯黃帝始制社祭五土，制稷於五土之中，特指原隰之祇（稷為穀長，旌異其處，能生穀也，非但祭其穀粒）。◯秦制守始郡縣祠社稷。宋真宗始定郡縣祭社稷儀。◯神農始制蜡。少昊制祭先農蠶。舜制祭四方百物。禹祭司寒冰神。秦德公祭伏。◯湯旱，始遷稷神柱祀棄。◯湯始五祀，戶、灶、門、路、中霤。周公制七祀，加泰厲、司命。漢高祖廢戶祭井。◯漢高祖始祭蚩尤。唐玄宗始祭九宮神（於千秋節設壇修祀）。顓頊制禡祭。舜制類祭。禹制大旅。◯神農始制祝文。漢武帝始郊祀，立樂府。◯黃帝始沐浴，修齋戒。後魏始行香（以香末散行或薰手）禱祈。◯太康失邦，始日食，始救日。◯神農始制禖求子。湯制雩禱旱。周公制大雩祈穀。◯神農始制請雨之法。湯制土龍祈雨。隋文帝制祈雨斷屠宰，禁施扇。

宗伯　職掌凡祀大神、享大鬼、祭大祇，帥執事命龜卜日，次位築鬻、省牲、告潔、告備、受釐、錫嘏。

九祭六器　《周禮》：太祝掌辦九祭六器。六器者，蒼璧、黃琮、青珪、赤璋、白琥、玄璜。九祭，一曰命，二曰衍，三曰炮，四曰周，五曰振，六曰擩，七曰絕，八曰繚，九曰共。

郊祀　燔柴於泰壇，祭天也。瘞埋於泰圻，祭地也。用騂犢。

六宗　埋少牢於泰昭，祭時也。祖迎於坎壇，祭寒暑也。王宮祭日也。夜明祭月也。幽宗祭星也。雲宗祭水旱也。

五畤　祠青帝曰密畤祠，祠黃帝曰上畤祠，祠炎帝曰下畤祠，祠白帝曰畦畤祠，祠黑帝曰北畤。

五祀　春祀戶，夏祀灶，秋祀門，冬祀行，季夏祀中霤。

七祀　王立七祀，曰司命、曰中霤、曰國門、曰國行、曰泰厲、曰戶、曰灶。諸侯立五祀，曰司命、曰中霤、曰國門、曰國行、曰公厲。大夫三祀，曰族厲、曰門、曰行。士二祀，曰門、曰行。庶人一祀，或立戶，或立灶。

八蜡　天子大蜡八：一先嗇（神農），二司嗇（后稷），三農（田畯），四郵表畷（田畔屋），五貓（食田鼠）虎（食田豕），六坊（蓄水，亦以障水），七水庸（溝受水，亦以泄水），八昆蟲（螟螽之類）。

祀典　夫聖王之制祭祀也，法施於民則祀之，以死勤事則祀之，以勞定國則祀之，能禦大災則祀之，能捍大患則祀之，是故厲山氏之有天下也，其子曰農，能殖百穀。夏之衰也，周棄繼之，故祀以為稷。共工氏之霸九州也，其子曰后土，能平九州，故祀以為社；帝嚳能序星辰以著眾；堯能賞均刑法以義終；舜勤眾事而野死；鯀障洪水而殛死；禹能修鯀之功；黃帝正名百物以明民共財，顓頊能修之；契為司徒而民成，冥勤其官而水死；湯以寬治民而除其虐；文王以文治，武王以武功去民之菑，此皆有功烈於民者也。及夫日月星辰，民所瞻仰也；山林川谷丘陵，民所取財用也。非此族也，不在祀典。

祭主　天子祭天地、祭四方、祭山川、祭五祀，歲遍。諸侯方祀，祭山川、祭五祀，歲遍。大夫祭五祀，歲遍。士祭其先。

祭孔廟　唐玄宗始封孔子王號；宋太祖始詔孔子廟立戟，仁宗始詔用祭歌，徽宗始從蔣靖請（時官司業），用冕十二旒、服九章；漢武帝始封孔子後為侯奉祀；成帝始謚孔子後；周始詔孔子後為曲阜令；宋仁宗始詔孔子後為衍聖公。

丁祭用鹿　漢高祖過曲阜，以大牢祀孔子。今制：郡縣祭孔子以鹿。

淫祀　凡祭，有其廢之，莫敢舉也。有其舉之，莫敢廢也。非其所祭而祭之，名曰「淫祀」，淫祀無福。

犧牲　天子以犧牛，諸侯以肥牛，大夫以索牛，士以羊豕。

祭禮　凡祭宗廟之禮，牛曰一元大武，豕曰剛鬣，豚曰腯肥，羊曰柔毛，雞曰翰音，犬曰羹獻，雉曰疏趾，兔曰明視，脯曰尹祭，槁魚曰商祭，鮮魚曰脡祭，水曰清滌，酒曰清酌，黍曰薌合，粱曰薌萁，稷曰明粢，稻曰嘉蔬，韭曰豐本，鹽曰鹹鹺，玉曰嘉玉，幣曰量幣。

方諸明水　方諸，大蛤也，摩拭令熱以向月，則生水，古人取以廟祭，謂之「明水」。

祭號　祭王父曰皇祖考，王母曰皇祖妣。父曰皇考，母曰皇妣，夫曰皇辟。

廟制　天子七廟，三昭三穆，與太祖之廟而七。諸侯五廟，二昭二穆，與太祖之廟而五。大夫三廟，一昭一穆，與太祖之廟而三。士一廟。庶人祭於寢。

祭時　天子諸侯宗廟之祭，春曰礿、夏曰禘、秋曰嘗、冬曰蒸。天子犆礿，祫禘、祫嘗、祫蒸。諸侯礿則不禘，禘則不嘗，嘗則不蒸，蒸則不礿。諸侯礿，犆；禘，一犆、一祫；嘗，祫；蒸，祫。

牲制　天子社稷皆太牢，諸侯社稷皆少牢。大夫、士宗廟之祭，有田則祭，無田則薦。庶人春薦韭，夏薦麥，秋薦黍，冬薦稻。韭以卵，麥以魚，黍以豚，稻以雁。

牛制　祭天地之牛，角繭栗；宗廟之牛，角握；賓客之牛，角尺。

六禮　冠、婚、喪、祭、鄉、相見。

七教　父子、兄弟、夫婦、君臣、長幼、朋友、賓客。

八政　飲食、衣服、事為、異別、度、量、數、制。

鄉飲酒禮　主人拜迎賓於庠門之外。入，三揖而後至階，三讓而後升，所以致尊讓也。盥洗揚觶，所以致潔也。拜至，拜洗，拜受，拜送。拜既，所以致敬也。尊讓潔敬也者，君子所以相接也。

五象　賓主，天地也。介僎，象陰陽也。三賓，象三光也。讓之三也，象月之三日而成魄也。四面之坐，象四時也。

貴禮賤財　祭薦、祭酒，敬禮也。嚌肺，嘗禮也。啐酒，成禮也。於席末，言是席之正，非專為飲食也，為行禮也，所以貴禮而賤財也。

別貴賤　主人親速賓及介，而眾賓自從之。至於門外，主人拜賓及介，而眾賓自入，貴賤之義別矣。

辨隆殺　三揖至於階，三讓以賓升，拜至，獻酬，辭讓之節繁。及介省矣。至於眾賓，升受，坐祭，立飲，不酢而降。隆殺之義辨矣。

和樂不流　工入，升歌三終，主人獻之；笙入三終，主人獻之；間歌三終，合樂三終，工告樂備，遂出。一人揚觶，乃立司正焉，知其能和樂而不流也。

弟長無遺　賓酬主人，主人酬介，介酬眾賓，少長以齒，終於沃洗者焉，知其能弟長而無遺矣。

安燕不亂　降，說屨升堂，修爵無數。飲酒之節，朝不廢朝，夕不廢夕。賓出，主人拜送，節文遂終焉，知其能安燕而不亂也。

律呂

伏羲始紀陽氣之初，為律法。建日冬至之聲，以黃鐘為宮。（黃鐘自冬至始，以次運行，當日者各自為宮，商、徵以類應焉。）黃帝聽鳳鳴，候氣應，比黃鐘之宮，而皆可以相生，始為律本。令神瞽協中聲，始為律度。○武王伐紂，吹律聽聲，制七律。（合五位三所而用之，一同其數，以律和聲。）○漢武帝時，令張倉定音律，訪律呂相生之變於京房，始制六十律。（十二律之外，中呂上生執始，執始下生去滅，上下相生，終於南事。）◯五代錢樂之、沈重因京房而六之，制三百六十律。（日當一管，宮、徵旋韻，各以類從。）◯黃帝取嶰谷之竹，斷兩節間而吹律。京房以竹聲微不可度調，始作準以定數。（準狀如瑟，長丈，十三弦，分寸粗而易達。）後魏陳仲儒請以準代律。◯魏杜夔令柴玉鑄鐘。荀勖較杜夔鐘律，造十有二笛。笛具五音，以應京房之術。（各以其律相因，以本宮管上行，則宮穴，因宮穴以本宮，徵上行，則徵穴。）梁主衍制為四通。（立為四器，名之為通，皆施二弦，因以通聲，轉通月氣。）又用笛以寫通聲。◯沈重始為子聲，以母命子，隨所多少合一律。（一部律數為母，一中氣所有日為子。）為變宮變徵。（羽、宮之間，近宮收一聲，少高於宮，角、徵之間，近徵收一聲，少下於徵。）四清聲。（如黃鐘為宮，蕤賓為之商，則減一律之半，為清聲以應之。）◯隋鄭譯始立七調，以其七調勘較七聲。七聲之外，更立一聲為應。萬寶常始為八十四調，百四十律，變化終於十聲（率下於譯調二律）。何妥陳用黃鐘一宮。（妥立議非古，旋相為宮之樂。）惟擊七鐘，五鐘為啞鐘。唐張文收與祖孝孫吹調，始十二鐘皆應。◯唐末（黃巢之亂），工器俱盡。博士殷盈孫鑄鎛鐘十二。處士蕭承訓較定石磬（皆於金石求之）。王朴始尋古法，得十二律管，依律準十三弦，以宣其聲。宋太祖命和峴下王朴樂二律。仁宗復詔李炤較定。◯宋禮官楊傑請依人聲制樂，以歌為本。蜀方士魏漢津用夏禹以身為度之文，取帝中指三寸為度。

伏羲始作樂。黃帝臣伶倫始制六律、六呂。榮猨鑄十二鐘，協月筒，以和五音。◯周禮始奏鼓吹（大樂皆以鐘鼓禮。鐘師，掌金奏），制九夏。梁武帝本九夏為十二雅。（準十二律始定大樂，世世因之。）祖孝孫本十二雅為十二和。◯秦燔《樂經》。漢興，高祖始為樂《武德》，文帝廣為四時樂。叔孫通始定廟樂。武帝始定《郊祀》十九章。明帝始定四品（郊廟上陵大予樂，辟雍燕射雅頌樂，燕饗黃門鼓吹樂，軍中短簫鐃歌樂）。◯漢東京之亂，樂忘。魏武始命杜夔創定雅樂，四箱樂具。晉永嘉之亂，樂又忘。梁武帝更制。及周太祖、隋文帝詳定雅樂，頗得其宜。至唐高宗，命祖孝孫考據古音，斟酌南北，始著為唐樂。◯漢武帝制樂府，始諸調雜舞悉被絲管。陳後主始制《玉樹後庭花》新樂，隋煬帝《金釵兩臂垂》（一云俱陳後主）。唐玄宗立部伎、坐部伎，三十六曲。◯隋文帝始分雅、俗二部。唐玄宗始法曲，與胡部合奏。漢始立鼓吹署，隸北狄樂分二部：朝會用鼓吹，有簫笳者；軍中馬上用橫吹，有鼓角者。隋以後，始以橫吹用之鹵簿，與鼓吹列為四部（掆鼓部、鐃鼓部、大橫吹、小橫吹部），總為鼓吹，供大駕及皇太子王公。◯張騫入西域，得胡音，始為胡角以應。胡笳本黃帝吹角，戰於涿鹿。魏時減為半鳴始衰。◯漢唐山（姓）夫人造房中祠樂，本周房中樂諷，用絲竹遺聲為清樂。隋高祖制房內樂。煬帝始加歌鐘、歌磬，絲竹副之。◯元魏孝文篡漢，獲南音，始為清商樂，本漢三調。隋文帝篤好清樂，置清商署為七部。煬帝始定清樂九部。唐高祖仍設九部，太宗為十部，俱主清商。◯唐玄宗始制教坊。隸散樂始周，有縵樂、散樂。秦漢因之，為雜伎。武帝始沿為俳優百戲，總謂散樂。

舜調八音，用樂器八百般。至周，改宮、商、角、徵、羽，減樂器五百般。唐又減三百般。◯周制樂，編懸鐘磬各八，二八十六，而在一虡，半為堵，全為肆（肆，陳也，堵，猶牆之堵，言一列也）。◯黃帝始煞夔作冒鼓，帝嚳作鼗鼓，禹作鞀鼓（小鼓），倕作鼙鼓。周有瓦鼓，漢有杖鼓，唐有羯鼓。◯毋句始作磬。南齊作雲板。梁作方響（制出於編磬，以鐵為之）。◯黃帝禦蚩尤，作鉦角，學嚳平共工，作塤篪、柷敔（即椌楬）。◯神農始作鐘，禹作鐸，湯作錞（似鐘，以和鼓）。◯女媧氏作笙簧，隨作竽，神農作籥，伏羲作簫（一云女媧，一云舜），師延作箜篌，蒙恬作箏，沈懷遠作繞梁（似箜篌）。◯伶倫伐昆溪之竹作笛，漢丘仲始充其制。◯女媧氏始作管，唐劉係作七星管。◯伏羲始作瑟，黃帝始使素女破二十五弦（伏羲瑟五十弦）。◯梁柳惲作擊瑟擊琴。唐郭道源作擊甌。李琬作水盞（二俱用箸擊）。◯師曠制月琴。◯秦苦役弦鞉而鼓之，作琵琶。◯李伯陽入西戎，作胡笳。黃幡綽侍明皇，譜拍板琴。伏羲氏始削桐為琴，十弦。神農作五弦琴，具五音。文王始增少宮、少商二弦，為七弦。◯伏羲始為《琴操》。師延始為新曲。趙定（漢宣時人）始為散操，九引十二操，皆以音相援，不著辭（或云琴曲皆魏晉人為之）。至梁始琴有辭。

古琴名　伏羲離徽，黃帝清角，帝俊電母，伊陟國阿，周宣王響風，秦惠文王宣和、閒邪，楚莊王繞梁，齊桓公鳴廉、號鐘，莊子橘梧，閔損掩容，衞師曹鳳嗉，魯謝涓龍腰，魏師經履杯，魯賀雲龍額，魏楊英鳳勢，秦陳章神暉，趙胡言亞額（琴額如亞字），李斯龍腮，始皇秦琴（弦軫徽尾俱黑），司馬相如綠綺，榮啟期雙月，張道響泉，趙飛燕鳳凰，梁鴻靈機，馬明四峰，宋蒙蟬翼，揚雄清英，晉劉安雲泉，王欽古瓶，謝莊怡神、仙人，莊女落霞，李勉百納，徐勉玉牀，荀季和龍脣，祝牧太古，趙孟頫震餘（許旌陽手植桐），吳思懿王洗凡（斫瀑布泉亭柱）。

琴操　雅度五等：伏羲、舜、仲尼、靈關、雲和。十二操：孔子《將歸》《猗蘭》《龜山》，周公《越裳》，文王《拘幽》，太王《岐山》，尹伯奇《履霜》，牧犢《雉朝飛》，商陵牧子《別鶴》，曾子《殘形》，伯牙《水仙》《懷陵》。九引：楚樊姬《烈女引》，魯伯妃《伯妃引》，魯漆室女《貞女引》，衞女《思歸引》，楚商梁《霹靂引》，樗里牧恭《走馬引》，樗里子高《箜篌引》，秦屠高門《琴引》，楚龍丘高《楚引》。蔡邕五弄：《遊春》《淥水》《幽居》《坐愁》《秋思》。師涓四時操：春操離鴻、去雁、應蘋；夏操明晨、焦泉、流金；秋操商風、落葉、吹蓬；冬操凝和、流陰、沉雲。

樂律

歷代樂名　黃帝作《咸池》，顓頊作《六英》，帝嚳作《五莖》，堯作《大章》，舜作《大韶》，禹作《大夏》，湯作《大濩》，武王作《大武》。

嶰谷　黃帝命伶倫作律。伶倫取竹於嶰谷山，其竅厚薄之均者，斷為兩節間作六寸九分而吹之，以為黃鐘之管；制十二筒以聽鳳凰之鳴，雄鳴六，雌鳴六，以為律呂。

律呂　五聲之本，生於黃鐘之律。律有十二，陽六為律，陰六為呂。律以統氣類物，一曰黃鐘，二曰太簇，三曰姑洗，四曰蕤賓，五曰夷則，六曰無射。呂以旅陽宣氣，一曰林鐘，二曰南呂，三曰應鐘，四曰大呂，五曰夾鐘，六曰中呂。有三統之義焉。職在太常，太常掌之。

葭灰氣候　隋文帝取律呂，實葭灰以候氣，問於牛弘，對曰：「灰飛半出為和氣，全出為猛氣，不出為衰氣。」

五音　宮為君，商為臣，角為民，徵為事，羽為物，五者不亂，則無怗懘之音矣。宮亂則荒，其君驕；商亂則陂，其臣壞；角亂則憂，其民怨；徵亂則哀，其事勤；羽亂則危，其財匱。五者皆亂，迭相陵，謂之慢，如此則國之滅亡無日矣。

亂世之音　鄭、衛之音，亂世之音也，比於慢矣。桑間、濮上之音，亡國之音也，其政散，其民流，誣上行私而不可止也。

溺音　魏文侯問：「何謂溺音？」子夏對曰：「鄭音好濫淫志，宋音燕女溺志，衛音趨數煩志，齊音敖辟喬志。此四者皆淫於色而害於德，是以祭祀弗用也。」

六聲　鐘聲鏗，鏗以立橫，橫以立武。君子聽鐘聲，則思武臣。石聲磬，磬以立辨，辨以致死。君子聽磬聲，則思死封疆之臣。絲聲哀，哀以立廉，廉以立志。君子聽琴瑟之聲，則思志義之臣。竹聲濫，濫以立會，會以聚眾。君子聽竽笙簫管之聲，則思畜聚之臣。鼓鼙之聲歡。歡以立動，動以進眾。君子聽鼓鼙之聲，則思將帥之臣。君子之聽音，非聽其鏗鏘而已也，彼亦有所合之也。

學琴師襄　孔子學琴於師襄。孔子曰：「丘習其曲，再習其數，今習其志，有所穆然而深思焉，有所怡然高望而遠志焉。又得其人，黧然而黑，頎然而長，眼如望羊，心如欲王四國，非文王，其誰能為此也！」師襄辟席再拜曰：「師蓋云《文王操》也。」

四面　王宮縣（四面皆縣）、諸侯軒縣（去其南面，以避王也）、大夫判縣（又去其北面，僅存其半也）、士特縣（又去其西南，以示特立之意也）。

銅山崩　漢武帝時，未央宮殿前鐘無故自鳴。詔問東方朔，對曰：「臣聞銅者，山之子；山者，銅之母。子母相感，鐘鳴，山必有應者。」居三日，南郡太守上言山崩，延袤二十餘里。〇魏帝殿前大鐘，不叩自鳴，人皆異之，以問張華，華對曰：「此蜀郡銅山崩，故鐘鳴應之耳。」尋蜀郡上其事，如張華言。

錞于　孝武西遷，雅樂多缺，有錞于者，近代絕此。或有自蜀得之者，莫識之。斛斯徵曰：「此錞于也。」遂依干寶《周禮注》，以芒筒捋之，其聲極振。

金錞　《周禮》：少師以金錞和鼓。其形象鐘，頂大，腹口弇，以伏獸為鼻，內懸鈴子，鈴銅舌。作樂，振而鳴之，與鼓相和（狀似佛手鈴）。

蕤賓鐵　樂工廉郊，池上彈蕤賓調，忽聞荷間有物跳躍，乃方響一片（方響以鐵為之，用以代磬）。識者知其為蕤賓鐵也，音樂之相感若此。

駟馬仰秣　伯牙彈琴，而駟馬為之仰秣。仰秣者，仰頭吹吐，謂馬笑也。

萬壑松　郭伯山收唐琴萬壑松，乃宣和御府物。李白詩：「蜀僧抱綠綺，西下峨眉峰。為我一揮手，如聽萬壑松。客心洗流水，餘響入霜鐘。」

琴有殺心　蔡中郎赴鄰人酌。至門，有客鼓琴，中郎潛聽之曰：「以樂召我，而有殺心，何也？」遂返。主人知，自起追之。中郎具以告。客曰：「我適鼓琴，見螳螂方捕蟬，惟恐失之，此豈殺心現於指下乎？」中郎笑曰：「此足以當之矣。」

高山流水　伯牙鼓琴，鍾子期聽之。伯牙志在高山，子期曰：「善哉，峻若崧嶽！」伯牙志在流水，子期曰：「善哉，瀉若江河！」子期死，伯牙破琴絕弦，終身不復鼓琴。

濮水琴瑟　晉師延為紂作靡靡之樂，武王伐紂，師延自投濮水而死。後衞靈公夜止濮上，聞鼓琴聲，召師涓聽而習之。師曠曰：「此亡國之音也！」

焦尾　蔡中郎在吳。吳人燒桐以爨，中郎聞其火爆聲曰：「良木也。」請截為琴，果有美音。其尾猶焦，因名其琴曰「焦尾琴」。

相如琴台　司馬相如有琴台，在浣溪正路金花寺北。魏伐蜀，於此下營掘塹，得大甕二十餘口，以響琴也。

松雪　雷威作琴不必皆桐，遇大風雪，獨往峨眉山，着蓑笠入深松中，聽其聲連綿清越者，伐之以為琴，妙過於桐。世稱雷公琴，有最愛重者，以「松雪」名之。

斫琴名手　晉雷威、雷珏、雷文、雷迅、郭亮並蜀人，沈鐐、張鉞並江南人，皆斫琴名手。

震餘　鮮于伯幾以震餘琴送趙文敏，是許旌陽手植桐，為雷所擊斷，斫以為琴。琴背許旌陽印劍之跡宛然，蓋人間至寶也。

綠綺　蔡中郎有琴名綠綺，云是嶧陽孤桐所斫，一時名重天下。

無弦琴　陶淵明不解琴，畜素琴一張，弦徽不具，常撫摩之曰：「但識琴中趣，何勞弦上聲。」

將移我情　伯牙學琴於成連，三年不成。乃引之東海蓬萊山之側，刺船迎吾師方子春，旬日不返。伯牙延望無人，但聞海水澒洞崩折之聲，山林杳冥，羣鳥悲鳴，愴然歎曰：「先生將移我情矣！」乃援琴而歌水仙之操。

繞殿雷　馮道之子能彈琵琶，以皮為弦，世宗令彈，深喜之。因號繞殿雷。

游魚出聽　孫卿子云：「瓠巴鼓瑟，游魚出聽。」

箜篌　箜篌其形似瑟而小，用撥彈之。漢靈帝好之，體曲而長，二十三弦，豎抱於懷，兩手齊奏之，俗謂之「劈箜篌」。

見狸逐鼠　孔子鼓琴，曾子、子貢側門而聽。曲終，曾子曰：「嗟乎！夫子琴聲，殆有貪狼之志，邪僻之行，何其不仁！」子貢以告，子曰：「向者鼓琴，有鼠出遊，狸見於屋，循梁微行，造焉而避，厭身曲脊，求而不得。丘以琴淫其聲，參以為貪狼邪僻，不亦宜乎！」

筑　筑狀如琴而大頭，十三弦，其項細，其肩圓，鼓法以左手抱之，右手以竹尺擊之，隨調應節。

寇先生　嵇中散常去洛數十里，有亭名華陽。投宿。一更，操琴，聞空中稱善，中散呼與相見，乃出見形，以手持其頭，共論音聲，因授以《廣陵散》。此鬼名「寇先生」，生前善琴，為宋景公所殺。中散得《廣陵散》，祕不肯授人，後臨刑歎曰：「《廣陵散》於今絕矣！」

楚明光　王彥伯嘗過吳，維舟中渚，登亭望月，倚琴歌《泫露》之詩。俄有女郎披帷而進，乃撫琴揮弦，調韻哀雅。王問何曲，女曰：「古所謂《楚明光》也，嵇叔夜能為此聲。自茲以後，得者數人而已。」彥伯請授教，女曰：「此非艷俗所宜，惟巖栖谷隱可以自娛耳。」鼓琴而歌，歌畢，遲明辭去。

天際真人想　桓大司馬曰：「謝仁祖，企腳北窗下彈琵琶，有天際真人想。」

撥阮　武后時，有人破古塚得銅器，似琵琶，身正圓，人莫能辨。元行沖曰：「此阮咸所作也。」命匠人以木為之，樂家遂名之「阮咸」。以其形似月，聲似琴，遂名月琴。今人但呼曰「阮」，曰「撥阮」，曰「摘阮」，俱可。

柯亭竹椽　蔡中郎避難江南，宿柯亭，聽庭中第十六條竹椽迎風有好音，中郎曰：「此良竹也。」取以為笛，聲音獨絕，歷代相傳，後折於孫綽妓之手。

秦聲楚聲　李龜年至岐王宅，聞琴，曰：「此秦聲。」良久，又曰：「此楚聲。」主人入問之，則前彈者隴西沈妍，後彈者揚州薛滿。二妓大服。

好竽　齊王好竽，有求仕於齊者操瑟而往，立於王之國三年不得入。客曰：「王好竽，而子鼓瑟，瑟雖工，其如王之不好何！」

羯鼓　唐明皇不好琴，一弄未畢，叱琴者出，謂內侍曰：「速令花奴將羯鼓來，為我解穢。」

漁陽摻撾　禰衡被魏武謫為鼓吏。正月十五試鼓，衡陽枹（音孚）為《漁陽摻（音傘）撾（音查）》，淵淵有金石聲，四座為之改容。（摻，擊鼓法，撾，擊鼓捶。）

回帆檛　王大將軍嘗坐武昌釣台，聞行船打鼓，嗟稱其能。俄而一捶小異，王以扇柄撞几曰：「可恨！」時王應侍側曰：「此回帆檛。」使視之，曰：「船入夾口。」

十八拍　蔡琰字文姬，先適河東衞仲道，夫亡。興平中喪亂，為胡騎所獲，沒於南匈奴左賢王。十二年春月，登胡殿，感胡笳之聲，作《胡笳十八拍》，後曹操以金帛贖之，嫁於董祀。

簨虡（音損巨，橫曰簨，直曰虡）《周禮》：梓人為簨虡。天下大獸五：脂者、膏者、臝者、羽者、鱗者。雕畫於樂懸之上，大聲有力者，以為鐘虡，清聲無力者為磬虡。

周郎顧　周瑜妙於音律，雖三爵之後，少有闕誤，瑜必舉目瞠視。時人語曰：「曲有誤，周郎顧。」

擊壤　擊壤，石戲也。壤以木為之，前廣後銳，長四尺三寸，闊三寸，其形如履。將戲，先側一壤，於三四十步外，以手中壤擊之，中者為吉。

禁鼓　一千一百三十聲為一通，三千六百九十聲為三通。更鼓三百六十撾為一通。千捶為三通。餘鼓三百三十三為一通。角十二聲為一疊。

鐘聲　晨昏撞一百單八者，一歲之義也。蓋年有十二月，有廿四氣，又有七十二候，正得此數。越州歌曰：「緊十八，慢十八，六徧共成一百八。」

塤篪　塤以土為之，銳上平底，如秤錘，六孔，一云八孔，大如鴨卵，曰「雅塤」；小如雞卵，曰「頌篪」，以竹為之，大者長一尺四寸、八孔，小者長一尺二寸、七孔，橫吹之，與塤聲相應。塤篪二器，乃周昭王時暴辛公所作。

柷敔　柷，狀如漆桶，以木為之，方二尺四寸，深一尺八寸，中有椎柄，連底撞而擊其傍，所以起樂也。方二四寸者，陰數也。敔，狀如伏虎形，背上有二十七鉏鋙，刻以木，長尺許，以水戛之，所以止樂也。二十七鉏鋙者，陽數也。柷敔二器，乃舜時所作。

洗凡清絕　吳越忠懿王得天台寺中對瀑布泉屋柱，斫二琴，一曰「洗凡」，一曰「清絕」，為曠代之寶。後錢氏獻之太宗，藏於御府。見《輟耕錄》。

舞劍器　《劍器》乃武舞之曲名，其舞用女妓而雄裝之，其實空手舞也。見《文獻通考》。

梨園子弟　唐明皇酷愛法曲，選坐部伎子弟三百人，教於梨園，謂之梨園子弟。居宜春北苑。時有馬仙期、李龜年、賀懷智洞知音律。安祿山自范陽入覲，亦獻白玉簫管數百事，皆陳於梨園。自是樂響不類人間。

李天下 唐莊宗自言一日不聞音樂，則飲食都不美。方暴怒鞭笞左右，一聞樂聲，怡然自適，萬事都忘。又善歌曲，或時自傅粉墨，與優人共戲。優名謂之「李天下」。

雍門鼓 雍門周以琴見孟嘗君，孟嘗君曰：「先生鼓琴，能令文悲乎？」雍曰：「千秋萬歲後，台榭已壞，墳墓已下，嬰兒豎子樵採者，躑躅其足而歌其上曰：夫以孟嘗君之尊貴，乃若是乎？」孟嘗君泫然承臉曰：「先生令文若破國亡家之人矣！」

桓伊弄笛 晉桓伊有柯亭笛，嘗自吹之。王徽之泊舟清溪，聞笛稱歎。人曰：「此桓野王也。」徽之令人請之，求為吹笛。伊即下車，據胡牀，三弄畢，便上車去，主客不交一言。

皋亭石鼓 吳郡臨平崩岸，得石鼓，扣之不鳴。問張華，華曰：「用蜀中桐材刻魚形，扣之則鳴矣。」如其言，聲聞數十里。

響遏行雲 《列子》：薛譚學謳於秦青，未窮青之技，自謂盡之，遂辭歸。青弗止，餞於郊衢，撫節悲歌，聲振林木，響遏行雲。薛乃謝，求反，終身不敢言歸。

餘音繞梁 秦青曰：昔韓娥東之齊，匱糧，過雍門，鬻歌假食。既去，而餘音繞梁欐，三日不絕。李詩：「醉舞紛綺席，清歌繞飛梁。」

聲入雲霄 戚夫人善為翹袖折腰之舞，歌《出塞》《入塞》之曲，侍婢數百習之。後宮齊音高唱，聲入雲霄。

水調歌頭 唐明皇愛水調歌，胡羯犯京，上欲遷幸，登花萼樓，命樓下少年有善水調者歌曰：「山川滿目淚沾衣，富貴榮華能幾時。不見只今汾水上，惟有年年秋雁飛。」上聞潸然曰：「誰為此詞？」左右曰：「宰相李嶠。」上曰：「真才子也。」

兵刑部

卷十

軍旅

黃帝征蚩尤始戰；顓頊誅共工始陣；風后始演奇圖；力牧始創營壘。黃帝戰涿鹿始徵兵；禹征有苗始傳令；紂禦周師始戍守。

黃帝制記里鼓，始斥候；漢武帝建墩台；黃帝制演武場；周公制轅門。黃帝制車以翼軍，制騎以供伺候。

呂望始制戰艦；武王會孟津，命倉兕具舟楫；公輸班為舟戰鈎拒；伍子胥治水戰，制樓船灘船；智伯決汾水，始水攻。

蚩尤始火攻；孫子制火人、火積、火輜、火庫、火隊五法；魏馬鈞制爆仗起火；隋煬帝以火藥制雜戲，始施藥銃炮。

黃帝始制炮；呂望制銃；范蠡制飛石用機。

黃帝制纛、制五彩牙幢；禹制旂，懸車上為別；周公備九旗。

伏羲制干、制戈。揮制弓；牟夷制矢。舜制弓袋、制箭筒；黃帝制弩。

黃帝始採首山銅鑄刀斧；蚩尤始取昆吾山鐵製劍、鎧、矛、戟、陌刀。

蚩尤始制革為甲；禹制函甲。

黃帝始制槍；孔明擴其制；舜制匕首。

黃帝制雲梯，古名鈎援；牟夷制挨牌，古名傍排。

孫武制鐵蒺藜，劉馥（三國時人）制懸苫，今為懸簾；岳飛制藤牌。

殷盤庚制烽燧告警；趙武靈王制刁斗傳；魏制雞翹報急，制露布、漆竿報捷。

五兵　矛、戟、戈、劍、弓，謂之五兵。

專主旗鼓　吳起臨戰，左右進劍，起曰：「將專主旗鼓，臨難決疑，揮兵指刃，此將事也。一劍之任，非將任也。」

授斧鉞　國有難，君卜吉日，以授旗鼓。將入廟，趨至堂下，北面而立，主親操斧鉞，持頭，授將軍其柄曰：「從此上至天者，將軍制之。」復持斧頭，授將軍其柄曰：「從此下至淵者，將軍制之。」

投醪　秦穆公伐晉，及河，將軍勞之，醪唯一杯。蹇叔曰：「一杯可以投河而釀也。」穆公乃以醪投河，三軍皆取飲之。

吮疽　吳起為魏將攻中山。卒有患疽者，起為吮之。卒母聞而哭。人曰：「子，卒也，而將軍自吮其疽，何哭為？」答曰：「往年吳公吮其父，其父戰不旋踵，遂死敵。今又吮其子，妾不知死所矣。」後起之楚，卒果見殺。

綸巾羽扇　諸葛武侯與司馬懿治軍渭濱，克日夜戰。司馬懿戎服莅事，使人視武侯獨乘素車，綸巾羽扇，指揮三軍隨其進止。司馬懿歎曰：「諸葛君可謂名士矣！」

金鈎　闔閭既寶莫邪，復令國中作金鈎，令曰：「能為善鈎者賞千金。」有人貪賞，乃殺其二子，以血釁金，遂成二鈎獻之，王曰：「鈎有何異？」曰：「臣之作鈎，貪賞而殺二子，釁以成鈎，是與眾異。」遂向鈎而呼二子之名，曰：「吳鴻、扈稽，我在此！」聲未絕，而兩鈎俱飛，着父之胸。吳王大驚，乃賞之。遂服之不去身。

七制　兵法七制：一曰征、二曰攻、三曰侵、四曰伐、五曰陣、六曰戰、七曰鬥。

挾纊　楚子圍蕭，申公巫臣曰：「師人多寒。」王巡三軍，拊而勉之，三軍之士皆如挾纊。

呼庚癸　吳申叔儀乞糧於魯，公孫有山氏對曰：「粱則無矣，粗則有之。若登首山以呼曰庚癸乎，則諾」。（庚，西方，主穀，癸，北方，主水。教以隱語也。）

盜馬　秦穆公失右服馬，見野人方食之，公笑曰：「食馬肉不飲酒，恐傷。」遂遍飲而去。及一年，有韓原之戰，晉人環穆公之車，野人率三百餘人疾鬥車下，遂大克晉。

劍名　劍口曰鐔，劍鼻曰璏（音位），劍握曰鋏，劍鞘曰室，劍衣曰韜，亦曰襓（音繞），劍把繩曰蒯緱（音勾）。

五名劍　越王勾踐有寶劍五：一曰純鈞、二曰湛盧、三曰豪曹、四曰魚腸、五曰巨闕。

斬蛇劍　漢高帝於南山得一鐵劍，長三尺，銘曰「赤霄」，大篆書，即斬蛇劍也。及貴，常服之。晉太康三年，武庫火，中書監張華列兵防衛，見漢高斬蛇劍穿屋飛去，莫知所向。

佽飛　荊有佽飛者，得寶劍於江干。涉江，及至中流，兩蛟夾舟。佽飛袪衣，拔劍刺蛟，殺之。荊王任以執圭。

干將莫邪　干將，吳人，妻莫邪，為吳王闔閭鑄劍，不成，干將曰：「神物之化，須人而成。」妻乃斷髮剪爪投入爐中，金鐵皆熔，遂成二劍，陽曰「干將」，陰曰「莫邪」。

龍泉太阿　張華見斗牛間有紫氣，在豐城分野，乃以雷煥為豐城令。至縣，掘獄深二丈，開石函，得二劍，一名龍泉，一名太阿，煥留其一，一以進華，且曰：「靈異之物，終當化去。」華死，劍飛入襄城水中。後煥子為建安從事，經延津，劍忽於腰間躍入水，使人氽水求之，見雙龍蜿蜒，不敢近。

華陰土　雷煥豐城獄中得劍，取南昌西山黃白土拭之，光艷照耀，張華更以華陰赤土磨之，鮮光愈亮。

金僕姑　箭名。《左傳》：魯莊公以金僕姑射南宮長萬。

石馬流汗　安祿山亂，哥舒翰與賊將崔乾佑戰，見黃旗軍數百來助戰，忽不見。是日，昭陵內石馬皆流汗。

露布　軍中有露布，乃後魏每征伐戰勝，欲天下聞知，書帛建於漆竿上，名為露布，以揚戰功。

蔣廟泥兵　南京鍾山，有漢秣陵尉蔣子文廟，蓋因子文逐盜死此，孫權為立廟，封蔣侯。權避祖諱鍾，改名蔣山。後孫權與敵人戰，夜大雨，蔣侯助之，次日，見廟中泥兵皆濕。

箭塞水注　劉錡善射。水斛滿，以箭射斛，拔箭水注，隨射一箭窒之，人服其精巧。

檿弧萁服　檿，山桑也。木弓曰「弧」。服，乘箭具也。萁草似荻，細織之，而為服也。

娘子軍　唐平陽公主嫁柴紹。初，高祖起兵，與紹發家資招亡命。渡河，主引精兵萬人與秦王會於渭北。紹與公主對置幕府，分定京師，號「娘子軍」。

夫人城　晉朱序鎮襄陽時苻堅遣兵攻之。序母見城西北角當先壞，領百餘婢並女丁，斜築城二十餘丈。賊攻西北角，果潰，眾守新城，賊遂引退，號「夫人城」。

紫電青霜　《滕王閣序》：「紫電青霜，王將軍之武庫。」

榻側鼾睡　宋太祖欲伐江南，徐鉉入奏乞罷兵，太祖曰：「江南主有何罪？但卧榻之側，豈容他人鼾睡耶！」

廉頗善飯　廉頗一飯斗米、肉十斤，披甲上馬，以示可用。郭開謂趙王曰：「廉將軍雖老，尚善飯，然與臣坐，頃之，三遺矢矣。」王以為老，遂不召。

杜彪　梁荊州刺史杜嶷膂力過人，便騁馬，射不虛矢。所佩霜明朱弓，四石餘力，每出挑戰，魏軍憚之，號為「杜彪」。

飛將　唐單雄信極勇，力事李密，人號為「飛將」。〇後周韓果破稽胡，稽胡憚果矯健，亦號「飛將」。

鐵猛獸　後周蔡祐與齊戰，着明光鎧甲，所向無敵，齊人畏之，號「鐵猛獸」。

熊虎將　周瑜嘗謂孫權曰：「劉備有關張熊虎之將，有飲馬長江之志。」又言羽、飛為萬人敵。

細柳營　漢文帝時，匈奴大入邊，上使周亞夫軍細柳，以備胡。上自勞軍，先驅至軍門曰：「天子至！」都尉曰：「軍中聞將軍令，不聞天子詔。」上使使持節詔將軍曰：「吾欲勞軍。」亞夫開壁門，天子按轡徐行。亞夫以軍禮見，文帝曰：「嗟乎，此真將軍矣！」

飛將軍　漢李廣為北平太守，匈奴畏之，號曰「漢飛將軍」，避之數歲。

貫虱　《列子》：紀昌學射於飛衛，衛曰：「視小如大，視微如著，而後告我。」昌以牦尾垂虱於牖間，南面而望之。旬日之間，漸大；三年之後，大如車輪。乃以弧矢射之，貫虱之心。

來嚼鐵　唐來瑱為潁川太守。賊攻城，來射皆應弦而仆，賊拜城請降，稱為「來嚼鐵」。

半段槍　唐哥舒翰為河西衛前將軍，吐蕃大寇邊，翰持半段槍當其鋒，所向披靡。

黃驄少年　北周裴果勇冠三軍，與敵國戰，乘黃驄當先，軍中稱「黃驄少年」。

白袍先鋒　唐薛仁貴嘗從太宗征伐，每出戰輒披白袍，所向無敵。太宗遙見，問白袍先鋒是誰，特引見，賜馬絹，喜得虎將。

大樹將軍　後漢馮異性謙退不伐，諸將於所止舍輒並坐論功，異常獨屏樹下，人號「大樹將軍」。

霹靂閃電　唐長孫無忌父晟討突厥，畏晟，聞其弓聲，謂之「霹靂」；見其走馬，謂之「閃電」。晉王笑曰：「將軍振怒，威行域外。」

轅門二龍　唐烏承玼，開元中，與族兄承恩皆為平盧先鋒，號

「轅門二龍」。

一韓一范　范文正公與韓魏公俱為西帥，邊士謠曰：「軍中有一韓，西賊聞之心膽寒；軍中有一范，西賊聞之驚破膽。」元昊懼，遂稱臣。

八遇八克　唐婁師德，武后時募猛士討吐蕃，乃自奮戴紅抹額來應詔，後與虜戰，八遇八克。

七縱七擒　孔明與孟獲戰，凡七縱七擒。後乃歎服曰：「公天威，南人不敢復反矣！」

鉦止兵進　狄青與西賊戰，密令軍中：鉦一聲則止，再聲則嚴陣而陽卻，鉦聲止則大呼而突之。虜大駭愕，以是勝之。

以少擊眾　唐馬磷武藝絕倫，以百騎破卒五千。李光弼曰：「吾未見以少擊眾如馬將軍者！」人號為「中興銳將」。

朕之關張　宋狄青京師呼為「狄天使」，上嘉其材勇，為涇原路兵馬總管。上欲一見，詔令入朝。會寇逼平涼，乃令亟往，俾圖像以進。上觀其相曰：「朕之關張。」

立漢赤幟　韓信攻趙，令卒曰：「趙見我走，必空壁逐我，若等疾入，拔趙白幟，立漢赤幟。」信佯走。趙果逐之，回壁見赤幟，大亂。漢兵夾擊，遂克趙軍。

下馬作露布　《北史》：傅永拜安遠將軍，帝歎曰：「上馬能殺賊，下馬能作露布，惟傅修期能之耳！」

三箭定天山　薛仁貴為行軍副總管。九姓眾十餘萬，令驍騎挑戰，仁貴發三矢輒殺三人，虜氣懾，皆降。

三鼓奪崑崙　狄青宣撫廣西，儂智高守崑崙關。青至賓州，值上元節，大張燈火，首夜宴樂徹曉。次夜復宴，二鼓時，青忽稱疾如內，命孫元規主席，少服藥乃出，數使人勸勞坐客，至曉未散。忽有馳報云：「是夜三鼓，狄將軍已奪崑崙關矣。」

順昌旗幟　宋劉錡與兀朮戰於柘皐，虜遠望見，大驚曰：「此順昌旗幟也。」即引兵而去。

每飯不忘鉅鹿　漢文帝謂馮唐曰：「昔有為我言李齊之賢，戰於鉅鹿下。今吾每飯，意未嘗不在鉅鹿也。」

鑄錯　唐羅紹威以魏博牙兵驕甚，盡殺之，遂為梁朱溫所制，乃謂親吏曰：「聚六州四十三縣鐵，鑄一個錯不成！」

得隴望蜀　司馬懿言於曹操曰：「今克漢中，益州震動，進兵臨之，勢必瓦解。」操曰：「人苦不知足，得隴復望蜀。」

塞創復戰　隋張定和，虜刺之中頸，定和以草塞創而戰，神氣自若，虜遂敗。

杜伏威　唐杜伏威與陳稜戰，射中伏威額，怒曰：「不殺汝，箭不拔！」馳入稜陣，獲所射將，使拔箭，已，斬之。

首級　秦法斬敵一首拜爵一級，故曰「首級」。後人云：「割一首必割其勢，以為一級者非。」

梓樹化牛　秦文公伐雍，南山梓樹化為牛，以騎擊之，不勝。或墜地，解髻披髮，牛畏之，入水。秦因置髦頭，騎使之先驅。

勒石燕然　燕然，山名，去塞三千里。竇憲大破單于，登燕然山勒石紀功，頌漢功德。

九章　管子曰：「舉日章則晝行，舉月章則夜行，舉龍章則水行，舉虎章則林行，舉鳥章則行陂，舉蛇章則行澤，舉鵲章則行陸，興狼章則行山，舉韓章則載食而駕。」

啼哭郎君　都統制曲端勇悍非常，每與虜戰，呼裨將頭目，備告以二帝蒙塵，今在五國城中青衣把盞，凡為臣子者聞之痛心，思之切骨，遂放聲大哭。將佐軍士皆哭，奮身上馬，勇氣百倍，虜人望之辟易，稱為「啼哭郎君」。

鴿籠分部　曲端軍分五部，一籠貯五鴿，隨點一部，則開籠縱一鴿往，則一部之兵頃刻立至，其速如神，見者氣奪。

玉帳術　杜子美詩：「空留玉帳術，愁殺錦城人。」玉帳乃兵家厭勝之方位，主將於其方置軍帳，則堅不可犯。其法：黃帝遁甲以月建前三位取之，如正月建寅，則巳為玉帳。

寇來沒處畔　陳後主興齊雲觀，謠曰：「齊雲觀，寇來沒處畔。」故今人避人謂之「畔」。

府兵　西魏始作府兵；隋唐始有番次，入為兵，出為農；周太祖始刺面見；唐末劉仁恭刺民為兵，給廩食，軍丁僉補。

渠答　蒺藜也，以鐵為之，匝營則撒之四外。

繞指柔　平望湖中掘得一劍，屈之則首尾相就，放手復直如故，鋒鋩犀利，可斷金鐵。識者曰：「此古之繞指柔也。」

刑法

鄭鑄《刑書》，晉作《執秩》，趙制《國律》，楚作《僕區（音歐）》，皆法律之名也。僕，隱也；區，匿也；作為隱匿亡人之法。

歷代獄名　夏獄曰夏台，商獄曰羑里，周獄曰囹圄，漢獄曰請室。

五聽　《周禮》：少司寇以五聲聽訟獄：一曰辭聽，二曰色聽，三曰氣聽，四曰耳聽，五曰目聽。

三刺　聽訟者以三刺：一刺曰訊羣臣，二刺曰訊羣吏，三刺曰訊萬民。

古刑　墨、劓、剕、宮、大辟，其後加流、贖、鞭、扑為九刑。

古刑名　城旦、舂：城旦者，旦起行治城；舂者，舂米，四歲刑也。鬼薪、白粲：取薪給宗廟為鬼薪；坐擇米使正白為白粲，三歲刑也。

五毒　械頸足曰桁揚，械頸曰荷校，械手足曰桎梏，鎖繫曰鋃鐺，鞭笞曰榜掠。考逼曰五毒俱備，言五刑皆用也。

三木　三木者謂杻械枷鎖及手足也。

三宥　一宥曰不識，二宥曰過失，三宥曰遺忘。

三赦　一赦曰幼弱，二赦曰老耄，三赦曰愚蠢。

虞芮爭田　周文王時，虞、芮之君爭田不決，相與質成於文王。入其境，見其民耕者讓畔、行者讓路。二君相謂曰：「我小人，不可以履君子之庭。」乃讓其所爭之田為閒田。

除肉刑　漢太倉令淳于意無子，有五女，罪當刑，罵曰：「生女不生男，緩急無可使！」其幼女緹縈上書，言死者不可復生，刑者不可復贖，願沒入為官奴以贖父罪。文帝憐之，並除肉刑。

後五刑　肉刑既除，後以笞、杖、徙、流、死為五刑。

髡鉗　髡，削髮也；鉗，以鐵束頭也。鉗釱，《陳咸傳》謂私解脱鉗釱，鉗在首，釱在足，皆以鐵為之也。

胥靡　胥，相也；靡，隨也；聯繫之，使相隨而服役也，猶今之役囚徒以鐵索聯綴之耳。

棄市　漢景帝改磔曰棄市，勿復磔。磔謂張其屍也，棄市謂投之於市。

刑具　《漢・刑法志》：大刑用甲兵，其次用斧鉞，中刑用刀鋸，其次用鑽鑿，薄刑用鞭扑。

鍛煉　鍛，錘也。鍛煉猶言精熟也，深文之吏入人之罪，猶鍛煉銅鐵使之成熟也。

鉗網　李林甫為相，起大獄以誣陷異己者，寵任吉溫、羅希奭為御史，鍛煉人罪，時人謂之羅鉗吉網。

羅織　武后任用來俊臣、周光二人，共撰《羅織經》數千言教其徒羅織人罪，無有脱者。

蠶室　受腐刑者必下蠶室，蓋蠶宜密室，以火溫之。新受腐者最忌冒風，須入密室乃得保全，因呼其室為蠶室。

瘐死　漢宣帝詔曰：「繫者苦飢寒瘐死獄中，朕甚痛之。」

梟首　百勞名梟，以其食母不孝，故古人賜梟羹，懸其首於木，故刑人以首示眾者曰「梟首」。

缿筩　趙廣漢為潁川守，恨朋比為奸，乃許相訐或匿名相告者，置缿筒，令投書於其中。

銅匭　武后自李敬業反後，恐人圖己，盛開告密之門。有魚保家者，請鑄銅為匭，其式一室四隅，上各有竅，可入不可出，武后善之。未幾，其仇家投匭告保家曾為敬業造兵器，遂伏誅。

請君入甕　武后金吾丘神勣以罪誅，有人告右丞周興通謀，后命來俊臣鞫之。俊臣與興方推事對食，問興曰：「囚多不承，當為何法？」興曰：「此甚易耳！取大甕以炭四圍炙之，令囚入其中，何事不承？」俊臣索大甕，如興法，起謂興曰：「有內狀推君，請君入此甕。」興惶恐服罪。法當死，宥之，流嶺南。

炮烙之刑　商紂暴虐，百姓怨望，諸侯有叛者，妲己以為罰輕，威不立。紂為銅柱，以膏塗之加於炭火上，令有罪者行，輒墮炭中，以取妲己一笑，名曰「炮烙之刑」。

蒼鷹　郅都行法嚴酷，不避權貴。列侯宗室見都，側目而視，號曰「蒼鷹」。

乳虎　甯成好氣，為小吏，必淩其長吏；為人上，操下如束濕薪，滑賊任威。稍遷至濟南都尉，其治如狼牧羊，民不堪命。後拜關都尉，凡郡國出入關者，號曰：「寧見乳虎，無值甯成之怒。」

鷹擊毛摯　義縱為定襄太守，以鷹擊毛摯為治，其所誅殺甚多，郡中人不寒而慄。

掘獄訊鼠　張湯兒時，父命守舍，鼠盜其肉，父怒，笞湯。湯掘窟得鼠及餘肉，為具獄辭，磔之堂下。其父見之，視其文辭如老獄吏，大驚，遂使治獄，後為酷吏。

十惡不赦　一曰謀反（謂謀危社稷）；二曰謀大逆（謂謀毀宗廟山陵

及宮闕）；三曰謀叛（謂謀叛本國，潛從他國）；四曰惡逆（謂毆及謀殺祖父母，父母及夫）；五曰不道（謂殺一家非死罪三人，及支解人，若採生、造畜蠱毒、魘魅）；六曰大不敬（謂盜大祀神御之物及乘輿御物）；七曰不孝（謂告言咒罵祖父母及夫之祖父母，父母在，別籍異財，若奉養有缺）；八曰不睦（謂謀殺及賣緦麻以上親，毆告夫及大功以上尊長、小功尊屬）；九曰不義（謂部民殺官長，軍士殺所屬指揮守把）；十曰內亂（謂姦小功以上親、父祖妾與和者）。

八議　一曰議親（謂皇家袒免以上親，及太皇、太后、皇太后緦麻以上親，皇后小功以上親，皇太子妃大功以上親）；二曰議故（謂皇家故舊之人素得侍見，特蒙恩待日久者）；三曰議功（謂能斬將奪旗，摧鋒萬里，或率眾來歸，寧濟一時，或開拓疆宇有大勛勞，銘功太常者）；四曰議賢（謂大有德行之賢人君子，其言行可以為法則者）；五曰議能（謂有大才業，能整軍旅，治政事，為帝王之輔佐、人倫之師範者）；六曰議勤（謂有大將吏謹守官職，早夜奉公，或出使遠方，經涉艱難，有大勤勞者之謂）；七曰議貴（謂爵一品及文武職軍官三品以上，散官二品以上者）；八曰議賓（謂承先代之後為國賓者）。

例分八字　以（以者，與真犯同，謂如監守貿易官物，無異真盜，故以枉法論，以盜論，並除名、刺字，罪至斬絞並全科）；准（准者，與真犯有間矣，謂如准枉法論，准盜論，但准其罪，不在除名、刺字之例，罪止杖一百，流三千里）；皆（皆者，不分首從，一等科罪，謂如監臨主守職役同情盜，所監守官物並贓滿數皆斬之類）；各（各者，彼此同科此罪，謂如諸色人匠撥赴內府工作，若不親自應役，僱人冒名私自代替，及替之人，各杖一百之類）；其（其者，變於先意，謂如論人議罪犯先奏請議，其犯十惡，不用此律之類）；及（及者，事情連後，謂如彼此俱罪之贓及應禁之物，則沒官之類）；即（即者，意盡而復明，謂如犯罪事發在逃者，眾證既明白，即同獄成之類）；若（若者，文雖殊而會上意，謂如犯罪未老疾，事發以老疾論，若在徒年限內，老疾者亦如之之類）。

顧山錢　女子犯罪並放歸家，但令一月出錢三百顧人於山伐木，謂之顧山錢。

平反　雋不疑尹京兆，每行縣錄囚還，母輒問：「有所平反（音幡），活幾人耶？」平，謂平其不平也；反，言反罪人辭，使從輕也。

錄囚　北人言以錄為慮，今言錄囚，誤以為慮囚者，非是。

頌繫　景帝着令年八十以上、十歲以下，及孕者未乳、盲師、侏儒，當鞫問者皆頌繫之。「頌」讀曰「容」，寬容之，不桎梏也。

爰書　爰，換也，以文書代換其口辭也。

末減　罪從輕也。末，薄也；減，輕也。

獄吏之貴　周勃下獄，獄吏侵辱之。勃後出曰：「吾常將百萬兵，然安知獄吏之貴也！」

死灰復然　韓安國坐法抵罪，獄吏田甲辱之。安國曰：「死灰不復然乎？」甲曰：「然即溺之。」

六月飛霜　鄒衍事燕惠王盡忠，左右譖之，王繫之獄。衍仰天而歎，六月天為之降霜。

太子斷獄　漢景帝時，防年因繼母殺其父，遂殺繼母。廷尉以大逆讞，帝疑之。武帝年十二為太子，侍側對曰：「繼母如母，緣父之故，今繼母殺其父，下手之時，母道絕矣！是父仇也，不宜以大逆論。」

錢可通神　張延賞欲埋一冤獄，案上有一帖云：「奉錢三萬，乞不問其獄。」公恚，悉收左右訊之。明日，於盥洗處得一帖云：「奉錢五萬。」又於寢門所得一帖云：「奉錢十萬。」公歎曰：「錢至十萬，可通神矣！吾以懼禍也。」乃不問。

祭皋陶　范滂坐黨錮，繫黃門北寺獄，吏謂曰：「凡坐繫皆祭皋陶。」滂曰：「皋陶賢者，知滂無罪，將理之於帝；有罪，祭之何益？」

刮腸滌胃　齊高帝有故吏竺景秀，以過繫作坊，常云：「若許某自新，必吞刀刮腸，飲灰滌胃。」帝善其言，乃釋之。

青衣報赦　符堅屏人作赦文，有大蠅入室，聲甚厲，驅之復來。俄而人皆知有赦，詰所從來，云有青衣童子呼市中，乃蠅也。

于門高大　前漢于公門閭壞，父老治之。公令高大門閭，可容駟馬，且言：「我治獄多陰德，子孫必有興者。」後子定國為丞相。

論囚渭赤　秦商君性極慘刻，嘗論囚渭水之上，其水盡赤。

肉鼓吹　偽蜀李匡遠性苛急，一日不斷刑，則慘然不樂，嘗聞鍾撻聲曰：「此一部肉鼓吹也。」

無冤民　張釋之、于定國為廷尉，克盡其職，朝廷稱之曰：「張釋之為廷尉，天下無冤民；于定國為廷尉，民自以為不冤。」

疏獄天晴　宋淳熙二年，天久雨，上御筆批問，欲行下諸路疏遣獄囚。是日天霽，上大悅。

上蔡犬　秦李斯為趙高所譖，二世收之，父子臨刑，歎曰：「吾欲牽黃犬出上蔡東門逐狡兔，其可得乎？」遂夷其三族。

華亭鶴　陸機仕晉，為孟玖譖於成都王穎，王即使人收機，機歎曰：「華亭鶴唳可得聞乎？」遂遇害。

走狗烹　韓信為呂后所誅，歎曰：「高鳥盡，良弓藏；狡兔死，走狗烹；敵國破，謀臣亡。」

支解人　齊景公時，民有得罪者，公怒縛至殿下，召左右支解之。晏子左手持頭，右手持刀而問曰：「古明王支解人，從何支解起？」景公離席曰：「縱之。」

屨賤踴貴　齊景公煩刑，有鬻踴者（踴，刖足所用）。公問晏子曰：「子之居近市，知孰貴賤？」對曰：「踴貴屨賤。」公悟，為之省刑。

同文館獄　章惇起同文館獄，欲殺劉摯及梁燾、王巖叟等，後為元祐黨碑，皆始於此。

金雞集樹　《唐書》：中書令供赦日，值金雞於仗南，竿長七尺，雞高四尺，黃金飾首，銜幅七尺，盛以絳幡，將作供焉。武后封嵩山，大赦，壇南有樹，置雞其杪，號金雞樹。

天雞星動　古稱金雞放赦，至今詔書於五鳳樓，以金雞銜下之。《三國典略》，司馬膺之曰：「案《海中星占》，天雞星動當有赦。故主王以金雞建赦。」

雀角鼠牙　《詩經》：「誰謂雀無角，何以穿我屋？誰謂女無家，何以速我獄？誰謂鼠無牙，何以穿我墉？誰謂女無家，何以速我訟！」

吹毛求疵　漢武帝時，天下多冤晁錯之策，務摧抑諸侯王，數奏其過惡，吹毛求疵，笞服其臣，使證其君。

犴狴　獄也。犴，胡地犬也。野犬所以守，故謂獄為犴狴。◯造獄用肺嘉之石，故獄又名肺嘉。（《周禮》：以肺石達窮民。肺石，赤石也，使之赤心，不妄告。以嘉石平罷民，嘉，文石也，使之思其文理以折獄。）

子代父死　梁吉玢父為原鄉令，為奸吏所誣，罪當死。玢年十五，撾登聞鼓，乞代父命。武帝疑人教之，廷尉盛陳刑具，不變，乃宥父罪。

發奸摘伏　摘，挑也，言為奸而隱匿者，必摘發之。

請讞　讞，議也，謂罪可疑者讞於廷尉。

刑獄爰始　黃帝始制刑辟，制流、笞、杖、斬；蚩尤制劓、刖、黥、椓；紂制烹、醢、轘、剮；周公制絞。◯黃帝斬蚩尤始梟首；秦文公始族誅；公孫鞅始連坐。◯禹制城旦、舂；周公制徙；唐太宗始加役、流；周太祖始加刺配。

贖刑　舜始制贖止鞭扑；周穆王始制五刑之疑各得贖；漢宣帝始制女徒僱役；宋太祖始制折杖。

三法司　隋文帝始死罪三奏行刑；唐始大獄詔刑部尚書、都御史、大理寺正卿三司鞫問。

越訴　隋文帝令伸理由下達上，始禁越訴。

皋陶始制獄；漢詔以周圄圄為獄；北齊制獄因於治。

皋陶始制律；蕭何制九章律，張倉復定。

日用部

卷十一

宮室

有巢氏始構木為巢；古皇氏始編槿為廬；黃帝始備宮室。○黃帝制庭、制樓、制閣、制觀；神農制堂。○燧人氏制台；黃帝制榭；堯制亭；漢宣帝制軒。○唐虞制宅；周制房、制第；漢制邸；六朝後始加聽事為廳。○秦孝公始制殿，乃有陛；蕭何治未央宮，立東闕、北闕，始沿名闕。○梁朱溫按河圖制五鳳樓；魏始制城門樓，名麗譙；張説制京城鼓樓。○鯀作城郭；禹作宮室。

左徹制祠廟；漢宣帝制齋室。○周穆王召尹軌、杜仲居終南尹真人草樓，始名道居為觀。○漢明帝時，摩騰、竺法蘭自西域止鴻臚寺，始名僧居為寺。○隋煬帝制道場，改觀為玄壇；五代、宋改制宮。○孫權始為佛塔；東晉何充舍宅始為尼寺。

唐玄宗制書院；後漢劉淑制精舍；殷仲堪制讀書齋。○歐陽修燕居，始為戶室相通，名畫舫齋。

黃帝制門戶，文王制壁門，周公制戟門、轅門（車相向以表門）、人門（立長大人之以表門）。○秦始皇制走馬廊，制千步廊。○黃帝制階、制梯；堯制牆；伊尹制亮槅；神農制窖；伏羲制厨；黃帝制灶、制蠶室；周制暴室；黃帝制囿；堯制池；秦始皇制湯池。

公署　漢制開府，制九卿治事之寺；北齊始以官名寺；隋制監；唐制院、制省、制局；漢制南宮；唐制東台；玄宗制黃門省。○周制館；漢制槁街（即今四夷館，漢武帝制）。○宋置馬鋪，制遞站。○夏制府藏文書財貨；湯武制庫藏。

平泉莊　李贊皇平泉莊周回十里，建堂榭百餘所，天下奇花、異卉、怪石、古松靡不畢致，自作記云：「鬻平泉者，非吾子孫也！以一石一樹與人者，非佳子弟也！吾百年後，為權勢所奪，則以先人所命泣而告之。」

午橋莊　張齊賢以司空致仕歸洛，得裴晉公午橋莊，鑿渠通流，栽花植竹，日與故舊乘小車攜觴遊釣。

輞川別業　在藍田，宋之問所建，後為王維所得。輞川通流竹洲花塢，日與裴秀才迪浮舟賦詩，齋中惟茶鐺、酒臼、經案、竹牀而已。

高陽池　漢侍中習郁於峴山南，依范蠡養魚法作魚池，池邊有高堤，種竹及長楸，芙蓉緣岸，菱芡覆水，是遊燕名處。山簡每臨此池，未嘗不大醉而返，曰：「此是我高陽池也。」

迷樓　隋煬帝無日不治宮室，浙人項昇進新宮圖，大悅，即日召有司庀材鳩工，經歲而就，帑藏為之一空。帝幸之，大喜曰：「使真仙遊其中，亦當自迷也。」因署之曰「迷樓」。

西苑　隋煬帝築西苑，周三百里，其內為海，周十餘里，為方丈、瀛洲、蓬萊諸山島，高出水百餘尺，有龍鱗渠縈回海內，緣渠十六院門皆臨渠，每院以四品夫人主之。殿堂樓觀，窮極華麗，秋冬彫落，則剪彩為花，綴於枝幹，色渝則易以新者，常如陽春。上好以月夜從宮女數千騎遊西苑，作《清夜遊曲》，於馬上奏之。

阿房宮　東西五百步，南北五十丈，上可以坐萬人，下可以建五丈旗。周馳為閣道，自殿下直抵南山，表山顛以為闕，複道渡渭，屬之咸陽。役隱宮徒刑者七十餘萬人。盧生說帝為微行所居，毋令人知，然後不死之藥可得。乃令咸陽宮三百里內宮觀複道相連，帷帳鐘鼓美人不移而具，所行幸，有言其處者死。

駕霄亭　張功甫為張循王諸孫，園池、聲伎、服玩甲天下，常於南湖園作駕霄亭，於四古松間以巨鐵絙之半空，當風月清夜，與客梯登之，飄遙雲表。

水齋　羊侃性豪侈。初赴衡州，於兩艖艀起三間水齋，飾以珠玉，加以錦繢，盛設圍屏，陳列女樂。乘潮解纜，臨波置酒，緣塘倚水，觀者填塞。

清祕閣　倪雲林所居有清祕閣、雲林堂，其清祕閣尤勝，前植碧梧，四周列以奇石，蓄古法書名畫其中，客非佳流不得入。嘗有夷人入貢，道經無錫，聞雲林名，欲見之，以沉香百斤為贄，雲林令人紿云：「適往惠山飲泉。」翌日再至，又辭以出探梅花。夷人不得一見，徘徊其家。倪密令開雲林堂使登焉，東設古玉器，西設古鼎彝尊罍，夷人方驚顧，問其家人曰：「聞有清祕閣，可一觀否？」家人曰：「此閣非人所易入，且吾主已出，不可得也。」夷人望閣再拜而去。

泖湖　楊鐵崖晚居湖泖，嘗曰：「吾未七十，休官在九峰三泖間，殆且二十年，優游光景過於樂天。有李五峰、張句曲、周易癡、錢思復為唱和友，桃葉、柳枝、瓊花、翠羽為歌歈伎。風日好時，駕春水宅（先生舟名）赴吳越間，好事者招致，效昔人水仙舫故事，盪漾湖光鳥翠，望之呼鐵龍仙伯，顧未知香山老人有此無也。」客有小海生賀公為「江山風月神仙福人」，且貌公老像，以八字字之，又賦詩其上曰：「二十四考中書令，二百八字太師銜。不如八字神仙福，風月湖山一擔擔。」

咸陽北坂　秦始皇滅六國，寫其宮室，作之咸陽北坂上，自雍門以東至涇、渭交處，殿屋複道，周圍相屬，然各自為區，雖一瓦一甓之造，亦如其式。各書國號，不相雷同，皆佈其所得諸侯美人居之。

花萼樓　唐玄宗友愛至厚，設五王幄與諸王同處，後於宮中造樓，題曰「花萼相輝之樓」。

黃鶴樓　晉時有酒保姓辛，賣酒江夏，有道士就飲，辛不索錢，如此三年。一日，道士飲畢，以橘皮畫一鶴於壁，以箸招之即下舞，嗣是貴客皆就飲，辛遂致富，乃建黃鶴樓。後道士騎鶴而去。

滕王閣　滕王，唐高帝之子，武德中出為洪州刺史，喜山水，酷愛蝴蝶，尤工書，妙音律。暇日泛青雀舸，就芳渚建閣登臨，仍以王名閣焉。

輪奐　晉獻文子成室，晉大夫賀焉。張老曰：「美哉輪焉，美哉奐焉！歌於斯，哭於斯，聚國族於斯。」是全要領以從先大夫於九京也。君子謂其善頌善禱。

爽塏　齊景公欲更晏子之宅，謂晏子曰：「子之宅近市，不可以居，請更諸爽塏（地名）。」晏子如晉，公更宅焉。反，則成矣。既拜，乃復舊宅。

綠野堂　唐裴度以東都留守加中書令，不復有經世之意，乃治第東都集賢里，名綠野堂，竹木清淺，野服蕭散。

銅雀台　在彰德縣，曹操所築。上有樓，鑄大銅雀高一丈五尺，置之樓顛。臨終遺命：「施繐帳於上，使宮人歌吹帳中，望吾西陵。」西陵，操葬處也。

華林園　梁簡文帝入華林園，顧謂左右曰：「會心處政不在遠，翳然林木，使自有濠、濮間想，覺鳥獸禽魚自來親人。」

金谷園　石崇為荊州刺史時，劫遠使商客，致富不貲。有別館在河陽之金谷，一名梓澤園，中有清泉茂林、竹柏藥草之屬，莫不畢備。嘗與眾客遊宴，屢遷其處，或登高臨下，或列坐水濱，琴瑟笙筑合載車中，道路並作，令與鼓吹遞奏，晝夜不倦。後房數百，俱極佳麗之選，以殽羞精麗相高，求市恩寵。

衣冠

冠　辰放氏始教民綯髮閹首；堯始制冠禮。◯黃帝始制冠冕；女媧氏始制簪導；堯始制纓。◯伏羲始制弁，用皮韋；魯昭公始易絹素。◯周公始制幅巾；漢末始尚幅巾，制角巾；晉制接䍦諸巾及葛巾，始以巾為禮。◯秦始皇加武將絳袙，以別貴賤，始為幘；漢元帝額有壯髮，始服幘；王莽禿，加屋幘上，始為頭巾。◯古無巾，止用冪尊罍。

帽　荀始制帽，舜制帽冠；漢成帝始制貴臣烏紗帽，後魏迄隋因之；唐太宗始制紗帽，為視事見賓，上下通用。◯秦漢始效羌人制為氈帽；晉始以席為骨而挽之，制席帽。◯隋始制帷帽障塵，為遠行，用皂紗連幅綴油帽及氈笠前。◯唐制大帽，後魏孝文始賜百官。◯魏文帝始賜百官立冬暖帽，今賜百官暖耳，本此。

幞頭　北朝周武帝裁布始制襆頭。一云六國時趙魏用全幅向後幞髮，通謂頭巾，俗呼幞頭。

帢　魏武制帢，始燕居着帢（帢帢同裁縑布為之，以色別貴賤）。荀文若始制帢有岐，因觸樹枝成岐，後效之。

縱　周公制縱，以纚韜髮；宋太祖制網巾；明太祖頒行天下。

古冠名　堯黃收、牟追；湯哻；武王委貌；秦始皇遠遊冠；漢高祖通天冠、高山冠、鵲尾冠、長冠、竹皮冠；唐太宗翼善冠、交天冠；宋平天冠，並人君冠。◯殷章甫冠；漢梁冠（以梁數分別），後漢進賢冠；唐太宗進德冠；楚王獬豸冠；漢卻非冠；趙武靈王惠文冠，飾金璫豹尾；漢武弁仿惠文加蟬、鵔鸃冠、繁冠、鶡冠；秦孝公武幘，漢文帝介幘；西漢翠帽，唐穀帽，李晟繡帽，沈慶之狐皮帽、汝陽王璡砑光帽，南漢平頂帽，後周獨孤帽、側帽，韓熙載輕紗帽，蕭載小博風帽。◯唐烏匼紗巾、夾羅巾，員頭、平頭、方頭巾，宋雲巾、歇鴟巾，漢文帝平巾，唐中宗踣養巾，昭宗珠巾，諸葛孔明綸巾，謝萬白綸巾，禰衡練巾，石季倫紫綸巾，桑維翰蟬翼紗巾。張孝秀穀皮巾，陶弘景鹿皮巾，王衍尖巾，顧況華陽巾，山簡白鷺巾，高九萬漁巾，程伊川闊幅巾，蘇子瞻加輔方巾，牛弘卜桐巾，王鄰菱角巾，羅隱減樣平方巾。

履 黃帝臣於則始制履（單底），周公制舄（複底）、制屨（施帶）、制屧。〇伊尹制草屩，周文王始制麻履，秦始用絲，始皇始制靸金泥飛頭鞋，始名鞋；漢始以布繶上脱下加錦飾，東晉始以草木巧織成，如澼芙蓉為履是也。

靴 趙武靈王制靴，短勒；隋煬帝制皂靴，始長勒；馬周加氈及絛，始着入殿省敷奏。

三代冠制 夏曰母追（音牟堆），周曰委貌。〇衡，維持冠者；紞，冠之垂者；紘纓，從下而上；綖，冠之上覆者，皆冠飾也。

冕制 有虞氏曰皇，夏后氏曰收，商湯氏曰冔，周武王曰冕。〇袞冕，一品服；驚冕，二品服；毳冕，三品服；希冕，四品服；玄冕，五品服；平冕，郊廟武舞郎之服；爵弁，六品以下、九品以上從祀之服；武弁，武官朝參、殿庭武舞郎、堂下鼓人、鼓吹按工之服；弁服，文官九品公事之服。

旒制 漢明帝採《周官》《禮記》以定冕制，廣七寸、長一尺二寸，繫白珠於其端，曰旒。天子十二旒，三公及諸侯九旒，卿七旒。

冠制 太白冠，太古之白布冠也，通天冠，天子冠名；惠文冠，漢法冠也，御史服之；葛巾，葛布冠也，居士野人所服；方山冠，樂人之冠也；鐵柱冠，即獬豸冠也，後以鐵為柱，取其執法如鐵也，故御史服之。

鵔鸃冠 漢惠帝時，郎中皆冠鵔鸃冠，傅脂粉。〇岸幘，起冠露額曰岸。

雄雞冠 子路性鄙，好勇力，冠雄雞，佩猳豚，淩暴孔子，孔子設禮稍誘子路，子路後服，委贄因門人請為弟子。

竹皮冠　漢高祖為亭長，以竹皮為冠，及貴，常服之，所謂「劉氏冠」也。詔曰：「爵非公乘以上，不得冠劉氏冠。」公乘，第八爵也。

弁髦　男子始冠則用弁髦，既冠則棄之，故凡物棄之不用，則曰弁髦。

帽制　接䍦，白帽也。渾脫，氈帽也。褦襶，即今暑月所戴涼帽也，內以笠為之，外以青繒綴其檐而蔽日者也。

進賢冠　今文臣所着紗帽，即古之進賢冠也。

貂蟬冠　為侍中、中常侍所服之冠，黃金璫，附蟬為文，貂尾為飾，侍中插左，常侍插右。

鶡冠　楚人居於深山，以鶡為冠，著書十六篇，號《鶡冠子》。

虎賁冠　虎卉插兩鶡尾，豎左右。鶡，鷙鳥中之勁果者，秦漢施之武人。

黃冠　道士冠也。文文山願黃冠歸故鄉，以備顧問。

椰子冠　蘇東坡有椰子冠，廣東所產，俗言茄瓢是也。

束髮冠　古制也。三王畫像多着此冠，名曰束髮者，亦以僅能束一髻耳。

折角巾　後漢郭林宗常行梁陳之間，遇雨，巾一角沾雨而折。二國名士着巾，莫不折其角，號「林宗巾」，其見儀則如此。

折上巾　漢魏以前戴幅巾，晉、宋用冪䍦，後周以三尺皂絹向後幞髮，名折上巾。

方巾　元楊維禎被召入見，太祖問：「卿所冠何巾？」對曰：「四方平定巾。」太祖悅其名，召中書省，依此巾制頒天下盡冠之。

網巾　明太祖一日微行至神樂觀，有道士結網巾，問結此何用，對曰：「網巾用以裹頭，則萬髮俱齊。」明日有旨，命道官取網巾一十三頂，頒行天下，無貴賤，皆令裹之。

衣裳

有巢氏始衣皮；軒轅妃嫘祖始興機杼，成布帛；堯始加絺苧、木綿、布、毛罽。◯黃帝臣胡曹始作衣，伯余始作裳，始衣裳加垂以衣皮，短小也。◯舜制韍（冕服之韠，古字，從韋，今從絲），三代增畫文；漢明帝用赤皮；魏晉始易絡紗。◯黃帝始制衮，舜始備，周始詳。

傅説制袍，長至足；隋制大袍，宇文護始加襴。◯舜制深衣；馬周制襴衫。◯漢制方心曲領，唐制圓領。

唐太宗制朝參拜表朝服，公事謁見，公服始分別。◯北齊入中國，始胡服，窄袖；唐玄宗始公服，褒博大袍。

伏羲制裘（一云黃帝）；禹制披風（如背子制較長，而袖寬於衫）、制襦（短衣）；伊尹制夾襖；漢高祖制汗衫（小僅覆胸背，即古中單帝與楚戰汗透，因名）；唐高祖制半臂（隋文帝時半臂餘，即長袖也，高祖減為禿袖，如背心）；馬周制開骻（即今四骻衫）；周文王制褌，禹始制褲，周武王改為褶，以布；敬王以繒；漢章帝以綾，始加下緣。

晉董威制百結（碎雜繒為之）；宋太祖制截褶、制海青（俱仿南番作）；宇文涉制氈衫。

陳成子制雨衣、雨帽；宇文涉制雨籠。◯於則制角襪（前後兩隻相承，中心繫帶）；魏文帝吳妃始裁縫如今樣。◯後魏始賜僧尼偏衫。

黃帝始定人君服，色隨王運；周公始制大子服，四時各以其色；隋文帝始專尚黃；唐玄宗時，韋韜請天子服御皆用黃，設禁。

隋煬帝詔牛弘等始別服色，三、四品紫，五品朱，六品以下綠，胥吏青，庶人白，商皂。本秦始皇以紫、緋、綠三等服為制。

後魏制僧衣，赤布，後周易黃，宇文周易褐色。北齊忌黑，以僧衣多黑，始行師忌僧。

魚袋 即古魚符，刻魚，盛之以袋，而飾金銀玉。

三代為等袋，用韋；唐高祖始制魚袋，飾金銀；武后改制龜，蓋為別；後復為魚，加用銅；宋仁宗加用玉。◯唐玄宗敕品卑者借緋及魚袋。

笏　成湯始制笏，書教令以備忽忘。武王誅紂，太公解劍帶，笏始制為等。◯周制諸侯用象笏；晉、宋以來，惟八座用笏，餘執手板；周武帝始百官皆執笏朝參，以笏為禮。◯漢高祖制手板如笏，魏武帝制露板（奏事木簡）。

帶綬　黃帝制衣帶（用革反插垂頭），秦二世名腰帶。唐高宗始制金、玉、犀、銀、鍮、鉐、銅、鐵等差。

佩　堯始制佩，周制為等。七國去佩留襚，始以采組連結於襚。轉相受為綬（古綬以貫佩）制，更秦名，本三代。漢高祖制為等加縹。◯天子佩白玉而玄組綬，公侯佩山玄玉而朱組綬，大夫佩水蒼玉而純組綬，世子佩瑜玉而綦組綬，士佩瓀玟而縕組綬，孔子佩象環五寸而綦組綬。

牙牌　宋太祖始制牙牌，給賜立功武臣懸帶，令朝參官皆用之。◯顓頊制絲縧。湯制鞶囊。

廁牏　近身之小衫，即今之汗衫也。

繡鬛　蓋以羽衣為半臂，如《後漢書》所謂「諸子繡諔」，其字不同，其義則一也。

襳褵　羽衣也。又曰氅衣。緼黂，敝衣；襏襫，蓑衣；旎（音夷）裔，雨衣。

襜（音諂）**褕**（音遙）　單衣也。武安侯田蚡坐襜褕入宮，不敬，國除。

吉光裘　漢武帝時，西域獻吉光裘，裘色黃，蓋神馬之類，入水不濡，入火不燃。

雉頭裘　大醫程據上雉頭裘，武帝詔據：「此裘非常衣服，消費功用，其於殿前燒之。」

狐白裘　孟嘗君使人說昭王幸姬求解，姬曰：「願得狐白裘。」此裘孟嘗君已獻昭王，客有能為狗盜者，夜入秦宮藏中，取以獻姬，乃得釋。

集翠裘　武后賜張昌宗集翠裘，后令狄仁傑與賭此裘。仁傑因指所衣紫拖袍，后曰：「不等。」傑曰：「此大臣朝見之服也。」昌宗累局連北，仁傑褫其裘，拜恩出，賜與輿前廝養。

鸕鷀裘　司馬相如初與文君還成都，居貧愁懣，以所着鸕鷀裘就市人楊昌貰酒，與文君撥悶。

深衣　古者深衣，蓋有制度，短毋見膚，長毋被土。制有十二幅，以應十有二月；袂圓以應規，曲袷如矩以應方；負繩及踝以應直，下齊如權衡以應平。

黑貂裘　蘇秦初說趙，趙相李兌遺以黑貂裘。及遊說秦王，王不能用，黑貂之裘敝。

通天犀帶　南唐嚴續相公歌姬、唐鎬給事通天犀帶，皆一代尤物，因出伎解帶呼盧。唐彩大勝，乃酌酒，命美人歌一曲而別，嚴悵然久之。

月影犀帶　張九成有犀帶，文理縝密，中有一月影，遇望則見，貴重在通天犀之上，蓋犀牛望月之久，故感其影於角也。

黃琅帶　唐太宗賜房玄齡黃琅帶，云服此帶鬼神畏之。

百花帶　宗測春遊山谷，見奇花異卉，則繫於帶上，歸而圖其形狀，名「百花帶」，人多效之。

笏囊　唐故事：公卿皆搢笏於帶，而後乘馬。張九齡體弱，使人持之，因設笏囊。笏囊自此始。

只遜　殿上直校鵝帽錦衣，總曰「只遜」。曾見有旨下工部，造只遜八百副。

身衣弋綈　張安世尊為公侯，而身衣弋綈，夫人自績。

衣不重帛　晉國苦奢，文公以儉矯之，乃衣不重帛，食不兼肉。未幾時，國人皆大布之衣、脫粟之飯。

韎韋跗注　韎，赤也。跗注，戎服，若褲而屬於跗，與褲連，言軍中君子之飾也。

飛雲履　白樂天燒丹於廬山草堂，製飛雲履，玄綾為質，四面以素絹作雲朵，染以諸香，振履則如煙霧。常着示道友云，吾足下生雲，計不久上昇矣。

襴衫　乃明朝高皇后見秀才服飾與胥吏同，乃更制儒巾襴衫，令太祖着之。太祖曰：「此真儒者服也。」遂頒天下。

毳衣　《詩經》：「毳衣如菼。」天子、大夫之服。紈袴，貴家子弟之服。逢腋，肘腋寬大之衣，為庶人之服。

初服　初，始也，謂未仕時清潔之服，故致仕歸曰得遂初衣。

輕裘緩帶　羊祜在軍中嘗服之。偏裻，戎衣名；賜夷，甲名；皆從軍所服之飾。

赤芾　芾，冕之飾也。大夫以上，赤韠乘軒。

飲食

有巢氏始教民食果；燧人氏始修火食，作醴酪（蒸釀之使熟）；◯神農始教民食穀，加於燒石之上而食；黃帝始具五穀種（地神所獻）；烈山氏子柱始作稼，始教民食蔬果。◯燧人氏作脯、作胾；黃帝作炙；成湯作醢。◯禹作羹，吳壽夢作鮓。◯神農諸侯夙沙氏煮鹽，嫘祖作醯，神農作油，殷果作醢，周公作醬，公劉作餳（《後漢》謂飴餳即《楚辭》粻餭也。《方言》：江東為糖作蜜。），唐太宗煎蔗作沙糖。◯黃帝作羹、作葅；少昊作齏；神農作炒米；黃帝作蒸飯、作粥；公劉作餈、作麻團、作糕；周公作湯團；汝顏作粽；諸葛亮作饅頭、作餗餤；石崇作餛飩；秦昭王作蒸餅；漢高祖作漢餅；金日磾作胡餅；魏作湯餅；晉作不托（即麵，簡於湯餅）。

酒　始自空桑委餘飯鬱積生味。◯黃帝始作醴（一宿），儀狄作酒醪，杜康作秫酒；周公作酎，三重酒；漢作宗廟九醞酒（五月造，八月成）；魏文侯始為觴；齊桓公作酒令；汝陽王璡著《酒法》；唐人始以酒名春；劉表始以酒器稱雅（有伯仲季雅稱，雅集本此）；晉隱士張元作酒帘；南齊始以樗蒲頭戰酒；宋武帝延蕭介賦詩置酒，始稱即席。

名酒　齊人田無已中山酒（一云狄希）；漢武帝蘭生酒（採百味即百末旨酒）；曹操縹醪；劉白墮桑落酒（成桑落時）、千里酒（六月曝日不動）；唐玄宗三辰酒；虢國夫人天聖酒（用鹿肉）；裴度魚兒酒（凝龍腦刻魚投之）；魏徵翠濤；孫思邈屠蘇（元日入藥）；隋煬帝玉薤（仿胡法）；陳後主紅梁新醞；魏賈鏘崑崙觴（絳色以瓢接河源水釀之）；房壽碧芳酒；羊稚舒抱甕醪（冬月令人抱而釀之）；向恭伯薌林、秋露；殷子新黃嬌；易毅夫甕中雲；胡長文銀光；宋安定郡王洞庭春（以柑釀）；蘇軾羅浮春、真一酒；陸放翁玉清堂；賈似道長春法酒；歐陽修冰堂春。

茶　成湯作茶，黃帝食百草，得茶解毒。◯晉王濛、齊王肅始習茗飲（三代以下炙茗菜或煮羹）；錢起、趙莒為茶會；唐陸羽始著《茶經》，創茶具，茶始盛行。◯唐常袞，德宗時人，刺建州，始茶蒸焙研膏；宋鄭可聞剔銀絲為冰牙，始去龍腦香。◯唐茶品，陽羨為上，唐末北苑始出；南唐始率縣民採茶，北苑造膏茶臘面，又京鋌最佳；宋太宗始制龍鳳模，即北苑時造團茶，以別庶飲，用茶碾；今炒製用茶芽，廢團。◯王涯始獻茶，因命涯榷茶。◯唐回紇始入朝市茶；宋太祖始禁私茶，太宗始官場貼射，徐改行交引。◯宋始稱絕品茶曰鬥，次亞鬥；始製貢茶，列粗細綱。

蒙山茶　蜀蒙山頂上茶多不能數，片極重，於唐以為仙品。今之蒙茶，乃青州蒙陰山石上地衣，味苦而性寒，亦不易得。

密雲龍　東坡有密雲龍茶，極為甘馨。時黃、秦、晁、張號「蘇門四學士」，子瞻待之厚，每來必令侍妾朝雲取密雲龍飲之。

天柱峰茶　李德裕有親知授舒州牧，李曰：「到郡日，天柱峰可惠三四角。」其人輒獻數斤，李卻之。明年罷郡，用意精求，獲數角，投之贊皇，閱而受之曰：「此茶可消酒肉毒。」乃命烹一甌沃於肉，以銀合閉之，詰旦開視，其肉已化為水矣，眾服其廣識。

驚雷莢　覺林院僧志崇收茶三等，待客以驚雷莢，自奉以萱草帶，供佛以紫茸。香客赴茶者，皆以油囊盛餘瀝以歸。

石巖白　蔡襄善別茶。建安能仁寺有茶生石縫間，名石巖白，寺僧遣人遺內翰王禹玉。襄至京訪禹玉，烹茶飲之，襄捧甌未嘗，輒曰：「此極似能仁寺石巖白，何以得之？」禹玉歎服。

仙人掌　荊州玉泉寺近清溪諸山，山洞往往有乳窟，窟中多玉泉交流，其水邊處處有茗草羅生，枝葉如碧玉，拳然重疊，其狀如手，號仙人掌，蓋曠古未睹也。惟玉泉真公常採而飲之，年八十餘，顏色如桃花。此茗清香酷烈，異於他產，所以能還童振枯，扶人壽也。

水厄　晉司徒長史王濛好飲茶，客至輒命飲，士夫皆患之，每欲往候，必曰：「今日有水厄。」

湯社　和凝在朝，率同列遞日以茶相飲，味劣者有罰，號為湯社。

茗戰　建人以鬥茶為茗戰。

盧仝七碗　盧仝歌：「一碗喉吻潤，二碗破孤悶；三碗搜枯腸，惟有文字五千卷；四碗發輕汗，平生不平事，盡向毛孔散；五碗肌骨清，六碗通仙靈；七碗吃不得也，惟覺兩腋習習清風生。」

九難　《茶經》言茶有九難：陰採夜焙，非造也；嚼味嗅香，非別也；膻鼎腥甌，非器也；膏薪庖炭，非火也；飛湍壅潦，非水也；外熟內生，非湯也；碧粉縹塵，非茶也；操艱攪遽，非煮也；

夏興冬廢，非飲也。

六物　《月令》：乃命大酋，秫稻必齊，曲蘗必時，湛熾必潔，水泉必香，陶器必良，火齊必得，兼用六物，大酋監之，無有差忒。

崑崙觴　魏賈鏘有蒼頭善別水，常令乘小艇於黃河中流，以瓠匏接河源水，一日不過七八升，經宿，色如絳，以釀酒，名崑崙觴，芳味世間所絕。

白墮鶴觴　河東劉白墮善釀，六月以罌貯酒，暴於日中，經一旬，其酒不動，飲之者香美，醉而經月不醒。朝貴相餉，逾於千里。以其遠至，號曰鶴觴，如鶴之一飛千里也。

椒花雨　楊誠齋退居，名酒之和者曰金盤露，勁者曰椒花雨。

魯酒　楚會諸侯，魯趙皆獻酒於楚王。主酒吏求酒於趙，趙不與，吏怒，乃以趙厚酒易魯薄酒獻之，楚王以趙酒薄，遂圍邯鄲。故曰：「魯酒薄而邯鄲圍。」

釀王　汝陽王璡，自稱「釀王」；种放號「雲溪醉侯」；蔡邕飲至一石，常醉，在路上卧，人名曰「醉龍」；李白嗜酒，醉後文尤奇，號為「醉聖」；白樂天自稱「醉尹」，又稱「醉吟先生」；皮日休自稱「醉士」；王績稱「斗酒學士」，又稱「五斗先生」；山簡稱「高陽酒徒」。

狂花病葉　飲流，謂睚眦者為狂花；謂目睡者為病葉。

八珍　龍肝、鳳髓、豹胎、猩唇、鯉尾、鴞炙、熊掌、駝峰。

內則八珍　一淳熬，二淳母，三炮豚，四炮牂，五搗珍，六漬，七熬，八肝膋。蓋烹飪之八法，養老所用也。

麟脯　王方平至蔡經家，與麻姑共設肴膳，擗麟脯而行酒。

牛心炙　王右軍年十三謁周顗，顗異之。時絕重牛心炙，座客未啖，顗先割以啖之，於是始知名。

五侯鯖　王氏五侯各署賓客，不相來往。婁護傳食五侯間，盡得其歡心，競致奇膳，護合以為鯖，世稱五侯鯖，為世間絕味。

醒酒鯖　齊世祖幸芳林園，就侍中虞悰求扁米糲，虞獻糲及雜肴數十輿，大官鼎味不及也。上就虞求諸飲食方，虞祕不肯出，上醉後，體不快，悰乃獻醒酒鯖一方而已。

甘露羹　李林甫婿鄭平為省郎，林甫見其鬚鬢斑白，以上所賜甘露羹與之食，一夕而鬚鬢如黳。

玉糝羹　東坡云：「過子忽出新意，以山芋作玉糝羹，色香味皆奇絕。天上酥酡則不可知，人間決無此味也。」詩曰：「香似龍涎仍釅白，味如牛乳更全清。莫將北海金齏鱠，輕比東坡玉糝羹。」

三升良醪斗酒學士　唐王績，字無功，武德初，待詔門下省。故事，官給酒日三升，或問：「待詔何樂耶？」答曰：「三升良醖可慰耳。」侍中陳叔達聞之，日給一斗，號「斗酒學士」。

六和湯　醫家以酸養骨，以辛養節，以苦養心，以鹹養脈，以甘養肉，以滑養竅。

段成式食品　有壽木華、玄木葉、夢澤芹、具區菁、楊樸薑、招搖桂、越酪菌、長澤卵、三危露、崑崙井、蒲葉菘、竹根粟、麻胡麥、綠施筍。

傘子鹽　朐䏰縣鹽井，有鹽方寸中央隆起如張傘，名曰「傘子鹽」。

雞栖半露　晉符朗善識味。會稽王道子為設精饌。訖，問關中味孰若於此。朗曰：「皆好，唯鹽少生。」即問宰夫，如其言。或殺雞以饗之，朗曰：「此雞栖恆半露。」問之亦驗。

崖蜜　一名石飴，味甘，潤五臟，益氣強志，療百病，服之不飢，即崖石間蜂蜜也。

豆腐　為淮南王鴻烈所造，故孔廟祭器不用豆腐。

五穀　稻，黍，稷，麥，菽。黍，小米；稷，高粱；菽，豆也。

崑崙瓜　茄子一名落蘇，一名崑崙瓜。

蒓　八月以前為綠蒓，冬至為豬蒓，秋時長丈許，凝脂甚清。張季鷹秋風所思，正為此也。

食憲章　段文昌丞相精饌事，第中庖所榜曰「鍊珍堂」，在途號「行珍館」。文昌自編《食經》五十卷，時稱《鄒平公食憲章》。

郇公厨　韋陟襲封郇國公，性侈縱，尤窮治羞饌。厨中飲食香味錯雜，入其中者多飽飫而歸，時人語曰：「人欲不飯筋骨舒，夤緣須入郇公厨。」

遺餅不受　王悅之少厲清節，為吏部郎時，鄰省有會同者遺以餅一甌，辭不受曰：「所費誠復小，然少來不欲當人之意。」

嗟來食　齊大饑。黔敖為食於路，以待飢者而食。有飢者蒙袂輯屨，貿貿而來。黔敖左奉食，右執飲，曰：「嗟！來食！」飢者揚其目而視之曰：「予唯不食嗟來之食，以至於斯也。」從而謝焉，終不食而死。

饅頭　諸葛武侯南征孟獲，瀘水洶湧，不得渡。有云須殺人以頭祭之，武侯曰：「吾仁義之師，奚忍殺人以代犧牲？」於是用麵為皮，裹豬羊肉於內，象人頭而祭之。後之有饅頭，始此。

五美菜　諸葛武侯出軍，凡所止之處必種蔓菁，即蘿蔔菜，蜀人呼為諸葛菜。其菜有五美：可以生食，一美；葉可菹，二美；根可充飢，三美；生食消痰止渴，四美；煮食之補人，五美。故又名「五美菜」。

酪奴　鼓城王勰謂王肅曰：「君棄齊魯大邦，而受邾莒小國，明日請為設邾莒之飡，亦有酪奴。」故號茗曰酪奴。

龍鳳團　古人以茶為團餅，上印龍鳳文，供御者以金妝龍鳳，凡八餅重一斤。慶曆間，蔡君謨始造小片，凡二十片重一斤。天子每南郊致祭，中書、樞密院各賜一餅，宮人縷金其上。

茶異名　《國史》：劍南有蒙頂石花，湖州有顧渚紫筍，峽州有碧澗明月。

露芽　陶弘景《雜錄》：蜀雅州蒙山上頂有露芽，火前者最佳，火後者次之。火，謂禁火，寒食節也。

雪芽　越郡茶有龍山、瑞草、日鑄、雪芽。歐陽永叔云：兩浙之茶，以日鑄為第一。

反覆沒飲　鄭泉嘗曰：「願得美酒滿五百斛船，以四時肥甘置兩頭，反覆沒飲之，不亦快乎！」

上樽　《平當傳》：稻米一斗得酒一斗為上樽，稷米一斗得酒一斗為中樽，粟米一斗得酒一斗為下樽。

梨花春　杭州釀酒，趁梨花開時熟，號梨花春。

碧筒勸　荷葉盛酒，以簪刺柄與葉通，屈莖輪囷如象鼻，持吸之，名碧筒勸。

蕉葉飲　東坡嘗謂人曰：「吾兄子明飲酒不過三蕉葉。吾少時望見酒杯而醉，今亦能蕉葉飲矣。」

中山千日酒　劉玄石於中山沽酒，酒家與千日酒飲之，大醉，其家以為死，葬之。後酒家計其日往視之，令啟棺，玄石醉始醒。

青州從事　《世說》：桓溫主簿善別酒，好者謂青州從事，蓋青州有齊郡，言飲好酒直至腹臍也。惡者謂平原督郵，蓋平原有鬲縣，言惡酒飲至膈上住也。

防風粥　白居易在翰林，賜防風粥一甌，食之，口香七日。

胡麻飯　晉劉晨、阮肇入天台山採藥，迷路，流水中得一杯胡麻飯屑，二人相謂曰：「此去人家不遠。」因窮源而進，見二女，曰：「郎君來何暮也！」邀至家，待以胡麻飯、山龍脯，結為夫婦。逾月，二人辭歸，訪於家，子孫已七世矣。

青精飯　道士鄧伯元受青精石，為飯食之，延年益壽。

蒓羹　昔陸機詣王濟，濟指羊酪謂機曰：「吳下何以敵此？」機曰：「千里蒓羹，未下鹽豉。」

錦帶羹　荊湘間有草花，紅白如錦帶，苗嫩脆可作羹。杜詩：「滑憶雕胡飯（即胡麻飯），香聞錦帶羹。」

安期棗　安期生琅琊人，賣藥海上，自言壽已千歲，所食棗其大如瓜。

韭萍齏　石崇遇客，每冬作韭萍豆粥，咄嗟而辦。王愷密問其帳下，云豆最難熟，預炊熟，客來，但作白粥投之，韭萍齏，是時以其根雜麥苗耳。

金齏玉膾　南人作魚膾，以細縷金橙拌之，號為金齏玉膾。隋時吳郡獻松江膾，煬帝曰：「所謂金齏玉膾，東南佳味也。」

玉版　蘇東坡邀劉器之參玉版禪師。至寺，燒筍，覺味勝，坡曰：「名玉版也。」作偈云：「不怕石頭路，來參玉版師。卿憑錦珠子，與問籜龍兒。」

碧海菜　《漢武內傳》：王母曰：「仙之上藥，有碧海之琅菜。」

肉山酒海　魏曹子建《與季重書》曰：「願舉泰山以為肉，傾東海以為酒。」又古紂王以肉為林，以酒為池。

石髓　嵇康遇王烈，共入山，見石裂，得髓食之，因攜少許與康，已成青石，扣之琤琤。再往視之，斷山復合矣。

松肪　東坡詩：「為採松肪寄一車。」又松花為松黃，服之輕身。

杯中物　晉吳術好飲酒，因醉詬權貴，遂戒飲。阮宣以拳毆其背曰：「看看老逼癡漢，忍斷杯中物耶？」樂飲如初。

懲羹吹齏　唐傅奕言：「唐承世當有變更，懲沸羹者吹冷齏，傷弓之鳥驚曲木。」陸贄奏議：「昔人有因噎而廢食，懼溺而自沉者。」

酒肉地獄　東坡倅杭，不勝杯酌。奈部使者重公才望，朝夕聚首，疲於應接，乃目杭倅為酒肉地獄。後袁轂代倅，僚屬疏闊，袁語人曰：「聞此郡為酒肉地獄，奈我來乃值獄空。」傳以為笑。

齏賦　范文正公少時作《齏賦》，其警句云：「陶家甕內，醃成碧、綠、青、黃；措大口中，嚼出宮、商、角、徵。」蓋親處貧困，故深得齏之趣味云。

絳雪嵰雪　《漢武傳》：「仙家妙藥，有玄霜紺雪。」又，西王母進嵰山紅雪，亦名絳雪。又，雪糕一名甜雪。

冰桃雪藕　周穆王方士集於春霄宮，王母乘飛輦而來，與王燕會，進萬歲冰桃、千年雪藕。

玉食珍羞　《書經》：「惟辟玉食。」李詩：「列鼎羅珍羞。」

竹葉珍珠　杜詩：「三杯竹葉春。」李詩：「小槽酒滴真珠紅。」

鴨綠鵝黃　李詩：「遙看漢水鴨頭綠，恰似葡萄初醱醅。」杜詩：「鵝兒黃似酒。」東坡詩：「小舟浮鴨綠，大杓瀉鵝黃。」

白粲　長腰米曰白粲。東坡詩：「白粲連檣一萬艘。」江南有「長腰粳米，縮項鯿魚」之諺。

釣詩掃愁　東坡呼酒為釣詩鈎，亦號掃愁帚。

太羹玄酒　《禮記》：「太羹不和。」玄酒，明水也，可薦馨香。

僧家詭名　《志林》：僧家謂酒為般若湯，魚為水梭花，雞為穿籬菜。人有為不義而義之以美名者，與此何異？

饕餮　《左傳》：縉雲氏有不才子，貪於飲食，不可盈厭，天下之人謂之饕餮。

欲炙　《晉史》：顧榮與同僚飲，見行炙者有欲炙之色，榮徹己炙與之。後趙王倫篡位，榮在難，一人救之，獲免，即受炙之人也。

半菽不飽　《史記》：漢文帝曰：「吾每飯，意未嘗不在鉅鹿也。」

白飯青芻　杜詩：「與奴白飯馬青芻。」

炊金爨玉　駱賓王謂盛饌為炊金爨玉，言飲食之美如金玉之貴重也。

抹月披風　東坡詩：「貧家無可娛客，但知抹月披風。」

敲冰煮茗　《六帖》：王休居太白山，每冬月取溪冰煮茗待賓客。

酒囊飯袋　《荊湖近事》：「馬氏奢僭，諸院王子僕從烜赫，文武之道未嘗留意，時謂之酒囊飯袋。」

寶玩部

卷十二

金玉

歷代傳寶　赤刀、大訓、弘璧、琬琰在西序，太玉、夷玉、天球、河圖在東序，八者皆歷代傳寶。

九鼎者，昔夏方有德，遠方圖物貢金，九牧鑄鼎象物，使民知神奸。故民入川澤山林，而魑魅魍魎莫能逢之。

四寶　周有砥砨，宋有結綠，梁有懸黎，楚有和璞，此四寶者，天下名器。

六瑞　王執鎮圭，公執桓圭，侯執信圭，伯執躬圭，子執穀璧，男執蒲璧。

環玦　聘人以圭，問士以璧，召人以瑗，絕人以玦，反絕以環。

琬琰　桀伐岷山，岷山獻其二女曰琬，曰琰。桀愛之，琢其名於苕華之玉，苕是琬，華是琰。

鼎彝尊卣　不獨饕餮示戒，凡蠆鼎防刺也，同舟防溺也，奕車瓢防覆也。

照膽鏡　秦始皇有方鏡，照見心膽。凡女子有邪心者，照之即膽張心動。

辟寒金　魏明帝朝，昆明國獻一鳥名漱金鳥，常吐金屑如粟，古人以金飾釵，謂之辟寒金。

火玉　《杜陽編》：武宗時，扶餘國貢火玉，光照數十步，置室內不必挾纊。

尺玉　《尹文子》：魏田父得玉徑尺，鄰人曰：「怪石也。」取置廡下，明旦視之，光照一室，大怖，反棄於野。鄰人取獻魏王，玉工曰：「此無價以當之。」王賜獻玉者千金，食上大夫祿。

玉燕釵　《洞冥記》：漢武帝時起招靈閣，有二神女各留一玉釵，帝以賜趙婕妤。至元鳳中，宮人猶見此釵。謀欲碎之，明旦視匣中，惟見白燕升天，因名玉燕釵。

解肺熱　《天寶遺事》：楊貴妃常犯熱躁，明皇使令含玉咽津，以解肺熱。

麟趾馬蹄　漢武帝詔曰：「往者太山見金，又有白麟神馬之瑞，宜以黃金鑄麟趾馬蹄，以協瑞焉。」

碧玉　有雲碧、西碧二種。其色枯澀者曰雲碧，產於雲南；其色嬌潤有蛇蚤斑者曰西碧，產於西洋。

五幣　珠、玉為上，黃、白為次，刀布為下。

瓜子金　宋太祖幸趙普第，時吳越王俶方遣使遺普書及海錯十瓶，列廡下。上曰：「此海錯必佳。」命啟之，皆滿貯瓜子金。普惶恐，頓首謝曰：「臣實不知。」上笑曰：「彼謂國家事，皆由汝書生耳。」

晁采　晁，古「朝」字；采，光彩也。言美玉每旦有白虹之氣，光彩上騰，故曰晁采。

十二時鏡　范文正公家古鏡背具十二時，如博棋子，每至此時，則博棋中明如月，循環不休。

碔砆亂玉　碔砆，石之似玉也，其狀每能亂玉。

燕石　宋人以燕石為玉，什襲而藏，識者笑之。

削玉為楮　《列子》：宋人以玉為楮葉，三年而成。

懷瑾握瑜　《楚辭》：「懷瑾握瑜兮，窮不知所示。」

釣璜　半璧曰璜。《尚書．中侯》：文王至磻溪，見呂望釣得玉璜，刻曰：「姬受命，呂佐之。」

拋磚引玉　磚以自謂，玉以譽人，謂以此致彼。

匹夫懷璧　《左傳》：虞公求虞叔之玉，叔弗獻，後乃悔曰：「匹夫無罪，懷璧其罪，焉用此以賈禍乎？」復獻之。

璠瑜　《逸論語》：璠瑜，魯之寶玉也。孔子曰：美哉璠璵，遠而望之煥若也，近而視之瑟若也。一則理勝，一則孚勝。

珍寶

十二時盤　唐內庫有一盤，色正黃，圍三尺，四周有物象。如辰時，草間皆戲龍，轉巳則為蛇，午則為馬，號十二時盤。

遊仙枕　龜茲國進一枕，色如瑪瑙，枕之則十洲、三島、四海、五湖盡在夢中，帝名遊仙枕。

火浣布　外國有火林山，山中有火光，獸大如鼠，尾長三四寸，或赤或白。山可三百里，晦夜即見此山林，乃有此獸光照。外國人取其獸毛織布，衣服垢穢，以火燒之，垢落如浣，故謂之火浣布。

冰蠶絲　東海員嶠山有冰蠶，長七寸，黑色，有鱗角。以霜雪覆之，然後作繭。繭長尺一，其色五彩，織為文錦，入水不濡，入火不燎，暑月置座，一室清涼。唐堯之世，海人獻之，堯以為黼黻。

耀光綾　越人於石帆山中，收野繭繅絲，夜夢神人告曰：「禹穴三千年一開，汝所得繭，即《江淹集》中壁魚所化也，織絲為裳，必有奇文。」果符所夢。

各珠　龍珠在頷，蛟珠在皮，蛇珠在口，魚珠在目，蚌珠在腹，鱉珠在足，龜珠在甲。

九曲珠　有得九曲珠，穿之不得其竅。孔子教以塗脂於線，使蟻通之。

木難　大徑寸，出黃支金翅鳥，口結沫，所成碧色珠也，古絕夜光者即此。

火齊（音霽）　赤色珠也，一名玫瑰，蓋珠品之下者也。

火珠　《孔帖》：南蠻有珠如卵，日中以艾着珠上，輒火出，號火珠。

水珠　唐順宗時，拘弭國貢履水珠，色類鐵，持入江海，可行洪水之上，後化為龍。

記事珠　張說為相，有人獻一珠，紺色有光。事有遺忘，玩此珠便覺心神開悟，名曰記事珠。

定風珠　蜘蛛腹中有珠，皎潔，持以入江海，遇大風，握珠在手則風自定，故名定風珠。

鮫人泣珠　《博物志》：鮫人從水中出，曾寄寓人家，積日賣綃，臨去，從主人索器，泣而出珠。

寶貝　貝為海中介蟲，大者名寶，交趾以南海中皆有。

紅靺鞨　大如巨栗，赤爛若珠櫻，視之若不可觸，觸之甚堅，不可破，佩之者為鬼神所護，入水不溺，入火不燃。

青琅玕　生海底，云海人以網得之，初出時紅色，久而青黑，枝柯似珊瑚，而上有孔竅如蟲蛀，擊之有金石聲。

金剛鑽　形如鼠，糞色青黑，生西域百丈水底磐石上，土人沒水覓得之，以之鐫鏤，無堅不破，唯以羚羊角擊之即碎。

奇南香　一作迦南。其木最大，枝柯竅露，大蟻穴之。蟻食石蜜，歸遺於中，木受蜜氣，結而成香，紅而堅者謂之生結，黑而軟者謂之糖結。木性多而香味薄者，謂之虎斑結、金絲結。

貓兒眼　寶石也。其狀色酷似貓眼，內光一線如貓睛一般，可定時辰。

祖母綠　亦寶石。綠如鸚哥毛，其光四射，遠近看之，則閃爍變幻，武將上陣，取以飾盔，使射者目眩，箭不能中。

剛卯　《王莽傳》：剛卯，長三寸，廣一寸四分。或用金玉，刻作兩行書曰：「正月剛卯。」又曰：「疾日剛卯。」凡六十六字。以正月卯日作此佩之，以祓除不祥。

鑌鐵　西番有鑌鐵，面上作螺旋花，或芝麻雪花。凡造刀劍器皿，磨令光，用金絲礬澤之，其花益見，價過於銀。

聚寶盆　明初沈萬三有聚寶盆，凡金銀珠寶納其中，過夜皆滿。太祖築金陵南門，下有龍潭，深不可測，以土石投之，決填不滿；太祖取盆投之，下石即滿，且誑龍以五更即還。今南門不打五更，至四更即天亮。

錢名　《通典》：自太昊以來，則有錢矣。太昊氏、高陽氏謂之金；有熊氏、高辛氏謂之貨；陶唐氏謂之泉；商周謂之布；齊莒謂之刀。又曰教與俗改，幣與世易。夏后以玄貝。周人以紫石，後世或金錢、刀布。

朱提　縣名，屬犍為。出好銀。即今四川嘉定州犍為縣。

青蚨　《搜神記》：青蚨似蟬而稍大，母子不離，生於草間，如蠶，取其子，母即飛來。以母血塗錢八十一文，以子血塗錢八十一文，每市物，或先用母錢，或先用子錢，皆復飛歸，循環無已。

阿堵物　晉王衍妻喜聚斂，衍疾其貪鄙，故口未嘗言錢。妻欲試之，令婢以錢繞牀，使不得行，衍早起見錢，謂婢曰：「舉此阿堵物去！」

鵝眼　《宋略》：泰始中通私鑄，而錢大壞，一貫長三寸，謂之鵝眼錢。

明月夜光　《南越志》：海中有明月珠、水精珠。《魏略》：大秦國出夜光珠、真白珠。

剖腹藏珠　《唐史》：太宗曰：「西域賈胡得美珠，剖腹而藏之，愛珠不愛其身也。」

錢成蝶舞　《唐史》：穆宗時，禁中花開，羣蝶飛集，上令舉網張之，得數萬，視之，乃庫中金錢也。

玩器

柴窯　柴世宗時所進御者，其色碧翠，賽過寶石，得其片屑，以為網圈，即為奇寶。

定窯　有白定、花定，製極質樸，其色呆白，毫無火氣。

汝窯　宋以定州白瓷有芒不堪用，遂命於汝州造青色諸器，冠絕鄧、耀二州。

哥窯　宋時處州章生一與弟章生二皆作窯器。哥窯比弟窯色稍白，而斷紋多，號白級碎，曰哥窯，為世所珍。

官窯　宋政和間，汴京置窯，章生二造青色，純粹如玉，雖亞於汝，亦為世所珍。

鈞州窯　器稍大，具諸色，光采太露，多為花缸、花盆。

內窯　宋邵成章為提舉，於汴京修內司置窯，造模範，極精細，色瑩澈，不下官窯。

青田核　《雞跖集》：烏孫國有青田核，莫知其木與實，而核如瓠，可容五六升，以之盛水，俄而成酒。劉章曾得二焉，集賓設之，一核才盡，一核又熟，可供二十客，名曰青田壺。

金銀酒器　李適之有蓬萊盞、海山螺、瓠子巵、幔卷荷、金蕉葉、玉蟾兒，俱屬鬼工。

金叵羅　李白詩：「蒲萄酒，金叵羅，吳姬十五細馬馱。」

銀鑿落　韓公聯句：「澤髮解兜鍪，酡顏傾鑿落。」白樂天詩：「銀含鑿落盞，金屑琵琶槽。」

婪尾杯　宋景文詩云：「迎新送故只如此，且盡燈前婪尾杯。」

又樂天詩：「三杯藍尾酒。」改「婪尾」為「藍尾」耳。

高麗席　不甚闊大，長一丈有餘，花紋極精，堅緊不壞。

薤葉簟　蘄州出美竹，制梅花笛、薤葉簟。白樂天詩：「笛愁春盡梅花裏，簟冷秋生薤葉中。」

博山爐　《初學記》：丁緩作九層博山爐，鏤以奇禽怪獸，自然能動。山谷詩：「博山香靄鷓鴣斑。」

偏提　元和間，酌酒壺謂之注子，後仇士良惡其名同「鄭注」，乃去其柄安繫，名曰偏提。

三代銅　花觚入土千年，青綠徹骨，以細腰美人觚為第一，有全花、半花，花紋全者身段瘦小，價至數百。山、陝出土者為商彝、周鼎；河南出土者為漢器，以其地有潟滷，銅質剝削，不甚貴。故銅器有河南、陝西之別。

靈璧石　米元章守漣水，地接靈璧，蓄石甚富，一一品目，入玩則終日不出。楊次公為廉訪，規之曰：「朝廷以千里郡付公，那得終日弄石！」米徑前，於左袖中取一石，嵌空玲瓏，峰巒洞穴皆具，色極青潤，宛轉翻落，以云楊曰：「此石何如？」楊殊不顧，乃納之袖。又出一石，疊峰層巒，奇巧又勝，又納之袖。最後出一石，盡天晝神鏤之巧，顧楊曰：「如此那得不愛？」楊忽曰：「非獨公愛，我亦愛也！」即就米手攫得之，徑登車去。

無錫瓷壺　以龔春為上，時大彬次之，其規格大略粗蠢，細泥精巧，皆是後人所溷。

成窯　大明成化年所製，有五彩雞缸，淡青花諸器茶甌酒杯，俱享重價。

宣窯　大明宣德年製，青花純白，俱踞絕頂，有雞皮紋可辨。醮壇茶杯，有值一兩一隻者，有酒字棗湯、薑湯等類者稍賤。

靖窯　大明嘉靖所製，青花白地，世無其比。

萬曆初窯　萬曆之官窯，以初年為上，雖退器無不精妙，民間珍之。

廠盒　古延廠，永樂年間所造，重枝叠葉，堅若珊瑚，稍帶沉色。新廠宣德年間所造，雕鏤極細，色若硃砂，鮮艷無比，有蒸餅式、甘蔗節二種，愈小愈妙，享價極重。

宣銅　宣德年間三殿火災，金銀銅熔作一塊，堆垛如山。宣宗發內庫所藏古窯器，對臨其款，鑄為香爐、花瓶之類，妙絕古今，傳為世寶。

倭漆　漆器之妙，無過日本。宣德皇帝差楊瑄往日本教習數年，精其技藝，故宣德漆器比日本等精。

宣鐵　宣德製鐵琴、鐵笛、鐵簫，其聲清皦，非竹木所及。

照世杯　洪武初，帖木兒遣使奉表，有「欽仰聖心，如照世杯」之語。或曰其國舊傳有杯，光明洞徹，照之可知世事，故云。

嘉興錫壺　所製精工，以黃元吉為上，歸懋德次之。初年價錢極貴，後漸輕微。

螺鈿器皿　嵌鑲螺鈿梳匣、印箱，以周柱為上，花色嬌艷，與時花無異。其螺鈿杯箸等皿，無不巧妙。

竹器　南京所製竹器，以濮仲謙為第一，其所雕琢，必以竹根錯節盤結怪異者，方肯動手，時人得其一款物，甚珍重之。又有以斑竹為椅桌等物者，以姜姓第一，因有姜竹之稱。

夾紗物件　趙士元製夾紗燈及夾紗幃屏，其所劚翎毛花卉，顏色鮮明，毛羽生動，妙不可言。扇扇是黃荃、呂紀得意名畫。

容貌部

卷十三

形體

聖賢異相　堯眉八彩；舜目重瞳；文王四乳；蒼頡四目；禹耳三漏，是謂大通，興利除害，決江疏河。

四十九表　仲尼生而具四十九表：反首，窪面，月角，日準，河目，海口，牛唇，昌顏，均頤，輔喉，駢齒，龍形，龜脊，虎掌，駢脅，參膺，圩項，山臍，林背，翼臂，窐頭，隆鼻，阜脥，堤眉，地足，谷竅，雷聲，澤腹，面如蒙倛，兩目方相也，手垂過膝，眉有十二彩，目有二十四理，立如鳳峙，坐如龍蹲，手握天文，足履度字，望之如仆，就之如昇，修上趨下，末僂後耳，視若營四海，耳垂珠庭，其頸似堯，其顙似舜，其肩類子產，自腰以下不及禹三寸，胸有文曰「制作定世符」，身長九尺六寸，腰大十圍。（見《祖庭廣記》。）

老子有七十二相，八十一好。（見《法輪經》。）

如來有三十二相。（見《般若經》。）

昭烈異相　蜀先主長七尺五寸，目顧見耳，臂垂過膝。

碧眼　孫權幼時眼碧色，號碧眼小兒。

猿臂　漢李廣猿臂善射。

獨眼龍　李克用一目眇，時號「獨眼龍」。

膽大如斗　姜維死後剖腹視之，膽如斗大；張世傑亦膽大如斗，焚而不化。

半面笑　賈弼夢易其頭，遂能半面啼，半面笑。

玉樓銀海　東坡《雪》詩：「凍合玉樓寒起粟，光搖銀海眩生花。」王荊公曰：「道家以兩肩為玉樓，兩眼為銀海。」東坡曰：「惟荊公知此。」

緘口　孔子觀周廟有金人焉，三緘其口，而銘其背曰：「古人慎言人也。戒之哉！戒之哉！毋多言，多言多敗。毋多事，多事多患。」

舌存齒亡　常摐有疾，老子曰：「先生疾甚，無遺教語弟子乎？」摐乃張其口曰：「舌存乎？」曰：「存。豈非以軟耶？」「齒亡乎？」曰：「亡。豈非以剛也？」常摐曰：「天下事盡此矣！」

芳蘭竟體　梁武帝平建業，朝士皆造之。謝覽時年二十，為太子舍人，意氣閒雅，瞻視聰明。武帝目送良久，謂徐勉曰：「覺此生芳蘭竟體。」

眼如巖電　王戎字濬沖，形狀短小，而目甚清照，視日不眩。裴楷曰：「王安豐眼爛爛如巖下電。」

面如傅粉　何宴美姿儀，面至白。魏明帝疑其傅粉，夏月與熱湯麵。既啖，大汗出，以朱衣自拭，色轉皎然。

璧人　衞玠少時，乘白羊車於洛陽市上，咸曰：「誰家璧人？」

看殺衞玠　衞叔寶從豫章至都下，人久聞其名，觀者如堵牆。玠先有羸疾，體不堪勞，遂成病而死。時人謂看殺衞玠。

覺我形穢　王濟是衞玠之舅，雋爽有丰姿，每見玠輒歎曰：「珠玉在側，覺我形穢。」

渺小丈夫　孟嘗君過趙，趙人聞其賢，出觀之，皆大笑曰：「始以薛公為魁梧也，今視之，乃渺小丈夫耳。」

婦人好女　司馬遷曰：「余以為留侯其人必魁梧奇偉，至見其圖，狀貌如婦人好女。」

精神頓生　張九齡風儀秀整，帝於朝班望見之，謂左右曰：「朕每見九齡，使我精神頓生。」

琳琅珠玉　有人詣王太尉，遇安豐、大將軍、丞相在坐，往別屋，見季胤（名詡）、平子（夷甫子）。語人曰：「今日之行，觸目皆琳琅珠玉。」

若朝霞舉　李白見玄宗於便殿，神氣高朗，軒軒若朝霞舉。

倚玉樹　魏明帝使后弟毛曾與夏侯玄並坐，時人謂蒹葭倚玉樹。

擲果　潘安甚有姿容，少時挾彈乘小車出洛陽道，婦人遇者，無不連手共縈之，競以果擲，盈車而返。

屋漏中來　祖廣行恆縮頸，桓南郡始下車，桓曰：「天甚晴明，祖參軍如從屋漏中來。」

四肘　成湯之臂四肘。《韻會》：一肘二尺。又云一尺五寸為一肘。

姬公反握　周公手可反握。

駢脅　駢，聯也。晉文公名重耳，其脅駢。

鑠金銷骨　西漢文：「眾口鑠金，積毀銷骨。」謂讒言誹謗之利害也。

敲膚吸髓　髓，骨髓也。敲其膚而吸其髓，喻虐政之誅求也。

掣肘　《說苑》：魯使子賤為單父令，子賤借善書者二人使書，從旁掣其肘，書醜則怒，欲好書則又引之。書者辭歸以告魯君。君曰：「若吾擾之，不得施善政。」令毋徵發單父。未幾，教化盛行。

厚顏　《書經》：「顏厚有忸怩。」謂愧之見於面也。

搖唇鼓舌　《莊子》：「搖脣鼓舌，擅生得非。」

怒髮衝冠　秦王許以十五城易趙王和氏璧，藺相如捧璧入秦，見秦王無意償城，怒髮衝冠，英氣勃勃。

生而有髭　《皇覽》：周靈王生而有髭，謂之髭王。

注醋囚鼻　《唐史》：酷吏來俊臣鞫囚，每以醋注囚鼻。

春筍秋波　言纖指如春筍之尖且長，媚眼如秋波之清且碧也。

藍面鬼　盧杞號藍面鬼，常造郭汾陽家問病。聞杞至，悉屏姬侍，獨隱几待之。家人問故，汾陽曰：「杞外陋而內險，左右見之必笑，使後得權，吾族無噍類矣。」

善用三短　後魏李諧形貌短小，兼是六指，因癭而舉頤，因跛而緩步，因謇而徐言，人謂李諧善用三短。

亂唾擲瓦石　左太沖絕醜，亦效潘安乘車遊市中，羣姬亂唾之，委頓而返；張孟陽亦醜，每行，小兒以瓦石擲之滿車。

龍虎變化　韓文公撰《馬燧志》云：「當是時見王於北平，猶高山深林，龍虎變化不測，魁傑人也。退見少傅，翠竹碧梧，鸞停鵠峙。」

長人　苻堅拂蓋郎申香、夏默、護磨那三人，俱長一丈九尺，每飯食一石、肉三十斤。

矮短人　王蒙長三尺，張仲師長二尺五寸。

重人　安祿山重三百五十斤，司馬保八百斤，孟業一千斤。

澹台滅明　李龍眠所畫七十二子像，澹台滅明猛毅甚於子路，則夫子所謂「失之子羽」者，謂其貌武行儒耳。

祖龍　秦始皇虎口，日角，火目，隆準，鷙鳥膺，豺聲，長八尺六寸，大七圍，手握兵執矢，號曰祖龍。侯生數其淫暴，謂「萬萬均朱，丁丁桀紂」。

好笑　陸士龍好笑，嘗着縗絰上船，水中自見其影，便大笑不止，幾落水。

笑中有刀　李義府，貌足恭，與人言，嬉怡微笑，而陰賊褊忌，凡忤其意者皆中傷之。時號義府笑中有刀。

方睛　管輅云：「眼有方睛，多壽之相。」陶隱居末年，其眼有時而方。

百體五官　人身有百骸，故曰百體。官，司也。五官，耳、目、口、鼻、心也。

鬚髮所屬 髮屬心，稟火氣，故上生。鬚屬腎，稟水氣，故下生。眉屬肝，稟木性，故側生。男子腎氣外行，上為鬚，下為勢。女子、黃門無勢，故無鬚。

重瞳四乳 舜重瞳，項羽重瞳，隋魚俱羅，朱梁康，王友敬，永樂中楚王子，亦俱重瞳。文王四乳，宋范鎡、百常父子，明倪文僖謙，俱四乳。

身長一丈 中國之人長一丈者，人君則黃帝、堯與文王；人臣則吳伍員、漢巨毋霸，俱十尺。毋霸腰大十圍，員眉間一尺。孔子長十尺，又云九尺六寸。按《莊子》所謂自腰而下不及禹三寸，則後說是矣。宋《桯史》載，有唐某者與其妹各長一丈二尺。

身長七尺以上 禹長九尺九寸，湯九尺，秦始皇八尺七寸，漢高祖七尺八寸，光武七尺三寸，照烈七尺五寸，宋武帝七尺六寸，陳武帝七尺五寸，宇文周太祖八尺，項王八尺二寸，韓王信八尺九寸，王莽七尺五寸，劉淵八尺四寸，劉曜九尺四寸，慕容皝七尺八寸，姚襄八尺五寸，曹交九尺四寸，冉閔、什翼健、宇文泰皆八尺，慕容垂七尺四寸，慕容德八尺二寸。自唐以後，人臣長者故少。韋康成十五長八尺，姜宇十五長七尺九寸，劉曜子胤十歲長七尺五寸，美姿貌，眉鬚如畫。人固有少而長若此者，胤止八尺四寸，不能如其父也。

丈六金身 佛長一丈六尺以為神，然其小弟阿難與徒弟調達俱長一丈四尺五寸，彼時天竺之長者故不少也。

讒國 沈顏《讒論》曰：宰嚭讒子胥而吳滅，趙高讒李斯而秦亡，無極讒伍奢而楚昭奔，靳尚讒屈原而楚懷囚。故曰：人知佞之讒讒忠，不知佞之讒讒國。

舌本間強 俗語曰：「三日不言，舌本強。」殷仲堪言：三日不讀《道德經》，便覺舌本間強。

皮裏陽秋　晉褚裒字季野，桓彝目之曰：「季野皮裏陽秋。」言其外無臧否，而內有褒貶也。

斷送頭皮　宋真宗東封，得隱者楊樸。上問：「卿臨行，有人作詩否？」對曰：「臣妻一首云：『更休落魄耽杯酒，切莫猖狂愛作詩。今日捉將官裏去，這回斷送老頭皮。』」

唾掌　公孫瓚曰：「天下兵起，謂可唾掌而決九州耳。」李翱：「太平可覆掌而致。」

捫膝　後魏賈景興栖遲不仕，葛榮陷冀州，稱疾不拜，每捫膝曰：「吾不負汝，以不拜榮故也。」又趙宋喻汝礪號「捫膝先生」。

雞肋　晉劉伶嘗醉，與俗人相忤，其人攘臂奮拳，伶曰：「雞肋不足以安尊拳！」其人笑而止。◯曹操入漢中討劉備，不得進，欲棄之，乃傳令曰「雞肋」，官屬不知何謂。楊修曰：「雞肋，棄之則可惜，啖之則無所得，比漢中，王欲去也。」乃白操，遂還。

噬臍　楚文王伐申，過鄧。鄧侯曰：「吾甥也。」止而享之。騅甥、聃甥、養甥請殺楚子，鄧侯弗許。聃甥曰：「亡鄧國者，此人也。若不早圖，後君噬臍無及。」

交臂　《莊子》：顏淵問於仲尼曰：「夫子步亦步，趨亦趨。夫子絕塵而奔，回瞠乎其後矣。」夫子曰：「吾終身於汝交一臂而失之，不可哀歟？」

三折肱　晉范氏、中行氏將伐晉定公，齊高彊曰：「三折肱知為良醫，我以伐君為此矣。」

髀裏肉生　劉玄德於劉表坐，慨然流涕曰：「平常身不離鞍，髀肉皆消；今不復騎，髀裏肉生。日月如流，老將至矣，而功業未建，是以悲耳。」

炙手可熱　唐崔鉉進左僕射，與鄭魯、楊紹復、段瓌、薛蒙頗參議論。時論曰：「鄭、楊、段、薛，炙手可熱；欲得命通，魯、紹、瓌、蒙。」

如左右手　韓信亡去，蕭何自追之，人告高祖曰：「丞相何亡。」高祖大怒，如失左右手。

高下其手　言人斷獄徇私，高下其手。

幼廉一腳指　北齊李幼謙為瀛州長史，神武行部徵責文簿，應機立成。神武責諸人曰：「卿等作得李幼廉一腳指否？」

握拳嚙齒　東坡帖云：「張睢陽生猶罵賊，嚙齒穿齦；顏平原死不忘君，握拳透爪。」

豕心　《左傳》：昔有仍氏生女，樂正后夔娶之，生伯封，實有豕心，貪婪無厭。人謂之封豕。

鎖子骨　李鄴侯少時身極輕，能於屏風上行。既長，辟穀，導引，骨節俱戛戛有聲，人謂之鎖子骨。

一身是膽　趙子龍與魏兵戰，追至營門，魏兵疑有伏，引去。翌日，玄德至營視之曰：「子龍一身都是膽。」

抽筋絕髓　郭弘霸討徐敬業云：「誓抽其筋，食其肉，飲其血，絕其髓。」武后悅，授御史。時號「四其御史」。

鐵石心腸　皮日休云：「宋廣平為相，疑其鐵石心腸，不解吐軟媚詞。觀其《梅花賦》，便巧富艷，殊不類其為人。」

伐毛洗髓　《漢武記》：黃眉翁指東方朔曰：「吾三千年一反骨洗髓，三千年一剝皮伐毛。吾今已三洗髓三伐毛矣。」

笑比黃河清　宋包孝肅極嚴冷，未嘗見其笑容，人謂其笑比黃河清。

連璧　晉潘岳與夏侯湛並美姿容，行止同輿接茵。京都謂之連璧。

乳臭　漢王以韓信擊魏王豹，問酈食其：「魏大將誰？」對曰：「柏直。」王曰：「是兒口尚乳臭，安能敵吾韓信？」

貌不揚　晉叔向適鄭，鬷蔑貌不揚，立堂下，一言而善。叔向聞之曰：「必然明也！」下執其手以上曰：「子若不言，吾幾失子矣。」

貌侵　漢田蚡，孝景帝皇后母弟也，為丞相，為人貌侵，言短小而醜惡也。

獐頭鼠目　唐苗晉卿薦元載，李揆輕載相寒，謂晉卿曰：「龍章鳳姿士不見，獐頭鼠目子乃求官耶？」載銜之。

龍鍾　裴晉公未第時，羈旅洛中，策驢上天津橋。時淮西不平，有二老人倚柱語曰：「蔡州何時平？」見晉公，愕然曰：「適憂蔡州未平，須待此人為相。」僕聞告公，公曰：「見我龍鍾，故相戲耳！」後裴度於憲宗時果為相，平淮、蔡。

牙缺　張玄之八歲，缺齒，先達戲之曰：「君口何為開狗竇？」玄之曰：「欲使君輩從此中出入。」

口吃　漢周昌爭立太子曰：「臣期期不奉詔。」鄧艾自稱艾艾。韓非、揚雄俱口吃，善屬文。後劉貢父、王汾在館中，汾口吃，貢父為之贊曰：「恐是昌家，又疑非類；未聞雄名，只有艾氣。」

吾舌尚存　張儀常從楚相飲，相亡璧，意儀盜，執儀笞之。儀歸，而其妻誚之。儀曰：「視吾舌尚存否？」妻笑曰：「在。」儀曰：「足矣！」

借聽於聾　韓昌黎《答陳生書》：足下求速化之術，乃以訪愈，是所謂借聽於聾，問道於盲，未見其得者也。

青白眼　阮籍能為青白眼，見禮法之士以白眼待之。母終，嵇喜來弔，籍作白眼。喜弟康乃挾琴賫酒造焉，籍大悅，乃見青眼。

邯鄲學步　班氏《序傳》：「昔有學步於邯鄲，曾未得其彷彿，又復失其故步，遂匍匐而歸耳。」

美鬚　謝康樂鬚美，臨刑，施為南海祇洹寺維摩詰像鬚。唐中宗時，安樂公主端午鬥草，欲廣其地，馳驛取之。又恐為他所得，剪棄其餘。

貌似劉琨　桓溫自以雄姿風氣，是宣帝、劉琨之儔。及伐秦還，於北方得一巧作老婢，乃劉琨婢也，一見桓溫便潸然曰：「公甚似劉司空。」溫大悅，出外整理衣冠，又呼問之，婢曰：「面甚似，恨薄；眼甚似，恨小；鬚甚似，恨赤；形甚似，恨短；聲甚似，恨雌。」溫於是褫冠解帶，昏然而睡，不怡者累日。

補脣先生　方干脣缺，有司以為不可與科名，連應十餘舉，遂隱居鑒湖。後數十年，遇醫補脣，年已老矣。人號曰「補脣先生」。

眇一目　湘東王眇一目，與劉諒遊江濱，歎秋望之美。諒對曰：「今日可謂帝子降於北渚。」《離騷》：「帝子降於北渚，目渺渺而愁予！」王覺其刺己，大銜之。後湘東王起兵，王偉為侯景作檄云：「項羽重瞳，尚有烏江之敗；湘東一目，寧為赤縣所歸？」後竟以此伏誅。

半面妝　徐妃以帝眇一目，知帝將至，為半面妝，帝見之大怒而出。

塌鼻　劉貢父晚年得惡疾，鬚眉墮落，鼻梁斷壞。一日，與東坡會飲，引《大風歌》戲之曰：「大風起兮眉飛揚，安得猛士兮守鼻梁！」

頭有二角　隋文帝生而頭有兩角，一日三見鱗甲，母畏而棄之。有老尼來，育哺甚勤。尼偶外出，囑其母視兒。母見鬚角棱棱，燁然有光，大懼，置諸地。尼疾走歸，抱起曰：「驚我兒，令吾兒晚得天下！」後帝果六十登極。

岐嶷　《詩經》云：「克岐克嶷，以就口食。」美后稷也。岐嶷，峻茂之狀也。

口有懸河　晉郭象能清言。王衍云：「每聽子玄之語，如懸河瀉之，久而不竭。」

侏儒　《左傳》：臧紇敗於狐駘。國人曰：「侏儒侏儒，使我敗於邾。」注：狐駘，地名。侏儒，短小也。

捷捷幡幡　《詩經》：「捷捷幡幡，謀欲譖言。」

胸中冰炭 語云：不作風波於世上，自無冰炭到胸中。

脣亡齒寒 《左傳》：晉侯復假道於虞以伐虢，宮子奇諫曰：「虢，虞之表也。諺所謂輔車相依，脣亡齒寒者，其虞之謂也。」

足上首下 《莊子》：失性於俗，謂之倒置之民。猶足上首下，倒置尊卑也。

揚眉吐氣 李白《與韓朝宗書》：「今天下以君侯為文章之司命，人物之權衡，一經品題，便作佳士。何惜階前盈尺之地，不使白揚眉吐氣，激昂青雲耶？」

推心置腹 《史記》：蕭王推赤心置人腹中。

方寸已亂 《三國志》：徐庶母為曹操所獲，庶辭先主曰：「本欲與將軍共圖王霸之業，今失老母，方寸亂矣，請從此辭。」

黑甜息偃 東坡詩：「三杯軟飽後，一枕黑甜餘。」《詩經》：「或息偃在牀。」

肉眼 《摭言》：鄭光業赴試，夜有人突入邸舍，鄭止之宿。其人又煩鄭取水煎茶，鄭欣然從之。後鄭狀元及第，其人啟謝曰：「既取杓水，又煎碗茶，當時不識貴人，凡夫肉眼；今日俄為後進，窮相骨頭。」

青睛 《南史》：徐陵目有青睛，人以為聰慧之相。

丹心 又心曰丹府，心神曰丹元。

靦顏 《文選》：「明目靦顏，曾無愧畏。」

可口 《莊子》：樝梨橘柚，皆可於口。

置之度外 《漢史》：光武帝曰：「當置此兩子於度外。」謂隗囂、公孫述也。

秦人視越 韓文：越人之視秦人，忽焉不加喜戚於其心。

行屍走肉 《拾遺記》：任末曰：「好學者雖死猶存，不學者雖存，行屍走肉耳！」

顏甲 《瑣言》：進士楊光遠干索權豪無厭，或遭撻辱，略無改悔。時人云：「光遠顏厚如十重鐵甲。」

高髻　後漢馬廖疏云：「吳王好劍客，百姓多瘡瘢；楚王好細腰，宮中多餓死。」「城中好高髻，四方高一尺；城中好廣眉，四方且半額；城中好大袖，四方全匹布。」

面謾　樊噲：「願得十萬眾，橫行匈奴中。」季布曰：「噲妄言，是面謾也！」

掉舌　漢酈生說齊王與漢平。蒯徹言於韓信曰：「酈生一士，伏軾掉三寸舌，下齊七十餘城。」

婦女

妲己賜周公　五官將既納袁熙妻，孔文舉與曹操書曰：「武王伐紂，以妲己賜周公。」曹以文舉博學，信以為然。後問文舉，答曰：「以今度之，想當然耳。」

效顰　西子心痛則捧心而顰，其貌愈媚，醜女羨而效之，曰「效顰」。山谷詩：「今代捧心學，取笑如東施。」

新剝雞頭肉　楊貴妃浴罷對鏡勻面，裙腰褪露一乳，明皇捫弄曰：「軟溫新剝雞頭肉。」安祿山在旁曰：「潤滑猶如塞上酥。」

長舌　《詩經》：「婦有長舌，維厲之階。」

守符　楚昭王夫人，齊女也。昭王出遊，留夫人於漸台。江水大至，遣使迎夫人，忘持符。夫人曰：「王與約，召必以符。今使者不持符，不敢行。」使者還取符，台崩，夫人溺死。

女博士　甄后年九歲時，喜攻書，每用諸兄筆硯。兄曰：「欲作女博士耶？」后曰：「古者賢女未有不覽經籍，不然，成敗安知之？」

靈蛇髻　甄后入魏宮，宮廷有綠蛇，口中恆有赤珠，若梧子大，不傷人；人欲害之，則不見。每日后梳妝，則盤結一髻形，后效而為髻，巧奪天工。故后髻每日不同，號為「靈蛇髻」。宮人擬之，十不得其一二。

女懷清台　《貨殖傳》：巴蜀寡婦清，其先得丹穴而擅其利數世，家亦不貲，用財自衛，不見侵侮。始皇為築「女懷清台」。

國色　《戰國策》：酈姬者，國色也。《天寶遺事》：都下名妓楚蓮香，國色無雙，每出則蜂蝶相隨，慕其香也。

長女子　明德馬皇后、和熹鄧皇后俱七尺三寸，劉曜劉皇后七尺八寸，俱以美稱。

婦人有鬚　李光弼之母李氏，封韓國太夫人，有鬚數十莖，長五寸，為婦人奇貴之相。

夜辨絕弦　蔡琰六歲，夜聽父邕彈琴，弦絕，琰曰：「第一弦斷也。」復故斷一弦，琰曰：「第四弦也。」邕曰：「偶中耳。」琰曰：「季札觀風，知四國興衰；師曠吹律，知南風不競。由是言之，安得不知乎？」

尤物　《左傳》叔向欲娶申公巫臣女，其母曰：「汝何以為哉？夫有尤物，足以移人。苟非禮義，則必禍及。」

鈎弋宮　鈎弋夫人，齊人，右手拳。望氣者云：「東方有貴人氣。」及至，見夫人姿色甚偉，帝批其手，得一鈎，手遂不拳，故名其宮曰鈎弋宮。

花見羞　五代劉鄩侍兒王氏，有絕色，人號「花見羞」。

療飢　隋煬帝每視絳仙，顧內使曰：「古人謂秀色可餐。若絳仙者，可以療飢矣。」

傾城傾國　李延年歌曰：「北方有佳人，絕世而獨立，一顧傾人城，再顧傾人國。非不知傾城與傾國，佳人難再得！」

遠山眉　趙飛燕為妹合德養髮，號新興髻；為薄眉，號遠山黛；施小朱，號慵來妝。又《玉京記》：「卓文君眉色不加黛，如遠山，人效之，號遠山眉。」

鴉髻　巴陵鴉不畏人，除夕，婦人各取一隻，以米粱餵之。明旦，各以五色縷繫於鴉頂，放之，視其方向卜一年休咎。其占云：「鴉子東，興女紅；鴉子西，喜事齊；鴉子南，利桑蠶；鴉子北，織作息。」甚驗。又元旦梳頭，先以櫛理其羽毛，祝曰：「願我婦女，顆髮髟髟。惟有斯年，似其羽毛。」楚人謂女髻為鴉髻。

淡妝　《楊妃傳》：虢國夫人不施妝粉，自有容貌，常淡妝以朝天子。張祜詩：「虢國夫人承主恩，平明上馬入宮門。卻嫌脂粉污顏色，淡掃蛾眉朝至尊。」

嫫母　黃帝妃嫫母，貌仳倠（音灰，醜面也）而賢，帝甚愛之。文忠：「反蒙華袞褒，如，譬嫫母賢。」

無鹽　《列女傳》：無鹽者，齊之醜女，自詣宣王陳時政，王拜為后。

書仙　《麗情集》：長安中有妓女曹文姬，尤工翰墨，為關中第一，時號「書仙」。

錢樹子　《明皇雜錄》：許子和，吉州永新人，以倡家女入宮，因名永新，能變新妝，臨卒謂其母曰：「阿母，錢樹子倒矣！」

章台柳　唐韓翃與妓柳姬交稔，明，淄青節度使侯希逸奏以為從事。歷三載離別，乃寄詩云：「章台柳，章台柳，往日青青今在否？縱使長條似舊垂，也應攀折他人手。」柳答云：「楊柳枝，芳菲節，可恨年年贈離別。一葉西風忽報秋，縱使君來不堪折！」

桐葉題詩　蜀侯繼圖倚大慈寺樓，見風飄一大桐葉，上有詩：「拭翠斂蛾眉，為憶心中事。搦管下庭除，書作相思字。天下有心人，盡解相思死。天下負心人，不識相思意。有心與負心，不知落何地？」後二年，繼圖卜任氏為婚，乃題葉者。

白團扇　晉中書令王珉與嫂婢情好甚篤，嫂鞭撻過苦。婢素善歌，而珉好持白團扇，其婢製《團扇歌》云：「團扇復團扇，許持自障面。憔悴無復理，羞與郎相見。」

金蓮步 齊東昏侯鑿金為蓮花貼地，令潘妃行其上曰：「此步步生金蓮也。」

郵亭一宿 陶穀學士出使江南，韓熙載命妓秦弱蘭詐為郵卒女擁帚掃地，陶因與之狎，贈詞名《風光好》云：「好因緣，惡因緣，只得郵亭一夜眠，別神仙。琵琶撥盡相思調，知音少。待得鸞膠續斷弦，是何年？」

司空見慣 唐杜鴻漸為司空，鎮洛時，韋應物為蘇州刺史，過洛，杜設宴待之，出二妓歌舞，酒酣，命妓索詩於韋。韋醉甚，就寢。中夜見二妓侍側，驚問故，對以席上作詩，司空命侍寢。令誦其詩，曰：「高髻雲鬟宮樣妝，春風一曲杜韋娘。司空見慣渾閒事，惱亂蘇州刺史腸。」

媚豬 南漢主劉鋹得波斯女，黑腯而妖艷，鋹嬖之，賜號媚豬。

燕脂虎 陸慎言妻朱氏，沉慘狡妒。陸宰尉氏，政不在己，吏民謂之燕脂虎。

燕脂 紂以紅藍花汁凝作脂，以為桃花妝。蓋燕國所出，故名燕脂。今寫「燕」字加「月」，已非；甚有「因」旁亦加「月」者，更大謬矣。《日札》云：「美人妝，面既傅粉，復以燕脂調勻掌中，施之兩頰，濃者為酒暈妝，淺者為桃花妝，薄施朱以粉罩之，為飛霞妝。」唐僖、昭時，都下競事妝脣，婦女以分妍否，其有名石榴嬌、大紅春、小紅春十七種。

偷香 晉韓壽美姿容，賈充辟為掾史，充女窺壽悅之，遂與通。是時，外國貢異香，襲人衣經月不散，帝以賜充，充女偷以贈壽，充覺，以女妻之。

宿瘤女 《列女傳》：初齊王出遊，百姓盡往觀，宿瘤女採桑如故。王怪問之，對曰：「妾受父母命教採桑，不受觀大王。」王以為賢，欲載之後車，女曰：「父母在堂，不受命而往，是奔也。」王奉禮往聘之。父母驚，欲洗沐加衣裳，女曰：「變容更服，王不識也。」遂如故至宮，王以為后。

飛天紒　唐末宮中髻號「鬧掃妝」，形如焱風散鬈，蓋盤鴉、墮馬之類。宋文元嘉中，民間婦人結髮者，三分抽其鬟，向上直梳，謂「飛天紒」。

流蘇髻　輕雲鬢髮甚長，每梳頭，立於榻上猶拂地，已綰髻，左右餘髮各粗一指，束結作同心帶，垂於兩肩，以珠翠飾之，謂之「流蘇髻」。富家女子多以青絲效其制。

斷臂　五代王凝妻李氏，凝家青、齊之間，為虢州司戶參軍，以疾卒於官。凝素貧，一子尚幼。李氏攜其子負骸以歸，過開封，旅舍主人不與其宿。適天暮，李氏不肯去，主人牽其臂而出之，李氏慟曰：「我為婦人，不能守節，此手為人所執耶！不可以此手並辱吾身。」遂引斧斷其臂。開封尹聞之，厚恤李氏，而笞其主人。

截耳斷鼻　夏侯令女，譙人曹爽從弟文叔妻。文叔早死，恐家必改嫁，乃斷髮為信。後家果欲嫁之，令女復以刀截兩耳。及爽被誅，夫家夷滅已盡，父使人諷之，令女復斷鼻，而不改其執義之志。

割鼻毀容　高行，梁之節婦，榮於色，美於行。夫早死，不嫁。梁王使相聘焉，再三往。高行曰：「婦人之義，一醮不改。忘死而貪生，棄義而從利，何以為人？」乃援鏡持刀割其鼻，曰：「王之求妾者，求以色耶。刑餘之人，殆可釋矣。」相以報王，旌之曰「高行」。

守義陷火　伯姬，宋共公夫人，魯宣公之女。共公卒，伯姬寡居。夜失火，左右曰：「夫人可避乎？」伯姬曰：「婦人之義，保傅在前，夜始下堂。」頃之，左右又曰：「夫人少避乎？」伯姬曰：「越義而生，不若守義而死！」遂陷於火。

請備父役 女娟。趙簡子伐楚，與津吏期，吏醉，不能渡，簡子欲殺之。女娟請以身代曰：「妾父尚醉，恐心知非而體不知痛也。」簡子釋其父。將渡，少楫者一人，娟請備父役，簡子不許，娟曰：「湯伐夏，左驂牝驪、右驂牝黃而放桀；武王伐殷，左驂牝騏、右驂牝騊而克紂。主君渡，用一婦何傷？」因發《河激之歌》以明其意。簡子悅曰：「昔者不穀夢娶，豈此女耶？」將使人祝祓以為夫人。娟曰：「婦人之道，非媒不嫁。妾有嚴親在，不敢聞命。」乃納幣於其親，而娶為夫人。

以身當熊 馮昭儀，馮奉世女，漢元帝選入宮。上幸虎圈，熊逸出，左右皆驚走。惟婕妤當熊而立，熊見殺。上問馮曰：「人皆驚懼，汝何當熊？」對曰：「妾聞猛獸得人而止，恐至御座，故以身當之。」上嗟歎良久，立為昭儀。

速盡為幸 皇甫規妻善屬文，工草篆。規卒，董卓厚聘之，罵曰：「君羌胡之種，毒害天下猶未足耶！皇甫氏為漢忠臣。君其走吏，敢非禮於上！」卓怒，懸其頭庭中，鞭扑交下。規妻謂持杖者曰：「速盡為幸。」

義保 魯孝公之保母。初，魯武公生三子，長括，次戲，少稱。武公朝周宣王，帶子括、戲同往。宣王見戲端重，命武公立為世子。及武公薨，國人立戲，是為懿公。括子伯御弒懿公而自立，並欲求公子稱而殺之。義保聞，即以己子臥公子牀上，將公子易服而藏他所。伯御遂殺牀上公子。義保抱所易服者，奔公子之母家。眾大夫感其義，合詞請於周天子，命戮伯御以立稱，是為孝公。諸侯咸高保母之行，而呼為「義保」。

作歌明志 陶嬰，魯國陶門之女也，夫早死，以紡織撫孤。魯人聞其少美，皆欲求聘之。嬰聞而作歌以明志曰：「黃鵠之早寡兮七年不雙，鵷頸獨宿兮不隨眾翔，半夜悲鳴兮故雄繫腸，天命早寡兮獨宿可傷！寡婦念此兮泣下數行。嗚呼哀哉兮死者不可忘！飛鳥尚然兮況於貞良，雖有賢匹兮終不重行。」魯人聞而起敬，無復敢言往聘者。

天子主婚　胡氏者，學士廣之女。解縉與廣同邑，同科，同入翰林。一日，同侍建文帝側，帝曰：「聞二卿俱得夢熊之兆，朕為主婚，聯作姻婭。」廣對曰：「昨晚縉已舉子，臣亦生男奈何？」帝笑曰：「朕意如此，定當產女。」後果是女。建文遜國，解縉為漢邸譖死，妻子謫戍，廣遂寒盟。胡氏泣曰：「女命雖蹇，實天子主婚，何敢自輕失身？」乃割去左耳以明志。仁宗登極，詔贈縉爵，蔭子中書舍人，給假與胡氏合巹，復賜金幣添妝，聞者榮之。

九流部

卷十四

道教

道家三寶　《太經》曰：眼者神之牖，鼻者氣之戶，尾閭者精之路。人多視則神耗，多息則氣虛，多欲則精竭。務須閉目以養神，調息以養氣，堅閉下元以養精。精充則氣裕，氣裕則神完。是謂道家三寶。

三全　《洞靈經》曰：導筋骨則形全，剪情欲則神全，靖言路則福全。保此三全，是謂聖賢。

鉛汞　《東坡志林》曰：人生死自坎離，坎離交則生，分則死；離為心，坎為腎。龍者，汞也，精也，血也，出於腎肝，藏之坎之物也。虎者，鉛也，氣也，力也，出於心肺，藏之離之物也。不學道者，龍常出於水，龍飛而汞輕，虎常出於火，虎走而鉛枯。故真人曰：「龍從火裏出，虎向水中生。」人能正坐瞑目，調息以久，則丹田濕而水上行，翕然如雲蒸於泥丸。火為水妃，妃，配也，熱必從之，所謂龍從火裏出也。龍出於火，則龍不飛而汞不乾，旬日後，腦滿而腰足輕，常捲舌舐懸雍上咢也。久則汞下入口，咽送直至丹田，久則化為鉛，所謂火向水中生也。

三閉　收視，返聽，內言。

八禽　《道經》有熊經、鳥申、鳧浴、猿躩、鴟視、虎顧、鷂息、龜縮，謂之八禽。

五氣朝元　以眼不視，而魂在肝；以耳不聽，而精在腎；以舌不聲，而神在心；以鼻不嗅，而魄在肺；以四肢不動，而意在脾：

名曰五氣朝元。

三華聚頂　以精化氣，以氣化神，以神化虛，曰三華聚頂。

九易　王母謂漢武曰：「子但愛精握固，閉氣呑液。一年易氣，二年易血，三年易精，四年易脈，五年易髓，六年易皮，七年易骨，八年易髮，九年易形。形易則變化，變化則道成，道成則為仙人。」

三關　華陽真人曰：「子時肺之精華並在腎中，號曰金晶。晶者，金水未分，肺腎之氣，合而為一。當時用法，自尾閭穴下關搬至夾脊中關，自中關搬至玉京上關，節次開關以後，一撞三關，直入泥丸。三關者，海波對大骨節為尾閭下關，腰內兩腎對夾脊為中關，一名雙關，左右兩肩正中，於胸頂下會處高骨節為玉枕上關。此謂之三關。」

三尸　劉根遇異人，告之曰：「必欲長生，先去三尸。人身中有神，皆欲人生，而三尸只欲人死。人死則神變，而尸成鬼，子息祭享，得歆享之。人夢與惡人爭鬥，皆尸與神戰也。」

鳴天鼓　《道書》：「學道之人須鳴天鼓，以召眾神。」左相叩為天鐘，右相扣為天磬，上下相扣為天鼓。若祛卻不祥，則鳴鐘，伐鬼靈也；制伏邪惡，則鳴磬，集百神也；念道至真，則鳴鼓，朝真聖也。要閉口緩頬，使聲虛而響應深。

三清　玉清，元始天尊；上清，玉宸道君，即靈寶天尊，太清，混元老君，即道德天尊。

老君　即老聃李耳，著《道德經》五千言，為道家之宗。以其年老，故號其書曰《老子》。亳州南宮九龍井前，有昇仙檜、煉丹井，皆其遺跡。

羨門　紫陽真人周義山入蒙山中，遇羨門子乘白鹿，佩青髦之節，再拜乞長生訣。羨門曰：「子名在丹台，何憂不仙？」

偓佺　《列仙傳》：偓佺，槐里採藥人也，食松實，形體生毛四寸，能飛行捷足。

壺公　漢壺公賣藥，懸空壺於市肆，夜輒跳入壺中，費長房於樓上見之，知其非常人，乃日進餅餌，公語曰：「隨我跳入壺中，授子方術。」

廣成子　黃帝聞廣成子在崆峒山，往問長生之術。廣成子曰：「必靜必清，毋勞爾形，無搖爾精，可以長生。」

許飛瓊　西王母降漢武帝殿，有侍女四人。帝問其名，曰：許飛瓊，董雙成，阮靈華，段安香。

安期生　賣藥海邊，秦始皇東遊，請與言，三日三夜，賜金璧數千萬，出置阜鄉亭而去，留玉舄為報，遺書與始皇曰：「後數十年求我於蓬萊山下。」生以醉墨灑石上，皆成桃花。

隔兩塵　韋子威師事丁約，一日辭去，謂子威曰：「郎君得道尚隔兩塵。」儒家曰世，釋家曰劫，道家曰塵，言子威尚有兩世塵緣也。

地行仙　張安道生日，東坡以拄杖為壽，有詩云：「先生真是地行仙，住世因循五百年。」

仙台郎　《續仙傳》：晉侯道華晨起，飛上松頂，謝眾曰：「玉皇召我為仙台郎，今去矣。」

仙人好樓居　《郊祀志》：漢武帝以道士公孫卿言仙人好樓居，於是作首山宮、建章宮、光明宮，千門萬戶，皆極侈靡，欲神仙來居其上也。

畫水成路　吳猛好道術，攜弟子回豫章，江水大急，人不得渡。猛以手中扇畫江水，橫流遂成陸路，徐行而過，少頃，水復如初。

噀酒救火　後漢欒巴為尚書郎，正旦，上賜酒，向蜀噀之，有司奏不敬，巴謝曰：「臣以成都失火，故噀酒救之。」後成都奏失火，得雨而滅，雨中有酒氣。

吐飯成蜂　《列仙傳》：葛玄從左元放受《九丹經》。仙與客對食，吐飯成大蜂數百，復張口，蜂飛入口，嚼之，又成飯。大旱時，百姓憂之，乃飛符着社，天地晦瞑，大雨如注。

叱石成羊　《神仙傳》：黃初平年幼牧羊，有一道士引入金華山石室中，數年，教以導引。其兄初起遍索之，後問一道士，曰：「金華山有牧兒。」兄隨往，與初平相見，問羊何在？曰：「在山東。」兄同往，見白石遍山下，平叱之，皆起成羊。

鑽石成丹　《真誥》：傅先生入焦山，老君與之木鑽，使穿一石，厚五尺，云穿此便當得道。傅日夜鑽之，經四十七年，石穿，遂得丹昇仙。

剪羅成蝶　宋慶曆中，有九哥者浪跡市丐中，燕王呼而賜之酒，因請以技悅王。乃乞黃羅一端，金剪一具，疊而剪碎之，俄成蜂蝶無數，或集王襟袖，或亂栖宮人鬢鬟。九哥復呼之，一一來集，復成一匹羅，中有一空如一蝶之痕，乃宮人偶捉之耳。王曰：「此蝶可復完羅否？」九哥曰：「不必，姑留以表異。」

羽客　唐保大中，道士譚紫霄號金門羽客。

外丹內丹　道家所烹鼎金石為外丹，吐故納新為內丹。

黃冠　唐李淳風之父名播，仕隋，棄官為道士，自號黃冠子。

卧風雪中　譚峭，字景升，冬則衣綠布衫，或卧風雪中；父常遣家僮尋訪，寄冬衣及錢帛。景升得之，即分給貧寒者，或寄酒家，一無所留。

八仙　漢鍾離，名權，字雲房，以裨將從周處與齊萬年戰，敗逃終南山，遇東華王真人。至唐始一出，度呂巖，自稱天下都散漢。

呂純陽，名巖，字洞賓。舉進士不第，遇鍾離，同憩一肆中，鍾離自起炊爨。呂忽昏睡，以舉子赴京，狀元及第，歷官清要，前後兩娶貴家女，五子十孫，簪笏滿門，如此四十年。後居相位，獨相十年，權勢薰灼，忽被重罪，籍沒家資，押赴雲陽，身首異處。忽然驚醒，方興浩歎。鍾離在傍，炊尚未熟，笑曰：「黃粱猶未熟，一夢到華胥。」呂驚曰：「君知我夢耶？」鍾離曰：「子適來之夢，升沉萬態，榮瘁多端，五十年間，止為俄頃，非有大覺，焉知人世真一大夢也。」洞賓感悟，遂拜鍾離求其超度。

藍采和，不知何許人，常衣破藍衫，黑木腰帶，跣一足，靴一足，醉則持三尺大拍板，行歌云：「踏踏歌，藍采和，世界能幾何？紅顏一春樹，光陰一擲梭。古人滾滾去不返，今人紛紛來更多。朝騎鸞鳳到碧落，暮見桑田生白波。」詞多率爾而作。後至濠梁，忽然輕舉，擲下靴帶拍板，乘雲而去。

韓湘子，昌黎從姪，少學道，落魄他鄉，久而始歸。值昌黎誕日，怒其流落，湘子曰：「無怒也！請獻薄技。」因為頃刻花，每瓣書一聯云：「雲橫秦嶺家何在？雪擁藍關馬不前。」昌黎不悟，遣之去。後果謫潮州，至藍關，湘子來候。昌黎乃悟，因吟三韻以補前詩，竟別。

張果老，隱恆州中條山，見召於唐開元中，寵遇與葉靜能比。自言堯時官侍中，葉公密識曰：「此混沌初分白蝙蝠精也。」授銀紫光祿大夫，放歸。天寶時尸解。《明皇雜錄》：張果老隱於中條山，常乘白驢，日行萬里，夜即疊之置箱篋中，乃紙也，乘則以水噀之，復成驢。

曹國舅，不知其名，言丞相曹彬之子，皇后之弟，故稱國舅。少而美姿，安恬好靜，上及皇后重之。一旦求出家雲水，上以金牌賜之。抵黃河，為篙工索渡直急，以金牌相抵。純陽見而異之，遂拜從得道。

何仙姑，零陵市人，女也。生而紫雲繞室，住雲母溪，夢神人教食雲母粉，遂行如飛。遇純陽，以一桃與之，僅食其半，自是不飢。頗能談休咎。唐天后召見，中路不知所之。

鐵枴李，質本魁梧，早歲聞道，修真巖穴。一日，赴老君華山之會，囑其徒曰：「吾魄在此，倘游魂七日不返，以火化之。」徒以母病遄歸，忘其期，六日化之。七日果歸，失魄無依，乃附一餓殍之屍而起，故形骸跛惡，非其質矣。

化金濟貧　王霸，梁時渡江入閩，居西郊之外，鑿井煉藥，能化黃金。歲饑則售金市米，遍濟貧者。

擗麟脯麻姑　王方平嘗過蔡經家，遣使與麻姑相聞，俄頃即至。經舉家見之，是好女子，手似鳥爪，衣有文章而非錦繡。坐定，各進行厨，香氣達戶外，擗麟脯行酒。麻姑云：「接待以來，東海三為桑田矣，蓬萊水又淺矣」宴畢，乘雲而去。姑為後趙麻胡秋之女，父猛悍，人畏之。築城嚴酷，晝夜不止，惟雞鳴稍息。姑恤民，假作雞鳴，羣雞皆應。父覺欲撻之，姑懼而逃入山洞，後竟飛昇。

蓑衣真人　何中立，淮陽書生。一旦焚書裂冠，遁至蘇，結廬天慶觀，披一蓑衣，坐卧不易，妄談頗驗。凡瘵者，與蓑草服之，立愈；不與者，疾必不起，因稱之蓑衣真人。宋孝宗遣璫贄問，不言所求，中立掉首曰：「有華人即有番人，有日即有月。」璫覆命，上曰：「誠如吾心。」蓋所求者，恢復大計、中宮虛位兩事也。

自舉焚身　顏筆仙，宋建炎初，日售筆十則止。遇轉運使，飲以斗酒，飲畢，長揖而去，遺筆籃，使左右取而還之，盡力不能勝。凡得其筆者，管中有詩或偈，禍福無不驗。年九十七，積葦坐上，自舉火焚之，人見其乘火雲飛去。

金書姓名　廣陵人李珏以販糴為業，每斗惟求利兩文，以資父母。有糴者，授以升斗，俾自量。丞相李珏節制淮南，夢入洞府，見石填金書姓名，內有「李珏」字，方自喜，有二仙童云：「此乃江陽部民李珏爾。」

獨立水上　葛仙公名玄，有仙術。嘗從吳主至溧陽，風大作，舟覆；玄獨立水上而衣履不濕。後白日沖舉。勾漏令洪，即其孫也。

李白題庵 許宣平隱城陽山，絕粒不食，顏如四十，行及奔馬。時負薪賣於市，嘗獨吟曰：「負薪朝出賣，沽酒日西歸。借問家何處，穿雲入翠微。」李白入山尋之，不見，題其庵以歸。

使聘不出 墨子名翟，宋人。外治經典，內修道術，著書十篇，號《墨子》。年八十有二，漢武帝遣使聘之，不出，視其顏色如五十許人。

冬日賣桃李 犢子歷數百歲，其顏時壯時老，時好時醜。陽都酒家有女，眉生而連耳，細而長，眾異之。會犢子牽一黃犢過，女悅之，遂隨去，人不能追也。冬日，常見犢子賣桃李市中。

真一 司馬承禎事潘師正，傳辟穀導引之術。唐睿宗召問其術，對曰：「為道日損，損之又損，以至於無。」帝曰：「治身則爾，治國若何？」對曰：「國猶身也，遊心於淡，合氣於漠，與物自然而無私焉，則天下治。」帝嗟歎曰：「廣成之言也！」謚「真一先生」。

點化天下 賀蘭善服氣，宋真宗召至問曰：「人言先生能點金，信乎？」對曰：「臣願陛下以堯舜之道點化天下，方士偽術，不足為陛下道。」賜號宗玄大師。

臨葬復生 張三丰居寶雞縣金台觀。洪武二十六年九月二十日，自言辭世，留頌而逝，民人楊軌山等置棺殮訖，三丰復生。

弘道真人 周思得，錢唐人，得靈官法，先知禍福。文皇帝北征，召扈從，數試之不爽，號弘道真人。先是，上獲靈官藤像於東海，朝夕崇禮，所征必載以行；及金川河，舁不可動，就思得祕問之。曰：「上帝有界，止此也。」已而，果有榆川之役。

瓶中輒應 冷謙洪武初為協律郎，郊廟樂章皆其所撰。有友酷貧，謙於壁間畫一門，令其友取銀二錠。友入恣取而出，遺其引。他日內庫失銀，惟二錠不入冊，吏持引跡捕，因並執謙。謙渴求飲，拘者以瓶水汲與之。謙躍入瓶中，拘者惶急，謙曰：「無害，第持瓶至御前。」上呼謙，瓶中輒應，上曰：「汝何不出？」對曰：「臣有罪，不敢出來。」擊碎之，片片皆應。

入火不熱　明初，上至南昌，周顛仙謁道左，必曰：「告太平，打破一個桶，另置一個桶。」隨之金陵。嘗曰入火不熱，上命覆以巨甕，積薪焚之，火滅揭視，寒氣凜然。後辭去廬山，莫知所之。

指李樹為姓　老子母見日精下落如流星，飛入口中，因懷娠。後七十二年，於陳國渦水李樹下剖左腋而生，指李樹曰：「此為我姓。」耳有三漏，頂有日光，身滋白血，面凝金色，舌絡錦文，身長一丈二尺，齒有四十八。受元君神籙寶章變化之方，及還丹、伏火、冰汞、液金之術，凡七十二篇。

陸地生蓮　尹文始先生住室中，陸地生蓮花。結草為樓，精思至道。

白石生　生煮白石為糧，問之何不霞舉，笑曰：「天上多有至尊相奉事，更苦於人間爾。」時號為隱遁仙人。

古丈人　嵩華松下古丈人、女子二，曰：「老人，秦之役者，二女，宮人，合為殉，幸脱驪山之役，匿此。」

掌錄舌學　董謁乞犬羊皮為裘，編棘為牀，聚鳥獸毛而寢。性好異書，見輒題掌，還家以片簿寫之，舌黑掌爛，人謂謁掌錄而舌學。

負圖先生　季充號負圖先生。伏生十歲，就石壁中受充《尚書》，授四代之事。伏生以繩繞腰領，一續一結，十尋之繩皆結矣。充餌菊术，經旬不語，人問何以，答曰：「世間無可食，亦無可語之人。」

目光如電　涉正閉目二十年，弟子固請之，正乃開目，有聲如霹靂，而閃光若電，已，復還閉。

守天廁　淮南王安見太清仙伯，以坐起不恭，謫守天廁。

墨池　梅福在南昌縣，水竹幽蔚，王右軍典臨川郡日，每過此盤礴不能去，因號墨池。先是，福種蓮花池中，歎曰：「生為我酷，身為我梏，形為我辱，妻為我毒。」遂棄妻，入洪厓山。

青童絳節　張道陵居渠亭山，見青童絳節前導曰：「老君至矣。」從者二人，雋以弱冠，或指曰：「此子房，此子淵。」

金蓮花　元藏機有馴鳥三，類鶴，時翔空中，呼之立至，能授人語。嘗航海飄至一島，人曰：「此滄州也。」產分蒂瓜長一尺，碧棗丹栗大如梨。池中有足魚、金蓮花，婦人採為首飾曰：「不戴金蓮花，不得在仙家。」

刺樹成酒　葛玄遇親朋輒邀止，折草刺樹以杯盛之，汁流如泉，杯滿即止，飲之皆旨酒。取瓦礫草木之實勸客，皆脯棗。指蝦蟆、飛龜使舞，應節如神。為人行酒，杯自至客前，不盡，杯不去。

林樾長嘯　黃野人遊羅浮，長嘯數聲，遞響林樾。宋咸淳中，有戴烏方帽着靴往來羅浮山中，見人則大笑，反走，三年不言姓氏。他日醉歸，忽取煤書壁云：「雲意不知滄海，春光欲上翠微；人間一墮十劫，猶愛梅花未歸。」黃野人之儔云。

腦子誦經　司馬承禎善金剪刀書，腦中有小兒誦經聲，玲玲如振玉，額上小日如錢，耀射一席。

許大夫婦　許大為許旌陽掃爨。夫婦隱於西山，不欲人識姓，改姓曰午，又改姓曰干。夫婦皆解詩，許大詩云：「不是藏名混世俗，賣柴沽酒貴忘言。」妻續云：「兒家只在西山住，除卻白雲誰到門？」

服石子　單道開服細石子，一吞數枚。唐子西讚曰：「世人茹柔，剛則吐之。匙抄爛飲，口如牛飼。至人忘物，剛柔一致。其視食石，如餡餅餌。北平飲羽，出於無心。食石之理，於此可尋。我雖不能，而識其理。庶幾漱之，以礪厥齒。」

驅邪院判官　白紫青曰：「顏真卿今為北極驅邪院左判。」

符釘畫龍　毒龍潭二龍飛入殿，與張僧繇畫龍鬥，風雨震沸。丁玄真畫鐵符鎮潭龍，穿山而去，復釘畫龍之目，其患乃止。

摸先生　先生束雙髻於頂，攜小竹筲賣藥，有疾者手摸之輒癒，人呼為「摸先生」。

尊號道士　周穆王求神仙，始尊號道士；西王母授帝元始真容，始有道士行禮之文；漢桓帝迎老子像入宮，用郊天樂祀道教，始崇與釋並。

魏世祖拜寇謙之天師，立道場，受符籙；周武帝封國公，唐中宗加金紫階，玄宗賜號先生，宋神宗賜號處士；寇謙之修張魯法，始為音誦科儀，及號召百神導養丹砂之術；唐高祖始授道官；宋太宗增置道副錄都監；宋太祖始令道士不得畜妻孥。

改稱真人　張道陵子孫世襲天師，掌道教。至明，太祖曰：「至尊者天，何得有師？」詔改真人。初，道陵學長生於蜀之鶴鳴山。山有石鶴，鳴則有得道者。道陵居此，石鶴乃鳴。

真武　淨樂國王太子遇天神，授以寶劍，入武當山修道。久之，無所得，欲出山。見一老嫗操鐵杵磨石上，問磨此何為，曰：「為針耳。」曰：「不亦難乎？」嫗曰：「功久自成。」真武悟，遂精修四十二年，白日沖舉。

陳摶　字圖南，亳州人。四五歲，遇一青衣媼乳之，自是穎異，書一目十行。邂逅孫君仿，謂武當九室巖可居，遂往，辟穀二十餘年。忽夜見金人持劍呼曰：「子道成矣。」後徙華山。宋太宗召見，賜號「希夷先生」。

周顛　舉錯詭譎，人莫能識。每見明太祖，必曰：「告太平。」上厭之，命覆之甕，積薪以鍛，火息啟視，顛正坐宴然。上親為作傳。

張三丰　又名邋遢張。明太祖求之不得，人有問仙術者，竟不答；問經書，則津津不絕口。一啖數斗，辟穀數月亦自若。隆冬卧雪中。

佛教

禪門五宗　南岳讓禪帥法嗣南嶽，下三世百丈海禪師，四世溈山靈祐禪師，五世仰山慧寂禪師，稱溈仰宗。◯南嶽下四世黃蘗希運禪師，五世臨濟義玄禪師，稱為臨濟宗。◯青原思禪師法嗣青原，下六世曹山本寂禪師，七世洞山道延禪師，稱為曹洞宗。◯青原下五世德山宣鑒禪師，六世雪峰義存禪師，七世雲門文偃禪師，稱為雲門宗。◯青原下八世羅漢琛禪師，九世清涼文益禪師，稱法眼宗。凡五宗，今天下惟曹洞、臨濟為盛。

佛入中國　漢明帝夢金人，長丈餘，飛空而下。訪之羣臣，傅毅曰：「西域有神，其名曰佛。」乃使蔡愔等往天竺求其道，得其書及沙門，由是教流中國。

象教　如來既化，諸大弟想慕不已，遂刻木為佛瞻敬之。杜詩曰：「方知象教力。」

優曇鉢　《法華經》：「是人甚希有，過於優曇鉢。」優曇，花名，應瑞三千年一現，現則金輪王出。

般若航　清涼禪師云：「夫般若者，苦海之慈航，昏衢之巨燭。」

兜率天　《法苑珠林》：兜率天雨摩尼珠，護世城雨美膳，阿修羅天雨兵仗，閻浮世界雨清淨。雨者，被其惠，猶言賜也。

西方聖人　《列子》：太宰嚭問孔子：「孰為聖人？」子曰：「西方有聖人，不治而不亂，不言而自信，不化而自行，盪盪乎民無能名焉。」

不二法門　《文選》：文殊謂維摩詰曰：「何為是不二法門？」摩詰不應，文殊曰：「乃至無有文字言語，是真入不二法門。」

即心即佛　《傳燈錄》：有僧問大梅和尚見馬祖得個恁麼，大梅曰：「馬祖向我道即心即佛。」僧曰：「馬祖近日又道非心非佛。」大梅曰：「這老漢惑亂人，任汝非心非佛，我只管即心即佛。」其僧白於馬祖，祖曰：「梅子熟矣。」

舍利塔　《說苑》：阿育王所造釋迦真身舍利塔，見於明州鄞縣。太宗命取舍利，度開寶寺地，造浮屠十一級以藏之。

沙門　《漢記》：沙門，漢言「息也」，息欲而居於無為也。梵云「沙門那」，或曰「沙門」，漢言「勤息」，譯曰「勤行」。又曰「善覺」，又稱「沙彌」，又稱「比丘」。秦言「乞士」，又曰「上人」。

苾芻　《尊勝經》：苾芻，草名，有五義：生不背日；冬夏常青；性體柔軟；香氣遠騰；引蔓旁佈。為佛徒弟，故以名僧。

紫衣　《史略》曰：唐武則天朝，賜僧法朗等紫袈裟。僧之賜紫衣自武后始。

五戒　凡出家，師已許之，乃為受五戒，謂之一不殺生，二不偷盜，三不邪淫，四不妄語，五不飲酒。

傳燈　釋書以燈喻，謂能破暗也。六祖相傳法曰傳燈，今有《傳燈錄》，杜詩曰：「傳燈無白日。」

飛錫　《高僧傳》：梁武時，寶誌愛舒州潛山奇絕，時有方士白鶴道人者亦欲之。帝命二人各以物識其地，得者居之。道人以鶴止處為記，寶誌以卓錫處為記。已而，鶴先飛去，忽聞空中錫飛聲，遂卓於山麓，而鶴止他處，遂各以所識築室焉。故稱行僧為飛錫，住贈為卓錫，又曰掛錫。

祝髮　賀僧披剃從教，頂相堂堂。《唐書》：「祝髮剃草。」僧薙髮曰剃草。

檀那檀越　梵語「陀那鉢底」，唐言施主稱「檀那」者，即訛

「陀」為「檀」，去「缽底」，故曰檀那也。又稱「檀越」者，謂此人行檀施，能越貧窮海。

伊蒲饌　後漢楚王英詣闕以縑贖罪，詔報曰：「王好黃老之言，尚浮屠之教，還其贖以助伊蒲塞桑門之饌。」

風幡論　《傳燈錄》：六祖惠能初寓法性寺，風揚幡動。有二僧爭論，一云風動，一云幡動。六祖曰：「風幡非動，動自心耳。」

傳衣缽　五祖欲傳衣缽，乃集五百僧謂曰：「誰作無像偈，即付與衣缽。」首座云：「身似菩提樹，心為明鏡台。時時勤拂拭，何處染塵埃？」慧能改曰：「菩提本非樹，明鏡亦非台。不勞勤拂拭，何處惹塵埃？」五祖驚曰：「此全悟道，脱然無像，且無慮矣。」即以法寶及所傳袈裟盡以付之。

得真印　梁達摩奉佛衣來，得道者傳付以為真印。六祖盧惠能受戒韶州，曹溪説法，乃置其衣而不傳，後謚為大鑒。

楊枝水　佛圖澄天竺人，妙通玄術，善誦咒，能役使鬼神。石勒聞其名，召試其術。澄取缽盛水燒香，須臾，缽中生青蓮花。勒愛子暴病死，澄取楊枝灑而咒之，遂甦。

披襟當箭　《傳燈錄》：石鞏和尚常張弓架箭，以待學者。義忠禪師詣之，石鞏曰：「看箭！」師披襟當之。鞏笑曰：「三十年張弓架箭，只射得半個漢。」

一塢白雲　廣嚴院咸澤禪師逍遙自足，僧曰：「如何是廣嚴家風？」師曰：「一塢白雲，三間茅屋。」

安心竟　可大師問初祖達摩曰：「諸佛法印可得聞乎？」祖曰：「諸佛法印匪從人得。」可曰：「我心未寧，乞師與安。」祖曰：「將心來，與汝安。」可良久曰：「覓心了不可得。」祖曰：「與汝安心竟。」

求解脫　信大師禮三祖曰：「願和尚慈悲，乞與解脫法門。」祖曰：「誰縛汝？」曰：「無人縛。」祖曰：「既無人縛，何更求解脫乎？」信於言下有省。

入門來 世尊見文殊立門外，曰：「何不入門來？」殊曰：「我不見一法在門外，何以教我入門來？」

再轉法輪 世尊臨入涅盤，文殊請佛再轉法輪。世尊咄云：「吾住世四十九年，不曾有一字與人。汝請吾再轉法輪，是謂吾已轉法輪耶？」

汝得吾髓 達摩將滅，命門人各言所得道。副曰：「如我所見，不執文字、不離文字而為道。」師曰：「汝得吾皮。」總持曰：「我今一見，更不再見。」師曰：「汝得吾肉。」道育曰：「四大本空，五陰非有，而我所見無一法可得。」師曰：「汝得吾骨。」最後慧可禮拜依位而立，師曰：「汝得吾髓。」

不起無相 般若尊者問達摩：「於諸物中何物無相？」曰：「於諸物中不起無相。」

洗鉢盂去 僧問趙州，學人初入叢林，乞師指示。州曰：「吃粥了也未？」曰：「吃了也。」州曰：「洗鉢盂去。」其僧乃悟入。

使得十二時 僧問趙州：「十二時中如何用心？」師曰：「汝被十二時使，老僧使得十二時。」

天雨花 梁高僧講經於天龍寺中，天雨寶花，繽紛而下。徐玉泉贈詩云：「杖錫飛身到赤霞，石橋閒坐演三車（三車謂三乘：大乘、小乘、上乘）。一聲野鶴仙濤起，白晝天風送寶花。」

石點頭 梁有異僧玉牛者，又名竺道生，人稱曰生公。講經於虎丘寺，人無信者，乃聚石為徒，坐而說法，石皆點頭。

龍聽講 梁有僧講經，有一叟來聽，問其姓氏，乃潭中龍也，云：「歲旱得閒，來此聽法。」僧曰：「能救旱乎？」曰：「帝封江湖，不得擅用。」僧曰：「硯水可乎？」曰：「可。」乃就硯吸水徑去，是夕大雨，水皆黑。

離此殼漏子 《傳燈錄》：洞山良價和尚將圓寂，謂眾曰：「離此殼漏子，向什麼處相見？」眾不對，師儼然坐化。

隻履西歸　後漢二十八祖達摩，中天竺國佛法起自初祖迦葉尊者，至達摩乃二十八祖。梁武帝天通元年始至中國，是為東土始祖。端居而逝，後三載，魏宋雲使西域，歸遇師於葱嶺，手持隻履，翩翩獨逝，問師何往，曰：「西天去。」明帝啟其壙，惟一革履存焉。

闍維荼毗　天竺第九祖入滅，眾以香油旃檀闍維真體。僧亡火化曰闍維，又曰荼毗。東坡宿曹溪，借《傳燈錄》讀，燈花落燒一僧字，即以筆記台上：「曹溪夜岑寂，燈下讀傳燈。不覺燈花落，荼毗一個僧。」

截卻一指　天龍合掌頂禮，拜問於古德曰：「敢問佛在何處？」古德曰：「佛在汝指頭上。」天龍豎一指朝夕觀看。古德從背後截去其一指，天龍豁然大悟。後人曰：「天龍截卻一指，痛處即是悟處。」

吃在肚裏　有老僧吃飯，人問之曰：「和尚吃飯與常人異否？」僧曰：「老僧吃飯，口口吃在肚裏。」

放生　北使李諧至梁，武帝與之遊歷。偶至放生處，帝問曰：「彼國亦放生否？」諧曰：「不取亦不放。」帝大慚。

海鷗石虎　佛圖澄依石勒、石虎，號大和尚，以麻油塗掌，占見吉凶數百里外，聽浮屠鈴聲逆知禍福。虎即位，師事之，時謂澄以石虎為海鷗鳥。

帝言日中　虎丘生公於石上講經，宋文帝大會僧眾施食，人謂僧律日過中即不食，帝曰：「始可中耳。」生公曰：「日麗天，天言中，何得非中？」即舉箸而食。

碎卻筆硯　李泌在衡山事明瓚禪師，師瓚云：「欲學道者，先將筆硯碎卻。」

六道　釋家有六道輪迴之説，曰天道、人道、魔道、地獄道、餓鬼道、畜生道。

捱日庵　善導和尚庵名捱日，示眾云：「體此二字，一生受用。」

抱佛腳　雲南之南一番國，俗尚釋教。有犯罪當誅者，趨往寺中抱佛腳悔過，願髡髮為僧，使貰甚罪。今諺曰：「閒時不燒香，急來抱佛腳。」本此。

九日杜鵑　唐周寶鎮潤州，知鶴林寺杜鵑花奇絕，謂僧殷七七曰：「可使頃刻開花副重九乎？」七七曰：「諾。」及九日，果爛熳如春。

摩頂止啼　宋安東人婁道者，生有異相，掌中一目，中指七節，長為承天寺僧。嘗召入大內，適仁宗生，啼哭不止，摩其頂曰：「莫叫，莫叫，何似當初莫笑。」啼遂止。

玉帶鎮山門　了元號佛印，住金山寺，蘇軾訪之。了元曰：「內翰何來？此間無坐處。」軾戲曰：「借和尚四大作禪牀。」了元曰：「四大本空，五蘊非有。」軾投以玉帶鎮山門，了元報以一衲。

白土雜飯　新羅國僧金地藏，唐至德間渡海，居九華山，取巖間白土雜飯食之。九十九忽召徒眾告別，坐化函中。後三載開視，顏色如生，舁之骨節俱動。

滌腸　小釋迦，保昌黎氏子，九歲入山，精修五載得悟。一日歸省，其母啖之肉，出至溪中，以刀刳腸滌淨，唐賜號澄虛大師。

釋解　文通慧姓張，棄家祝髮，師令掌廁盥盆。忽有巾鮮者沃於盆，文偶擊之，仆地死。文懼，奔西華寺，久之，為長老。忽曰：「三十年前一段公案，今日當了。」眾問故，曰：「日午自知之。」一卒持弓至法堂，瞠目視文，欲射之。文笑曰：「老僧相候已久。」卒曰：「一見即欲相害，不知何仇？」文告以故，卒悟曰：「冤冤相報何時了，劫劫相纏豈偶然，不若與師俱解釋，如今立地往西天。」視之立逝矣，文即索筆書偈而化。

冤家亦生　寶誌，梁武帝師事之。皇子生，誌曰：「冤家亦生矣。」後知與侯景同日生。

正大衍曆　一行從普寂禪師為徒，唐玄宗召問曰：「卿何能？」對曰：「善記覽。」即以宮人籍試之，一無所遺，玄宗呼為「聖人」。漢洛下閎造《太初曆》云：「歷八百歲當差一日，有出而正之者。」一行當其期，乃定《大衍曆》。

雨隨足注　蓮池名袾宏，沈氏子，為諸生，辭家祝髮。見雲栖幽寂，結茅以居，絕糧七日，倚壁危坐。雲栖多虎，皆遠徙。歲旱，擊木魚循田念佛，雨隨足跡而注。人異之，遂成蘭若，專以淨土一門普攝三根，著述甚多，諸方尊為法門周孔。

為讓帝薙髮　南州法師名溥洽，山陰人，禪定之餘，肆力詞章，居金陵。靖難時，金川門開，為建文君薙髮。文皇聞而囚之十餘年。姚榮靖臨革，上臨視，問所欲言，於榻上叩首曰：「溥洽繫獄久矣。」上即日出之。仁宗即位，數被召問，宣德中留偈而化。

賫藥僧　住得號赤腳僧，常居廬山。洪武間，上不豫，住得賫藥詣闕，謂天眼尊者及周顛仙所奉，上服之，立癒，御製詩賜之。

乞宥沙彌　冰蘗名維則，洪武二十五年，上命凡天下僧人有名籍者，皆要俗家餘丁一人充軍。維則時進偈七章，其七曰：「天街密雨卻煩囂，百稼臻成春氣饒。乞宥沙彌疏戒檢，袈裟道在祝神堯。」上覽偈，為收成命。

日月燈　王介甫嘗見舉燭，因言：「佛書有日月燈光明佛，燈光豈得配日月？」呂吉甫曰：「日昱乎晝，月昱乎夜，燈光昱乎晝夜，日月所不及，其用無差。」介甫大以為然。

卧佛　《涅盤經》云：「如來背痛，於雙樹間北首而卧。」故後之繪圖者為此像。晉庾公嘗入佛圖，見卧佛曰：「此子疲於津梁。」於時以為名言。

張玄之、顧敷，是顧和中外孫，皆少而聰慧，和並知之，而嘗謂顧勝於張。時張九歲，顧七歲，和與之俱至寺中，見佛般泥洹像，弟子有泣者，有不泣者。和以問二孫。玄謂：「被親，故泣；不被親，故不泣。」敷曰：「不然。當由忘情，故不泣；不能忘情，故泣。」

天女散花　《維摩經》云：會中有天女散花，諸菩薩悉皆墮落，至大弟子便着不墮。天女曰：「結習未盡，故花着身；結習盡者，花不着身。」

三乘　法門曰大乘、中乘、小乘，乘乃車乘之乘。阿羅漢獨了生死，不度眾人，故曰小乘；圓覺之人，半為人半為己，故曰中乘；菩薩為大乘者，如車之大者，能度一切眾生，故曰三車之教。

三空，生、法、俱也；三慧，聞、思、修也；三身，法、報、化也；三寶，佛、法、僧也；三界，欲界、色界、無色界也；三毒，貪、瞋、癡也；三漏，欲漏、有漏、無明漏也；三業，身、口、意也；三災，饑饉、疾疫、刀兵也；三大災，火、水、風也。

努目低眉　薛道衡遊開善寺，謂一沙彌曰：「金剛何以努目？菩薩何以低眉？」沙彌曰：「金剛努目，所以攝服羣魔；菩薩低眉，所以慈悲六道。」

速脫此難　《大集》云：昔有一人避二難：醉眾（生死），緣藤（命根）入井（無常），有黑白二鼠（日、月）嚙藤將斷，旁有四蛇（四大）欲螫，下有三龍（三毒）吐火張爪拒之，其人仰望二象已臨井上，憂惱無託。忽有蜂過遺蜜滴入口（五欲），是人接蜜，全忘危懼，知人見此，各宜修行，速脫此難。

五蘊皆空　五蘊者，就眾生所執根身器界、質礙形量之物名為色；以現前領納違、順二境，能生苦樂者名受；以緣慮過、現、未三世境者名想；念念遷流，新新不住者名行；明了分別者名識。五者皆能蓋覆真性，封蔀妙明，故總謂之蘊，亦名五陰，亦名五眾。

慧業文人　會稽太守孟顗事佛精懇，而為謝靈運所輕。謝嘗語顗曰：「得道應須慧業文人，卿生天在靈運前，成佛當在靈運後。」

拔絮誦經　佛圖澄左乳旁有一孔，通徹腹內，常塞以絮。至夜欲誦經，則拔絮，一空洞明；或過水邊，引腸洗之，復納入。

世尊生日　《周書異記》：周昭王二十四年四月八日，山川震動，有五色光入貫太微。太史蘇由奏曰：「有大聖人生於西方，一千年外，聲教及此。」即佛生之日也。穆王五十三年二月十五日，天地震動，西方有白虹十二道連夜不滅。太史扈多曰：「西方有大聖人滅度，衰相現耳。」此時佛涅盤也。

悉達太子　《異記》又云：天竺迦維衛國淨飯王妃，夢天降金人，遂有孕，於四月八日太子生於右脅，名悉達多。年十九，入檀特山修行證道，至穆王三年明星出時成佛，號世尊。於熙連河說《大涅盤經》，以正法眼藏將金縷僧伽黎衣傳與弟子大迦葉，為第一世祖。穆王五十三年二月十五日，往拘尸城娑羅樹間入般涅盤，在世教化四十九年，是為釋迦牟尼，姓剎利。

六祖　初祖達摩，二祖慧可，三祖僧燦，四祖道信，五祖弘忍，六祖慧能。一祖一隻履，二祖一隻臂，三祖一罪身，四祖一隻虎，五祖一株松，六祖一張碓。梁武大通元年，達摩來自西土，以袈裟授慧可曰：「如來以正法眼藏付迦葉，展轉至我，今付汝。吾滅後二百年，衣止不傳。」遂說偈曰：「我本來茲土，傳法救迷情，一花開五葉，結果自然成。」

佛始生周昭王之二十四年，至孝王元年佛入涅盤，始佛著於經；漢武帝得休屠祭天金人，始佛像入中國。◯周穆王時，始西極國化人來。秦始皇時，始沙門室利房等至，皇囚之，夜有金人破戶出。至漢明帝，始以僧天竺摩騰入中國，隋文帝始西域大食入中國（回回教門）。元魏始作大佛像，高四十三尺，用黃金、銅。五代宋作羅漢像用鐵。◯後秦始尊鳩摩羅什為法師，宋徽宗稱為德士。

漢靈帝時安世高始立戒律，魏朱士行始中國人受戒。◯後魏始立戒壇，宋太祖別立尼戒壇。◯漢明帝始聽陽城侯劉峻女出家，石虎聽民為僧、尼，唐睿宗度公主為道士。◯後魏太祖始授僧官，隋文帝制僧官十統，唐制兩僧錄司，唐武后始令僧尼隸禮部，唐玄宗始給度牒。◯漢章帝時，西域僧作數珠象，一年十二月、二十四氣、七十二候，共一百單八。五代僧志林作木魚。◯漢武帝尚南越，始禁咒，唐中宗時西京始投筊。（時壽安墨石山有靈神祠，過客投筊仰吉。）◯唐太宗遣玄奘往西域取諸經像，至罽賓國，道險不可過，玄奘閉室而坐，忽見老僧授以《心經》一卷令誦之，遂虎豹潛跡，至佛國，取經六百部以歸。

孰為大慶法王　傅珪為大宗伯時，武宗好佛，自名「大慶法王」。番僧奏請腴田千畝為下院，批禮部議，而書大慶法王與聖旨並。珪佯不知，劾番僧曰：「孰為大慶法王，敢與至尊並書，大不敬！」詔勿問。

醫

《神農經》：上藥養命謂五石之煉形，五芝之延年也；中藥養性謂合歡之蠲忿，萱草之忘憂也；下藥治病謂大黃之除實，當歸之止痛也。

君臣佐使　凡藥有上中下之三品，凡合藥宜用一君、二臣、三佐、四使，此方家之大經也。必辨其五味、三性、七情，然後為和劑之節。五味謂咸、酸、甘、苦、辛。酸為肝，鹹為腎，甘為脾，苦為心，辛為肺，此五味之屬五臟也；三性謂寒、濕、熱；七情有單行者，有相須者，有相使者，有相畏者，有相惡者，有相反者，有相殺者，其用又有四焉。湯丸酒散，視其病之深淺所在而服之。

砭石　梁金元起欲注《素問》，訪以砭石，王僧孺曰：「古人常以石為針，不用鐵；季世無佳石，故以鐵代石。」

病有六不治　驕恣不論於理，一不治也；輕身重財，二不治也；衣食不能適，三不治也；陰陽並藏氣不定，四不治也；形羸不能服藥，五不治也；信巫而不信醫，六不治也。

兄弟行醫　魏文侯問扁鵲曰：「子昆弟三人，孰最善為醫？」對曰：「長兄病視神，未有形而除之，故名不出於家。仲兄治病，其在毫毛，故名不出於閭。若扁鵲者，鑱血脈，投毒藥，副肌膚，故名聞於諸侯。」文侯曰：「善！」

見垣一方　扁鵲少時遇長桑君，出懷中藥，飲以上池之水，三十日，視見垣一方。人以此視病，盡見五臟癥結，特以診視為名耳。見垣一方，猶言隔牆見彼方之人也。

病在骨髓　扁鵲適齊，桓侯客之。入見，曰：「君有疾在腠理，不治將深。」侯曰：「寡人無疾。」後五日復見，曰：「君之疾在血脈矣。」侯曰：「無疾。」後五日復見，曰：「君之疾在腸胃矣。」侯曰：「無疾。」後五日復見，望見桓侯，卻走曰：「君之疾已在骨髓，此湯熨、針石、酒醪之所不及也。」數日後，侯病劇，召扁鵲，鵲已逃去。侯遂死。

扁鵲被刺　扁鵲名聞天下。過邯鄲，聞貴婦人，即為帶下醫；過洛陽，聞周人愛老人，即為耳目痹醫；來入咸陽，聞秦人愛小兒，即為小兒醫。隨俗為變。秦太醫令李醯，自知伎不如扁鵲，使人刺殺之。

病入膏肓　晉侯求醫於秦，秦伯使醫緩治之。未至，公夢二豎子曰：「彼良醫也，懼傷我，焉逃之？」其一曰：「居肓之上、膏之下，將若我何？」醫至，曰：「疾不可為也。在肓之上、膏之下，攻之不可達，針之不可及，藥不至焉。」公曰：「良醫也！」厚禮而歸之。

姚劑三解　後周姚僧垣善醫。伊婁穆自腰至臍似有三縛，僧垣處三劑，初服，上縛即解；次服，中縛即解；又服，三縛悉除。

太倉公　姓淳于，名意。為人治病立決死生，多奇中，用藥若神。

東垣十書　李杲傳易州張元素之祕業，士大夫非危急之疾不敢謁，時以神醫目之，所著有《東垣十書》。

刮骨療毒　華佗：疾在腸胃不能散者，飲以藥酒，割腹湔洗積滯，傅神膏合之，立癒。如割關侯臂而去毒，針曹操頭而去風是也。

醫國手　《國語》：晉平公有疾，秦伯使人視之，趙文子曰：「醫及國家乎？」對曰：「上醫醫國，其次救人，固醫職也。」

杏林　《廬山記》：董奉每治人病，病癒，令種杏一株，遂成林。奉後成仙，上昇。

徙癰　薛伯宗善徙癰疽。公孫泰患背疽，伯宗為氣封之，徙置齋前柳樹上。明日疽消，而樹起一瘤如拳大。稍稍長二十餘日，瘤大潰爛，出黃赤汁斗許，樹為委損矣。

橘井　晉蘇耽種橘鑿井以療人疾，時病疫者，令食橘葉、飲井水，即癒。世號橘井。

肘後方　葛洪抄《金匱方》百卷，《肘後要急方》四卷。

千金方　孫真人癒龍疾，授以《龍宮祕方》一卷，治病神驗，後集為《千金方》傳世。

照病鏡　葉法善有鐵鏡，鑒物如水。人有疾以鏡照之，盡見臟腑中所滯之物，然後以藥治之，疾即癒。

醫稱郎中　郎中知五府六部事，醫人知五臟六腑事，故醫人亦稱郎中。北人因郎中而遂稱大夫。

鄞水名醫　龐安常，宋神哲間馳名京邸，於書無所不讀，而尤精於傷寒，妙得長沙遺旨。性豪俊，每應人延請，必駕四舟，一聲伎，一廚傳，一賓客，一雜色工藝之人，日費不貲。

俞跗始為醫，割皮肌湔滌臟腑；後倉公解顱，盧醫剖心，華佗祖之。黃帝始制針灸，神農始命僦貸季（岐伯師也），理色脈，巫彭始制丸藥。伊尹始制煎藥，秦和（戰國人），始製藥方。

醫諫　高鏊，正德時為太醫院醫士。上將南巡，鏊以醫諫。上怒曰：「鏊我家官，亦附外官梗朕耶？」命杖之百而戍烏撒。肅宗改元，召還復職。時有星官楊源，亦以占候諫，死戍所。

歷代名醫圖贊

伏羲氏贊　茫茫上古，世及庖犧；始畫八卦，爰分四時；究病之源，以類而推；神農之降，得而因之。

神農氏贊　仰惟神農，植藝五穀；斯民有生，以化以育；慮及夭傷，復嘗草木；民到於今，悉沾其福。

黃帝軒轅氏贊　偉哉黃帝，聖德天授；岐伯俞跗，以左以右；導養精微，日窮日究；利及生民，勿替於後。

岐伯全元起贊　天師岐伯，善答軒轅；制立《素問》，始顯醫源。

雷公名斆贊　太乙雷公，醫藥之宗；炙煿炮製，千古無窮。

秦越人扁鵲贊　秦神扁鵲，精研醫藥；編集《難經》，古今欽若。

淳于意贊　漢淳于意，時遇文帝；封贈倉公，名傳萬世。

張仲景機贊　漢張仲景，《傷寒》論證；表裏實虛，載名亞聖。

華佗贊　魏有華佗，設立瘡科；刮骨療疾，神效良多。

太醫王叔和贊　晉王叔和，方脈之科；撰成要訣，普濟沉痾。

皇甫士安謐贊　皇甫士安，治法千般；經言《甲乙》，造化實難。

葛稚川洪贊　隱居羅浮，優游養導；世號仙翁，方傳《肘後》。

孫思邈贊　唐孫真人，方藥絕倫；扶危拯弱，應效如神。

韋慈藏訊贊　大唐藥王，德號慈藏；老師韋訊，萬古名揚。

相

相聖人　姑布子卿相孔子曰：「其顙似堯，其頂類皋陶，其肩類子產，然自腰以下不及禹三寸，身長九尺三寸，纍纍然若喪家之狗。」

彈血作公　陶侃左手有文，直達中指上橫節便止。有相者師圭謂：「君左手中指有豎理，若徹於上，位在無極。」侃以針挑之令徹，血流彈壁，乃作「公」字。後果如其兆。

官至封侯　衞青少時，其父使牧羊，兄弟皆奴畜之。有鉗徒相青曰：「官至封侯。」青笑曰：「人奴之生，得無笞罵足矣，焉得封侯？」

鬚如蝟毛　劉惔道桓溫鬚如反蝟毛，眉如紫石稜，自是孫仲謀、司馬宣王一流人。

螣蛇入口　漢周亞夫為河南守，許負相之曰：「君後三年為侯。八年為宰相，持國秉政，九年當餓死。」亞夫笑曰：「既貴如君言，又何餓死？」負指其口曰：「螣蛇入口故耳。」後果然。

豕喙牛腹　《國語》：叔魚生，其母視之曰：「是虎目而豕喙，鳶肩而牛腹，溪壑可盈，是不可饜也，必以賄死。」

虎厄　晉簡文初無子，令相者遍閱宮人，時李太后執役宮中，指后當生貴子而有虎厄。帝幸之，生武帝，既為太后，服相者之驗，而怪虎厄無謂，且生未識虎，命圖形以觀，戲擊之，患手腫而崩。

蜂目豺聲　潘滔見王敦少時謂曰：「君蜂目已露，但豺聲未振耳，必能食人，亦當為人所食。」

鬼躁鬼幽　管輅曰：「鄧颺之行步，筋不束骨，此為鬼躁；何晏容若槁木，此為鬼幽。」

識武則天　唐袁天綱見武后母曰：「夫人當生貴子。」后尚幼，母抱以見，紿以男，天綱熟視之曰：「龍瞳鳳頸，若為男兒，當作天子。」

伏犀貫玉枕　袁天綱見竇軌曰：「君伏犀貫玉枕，輔角全起，十年且顯，立功在梁、益間。」

盻刀　相者陳訓背語甘卓曰：「甘侯仰視首昂，相名盻刀，目中赤脈自外入，必兵死。」

識王安石　宋李承之在仁宗朝官郡守，因邸吏報包孝肅拜參政，或曰：「朝廷自此多事矣。」承之正色曰：「包公無能為也，今知鄞縣王安石，眼多白甚似王敦，他日亂天下者此人也。」

麻衣道人　宋錢若水謁陳希夷，希夷與老僧擁爐，熟視若水，以火箸畫灰上云：「做不得。」徐曰：「急流中勇退人也。」後再往，希夷曰：「吾始以子神清，謂可作仙。時召麻衣道人決之，云子但可作公卿耳。」

耳白於面　歐陽公耳白於面，名滿天下；脣不着齒，無事得謗。

史佚始相人，一云姑布子卿風鑒，內史服唐舉、呂公通其術，伯益始相馬。

柳莊相　明袁珙遇僧道衍於嵩山寺，相之曰：「目三角彫白，形如病虎，性嗜殺人，他日劉秉忠之流也。」後衍薦珙於北平酒肆中，識燕王，即相為太平天子。其子忠徹亦善相，燕王命其遍相謝貴諸人，而後靖難。

好相人　單父人呂公好相人，見季狀貌，奇之，因妻以女，乃呂后也。

有封侯骨　漢翟方進少孤，事後母孝，嘗為郡小吏，為諸掾所詈辱，乃從蔡父相，大奇之曰：「小吏有封侯骨。」遂辭母，遊學長安。母憐其幼，隨之入京，織履以給，卒成名儒，舉高第，拜相，封高陵侯。

五老峰下叟　五代黃損與桑維翰、宋齊丘嘗遊五老峰，見一叟長嘯而至，相維翰曰：「子異日作相，然而狡，狡則不得其死。」相齊丘曰：「子亦作相，然而忍，忍則不得其死。」獨異損曰：「子有道氣，當善終。」其後維翰相晉，齊丘相南唐，皆見殺，世以為前定。而損仕梁，官左僕射，雅以詩文名。

貴不可言　蒯徹以相術說韓信曰：「相君之面，不過封侯；相君之背，貴不可言。」

龜息　李嶠母以嶠問袁天綱，答曰：「神氣清秀，恐不永耳。」請伺嶠臥而候鼻息，乃賀曰：「是龜息也，必貴而壽。」

葬

客土無氣　浮圖泓師與張說市宅，視東北隅已穿二坎，驚曰：「公富貴一世矣，諸子將不終。」張懼，欲平之。泓師曰：「客土無氣，與地脈不連，譬如身瘡痏，補他肉無益也。」

折臂三公　晉有術士相羊祜墓當有授命者，祜聞，掘斷地勢以壞其形。相者曰：「尚出折臂三公。」祜後墮馬折臂，位至三公。

塚上白氣　蕭吉經華陰，見楊素塚上白氣屬天，密言之煬帝曰：「素家當有兵禍，滅門之象，改葬，庶可免！」帝從容謂玄感，宜早改葬。玄感以為吉祥，託言遼東未滅，不遑私事。未幾，以謀反滅。

示葬地　孫鍾種瓜為業。一日，三人造門，鍾設瓜分飲，三人曰：「示子葬地，下山百步，勿反顧。」鍾不六十步，回首見三白鶴飛去，遂葬其母，鍾後生堅。

相塚書　方回著《山藥》，有曰：「山川而能語，葬師食無所；肺腑而能語，醫師色如土。」

禹始肇風水地理，公劉相陰陽，周公置二十四局，漢王充制五宅姓，管輅制格盤擇葬地。

不卜日　漢吳雄官廷尉。少時家貧，母死，葬人所不封之地，喪事促辦，不擇日。術者皆言其族滅，而子訢、孫恭，並三世為廷尉。

真天子地　明王賢嘗夢人授以書：「讀此可以緋，不讀此止衣綠。」數日於路得一書，視之，《青烏說》也。潛玩久之，乃以善地理聞。時為鈞州佐，上取以往命相地，得竇五郎故址曰：「勢如萬馬，自天而下，真天子地也。」

烏山出天子　梁武帝時謠曰：「烏山出天子。」故江左山以烏名者皆鑿，惟長興雉山獨完。後陳武帝霸先祖墳發此，其謠竟驗。

堪輿　揚子：「屬堪輿以壁壘兮。」注：堪輿，天地總名。今人稱地師曰堪輿。

鑿方山　秦始皇時，術者言金陵有天子氣，乃遣朱衣三千人鑿方山，疏淮水，以斷地脈。

牛眠地　陶侃將葬親，忽失一牛，不知所在。遇老父曰：「前岡見一牛眠處，其地甚吉，葬之，位極人臣。」侃尋之，因葬焉。

卜算

君平賣卜　漢嚴君平隱於成都，以卜筮為業，見人有邪惡者，借蓍龜為正言利害：與人子言依於孝，與人弟言依於悌，與人臣言依於忠，各因勢導之，以善裁之。日閱數人，得百錢足自養，即閉肆下簾，講《老子》。

青丘傳授　唐王遠知善《易》，知人生死，作《易總》十五卷。一日雷雨，雲霧中一老人叱曰：「所泄書何在？上帝命吾攝六丁追取。」遠知跪地。老人曰：「上方禁文，自有飛天神王保衛，何得輒藏箱帙？」遠知曰：「是青丘元老傳授也。」老人取書竟去。

青囊經　郭璞受業於河東郭公，公以《青囊書》九卷與之，遂洞五行、天文、卜筮之術，禳災轉福，通致無方。後《青囊書》為門人趙載所竊，未及開讀，為火所焚。

震厄　王丞相令郭璞作一小卦，卦成，意色甚惡云：「公有震厄。」王問：「有可消弭否？」郭曰：「命駕西出數里，得一柏樹，截斷如公長，置牀上常寢處，災可消矣。」王從其語。果數日中震，柏粉碎。

蓍筮掘金　晉隗照善《易》，臨終書板授妻曰：「後五年春，有詔使姓龔者來，嘗負吾金，即以板往責。」至期果至，妻執板往。龔使憫然良久乃悟，取蓍筮之，歌曰：「吾不負金，汝夫自有金。知我善《易》，故書板以寓意耳。金五百斤在屋東，去壁一丈許。」掘之如卜。

占算輒應　唐閉珊居集，霑益人，精卜筮之學，其法用細竹四十九枝，或以雞骨代之，占算輒應。夷中稱為筮師。

京師火災　郎顗父宗，治京房《易》，善風角星算、六日七分，能望氣占候。為吳縣吏，見暴風卒起，知京師有火災，記時日，果如其言。

太卜鄭詹尹嘗為屈原決疑。

飄風哭子　管公明在王弘直坐，有飄風高二尺，在庭中，從申上來，幢幟回轉。公明曰：「東方有馬吏至，恐父哭子。」明日吏至，弘直子果死。

伏羲始制占卦卜龜，神農始制揲蓍。◯顓頊始設兆為玉兆，帝堯制瓦兆。◯師曠制讖，鬼谷子（即王詡）制鏡聽。◯漢武帝制雞卜，令軍中用之。張良制靈棋，十二子，分上中下擲。京房制易課，始錢卜。王遠知制玄女課，邵堯夫拆字觀梅數。◯後魏孫紹始推祿命，唐李虛中始探生人年月日時所值生旺死衰。一云李師中來自西域。

徐子平，名居易，作《子平》。今宗宋末徐彥昇。鬼谷子作納音。趙達始闡《九宮算》。北齊祖亘作《綴術》。

各卜　鳥卜者，東女國初歲入山，有鳥來集掌上，如雌雉，破腹視之，有粟年豐，砂石為災。◯錢卜者，西蜀君平以錢卜。詩曰：「岸餘織女支機石，井有君平擲卦錢。」◯瓦卜，病賽烏稱鬼巫，占瓦代龜。◯棋卜者，黃石公用之行師。◯雞卜，柳州峒民以雞骨卜年。◯胡人以羊脛骨卜吉凶。◯苗人以雞蛋卜葬地。◯響卜者，李郭、王建皆懷鏡以聽詞。

為上皇筮　仝寅，山西人。少瞽，學京房《易》，占斷多奇中。上皇在北，遣使命鎮守太監裴當問寅，寅筮得《乾》之初九，附奏曰：「大吉。龍，君象也，四，初之應也。龍潛躍，必以秋應，以庚午浹歲而更；龍，變化之物也，庚者，更也。庚午中秋，車駕其還乎！還則必幽勿用。故曰：或躍應焉。或之者，疑之也。後七八年必復位。午，火德之正也。丁者，壬之合也。其歲丁丑，月壬寅，日壬午乎！自今歲數更，九躍則必飛。九者，乾之用也，南面子沖午也，故曰大吉。」上皇復位，授寅錦衣衛百戶。

占與仝合　萬祺少與異人遇，相之曰：「有仙骨，否則極貴。」

因與一書，乃祿命法也。於是研精於卜，以吏員辨事吏部。公卿貴戚神其術，考授鴻臚寺序班，陞主簿。景帝召見，有言輒驗，賜白金、文綺。景帝不豫，太子未定，石亨以問祺，祺曰：「皇帝在南宮，奚事他求？」其占復辟日時，與仝寅合，後官至尚書。

當有聖母出　《東漢書》云：王翁孺徙魏郡委粟里，元城建公曰：「昔春秋沙麓崩，晉史卜之曰：後六百四十五年，當有聖母出。今翁孺徙居，正值其地，日月當之。」後翁孺子禁生元后。平帝幼，後果臨朝稱制。

占定三秦　漢扶嘉，其母於萬縣之湯溪水側，感龍生嘉，預占吉凶，多奇中。高祖為漢王時召見，以占卜勸定三秦，賜姓扶氏，謂嘉志在扶翊也。拜廷尉，食邑朐䏰。

拆字　雜技

朝字　開元時，有術士以拆字馳名。唐玄宗書一「朝」字，令中貴持往試之。術士見字，即端視中貴人曰：「此非觀察所書也。」中貴人愕然曰：「但據字言之。」術士以手加額曰：「朝字，離之為十月十日，非此月此日所生之天人，當誰書也？」一座盡驚，中貴馳奏。翌日召見，補承信郎，賜賚甚厚。

杭字　建炎間，術者周生觀人書字分配筆劃以判休咎。車駕往杭州時，金騎驚擾之餘，人心危疑。執政呼周生，偶書「杭」字示之，周曰：「懼有驚報，虜騎相逼。」乃拆其字，以右邊一點配「木」上，即為「兀朮」。不旬日，果得兀朮南侵之報。

串字　一士人卜功名，書一「串」字問周生，生曰：「不特登科，抑且連捷。」以串字有兩中字也。果應其言。下科一人偵知之，往問功名，亦書一「串」字，周生曰：「親翁不特不中，還防有病」。士人曰：「如何一字兩斷？」周生曰：「前某公書串字出於無心，故斷其連捷；今書串字出於有心，是『患』字也，焉得無病？」

春字　高宗命周生拆一「春」字，周生言：「秦頭太重，壓日無光。」忤相檜，死於戍。

奇字　賈似道有異志。一術士能拆字，賈以策畫地作「奇」字與之。拆術者曰：「相公之事不諧矣！道立又不可立，道可又立不成。」公默不語，遣之去。

也字　有朝士其室懷娠過月，手書一「也」字，令其夫特問謝石。石詳視謂朝士曰：「此尊閫所書否？」曰：「何以言之？」曰：「為語助者『焉哉乎也』，固知是內助所書。」問：「盛年卅一否？以也字上為卅，下為一也。」朝士曰：「吾官欲遷動，得如願否？」石曰：「也字着水為『池』，倚馬為『馳』。今池則無水，馳則無馬，安能遷動？」又問：「尊閫父母兄弟當無一存者？即家產亦當盪盡？以也字着人則是『他』字，今獨見也並不見人；着土為『地』，今不見土，故知其無人並無產也。」朝士曰：「誠如所言。然此皆非所問者，所問乃懷娠過月耳。」石曰：「得非十三月乎？以也字中有『十』字，並旁二豎為『十三』也。」石熟視朝士曰：「有一事似涉奇怪，欲不言，則所問又正為此事，可盡言否？」朝士請竟其說。石曰：「也字着蟲為『虵』字，今尊閫所娠，殆虵妖也。然不見蟲，則不能為害，石亦有藥，可以下之，無苦也。」朝士大異其說，固請至家，以藥投之，果下數百小虵。都人益共奇之，而不知其竟挾何術。

囚字　鄭仰田少椎魯，不解治生，父母惡之，呼泣於野。老僧遇之曰：「吾遲子久矣。」偕入山，授之青囊、壬遁諸家之術，於是言禍福無不中。魏閹召之問數，指「囚」字以問。仰田曰：「此國中一人也。」閹大悦，出謂人曰：「囚則誠囚也！吾詭辭以逃死耳。」

洴澼絖 《莊子》：宋人有善為不龜手之藥者，世以洴澼絖（洴澼，洗也；絖，綿也）有不龜手之藥，而以洗綿為業。客聞之，請買其方百金。於是聚族而謀曰：「我世為洴澼絖，不過數金；今一朝為鬻技得百金，請與之。」客得之以說吳王，吳王使之將，冬與越人水戰，大敗越人，裂地而封。夫不龜手，一也；或以封，或不免洴澼絖，則所用之異也。

輪扁斫輪 《莊子》：齊桓公讀書於堂上，輪扁斫輪於堂下，釋鑿問曰：「君之所讀者，古人糟粕已夫。臣斫輪，不徐不疾，得之於心，應之於手，口不能言，有數存焉。臣不能以喻臣之子，臣之子不能受之於臣，行年七十而老於斫輪。」

屠龍技 《莊子》：「朱泙漫學屠龍技於支離益，殫千金之產以學屠龍，三年技成，而無所用其巧。」

象緯示警 王振勸上親征瓦剌也先，百官伏闕上章懇留，不聽。少頃，居庸至宣府敗報踵至，扈從連章留駕。王振大怒，皆令掠陣。至大同，振進兵益急，欽天監彭德清斥振曰：「象緯示警，不可復前。若有疏虞，陷乘輿於草莽，誰執其咎？」振怒詈之，遂致土木之變。

外國部

卷十五

夷語

撐梨孤塗　匈奴稱天為「撐梨」，稱子為「孤塗」。

戎索　夷法也。

韎韎　夷樂官名。

倓　夷贖罪貨也。

嘍麗　南方夷語也。

象胥　譯語人也。

款塞　款，叩也。

馳義　慕義而來也。

區脫　胡人所作以備漢者也。

閼氏（音胭脂）　單于之后也。

裨王　匈奴小王也。

槁街　蠻夷之館，漢時所立。

鞮鞬　夷服（音兜達）。

谷蠡（音鹿厘）　匈奴名。

雁臣　北方酋長秋朝洛陽，冬還部落，謂之雁臣。

天兄日弟　倭國王以天為兄，以日為弟。未明時出聽政，日出便停理務，曰：「以委吾弟。」

賨幏　蠻夷布也。

鞠角　朝鮮洌水之間曰白鞠角。

貜薄　旄牛。

徼外　夷地。

絕幕　幕，沙漠之地也，直度曰絕。

白題　國名。漢潁陰侯斬白題將一人。

戎狄薦居　聚而居也。

魋結　匈奴束髮之形也。

休屠　匈奴君長。

渾邪　亦匈奴之屬。

蹛林（蹛音帶）　匈奴祭也。

龜茲（音糾慈）　國名。《漢書》作丘慈，《後漢書》作屈沮。

烏孫　國名。《呂氏春秋》作戶孫。

獯粥（音薰育）　《五帝紀》:「北逐獯粥。」

冒頓（音幕突）　匈奴名。

日磾（音密底）　人名。

令支（令音零）　國名。

烏秅（音鴉茶）　國名。

朝鮮（音招先）　日初出，即照其地，故名。近讀為「潮」，非。

可汗（音克寒）　匈奴主號也。唐時匈奴尊天子為天可汗。

弓閭　出《衞青傳》，即穹廬也。

轒轀　匈奴車也。

革笥木薦　《治安策》:匈奴之革笥木薦，盾之屬也。

左薁鞬　匈奴王號。

強獷　戎夷強獷。獷，粗惡貌。

呼韓邪　漢單于名。

屠耆　匈奴俗謂賢曰屠耆。

贊普　吐番俗謂強雄曰贊，謂丈夫曰普，故號其君長曰贊普。

牙官　戎狄大官之稱。

葉護　回紇俗謂其太子曰葉護。

南膜　胡人禮拜曰南膜，即今之稱佛號曰「南無」也。

徼人　界外之人也。

那顏　華言大人也。

者　華言是也。

身毒（音捐燭）　西域國名。

熐螽（音覓螺）　匈奴聚落也。

襜襤（音擔藍）　一名臨駰，代北胡名。

三表五餌　三表，謂仁、信、義也；五餌，謂以聲色、車服、珍味、室宇、娛幸壞其耳、目、口、腹、心也。

二庭　謂南北單于也。

盧龍　即里永也，屬遼西，今屬永平府。北人呼里為盧，呼永為龍。

吐谷渾　慕容廆之庶兄也，後因號其國。

弓月　突厥中有弓月城。

越裳南蠻　即九真也。

殊裔遐圻　言化協殊裔，風衍遐圻。

竫人（竫音淨）　小人也。柳子厚詩：「竫人長九寸。」海外有竫人國。

月氐（音肉支）　西域國名。

樓煩、白羊　匈奴地名。

白登　今在大同，上有白登台。

夜郎　夷地，今屬貴州。

蠻煙獒雨　夷地風景也。

筰關　西南夷地。

邛筰　今屬敘州。

冉駹　西夷二族。

羌棘　西南夷地。

龍城　西夷。

朔方　今屬寧夏。

大宛　西域國名。

于寘　西域國名。

越雋　今屬邛州。

玄菟　朝鮮郡名。

受降城　漢武帝遣公孫敖塞外築城也。

盧朐　匈奴中山名。

渠犁　西域國名。

樓蘭　西域國名。

鬴鍑　《匈奴傳》：多鬴鍑薪炭，重不可勝。

比疏　辮髮之飾。

徑路留犁　徑路，匈奴寶刀也；留犁，飯匕也。

根肖速魯奈奈　榜葛剌國歌舞侑酒者，曰根肖速魯奈奈。

堅崑國　其人赤髮、綠瞳。李陵居其地，生而黑瞳者，必曰陵苗裔。

陰山　漢武帝奪其地，匈奴過此者，未嘗不哭。

邏些城（些音瑣）　土番都城。

徼外（徼音教）　夷地，東北謂之塞，西南謂之徼。

羸陾（音連簍）　交趾地名。

外譯

朝鮮國　周為箕子所封國。秦屬遼東。漢武帝定朝鮮，置真番、臨屯、樂浪、玄菟四郡，昭帝並為樂浪、玄菟二郡，漢末為公孫度所據。傳至淵，魏滅之。晉永嘉末，陷入高麗。高麗本扶餘別種，其王高璉居平壤城。唐征高麗，拔平壤，置安東都護府。後唐時，王建代高氏，併有新羅、百濟，以平壤為西京，歷宋、遼、金皆遣使朝貢。元時，西京內屬。明洪武初，表賀即位，賜以金印，誥封高麗王。後其主昏迷，推門下侍郎李成桂主國事，尋詔更朝鮮，歲時貢獻不絕。萬曆間，關白寇朝鮮，請救於朝，遣兵征復之。

日本國　古倭奴國，其國主以王為姓，歷世不易。自漢武帝譯通之，光武間始來朝貢。後國亂，人立其女子曰卑彌呼為王，其宗女又繼之，後復立男王，並受中國爵命，歷魏、晉、宋、隋皆來貢，稍習夏音。唐咸亨初，惡倭名，更名日本，以國近日所出，故名。宋時來貢者皆僧也。元世祖遣使招諭之，終不至。明洪武初，遣使朝貢，自永樂以來，其國王嗣立皆授冊封，其幅員東西南北各數千里，有五畿七道，附庸之國百餘。

琉球國　國主有三：曰中山王，曰山南王，曰山北王。漢魏以來不通中華。隋大業時，令羽騎朱寬訪求異俗，始至其國，語言不通，掠一人還。歷唐、宋、元，俱未嘗朝貢。至明初，三王皆遣使朝貢。後至中山王來朝，許王子及陪臣子來遊太學，其山南、山北二王蓋為所併云。

安南國　古南交地，秦為象郡。漢初，南越王趙佗據之。武帝平南越，置交趾、九真、日南三郡。建安中改交州，置刺史。唐改安南都護府，安南之名始此。唐末為土豪曲承美竊據，尋為漢南劉隱所併，未幾，眾推丁璉為州帥。宋乾德初內附，尋黎桓篡丁氏，李公蘊又篡黎氏，陳日煚又篡李氏。宋以遠譯，置不問，皆封為交趾郡王。元興討之，遂歸附，封安南國王。明洪武初，遣使朝貢，仍舊封號，賜金印。權臣黎季犛弒其主而立其子。永樂初，發兵進討，俘黎氏父子，郡縣其地，設府十七、州四十七、縣一百五十七。嗣反叛不常。宣德中，陳氏後陳暠表懇嗣王安南，因棄其地，宥而封之。畾尋死，黎氏遂有其地。嘉靖中，莫登庸篡之，乞降於朝，乃降為安南都統使司，以登庸為使。萬曆間，黎氏復立，莫氏竄居高平，詔以黎維潭為都統使，莫敬用為高平令，世守朝貢，毋相侵害。

占城國　古越裳氏界。秦為象郡林邑，漢屬日南郡，唐號占城。至明洪武初入貢，詔封占城國王。

暹邏國　本暹與羅斛二國，暹乃漢赤眉遺種。元至正間，暹降於羅斛，合為一國。明洪武初，上金葉表文入貢，詔給印綬，賜《大統曆》，且乞量衡為中國式，從之。

爪哇國　古闍婆國。劉宋元嘉中始通中國，後絕。元時稱爪哇。明洪武初朝貢，永樂二年賜鍍金銀印。

真臘國　扶南屬國，亦名占臘。隋時始通中國，有水真臘，陸真臘，明洪武初入貢。

滿剌加國　前代不通中國。自明永樂初朝貢，賜印，誥封國王；九年，國王率其子來朝後，進貢不絕。

三佛齊國　南蠻別種，有十五州。唐始通中國，明洪武初朝貢，賜駝紐鍍金印。

浡泥國　本闍婆屬，所統十四州。宋太平興國中始通中國。明洪武中進金表；永樂初，王率妻子來朝，卒於南京會同館。詔謚恭順，賜葬石子岡。命其妻子還國。

蘇門荅剌國　前代無考。明洪武中，奉金葉表，貢方物；永樂初，給印誥封之。

蘇祿國　國分東西峒，凡三王：東王為尊，西峒二王次之。明永樂間，王率妻子來朝，次德州，卒，葬以王禮，謚曰恭定。遣其妃妾還國。

彭亨國　其前無考。明洪武十一年，遣使表，貢方物，永樂十二年復入貢。

錫蘭山　古無可考。明永樂間，太監鄭和俘其王以歸，乃封其族人耶巴乃那為王，國人以其賢，故封之。正統天順間，遣使朝貢。

柯支　古槃國。明永樂二年遣使朝貢。

祖法兒　亦名左法兒。前代無考。明永樂中入貢。

溜山　前代無考。明永樂中遣使入貢。

百花　前代無考。明洪武中入貢。

婆羅　一名娑羅，前代無考。明永樂中入貢。

合貓里　前代無考。明永樂中同爪哇國入貢。

忽魯謨斯　前代無考。明永樂中入貢。

西洋古里國　西洋諸番之會。明永樂中遣使朝貢，封古里國王。

西番　即土番也。其先本羌屬，凡百餘種，散處河、湟、江、岷間。唐貞觀中始通中國；宋時朝貢不絕；元時曾郡縣其地；明洪武初，詔各族酋長舉故有官職者至京授職。自是，番僧有封灌頂國師及贊善王、闡化王、正覺大乘法王、如來大寶法王者，俱賜銀印。三年一朝，或間歲赴京朝貢。其地為指揮司三、宣慰司一、招討司六、萬戶府四，又宣慰司二千戶所十七。

撒馬兒罕　漢罽賓國地。明洪武、永樂、正統間俱遣使入貢。

罕東衞　古西戎部落。於明洪武間通貢，置衞，以酋長鎖南吉剌思為指揮僉事。

安定衞　韃靼別部。自明洪武中朝貢，賜織金文綺，立安定、阿端二衞。

曲先衞　古西戎部落也。明洪武四年置衞。

榜葛剌國　西天有五印度國，此東印度也，其國最大，明永樂初入貢。

天方國　古筠沖地。一名西域。明宣德中朝貢。

默德那國 即回回祖國也。初，國王謨罕驀德生而神靈佑，臣伏西域諸國。隋開皇時始通中國。明宣德中遣使天方國朝貢。

哈烈 一名黑魯。四面皆大山。維明洪武中詔諭酋長，賜金幣，永樂、正統間遣使貢馬。

于闐 居葱嶺北。自漢至唐皆入貢中國。明永樂初遣使貢玉璞。

哈密衞 古伊吾廬地。為西域諸番往來要地，漢明帝屯田於此。唐為西伊州。明永樂初設衞，封安克帖木兒為忠順王，賜誥印。

火州 本漢時車師前後王地。漢元帝時置戊己校尉，屯田於此，名高昌壘。前涼張駿置高昌郡，唐改為交河郡，後陷於吐番。其地為回鶻雜居，故又名回鶻。宋、元皆遣使朝貢。明朝名曰火州，永樂間、宣德間俱遣使入貢馬。

亦力把力 地居沙漠間，疑即焉耆，或龜兹地也。自明洪武以來入貢不絕。

赤斤蒙古衞 西戎地。戰國時月氏居之，秦末漢初屬匈奴，漢武帝時為酒泉、燉煌二郡地。唐沒於吐番，宋入西夏。明永樂初，故韃靼丞相率所部男婦來歸；詔建千戶所，尋升衞；正德時衞遂虛。

土魯番 漢車師前王地。唐置西州交河郡，析以為縣，有安樂城，方一二里，地平衍，四面皆山。明永樂中入貢，至今不絕。然侵奪哈密，犯嘉峪關外七衞，地大人衆，視昔懸絕矣。

拂菻 前代無考。明洪武中入貢。

韃靼 種落不一，歷代名稱各異。夏曰獯鬻，周曰玁狁，秦漢皆曰匈奴，唐曰突厥，宋曰契丹。自漢後匈奴稍弱而烏桓興，自鮮卑滅烏桓，而後魏蠕蠕獨盛，自蠕蠕滅而突厥起。自唐李靖滅突厥，而契丹復強，既而蒙古兼併之，遂代宋稱號曰元。至於明興，元主遁歸沙漠，其遺裔世稱可汗。永樂初，有馬哈木、阿魯台奉貢惟謹，因封馬哈木為順寧王、阿魯台為和寧王。正統間，馬哈木之孫也先大舉入寇。成化中，也先之後稱小王子復通貢，其次子曰阿著者，生子三：長吉囊、次俺答、次老把都，而俺答最獷桀。隆慶間執叛人來獻，乃封順義王，其子黃台吉等授都督官，開市通貢。

兀良哈 古山戎地。秦為遼西郡北境，漢為奚所據，所屬契丹。元為大寧路北境，明洪武間，割錦、義、建、利諸州隸遼東，又設都司於惠州，領營興，會合二十餘衛所，北平行都司也。隨封子權為寧王，築大寧、寬河州、會州、富峪四城，留重兵居守，後以北和來降者眾，詔分兀良哈地，置三衛處之，自錦、義、遼河至白雲山曰泰寧，自黃泥窪逾瀋陽、鐵嶺至開原曰福餘，自廣寧前屯歷喜峰近宣府曰朵顏，命其長為指揮，各領所部為東北外藩。靖難初，首劫大寧，召兀良哈諸酋長率部落從行有功，遂以大寧界三衛，移封寧王於南昌，徙行都司於保定，自撤藩籬，而朵顏分地尤最險，與北虜交婚，陰為嚮導，名曰外衛，實肘腋之憂。後二衛浸衰，朵顏獨強盛，故稱朵顏三衛云。

女真 古肅慎地。在混同江之東，開原之北，即金人餘裔也。漢曰挹婁，魏曰勿吉，唐曰靺鞨，元曰合蘭府。明朝悉境歸附，因其部族所居置都司一、衛一百八十有四、千戶所二十，官其長為都督指揮、指揮千百戶、鎮撫等諸職，給之印，俾仍舊族統厥屬，以時朝貢，其地面凡三十八城，二站九口、三河口。

吏部員外郎陳誠所記：洪武間來貢者，則有西洋瑣里、瑣里、覽邦、談巴。永樂間來貢者，則有古里班卒、阿魯、阿丹、小葛蘭、碟里、打回、日羅夏治、忽魯母恩、呂宋、甘巴里、古麻剌（其王來朝，至福州卒。賜謚康靖，敕葬閩縣）、沼納撲兒、加異勒、敏真誠、八答黑商、別失八里、魯陳、沙鹿海牙、賽藍、火剌札、吃刀麻兒、失剌思、納失者罕、亦思把罕、白松虎兒、答兒密、阿速、沙哈魯、黑葛達。又有同黑葛達來貢者，共十六國，曰南巫里、曰急蘭丹、曰奇剌尼、曰夏剌比、曰窟察尼、曰烏涉剌踼、曰阿哇、曰麻林、曰魯密、曰彭加那、曰舍剌齊、曰八可意、曰坎巴夷替、曰八答黑、曰日落。至於宣德中曾入貢，曰黑婁、曰哈失哈力、曰討來思、曰白葛達。

植物部

卷十六

草木

蓂莢　堯時有草生於庭，曰蓂莢，十五之前，日生一葉，十五之後，日落一葉，小盡則一葉厭而不落，觀之可以知旬朔，故又名之曆草。

翣脯　堯時厨中自生肉脯，薄如翣形，搖鼓則生風，使食物寒而不臭。

佳穀　神農於羊頭山（潞安長子縣）得佳穀，宋真宗始給民占城稻種（今糯米）。

屈軼　堯時有草生於庭，佞人入朝，此草則屈而指之，名曰屈軼。

嶧陽孤桐　在嶧縣嶧山之上，自三代至今止存一截。天啟年間，妖賊倡亂，取以造飯，形跡俱無。

五大夫松　今人稱泰山五大夫松，俱云五松樹，而不知始皇上泰山封禪，風雨暴至，休於松樹下，遂封其樹為大夫。五大夫，秦官第九爵也。此言可訂千古之誤。

虞美人草　虞美人自刎，葬於雅州名山縣，塚中出草，狀如雞冠花，葉葉相對，唱《虞美人曲》則應板而舞，俗稱虞美人草。

蓍草　千歲則一本百莖，其下必有神龜守之，用以揲蓍。多生於伏羲陵與文王陵上。

掛劍草　季札墓前生草，其形如掛劍，故名。可療心疾。

斑竹　堯二女為舜二妃，曰湘君、湘君夫人。舜崩於蒼梧，二妃哭泣，以淚灑湘竹，湘竹盡斑，故又名湘妃竹。

梅梁　會稽禹廟有梅梁，雷雨之夜，其梁飛出，五鼓復還。曉視梁上常帶水藻，後為梅太守易去。

萍實　楚王渡江得萍實，大如斗，赤如日，剖而食之，甜如蜜。

孔廟檜　曲阜孔廟有孔子手植檜，如降香，一株無枝葉，堅如金鐵，紋皆左紐，有聖人生則發一枝，以占世運。按：檜歷周、秦、漢、晉千百餘年，至懷帝永嘉三年而枯，枯三百有九年；至隋恭帝義寧元年復生五十一年；至唐高宗乾封三年再枯，枯三百七十四年；至宋仁宗康定元年再榮；至金宣宗貞祐三年，罹於兵火，枝葉俱焚，僅存其幹；後八十一年，元世祖三十一年再發；至太祖洪武二十二年發數枝，極茂盛，至建文四年復枯。

漢柏　泰安州東嶽廟東廡，有漢武帝手植柏六株，枝葉鬱蒼，翠如銅綠，扣其餘幹，如擊金石，硜硜有聲。曹操時赤眉作亂，大斧斫之，見血而止。今有斧創尚存。

唐槐　嶧縣孟子廟，有唐太宗手植槐，枝葉蓊鬱，軀幹茁壯而矮。

邵平瓜　邵平者，故秦東陵侯，秦破，為布衣，種瓜長安城東，瓜常五色，味甚甘美，世號「東陵瓜」。○五代胡嶠始以回紇西瓜入中國。

赤草　劉小鶴言：未央宮址，其地丈餘，草皆赤色，相傳為韓淮陰受刑之處，其怨憤之氣鬱結而成。

桐曆　桐知日月正閏，生十二葉，邊有六葉，從下數一葉為一月，閏則十三葉，葉小者即知閏何月也；不生則九州異君。

知風草　南海有草，叢生，如藤蔓。土人視其節，以占一歲之風，每一節則一風，無節則無風，名曰「知風草」。

護門草　出常山。取置戶下，或有過其門者，草必叱之。一名

「百靈草」。

虹草　樂浪之東有背明之國，有虹草，枝長一丈，葉如車輪，根大如轂，花似朝虹之色。齊桓公伐山戎，國人獻其種而植於庭，以表伯者之瑞。

不死草　東海祖洲上有不死之草，一名養神芝，生瓊田中，其葉似菇苗，叢生，長三四尺。人死者，以草覆之即活，一株可活一人，服之令人長生。

懷夢草　鍾火山有香草，似蒲，色紅，晝縮入地，夜半抽萌，懷其草，自知夢之好惡。漢武帝思李夫人，東方朔獻之。帝懷之即夢見夫人，因名曰懷夢草。

書帶草　鄭玄字康成，居城南山中教授。山下有草如薤，葉長而細，堅韌異常，時人名為「康成書帶」。

八芳草　宋艮岳八芳草，曰金蛾，曰玉蟬，曰虎耳，曰鳳毛，曰素馨，曰渠那，曰茉莉，曰含笑。

鈎吻草　生深山之中，狀似黃精，入口口裂，着肉肉潰，名曰鈎吻，食之即死。但其花紫，黃精花白；其葉微毛，黃精葉光滑，以此辨之。

金井梧桐　世嘗言：「金井梧桐一葉飄。」梧桐葉上有黃圈文如井，故曰金井，非井欄也。

沙棠木　可以禦水，其實曰蕢，狀如葵，味如葱，食之已勞，又使人入水不溺。

君遷　《吳都賦》：「平仲君遷。」皆木名，注缺。按司馬溫公《名苑記》云，君遷子如馬奶，俗云牛奶柿是也。今之造扇用柿油，遂名柿漆。

芋曆　芋艿生子十二子，遇閏則多生一子。時人謂之芋曆。

肉芝　蕭靜之掘地得「人手」，潤澤而白，烹而食之，愈月齒髮再生。一道士云：「此肉芝也。」《抱朴子》言：行山中見小人乘車馬，長七八寸者，亦肉芝也，捉取服之，即仙矣。

桑木　箕星之精，神木也，蠶食之成文章，人食之老翁為小童。

肉樹　端山豬肉子也。山在德慶州，子大如茶杯，炙而食之，味如豬肉而美。

哀家梨　哀仲家有梨甚佳，大如升，入口即化。漢武帝樊川園有大梨，如五升瓶，落地則碎。欲取先以囊承之，名曰含消梨。

塗林　張騫使安石國十八年，得塗林種而歸，即安石榴也。又得胡麻，遍植中國。

阿魏樹　出三佛齊國，其樹有癭，出滋最毒，着人身即糜爛，人不敢近。每採時，繫羊於樹下，騎快馬自遠射之，脂着於羊，羊即爛，故曰飛馬取阿魏。

葡萄苜蓿　李廣利始移植大宛國苜蓿、葡萄。

甘蔗　宋神宗問呂惠卿，曰：「蔗字從庶何也？」「凡草木種之俱正生，蔗獨橫生，蓋庶出也，故從庶。」顧長康啖蔗先食尾。人問所以，曰：「漸入至佳境。」

烏樹　號柘樹也。枝長而勁，烏集之，將飛，柘枝反起彈烏，烏乃呼號。以此枝為弓，快而有力，故名「烏號之弓」。

共枕樹　潘章有美容，與楚人王仲先交厚，死則共葬。塚上生樹，柯條枝葉無不相抱，故曰共枕樹。

木奴　李衡為丹陽太守，於龍陽洲上種橘千樹。臨終，敕其子曰：「吾州里有千頭木奴，不責汝衣食。歲上一匹絹，亦足用矣。」

化枳　晏子曰：「橘生淮南則為橘，生於淮北則為枳。葉徒相似，味不相同，水土異也。」

七星劍草　草如劍形，上有七星，列如北斗。

骨牌草　葉上有幺二三四五六斑點，與骨牌無異。

劉寄奴草　劉裕微時伐荻新洲，有大蛇數丈，裕射之。明日至此，見數童搗葉，裕問故，答曰：「我王為劉寄奴所傷，今合藥敷之。」裕曰：「何不殺之？」曰：「劉寄奴王者，不死。」裕叱之，皆散走。裕得藥，敷金創立效，遂呼其草為劉寄奴，裕之乳名也。

益智　葉如襄荷，莖如竹箭，子從中心出。一枝有十子，子內白滑，四破去之，取外皮，蜜煮為粽子，味辛。盧循饗宋武，又饗遠公，名益智粽。

祁連仙樹　祁連山有仙樹，一本四味。其實如棗，以竹刀剖則甘，以鐵刀剖則苦，以木刀剖則酸，以蘆刀剖則辛。

桂　《南方草木狀》：有三種，葉如柏葉，皮赤者為丹桂；葉如柿葉者為菌桂；葉似枇杷者為牡桂。今閩中多桂，四季開花有子，此真桂。其江南八九月開花無子者，此木樨也。

酒樹　《拾遺記》：頓遜國有樹似石榴，採其花汁注甕中，數日成酒，味甚美，名其樹曰酒樹。

麵樹　名桄榔樹。樹大四五圍，長五六丈，洪直無枝條，其顛生葉，不過數十，似栟櫚；其子作穗，生木端；其皮可作綆，得水則柔韌。胡人以此聯木為舟，皮中有屑如麵，多者至數斛，食之與常麵無異。

楊柳　隋煬帝開河成，虞世基請於堤上栽柳，一則樹根四出，鞠護河堤；二則牽舟之女獲其陰樾；三則牽舟之羊食其枝葉。上大喜，詔民間進柳一株，賜一縑；百姓競獻之。帝自種一株，羣臣次第種之。栽畢，上御筆賜垂柳姓楊，曰「楊柳」。

薏苡　馬援在交趾，以薏苡實能勝瘴氣，還，載之一車。及援死，有上書譖之者以前所載皆明珠文犀。

橄欖　南威也。《金樓子》云：有樹名獨根，分為二枝，其東向一枝是木威樹，南向一枝是橄欖樹。其樹高峻不可梯，刻其根下方許，納鹽其中，一夕子皆落。此木可作舟楫，所經皆浮起。東坡詩：「紛紛青子落紅鹽，正味森森苦且嚴。待得餘甘回齒頰，已輸崖蜜十分甜。」三國吳時始貢橄欖，賜近臣。

瑞柳　唐中書省有古柳，忽一死枯，德宗自梁還，復榮茂，人謂之瑞柳。

義竹　《唐紀》：明皇后苑竹叢幽密，帝謂諸王曰：「兄弟相親，當如此竹。」因謂之義竹。

椰樹　如栟櫚，高五六丈，無枝條，其實大如寒瓜，外有粗皮，皮次有殼，圓而且堅，剖之有白膚，厚半寸，味似胡桃而極肥美，有漿，飲之作酒氣。俗人呼之「越王頭」。其殼可鑲杯壺，可作瓢。

文林果　宋王謹為曹州從事，得林檎，貢於高宗，似朱柰。上大重之，因賜謹為文林郎，號文林果。一云，唐高宗時王方言始盛栽林檎。

不灰木　《抱朴子》：南海蕭丘之上，有自生之火，春起秋滅。丘上純生一種木，雖為火所着，但少焦黑，人或得以為薪者，炊熟則灌滅之，用之不窮。東皙《發蒙》曰：「西域有火浣之布，東海有不灰之木。」

三槐　王旦父祐有陰德，嘗手植三槐於庭，曰：「吾後世必有為三公者，植此所以誌也。」

寇公柏　寇準初授巴東令，人皆以「寇巴東」呼之。手植雙柏於庭，名「寇公柏」，人比邵伯甘棠。

鐵樹　廣西殷指揮家有鐵樹，高三四尺，幹葉皆紫黑色，葉類石榴。遇丁卯年開花，四瓣，紫白色，如瑞香，較少圓。一開，累月不凋，嗅之有鐵氣。

萊公竹　寇萊公死後歸葬西京，道出荊南公安縣，人皆設祭哭於路，折竹植地，以掛紙錢。逾月視之，竹皆生筍，人號「萊公竹」，因立廟，號「竹林寇公祠」。

迎涼草　李輔國夏日會賓客，設迎涼草於庭，清風徐來。草色碧，幹類苦竹，葉細如杉。

荔枝　蔡君謨曰：閩中荔枝，興化最為奇特，尤重陳紫。其樹晚熟，其實廣上而圓下，大可徑寸有五分，香氣清遠，色澤鮮紫，殼薄而平，瓤厚而瑩，膜如桃花紅，核如丁香母，剝之凝如水晶，食之消如絳雪，其味之甘芳，不可得而名狀也。

宋家香　宋氏嘗以饋蔡君謨，君謨以《詩序》謝之曰：世傳此植已三百年。黃巢兵過欲伐之，時王氏主其木，媼抱木欲共死，得不伐。今雖老矣，其實益繁，其味益甘滑，真異品也。

瑞榴　邵武縣學宋時有石榴一株，士人觀其結實之數，以卜登第多寡，屢驗，因名「瑞榴」。

柯柏　柯潛官少詹，手植二柏於翰林苑後堂，號「學士柏」，復造瀛洲亭以臨之。

種松　晉孫綽隱會稽山中，作《天台賦》，范榮期曰：「擲地有金石聲矣。」綽於齋前種一松，恒手自壅治之。鄰人高柔語曰：「松樹子非不楚楚可憐，但無棟梁耳！」孫曰：「楓柳雖合抱，亦復何施？」

連理木　宋梁世基家有荔枝生連理，神宗賜以詩曰：「橫浦江南岸，梁家聞世賢。一株連理木，五月荔枝天。」

樹頭酒　緬甸有樹類棕，高五六丈，結實大如掌。土人以麯納罐中，懸罐於實下，劃實取汁成酒。其葉即貝葉也，寫緬書用之。

嗜鮮荔枝　唐天寶中，貴妃嗜鮮荔枝。涪州歲命驛遞，七日夜至長安，人馬俱斃。杜牧之詩：「一騎紅塵妃子笑，無人知是荔枝來。」

荔奴　龍眼似荔枝，而葉微小，凌冬不凋，七月而實成，殼青黃色，文作鱗甲，形圓似彈丸，肉白有漿，甚甘美。其實極繁，一朵五六十顆，作穗如葡萄然。荔枝才過，龍眼即熟，南人目為「荔奴」。

此君　王子猷暫寄人空宅，便令種竹，人問之，曰：「何可一日無此君！」

報竹平安　李衛公守北都，惟童子寺有竹一顆，才長數尺，其寺綱維，每日報竹平安。

蕉迷　南漢貴璫趙純卿惟喜芭蕉，凡軒窗館宇咸種之，時稱純卿為「蕉迷」。

賣宅留松　海虞孫齊之手植一松，珍護特至。池館業屬他姓，獨松不肯入券。與鄰人賣漿者約，歲以千錢為贈，祈開壁間一小牖，時時攜壺茗往，從牖間窺松，或松有枯毛，輒道主人，親往核剔，畢即便去。後其子林、森輩養志，亟復其業。

青田核　《雞蹠集》：烏孫國有青田核，莫知其木與實，而核如瓠，可容五六升，以之盛水，俄而成酒。劉章得二焉，集賓客設之，一核才盡，一核又熟，可供二十客，名曰「青田壺」。

桃核　洪武乙卯出元內庫所藏巨桃核，半面長五寸，廣四寸七分，前刻「西王母賜漢武桃」及「宣和殿」十字，塗以金，中繪龜鶴雲氣之象，復鐫「庚子甲申月丁酉日記」。命宋濂作賦。

龍眼荔枝　漢高帝時，南粵王始獻龍眼樹，漢武帝時始得交趾荔枝，植上林。魏文帝始詔南方歲貢龍眼荔枝。

藥名　將離贈芍藥，亦名可離。相招贈文無，文無一名當歸。欲忘人憂贈丹棘，一名忘憂。欲蠲人之忿贈青棠，青棠一名合歡。後人折柳贈行，折梅寄遠（見《古今注》及《董子》）。又帝不愁（見《山海經》），芍藥養性（見《博物志》），皋蘇釋忿（見《王粲志》），甘棗不惑（見束晳《發蒙記》），樹有長生（見《鄴中志》），木有無患（見《纂異文》）。

碧鮮賦　五代扈載遊相國寺，見庭竹可愛，作《碧鮮賦》。世宗遣小黃門就壁錄之，覽而稱善。劉寬夫《劃竹記》：「堅可以配松柏，勁可以凌霜雪，密可以泊晴煙，疏可以漏霄月。」

榕城　福州有榕樹，其大十圍，淩冬不凋，郡城獨盛，故號榕城。

相思樹　潮州鳳凰山多相思樹，樹中有神，披髮跣足。

念珠樹　在大理府，每穗結實百八枚。昔李賢者寓周城，主人其婦難產，李摘念珠一枚使吞，珠在兒手中擘出。

席草　儲福，靖難時衛卒，流於曲靖，不食，死。妻范氏奉姑甚謹，一日見澗邊草類蘇，織席以奉姑。姑卒後，草遂不生。

蔞葉藤　葉似葛蔓附於樹，可為醬，即《漢書》所謂蒟醬也，實似桑椹，皮黑、肉白、味辛，合檳榔食之禦瘴氣。

神木　永樂四年採楠木於沐川，方欲開道以出之，一夕楠木自移數里，因封其山為神木山。

獨本蔥　元初，馬湖蠻歲以獨本蔥來獻，郡縣疲於遞送，元貞初罷之。

邛竹　《蜀記》：張騫奉使西域，得高節竹種於邛山，今以為杖，甚雅。

天符　容子山有木葉，名天符，葉如荔枝葉而長，其紋如蟲蝕篆，不知何木，或以為劉真人仙跡。

呂公樟　松江之北禪寺，宋有回先生過之，手植一樟於殿。後數年樟死，回復造焉，問樟公安在，取瓢內藥一丸瘞諸根下，樟遂活，葉葉俱顯瓢痕。人始悟呂仙也。

陳朝雙檜　靜安寺中有雙檜，宋政和間朱勔勒圖以進，遣中使取之，風雨雷電震碎其一，遂止。

竹詩　胡閏題詩於吳芮祠壁云：「幽人無俗懷，寫此蒼龍骨。九天風雨來，飛騰作靈物。」明太祖見而賞之，召拜大理卿。

苦筍反甘　《夢溪筆談》云：太虛觀中修竹，相傳陸修靜手植，出苦筍而味反甘；歸宗寺造鹽虀而味反淡，蓋山中佳物也。

水晶蔥　宋孝宗問周必大：「吉安所產何物？」對曰：「金柑玉

版筍，銀杏水晶蔥。」

巨楠　赤城閣前有巨楠，高數十尋，圍三十尺，世傳范寂手植。寂得長生久視之術，先主累召不赴，封逍遙公。

希夷所種　《方輿勝覽》云：普州磽瘠無異產，惟鐵山棗、崇龕梨、天池藕三者，皆希夷所種。

騎鯨柏　大邑鳳皇山有紫柏十圍，根盤巨石上，號騎鯨柏。

蘆根　秦始皇以東南氣王，鑿連江之九龍山，得蘆根一莖，長數丈，斷之有血，因名其山曰荻蘆峽。

榕樹門　桂林府之南門也。唐築門時，榕一株久跨門內外，盤錯至地，生成門狀，車馬往來，徑於其下。楊基詩云「榕樹城門卻倒垂」是也。

苴草　廣西產，狀如茅，食之令人多壽。暑月置盤筵中，蠅蚊不近，物亦不速腐，亦名不死草。又有木生子，形如豬腎，能解藥毒，名豬腰子。

羅浮橘　嚴州城南，其山峻險不易登，上有羅浮橘一株，熟時風飄墮地，得者傳為仙橘云。

玉芝　會稽陶堰嶺出花生，葉下其根歲生一臼，取以麵裹熟食，可辟穀。

百穀　《名物通》：粱者，黍稷之總名；稻者，溉種之總名。菽者，眾豆之總名。三穀各二十種，為六十種，蔬果助穀各二十種，共為百穀。

君子竹　東坡詩：「惟有長身六君子，猗猗猶得似淇園。」又篔簹亦竹之類，生水邊，長數丈，圍尺五寸，一節相去六七尺。

樗櫟　《莊子》：吾有大樹，人謂之樗。其大本擁腫而不中繩墨，其小枝卷曲而不中規矩。《通志》：南多槲，北多櫟，似樗，即柞櫟也。古云：社櫟以不材故壽。

梗楠　《文選》：梗、楠、豫章皆名克勝大任之材也。

瓜田李下　《文選》：君子防未然，不處嫌疑間。瓜田不納履，李下不整冠。

薰蕕異器　《左傳》：一薰一蕕，十年尚猶有臭。注：薰，香草也；蕕，臭草也。

蒲柳先槁　《世説》：顧悦之與文帝同年，髮早白。帝問之，曰：「松柏之姿，經霜猶茂。蒲柳之姿，望秋先零。」

餘桃　《韓子》：彌子瑕食桃而甘，以半啖衛君，君曰：「愛我哉。」後子瑕得罪，君曰：「是固啖我以餘桃者。」

二桃殺三士　齊公孫接、田開彊、古冶子皆勇而無禮，晏子謂景公饋之二桃，令計功而食，三子皆自殺。

祥桑　亳里有桑穀共生於朝，七日大拱，伊陟曰：「妖不勝德。」於是太戊修先王之政，養老問疾，早朝晏退，三日而桑穀死。

金杏　分流山出。大於梨，黃於橘。漢武訪蓬瀛，有獻此者，今呼「漢帝果」。

花卉

桂花　草木之花五出，雪花六出，朱文公謂地六生水之義。然桂花四出，潘笠江謂土之產物，其成數五，故草木皆五，惟桂乃月中之木，居西方，四乃西方金之成數，故四出而金色，且開於秋云。

天花　生五台山，草本。花如牡丹而大，其白如雪，下有白蛇守之，人摘其花，必傷之。土人作法竊取，蛇見無花，則自觸死。曬乾，大猶如鮮牡丹，取數瓣點湯甚美，其價甚貴。

瓊花　王興入秋長山，見瓊花莖長八九寸，葉如白檀，花如芙蕖，香聞數里，唐人植一株於廣陵蕃釐觀，至元時朽，以八仙花補之於瓊花台前。

金帶圍　江都芍藥凡三十二種，惟金帶圍者不易得。韓琦守郡時，偶開四朵。時王岐公珪為郡倅，荊公安石為幕官，陳秀公升之以衞尉丞適至，韓公命宴花下，各簪一朵。後四人相繼大拜，乃花瑞也。

蔓花　胡人以茉莉為蔓花，宋徽宗時始名茉莉。

洛如花　吳興山中有一樹，類竹而有實似莢，鄉人見之，以問陸澄。澄曰：「是名洛如花，郡有名士，則生此花。」

王者香　《家語》：孔子見蘭花，歎曰：「夫蘭當為王者香，今與眾花伍。」乃援琴作《猗蘭操》。

伊蘭花　金粟香特馥烈，戴之髮髻，香聞十步，經月不散。西域以「伊」字至尊，如中國「天」字也，蒲曰「伊蒲」，蘭曰「伊蘭」，皆以尊稱，謂其香無比也。大約今之真珠與木蘭是也。

斷腸花　昔有婦人思所歡，不見輒涕泣，灑淚於北牆之下，後濕處生草，其花甚美，色如婦面，其葉正綠反紅，秋開，即今之海棠也。

蝴蝶花　在貴州玄妙觀，春時開，花嬌艷，至花落之時，皆成蝴蝶翩翩飛去，枝頭無一存者。

優缽羅花　在北京禮部儀制司，開必四月八日，至冬而實，狀如鬼蓮蓬，脫去其殼，其核成金色佛一尊，形相皆具。

娑羅　夏津為昌化令，有娑羅樹一株，花開時香聞十里，津笑曰：「此真花縣也。」

蘭花　蜜蜂採花，凡花則足粘而進，採蘭花則背負而進，蓋獻其王也。進他花則賞以蜜，進稻花則致之死，蜂王之有德若此。

婪尾春　桑維翰曰：「唐末文人以芍藥為婪尾春者，蓋婪尾酒乃最後之杯，芍藥殿春，故名。」宋留守李迪以芍藥乘驛進御，玄宗始植之禁中。

姚黃魏紫　《西京雜記》：牡丹之奇者，有姚家黃、魏家紫。

木蓮　白樂天曰：「予遊臨邛白鶴山寺，佛殿前有木蓮兩株，其高數丈，葉堅厚如桂，以中夏開花，狀如芙渠，香亦酷似。山僧云：花折時，有聲如破竹。然一郡止二株，不知自何至也。成都多奇花，亦未常見。」世有木芙蓉，不知有木蓮花也。

國色天香　唐玄宗內殿賞花，問程修已曰：「京師傳唱牡丹者誰稱首？」對曰：「李正封云：國色朝酣酒，天香夜染衣。」帝因謂妃曰：「妝鏡前飲一紫金盞，正封之詩可見矣！」

茶花　以滇茶為第一，日丹次之。滇茶出自雲南，色似衢紅，大如茶碗，花瓣不多，中有層折，赤艷黃心，樣範可愛。

佛桑　出嶺南，枝葉類江南木槿，花類中州芍藥，而輕柔過之。開時當二三月間，阿那可愛，有深紅、淺紅、淡紅數種，剪插即活。

花癖　唐張籍性耽花卉，聞貴侯家有山茶一株，花大如盎，度不可得，以愛姬換之。人謂之「張籍花淫」。

海棠　宋真宗時始海棠與牡丹齊名。真宗御製雜詩十題，以海棠為首。晏元獻公殊始植紅海棠、紅梅，蘇東坡始名黃梅為蠟梅。

花品　周濂溪《愛蓮說》：「菊，花之隱逸者也；牡丹，花之富貴者也；蓮，花之君子者也。」

舍東桑　《蜀志》：先主舍東有桑樹高丈餘，垂垂如蓋，往來者皆怪此樹非凡，謂當出貴人。先主少與諸兒戲樹下，言：「吾必當乘此羽葆車蓋。」

張緒柳　《南史》：齊武帝時，益州獻蜀柳，枝條甚長，狀似絲縷。帝植於太昌靈和殿前曰：「此柳風流可愛，似張緒少年時也。」

美人蕉　其花四時皆開，深紅照眼，經月不謝。

海棠香國　昔有調昌州守者，求易便地。彭淵材聞而止之曰：「昌，佳郡也！」守問故，曰：「海棠患香，患無香，獨昌地產者香，故號海棠香國，非佳郡乎？」

思梅再任　何遜為揚州法曹，公廨有梅一株，遜常賦詩其下，後居洛，思梅花不得，請再任揚州。至日，花開滿樹，遜延賓醉賞之。

榴花洞　唐樵者藍超於福州東山逐一鹿，鹿入石門，內有雞犬人煙，見一翁，謂曰：「皆避秦地，留卿可乎？」超曰：「歸別妻子乃來。」與榴花一枝而出。後再訪之，則迷矣。

桃花山　在定海，安期生煉藥於此，以墨汁灑石上成桃花，雨過則鮮艷如生。

攀枝花　廣州產，高四五丈，類山茶，殷紅如錦，一名木綿。

一年三花　嵩山西麓，漢有道士從外國將貝多子來種之，成四樹，一年三花，白色，其香異常。

白蒻　韓詩：「太華峰頭玉井蓮，開花十丈藕如船。冷比雪霜甘比蜜，一片入口沉痾痊。」

萱草宜男　《博物志》：萱號忘憂草，亦名宜男花。孟詩：「萱草女兒花，不解壯士憂。」

冰肌玉骨　袁豐之評梅曰：「冰肌玉骨，世外佳人，但恨無傾城之笑耳。」

菊比隱逸　菊不競春芳，後羣卉而開，故以隱逸之士比之。

花似六郎　譽張昌宗者曰：「六郎貌似蓮花。」楊再思曰：「乃蓮花似六郎耳。」

先後開　大庾嶺上梅花，南枝已落，北枝方開，寒暖之候異也。

四靈部

卷十七

飛禽

烏社　大禹即位十年，東巡狩，崩於會稽，因而葬之。有鳥來為之耘，春拔草根，秋啄蕪穢，謂之鳥社。縣官禁民不得妄害此鳥，犯則無赦。

精衞鳥　炎帝女溺死渤澥海中，化為精衞鳥，日銜西山木石以填渤澥，至死不倦。

鳳　《論語讖》曰：「鳳有六象九苞。」六象者，頭象天，目象日，背象月，翼象風，足象地，尾象緯。九苞者，口包命，心合度，耳聰達，舌詘伸，色光彩，冠矩朱，距鋭鈎，音激揚，腹文戶。行鳴曰歸嬉，止鳴曰提扶，夜鳴曰善哉，晨鳴曰賀世，飛鳴曰郎都，食惟梧桐竹實。故子欲居九夷，從鳳嬉。

鸞　瑞鳥也。張華注曰：鸞者，鳳凰之亞，始生類鳳，久則五彩變易，其音如鈴。周之文物大備，法車之上綴以大鈴，如鸞聲也，故改為鸞駕。

像鳳　太史令蔡衡曰：凡像鳳者有五色，多赤者鳳，多青者鸞，多黃者鵷雛，多紫者鸑鷟，多白者鵠。此鳥多青，乃鸞，非鳳也。

迦陵　鳥鳴清越如笙簫，妙合宮商，能為百蟲之音。《楞嚴經》云：「迦陵仙音，遍十方界。」

畢方鳥　《山海經》：章峨之山有鳥，狀如鶴，一足，赤文青質而白喙，名曰「畢方」，其鳴自叫。見則邑有訛火。

鸞影　宋范泰《鸞詩序》：昔罽賓王結罝峻卯之山，獲一鸞，三年不鳴。其夫人曰：「嘗聞鳥見其類則鳴，可不懸鏡以照之？」王從其言。鸞觀影悲鳴，沖霄一奮而絕。嗟乎玆禽！何情之深也。鸞血作膠，以續弓弩、琴瑟之弦。

吐綬雞　形狀、毛色俱如大雞。天晴淑景，頷下吐綬，方一尺，金碧晃曜，花紋如蜀錦，中有一字，乃篆文「壽」字，陰晦則不吐。一名「壽字雞」，一名「錦帶功曹」。

孔雀　孔雀自愛其尾，遇芳時好景，聞鼓吹則舒張翅尾，盼睞而舞。性妒忌，見婦女盛服，必奔逐啄之。山栖時，先擇貯尾之地，然後置身。欲生捕之者，候雨甚往擒之；尾沾雨而重，人雖至，猶愛尾，不敢輕動也。

杜鵑　蜀有王曰杜宇，禪位於鱉靈，隱於西山，死化為杜鵑。蜀人聞其鳴，則思之，故曰「望帝」。又曰杜鵑生子寄於他巢，百鳥為飼之。

鴻鵠六翮　劉向曰：「今夫鴻鵠高飛沖天，然其所恃者六翮耳。」夫腹下之毳、背上之毛揁去一把，飛不為高下。

號寒蟲　五台山有鳥名號寒蟲，四足，有肉翅，不能飛，其糞即五靈脂也。當盛暑時，文采絢爛，乃自鳴曰：「鳳凰不如我。」至冬，毛盡脱落，自鳴曰：「得過且過。」

秦吉了　嶺南靈鳥。一名「了哥」。形似鸜鵒，黑色，兩肩獨黃，頂毛有縫，如人分髮，耳聰心慧，舌巧能言。有夷人以數萬錢買去，吉了曰：「我漢禽不入胡地！」遂驚死。

變化　《月令》：三月，田鼠化為鴽，八月鴽化為田鼠。二物交化，即今所謂鵪鶉也。二月鷹化為鳩，八月鳩化為鷹，亦交化也。

赤烏　周武王伐紂，渡孟津，有火自上而下，至王屋流化為烏，其色赤，其聲魄。

布穀　即斑鳩。杜詩：「布穀催春種。」張華曰：農事方起，此鳥飛鳴於桑間，若云穀可佈種也。又其聲曰：「家家撒穀。」又云：「脱卻破褲。」因其聲之相似也。

鬕母　大如雞，黑色，生南方池澤葭蘆中，其聲如人嘔吐，每一鳴，口中吐出蚊蟲一二升。

稚子　一名「竹豚」。喜食筍，善匿，不使人見。故杜詩有「筍根稚子無人見」之句。

鷁　水鳥，能厭水神，故畫於舟首，舟名「彩鷁」。

捕鸇　魏公子無忌方與客飲，有鸇擊鳩，走逃於公子案下，鸇追擊，殺於公子之前。公子恥之，即使人多設罻羅，得鸇數十匹，責讓以殺鳩之罪曰：「殺鳩者死！」一鸇低頭，不敢仰視；餘皆鼓翅自鳴。公子乃殺低頭者，餘盡釋之。

鵓鴿井　漢高祖廟，臨城鵓鴿井旁，記云：「沛公避難井中，有雙鴿集井中，追者不疑，得脱。」

雪衣娘　唐明皇時，嶺南進白鸚鵡，聰慧能言，上呼之為「雪衣娘」。上每與諸王及貴妃博戲，稍不勝，左右呼雪衣娘，即飛入局中，以亂其行列。一日語曰：「昨夜夢為鷙所搏。」已而，果為鷹斃，瘞之苑中，號「鸚鵡塚」。

唐李繁曰：「東都有人養鸚鵡，以甚慧，施於僧。僧教之能誦經，往往架上不言不動。問其故，對曰：身心俱不動，為求無上道。及其死，焚之，有舍利。」

白鷴　宋帝昺駐蹕厓州山，為元兵所追，丞相陸秀夫抱帝赴海死。時御舟一白鷴，奮擊哀鳴，墮水以殉。

鵓鴿詩　宋高宗好養鴿，躬自飛放。有士人題詩云：「鵓鴿飛騰繞帝都，朝收暮放費工夫。何如養個南來雁，沙漠能傳二帝書。」帝聞之，召見士人，即命補官。

長鳴雞　宋處宗嘗買一長鳴雞着窗間。後雞作人語，與處宗談論，終日不輟。處宗因此學業大進。

宋厨雞蛋　宋文帝尚食厨備御膳，烹雞子，忽聞鼎內有聲極微，乃羣卵呼觀世音，淒愴之甚。監宰以聞。帝往驗之，果然，歎曰：「吾不知佛道神力乃能若是！」敕自今不得用雞子，並除宰割。

雁書　蘇武使匈奴，留武於海上牧羝。漢使留求之，匈奴詭言武死。常惠教使者曰：「天子在上林射雁，雁足上繫帛書，言武在某澤中。」單于驚謝，乃遣武還。《禮記》：「鴻雁來賓。」（先至為主，後至為賓。）

孤雁　張華曰：雁夜栖川澤中，千百成羣，必使孤雁巡更，有警則哀鳴呼眾。故師曠《禽經》曰：「羣栖獨警。」

飛奴　張九齡家養羣鴿，每與親知書，繫鴿足上移之，呼為「飛奴」。

鴆毒　《左傳》：「宴安鴆毒，不可懷也。」鴆，毒鳥也，黑身赤目，食蝮蛇，以其毛瀝飲食則殺人。

周周鳥　首重尾屈，將欲飲於河，則必顛，乃銜尾而飲。

金衣公子　唐明皇遊於禁宛，見黃鶯羽毛鮮潔，因呼為「金衣公子」。

戴顒春日攜雙柑斗酒，人問何之，答曰：「往聽黃鸝聲，此俗耳針砭、詩腸鼓吹。」

養木雞　《莊子》：渻子為宣王養鬥雞，十日而問之曰：「雞可鬥乎？」曰：「未也，猶虛憍而恃氣。」十日又問之。曰：「幾矣。雞有鳴者，已無變矣，望之似木雞矣，其德全矣。異雞無敢應者，反走矣。」

季郈鬥雞　《左傳》：季郈之鬥雞，季氏介其羽，郈氏為之金距。劉孝威詩：「翅中含白芥，距外曜金芒。」

乘軒鶴　衛懿公好鶴，鶴有乘軒者，及狄人伐衛，受甲者皆曰：「鶴有祿位，何不使戰。」是以衛亡。

翮成縱去　僧支道林好鶴。有遺以雙鶴者，林鎩其羽，鶴反顧懊惜。林曰：「鶴有淩霄之志，何肯為人耳目近玩！」養令翮成，置使飛去。

羊公鶴 羊叔子有鶴善舞，嘗向客稱之，客試使驅來，氃氋而不肯舞，故比人之名而不實。

斥鷃笑鵬 《莊子》：窮髮之北，有鳥名鵬，摶扶搖而上者九萬里，且適南冥，斥鷃笑之曰：「彼奚適也？我騰躍而上，不過數仞而下，翱翔蓬蒿之間，此亦飛之至也。而彼且奚適也？」

打鴨驚鴦 呂士隆知宣州，好笞官妓。適杭州一妓到，士隆喜之。一日羣妓小過，士隆欲笞之。妓曰：「不敢辭責，但恐杭妓不安耳。」士隆赦之。梅聖俞作打鴨詩：「莫打鴨，驚鴛鴦，鴛鴦新向池中落，不比孤州老鴰鶬。」

烏 燕太子丹質於秦，秦遇之無禮，欲歸。秦王不聽，謬言曰：「令烏白頭馬生角，乃可歸。」丹仰天歎息，烏即興白，馬為生角，秦王不得已而遣之。

烏傷 顏烏純孝，父亡，負土築墓，羣烏銜土助之，其吻皆傷，因以名縣。《唐雅》曰：「純黑而反哺者謂之烏，小而腹下白，不能反哺者謂之鴉。」

燕居舊巢 武瓘詩：「花開蝶滿枝，花謝蝶還希。惟有舊巢燕，主人貧亦歸。」又唐詩：「舊時王謝堂前燕，飛入尋常百姓家。」

鬥鴨 陸龜蒙有鬥鴨闌。一日，驛使過焉，挾彈斃其尤者。陸曰：「此鴨善人言，欲進上，奈何斃之！」使者盡以囊中金窒其口，徐問人語之狀，陸曰：「能自呼其名耳。」使者憤且笑，拂袖上馬，陸還其金曰：「吾戲耳。」

孝鵝 唐天寶末，長興沈氏畜一母鵝將死，其雛悲鳴，不復食；母死，啄敗薦覆之，又銜芻草列前若祭狀，向天長號而死。沈氏異之，埋於蔣灣，名「孝鵝塚」。

蔡確鸚鵡 蔡確貶新州，有侍姬名琵琶，所蓄鸚鵡甚慧，每為確呼琵琶，及琵琶死，鸜鵒猶呼其名。確賦詩傷之。

雁丘　金元好問過陽曲，見一獵者云：「捕得二雁，內一死，一脫網去，空中哀鳴良久，投地亦死。」好問遂以金贖二雁，瘞之汾水濱，壘土為丘。今為雁丘。

見彈求鴞　《莊子》：長梧子曰：「汝亦太早計，見卵而求時夜，見彈而求鴞炙。」

燕巢於幕　季札如晉，將宿於戚，聞鐘聲曰：「夫子之在此也，猶燕之巢於幕上，而可以樂乎？」《呂氏春秋》：燕雀處堂，母子相愛，突厥棟焚，燕雀不知。

禽經　金得伯勞之血則昏，鐵得鷺鷀之膏則瑩，石得鵲髓則化，銀得雉糞則枯。翡翠粉金，鵁鶄厭火。

風雨霜露　《禽經》云：風翔則風；風，鳶也。雨舞則雨；雨，商羊也。霜飛則霜；霜，鸘鷞也。露翥則露；露，鶴也。又云：以豚識風，以鼉識雨；豚，江豚也。鵲知風，蟻知雨。

禽智　陳所敏云：鸂鶒能水，故水宿之物莫能害。啄木遇蠹穴，能以嘴畫字成符，蠹蟲自出。鶴能步罡，蛇不敢動。鴉有隱巢，故鷙鳥不能見。燕銜泥常避戊己，故巢不傾。鸛有長水石，能於巢中養魚，而水不涸。燕惡艾，雀欲奪其巢，即銜艾置巢中，燕遂避去。此皆禽之有智者也。

大鳥悲鳴　楊震將葬。先葬數日，有大鳥高丈餘，集震喪次悲鳴，葬畢方去。上聞，乃悟震坐枉，遣使具祭，官其子。

化鶴　《職方乘》云：南昌洗馬池，嘗有少年見美女七人，脫彩衣岸側浴池中。少年戲藏其一，諸女浴畢就衣，化白鶴去，獨失衣女留。隨至少年家，為夫婦，約以三年還其衣，亦飛去。故又名「浴仙池」。

化為大鳥　王仲變倉頡舊文為今隸書。秦始皇嘗徵仲不至，大怒，詔檻車送之。仲化為大鳥飛去，落二翮於延慶州，今有大翩山。

五色雀　出羅浮山，貴人至則先翔舞。

鵔鸃鳥　產肇慶，形似山雞，其羽有光，漢以飾侍中冠。

鳳巢　永福隋時雙鳳來巢，宋初復至，守臣以聞，太宗遣使鑿巢下石，得美玉，名其山曰「鳳巢山」。

羣烏啼噪　海鹽烏夜村，晉何準寓此。一夕，羣烏啼噪，準生女。後復夜噪啼，乃穆帝立準女為后之日。

問上皇　郭浩按邊至隴，見鸚鵡一紅一白鳴樹間問：「上皇安否？」浩詰其故，蓋隴州歲貢此鳥，徽宗置之安妃閣。後發還本土，二鳥猶感恩不忘。

鳳曆　鳳知天時，故以名曆。鳳鳴而天下之雞皆鳴。鳳尾十二翎，遇閏歲生十三翎。今樂府調尾聲十二板，以象鳥尾，故曰尾聲。或增四字，亦加一板，以象閏。

雞五德　《韓詩外傳》：「頭戴冠，文也；足搏距，武也；見敵敢鬥，勇也；見食相呼，仁也；守夜不失時，信也。」故又稱「德禽」。

陳寶　秦穆公時，陳倉人掘地得一物以獻，道逢二童子曰：「此物名為蝹。」蝹曰：「彼二童子名為陳寶，得雄者王，得雌得霸。」陳倉人捨蝹逐童子，童子化為雉飛入平林，以告於公。公大獵，果得其雌，化為石，置於汧渭之間，立陳寶祠，遂霸西戎。

腰纏騎鶴　昔有客各言其志，一願為揚州刺史，一願多資財，一願騎鶴上昇，其一人曰：「吾願腰纏十萬貫，騎鶴上揚州。」

隋珠彈雀　古云：以隋侯之珠彈千仞之雀，世必笑之。蓋所用者重，所求者輕也。

雀躍　言人喜悅，如雀之跳躍也。

愛屋及烏　《詩經》：「瞻烏爰止，於誰之屋。」恐因烏而傷其屋也。

越雞鵠卵　《莊子》：「越雞不能伏鵠卵。」謂其身小也。

燕賀　《淮南子》：大廈成而燕雀相賀。

貫雙雕　《唐史》：高駢見雙雕飛過，祝曰：「我貴當中之。」一發貫雙雕，因號「雙雕侍郎」。

鵲巢鳩占　《詩經》：「維鵲有巢，維鳩居之。」

聞雞起舞　祖逖與劉琨同寢，中夜聞雞鳴，蹴琨覺曰：「此非惡聲也！」因起舞。

走獸

藥獸　神農時有白民進藥獸。人有疾，則拊其獸授之語，語畢，獸輒如野外銜一草歸，搗汁服之即癒。帝命風后記其何草，起何疾。久之，如方悉驗。虞卿曰：「神農師藥獸而知醫。」

夔　黃帝於東海流波山得奇獸，狀如牛，蒼身無角，一足，能入水，吐水則生風雨，目光如日月，其聲如雷，名曰夔。帝令殺之，取皮以冒鼓，擨以雷獸之骨，聲聞五百里。

觟鯱　皋陶治獄，有觟鯱遊於庭（一角之獸，即今所畫獬豸）。其罪疑者令觸之，有罪則觸，無罪則不觸，以定獄辭。

黃熊　舜殛鯀於羽山，鯀化為黃熊，入於羽泉。故禹廟祭品，戒不用熊。

白狐　禹年三十未娶，行塗山，有白狐九尾造禹，塗山人歌曰：「白狐綏綏，九尾龐龐。成于家室，乃都攸昌。」禹遂娶之，謂之女嬌。

野兔　文王囚於羑里七年，其子伯邑考往視父。紂呼與圍棋，不遜，紂怒殺伯邑考醢之，令人送文王食，命食畢而後告，文王號泣而吐之，盡變為野兔而去。

麟紱　孔子在娠，有麟吐玉書於闕里，文云：「水精之子，繫衰周而素王。」孔母乃以繡紱繫麟角，信宿而麟去。至魯定公時，魯人鉏商田於大澤，得麟以示孔子，繫角之紱尚在。孔子知命之將終，抱麟解紱，涕泗滂沱。

白澤　東望山有獸曰白澤，能言語。王者有德，明照幽遠，則白澤自至。

昆蹄　后土之神獸，英靈能言語，禹治水有功而來。

角端　元太祖駐師西印渡，有大獸，高數丈，一角，如犀牛，作人語曰：「此非帝王世界，宜速還。」耶律楚材進曰：「此名角端，聖人在位，則奉書而至。能日馳一萬八千里，靈異如鬼神，不可犯。」

彖　豕類也。張口而腹髒盡露，故名曰彖。《易經》用「彖曰」，蓋取此義。

獅子　一名狻猊。《博物志》：魏武帝伐冒頓，經白狼山，逢獅子，使人格之，殺傷甚眾。忽見一物自林中出，如狸，上帝車軛。獅子將至，便跳上其頭，獅子伏，不敢動，遂殺之。得獅子還，來至洛陽三十里，雞犬無鳴吠者。

酋耳　身若虎豹，尾長參其身，食虎豹。王者威及四夷則至。

虎倀　人罹虎厄，其神魂嘗為虎役，為之前導。故凡死於虎者，衣服巾履皆卸於地，非虎之威能使自卸，實鬼為之也。

虎威　虎有骨如乙字，長寸許，在脅兩旁皮內，尾端亦有之，名「虎威」，佩之臨官，則能威眾。又虎夜視，一目放光，一目視物。獵人候而射之，弩箭才及，光隨墮地成白石，入地尺餘。記其處掘得之，能止小兒啼。

倉兕　尚父為周司馬，將師伐紂。到孟津之上，仗鉞把旄號其眾曰：「倉兕。」倉兕者，水中之獸也，善覆人舟，因神以化，令汝急渡，不急渡，倉兕害汝。

鬥穀於菟　《左傳》鬥伯比淫於䢵子之女，生子文。䢵夫人使棄諸夢澤中，虎乳之。邧子田，見而懼，歸，夫人以告，遂收之。楚人謂乳穀，謂虎於菟，故曰「鬥穀於菟」。

貘　貘者象鼻犀目，牛尾虎足，性好食鐵，生南方山谷中。寢其皮辟濕，圖其形辟邪。

窮奇　西北有獸，名曰窮奇，一名神狗。其狀如虎，有翼能飛，食人，知人言語。逢忠信之人，則嚙而食之；逢奸邪之人，則捕禽獸以饗之。

檮杌　西荒中獸也，狀如虎，毛長三尺餘，人面虎爪，口牙一丈八尺，好鬥，至死不卻，獸之至惡者。

山都　形如崑崙奴，毛遍體，見人輒閉目張口如笑，好在深洞中翻石覓蟹啖之。

饕餮　羊身人面，其目在腋下，虎齒人爪，聲如嬰兒，鉤玉山中有之。

狼狽　二獸名。狼前二足長，後二足短；狽前二足短，後二足長。狼無狽不立，狽無狼不行。若相離，則進退無據矣。故世人言事之乖張，則曰「狼狽」。

風馬牛　馬喜逆風而奔，牛喜順風而奔，故北風則牛南而馬北，南風則牛北而馬南，故曰風馬牛不相及也。

種羊　西域俗能種羊。初冬，擇未日殺一羊，切肉方寸，埋土中。至春季，擇上未日，延僧吹胡笳，作咒語，土中起一泡，如鴨卵。數日，風破其泡，有小羊從土中出。此又胎卵濕化之外，又得一生也。

猫　出西方天竺國，唐三藏攜歸護經，以防鼠嚙，始遺種於中國。故「猫」字不見經傳。《詩》有「貓」，《禮記》迎「貓」，皆非此「猫」也。

萬羊　李德裕召一僧問休咎，僧曰：「公是萬羊丞相，今已食過九千六百矣。數日後有饋羊四百者，適滿其數。」公大驚，欲勿受。僧曰：「羊至此，已為相公所有矣。」旬日後貶潮州司馬，又貶連州司戶，尋卒。

艾豭　衛靈公夫人南子與宋朝通，野人歌曰：「既定爾婁豬，盍歸吾艾豭。」（婁豬，雌豬也；艾豭，雄豬也。）

遼東豕　遼東有豕，生子頭白，異而獻之。行至河東，見豕皆白頭，懷慚而返。今彭寵之自伐其功，何異於是！

李貓　李義府容貌溫恭，而狡險忌刻，時人謂之「李貓」。

麋鹿觸寇　秦始皇欲大苑囿，優旃曰：「善。多縱禽獸於中，寇從東方來，以麋鹿觸之，足矣！」

猶豫　猶之為獸，性多疑。聞有聲，則豫上樹，四顧望之，無人才敢下。須臾又上，如此非一。故今人慮事之不決者曰「猶豫」。

沐猴　小猴也，出罽賓國。史言「沐猴而冠」，以「沐」為「沐浴」之「沐」者，非是。

刑天　獸名，即「渾沌」，見《山海經》，能挾干戚而舞。陶淵明詩「刑天舞干戚」，今誤作「刑天無干戚」。

蝟　形若彘，常在地食死人腦。欲殺之，當以柏插其墓，故今墓上多種柏樹。一名「蝹」。秦穆公時，陳倉人掘地得之。

猾　無骨，入虎口不能噬，落虎腹中則自內噬出。《書》曰：「蠻夷猾夏。」則取此義。

犀角　一名「通天」，一名「分水」，一名「駭雞」。「通天」用以作簪，則夢登天，知天上諸事；「分水」刻為魚形，銜以入水，水開三尺，可得氣，息水中；「駭雞」謂雞見之，則驚卻也。

馴獺　永州養馴獺，以代鸕鷀沒水捕魚，常得數十斤，以供一家。魚重一二十斤者，則兩獺共畀之。

明駝　駝卧，足不帖地，屈足。漏明，則走千里，故曰明駝。唐制：驛有明駝使，非邊塞軍機不得擅發。楊貴妃私發駝使，賜安祿山荔枝。

瘈狗　《左傳》:「國狗之瘈，無不噬也。」杜預注云:「瘈，狂犬也。」今云「猘犬」。《宋書》云:「張牧為瘈犬所傷，食蝦蟆而癒。」又槌碎杏仁納傷處即癒。

畜犬　《晉書》曰：白犬黑頭，畜之得財；白犬黑尾，世世乘車；黑犬白耳，富貴；黑犬白前二足，宜子孫；黃犬白耳，世世衣冠。

風生獸　生炎州，大如狸，青色。積薪數車以燒之，薪盡而獸不死，毛亦不焦，斫刺不入，打之如灰囊，以鐵鍾鍛其頭數十下，乃死，而張口向風，須臾復活。以石上菖蒲塞其鼻，即死。取其腦和菊花服之，盡十斤，得壽五百歲。

月支猛獸　漢武時，月支國獻猛獸一頭，形如五六十日犬子，大如狸而色黃。武帝小之，使者對曰:「夫獸不在大小。」乃指獸，命叫一聲。獸舐脣良久，忽叫，如大霹靂，兩目如磯礋之交光。帝登時顛蹶，掩耳震栗，不能自止。虎賁武士皆失仗伏地，百獸驚絕，虎亦屈伏。

舞馬　唐玄宗舞馬四百蹄，分為左右部，有名曰「某家驕」，其曲曰《傾杯樂》。皆衣以錦繡，綴以金銀，每樂作，奮首鼓尾，縱橫應節。

舞象　唐明皇有舞象數十。祿山亂，據咸陽，出舞象，令左右教之拜。舞象皆努目不動，祿山怒，盡殺之。

弄猴　唐昭宗播遷，隨駕有弄猴，能隨班起居。昭宗賜以緋袍，號「供奉」。羅隱詩「何如學取孫供奉，一笑君王便着緋」是也。朱梁篡位，取猴，令殿下起居。猴望見全忠，徑趨而前，跳躍奮擊，遂被殺。

忽雷駁　秦叔寶所乘馬也。餵料時，每飲以酒。常於月明中試之，能豎越三領黑氈。叔寶卒，嘶鳴不食而死。

鐵象　曲端下獄，自知必死，仰天長吁，指其所乘馬名鐵象曰：「天下欲振復中原乎？惜哉！」鐵象泣數行下。

鑄馬　慕容廆有駿馬，赭白，有奇相，饒逸力。至儁光壽元年，四十九矣，而駿逸不虧，儁奇之，比鮑氏驄，命鑄銅以圖其像，親為銘贊，鐫頌其旁，像成，而馬死矣。

白獺　魏徐邈善畫，明帝遊洛水，見白獺愛之，不可得。邈曰：「獺嗜鯔魚，乃不避死。」遂畫板作鯔魚懸岸，羣獺競來，一時執得。帝曰：「卿畫何其神也！」

贖馬　周田子方嘗出，見老馬於道，詢知為家畜也，歎曰：「少盡其力，而老棄其身，仁者不為也。」贖之歸。

袁氏　後唐有孫恪者，納袁氏為室。後至峽山寺，袁持一碧環獻老僧。少傾，野猿數十，捫蘿而躍。袁乃命筆題詩，化猿去。僧方悟即沙門向所畜者，玉環其繫頸舊物也。

果下馬　羅定州出馬，高不逾三尺，駿者有兩脊骨，又呼雙脊馬，健而能行。以其可在果樹下行，名曰「果下馬」。

穢鼠易腸　唐公房拔宅上昇，雞犬皆仙，惟鼠不淨，不得去。鼠自悔，一日三吐，易其腸，欲其自潔也。

八駿　穆天子八駿，一名「絕地」，足不踐土；二名「翻羽」，行越飛禽；三曰「奔宵」，夜行萬里；四名「超影」，逐日而行；五名「逾輝」，毛色炳熠；六名「超光」，一形十影；七名「騰霧」，乘雲而奔；八名「挾翼」，身有肉翅。又有驊騮、騄駬，亦古之良馬也。

黑牡丹　唐末劉訓者，京師富人。京師春遊，以牡丹為勝賞。訓邀客賞花，乃繫水牛累百於門。人指曰：「此劉氏黑牡丹也。」

辟暑犀　《孔帖》：文宗延學士於內殿。李訓講《易》，時方盛暑，上命取辟暑犀以賜。

辟寒犀　《開元遺事》：交趾進犀角，如金，冬月置殿中，暖氣如薰。上問使者，曰：「此辟寒犀也。」

養虎遺患　漢王欲東歸，張良曰：「漢有天下大半，楚兵飢疲，今釋不擊，此養虎自遺患也。」王從之。

狐假虎威　楚王問羣臣：「北方畏昭奚恤，何哉？」江乙曰：「虎得一狐，狐曰：『子毋食我，天帝令我長百獸。不信，吾先行，子隨後觀。』獸見皆走。虎不知獸畏己，以為畏狐也。今北方非畏昭奚恤，實畏王甲兵也。」

狐疑　狐疑者，狐性多疑，故心不決曰「狐疑」。

黔驢之技　柳文：黔無驢，有好事者船載以入，放之山下。虎見龐然大物，環林間視之。驢一鳴，虎大駭，以為且噬己。然往來視之，覺無異能。益習其聲。稍近，宕、倚、衝、冒。驢不勝怒，蹄之。虎因喜，計之曰：「技止此矣！」跳梁大㘎，斷其喉，盡其肉，乃去。

馬首是瞻　晉荀偃曰：「雞鳴而駕，塞井夷灶，惟余馬首是瞻！」

不及馬腹　楚伐宋，宋告急於晉。晉侯欲救之，伯宗曰：「不可。古人有言曰：『雖鞭之長，不及馬腹。』天方授楚，不可與爭。」

塞翁失馬　北叟塞上翁匹馬亡入胡，人弔之。翁曰：「安知非福乎？」後馬將駿馬歸。人賀之，翁曰：「安知非禍乎？」後其子騎，折髀，人弔之，翁曰：「又安知非福乎？」後兵，出丁壯者，免其子，以跛相保。

棄人用犬　晉靈公飲趙盾酒，伏兵將攻之，其右提彌明知之，趨登，扶盾以下。公嗾夫獒焉，明搏而殺之。盾曰：「棄人用犬，雖猛何為？」

跖犬吠堯　漢高祖既殺韓信，詔捕蒯徹。既至，上曰：「若教淮陰侯反乎？」對曰：「然。秦失其鹿，天下共逐之。高材捷足者先得焉。跖之犬吠堯，堯非不仁，吠非其主也。」

指鹿為馬　秦趙高欲專權，乃先設驗，持鹿獻二世曰：「馬也！」二世笑曰：「丞相誤也，謂鹿為馬。」問左右，或默，或言，高陰中言鹿者以法。

守株待免　《韓子》：宋人有耕者，田畔有株，兔走觸之，折頸而死，因釋耕守株，覬復得兔，為宋國笑也。

多歧亡羊　《列子》：楊子之鄰人亡羊，既率其黨，又請楊子之豎追之。楊子曰：「嘻！亡一羊，何追之眾？」眾曰：「多歧。」既返，問：「獲羊乎？」曰：「亡之矣。」曰：「奚亡之？」曰：「歧路之中又有歧焉，吾不知所之，所以返也。」

飛越峰　洪武初，夷人獻良馬十，其一白者，乃得之貴州養龍坑。坑旁水深而遠，下有靈物，春和多縶牝馬，雲霧晦冥，必有與馬接，其產即龍駒。故此馬首高九尺，長丈餘，莫可控御。敕典牧者囊沙四百斤壓而乘之，行如電躡，片塵不驚，賜名「飛越峰」，命學士宋濂贊。

燧人氏始著物蟲鳥獸之名；鯀始服牛；相士始乘馬；伏羲始畜犧牲；夏后氏始食卵；漢文帝始剷潔六畜；後魏始禁宰牛馬；唐高祖始斷屠。

黃耳　陸機有快犬曰「黃耳」，性黠慧，能解人語，隨機入洛。久無家問，作書以竹筒戴犬項，令馳歸，復得報還洛。今有「黃耳塚」。

白鹿夾轂　漢鄭弘為淮陰守，歲旱，弘行田間，雨即至。時有白鹿在道，夾轂而行。主簿賀曰：「聞三公車輪鹿，明公必大拜矣！」果驗。

麈　出終南諸山。鹿之大者曰麈，羣鹿隨之，視麈尾為嚮道，故古之談者揮焉。

飛鼠　其物飛而生子。難產者，以皮覆之則易，故又名「催生」。

犏牛　桂平出。里人知牛嗜鹽，乃以皮裹手，塗鹽於上，入穴探之。其角如玉，取以為器。

射鹿為僧 陳惠度於剡山射鹿，鹿孕而傷，既產，以舌舐子，乾而母死，惠度遂投寺為僧。後鹿死處生草，名曰「鹿胎草」。

野賓 宋王仁裕嘗畜一猿，名曰「野賓」。一日放於嶓塚山。後仁裕復過此，見一猿迎道左，從者曰：「野賓也。」隨行數十里，哀吟而去。

憑黑虎 卓敬年十五，讀書寶香山，風雨夜歸迷失，道得一兕牛，憑之歸，入門，乃黑虎也。

題虎顧眾彪圖 明成祖出圖，命解縉題句，縉詩云：「虎為百獸尊，誰敢攖其怒？惟有父子恩，一步一回顧。」帝見詩有感，即令夏原吉迎太子於南京。

熊入京城 弘治間，有熊入西直門，何孟春謂同列曰：「熊之為兆，宜慎火。」未幾，在處有火災。或問孟春曰：「此出何占書？」孟春曰：「余曾見《宋紀》：永嘉災前數日，有熊至城下，州守高世則謂其倅趙允縚曰，熊於字『能火』，郡中宜慎火。果延燒十之七八。余憶此事，不料其亦驗也。」

不忍麑 孟孫獵得麑，使西巴持歸。麑母隨之啼泣，西巴不忍，與之。孟孫大怒，逐西巴。尋召為其子傅，謂左右曰：「夫不忍麑，且忍吾子乎？」

的盧 劉表贈備一馬，名曰「的盧」。一日，遇伊籍，曰：「此馬相惡，必妨主。」備未之信。表妻蔡氏忌備，囑弟瑁設筵暗害。備覺，出奔，前阻檀溪，後為瑁兵所逼，乃下溪策馬曰：「的盧的盧，今日妨吾。」的盧於急流深處一躍三丈，飛渡西岸。瑁驚駭而退。

獲兩虎 《史記》：陳軫曰：卞莊子刺虎，館豎子止之，曰：「兩虎方共食一牛，牛甘必鬥，鬥則大者傷，小者亡，從而刺之，一舉兩得。」果獲兩虎。

牛羊犬豕別名 《禮記》：牛曰「太牢」。羊曰「少牢」。又牛曰「一元大武」。羊曰「柔毛」，又曰「長髯主簿」。豕云「剛鬣」，又云「烏喙將軍」。韓獹，六國時韓氏之黑犬。楚獚、宋鵲，皆良犬也。又曰：「大夫之家，無故不殺犬豕。」家豹、烏圓，皆猫之美譽。

鹿死誰手 石勒曰：「使朕遇漢高，當北面事之。若遇光武，可與並驅中原，未知鹿死誰手。」

續貂 《晉書》：趙王倫篡位，奴卒亦加封秩，貂蟬滿座。語曰：「貂不足，狗尾續！」

拒虎進狼 《鑒斷》：漢和帝年才十四，乃能收捕竇氏，足繼孝昭之烈，惜其與宦官議之，以啟中常侍亡漢之階。語曰：「前門拒虎，後門進狼。」此之謂也。

焉得虎子 《吳志》：呂蒙欲從軍，母叱之，蒙曰：「不入虎穴，焉得虎子？」又班超使西域，鄯善王廣禮敬甚備。匈奴使來，更疏懈。超會其吏士三十六人曰：「不入虎穴焉，不得虎子。」遂夜攻虜營，斬其使。

羊觸藩籬 《易經》：「羝羊觸藩，羸其角。」

制千虎 《宋史》：常安民遺呂公著書曰：「去小人不難，勝小人難耳。嘗見猛虎負嵎，卒為人勝者，人眾而虎寡也。今奈何以數十人而制千虎乎？」公著得書，默然。

搏蹇兔 《史記》：范睢謂秦昭王曰：「以秦治諸侯，譬猶走韓盧而搏蹇兔也。」

瞎馬臨池 《世說》：顧愷之與殷仲堪作危語，有一參軍在坐曰：「盲人騎瞎馬，夜半臨深池。」以仲堪眇一目故也。

教猱升木 猱，猴屬，性善升木，不待教而能者。《詩經》：毋教猱升木。

城狐社鼠 《韓詩外傳》：「社鼠不攻，城狐不灼。」恐其壞城而傷社也。

陶犬瓦雞　《金樓子》:「陶犬無守夜之警，瓦雞無司晨之益。」

羊質虎皮　《楊子》:「羊質而虎皮，見草而悅，見豺而戰，忘其皮之虎也。」

九尾狐　宋陳彭年奸佞不常，時號「九尾狐」。

蝟務　蝟似豪豬而小，其毛攢起如矢，言人事之叢雜似之，故事多曰「蝟務」。

鱗介

龍有九子　一曰贔屭，似龜，好負重，故立於碑趺；二曰螭吻，好遠望，故立於屋脊；三曰蒲牢，似龍而小，好叫吼，故立於鐘紐；四曰狴犴，似虎，有威力，故立於獄門；五曰饕餮，好飲食，故立於鼎蓋；六曰蚣蝮，好水，故立於橋柱；七曰睚眦，好殺，故立於刀環；八曰金猊，形似獅，好煙火，故立於香爐；九曰椒圖，似螺蚌，性好閉，故立於門鋪。

尺木　龍頭上有一物，如博山形，名曰尺木。龍無尺木，不能昇天。

攀龍髯　黃帝採銅，鑄鼎於荊山下。鼎成，有龍垂鬍髯下迎。帝騎龍上，羣臣後宮從上者七十餘人，小臣不得上，悉持龍髯，髯拔，墮弓，抱其弓而號。後世名其處曰「鼎湖」，名其弓曰「烏號」。

龍漦　夏后藏龍漦於匱，周厲王發之，漦化為黿，入於王府。府中童妾娠之生女，棄於道，有夫婦竊之至褒。後褒人有罪，納女於幽王，是為褒姒。

癡龍　昔有人墮洛中洞穴，見宮殿人物九處，捋大羊髯，得珠，取食之。出問張華，華曰:「九仙館也。大羊乃癡龍。」

龍不見石，人不見風。魚不見水，鬼不見地。

梭龍 陶侃少時，嘗捕魚雷澤，得一鐵梭，還掛着壁。有頃，雷雨大作，梭變成赤龍，騰空而去。

畫龍 葉公子高好龍，雕文畫之。一旦，真龍入室，葉公棄而還走，失其魂魄。故曰葉公非好真龍也，好夫似龍而非龍者也。

行雨不職 唐普聞師聚徒說法，有老人在旁，問之，答曰：「某此山之龍，因病行雨不職見罰，求救。」師曰：「可易形來。」俄為小蛇，師引入淨瓶，覆以袈裟。忽雲雨晦冥，雷電繞空而散。蛇出，復為老人而謝：「非藉師力，則腥穢此地矣。」出泉以報。

金吾 亦龍種，形似美人，首尾似魚，有兩翼，其性通靈，終夜不寐，故用以巡警。

螺女 閩人謝端得一大螺如斗，畜之家。每歸，盤餐必具。因密伺，乃一姝麗甚，問之，曰：「我天漢中白水素女。天帝遣我為君具食。今去，留殼與君。」端用以儲粟，粟常滿。

射鱔 越王郢於福州溪中，見一鱔長三丈，郢射中之，鱔以尾環繞，人馬俱溺。

膾殘魚 出松江。昔吳王江行食膾，以殘者棄水面，化而為魚。

橫行介士 《抱朴子》：「山中辰日稱無腸公子者，蟹也。」《蟹譜》：「出師下砦之際，忽見蟹，稱為橫行介士。」

蛟龍得雲雨 周瑜謂孫權曰：「劉備有關張熊虎之將，肯久屈人下哉？恐蛟龍得雲雨，終非池中物也。」

生龜脫筒 金華俞清老云：「荊公欲使脫逢掖、着僧伽黎，遂去室家妻子之累，猶生龜脫筒，亦難堪忍。」

杯中蛇影 樂廣為河南尹，宴客。壁上有懸弩照於杯中，影如蛇，客驚謂蛇入腹，遂病。後至其故處，知為弩影，病遂解。

率然 《博物志》：率然一身兩頭，擊其一頭，則一頭至；擊其中，則兩頭至。故行軍者有長蛇陣法。

魚求去鈎　漢武欲伐昆明，鑿池習水戰，刻石為鯨魚，每雷雨至則鳴，鬐尾皆動。嘗有人釣此，綸絕而去。魚夢於武帝，求去其鈎。明日，帝遊池上，見一魚銜鈎，曰：「豈非昨所夢乎？」取魚去鈎而放之。後帝復遊池畔，得明月珠一雙，歎曰：「豈魚之報也！」

打草驚蛇　王魯為當塗令，贖貨為務。會部民連狀訴主簿貪賄，魯判曰：「汝雖打草，吾已驚蛇。」

乾蟹癒瘧　《筆談》：關中無蟹，有人收得一乾蟹，土人怪其形，以為異，每人家有瘧者，借去懸於戶，其病遂痊。是不但人不識，鬼亦不識矣。

魚婢蟹奴　《爾雅》：魚婢，小魚也，亦曰妾魚。大蟹腹下有數十小蟹，名蟹奴。

畫蛇添足　陳軫對楚使曰：「三人飲酒，約畫地為蛇，先成者飲。」一人先成，舉酒而起曰：「吾先成，且添為之足。」其一人奪酒飲，曰：「蛇無足，汝添足，非蛇也。」

髯蛇　長十丈，圍七八尺。常在樹上伺鹿獸過，便低頭繞之，有頃，鹿死，先濡令濕，便吞食之，頭角骨皆鑽皮自出。

珠鱉　廣東電白海中出珠鱉，狀如肺，有四眼六腳而吐珠。一曰「文魮」，鳥頭魚尾，鳴如磬而生玉。

鯈魚　建昌修水出鯈魚。郭璞云：「有水名修，有魚名鯈。天下大亂，此地無憂。」俗呼西河。

墨龍　撫州學有右軍墨池。韓子蒼《雜記》：池中忽時水黑，謂之黑龍。此物見，則士子應試者得人必多。屢驗。

飛魚　晉吳隸築魚塞於湖，忽聞空中云：「晚有大魚攻塞，勿殺！」須臾，大魚果至，羣魚從之。隸誤殺大魚，是夕風雨橫作，魚悉飛樹上。

咒死龍　石勒時大旱，佛圖澄於石井岡掘一死龍，咒而祭之，龍騰空而上，雨即降。今有龍岡驛。

四蛇衞之 開州鮒鰅山。《山海經》云：顓頊葬其陽，九嬪葬其陰，四蛇衞之。

白帝子 漢高祖微時，見白蛇當道，揮劍斬之。後有老嫗泣曰：「吾子，白帝子也，化蛇當道，為赤帝子所殺。」

喚魚潭 青神中巖有喚魚潭，客至，撫掌，魚輒羣出。

斬蛟 隋趙昱為嘉川守。犍為潭中有老蛟作虐，昱持刀入水，頃之潭水盡赤，蛟已斬。一日，棄官去。後嘉陵水漲，見昱雲霧中騎白馬而下，宋太宗賜封「神勇」。

孩兒魚 磁州出魚，四足長尾，聲如嬰兒啼，因名「孩兒魚」，其膏燃之不滅。

黃雀魚 出惠州。八月化為雀，十月後入海化為魚。

五色魚 隴州魚龍川有魚，五色，人不敢取。杜甫詩「水落魚龍夜」，即此。

視龍猶蝘蜓 禹南巡狩，會諸侯於塗山，執玉帛者萬國。禹濟江，黃龍負舟，舟中人懼，禹仰天歎曰：「吾受命於天，竭力以勞萬民。生寄也，死歸也，余何憂於龍焉。」視龍猶蝘蜓，顏色不變。須臾，龍俯首低尾而逝。

雙鯉 蕭山縣之城山，山顛有泉，嘉魚產焉。闔閭侵越，句踐退保此山。意其乏水，饋以米鹽，句踐取雙鯉報之，吳兵夜遁。

石蟹 生於崖之榆林，港內半里許，土極細膩，最寒，但蟹入不能運動，片時即成石矣，人獲之則曰石蟹，置之几案能明目。（在海南。）

鰣魚 一名箭魚。腹下細骨如箭鏃，此東坡有「鰣魚多骨之恨」也。其味美在皮鱗之交，故食不去鱗。肋魚似鰣而小，身薄骨細，冬月出者名「雪肋」，味最佳。至夏，則味減矣。

龜曆 陶唐之世，越裳國獻千歲神龜，方三尺餘，背上有文，皆蝌蚪書，記開闢以來事。帝命錄之，謂之龜曆。

元緒　孫權時，永康有人入山遇一大龜，載入吳，夜泊越里，纜舟於大桑樹。宵中，樹呼龜曰：「勞乎元緒，奚事爾耶！」因呼龜為「元緒」。

河豚　狀如蝌蚪，腹下白，背上青黑，有黃文，眼能開閉，觸物便怒，腹脹如鞠，浮於水上，人往取之。河豚毒在眼、子、血三種，中毒者血麻、子脹、眼睛酸，蘆筍、甘蔗、白糖可以解之。

集鱣　楊震聚徒講學，有雀銜三鱣集講堂前，皆曰：「鱣者，卿大夫服之象也。數三者，三台也。先生自此陞矣。」果如其言。

子魚　宋顯仁太后謂秦檜妻曰：「子魚大者絕少。」檜妻曰：「妾家有大者。」檜聞，責其失言，乃以青魚百尾進。太后笑曰：「我道這婆子村，果然！」

鯌魚　長二丈，皮可鑢物。其子旦從口出，暮從臍入，腹裏兩洞，腸貯水以養子。腸容二子，兩則四焉。

巖蛇　龜身、蛇尾、鷹嘴、鼉甲，下有四足，足具五爪，大如癩頭鼉，硬似穿山甲，其殼極堅，其爪極利，茅竹青柴到口即碎，着人之肌膚，咬必透骨。台溫山下此物極多。

懶婦魚　江南有懶婦魚，即今之江豚是也。魚多脂，熬其油可點燈，然以之照紡績則暗，照宴樂則明，謂之「饞燈」。

脆蛇　無膽，畏人。出崑崙山下。聞人聲，身自寸斷，少頃自續，復為長身。凡患色痨者以驚恐傷膽，服此可以續命，兼治惡疽、大麻瘋及痢。腰以上用首，以下用尾。

瓦爜蚶　寧海沿海有蚶田，用大蚶搗汁，竹筅帚灑之，一點水即成一蚶，其狀如荸薺，用缸砂壅之，即肥大。

蝤蛑　陶穀出使吳越，忠懿王宴之，因食蝤蛑。詢其名類，忠懿王命自蝤蛑以至彭越，羅列十餘種以進。穀視之，笑謂忠懿王曰：「此謂一蟹不如一蟹也。」

牡蠣　一名蠔山。《本草》：牡蠣附石而生，磈礧相連如房。初生海岸，身如拳石，四面漸長，有一二丈者。一房內有蠔肉一塊，肉之大小，隨房所生。每潮來，則諸房皆開，有小蟲入則合之，以充飢腹。

綠毛龜　蘄州出。龜背有綠毛，長尺餘，浮水中則毛自泛起。壓置壁間，數年不死，能辟飛蠅。

蛤　隋帝嗜蛤，所食以千萬計。忽有一蛤置几上，一夜有光，及明，肉自脫，有一佛二菩薩像，帝自是不復食蛤。

蚌　沈宮聞戲於栖水，獲一蚌。煮食時，中有一珠，長半寸，儼然大士像，惜煮熟失光，為徽人售去。

舅得詹事　燕文貞公女嫁盧氏，嘗為舅求官。公下朝，問焉，公但指支牀龜示之。女拜而歸，告其夫曰：「舅得詹事矣。」

三足鱉　黃庭宣知太倉，民有食三足鱉而化，地上止存髮一縷、衣服等物，如蛻形者，人以其婦殺夫報官。庭宣令捕三足鱉，召婦依前烹治，出重囚食之，亦盡化去。

魚羹莿花　許襄毅官山左，有民佈田，其婦饗之，食畢而死。囊毅詢其所饗物及所經道路。婦曰：「魚湯米飯，度自莿林。」公乃買魚作飯，投莿花於中，試之狗彘，無不死者。

毒鱔　鉛山賣薪者性嗜鱔。一日，市歸，烹食，腹痛而死。張昺治其獄，召漁者捕鱔，得數百斤，中有昂頭出水二三寸者七條，烹與死囚食，亦腹痛而死。

兩頭蛇　孫叔敖幼時遇兩頭蛇於路，殺而埋之。相傳見此者必死，歸泣告於母，母曰：「蛇安在？」對曰：「恐害他人，已殺而埋之矣。」母曰：「汝有利人心，天必祐之！」果無恙。

箏弦化龍　唐刺史韋宥於永嘉江滸沙上獲箏弦，投之江中，忽見白龍騰空而去。

牒蚌珠之仇　夏原吉治浙西水患，宿湖州慈感寺，夜有嫗攜一女來訴曰：「久窟於潮音橋下，歲被鄰豪欲奪吾女，乞大人一字為鎮。」公書一詩與之。公至吳淞江，有金甲神來告曰：「聘一鄰女已久，無賴賺大人手筆，抵塞不肯嫁，請改判。」公張目視之，神逡巡畏避。公憶曰：「是慈感蚌珠之仇也。」牒於海神。次日，大風雨，震死一蛟於錢溪之北。」

與蛇同產　竇武產時，並產一蛇，投之林中。後母卒，有大蛇徑至喪所，以頭擊柩，若哀泣者，少間而去。時謂竇氏之祥。

得魚忘筌　《莊子》：「筌者所以得魚，得魚而忘筌。」比受恩而不知報也。

魚游釜中　廣陵張嬰泣告張綱曰：「荒裔愚民，相聚偷生，若魚游釜中，知其不可久。今見明府，乃更生之辰也。」

巴蛇　《山海經》：「巴蛇吞象，三歲而出其骨。」

蟲豸

鞠通　孫鳳有一琴能自鳴，有道士指其背有蛀孔，曰：「此中有蟲，不除之，則琴將速朽。」袖中出一竹筒，倒黑藥少許置孔側，一綠色蟲出，背有金線文，道人納蟲於竹筒竟去。自後琴不復鳴。識者曰：「此蟲名鞠通，有耳聾人置耳邊，少頃，耳即明亮。喜食古墨。」始悟道人黑藥，即古墨屑也。

蝗　有四種：食心曰螟，食葉曰螣，食根曰蟊，食節曰賊。趙抃守青州，蝗自青、齊入境，遇風退飛，墮水而死；馬援為武陵守，郡連有蝗，援賑貧羸，薄賦稅，蝗飛入海，化為魚蝦；孫覺簿合肥，課民搏蝗若干，官以米易之，竟不損禾；宋均為九江守，蝗至境輒散。貞觀二年，唐太宗祝天吞蝗，蝗不為祟。

水母　東海有物，狀如凝血，廣數尺，正方圓，名曰水母。俗名海蜇，一名蝦蛇（音射）。無頭目，所處則眾蝦附之，蓋以蝦為目也。色正淡紫。《越絕書》云：「水母以蝦為目，海鏡以蟹為腸。」

海鏡　廣中有圓殼，中甚瑩滑，照如雲母。殼內有小肉如蚌，腹中有小蟹。海鏡飢，則蟹出拾食，蟹飽歸腹，海鏡亦飽。迫之以火，蟹即走出，此物立斃。

百嘴蟲　溫會在江州觀魚，見漁子忽上岸狂走。溫問之，但反手指背，不能言。漁子頭面皆黑，細視之，有物如荷葉，大尺許，眼遍其上，咬住不可取。溫令以火燒之，此物方落，每一眼底有嘴如釘。漁子背上出血數斗而死，莫有識者。

自縊蟲　漢光武六年，山陰有小蟲千萬，皆類人形，明日皆懸於樹枝自縊死之。

螟蛉　詩曰：「螟蛉有子，蜾蠃負之。」螟蛉，桑蟲也；蜾蠃，蒲蘆也。蒲蘆窮取桑蟲之子，負持而去，養以成子。故世之養子，號曰螟蛉也。蜾蠃負螟蛉之子，祝曰：「類我，類我！」七日夜化為己也，故又謂之「速肖」。

螢火　腐草所化。隋煬帝於景華宮，徵求螢火數斛，夜出遊，如散火光遍於山谷。

怒蛙　越王既為吳辱，思以報復。一日出遊，見怒蛙而式之，左右問其故，王曰：「有氣如此，何敢不式？」戰士興起，皆助越反矣。

守宮　蜥蝎。以器養之，餵以丹砂，滿七斤，搗治萬杵，以點女子體，終身不滅，若有房室之事則滅矣。言可以防閒淫佚，故謂之「守宮」。

綠螈　《二酉餘談》：一人為蛇傷，痛苦欲死。見一小兒曰：「可用兩刀在水相磨，磨水飲之，神效。」言畢，化為綠螈，走入壁孔中。其人如方服之，即癒。因號綠螈為「蛇醫」。又云：蛇醫形大色黃，蛇體有傷，此蟲輒銜草傅之，故有醫名。

蜥蜴噏油　錢鏐王宮中使老媼監更。一夕，有蜥蜴沿銀釭吸油，既竭而倏然不見。次日王曰：「吾昨夜夢飲麻膏而飽。」更媼駭異。

寄居蟲　形似蜘蛛，而足稍長。本無殼，入空螺殼中載以行，觸之縮足如螺，火炙之乃出。

蝤蟲　有蝤蟲者，一身兩口，爭相嚙也，遂相食，因自殺。人臣之爭事而亡其國者，皆蝤類也。

螳臂　螳螂，一名刀螂。前二足如刀而多鋸齒，能捕蟬。見物欲以二足相搏，遇車轍而亦當之，故曰「螳臂當車」。

蜆　一名縊女。長寸許，頭赤身黑，喜自經死。云是齊東郭姜所化。

恙　毒蟲也，能傷人。古人草居露處，故早起相見問勞，必曰：「無恙乎？」又曰：恙，憂也。又：㺊，食人獸。

泥　南海有蟲，無骨，名曰「泥」。在水中則活，失水則醉如一堆泥。故時人譏周澤曰「一日不齋醉如泥」。

蜮　一名「短狐」。處於江水，能含沙射人，所中者頭痛發熱，劇者至死。一名「射影」。凡受射者，其瘡如疥。四月一日上弩，八月一日卸弩，人不能見，鵝能食之。一曰：以雞腸草搗塗，經日即癒。

蟻鬥　殷仲堪父病痙，悸聞牀下蟻動，謂是牛鬥。

書押　米芾守無為州，池中蛙聲聒人，芾取瓦片書「押」字投之，遂不鳴。上有芾書「墨池」二字為額。

白鰕　趙抃鎮蜀時，以白鰕寄余氏，放之池中，生息不絕；或畜他所，鰕色輒變白。鰕池在開化。

西施舌　似車螯而扁，生海泥中，常吐肉寸餘類舌。俗甘其味，因名「西施」。

蛛鷹　方寬守淮安，有盜殺，無名。適蛛墮於几，鷹下於庭，寬曰：「殺人者豈朱英乎？」按籍捕之，果然。

五蜂飛引　萬鵬舉為萬安丞，有民婦訴其夫及五子為盜所殺，不知其屍者。一日，有五蜂旋繞行幕。萬曰：「汝若真魂，宜前飛引。」蜂遙臨掩骸處，得衣帶上所繫買布數人名姓，推鞫之，遂雪其冤。

水虎　沔水中有物曰「水虎」，如三四歲小兒，鱗甲如鯪鯉，射之不可入。七八月間好在磧上曝。膝頭似虎，掌爪常沒入水中，露出膝頭。小兒不知，欲取戲弄，便殺人。

商蚷　《莊子》曰：「猶蚊負山，商蚷馳河，必不勝任。」（商蚷，螞蚿也。）

偃鼠　《莊子》曰：「鷦鷯巢於深林，不過一枝；偃鼠飲河，不過滿腹。」

謝豹　虢郡有蟲名「謝豹」，見人時以前腳交覆其首，如羞狀。故得罪於人，曰「負謝豹之恥」。

玄駒　蟻也。河內人見人馬數萬，大如黍米，來往奔馳，從朝至暮。家人以火燒之，人皆成蚊蚋，馬皆成大蟻，故今人呼蚊蚋曰「黍民」，蟻曰「玄駒」。

梧鼠五技　《荀子》：「梧鼠五技而窮。」謂能飛，不能上屋；能緣，不能窮木；能游，不能渡谷；能穴，不能掩身；能走，不能先入。

飛蟬集冠　梁朱異為通事舍人，後除中書郎。時秋日，始拜，有飛蟬集於異冠上，或謂蟬珥之兆。

羣蟻附羶　盧坦書：「今之人奔尺寸之祿，走絲毫之利，如羣蟻之附羶腥，聚蛾之投爝火，取不為醜，貪不避死。」

螢丸卻矢　螢，一名「宵燭」，一名「丹鳳」。《類聚》曰：務戊子日以螢為丸，能卻矢。漢武威太守劉子南得其方，合而佩之，嘗與虜戰，為其所圍，矢下如雨，離數尺輒墮地，不能中傷。虜以為異，乃解圍去。

丈人承蜩　《莊子》：痀瘻者承蜩，猶掇之也。仲尼曰：「子巧乎？有道邪？」曰：「我有道也。五六月累丸二而不墜，則失者錙銖；累三而不墜，則失者什一；累五而不墜，則猶掇之也。」仲尼曰：「用志不分，乃凝於神。」

以蚓投魚　陳使傅縡聘齊，齊以薛道衡接對之。縡贈詩五十韻，衡和之，南北稱美。魏收曰：「傅縡所謂以蚓投魚耳。」

投鼠忌器　賈誼策：「諺曰：『欲投鼠而忌器。』鼠近於器，尚憚而不投，況貴臣之近主乎！」

蝶庵　李愚好睡，欲作蝶庵，以莊周為開山第一祖，陳摶配食，宰予、陶潛輩祀之兩廡。

箕斂蜂窠　皇甫湜常命其子松錄詩數首，一字少誤，詬詈且躍，手杖不及，則嚙腕血流。嘗為蜂螫手指，乃大噪，散錢與里中小兒及奴輩，箕斂蜂窠於庭，命捶碎絞汁以償其痛。

石中金蠶　丹陽人採碑於積石之下，得石如拳。破之，中有一蟲，似蠐螬狀，蠕蠕能動，人莫能識，因棄之。後有人語曰：「若欲富貴，莫如得石中金蠶，畜之則寶貨自至。」詢其狀，則石中蠐螬耳。

鳳子　大蝶，一名鳳子，見韓偓詩。《異物志》；昔有人渡海，見一物如蒲帆，將到舟，競以篙擊之，破碎墮地，視之，乃蝴蝶也。海人去其翅足，秤肉得八十斤，啖之，極肥美。

蜈蚣　葛洪《遐觀賦》：蜈蚣大者長百步，頭如車箱，屠裂取肉，白如瓠。《南越志》曰：蜈蚣大者其皮可以鞔鼓，其肉曝為脯，美於牛肉。

蝶幸　唐明皇春宴宮中，使妃嬪各插艷花，帝親捉粉蝶放之，隨蝶所止者幸之。謂之蝶幸。後貴妃專寵，不復作此戲。

蠋　《埤雅》：蠋，大蟲，如指似蠶，一名「厄」。《韓非子》：

鱣似蛇，蠶似蠋，人見蛇則驚駭，見蠋則毛起。然婦人拾蠶，而漁者握鱣，故利之所在，皆為賁育。

蠁　《廣雅》云：蠁，蟲之知聲者也。《埤雅》：蠁，善令人不迷，故從「嚮」。太沖「景福肸蠁而興作」，言福如蟲羣起。

蟋蟀　賈秋壑《促織經》曰：白不如黑，黑不如赤，赤不如青。麻頭，青項、金翅、金銀絲額，上也；黃麻頭，次也；紫金黑色，又其次也。其形以頭項肥，腳腿長，身背闊者為上；頂項緊，腳瘦腿薄者為下。蟲病有四：一仰頭，二卷鬚，三練牙，四踢腳。若犯其一，皆不可用。促織者，督促之意。促織鳴，懶婦驚。袁瓘《秋日詩》曰：「芳草不復綠，王孫今又歸。」人都不解，施蔭見之曰：「王孫，蟋蟀也。」

虱　蘇隱夜卧，聞被下有數人齊念杜牧《阿房宮賦》，聲緊而小，急開被視之，無他物，惟得大虱十餘。

蠛蠓　一名「醯雞」，蜉蝣之類。郭璞曰：「蠓飛磑則風，舂則雨。」

蟣虱　《東觀漢記》：馬援擊尋陽山賊，上書曰：「除其竹木，譬如嬰兒頭多蟣虱，而剃之蕩然，蟣虱無所復附。」書奏，上大悅，出小黃門頭有虱者皆剃之。

蚊　舊傳有女子過高郵，去郭三十里，天陰，蚊盛，有耕夫田舍在焉。其嫂欲共止宿，女曰：「吾寧死，不可失節。」遂以蚊嘬死，其筋見焉。人為立祠，曰「露筋廟」。

當蚊　展禽者，少失父，與母居，傭工膳母。天多蚊，卧母牀下，以身當之。

為官為私　晉惠帝嘗在華林園，聞蝦蟆，謂左右曰：「此鳴者為官乎？為私乎？」

荒唐部

卷十八

鬼神

伯有為厲　鄭子皙殺伯有，伯有為厲。趙景子謂子產曰：「伯有猶能為厲乎？」子立曰：「能。人生始化曰魄。既生魄，陽曰魂，用物精多，則魂魄強，是以有精爽至於神明。匹夫匹婦強死，其魂魄猶能憑依於人以為淫厲，況良霄三世執其政柄而強死，其能為鬼不亦宜乎？」

豕人立啼　齊侯田於貝丘，見大豕，從者曰：「公子彭生也。」豕人立而啼。

披髮搏膺　晉侯殺趙同、趙括，及疾，夢大厲鬼披髮搏膺而踴曰：「殺予孫，不義，余得請於帝矣！」

何忽見壞　王伯陽於潤州城東僦地葬妻，忽見一人乘輿導從而至曰：「我魯子敬也，葬此二百餘年。何忽見壞？」目左右示伯陽以刀，伯陽遂死。

墓中談易　陸機初入洛，次河南，入偃師。夜迷路，投宿一旅舍。見主人年少，款機坐，與言《易》，理妙得玄微，向曉別去。稅驂村居，問其土人，答曰：「此東去並無村落，止有山陽王家塚耳。」機乃悵然，方知昨所遇者乃王弼墓也。

生死報知　王坦之與沙門竺法師甚厚，每論幽明報應，便約先死者當報其事。後經年，師忽來，云：「貧道已死，罪福皆不虛。惟當勤修道德，以昇躋神明耳。」言訖不見。

趙普久病，將危，解所寶雙魚犀帶，遣親吏甄潛謁上清宮醮謝。道士姜道玄為公叩幽都，乞神語，神曰：「趙普開國勛臣，奈冤對不可避。」姜又叩乞言冤者為誰，神以淡墨書四字，濃煙罩其上，但識末「火」而已。道玄以告普。普曰：「我知之矣，必秦王廷美也。」竟不起。

無鬼論　昔阮瞻素執無鬼論，自謂此理可以辨正幽明。忽有客通名謁瞻，瞻與言鬼神之事，辨論良久。客乃作色曰：「鬼神古今聖賢所共傳，君何得獨言無耶？僕便是鬼！」於是變為異形，須臾消滅。

魑魅爭光　嵇中散燈下彈琴。有一人入室，初來時，面甚小，斯須轉大，遂長丈餘，顏色甚黑，單衣革帶。嵇熟視良久，乃吹火滅曰：「恥與魑魅爭光！」

廁鬼可憎　阮侃嘗於廁中見鬼，長丈餘，色黑而眼大，着皂單衣，平上幘，去之咫尺。侃徐視，笑語之曰：「人言鬼可憎，果然！」鬼慚而退。

大書鬼手　少保馬亮少時，夜讀書，忽有大手自窗入，公即以筆大書其押。窗外大呼：「速為我滌去！」公不聽而寢。將曉，哀鳴且曰：「公將大貴。我戲犯公，何忍致我於極地耶？公不見溫嶠燃犀事耶？」公悟，以水滌之，遜謝而去。

司書鬼　名曰長恩。除夕呼其名而祭之，鼠不敢嚙，蠹魚不生。

上陵磨劍　漢武帝崩，後見形謂陵令薛平曰：「吾雖失勢，猶為汝君。奈何令吏卒上吾陵磨刀劍乎？自今以後可禁之。」平頓首謝，因不見。推問陵傍，果有方石可以為礪，吏卒嘗盜磨刀劍。霍光欲斬之，張安世曰：「神道茫昧，不宜為法。」乃止。

見奴為祟　石普好殺人，未嘗慚悔。醉中縛一奴，命指使投之汴河。指使憐而縱之，既醒而悔。指使畏其暴，不敢以實告。居久之，普病，見奴為祟，自以必死。指使呼奴至，祟不復見，普病亦癒。

再為顧家兒　顧況喪一子，年十七，其子游魂不離其家。況悲傷不已，因作詩哭之：「老人苦喪子，日夜泣成血。老人年七十，不作多時別。」其子聽之，因自誓曰：「若有輪迴，當再為顧家兒。」況果復生一子，至七歲不能言，其兄戲批之，忽曰：「我是爾兄，何故批我？」一家驚異。隨敘平生事，歷歷不誤。

鬼揶揄　襄陽羅友，人有得郡者，桓溫為席餞別，友至獨後，溫問之，答曰：「旦出門，逢一鬼揶揄云：『我但見汝送人作郡，不見人送汝作郡。』」友慚愧卻。

鬼之董狐　晉干寶兄嘗病氣絕，積日不冷。後遂悟，見天地間鬼神事如夢覺，不自知死，遂撰古今神祇靈異人物變化，名為《搜神記》，以示劉惔。惔曰：「卿可謂鬼之董狐。」

晝穿夜塞　孫皓鑿直瀆，晝穿夜復塞，經數月不就。有役夫臥其側，夜見鬼物來填，因歎曰：「何不以布囊盛土棄之江中，使吾輩免勞於此！」役夫曉白有司，如其言，乃成，瀆長十四里。

舌根生蓮　西晉時，地產青蓮兩朵，聞之所司，掘得瓦棺。開，見一老僧，花從舌根頂顱出。詢及父老，曰：「昔有僧誦《法華經》萬卷，臨卒遺言，命以瓦棺葬此。今造為瓦棺寺。」

卞壺墓　卞壺父子死難，葬於金陵。盜嘗開墓，面如生，爪甲環手背，晉安帝賜錢十萬封之。後明高祖將遷之，夜見白衣婦人據井而哭，已復大笑曰：「父死忠，子死孝，乃不能保三尺墓乎？」言已遂躍於井。高祖感而遂止。

酒黑盜脣　李克用墓金時為盜所發，郡守夢克用告曰：「墓中有酒，盜飲之，脣皆黑，可驗此捕之。」明日獲盜，寺僧居其半。

為醫所誤　顏含兄畿客死，其婦夢畿曰：「我為醫所誤，未應死，可急開棺。」含時尚少，力請父發棺，餘息尚喘。含旦夕營視，足不出戶者十三年，而畿始卒。嫂目失明，含求蚺蛇膽不得，忽童子授一青囊，開視之，乃蛇膽也。童子即化青鳥去。

柳侯祠　韓文公碑記：柳宗元與部將歐陽翼輩飲驛亭，曰：「明歲吾將死，死而為神，當廟祀我。」及期死，翼等遂立廟。過客李儀醉酒，慢侮堂上，得疾，扶出廟門即不起。

義婦塚　四明梁山伯、祝英台二人，少同學，梁不知祝乃女子。後梁為鄞令，卒葬此。祝氏弔墓下，墓裂而殞，遂同葬。謝安奏封義婦塚。

三年更生　梁主簿柳萇卒，葬於九江；三年後，大雨，塚崩，其子褒移葬。啟棺，見父目忽開，謂褒曰：「九江神知我橫死，遺地神以乳飼我，故得更生。」褒迎歸，三十年乃卒。

開壙棺空　米芾書碑云，顏真卿之使賊也，謂餞者曰：「吾昔江南遇道士陶八，八受以刀圭碧霞，服之可不死。且云七十後有大厄，當會我於羅浮。此行幾是。」後公葬偃師北山。有賈人至南海，見道士弈，託書至偃師顏家。及造訪，則塋也，守塚蒼頭識公書，大驚。家人卜日開壙，棺已空矣。

婢伏棺上　干寶父有嬖人，寶母妒甚，因葬父，推入墓中。數年而母喪，開墓，其婢伏棺上，微有息，輿還，遂甦。問其狀，言寶父為之通嗜欲，家中事纖悉與之説，知與平時無異。

海神　秦始皇與海中作石橋，海神為之豎柱。始皇求與相見，神曰：「我形醜，莫圖我形，當與帝相見。」乃入海四十里，見海神。左右集畫工於內，潛以腳畫其形狀。神怒曰：「帝負約。速去！」始皇轉馬還，前腳猶立，後腳即崩，僅得登岸，畫者溺死於海。又云：「文登召石山，始皇欲造橋度海觀日出處。有神人召巨石相隨而行。石行不駛，鞭之見血。今山下石皆赤色。

黃熊入夢　晉侯有疾，夢黃熊入夢，於時子產聘晉，晉侯使韓子問子產曰：「何厲鬼乎？」對曰：「昔堯殛鯀於羽山，其神化為黃熊，入於羽淵，實為夏郊，三代祀之。今為盟主，其未祀乎？」乃祀夏郊。晉侯乃間。

輦沙為阜 秦始皇至孔林，欲發其塚。登堂，有孔子遺甕，得丹書曰：「後世一男子，自稱秦始皇，入我室，登我堂，顛倒我衣裳，至沙丘而亡。」怒而發塚。有兔出，逐之，過曲阜十八里沒，掘之不得，因名曰「兔溝」。乃達沙丘，令開別路，見一羣小兒輦沙為阜，問，曰「沙丘」。從此得病，遂死。

鍾馗 唐明皇晝寢，夢一小鬼，衣絳犢鼻，跣一足，履一足，腰懸一履，搢一筠扇，盜太真繡香囊。上叱問之，小鬼曰：「臣乃虛耗也。」上怒，欲呼力士，俄見一大鬼，頂破帽，衣藍袍，繫魚帶，[illegible]朝靴，徑捉小鬼，先刳其目，然後劈而食之。上問：「爾為誰？」奏云：「臣終南進士鍾馗也。」

藏璧 永平中，鍾離意為魯相，出私錢三千文付戶曹孔訢治夫子車。身入廟，拭几席劍履。男子張伯除堂下草，土中得玉璧七枚，伯懷其一，以六枚白意。意令主簿安置几前。孔子寢堂牀首有懸甕，意召孔訢問：「何等甕也？」對曰：「夫子遺甕。內有丹書，人弗敢發也。」意發之，得素書曰：「後世修吾書，董仲舒；護吾車，拭吾履，發吾笥，會稽鍾離意；璧有七，張伯藏其一。」即召問，伯果服焉。

灶神 姓張名禪，字子郭，一名隗。又云祝融主火化，故祀以為灶神。鄭玄以灶神祝融是老婦，非灶神，於己丑日卯時上天，白人罪過，此日祭之得福。《五行書》云：「五月辰日，豬首祭灶，治生萬倍。」

祠山大帝 父張秉，武陵人，一日行山澤間，遇仙女謂曰：「帝以君功在吳分，故遣相配。長子以木德王其地。」且約逾年再會。秉如期往，果見前女來歸曰：「當世世相承，血食吳楚。」後生子㶿，為祠山神。神始自長興自疏聖澤，欲通津廣德，便化為狶，役使陰兵。後為夫人李氏所見，工遂輟，故避食狶。

瀧岡阡表　歐陽修作《瀧岡阡表》碑，僱舟載回，至鄱陽湖。舟泊廬山下，夜有一叟率五人來舟，揖而言曰：「聞公之文章蓋世，水府願借一觀。」賫碑入水，遂不見焉。修驚悼不已。黎明，泰和縣令黃庭堅至，言其事，庭堅為文檄之，方投湖中，忽空中語曰：「吾乃天丁也，押驪龍往而送至。」修歸家掃墓，但見水窪中雲霧濛蔽，有大龜負碑而出，倏然不見，惟碑上龍涎宛然在焉。

五百年夙願　張英過采石江，遇一女子絕色，謂英曰：「五百年夙願，當會於大儀山。」英叱之。抵儀隴任半載，日夕聞機聲。一日，率部逐機聲而往，忽至大儀山，洞門半啟，前女出迎，相攜而入，洞門即閉。見圓石一雙自門隙出，眾取歸。中道不能舉，遂建祠塑像，置石於腹。

芙蓉城主　石曼卿卒後，其故人有見之者，恍惚如夢中言：「我今為仙也，所主芙蓉城，欲呼故人共遊。」不諾，忿然騎一素驢而去。

文山易主　趙弼作《文山傳》：既赴義，其日大風揚沙，天地盡晦，咫尺不辨，城門晝閉，自此連日陰晦，宮中皆秉燭而行，羣臣入朝，亦爇炬前導。世祖問張真人而悔之，贈公特進金紫光祿大夫、太保、中書令平章政事、廬陵郡公，謚「忠武」。命王積翁書神主，灑掃柴市，設壇以祀之。丞相孛羅行禮初奠，忽狂飆旋地而起，吹沙滾石，不能啟目。俄捲其神主於雲霄，空中隱隱雷鳴如怨怒之聲，天色愈暗。乃改「前宋少保右丞相信國公」，天果開霽。按正史文集皆不載此事，傳疑可也。信公至明景泰中，賜謚「忠烈」，人多不知，附記之。

杜默哭項王　和州士人杜默累舉不成名，性英儻不羈。因過烏江，謁項王廟。時正被酒沾醉，徑升神座，據王頸，抱其首而大慟曰：「天下事有相虧者，英雄如大王而不得天下，文章如杜默而不得一官！」語畢又大慟，淚如迸泉。廟祝畏其獲罪，扶掖以出，秉燭檢視神像，亦淚下如珠，揾拭不乾。

天竺觀音　石晉時，杭州天竺寺僧夜見山澗一片奇木有光，命匠刻觀音大士像。

弄潮　吳王既賜子胥死，乃取其屍，盛以鴟夷之皮浮之江上。子胥因流揚波，依潮來往。或有見其乘素車白馬在潮頭者，因為立廟。每歲八月十五潮頭極大，杭人以旗鼓迎之，弄潮之戲蓋始於此。

黃河神　黃河福主金龍四大王，姓謝名緒，會稽人，宋末以諸生死節，投苕溪中，死後水高數丈。明太祖與元將蠻子海牙厮殺，神為助陣，黃河水望北倒流，元兵遂敗。太祖夜得夢兆，封為黃河神。

木居士　韓昌黎《木居士廟》詩：「偶然題作木居士，便有無窮求福人。」

顯忠廟　《吳史》：孫皓病甚，有神憑小黃門云：「金山鹹塘風潮為害，海鹽縣治幾陷。我霍光也，常統眾鎮之。」翌日，皓疾瘉，遂立廟。

毛老人　南京後湖，一名玄武湖。明朝於湖上立黃冊庫，戶科給事中、戶部主事各一人掌之，煙火不許至其地。太祖時有毛老人獻黃冊，太祖言庫中惟患鼠耗，喜老人姓毛，音與貓同，活埋於庫中，命其禁鼠。後庫中並不損片紙隻字。太祖命立祠，春秋祭之。

怪異

貳負之骸　《山海經》：「貳負之臣曰危，與貳負殺窫窳。帝乃梏之疏屬之山，桎其右足，反接兩手與髮，繫石。」漢宣帝時，嘗發疏屬山，得一人，徒裸，被髮反縛，械一足。因問羣臣，莫能曉。劉向按此言之。帝不信，謂其妖言，收向繫獄。向子歆自出救父云：「以七歲女子乳飲之，即復活。」帝令女子乳之，復活，能言語應對，如向言。帝大悅，拜向為中大夫，歆為宗正。

旱魃　南方有怪物如人狀，長三尺，目在頂上，行走如風。見則大旱，赤地千里。多伏古塚中。今山東人旱則遍搜古塚，如得此物，焚之即雨。

兩牛鬥　李冰，秦昭王使為蜀守，開成都兩江，溉田萬頃。神歲取童女二人為婦，冰以其女與神求婚，徑至神祠，勸神酒，酒杯恆澹澹。冰厲聲以責之，因忽不見。良久，有兩牛鬥於江岸旁，有間，冰還，流汗謂官屬曰：「吾鬥疲極，當相助也。南向腰中正白者，我綬也。」主簿刺殺北面者，江神遂死。

隨時易衣　盧多遜既卒，許歸葬。其子察護喪，權厝襄陽佛寺。將易以巨櫬，乃啟棺，其屍不壞，儼然如生，遂逐時易衣，至祥符中亦然。豈以五月五日生耶？彼釋氏得之，當又大張其事，若今之所謂無量壽佛者矣。

錢繆異夢　宋徽宗夢錢武肅王討還兩浙舊疆甚墾，且曰：「以好來朝，何故留我？我當遣第三子居之。」覺而與鄭后言之。鄭后曰：「妾夢亦然，果何兆也？」須臾，韋妃報誕子，即高宗也。既三日，徽宗臨視，抱膝間甚喜，戲妃曰：「酷似浙臉。」蓋妃籍貫開封，而原籍在浙。豈其生固有本，而南渡疆界皆武肅版圖，而錢王壽八十一，高宗亦壽八十一，以夢讖之，良不誣。

馬耳缺　歐公云：「丁元珍嘗夜夢與予至一廟，出門見馬隻耳。後元珍除峽州倅，予亦除夷陵令。一日，與元珍同溯峽，謁黃牛廟。入門，惘然皆如夢中所見，門外石馬果缺一耳，相視大驚。」

見怪不怪　宋魏元忠素正直寬厚，不信邪鬼。家有鬼祟，嘗戲侮公，不以為怪。鬼敬服曰：「此寬厚長者，可同常人視之哉？」

萇弘血化碧　萇弘墓在偃師。弘，周靈王賢臣，無罪見殺。藏其血，三年化為碧。

二屍相毆　貞元初，河南少尹李則卒，未殮。有一朱衣人申弔，自稱蘇郎中。既入，哀慟。俄頃，屍起與之相搏，家人驚走。二人閉門毆擊，及暮方息。則二屍共卧在牀，長短、形狀、姿貌、鬚髯、衣服一無異也。聚族不能識，遂同棺葬之。

劉宴判官李邈有莊客開一古塚，極高大，入松林二百步，方至墓。墓側有碑斷草中，字磨滅不可讀。初掘數十丈，遇一石門，因以鐵汁，計累日方得開。開則箭雨集，殺數人，眾怖欲出。一人曰：「此機耳。」則投之以石，石投則箭出，投石十餘，則箭不復發。遂列炬入，開第二門，有數十人，張目揮劍，又傷數人。眾爭擊之，則木人也，兵仗悉落。四壁畫兵衛，森森欲動。中以鐵索懸一大漆棺，其下積金玉珠璣不可量。眾方懼，未即掠取。棺兩角颯然風起，有沙迸撲人面，則風轉急，沙射如注，而便沒膝。眾皆遑走，甫得出墓，門塞矣，一人則已葬沙中。

公遠隻履　羅公遠墓在輝縣。唐明皇求其術，不傳，怒而殺之。後有使自蜀還，見公遠曰：「於此候駕。」上命發塚，啟棺，止存一履。葉法善葬後，期月，棺忽開，惟存劍履。

鹿女　梁時，甄山側，樵者見鹿生一女，因收養之，及長令為女道士，號鹿娘。

風雨失柩　漢陽羨長袁玘常言：「死當為神。」一夕，痛飲卒，風雨失其柩。夜聞荊山有數千人啖聲，鄉民往視之，則棺已成塚。俗呼銅棺山。

留待沈彬來　沈彬有方外術，嘗植一樹於沈山下，命其子葬己於此。及掘，下有銅牌，篆曰：「漆燈猶未滅，留待沈彬來。」

辨南泠水　李秀卿至維揚，逢陸鴻漸，命一卒入江取南泠水。及至，陸以杓揚水曰：「江則江矣，非南泠，臨岸者乎？」既而傾水，及半，陸又以杓揚之曰：「此似南泠矣。」使者蹶然曰：「某自南泠持至岸，偶覆其半，取水增之。真神鑒也！」

試劍石　徐州漢高祖廟旁有石高三尺餘，中裂如破竹不盡者寸。父老曰：「此帝之試劍石也。」又灕江伏波巖洞旁，懸石如柱，去地一線不合。相傳為伏波試劍。

婦負石　在大理府城南。世傳漢兵入境，觀音化一婦人，以稻草縻此大石背負而行，將卒見之吐舌曰：「婦人膂力如此，況丈夫乎！」兵遂卻。

燃石　出瑞州。色黃白而疏理，水灌之則熱，置鼎其上，足以烹。雷煥嘗持示張華，華曰：「此燃石也。」

他日仗公主盟　隋末溫陵太守歐陽祐恥事二姓，拉夫人溺死。後人立廟，祈夢極靈。宋李綱嘗宿廟中，夢神揖上座，綱固辭，神曰：「他日仗公主盟。」及拜相，值神加封，果署名額次。

天河槎　橫州橫槎江有一枯槎，枝幹扶疏，堅如鐵石，其色類漆，黑光照人，橫於灘上。傳云天河所流也。一名槎浦。

願留一詩　陸賈廟在肇慶錦石山下，宋梁竑艤舟於此，夢一客自稱陸大夫云：「我抑鬱此中千歲餘矣，君幸見過，願留一詩。」竑遂題壁。

請載齊志　元于司馬欽嘗夢有趙先生者謂欽曰：「聞君修《齊志》，僕一良友葬安丘，其人節義高天下，今世所無也，請載之以勵末俗。」欽覺而異之，及閱《趙岐傳》，始悟為孫嵩也。岐處複壁中著書以名世，固奇男子，非嵩高誼，其志安得伸也？欽之夢，不亦可異哉！

三石　永安州，偽漢時有兵入靖江過此。黎明遇獵者牽黃犬逐一鹿，兵以槍刺鹿，徐視之，石也。已而，人犬與鹿皆化為石，鼎峙道旁。今一石尚有槍痕。

悟前身　焦竑奉使朝鮮，泊一島嶼間，見茅庵巖室扃閉，問旁僧，曰：「昔有老衲修持，偶見冊封天使過此，蓋狀元官侍郎者，歎羨之，遂逝。此其塔院耳。」竑命啟之，几案經卷宛若素歷，乃豁然悟為前身。

告大風　宋陳堯佐嘗泊舟於三山磯下，有老叟曰：「來日午大風，宜避。」至期，行舟皆覆，堯佐獨免。又見前叟曰：「某江之游奕將也，以公他日賢相，故來告爾。」

追魂碑　葉法善嘗為其祖葉國重求刺史李邕碑文，文成，並求書，邕不許。法善乃具紙筆，夜攝其魂使書畢，持以示邕，邕大駭。世謂之「追魂碑」。

牛糞金　東吳時，有道士牽牛渡江，語舟人曰：「船內牛溲，聊以為謝。」舟人視之，皆金也。後名其地曰金石山。

諝琯前身　房琯，桐廬令，邢真人和璞嘗過訪，管琯攜之野步，遇一廢寺，松竹蕭森，和璞坐其下，以杖叩地，令侍者掘數尺，得一瓶，瓶中皆婁師德與永公書。和璞謂琯曰：「省此否？」蓋永公即琯之前身也。

木客　興國上洛山有木客，乃鬼類，形頗似人。自言秦時造阿房宮採木者，食木實，得不死，能詩，時就民間飲食。

銅鐘　宋紹興間，興國大乘寺鐘一夕失去，文潭漁者得之，鬻於天寶寺，扣之無聲。大乘僧物色得之，求贖不許，乃相約曰：「扣之不鳴，即非寺中物。」天寶僧屢擊無聲，大乘僧一擊即鳴，遂載以歸。

驅山鐸　分宜晉時，雨後有大鐘從山流出，驗其銘，乃秦時所造。又漁人得一鐘，類鐸，舉之，聲如霹靂，草木震動。漁人懼，亦沉於水。或曰此秦驅山鐸也。

旋風掣卷　王越舉進士，廷對日，旋風掣其卷入雲表。及秋，高麗貢使攜以上進云：是日國王坐於堂上，卷落於案，閱之異，因持送上。

風動石　漳州鶴鳴山上，有石高五丈，圍一十八丈，天生大磐石閣之，風來則動，名「風動石」。

去鐘頂龍角　宋時靈覺寺鐘一夕飛去，既明，從空而下。居人言江灣中每夜有鐘聲，意必與龍戰。寺僧削去頂上龍角，乃止。

投犯鰐池　《搜神記》：扶南王范尋嘗養鰐魚十頭，若犯罪者投之池中，鰐魚不食乃赦之。詿誤者皆不食。

雷果劈怪　熊翀少業南壇，夕睹一美女立於松上，眾錯愕走，翀略不為意，以刀削松皮書曰：「附怪風雷折，成形斧鋸分。」夜半，果雷劈之。

飛來寺　梁時，峽山有二神人化為方士，往舒州延祚寺，夜叩真俊禪師曰：「峽據清遠上流，欲建一道場，足標勝概，師許之乎？」俊諾。中夜，風雨大作，遲明啟戶，佛殿寶像已神運至此山矣。師乃安坐說偈曰：「此殿飛來，何不回去？」忽聞空中語曰：「動不如靜。」賜額飛來寺。

橘中二叟　《幽怪錄》：巴邛人剖橘而食，橘中有二叟奕棋。一叟曰：「橘中之樂，不減商山。」一叟曰：「君輸我瀛洲玉塵九斛，龍縞襪八緉，後日於青城草堂還我。」乃出袖中一草，食其根曰：「此龍根脯也。」食訖，以水噴其草，化為龍，二叟騎之而去。

牛妖　天啟間，沅陵縣民家牸牛生犢，一目二頭三尾，剖殺之，一心三腎。

豬怪　民家豬生四子，最後一子，長嘴、豬身、人腿、隻眼。

陝西怪鼠　天啟間，有鼠狀若捕雞之狸，長一尺八寸，闊一尺，兩旁有肉翅，腹下無足，足在肉翅之四角，前爪趾四，後爪趾五，毛細長，其色若鹿，尾甚豐大，人逐之，其去甚速。專食穀豆，剖腹，約有升黍。

無支祁　大禹治水，至桐柏山，獲水獸，名無支祁，形似獼猴，力逾九象，人不可視。乃命庚辰鎖於龜山之下，淮水乃安。唐永泰初，有漁人入水，見大鐵索鎖一青猿，昏睡不醒，涎沫腥穢，不可近。

飲水各醉　沉釀堰在山陰柯山之前，鄭弘應舉赴洛，親友餞於此，以錢投水，依價量水飲之，各醉而去，因名其堰曰「沉釀」。

林間美人　羅浮飛雲峰側有梅花村，趙師雄一日薄暮過此，於林間見美人淡妝素服，行且近，師雄與語，芳香襲人，因扣酒家共飲。少頃，一綠衣童來，且歌且舞。師雄醉而卧。久之，東方已白，視大梅樹下翠羽啾啾，參橫月落，但惆悵而已。

變蛇誌城　晉永嘉中，有韓媪偶拾一巨卵，歸育之，得嬰兒，字曰「橛」，方四歲。劉淵築平陽城不就，募能城者。橛因變為蛇，令媪舉灰誌後，曰：「憑灰築城，可立就。」果然。淵怪之，遂投入山穴間，露尾數寸，忽有泉湧出成池，遂名曰「金龍池」。

有血陷沒　碩項湖在安東，秦時童謠云：「城門有血，當陷沒。」有老姆憂懼，每旦往視。門者知其故，以血塗門。姆見之，即走。須臾，大水至，城果陷。高齊時，湖嘗涸，城尚存。

張龍公　六安龍穴山有張龍公祠，記云：張路斯，潁上人，仕唐，為宣城令，生九子，嘗語其妻曰：「吾，龍也，蓼人鄭祥遠亦龍也，據吾池，屢與之戰，不勝，明日取決。令吾子射繫鬣以青絹者，鄭也。絳絹者，吾也。」子遂射中青絹者，鄭怒，投合肥西山死，即今龍穴也。

城陷為湖　巢湖在合肥，世傳江水暴漲，溝有巨魚萬斤，三日而死。合郡食之，獨一姥不食。忽過老叟，曰：「此吾子也，汝不食其肉，吾可亡報耶？東門石龜目赤，城當陷。」姥日往窺之。有稚子戲以朱傅龜目。姥見，急登山，而城陷為湖，周四百餘里。

人變為龍　元時，興業大李村有李姓者，素修道術。一日，與妻自外家回，至中途，謂妻曰：「吾欲過前溪一浴，汝姑待之。」少頃，風雨驟作，妻趨視之，則遍體鱗矣。囑妻曰：「吾當歲一來歸。」欻然變為龍，騰去。後果歲一還。其里呼其居為李龍宅。

婦女生鬚　宋徽宗時，有酒家婦朱氏，年四十，忽生鬚六七寸。詔以為女道士。

男人生子　宋徽宗時，有賣菜男人懷孕生子。

童子暴長　元，棗陽民張氏婦生男，甫四歲，暴長四尺許，容貌異常，皤腹臃腫，見人嬉笑，如俗所畫布袋和尚云。

男變為婦　明萬曆間，陝西李良雨忽變為婦人，與同賈者苟合為夫婦，其弟良雲以事上所司奏聞。

物理部

卷十九

物類相感

磁石引針。

琥珀攝芥。

蟹膏投漆，漆化為水。

皂角入灶，突煙煤墜。

胡桃帶殼燒紅，其火可藏數日。

酸漿入盂，水垢浮。

燈芯能碎乳香。

撒鹽入火，炭不爆。

用鹽擂椒，椒味好。

川椒麻人，水能解。

帶殼胡桃煮臭肉，肉不臭。

瓜得白梅則爛。

栗得橄欖則香。

豬脂炒榧，皮自脱。

芽茶得鹽，不苦而甜。

井水蟹黃，沙淋而清。

石灰可藏鐵器。

草索可祛青蠅。

烰炭可斷蟻道。

香油殺諸蟲。

狗糞之中米，鴿食則死。

桐油殺荷花。

江茶枯麥。

粉螢畏椒。

蜈蚣畏油。

松毛可殺米蟲。

麝香祛壁虱。

馬食雞糞，則生骨眼。

蒼蠅叮蠶，生肚蟲。

三月三日收薺菜花莖置燈檠上，則飛蛾蚊蟲不投。

五月五日收蝦蟆，能治瘧，又治兒疳。

香油沫龜眼，則入水不沉。

唾抹蝶翅，則當空高飛。

乳香久留，能生舍利。

羚羊角能碎佛牙。

柿煮蟹不紅。

橙合醬不酸。

麩見肥皂則不就。

荊葉辟蚊，台葱辟蠅。

唾津可溶水銀，茶末可結水銀。

薄荷去魚腥。

荸薺煮銅則軟，甘草煮銅則硬。

蝎畏蝸牛。

磬畏慈菇，斧怕肥皂。

螺螄畏雪，蟹怕霧。

河豚殺樹，狗膽能生。

燈芯能煮江鰍。

麻葉可辟蚊子。

酒火發青，布衣拂即止。

琴瑟弦久而不鳴者，以桑葉捋之則響亮如初。

黑鯉魚乃老鼠變成，鱖魚乃蝦蟆變成，鱔魚乃人髮變成。

燕畏艾，雀銜艾而奪其巢。

騾馬蹄曝乾為末，放酒中即成水。

柳絮經宿，即為浮萍。

杜大黃嫩子擲水化為萍。

庚午、癸卯二日舂米，不蛀。

柳葉入水，即化為楊葉絲魚。

人參與細辛同貯則不壞。

槿樹葉和石灰搗爛，泥酒醋缸則不漏。

尋泉脈，以竹火循地照有氣沖炎起，下必有泉。

試鹽鹵，以石蓮子十個投鹵中，浮起五個為五成，六個六成，七個七成。五成以下，味薄無鹽矣。

以鏽釘磨醋寫字，濃墨刷紙背，名頃刻碑。取烏賊魚墨書文券，歲久脱落成白紙。

燈盞中加少許鹽，則油不速乾。

油一斤，以胡桃一個搗爛投之，則省油。

造油燭，先以麻油澆其心，則過黴不黴。

蜡燭風吹有淚，以鹽少許實缺處。淚即止。燒蠟有缺，嚼藕渣補之，即不漏。

寫絹上字，以薑汁代水磨墨，則不沁。

蒲花和石灰泥壁及缸壇，勝如紙筋。

蓖麻子水研寫字，只如空紙付去，以灶煤紅丹糝之，字即現。

雞子清調石灰黏瓷器，甚妙。

黏綴山石，以生羊肝研調麵綴之，即堅牢。

池水渾濁，以瓶入糞，用箬包投水中則清。

金遇鉛則碎。

核桃與銅錢同嚼，則錢易碎。

水銀撒了，以鍮青石引之，皆上石。

伏中不可鑄錢，汁不消，名爐凍。

菟絲無根而生，蛇無足而行，魚無耳而聽，蟬無口而鳴。龍聽以角，牛聽以鼻。

石脾入水則乾，出水則濕。獨活有風不動，無風自搖。

鵂鶹晝暗夜明。鼠夜動晝伏。南倭海灘蚌淚着色，晝隱夜顯。沃山石滴水着色，晝顯夜隱。

睡蓮晝開，夜縮入水底。

蔓草晝縮入地，夜即復出。

以形化者，牛哀為虎；以魄化者，望帝為鵑，帝女為精衞；以血化者，萇弘為碧，人血為磷；以髮化者，梁武宮人為蛇；以氣化者，蜃為樓台；以淚化者，湘妃為斑竹；無情化有情者，腐草為螢，朽麥化蝶，爛瓜為魚；有情化無情者，蚯蚓為百合，望夫女為石、燕為石、蟹為石；物相化者，雀為蛤，雉為蜃，田鼠為鴽，鷹為鳩，鳩為鷹，蛤仍為雀，松化為石；人相化者，武都婦人為男子，廣西老人為虎。

人食礬石而死，蠶食之不飢。魚食巴豆而死，鼠食之而肥。

風生獸得菖蒲則死；鱉得莧則活；蜈蚣得蜘蛛則腐；鵾鴞得桑椹則醉；貓得薄荷則醉；虎得狗則醉；橘得糯米則爛；芙蕖得油則敗；番蕉得鐵則茂；金得翡翠則粉。

犀得人氣則碎。漆得蟹則敗。

萱草忘憂，合歡蠲忿。鶬鶊療妒，鵸鵌治魘，櫜萏治畏。

金剛石遇羚羊角則碎；龍漦遇煙煤則不散。

雀芋置乾地多濕，置濕地反乾。飛鳥觸之墮，走獸遇之僵。

終歲無烏，有寇。

雞無故自飛去，家有蠱。

雞日中不下樹，妻妾奸謀。屋柱木無故生芝，白為喪，赤為血，黑為賊，黃為喜。

雞來貧，狗來富，貓兒來後開質庫。

犬生獨，家富足。

鴉風鵲雨。

貓子生，值天德月德者，無不成。忌寅生人及子令生人見。

鼠咬巾衣，明日喜至。

鸛忽移巢，必有火災。

雞上窠作啾聲，來日必雨。

凡雞歸栖早，則明日晴；歸栖遲，則明日雨。

烏夜啼，主米賤。

鴉慢叫則吉，急叫則凶。一聲凶，二聲吉，三聲酒食至。或動頭點尾向人叫者，口舌災患多凶。

雞生子多雄，家必有喜。

夜半雞啼，則有憂事。

燕巢人家，巢戶內向，及長過尺者，吉祥。

雨時鳩鳴，有應者即晴，無應者即雨。

無故蟻聚及移窠者，天必暴雨。蚯蚓出亦然。

白蟻出，是日必吉辰；凡見蛇交，則有喜。

遇蛇會，急拜，求富貴必如意。

遇蛇蛻殼，急脫衣服蓋之，凡謀大吉。

生鱉甲寸銼，以紅莧覆之，盡成小鱉。

蝦多，年必荒。蟹多，年多亂。

績麻骨插竹園，四圍竹不沿出。芝麻骨亦可。

梓木作柱，在下首，則木響叫，云爭坐位。

杉木烰炭為末，安門臼中，則自能響。

釘樓板，用蹇漆樹削釘，以米泔浸之，待乾，釘板易入，其堅如鐵。

荷花梗塞鼠穴，則鼠自去。

黃蠟與果子同食，則蠟自化去。

蘿蔔提硝，則硝潔白而光潤。

燈芯蘸油，再蘸白礬末，能黏起炭火。

雞蛋開頂上一小竅，傾出黃白，灌入露水，又以油紙糊好其竅，日中曬之，可以自升，離地三四尺。

伏中收松柴，劈碎，以黃泥水中浸至皮脱，曬乾，冬月燒之，無煙。竹青亦可。

竹篾以石灰水煮過，可代藤用。

身體

身上生肉丁，芝麻花擦之。

飛絲入眼而腫者，頭上風屑少許揩之。一云珊瑚尤妙。

人有見漆生瘡者，用川椒三四十粒，搗碎塗口鼻上，則漆不能害。

指甲有垢者，白梅與肥皂同洗則淨。

彈琴指甲薄者，殭蠶燒煙薰之則厚。

染頭髮，用烏頭、薄荷入綠礬染之。

食梅牙軟，吃藕則不軟，一用韶粉擦之。

油手以鹽洗之，可代肥皂。一云將順手洗，自落。

腳根厚皮，用有布紋瓦或浮石磨之。

乾洗頭，以藁本、白芷等分為末，夜擦頭上，次早梳之，垢穢自去。

狐臭以白灰、陳醋和傅腋下。一方以鍛過明礬擦之，尤妙。

女兒纏足，先以杏仁、桑白皮入瓶內煎湯，旋下朴硝、乳香，架足瓶口薰之。待溫，傾出盆中浸洗，則骨軟如綿。

洗浴去身面浮風，以芋煮汁洗之，忌見風半日。

梳頭令髮不落，用側柏葉兩大片，胡桃去殼兩個、榧子三個，同研碎，以擦頭皮，或浸水常搽亦可。

取黶方：桑灰、柳灰、小灰、陳草灰、石灰五灰，用水煎濃汁，入釅醋點之。

人鼻中氣，陽時在左，陰時在右，候其時則氣盛，交代時則兩管皆微。

婦人月信斷三五日交接者是男，二四日交接者是女。

夏月面最熱，扇面則身亦涼；冬月足最冷，烘足則身亦暖。

善睡者以淡竹葉曬乾為細末，用二錢水一盞調服，則終夜不寐，可以防賊。如以熱湯調服，則睡至曉。

附子末數錢，用水兩碗煎數沸濯足，遠行足不痛。

宣州木瓜治腳氣，煎湯洗之。

面上生瘡，疑是漆咬者，以生薑擦之，熱則是，不熱即非。

患咳逆，閉氣少時即止。

腳麻，以草芯貼眉心，左麻貼右，右麻貼左。

蹉氣筋骨牽痛則正坐，隨所患一邊，以足加膝上立癒。

腳筋摳，左腳操起右陰子，右腳操起左陰子，即止。

身上癤毒初起，以中夜睡覺未語時唾津塗之，塗數十次，漸消。

左邊鼻衄，用帶子縛七里穴。

腳轉筋，款款攀足大拇指少頃，立止。

新為僧道，熬豬油塗網巾痕，數日後即一色。

衣服

夏月衣黴，以東瓜汁浸洗，其跡自去。

北絹黃色者，以雞糞煮之即白。鴿糞煮亦好。

墨污絹，調牛膠塗之，候乾揭起，則墨與俱落，凡絹可用。

血污衣，用溺煎滾，以其氣薰衣，隔一宿以水洗之，即落。

綠礬百草煎污衣服，用烏梅洗之。

鞋中着樟瑙，去腳氣。用椒末去風，則不疼痛。

洗頭巾，用沸湯入鹽擺洗，則垢自落。一云以熱麵湯擺洗，亦妙。

槐花污衣，以酸梅洗之。

絹作布夾裏，用杏仁漿之，則不吃絹。

伏中裝綿布衣，無珠；秋冬則有。以燈心少許置綿上，則無珠。

茶褐衣緞，發白點，以烏梅煎濃湯，用新筆塗發處，立還原色。

酒醋醬污衣，藕擦之則無跡。

梅蒸衣，以枇杷核研細為末，洗之，其斑自去。

氈襪以生芋擦之，則耐久而不蛀。

紅莧菜煮生麻布，則色白如苧。

楊梅及蘇木污衣，以硫黃煙薰之，然後水洗，其紅自落。

油污衣，用蚌粉熨之，或以滑石、或以圖書石灰熨之，俱妙。

膏藥跡，以香油搓洗自落，後用蘿蔔汁去油。

墨污衣，用杏仁細嚼擦之。

洗毛衣及氈衣，用豬蹄爪湯乘熱洗之，污穢自去。

葛布衣折好，用蠟梅葉煎湯，置瓦盆中浸拍之，垢即自落，以梅葉揉水浸之，不脆。

油污衣，用白麵水調罨過夜，油即無跡。

去墨跡，用飯黏搓洗，即落。

羅絹衣垢，折置瓦盆中，溫泡皂莢湯洗之，頓按翻轉，且浸且拍，垢穢盡去。棄前水，復以溫湯浸之，又頓拍之，勿展開，候乾折藏之，不漿不熨。

顏色水垢，用牛膠水浸半日，溫湯洗之。

洗白衣，白菖蒲用銅刀薄切，曬乾作末，先於瓦盆內用水攪勻，捋衣擺之，垢膩自脱。

洗紬絹衣，用蘿蔔汁煮之。

洗皂衣，濃煎梔子湯洗之。

黃泥污衣，用生薑汁搓了，以水擺去之。

洗油污衣，滑石天花粉不拘多少為末，將污處以炭火烘熱，以末糝振去之。如未淨，再烘再振，甚者不過五次。

漆污衣，杏仁、川椒等分研爛揩污處，淨洗之。

墨污衣，用杏仁去皮尖茶子等分為末糝上，溫湯擺之。洗字則壓去油，羅極細末糝字上，以火熨之。又法：以白梅搥洗之。

蟹黃污衣，以蟹臍擦之即去。

血污衣，即以冷水洗之即去。

洗油帽，以芥末搗成膏糊上，候乾，以冷水淋洗之。

飲食

炙肉，以芝麻花為末置肉上，則油不流。

糟蟹久則沙，見燈亦沙，用皂角一寸置瓶下，則不沙。

煮老雞，以山楂煮即爛。或用白梅煮，亦妙。

枳實煮魚則骨軟，或用鳳仙花子。

醬內生蛆，以馬草烏碎切入之，蛆即死。

糟茄入石綠，切開不黑。

糟薑，瓶內安蟬蜕，雖老薑亦無筋。

食蒜後，生薑、棗子同食少許，則不臭。

煮飯以砕硝入之，則各自粒而不黏。

米醋內入炒鹽，則不生白衣。

用鹽洗豬髒肚子，則不臭。

腌魚，用礬鹽同腌，則去涎。

凡雜色羊肉入松子，則無毒。

藕皮和菱米同食，則甜而軟。

芥辣，用細辛少許與蜜同研，則極辣。

曬胡蘆乾，以藁本湯洗過，不引蠅子。

楊梅核與西瓜子，用柿漆拌，曬乾，則自開，只揀取仁。

鴨蛋以硇砂畫花寫字，候乾，以頭髮灰汁洗之，則花直透內。

炒白果、栗子，放油紙撚在內，則皮自脱。

夏月魚肉放香油，耐久不臭。

蘿蔔梗同煮銀杏，則不苦。

煮芋，以灰煮之則酥。

煮藕，以柴灰煮之，則糜爛，另換水放糖。

榧子與蔗同食，其渣自軟，與紙一般。

曬肉脯，以香油抹之，不引繩子。

食荔枝，多則醉，以殼浸水飲之則解。

腌鴨蛋，月半日做，則黃居中。一云日中做。

韶粉去酒中酸味。赤豆炒熱入之，亦好。

荷花蒂煮肉，精者浮，肥者沉。

鴨蛋以金剛根同煮，白皆紅。

天落水做飯，白米變紅，紅米變白。

飲酒欲不醉，服硼砂末。

吃栗子，於生芽處咬破，吹氣，一口剝之，皮自脫。

竹葉與栗同食，無渣。

茄幹灰可腌海蜇。

寸切稻草可煮臭肉，其臭皆入草內。

煮老鵝，就灶邊取瓦一片同煮，即爛。

吃蟹後，以蟹臍洗手，則不腥。

豆油煮豆腐有味。

籬上舊竹篾縛肉煮，則速糜。

餛飩入香蕈，在內不噯。

食河豚罷，以蘿蔔煎湯滌器皿，即去其腥。

燈草寸斷，收糖霜重間之為佳。

糖霜用新瓶盛貯，以竹箬紙包好，懸於灶上，兩三年不溶。

糟薑入瓶中，糝少許熟栗子末於瓶口，則無滓。

糟薑時，底下用核桃肉數個，則薑不辣。

糟茄，須旋摘便糟，仍不去蒂萼為佳。

乾蓼草上下覆鋪以貯糯米，則不蛀。

豆黃和松葉食之，甚美，可作避地計。

沙糖調水洗石耳，極光潤。

食梅齒軟，以梅葉嚼之即止。

生甜瓜以鯗魚骨刺之，經宿則熟。

伏中合醬與麵，不生蛆。

收椒，帶眼收，不帶葉收，不變色。

日未出及已沒下醬，不引蠅子。

醉中飲冷水，則手顫。

造醬之時，缸面用草烏頭四個置其上，則免蠅蚋。

器用

商嵌銅器以肥皂塗之，燒赤後入梅鍋爍之，則黑白分明。

黑漆器上有朱紅字，以鹽擦則作紅水流下。

油籠漆籠漏者，以馬屁浡塞之即止。肥皂圍塞之，亦妙。

柘木以酒醋調礦灰塗之，一宿則作間道烏木。

漆器不可置蒓菜，雖堅漆亦壞。

熱碗足燙漆桌成跡者，以錫注盛沸湯沖之，其跡自去。

銅器或鍮石上青，以醋浸過夜，洗之自落。

針眼割線者，用燈燒眼。

錫器上黑垢，用燖雞鵝湯之熱者洗之。

酒瓶漏者，以羊血擦之則不漏。

碗上有垢，以鹽擦之。

水烰炭缸內，夏月可凍物。

刀鏽，木賊草擦之。

皂角在灶內燒煙，鍋底煤並煙突煤自落。

肉案上抹布，以豬膽洗之，油自落。

烰炭瓶中安貓食，不臭，雖夏月亦不臭。

藁本湯布拭酒器並酒桌上，蠅不來。

香油蘸刀，則不脆。

琉璃用醬湯洗，油自去。

鐵鏽以炭磨洗之。刀鈍以乾烰炭擦之則快。

泥瓦火鍛過，作磨刀石。

洗刀法：鐵皮，松木、杉木、鐵艷粉為細末，以羊脂炒乾為度，用以擦刀，光如皎月。

洗缸瓶臭，先以水再三洗淨卻，以銀杏搗碎泡湯洗之。

荷葉煎湯，洗錫器極妙。

釜內生鏽，燒湯，以皂莢洗之如刮。

松板作酒榨，無木氣。

鍍白桐器，用萱草根及水銀揩之如新。

錫器以木柴灰煮水，用木賊草洗之如銀。或用臘梅葉，或用肥皂熱水，亦可。

瓷器記號，以代赭石寫之，則水洗不落。

竹器方蛀，以雄黃、巴豆燒煙薰之，永不蛀。

凡竹器蛀，以萵苣煮湯，沃之。

定州瓷器一為犬所舐，即有璺紋。

漆器以覆莧菜，便有斷紋。

雨傘、油衣、笠子雨中來，須以井水洗之；不爾，易得脆壞。

銅器不得安頓米上，恐黴，壞其聲。

手弄地栗，不可弄銅器，擊之必破。

新鍋先用黃泥塗其中，貯水滿，煮一時，洗淨，再乾燒十分熱，用豬油同糟遍擦之，方可用。

漆污器物，用鹽乾擦；酒污衣服，用藕擦；竹器舊，用醬水洗；藤牀椅舊，用豆腐板刷洗之；鼓皮舊，用橙子瓤洗之。

湯瓶生鹼，以山石數枚，瓶內煮之，鹼皆去。

桐木為轎杠，輕復耐久。

瓷器損缺，用細篩石灰一二錢、白芨末二錢，水調黏之。

鐵器上鏽者，置酸泔中浸一宿取出，其鏽自落。

松杓初用當以沸湯；若入冷水必破。

試金石以鹽擦之，則磨痕盡去。

文房

研墨出沫，用耳膜頭垢則散。

蠟梅樹皮浸水磨墨，有光彩。

礬水寫字令乾，以五棓子煎湯澆之，則成黑字。

肥皂浸水磨墨，可在油紙上寫字。

肥皂水調顏色，可畫花燭上。

磨黃芩寫字在紙上，以水沉去紙，則字畫脫在水面上。

畫上若粉被黑或硫煙薰黑，以石灰湯蘸筆，洗二三次，則色復舊。

蓖麻子油寫紙上，以紙灰撒之，則見字。一云杏仁尤妙。

冬月以酒磨墨，則不凍。

鹽滷寫紙上，烘之，則字黑。

冬月以楊花鋪硯槽，則水不冰。

花瓶中入火燒瓦一片，則不臭。

收筆，東坡用黃連煎湯，調輕粉蘸筆，候乾收之。

擦金扇油，用綿子漬鹿血，藏久擦之，甚妙。

補字，以新麵筋一個，用石灰少許投入，即化為黏水，貼上，悠久又無跡。

洗字，扇頭綾軸上訛字，用陳醬調水筆蘸，照字寫上，須臾擦去，無痕。

取錯字法，蔓荊子二錢，龍骨一錢，相子霜五分，定粉少許，同為末，點水字上，以末糝之，候乾即拂去。

硯不可湯洗。

真龍涎香燒煙入水，假者即散。夷使到本朝，本朝燒之，使者曰：「此真龍涎香也。」燒煙入水，果如其言。

裱褙打糊，入白礬、黃蠟、椒末和之，褙書畫，蟲鼠不敢侵。

褙褙書畫，午時上壁，則不瓦。又云日中曬多日，亦不瓦。一云用蘿蔔汁少許打糊，則不瓦。

打碑紙，先以膠礬水濕過，方用。

新刻書畫板，臨印時，用糯米糊和墨，印兩三次，即光滑分明。

打碑，挼皂筴水濾去滓，以水磨墨，光彩如漆。

鹿有膠和墨，最佳。

和墨一兩，入金箔兩片、麝香三十文，則墨熟而緊。

造墨，用秋水最佳。

蓖麻子擦研，滋潤。

洗油污書畫法，用海漂硝、滑石各二分，龍骨一分半，白堊一錢，共為細末，用紙如污衣法熨之，大凡污多已乾者，仍以油漬之。跡大，不妨。否則以水浸一宿，絞乾，用藥亦可。

瓶中生花，用草緊縛其枝，插在瓶中，可以耐久。

試墨點黑漆器中，與漆爭光者，絕品也。

金珠

珍珠經年油浸，及犯屍氣色昏者，團飯中以餵雞或鴨或鵝，俟其糞下，收洗如新。

鵝鴨糞曬乾燒灰，熱湯澄汁，以油珠絹袋盛洗之光淨。

銀絲器不可用杉木作盝盛，久之色黑。

代赭石作末和鹽煮金器，顏色鮮明。

玉器如打破，以白礬火上熔化，黏之，補瓷器亦炒。

象牙如舊，用水煮木賊令軟，洗之，再以甘草煮水，又洗之，其色如新。

多年玉灰塵，以白梅湯煮之，刷洗即潔。

珠子用乳汁浸一宿，洗出鮮明。

象牙笏曲者，用白梅湯煮綿，令熱，裹而壓即直。

舊象牙箸煮木賊草令軟，擦之，再以甘草湯洗之。又法：以白梅洗之，插芭蕉樹中，二三日出之，如新。

洗赤焦珠，木槵子皮熱湯泡洗之，研蘿蔔汁浸一宿即白。

煮象牙，用酢酒煮之，自軟。

果品

收棗子，一層稻草一層棗，相間藏之，則不蛀。

藏栗不蛀，以栗蔀燒灰淋汁，浸二宿出之，候乾，置盆中，以沙覆之。

藏西瓜，不可見日影，見之則芽。

收雞頭，曬乾入瓶，箬包好，埋之地中。

藏金橘於綠豆中，則經時不變。

藏柑子，以盆盛，用乾潮沙蓋。土瓜同法。

收湘橘，用湯煮過瓶收之，經年不壞。

藏胡桃，不可焙，焙則油。

藏梨子，用羅蔔間之，勿令相着，經年不壞。

梨蒂插蘿蔔內，亦不得爛。藏香圓同法。

栗子與橄欖同食，作梅花香。

炒栗子、白果，拳一個在手，勿令人知，則不爆。

水楊梅入烰炭，不爛。

以缸貯細沙，藏柑橘、梨、榴之屬於其中，久而不壞。

如柑橘頓近米處，便速爛。

梨子紙裹入新瓶，可藏至二月。

石榴煎米泔百沸湯，淖過晾乾，可至來年夏不損壞。

梨子藏北棗中，可以致遠。

榧子用盛茶瓶貯之，經久不壞。

藏生棗子用新沙罐，一層淡竹葉枝，古老銅錢數個，白礬少許，浸水井內，經年不壞。

藏桃、梅之屬於竹林中，揀一大竹，截去上節，留五尺，通之，置果於竹中，以箬封泥塗之，隔歲如新擷。

摘銀杏，以竹篾箍其根，過一宿，擊篾則實盡落。

雞頭子連蒲元水藏於新瓷器內，供時旋剝，甚妙。

蜜餞夏月多酸，可用大缸盛細沙，時以水浸濕，置瓶其上，即不壞。

梨子怕凍，須用沙甕，着稻糠拌和藏之，以草塞瓶口，使其通氣，可留過春。

松子用防風數兩置裹中，即不油。

梨子每個以其柄插蘿蔔中，藏漆盒內，可以久留。

風栗，以皂莢水浸一宿，取出晾乾，籃盛掛當風，時時搖之。

收柑橘，用黃砂壇，以曬燥松毛拌之，則不爛。松毛濕，則又曬燥換之。無松毛，早稻草鍘斷，亦好。

閩中藏生荔枝，六七分熟者，用蜜一甕浸之，密扎，令水不入，投井中，用時取出，其色如鮮。

收胡桃松子，以粗布作袋，掛當風中。

收桃子，以麥麩作粥，先入少鹽，盛盆內，候冷，以桃子納其中，冬月取以侑酒極佳。桃不可太熟，須擇其顏色青紅可愛者。

凡果品皆忌酒，酒氣薰即損壞。

葡萄方熟，用蠟紙裹緊，扎封以蠟，可留到冬。

栗蒲安在殼中，可以久留。

食胡桃多者，令人吐血。

黃蠟同栗子嚼，成水。栗子同橄欖嚼，其味甘清，名曰「風流脯」。

菜蔬

收芥菜子，宜隔年者則辣。

生薑，社前收無筋。

茄子以淋汁過柴灰藏之，可至四五月。

小滿前收腌芥菜，可交新。

葫蘆照水種，則多生。或三四株，微去其薄皮，用肥土包作一株。麻皮扎好，其藤粗大生出者，止留一二個養老，其大如斗，可作器用。

花木

冬青樹接梅花，則開灑墨梅。

石榴樹以麻餅水澆，則多生子。

養石菖蒲無力而黃者，用鼠糞灑之。

花樹蟲孔，以硫磺末塞之。

木樨蛀者，用芝麻梗帶殼束懸樹上。

竹多年生米，急截去，離地二尺通去節，以犬糞灌之，則餘竹不生米矣。

海棠花以薄荷水浸之，則開。

銀杏不結子，於雌樹鑿一孔，入雄樹一塊，以泥塗之，便生子。

草木花枝羊食，並不發。

芝麻柴掛樹上，無蓑衣蟲。

牡丹花根下放白朮，諸般顏色皆是腰金。

冬瓜蔓上，午時用苕帚打之，則多生。

天道尚左，星辰左旋；地道尚右，瓜瓠右累。

牡丹花每一朵十二瓣，閏月十三瓣。

凡果皆從下生上，惟蓮子根從上生下。

貫仲與柏葉同嚼，無苦味。

蜀葵枯枝燒灰，可藏火。以乾竹縛作火把，雨中不滅。茄幹灰藏火，亦妙。

皂莢樹有刺，不可上。每至秋實時，以大篾箍束木身，用木砧砧之令急，一夕自落。

油紙燈入荷花池，葉即腐爛。

杏接梅花，即成台閣梅。

桑樹接梨樹，生梨，甘脆。

紅梨花接海棠成西府；櫻桃樹接海棠成垂絲。

麻骨插椑柿，一夕即熟。

枸橘樹可接諸色佳橘佳柑。

柳樹可接桃，桃樹可接梅。

冬青樹可接木樨。

鳥獸

小犬吠不絕聲者，用香油一蜆殼灌入鼻中，經宿則不吠。

烏骨雞舌黑者，則骨黑；舌不黑者，但肉黑。

雞未翐者，以苕帚趕之，則翼毛倒生。

母雞生子，與青（一作續）麻子吃，則長生，不抱子。

竹雞叫，可去壁虱並白蟻。

鶻帶帽飛去，立喚則高揚去，伏地叫則來。

雞黃雙者，生兩頭及三足。

貓眼知時候，有歌曰：「子午線，卯酉圓，寅申巳亥銀杏樣，辰戌丑未側如錢。」

香狸有四個外腎。

鷹無膹而有肚，食肉故也。飛禽吃穀者有膹。

雞吃貓飯，能啄人。

胡麻麵啖犬，則黑光而駿。

虎至人家盜犬豕食，聞刀刮鍋底聲則去，蓋聞聲則齒酸故也。

牛尾短者壽長，尾長者壽短。

貓鼻惟六月六日一次熱。

杏仁末與犬食之，即死。

狗欲褪毛，飼以糟，則易褪。

鹿羣夜宿，大者角向外，小者在內，圈匝如寨。行兵者仿之，作鹿角寨。

虎豹皮只可焙，不可曬。

猢猻病，吃壁上蟢子即癒。

狗身上發癩，蟲蠅，百部汁塗之即除。

馬背鞍卷破脊梁，以渠中淤泥塗之即癒。

辨牛黃真假，牛黃如雞子大，重重疊疊，取置人指甲上磨之，其黃透甲，拭不落者，即真也。

貓癩，以柏油擦之，再發再擦，至三次即除。豬癩，以豬油擦之即好。

貓洗面至耳，必有客至。

人家燕雀頓絕者，必有火災。

鸛仰鳴則晴，俯鳴必雨。

鵲巢低，其年大水。

鶻初聲，或卧聞之，則一年安樂。

貓犬所生皆雄者，其家必有喜事。

犬死，以葵根塞其鼻，良久活。

孔雀毛入眼，損人眼；膽大毒，殺人。

狗虱，用朝瑙擦毛內，以大桶或箱內悶蓋之，虱即墮落，急令人掐殺之。

貓狗虱癩，用桃葉搗爛，遍擦其皮毛，隔少頃洗去之，一二次即除。

雞病，以真麻油灌之。

雞哮，用白菜葉包鼠屎、香油搵之即好。

雞瘟，以豬肉切碎餵之。又將雄黃為末，拌飯餵之，立癒。

豬瘟，以羅蔔菜連根餵之癒。

牛馬疥癩，用蕎麥稈燒成灰，淋灰汁，澆之癒。

牛馬瘟，用酒加麝香末些須在內，灌之。

牛馬疥癩，用梨蘆為末，水調塗之。

鶴病，用蛇或鼠或大麥煮熟餵之。

鹿病，用鹽拌豆料餵之，常食菀豆則無病。

餵灶貓，用豬腸或魚腸，入些須雄黃在內，煨熟飼之。

牛中暑，用胡麻苗搗汁灌之即好。無苗，即用麻子二三兩搗爛，和井水調勻，灌之。

牛馬豬驢瘟，用狼毒、牙皂各一兩，黃連一兩五錢，雄黃、硃砂各五錢為末。豬擦入眼中，牛馬驢吹入鼻中。

凡雞鵝鴨欲其速肥，胡麻子拌飯，加硫磺少許，餵七日，其膘壯異常。

蟲魚

魚瘦而生白點者，名虱，用楓樹皮投水中，即癒。

鱉與蝤蛑被蚊子一叮即死。

水中浮萍曬乾，薰蚊子則死。

馬蟻畏肥皂。

蛇畏薑黃。

稻草索懸數條於壁上，則蠅不來。

蠶畏雷，亦畏鼓，聞鼓聲則伏而不起。

令蛙不鳴，三五日以野菊花為末，順風吹之。

辟蠅，臘月豬油以瓶懸廁上。

麻葉燒煙，能辟蚊子。

陳茶末燒煙，蠅速去。

治壁虱，蕎麥稈作薦，可除。

五月五日，取田中紫萍曬乾，取伏翼血漬之又曬，又漬數次，為末作香燒之，大去蚊蚋。一云燒蝙蝠屎可辟蚊子。

蚊蜃之屬，得飛燕食之，則能變化。蜃之吐氣成樓台，所以誘燕也。

凡魚蝦蟮入夜皆朝北方。

蜜蜂桶用黃牛糞和泥封之，能辟諸蟲，蜜有收，蜂亦不他去，極妙。

收蜜蜂，先以水灑之，蜂成一團，遂嚼薄荷，以水噴之。再以薄荷塗手，徐徐拂拭，趕入桶中安乾燥處。蓋蜂畏薄荷，不螫人。

蠶食而不飲，二十二日而化；蟬飲而不食，三十日而蛻。蜉蝣不食不飲，三日而死。

辟蚊及諸蟲，以苦楝子、柏子、菖蒲為末，慢火燒之，聞者即去。

辟蚊蚋，以乾鰻鱺骨燒之，令化為水。

乾菖蒲切片，置牀褥下，可除壁虱。

頭上虱，梨蘆為末，糝擦其髪中，經宿，虱皆乾死自落。

去頭上虱，輕粉少許，糝頭上一二日，自死。

八角虱，多在陰毛上，用輕粉敷之，脱去。

象糞能去壁虱，取其所食餘草打薦，永無壁虱。

辣蓼曬乾鋪席上，除壁虱。

芸香置於帙中，辟蠹魚；置席下，去壁虱。

虱入耳，以豬毛蘸膠捲入，黏出之。

斷氈中蛀蟲，鰻魚骨燒煙薰之；置其骨於衣箱中，斷白魚諸蟲咬衣服。燒煙薰屋舍，免竹木生蛀蟲。

人為山中大蟻傷，急以地上土擦傷處，則不痛。

治廁中蛆，以蒓菜一把投廁缸中，即無。

方術部

卷二十

符咒

治腳麻法：口稱木瓜曰：「還我木瓜錢，急急如律令！」一氣念七遍，即止。

治瘧咒餅法：先面東燒香虔誠，於油餅中書一「攤」字，以筆圈之，從左邊圈三次，將餅於香上誦「乾元亨利貞」七遍。當發日，早掐取所書字，用棗湯嚼餅食之，無不效。

如病痞，多念《穢跡咒》，癒。

辟百邪惡鬼，令人不病疫，常以雞鳴時存心念四海神名三七遍，曰：「東海神阿明，南海神祝融，西海神巨乘，北海神禺強。」每入病人宅，存心念三遍，口勿誦。

咒瘧法：取梨一個，先吸南方氣一口，將梨子咒曰：「南方有池，池中有水，水中有魚，三頭九尾，不食人間五穀，唯食瘧鬼。」咒三遍，吹於梨上，書「敕殺死」三字，令病人臨發前食之。

一切疾患疼痛咒棗法：咒曰：「金木水火土，五行助力，六甲同威，天罡大神，收入棗心，棗入腸中，六腑安寧，萬病俱息。急速求榮！」用棗一個，念咒一遍，吸罡氣一口入棗中。男去尖，女去蒂，用水嚼下，忌厭物七日。

咒齒痛，用紙一張，隨大小方圓，折作七層，取三寸釘一枚，於屋栿或梁上，當紙中心釘之。下釘之時，先吸南方氣一口，默咒曰：「南方赤蟲子，故來食我齒，釘在栿梁上，永處千年紙。」每咒一遍，令患人咳一聲，及吸氣一口，下釘錘一捶。如是咒七遍，即七吸氣，七捶釘其齒，立效。

呪風疹，用紙一張，熟挼之於患人身體上下冒掠之。其初欲行時取東方氣一口，默念曰：「東來馬子，西來驢子，好面敗客待文書，急急如律令！敕。」乃上下冒掠，棄亂紙於門外東道口而歸。

如入山林，默念「儀方不見蛇」，默念「儀康不怕虎」。

有蛇虺處，多以小瓦片書「儀方」二字，蛇自畏避。

凡被蜈蚣咬，急以手指於地上乾土中書一「王」字，於「王」字內撮土糝咬處，即癒。

「多求致怨憎，少求人不愛，梵智求龍珠，永不復相見。」書此四句，雕貼於牆壁間，可斷蛇。

辟蚊子，呪曰：「天地太清，日月太明，陰陽太和，急急如律令！敕。」面北陰念七遍，吸氣吹燈草上，點之。

「唵地哩穴哩娑婆訶」，此呪，居人家每夜點燭了，面北立志，心念誦七遍，將剔燈杖子，燈焰上度過，攪油七匝，能免一切蛾蠓投焰之苦。

去壁虱法，上寫「欠我青州木瓜錢」，貼牀腳，即去。

倒念《揭諦咒》七遍，能使網罟無所得。

遇夜行或寢處驚怖惡夢，即咒曰：「婆珊婆演底，攝。」

腳轉筋疼，書「木瓜」字於疼處，則止。

閉氣念「乾元亨利貞」七遍，嚼錢即碎。

釜鳴，呼「婆女」七。

每聞鴉噪，默念「乾元亨利貞」七遍。

渡江者朱書「禹」字佩之，免風濤，保安吉。

蜂螫人，就地以竹寫「丙丁火」三字七遍，取土揩螫處。

降犬法：左手挑寅剔丁掐戌，念「雲龍風虎，降伏猛獸」，其犬不吠而去，不咬人。

降蛇法：咒曰：「天迷迷，地迷迷，不識吾時。天濛濛，地濛濛，不識吾蹤。左為潭鹿鳥乙步，右為鳥鷂三二步。」又念曰：「吾是大鵬鳥，千年萬年王。」

咒棗法治百病：咒曰：「華表柱。」念七遍，望天罡取氣一口，吹於棗上，嚼吃湯水下。華表柱，鬼之祖名也。

遇人捕魚鱉飛禽走獸之屬，但念「南無寶勝如來」，捕者終無所獲。

賭骰子，咒云：「伊帝彌帝，彌揭羅帝。」

百鳥糞衣，念「護羅」七聲。

方法

婦人懷娠欲成男者，以斧密置牀下，以刀口向下，必生男。雞伏卵，用此法亦多成雄。

皂莢水觸人眼，痛不可忍，持襯衣角揩之，即癒。

凡患偷針眼者，以布針一條，對井以目睛睨視之。已而折為兩段，投井中，眼即癒，勿令人知。

有腳汗人，歲朝密立於搗衣石上，即癒。

護生草，清明絕早取薺菜花莖，陰乾，暑月作挑燈杖，能令蚊蛾不至。

燈草於臘月內取溪河水浸七晝夜，陰乾，夏月點燈，能去青蟲。

禳鼠日，每月辰日塞穴，鼠當自死。

翼日掛帳，無蚊子。

食魚骨鯁，取罾覆頭，即下。

除夜五更，使一人房中向窗扇，一人問云：「扇恁麼？」答云：「扇蚊子。」凡七問七答，乃已。端午日五更，亦然。

樹不生果，除夜着一人伏樹下，一人持斧問云：「你生果否？不生，斫汝作柴！」樹下一人應云：「我生！我生！」是年即結實。

辟火法：用緋紅絹帛五尺至一丈，剪作幡形，懸竹竿上，投當風火中，風回火息矣。無絹帛，以緋衣服代之亦可。

取逃走人衣服並帶，用紙裹磁石，懸於井中，其人即回。

取霹靂木刻為鳥形，放在露天高處，眾鳥皆集，不去。

二麥稈頓於上流，水流入池塘中，可袪馬蝗。

求雨法：命巫師入深山，擇楓樹有怪形者，以茅纜繫之，喝問：「有雨否？」一人應曰：「必有雨！必有雨！」

豬尿胞貯螢火，綴網中沉之水底，則魚聚觀，夜舉網則魚必多。

取頭垢塗針，及塞針孔，水上自浮。

取戎鹽塗雞鴨蛋上，相連十枚不落。

取蠶沙一石二升，用丁日就吉地埋，則蠶大熟。

取水獺膽，以篋子蘸畫酒杯中，一半酒去，餘半在盞，不傾。

置牛骨於地中，則水不涸。

削冰令圓，舉以向日，艾承其影，則得火。

以黑犬血和蟹燒之，鼠悉去。

如值火災，急以瓶甑覆炕上，火即滅。

以白礬煮燈芯，點之，省油。

豬血浸新磚，磚墮水中，引魚自聚。

歲夜聚富貴家田內泥打灶，主招財。

桃樹撐門辟邪，祟不敢入門。

月厭上，取土泥塞鼠穴，則鼠遠去。

人髮結掛果樹上，鳥雀不敢食其實。

驚蟄日以灰糝門限外，免蟲蟻出。

七月上旬辰日斫木，不蛀。

熨斗內以紙襯之炒銀杏，則不爆。

釜鳴，不得驚呼，男子作婦人拜即止。或婦人作男子拜亦可。

夜卧，以鞋一仰一覆，即無惡夢。

遇惡犬，以左手自寅吹一口氣，輪至戌以指甲掐之，犬即退伏。

暗傳書法：以杜仲末、白礬、蓖麻子各少許，研細，又入黃丹少許，少浸，寫字候乾，全不見字跡。以火烘之，即見字，看畢焚之。

雞子白調白礬末刷紙，作銚子煎茶，沸而不燒其紙。

五棓子書壁上，以青礬水噴之，則字現。

竹內膜純陰，將酥塗其上，見太陽即飛，名飛蝴蝶。

上丑日取土泥蠶室，宜蠶。

上辰日取道中土泥門戶，辟官事。

讀書燈香油一斤，入桐油三兩，耐點，又辟鼠耗；以鹽置盞中，省油；以薑擦盞，則不暈。

夜航船（精校本）

[明] 張岱　編著　盛大林　校勘

責任編輯　王春永　譚俊鵬
策劃編輯　俞　笛
裝幀設計　鄭喆儀
排　　版　賴豔萍
印　　務　劉漢舉

出版　中華書局（香港）有限公司
香港北角英皇道 499 號北角工業大廈一樓 B
電話：（852）2137 2338　傳真：（852）2713 8202
電子郵件：info@chunghwabook.com.hk
網址：http://www.chunghwabook.com.hk

發行　香港聯合書刊物流有限公司
香港新界荃灣德士古道 220-248 號
荃灣工業中心 16 樓
電話：（852）2150 2100　傳真：（852）2407 3062
電子郵件：info@suplogistics.com.hk

印刷　美雅印刷製本有限公司
香港觀塘榮業街 6 號 海濱工業大廈 4 樓 A 室

版次　2024 年 10 月初版
© 2024 中華書局（香港）有限公司

規格　16 開（210mm×153mm）

ISBN　978-988-8862-90-0